中国古典小说丛书

飞龙全传

[清] 吴璿 著

江西美术出版社
全国百佳出版单位

图书在版编目（CIP）数据

飞龙全传/（清）吴璿著.--南昌：江西美术出版社,2018.10（2020.5重印）
　ISBN 978-7-5480-6210-3

Ⅰ.①飞… Ⅱ.①吴… Ⅲ.①章回小说—中国—清代 Ⅳ.①I242.4

中国版本图书馆CIP数据核字（2018）第140568号

出 品 人：周建森
企　　划：北京江美长风文化传播有限公司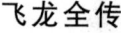
责任编辑：楚天顺　康紫苏
责任印制：谭　勋

飞龙全传
FEILONG QUANZHUAN

（清）吴璿　著

出　　版：	江西美术出版社
地　　址：	江西省南昌市子安路66号
网　　址：	www.jxfinearts.com
电子信箱：	jxms163@163.com
电　　话：	010-82093808　0791-86566274
邮　　编：	330025
经　　销：	全国新华书店
印　　刷：	北京长宁印刷有限公司天津分公司
版　　次：	2018年10月第1版
印　　次：	2020年5月第2次印刷
开　　本：	690mm×960mm　1/16
印　　张：	33

ISBN 978-7-5480-6210-3
定　　价：76.00元

本书由江西美术出版社出版，未经出版者书面许可，不得以任何方式抄袭、复制或节录本书的任何部分。
版权所有，侵权必究
本书法律顾问：江西豫章律师事务所　晏辉律师

"中国古典小说丛书"出版说明

所谓"古典小说"云者，其义有二焉：一曰，但凡古代之小说，皆可谓之"古典小说"；一曰，但凡技法未受泰西影响之小说，亦可谓之"古典小说"。然此特就今人之观念言之耳。

揆诸坟典，"小说"一词，出自《庄子·外物篇》，其言曰："饰小说以干县令，其于大达亦远矣。"由此观之，庄子所谓"小说"，不过琐屑之言，以其无关道术，故以小说名之耳。

炎汉成、哀之世，刘向、刘歆父子典校秘书，检讨百家学说，取桓谭《新论》"小说家合丛残小语，近取譬论，以作短书，治身治家，有可观之辞"之意，把《伊尹说》《鬻子说》诸书，归为"小说家"之书，而《汉书·艺文志》（以下简称《汉志》）继之。夷考其说，"小说家者流，盖出于稗官，街谈巷语，道听途说者之所造也"（语出《汉志》），此亦非后世之小说也。

唐修《隋书》，其《经籍志》立论本诸《汉志》，以小说为"街谈巷语之说"（《隋书·经籍志》语）。当此之时，小说之名虽同，而其类目稍广，举凡《燕丹子》《世说》《迩说》之属，皆可入诸小说名下。

后晋修《唐书》，其《经籍志》立论与《隋志》无异，以《博物志》隶小说，此为"神异志怪之书"入小说之始。

天水一朝，欧阳文忠公撰《新唐书·艺文志》（以下简称《新唐志》），以《列异传》《甄异传》《续齐谐记》《感应传》《旌异记》等"史部·杂传类"之书移于"小说类"。至是，小说之部类日梦。

及元脱脱修《宋史》，《艺文志·小说类》承《新唐志》之旧而增广之。

明胡应麟以小说繁夥，派别滋多，于是综核大凡，分小说为六类：一曰"志怪"，一曰"传奇"，一曰"杂录"，一曰"丛谈"，一曰"辩订"，一曰"箴规"。至此，小说一类已蔚为大观，脱《汉志》"街谈巷语"之成规。

清修"四库"，《总目提要》（以下简称《提要》）别小说为三派，"其一叙述杂事……其一记录异闻……其一缀辑琐语"，而又损益之。考诸《提要》，则损益可知：一曰，进"丛谈""辩订""箴规"为"杂家"；一曰，隶《山海经》《穆天子传》诸书于小说。小说范围，至是乃稍整洁矣。其分目虽殊，而论述则袭诸旧志。

曩者宋元明清之史志，难觅"平话""演义"之书，此特士夫习气，鄙其为末流所使然也。史家成见，一至于斯。今人刻书，自当脱古人窠臼。

说部诸书，以文体分，有"白话""文言"之别；以体裁分，有"话本""传奇""演义"之别；以内容分，有"佳话""世情""侠义""家将""神魔"之别。细玩其文，既有劝世之良言，亦有"诲淫诲盗"之糟粕，而抉择去取，转成读说部书之第一要务。以此之故，编者特于说部诸书择其精者，辑之而为"中国古典小说丛书"，凡百余种。

然说部之书浩如烟海，其精者又何限于区区百十之数？此次出版，难免遗珠之憾。然能俾读者因之而省择取之劳，进而得窥说部精要，示人以津梁，则尚不违出版"中国古典小说丛书"之初心。

说部之书，多出自书坊，脱误错乱，在所难免，故于"取其精华，去其糟粕"外，尚需广施校雠，始得成其为可读之书。以此之故，编者多方搜罗以定底本，精排其版以美其观，躬自校雠以正讹误，然后付诸枣梨，装订成书，以飨读者。

限于编者学力有限，书中疏漏之处，在所难免，尚祈广大方家、读者诸君不吝批评斧正。凡能指出书中一二谬误者，皆为吾师，吾人不胜感激之至。

戊戌仲夏上浣，邵鹏军序于丰台晓月里

目　录

第一回
苗训设相遇真龙　太祖游春骑泥马 ······ 001

第二回
配大名窦公款洽　游行院韩妓殷勤 ······ 009

第三回
赵匡胤一打韩通　勾栏院独坐龙椅 ······ 017

第四回
伸己忿匏打御院　雪父仇血溅花楼 ······ 025

第五回
赵匡胤救解书生　张桂英得配英主 ······ 034

第六回
赤须龙山庄结义　绿鬓娥兰室归阴 ······ 042

第七回
柴君贵贩伞登古道　赵匡胤割税闹金桥 ······ 051

第八回
算油梆苗训留词　拔枣树郑恩救驾 ······ 060

第九回
黄土坡义结芝兰　独龙庄计谋虎狼 ······ 069

第十回
郑子明计除土寇　赵匡胤力战裙钗 ······ 078

第十一回
董美英编谜求婚　柴君贵惧祸分袂 ······ 087

第十二回
笃朋情柴荣赠衣　严国法郑恩验面 ······ 095

第十三回
柴君贵过量生灾　郑子明擅权发货 ······ 104

第十四回
为资财兄弟绝义　因口腹儿女全生……………………………… 113

第十五回
孟家庄勇士降妖　首阳山征人失路……………………………… 120

第十六回
史魁送柬识真主　匡胤宿庙遇邪魑……………………………… 128

第十七回
褚玄师求丹疗病　陈抟祖设棋输赢……………………………… 136

第十八回
卖华山千秋留迹　送京娘万世英名……………………………… 145

第十九回
匡胤正色拒非词　京娘阴送酬大德……………………………… 154

第二十回
真命主戏医哑子　宋金清骄设擂台……………………………… 161

第二十一回
马长老双定奇谋　赵大郎连诛贼寇……………………………… 171

第二十二回
柴君贵穷途乞市　郭元帅剖志兴王……………………………… 181

第二十三回
太祖尝桃降舅母　杜公抹谷逢外甥……………………………… 190

第二十四回
赤须龙义靖村坊　母夜叉计和甥舅……………………………… 200

第二十五回
杜二公纳谏归正　真命主违数罹灾……………………………… 209

第二十六回
五索州英雄复会　兴隆庄兄弟重逢……………………………… 216

第二十七回
郑恩遗像镇村坊　太祖同心除妖魅……………………………… 224

第二十八回
郑恩无心擒猎鸟　天禄有意抢龙驹……………………………… 233

第二十九回
平阳镇二打韩通　七圣庙一番伏状 …………………… 240

第三十回
世宗荐朋资帏幄　弘肇被谮陷身家 …………………… 248

第三十一回
郭元帅禅郡兴兵　高怀德滑州鏖战 …………………… 256

第三十二回
高行周夜观星象　苏凤吉耸驾丧军 …………………… 264

第三十三回
李太后巡觅储君　郭元帅袭位大统 …………………… 274

第三十四回
王子让辞官养母　宋太祖避暑啖瓜 …………………… 282

第三十五回
宋太祖博鱼继子　韩素梅守志逢夫 …………………… 290

第三十六回
再博鱼计赚天禄　三折挫义服韩通 …………………… 298

第三十七回
百铃关盟友谈心　监军府元帅赔礼 …………………… 305

第三十八回
龙虎聚禅州结义　风云会山舍求贤 …………………… 312

第三十九回
太祖射龙解水厄　郑恩问路受人欺 …………………… 321

第四十回
郑子明恼打园公　陶三春挥拳服汉 …………………… 329

第四十一回
苗训断数决鱼龙　太祖怜才作媒妁 …………………… 337

第四十二回
世宗进位续东宫　太祖非罪缚金銮 …………………… 345

第四十三回
苗训决算服柴荣　王朴陈词保匡胤 …………………… 353

第四十四回
宋太祖戴罪提兵　杜二公挈众归款……362

第四十五回
杜二公纳婿应运　高行周遣子归乡……370

第四十六回
高行周刎颈报国　赵匡胤克敌班师……378

第四十七回
刘崇兵困潞州城　怀德勇取先锋印……386

第四十八回
高怀德智取天井　宋太祖力战高平……394

第四十九回
丁贵力战高怀德　单珪计困赵匡胤……402

第五十回
单珪覆没蛇盘谷　怀德被困铁笼原……410

第五十一回
冯益鼓兵救高将　杨业决水淹周师……418

第五十二回
真命主爵受王位　假响马路阻新人……427

第五十三回
陶三春职兼内外　张藏英策靖边隅……436

第五十四回
王景分兵袭马岭　向训建策取凤州……445

第五十五回
课武功男女较射　贩马计大闹金陵……454

第五十六回
杨仙人土遁救主　文长老金铙伤人……464

第五十七回
郑子明斩将夺关　高怀亮贪功殒命……474

第五十八回
韩令坤擒剐孟俊　李重进结好永德……483

第五十九回
刘仁赡全节完名　南唐主臣服纳贡……………………………493

第六十回
绝声色忠谏灭宠　应天人承归正统……………………………504

第一回

苗训设相遇真龙　太祖游春骑泥马

词曰：

世事如棋，从来兴废由天命。任他忠佞，端的难侥幸。　圣主垂裳，勋业昭功令。苍生幸，扫秽除氛，才把江山定。

右调《点绛唇》

话说从古以来，国运递更，皆有定数，治极则乱，乱极则治，一定之理也。天下自唐季以来，五代纷更，数十年间，帝王凡易八姓十三君。僭窃相踵，战争不息，人民有倒悬之苦，将士多汗马之劳。终于立国不长，究非真命之主。

独至大宋圣人，应运而兴。御极以来，削平伪镇，把锦绣江山，奠定十分安固，相传三百年鸿业。历国恁般久长，这也因他神武不杀，仁义居心，所以如此。观其伐南唐时，命曹彬云："城陷之日，慎勿杀戮；设若困斗，则李煜一门不可加害。"只此数语，便如孟子所谓"不嗜杀人者能一之"矣。然此仁心义闻，虽三尺童子，亦知其为尧舜之君也。不必烦言多赘，只就他未登九五之时，把那三打韩通，禅州结义，这许多事迹表白出来。可以使闻者惊心，观者吐舌，方知英雄举动，迥异庸愚。毕竟有掀天拔地之形，搅海翻江之势。正如暗中指使，冥里施为，诚有不期然而然者。有诗为证：

龙虎行藏自不同，辉煌事业有奇踪。
时君若肯行仁政，真主如何降九重？

话说后汉高祖皇帝刘智远晏驾之后，太子承祐登基，庙号隐帝。为人懦弱有余，刚断不足。即位以来，虽不能海晏河清，却也算得烽烟消熄，承平日久，世道粗宁。这时有一位先生，姓苗名训，字光义。能知过去未来，善晓天文地理。他奉了师父陈抟老祖之命，下山来，扮做相士模样，遍游天下，寻访真主。那时正在东京汴梁城中，开着相馆，每日间哄动那些争名夺利的人，都来论相。真个挨挤不开，十分闹热。

一日清晨，光义起来开馆，挂了那个"辨鱼龙，定优劣"的招牌。垂帘洒扫已毕，正在闲坐。只见一位青年公子，独自信步进来。光义抬头一看，暗暗吃惊，连连点首。怎见得那人的好相？只见：

尧眉舜目，禹背汤腰。两耳垂肩，棱角分明征厚福；双手过膝，指挥开拓掌威权。面如重枣发光芒，地朝天挺；身似泰山敦厚重，虎步龙行。异相非常，虽道潜龙勿用；飞腾有待，足知垂拱平章。漫夸辟土紫微星，敢比开疆赤帝子。

这人非别，就是那个开三百年基业的领袖、传十八代子孙的班头：姓赵名匡胤，表字元朗。世本涿郡人氏。父亲赵弘殷，现为殿前都指挥之职；母亲杜氏夫人。原来赵弘殷所生三子一女：长匡胤，次匡义，三光美，四玉容小姐。这匡胤之生，因后唐明宗皇帝登极之年，每夜于宫中，焚香祝天道："某乃无福，因世大乱，为众所推。愿天早生圣人，为生民之主。"那玉帝感他立念真诚，为君仁爱，即命赤须火龙下降人间，统系治世。生于洛阳夹马营中，赤光满室，营中异香经宿不散，因此父母称他为"香孩儿"。后因石敬塘拜认契丹为父，借兵篡唐。赵弘殷挈家避乱，于路肩挑二子，遇一异人指说道："此担中乃二天子也。世上说道无天子，今日天子一担挑。"因住居于汴梁城双龙巷内，至后汉立朝，弘殷方才出仕。

此时匡胤正当年交二十八岁，生得容貌雄伟，气度豁达，更兼精通武艺，膂力过人。娶妻贺氏金蝉，十分贤淑。那匡胤生性豪侠，又与本郡张光远、罗彦威二人结为生死之交。每日在汴梁城中，生非闯事，喜打不平。这日清晨，早起无事，出外闲游，打从相馆门首经过。举步进门，意欲推相。却值苗光义闲坐在此，抬头一见，不觉惊喜道："此人便是帝王之相。吾昨日排下一卦，应在今日清晨有真主临门，不想果应其兆。"立起身来，往外一张，四顾无人，回身即望匡胤纳头便拜，口称："万岁！小道苗光义，接驾有迟，望乞恕罪！"匡胤一闻此言，不觉大惊道："你这泼道，想是疯癫的么？怎的发这胡言乱语，是何道理？"光义道："小道并不疯癫。因见天下汹汹，久无真主。当今后帝亦非命世之姿。特奉师命下山，寻访帝星，今幸得遇，事非偶然。主公实为应运兴隆之主，不数年间，管取身登九五，请主公勿疑。"匡胤听了这一席言语，越然发怒道："吾把你这疯癫的泼道！这里什么去处，你敢信口胡言！人人道你阴阳有准，祸福无差；据我看来，原来你是捏造妖言，诬民惑众，情殊可恨，理实难容。"一面说着，一面立起身来，挥袖撩衣，举手便打。只听得：

  劈啪连声，呖喇遍室。劈啪连声，椅凳桌台敲折脚；呖喇遍室，琴棋书画打成堆。炉盏帘瓶，那管他古玩时新，着手处西歪东倒；纸墨笔砚，凭着你金镶玉砌，顺性时流水落花。正是：一时举手不容情，凭你神仙也退避。

匡胤一时怒起，把相馆中的什物等件，尽都打翻，零星满地。那苗光义见他势头凶猛,一时遮拦不及,只得往后退避。此时过往之人渐渐多了,见是赵舍人在此厮闹,又且不知他的缘故,谁敢上前相劝一声,只好远远的立着观望。

正在喧嚷之际,只见人丛里走出两个豪华公子,进来扶住了匡胤,说道:"大哥为着何事,便这等喧闹?"匡胤回头看时,乃是张光远、罗彦威二人,便道:"二位贤弟!不必相劝,我还须打这泼道!"二人道:"大哥,不可造次!有话可与小弟们说知,我等好与你和解。"匡胤悄悄的说道:"我来叫他相面,谁知他一见愚兄,便称什么'万岁'。这里辇毂之下,岂可容他胡言乱语!倘被别人听着,叫愚兄怎的抵当?"张光远道:"大哥,你也是呆的,量这个疯癫的道人,话来无凭无据,由他胡乱,自有凶人来驱除他的。你何必发怒,与他一般见识。"罗彦威道:"目今世上的医卜星相,都是专靠这些浮词混话,奉承得心窝儿十分欢喜,便好资财入手,满利肥身。这是骗人的迷局,都是如此。你我不入他的骗局,也就罢了,闹他则甚?俺弟兄闲在这里,且往别处去消遣片时,倒是赏心乐事,何必在此攘这空气。"说罢,两个拉了匡胤的手,往外便走。

那苗光义见匡胤去了,急忙出来,走至街坊,又叫道:"三位且留贵步!我小道还有几句言语奉嘱,幸垂清听。"遂说道:

　　此去休要入庙堂,一时戏耍见灾殃。
　　今年运限逢驿马,只为单骑离故乡。

匡胤道:"二位贤弟,你可听他口中,还在那里胡讲。"二人道:"大哥,我们只管走罢了,听他则甚?"

那苗光义想道:"我周游天下,遍访真主,不道在汴梁遇着。但如今尚非其时,待我再用些工夫,前去访寻好汉,使他待时而动,辅佐兴王,成就这万世不拔之基,得见淳古太平之象:一则完了我奉师命下山的本愿，二则可使那百姓们早早享些福泽，免了干戈锋镝之灾。"主意已定，即便收了相馆，整备云游。按下不提。

单说匡胤等弟兄三人，缓步前行，观看景致。此时正当清明时候，一路来，但见：

柳绿桃红，共映春光明媚；青尘紫陌，谁闻禁火空斋。木深处杏花村里，何须更指牧童；市集中烟柳皇都，那得趋陪欢伯。闹热街心，虽常接纸灰飞蝴蝶；朔南墓道，却连闻泪血染杜鹃。正是可爱一年寒食节，无花无酒步芳场。

当时弟兄三人，随步闲游，观玩景致，固是赏心悦意，娱目舒怀，十分赞叹。正走之间，只见前面一座古庙，殿宇巍峨，甚是清静，耳边又闻钟鼓之声。张光远叫道："大哥，你听那庙里钟鸣鼓响，必是在那里建些道场。俺们何不进去，随喜片时。"罗彦威道："说得有理。我们走得烦了，且进去歇歇脚儿，吃杯茶解渴解渴，也是好的。"

三大举步进了庙门，把眼一张，乃是一座城隍庙，真是破坏不堪，人烟杳绝，那里见什么功德道场。匡胤道："二位贤弟，这座乃是枯庙。你看人影全无，那里有什么功德！我们进来做甚？"罗彦威道："这又奇了！方才我们在外，明明听得钟鼓之声。怎么进了庙门，一时钟也不鸣，鼓也不响，连人影儿都一个也无。这青天白日，却不作怪么？"张光远道："是了！常言道'鬼打鼓'，难道不会撞钟？方才想是那些小鬼儿在此打诨作乐，遇着我们进来，他便回避了，所以不响，也未可知。"匡胤拍手大笑道："张贤弟向来专会说那趣话儿的，你们猜的都也不是。俺常听见老人家说：'鼓不打自响，钟不撞自鸣，定有真命天子在此经过。'今日这里，只有你我三人，敢是谁有皇帝的福分不成？"张光远道："这等说来，大哥必定是个真命天子。"匡胤道："何以见得？"张光远道："适才那个相士说的，大哥有天子的福分。小弟想来，一定无疑。若是大哥做了皇帝，不要忘了我们患难的兄弟,千万挈带做个王子耍耍,也见得大哥面上的光彩。"匡胤道:"兄弟,你怎么同着那相士一般儿胡讲起来?这'皇帝'两字,非同小可,焉能轮得着我?你们休得胡言,不思忌讳。"罗彦威道:"虽然如此,却也论不定的。常言说得好,道是:'皇帝轮流转,今年到我家。'自从盘古到今,何曾见这皇帝是一家做的?"张光远接口道:"真是定不得的。即如当今朝代去世的皇帝,他是养马的火头军出身,怎么后来立了许多事业,建了许多功绩,一朝发迹,便做起皇帝来。又道:'寒门产贵子,白户出公卿。'况大哥名门贵族,那里定得?"匡胤道:"果有此事么?"罗彦威道:"那个说谎!我们也不须闲论,今日趁着无事,这真皇帝虽还未做,且装个假皇帝试试。装得像的,便算真命。"张光远道:"说得是,我们竟是轮流装起便了。"匡胤见他们说得高兴,也便欢喜道:"既是如此,你我也不必相让。这里有一匹泥马在此,我们轮流骑坐。看是那个骑在马上,会行动得几步的,才算得真主无疑。"二人道:"大哥所见甚当。"正是:

　　沿江撒下钩和线,从中钓出是非来。

　　当下匡胤说道:"我们先从幼的骑起,竟是罗兄弟先骑,次后张兄弟,末后便是愚兄。"罗彦威听言,不胜欢喜,口中说了一声"领命",即便拾了一根树枝儿,走将过去,卷袖撩衣,奋身上马,叫一声:"二位兄长,小弟占先,有罪了!"急忙举起树枝儿,把那泥马的后股上尽力一鞭,喝声:"快走!"那马那里得动?彦威连打几下,依然不动,心下十分焦躁,一时脸涨通红。即便骂道:"攮刀子的瘟畜生!我皇帝骑在你身上,也该走动走动。怎么的,只是呆呆地立着?"便把两只脚在马肚子上乱踢,只磕得那泥屑倾落下来,莫想分毫移动。张光远在旁大笑道:"兄弟,你没福做皇帝,也就罢了。怎的狠命儿把马乱踢,强要他走?须待我来骑个模样儿与你瞧瞧。"彦威自觉无趣，只得走了下来。

张光远上前，用手扳住了马脖子，蹿将上去，把马屁股上拍了两掌，那马安然不动。心下也是懊恼起来，犹恐他二人笑话，只得把两只脚夹住不放，思量要他移动。谁知夹了半日，竟不相干，使着性子，也就跳了下来。彦威笑道："你怎的不叫他行动一遭，也如我一般的空坐一回，没情没绪，像甚模样？"光远道："俺与你弟兄两个，都没有皇帝的福分，让与大哥做了罢！"

匡胤道："二位贤弟都已骑过，如今待愚兄上去试试。"说罢，举一步上前，把马细看一遍，喝彩道："果然好一匹赤兔龙驹！只是少了一口气。"遂左手搭着马鬃，右手按着马鞍，将要上马，先是暗暗的祝道："苍天在上，弟子赵匡胤，日后若果有天子之分，此马骑上就行；若无天子之分，此马端然不动。"祝毕，早已惊动了庙内神明。那城隍、土地听知匡胤要骑泥马，都在两旁伺候。看见匡胤上了马，急忙令四个小鬼扛抬马脚，一对判官扯拽缰绳，城隍上前坠镫，土地随后加鞭，暗里施展。却好匡胤把树枝儿打了三鞭，只见前后鬃尾有些摇动。罗彦威拍手大笑道："原是大哥有福，你看那马动起来了！"匡胤也是欢喜，道："二位贤弟，这马略略的摇动些儿，何足为奇，待愚兄索性叫他走上几步，与你们看看。"觉得有兴，遂又加上三鞭，那马就腾挪起来，驮了匡胤出了庙门，往街上乱跑。

那汴梁城内的百姓，倏忽间看见匡胤骑了泥马奔驰，各各惊疑不止，都是三个一块，四个一堆，唧唧哝哝的说道："青天白日，怎么出了这一个妖怪？把泥马都骑了出来，真个从来未见，亘古奇闻。"一个道："不知那家的小娃子这等顽皮，若使官府知道了，不当稳便，只怕还要带累他的父母受累哩！"一个认得的道："列位不必胡猜乱讲，也不消与他担这惊忧。这个孩子，也不是个没根基的，他父亲乃是赵弘殷老爷，现做着御前都指挥之职。他恃着父亲的官势，凭你风火都不怕的，你们指说他则甚？"内中就有几个游手好闲的人，听了这番言语，即便一齐挤在马后，胡吵乱闹，做势声张。光远见势头不好，忙上前道："大哥，不要作耍了。你看众人这般声势，大是不便。倘若弄出事来，如何抵挡？你快些交还了马，我们二人先回，在家等候。"匡胤道："贤弟言之有理，你们先回，俺即就来。"光远二人竟自去了。

匡胤遂把泥马加上数鞭，那马四蹄一纵，一个蓦头返身复跑到庙内，归于原所。匡胤下马看时，只见泥马身上汗如雨点，淋漓不止，心内甚觉稀奇，即时转身离庙，回到府中。不提。

却说那些看的人民，纷纷议论，只说个不了，一传十，十传百。正是：

> 好事不出门，奇事传千里。

这件事传到了五城兵马司的耳边，十分惊骇，说道："怎的赵弘殷家教不严，纵子为非，做此怪异不经之事。妖言惑众，论例该斩。况此事系众目所睹，岂同小可！我为巡城之职，理宜奏闻。若为朋友之情，匿而不奏，这知情不举的罪名，亦所不免。我宁可得罪于友，不可得罪于君。"遂即合齐同等官僚，议成本章，单候明日五更，面奏其事。只因这一奏，有分教：督藩堂上，新添了龙潜凤逸的配军；行院门中，得遇那软玉温香的知己。正是：

> 人间祸福惟天判，暗里排为不自由。

毕竟汉主听奏，怎生发落？且看下回分解。

第二回
配大名窦公款洽　游行院韩妓殷勤

词曰：

恩谴配他乡，斜倚征鞍心折。花谢水流无歇，幸有章台接。

可人何必赘清吟，只要情相合。萍踪遇此缘，回首天涯欲别。

右调《好事近》

话说巡城兵马司闻了匡胤戏骑泥马之事，一时不敢隐瞒，遂即连夜修成本章。至次日清晨，隐帝设坐早朝，但见：

画鼓声连玉磬，金钟款撞幽喧。静鞭三下报金銮，文武一齐上殿。

个个扬尘舞蹈，君王免礼传宣。从来上古到如今，每日清晨朝典。

文武既集，有当驾官传宣，喝道："有事出班早奏，无事卷帘退班。"道言未了，只见左班中闪出一官，俯伏金阶，口称："万岁！臣御史周凯，有事渎奏。"隐帝道："卿有何事？可即奏来！"周凯道："臣有本章，上达天听。"遂将本呈上。当殿官接本，展开龙案之上。隐帝举目观看，上写道：

臣闻圣人不语怪，国家有常经。语怪，则民志易淆；经正，则民心不乱。一其章程，严其典则，非矫制也。盖所以检束乎民心，而安定夫民志者也。伏见都指挥赵弘殷之子匡胤，年已及壮，习尚未端。昨于通衢道上，有戏骑泥马一事。臣窃谓事虽弄假，势必成真。况乎一人倡乱，众其和之，积而久焉，其祸曷可胜言！将见安者不安，而定者无定矣！臣职守司城，分专巡视，睹此怪异不经之事，理合奏明。伏惟陛下乾刚独断，握法公行，勘决怪乱之一人，以警后来之妄举。则庶乎民志得安，民心克定，而一道同风之盛，复见于今矣！臣不胜激切上奏。

　　隐帝看罢，便问两班文武道："据周凯所奏，赵弘殷之子赵匡胤，戏骑泥马，惑乱人心。卿等公议，该问何罪？"众臣奏道："臣等愚昧，不敢定夺。但以妖言惑众而论，依律该问典刑。伏惟陛下圣裁。"隐帝听奏，想了一会，道："论例虽该典刑，姑念功臣之子，宥重拟轻，只问以不合一时行戏，致犯王章，该发大名府充军三年。赵弘殷治家不严，罚俸一载。钦此准行！"弘殷听了此言，大惊不迭，随即请罪谢恩。

　　当时朝罢回家，独坐厅上，怒气无伸，犹如青天里降下霹雳一般，十分暴怒，道："气杀吾也！快把香孩儿拿来！"回身走至夫人房中，骂道："都是你这老不贤，养这祸根，终日纵他性子，任他东闯西走，惹祸遭非。如今弄出事来了！"夫人道："相公，为着何事这等大怒，嗔怪妾身？"赵弘殷便把这事情细细说了一遍，道："似这样的畜生，玷辱门风，要他何用？快叫这畜生出来，待我一顿板子打死了，免得日后再累我费气！"夫人听罢，双目泪流，上前相劝。弘殷道："你也不必烦恼，这都是畜生自作自受，该处折磨。如今我也不管，任他历些艰难，吃些苦楚，只算得磨磨性子，也是好的。"夫人道："但孩儿从小娇养惯的，那里受得这般苦楚！相公若不区处，叫妾身怎的放心得下。"说罢，又是哽哽咽咽的哭将起来。那赵弘殷听了，不觉情关天性，势迫恩勤，睹此光景，未免动了不忍之心，长叹一声道:"罢了,罢了!我也别无区处。但你既是放心不下,那大名府的总兵,是我年侄。待我与他一封书,叫他在那里照管一二,庶几无事。只是好了这畜生,不知甘苦。"

那夫人听了此言,方才住哭,遂叫:"安童,把大爷请出来。"安童答应,去不多时,匡胤已至厅上,见礼了父母,侍立在旁。赵弘殷道:"你这不成器的畜生,干得好事!"匡胤道:"孩儿不曾干什么事!"弘殷喝道:"你还要嘴强!你在城隍庙骑得好泥马,放得好綮头!如今被巡城御史面奏朝廷,将你问斩;幸亏圣上宽宥,赦了死罪,只发配大名府充军三年,又累我罚俸一载。你这畜生,闯出这样祸来,还说不曾干么!"匡胤听了此言,只气得三尸暴跳,七窍烟腾,叫声:"无道昏君!我又不谋反叛逆,又不作歹为非,怎么把我充军起来?我断断不去,怕他怎的!"弘殷喝住道:"畜生!还要口硬。这是法度当然,谁敢违拗?你岂不知'王子犯法,与民同罪'。你自己犯了法,怎么骂起圣上来?况且朝廷赦重拟轻,乃是十分的恩典;死中得活,法外施仁。你还不知感激,反在此狂悖么!快些收拾起行,不许耽搁。那大名府的总兵,是我年侄,你去自然照顾你的。"

正说之间,家将进来禀道:"有本府起了批文,发拨两名长解,已在外厅,伺候公子起行,老爷作速发付。"弘殷遂命收拾起身。登时修下了书札,把行李包囊停当,差了两个管家跟随服侍。匡胤无可奈何,只得上前拜辞了父母并兄弟,又别了妻子。那老夫人吩咐道:"我儿!你此去路上,凡事要小心谨慎,不可如在家一般,由着自己性子。须要敛迹,方使我在家安心无虑。"匡胤道:"母亲不必忧心,孩儿因一时戏耍,造此事端,致累二亲惊恐,不肖之罪,万分莫赎。又蒙母亲吩咐,孩儿安敢不依!"说罢,彼此俱各下泪,正是:

  世上万般悲苦事,无过死别与生离。

当下匡胤别了父母，带了二名管家，含泪出门，和着解差上路。五口儿一齐行走，正出城来，远远的望见张光远、罗彦威二人在那里伺候。匡胤走近前去见了礼，道："二位贤弟，在此何干？"张光远道："闻得大哥遭此恩谴，小弟不胜抱歉。因思此事，原系俺弟兄三人同做。弄出事来，单教大哥一人前去受苦，小弟等无法可施，只得薄治一小东儿，借前面酒店内，饯行三杯，以壮行色。"匡胤道："这是愚兄的月令低微，与二位贤弟何干？既蒙过费，当得领情。"遂即同至酒店中来，管家在外等候，单和解差一共儿五口坐下。酒保拿上酒来，复又排齐了几品肴馔。彼此觥筹交错了一会。光远开言说道："小弟有一言奉告，今日兄长不幸，遭配大名，第一切须戒性。那里不比得汴梁，有人接应。须当万般收敛，少要生非为嘱。"匡胤笑道："兄弟，你怎么这般胆怯？男儿志在四方，那里分得彼此？我此去，无事则休；倘若有人犯我，管教他一家儿头脑都痛，方显得大丈夫的行踪，不似那怕事的懦夫俗子，守株待兔。"说罢就要拜别。张、罗二人不好相留，只得把匡胤等三人送出酒店，道："大哥，前途保重！"匡胤道："不必二位嘱咐。"两边竟拱手而别。有诗为证：

　　　　茅舍谈心共诉衷，临歧分袂各西东。
　　　　知君此去行藏事，尽在殷勤数语中。

不说张、罗二人归家。单说匡胤出了酒店，带了管家，和着解差，五人望天雄大道而来。一路上免不得饥餐渴饮，夜宿晓行。行走之间，不觉早到了大名府，寻下客店安歇。至次日清晨，匡胤先差两个管家到那帅府投书——原来那威镇大名府的总兵官，姓窦名溶，乃是赵弘殷的年侄。他这日正在私衙闲坐，忽接着赵府的家书，拆开看了一遍，心下踌躇道："我闻得赵匡胤平生好生祸事，今日犯了罪，充军到我这里，怎的待他方好？论起充军规例，必须使他贱役，庶于国法无亏。若论年家情谊，又属不雅。这便怎处？"思想了一回，忽然道："也罢！我如今只得要薄于国法，厚于私情，必须以礼貌相接，岂可泛同常例而行？既于国法尽其虚名，又于年伯托望之情，完其实效，此一举两全之美也，有何不可！"主意已定，即便写了一个请帖，差人同着管家，往下处去通了致意，把匡胤请到府中。两下各见了礼，略叙了几句寒温，窦溶即命排设筵席，款待接风。遂又拣了一所清净的公馆，与匡胤住下，仍令带来的两个管家随居服侍。复又拨了四名兵丁，轮流伺候。窦溶分置已毕，然后至次日清晨批回文书，打发差人回汴梁去讫。这正是：

  本为充配，反作亲临。
  窦公行义，只体尺音。

  匡胤住下公馆，甚自相称，每日供给，俱在帅府支应。又承那窦溶款待丰美，或时小酌，或日开宴，极其恭敬。比那曹操待关公的时节：三日一小宴，五日一大宴；上马一锭金，下马一锭银；美女服侍，高爵荣身，其敬爱之情，也不过如是。倒把那个钦定的配军，竟俨然做了亲临上司的一般无二。匡胤心中也觉十分感激。自此以后，寂然无事。

  过了些时，正值隆冬天气，匡胤心闷无聊，叫过兵丁问道："你们这里，有什么好去处，可以游玩得么？"那兵丁道："我们这里，胜地虽多，到了此时，便觉一无趣致。唯前面有个行院内，有一个妇人，姓韩名素梅，生得窈窕超群，丰韵异常。他身虽落在烟尘，性格与众不同，凭你公子王孙，不肯轻见。他素来立志，若遇英雄豪杰求见于他，才肯相交结纳。因此鸨儿也无可奈何，只得由他主意。我这里大名府行院中，也算得他是个有识有守的妓女了。公子既然闷坐无聊，何不到那里走走，或者得能相见,亦未可知。"匡胤听言大喜,道:"既有这个所在,不免去会会何妨!你可引我前去。"就命管家看守书房,带了两个兵丁,步出门来。上了长街,穿过小巷,往前随路而行。看看已到了院子门首,早见立着那个鸨儿,兵丁上前说了就里。鸨儿慌忙接进中堂客位坐下,就有丫鬟献茶。彼此谈论了几句,复着丫鬟报知素梅,说着东京赵公子闻名相访。那丫鬟去不多时,只见内边走出一个美人来。匡胤举眼看时,真个好一位风流标致的女子,轻盈窈窕的佳人。但见:

  体态姣柔,风姿妖媚。不施脂粉,天然美貌花容;无假装修,允矣轻杨弱柳。眉似远山翠黛,眼如秋水凝波。半启朱唇,皓齿诚堪羞白玉;时翘杏脸,金薇相衬激乌云。樱桃口竹韵丝音,玉手纤纤春笋;燕尾体凤翩鸳㐲,金莲娜娜秋菱。正如月女降人间,好似天仙临凡世。

  匡胤看了一遍,心下暗暗称赞。只见那美人轻启朱唇,款施莺语,低声说道:"适闻侍儿相报,贵客临门。敢问果系仙乡何处,上姓尊名?愿乞明示。"匡胤笑容可掬,从容答道:"俺乃东京汴梁城,都指挥赵老爷的大公子,名叫匡胤,打飞拳的太岁,治好汉的都头,就是在下。闻知美人芳名冠郡,贤德超凡,因此特来相访。今蒙不拒,幸甚,幸甚!"素梅闻言,心中暗喜,即便倒身下拜,道:"久闻公子英名,如雷贯耳。今日得见尊颜,贱妾韩素梅三生之幸也!"匡胤慌忙扶起,道:"美人,何故行此重礼?"素梅起来,重新见礼,彼此坐下。各饮了香茗,即命摆酒对饮。两下谈心,俱各欢好。

  饮够多时,撤席重谈。素梅道:"公子今既光临,若不嫌亵渎,愿屈一宿,以挹高风,不知尊意如何?"匡胤道:"美人有意,我岂无情!既蒙雅爱,感佩不浅。"遂吩咐两个兵丁道:"你等先回,我今晚在此盘桓一宵,明日早来伺候。"兵丁道:"公子在此过宿无妨,只不要闯祸生非,怕总帅老爷得知,叫小的带累受苦。"匡胤道:"俺是知道,你等放心回去,不必多言。"兵丁无奈,只得回去。匡胤是夕，遂与素梅曲尽欢娱，极其绸缪。真个说不尽万种恩情，描不出千般美景，人间之乐，无过于此矣！

次日起来，梳洗已毕，素梅即叫丫鬟摆上酒来。两人正待对饮，只见丫鬟跑进房来，报道："姑娘，不好了！那二爷又来了。"素梅闻言，只吓得面如土色，举手无措。匡胤见此形景，心下疑惑，问道："那个二爷是何等样人？他来做何勾当？美人听了便是这等害怕！"素梅道："公子有所不知，这人姓韩名通，乃是这里大名府的第一个恶棍。自恃力大无穷，精通拳棒，成群结党，打遍大名府并无敌手。因此人人闻名害怕，见影心寒，取他一个大名，叫做'韩二虎'，真正凶恶异常，横行无比。就是我们行院中，若或稍慢了他，轻则打骂，重则破家。怎奈贱妾平素不轻见人，以此无奈我何。今日又来混账，若见与公子同坐在此，彼必无状，因此心中甚觉张皇。"匡胤听了这番言语，心窝里顿起无明，不觉大叫道："反了，反了！气杀吾也！怎么的一个韩二狗，便装点得这般厉害！岂不知俺赵匡胤是个打光棍的行手，凭你什么三头六臂、伏虎降龙的手段，若遇了俺时，须叫他走了进来，爬了出去！美人，你只管放心，莫要害怕。"

顷刻间，叫丫鬟把桌子搬去，又将那什物家伙尽行收拾过了，单剩下两张交椅，与着素梅并肩坐下。只听得外面一片声叫喊进来，道："你们这些小贱婢，都躲往那里去了？怎的一个也不来迎接我二爷？"素梅听了，抖衣战惊，立起身来，往内要走。匡胤一把扯住，道："美人，不要怕他，有我在此。"说话之间，只见一个大汉走进房来。匡胤抬头看时，果然好一条汉子，但见：身长一丈，膀阔三停，相貌堂堂，威风凛凛，满脸杀气，举步进房。见了匡胤与素梅坐着佯佯不睬，即时心中大怒，开言骂道："小淫妇，你往常自恃姿容，多端做作，不肯接陪我二爷。只道你守节到底，甘处空房。怎么改变初心，与那野鸟厮缠？你就倚仗了孤老的势力，不来迎接我么？"素梅未及回言，早被匡胤大喝一声道："死囚！你家的祖宗老爷在此，如何这等大呼小叫？"韩通听言，竖目皱眉道："你是那里来的囚徒？这等可恶！可通个名来，待俺好动手。"匡胤笑道："原来你也不知，俺若说出大名来，你莫要跑了去。我乃东京汴国夷梁指挥老爷的公子，赵匡胤便是。"韩通听罢，便喝道："赵匡胤！你口中乳臭未退，头上胎发犹存，有多大本领，敢来俺大名府中纳命？不要走，吃我一拳。"说未了，早望匡胤劈面打来。只因这一番争斗，有分教：开疆帝王，显八面威风；兴国臣僚，让一筹锐气。正是：

疆场未建山河策，妓院先展龙虎争。

不知匡胤怎的招架？且看下回便知。

第三回

赵匡胤一打韩通　勾栏院独坐龙椅

诗曰：

　　萍水相逢一巨豪，任他梗化岂能逃！
　　心怀剔弊神堪接，力欲除奸气自高。
　　国典满期行色动，村醪过量意情骄。
　　本来赋性应如此，未济何妨试一遭。

话说赵匡胤游玩勾栏，遇着了韩通，彼此争嚷几句，那韩通大怒，举手便打。匡胤见他势头来得凶猛，侧身闪过，复手也还一拳，韩通也便躲过。两个登时交手，扑扑的一齐跳出房来，就在天井中间，各自丢开架子，拳手相交，一场好打。但见：

　　一个是开朝真主，一个是兴国元臣。一个是打遍汴京无敌手，一个是横行大郡逞高强。这个要依六韬吕望安天下，那个要学三略黄公定太平。这个是金鸡独立朝天蹬，那个是鹞子翻身着地钻。这个是玉女穿梭，那个是黄龙背杖。好个拳棒双全韩二虎，遇了膂力超群赵大郎。看他虎斗龙争，显出我强你弱。

当下二人各施本领，尽力相交，直打到难解难分之际，未分高下。

毕竟匡胤是个真命帝王，到处便有神助。此时早已惊动了随驾的城隍、土地，那城隍护住了匡胤，土地忙把那龙头拐杖望着韩通的脚上一拐，韩通就立身不住。匡胤见他有跌扑之意，就乘势抢将进去，使一个披脚的势子，把韩通一扫，蹼的倒在地下，一把按住，提起拳头如雨点一般，将他上下尽情乱打。韩通在地大叫道："打得好！打得好！"匡胤喝道："你这死囚，还是要死，还是要活？若要活时，叫我三声祖爷爷，还叫素梅三声祖奶奶，我便饶你去活。若是不叫，管取你立走黄泉，早早去见阎罗老子。"韩通道："红脸的，你且莫要动手，我和你商量。俺们一般的都是江湖上好汉，今日在你跟前输了锐气，也只是胜败之常。若要在养汉婆娘面前陪口，叫我日后怎好见人？这是断断不能。"匡胤听说，把二目睁圆，喝声道："韩通，你不叫么？"又把拳头照面上一顿打，直打得韩通受痛不过，只得叫声："祖爷爷，我与你有甚冤仇，把我这等毒打？"匡胤又喝道："你这不怕死的贼囚，怎么只叫得我！快快叫了素梅，我便饶你的命。"韩通无奈，只得叫一声道："我的祖太太！我平日从不曾犯你的戒，也算得成全你苦守清名。怎么今日袖手旁观，不则一声，忒觉忍心害义。望你方便一声，解劝解劝。"正在这里哀告，只见府中来了两个承值的，走将进来一看，见是韩通，便叫一声："韩二虎，你终日倚着力气，在大名府横行走闯，自谓无敌，任你施为；怎么一般的也有今日，遇着了这位义士，却便输了锐气。你既是好汉，不该这等贪生怕死，就肯叫粉头为祖太太，可不羞死！你平日的英雄往那里去了？"说罢，又劝匡胤道："公子，也不必再打了，想今日这顿拳头，料已尽他受用。凭他有十分的本事，也不敢正眼厮觑。还要打他则甚？"匡胤听说，把手一松，韩通便爬了起来，往外便走。匡胤叫道："韩通，你且听着，我有话吩咐你：你今快快离了大名，速往别处存身便罢。倘若再在此间耽搁，俺便早晚必来取你的狗命，决不再饶。"韩通听了，心下又羞又气,暗暗想道:"我一时造次,遭了这一场羞辱;如今欲要与他相对,料也难胜。况此地难以再住,不如且往别处安身立命,养成锐气,报复此仇,也不为迟。"想定主意,即时出了院子,离了大名,抱头鼠窜的望着平阳而去。这正是:

  一叶浮萍归大海,人生何处不相逢。

不说韩通逃往平阳,希图后报。且说匡胤打走了韩通,重与素梅叙话。素梅见匡胤本事高强,十分豪侠,心下愈加欢喜,就有永结百年之意。匡胤知他意思,便与素梅缔结偕老之盟,成就交欢之礼。设筵款饮,谈论怡然,时至初更,拥归寝室。正是:

  未际风云会,先承雨露恩。
  山盟从此定,海誓不须更。

次日,匡胤起身作别了素梅,回至馆驿,两个管家接着,道:"公子,你忧杀我们!闻得在院子内打走了什么韩通,恐怕窦老爷知道不便。况且地里生疏,人情不熟,可不要暗里吃人打算么?幸亏了那两个承应的,昨日回来出去打听,闻他逃在别处去了,我等方才放心。今后万望公子休要出去惹祸,免得小人惊恐。"匡胤喝道:"干你甚事!你们动不动只管有什么惊恐,我公子凭他有甚风火,总然不怕。须要拼他一拼,怎肯束手待毙。你们噜苏做甚?"那两个管家就不敢言语。自此以后,匡胤时常到素梅那里来往,意合情浓。不觉光阴似箭,日月如梭,捻指之间,二年有余。日日在大名府招灾惹祸,任意横行。亏杀了那个窦总兵,替他周全做主,故此无事。

忽一日,窦溶坐在私衙,心中想道:"赵公子在此二载有余,惹下许多祸事,本帅担了多少干系。如今尚有半年,若待限满回去,料他又要招非。不如修书一封，给他一道批文，打发回去：一则地方得以安宁，二则完我这番情面。"想定主意，遂吩咐旗牌，往馆驿中请赵公子进来。不多一会，早见匡胤走进私衙，与窦溶见过了礼，分宾主坐下。用过香茗，窦溶开言说道："贤弟，自从驾到敝府，倏忽之间，二载有余。愚兄因简命多繁，其于晋接有失简慢，叨在世谊，俱望包涵。目下且喜限期将满，意欲先请回府，免得老伯大人日夜忧思，在家悬望，不知尊意以为何如？"匡胤听言，满心欢喜道："小弟遭配麾下，错蒙雅爱，极承过费，实是难当。今既恩放，当于家君跟前细述盛德。倘遇寸进，自必厚酬。"窦溶连称不敢，即时吩咐家人治酒，趁今日与赵公子饯行。家人急忙排了酒筵，窦溶便请匡胤入席，宾主二人，开怀对饮。酒过三巡，食过五味，匡胤即便辞席。

窦溶不好强留，登时写下一书，无非与赵指挥问安的意思，并匡胤限满文凭，外赠路费银四十两。匡胤一一收明，当时拜谢，辞别了窦溶。回至馆驿中，收拾行装，带了两个管家，复至院子里辞别素梅。那韩素梅闻知匡胤限满回家，十分不舍。匡胤安慰道："美人不必挂怀，俺今回至汴梁，若遇便时，早晚决来取你，必不有忘！"素梅哽咽不绝，摆酒送行。此时匡胤归心如箭，略饮数杯，以领其情。彼此各自叮咛，洒泪而别。离了大名，望夷梁古道而行。有诗为证：

　　征人登古道，野外草萋萋。
　　心忙骑觉慢，意急步偏迟。
　　懒观青草景，愁见白云低。
　　山水称雅好，无心去品题。

匡胤在路行程，朝行夜宿，不觉早至东京。进了汴梁城，满心欢喜。来到十字路口，只见那些经商客旅，三教九流，见了匡胤，一个个面战心惊，头疼胆怯。有一人道："三年不见赵大舍，地方恁般无事；今日回来，只怕又要不宁了。"又一个道："不然，常言说'士三日不见，当刮目相待'。他出外多年，年纪也大了些，安知不学些礼数，习些规模，焕然改观，一变至道。难道是个'仍旧贯'不成？"又一个道："他虽然年纪大了，犹恐这副心肠终究是不换的。岂不闻古语说的，道是：'江山可改，秉性难移。'我们如今也不必管他，只消自己各奔前程，便没事了。"

匡胤一路行来，闻了这些言语，心中只是暗笑。正行之间，却好又遇见了张光远、罗彦威二人。彼此大喜，各作了揖，问安几句，罗彦威遂邀至酒楼接风。匡胤先发付两个管家收拾了行李，回家报知；自己却藏好了书札批文，与张、罗二人传杯递盏，畅饮舒怀。正饮之间，匡胤又把在大名府结纳了韩素梅，打走了韩通，及窦溶相待之情，前前后后许多事端，细细的说了一遍。二人也把别后之事，谈了一番。三人俱各大悦。正是：

酒逢知己千杯少，话不投机半句多。

三人轮杯把盏，吃了半日，俱有几分酒意。匡胤执杯说道："二位贤弟，愚兄遭配了三年，不知近来朝廷的政治何如？国家的事情怎样？想贤弟必知其详，愚兄愿闻一二。"张光远道："兄长不说便罢，若说起朝中之事，比前大不相同。近来南唐主新进来一班女乐，共是一十八口，内中有两个花魁，一名无价宝，一名掌上珠，果是闭月羞花，沉鱼落雁。不料皇上受献之后，迷乱荒淫，朝纲久废；大兴土木之工，创造一院，名为御勾栏。外设园亭，内兴楼阁，将这班女乐居住在内。那皇上每日率领了文武勋臣，以及贵戚，到这院内开长夜之饮，纵流连之欢。这些女乐，便扮演杂剧，歌唱舞蹈。以此日费斗金，民穷财尽。虽有大臣上本谏阻，反致加罪。因此谤言日积，国势日非。据小弟看将起来，这江山不久必属于他人，不知何人有福，受此社稷?"罗彦威道:"俺弟兄阔别了多时,今日欢聚在此,只顾饮酒罢了,这些闲话提他则甚?若说江山谁得,只怕除了大哥,别人消受不起!"说罢,独自斟饮。匡胤又问道:"那皇上设立御勾栏,可许百姓观看么?"光远道:"只有这一件,还算他无道之中略有一点与民同乐之意,他临幸之时,无论士庶人等,不禁出入,任凭观看。故此小弟得知。"匡胤道:"我往大名去了三年,不想汴梁添了这些景致。既然不禁出入,趁此天色尚早,二位贤弟同我去观看一回,可使得么?"光远道:"兄长要去,弟当奉陪。"罗彦威便叫酒保上来,算还了账。

三人一齐下楼,出了店门,往前行走。不多时,已到勾栏院门首,往里面直走进去,果然好一座御勾栏,盖造得穷工极巧,分外精奇。但见:

四下玲珑美景,八方渲染奇观。巍峨亭殿接青云。雕梁龙作队,画栋凤成行。曲径幽深行远,遍栽异卉佳花。忽传皇驾幸勾栏。美人俱尽态,乐女悉趋跄。

匡胤看了,夸羡不已,道:"好一座御勾栏,盖造精工,堪称尽美。"遂问道:"贤弟,那座高楼叫什么名儿?"光远道:"这叫玩花楼。"匡胤道:"俺弟兄们上去走走何如?"说罢,三人走上楼中。只见正中设着一张闹龙交椅,两旁放着两个绣墩。匡胤又问道:"这是什么人儿坐的?"光远道:"那中间龙椅,是当今坐的。这两旁绣墩,是两位丞相坐的。"匡胤回头看道:"那东西悬挂着钟鼓,要他何用?"光远道:"东廊悬的,便是龙凤鼓;西廊吊的,便是景阳钟。只因当今不时驾幸勾栏,恐怕那些女乐们一时不知,故此设下这钟鼓,当作宣召的一般。敲动起来,使那女乐们听了,便知圣驾临幸,方好上楼伺候。有的歌唱,有的舞蹈,真是娱心悦目,好看不过的。"匡胤道:"原来如此。既有这般趣致,俺们何不随喜一回,把那其中滋味赏鉴赏鉴。张贤弟，你去撞钟；罗兄弟，你去擂鼓；待我在龙椅上，装一个假皇帝儿坐坐，看那些女乐来也不来？"张、罗二人一来也有了几分酒兴，二来却像有鬼使神差的一般，忘其利害，这也是合当有事，所以如此。那张、罗二人各自走至廊下，击鼓的击鼓，撞钟的撞钟，分头乱了一回，回身望着绣墩上坐定等着。这分明是：

  只图戏玩成欢娱，岂料灾殃在眼前。

  当时钟鸣鼓响，早已惊动了掌院太监，慌忙往各院里去吆喝传呼，说道："你们众女乐，快些上楼，万岁爷驾到了。"那些女乐听见，不敢怠慢，各自拿了乐器。但见：有的执着笙箫弦管，有的执着象板鸾筝，一齐歌唱起来。宫商迭运，角徵徐吹，真个是：

  袅袅音如缕，阳和律吕平。
  新声殊激楚，仙乐耳渐明。

众女乐奏动音乐，一齐走上楼来见驾。一个个粉脸低头，花枝招展，俯伏在地，口称："万岁皇爷！女乐们接驾来迟，望乞恕罪！"那张光远、罗彦威二人，虽然带着几分酒意，心下到底惊慌，想道："此事做得不好，假装天子，满门处斩，这祸如何当得？"急望匡胤丢了几个眼色，要他见机而作、远祸全身的意思。谁知匡胤一时高兴，那里就肯动身。听见众女乐齐呼万岁，不觉满心欢喜，笑逐颜开，道："美人免礼平身。"那众女乐谢恩已毕，站起身来，往龙位上斜眼一看，不看时，万事皆休；一看时，个个胆怕心惊，往后倒退。这龙位上，那里是当今圣上，原来是一个红面后生。两边绣墩上，坐的是两个少年子弟。众女乐看了，一时齐声骂道："那里来的无知小贼？擅坐龙位，假扮天子，戏弄我们。真是大胆包天、目无国法的了！军士们何在，楼上有贼！快与我拿下。"那下面掌院的太监，听得楼上有人假装天子,擅坐龙位,大惊不迭,慌忙带领虎贲军二十多名,各执棍棒绳索奔上楼来。

此时匡胤听见女乐喊叫,不觉大怒,喝道:"贱婢!你们不来歌舞唱曲,奉俺欢心。反来放肆辱骂,怎肯饶你?"立起身来,一伸龙腕,照着无价宝脸上一掌,只打个倒栽葱,满楼上乱滚,散乱乌云。掌上珠见了,喊声:"不好了!醉汉行凶,打死人了!"一句话尚未说完,早被匡胤赶将过去,只一脚踢下楼去,跌得半死。张光远见了如此光景,把那几分的酒意,唬醒了大半,慌忙说道:"大哥!俺们一时高兴,惹这大祸,他们怎肯甘休?趁此女乐们尽都散去,极早走罢。倘再迟延,你我怎好脱身?"正说间,只听得楼下一片声喊起,赶上许多兵来,各执军器,一拥上前,把三个围在中间。匡胤见众军来得汹涌,赤手抵敌。举眼四望,捉一空飞起右脚,把一个执短棍的军士一脚踢翻,顺手夺了短棍,抢开混打。张光远夺了一条哨棒,使动帮扶。罗彦威手无军器,忙把那只金交椅拿在手中,往外乱打。只因这一番大闹,有分叫:楼阁依然,顷刻珠残玉碎;囿园虽在,片时花陨卉伤。正是:

  棍发聊舒五内愤,棒开得助一身威。

不知匡胤怎样脱身?且看下回便见分晓。

第四回

伸己忿雹打御院　雪父仇血溅花楼

词曰：

楼台歌管传佳景，夜沉沉，宫帏冷。月明栖乌数移柯，只为剑光飞挺。风云怎遂，冰雹齐施，君恨堪能尽。　　披星戴月宵盱影，龙潜迷鳞暝。气冲牛斗鬼神愁，睹征袍，猩红锦。日暮途穷，奔离乡井，羡杀他本领。

右调《御街行》

话说赵匡胤、张光远、罗彦威三人，在玩花楼上与那二十多名军士争持，彼此混打了一回。只打得虎贲军力尽筋输，身瘫气喘，发一声喊，各各自寻走路，都往楼下逃奔性命去了。张光远道："大哥，我们既已得胜，趁早去罢。再若延挨，倘或他们报知了五城兵马，引军前来，那时寡不敌众，你我就不能脱身了。"匡胤道："二位贤弟，怕他则甚！他今不来便罢，若引军马来时，俺便索性搅乱一场。教他整顿而来，亏败而去，才见愚兄的本领。"说罢，当先下楼，举动了短棍，往外打将出去。把院内两边栽种的奇花异卉，任情乱打，直打得水流花谢，月缺星残。

早有虎贲军报知了五城兵马司，顷刻间，点齐了弓兵箭手，飞奔前来，把御勾栏围得水泄不通，齐声呐喊。三人虽然勇猛，一来尚有些许酒意,二来招架众人,力气已都疲乏。此时指望闯出重围,怎当那生力军兵一以当十,勇力异常,焉能得脱!张光远埋怨道:"大哥,不听我言,如今可也走不脱身了!奈何,奈何?"匡胤听言,心中怒发,怨气直冲,早把顶门迸开,透出一条赤须火龙,半云半雾的在空中张牙舞爪。自古虎啸风生,龙行雨降。那匡胤原神出现之时,只听得一声霹雳,霎时间天昏地暗,走石飞沙。但见风狂雨骤,电闪雷鸣。忽又一声霹雳,降下一阵冰雹下来,如碗大的一般,望着兵马打去。唬得他们弃弓丢箭,抱头鼠窜,那里还顾拿人!只图保全性命。匡胤等三人举动棍棒,乘势闯出勾栏,各自回家去了。正是:

   鳌鱼脱却金钩钓,摆尾摇头再不来。

  那勾栏院被这一阵冰雹,打得军兵四分五落,各自躲藏。约过片时,天晴雨散,日色重光。众军伸头缩脑,慢慢地走将出来,聚在一处。个个咬指吐舌,道:"从来不曾见的这样大冰雹,真是亘古奇闻,利害不过!"有的说打坏了头角,面目青红;有的说伤损了身躯,肩背疼痛。复又将息了片时,各人强打精神,走往院中,周围寻觅一遭,却已不见了闹院的三位英雄。再看那院中的景致,已是揉烂满地,破坏不堪。众人无法奈何,只好嗟叹而已。此时天色将晚,各自散去。

  那管院的太监,心燎意急,一筹莫展。只得请了五城兵马司到来,与同众女乐一齐画策。商议了多时,方才定个朦胧启奏、指鹿为马的故事,希图了事而已。不可说是醉汉打搅,撒泼行凶,只将眼前的冰雹,屈他做个兴灾作祸的凶身,打坏了御院的花卉,庶几权宜妥当,各免干系。这也是历朝以来,权臣宦竖委曲塞责之道,类多如此,不足厚望。所患当代人君,一无明断,不能烛照为悲耳!彼时商议已定,连夜赴朝启奏。不提。

再说匡胤回到家中,拜见父母,道:"不孝孩儿,久离膝下,有乖定省,负罪良多。望二亲鉴此王章,恕儿不孝之罪!"赵弘殷见了,虽然不喜,然天性至亲,情关荣辱,未免动了怜悯之心,念了亲切之谊,毕竟转忧为喜,破怒为欢,叫道:"我儿,你怎么年限未满,就得回来?"匡胤道:"儿蒙窦世兄看父亲金面,限虽未满,预放还家。现有文凭,须行发遣。"说罢,就将批文呈上;又把问安书札,递与弘殷看毕。赵弘殷便将限满批文,即着家人速往府中递讫。当有杜夫人叫道:"我儿,你自今以后,须要改过自新,与父母争些光彩;切不可仍其旧性,乱做胡行,使我二人担惊受唬。你须刻刻存心,时时省察,便是你的孝道克全了!"匡胤唯唯拜受。

正说间,只见赵弘殷立起身来,道:"我到书房里走走。"才得举步,忽然攒眉皱目,呀的一声,往后一闪,几乎跌倒在地。杜夫人见了,急命安童上前,扶进书房安置。那赵弘殷一步一拐,闪闪跩跩的进了书房。匡胤看见,心下疑惑,问道:"母亲,孩儿久离膝下,不知父亲有何病恙,如此身体不安!"夫人欲要直说,恐怕匡胤性烈,又要去闯事生非,只得模糊答应道:"你父亲也没有什么病症,只因昨日上朝,偶尔马失前蹄,跌了一跤,伤了腿足,故此行走不便,谅也无妨。"匡胤听说,也就不敢再问,那心下疑惑终觉不释。忽听夫人吩咐道:"我儿,你路上辛苦,快去安息罢!"匡胤听言,即时来到房中,与贺金蝉相见。彼此问安已毕,坐在椅上,想着父亲的缘故,不知就里,一时推详不出,便问金蝉道:"娘子,我父亲所患何症?从几时起的?方才这等光景,行走不便。你可实对我说,我便去请医调治。"这贺金蝉乃是年幼之人,说话不知遮掩,便直说道:"公公向来安宁,何曾有病!只因那南唐国主进奉的一班女乐,献与当今。谁知皇上受了,终日饮酒取乐,不理朝纲,耗费斗金,民穷财尽。因此,公公上本谏阻,要他拆毁勾栏,发还女乐,亲贤远佞,勤政爱民。不道皇上观本大怒,要将公公问罪,亏了众臣解劝,只打了四十御棍,因此两腿酸痛,步履难移。"匡胤道:"原来如此。"暗自忖道:"早知我父亲受了这遭屈气,方才在玩花楼已把这班贱脾结果多时了。如今想将起来,一不做二不休,等待夜静更深,再到勾栏院去走一遭,天幸的撞着昏君,一齐了命。撞不着时,先把这班女乐结果了他,且与我父亲出气。"主意已定,将身倒在床上,和衣假睡。贺金蝉见丈夫睡了,不敢惊动,也便和衣而睡。

匡胤歇了一回,侧耳听那金蝉,已是呼呼睡着。即时轻轻爬起,往壁上除了一口宝剑,挂在衣服里面,出了房门,从后园越墙而走。到了长街,乘着月色,来到勾栏院前。此时约摸有二更天气,举眼一看,只见重门紧闭,四顾寂然。侧身往西首一望,看见一带红墙,却喜不甚多高,那墙外广有树木,参差不齐。匡胤将手攀着树枝,溜将上去,立在墙上,望内一看,乃是一块空地。将身跳了下去,往里竟走。又是一重仪门,却见两个小虎贲军,提着灯笼出来巡视。匡胤轻轻赶上几步,拔剑在手,一剑一个,斫倒在地。挨着门旁,见有一株绝大杨树,溜上树枝,跳进了仪门,轻步潜踪,往里直走。听得两廊一带厢房,俱是虎贲军居住,个个关门闭户,鼻息如雷。匡胤想道:"我若先杀了这班军士,犹恐误了工夫。只得饶放了他,再做理会。"当时顺着两廊,又跳过了一重花墙,便是那座御花园了。回视月光之下,照见残花满地,败叶零星。迈步趋前,望内一认,见那后面屋角凌云,巍然高耸,却就是那座玩花楼。即便悄悄走上,左右观看,只见楼后又接连一座高楼。原来就是那一十八口女乐的卧房。

匡胤踅将过去,早见透出灯光,打从门缝里一看,只见众女乐正在那里指手画脚的说着,道:"今日这三个后生,好不厉害,把我们打得恁地光景,实可痛恨!"那一个道:"打坏了人,还算小事;只恨他把御花园搅乱得这般,甚是难堪。偏偏天又下起大冰雹来,便宜他逃走了去。虽然启奏圣上,只说冰雹打坏的,只是我们不甘伏他。就要私下去捉,又是没名没姓的,那里拿他?"又一个道:"依我看来,极是容易，那龙座上坐的红脸后生，我曾听得人说，双龙巷内赵指挥的儿子，正是这等形象。他专一生事闯祸，惯打不平。前日赵指挥上本要拆毁勾栏，将我们还国。圣上大怒，把他打了四十御棍，或者怀恨在心，叫他儿子前来报仇，也未可知。我们为今之计，也不必声张泄漏，只消商议一个计策出来，静悄悄去骗他进来，将他了命。神不知，鬼不觉，可不好么？"匡胤在外，听到这句，心中顿时怒发，火气直冲，大喝一声道："贼贱婢！你们在此打算老爷么？"一脚把门踢开，手执宝剑，往里就闯。众女乐抬头一看，唬得面色如灰，汗流浃背，没处躲藏，一齐发抖，只得跪下磕头，求饶性命。匡胤那肯容情，手起剑落，尽都砍了。可怜一十八名女乐，都做无头之鬼。有诗为证：

　　欲图密计害真龙，谁料无常顷刻从。
　　千载花楼犹腥气，应教御院绝姣容。

　　匡胤既杀女乐，心下思想道："我虽然一时报仇的心盛，杀了这班女乐，其实这祸惹得不小。况且白日里大闹了一番，五城兵马前来拿捉，幸亏上天庇佑，才得脱身。难道没有认得我的？！常言道：'若要不知，如非莫为。'万一当今知道，画影图形，将我拿住，岂不枉送性命！我如今且瞒了父母，逃往母舅杜思雄处，躲避一年半载，待等事情停罢，然后出来。况他执掌兵权，威镇关西，住在那里，庶几无事。"想定主意，抽身下楼，依旧照着来路，越墙而出。出了勾栏院，来到自己后门，越墙而进，进了后花园，悄悄回到房中，听得贺金蝉尚是沉沉而睡。遂将血衣脱下藏好，带了一顶鹰翎大帽，换了一件可体轻衣，束上鸾带，取了几两盘费，挂上宝剑，背个小小行囊，拿了一条蟠龙棍，充做那操军的模样，依旧越墙，出了后花园。听那谯楼已敲五鼓，急忙举步，奔走如飞，竟往关西去了。正是：

> 两手劈开生死路，一身跳出是非门。

匡胤逃往关西，按下不提。

且说勾栏院当差的一干人众，天明起来要往里边打扫，到了二门上，见那杀死的两个虎贲军，唬得目定口呆，没做理会，急忙报知了掌院太监。太监验明尸首，带了虎贲军上楼，那楼上只影全无，声闻寂静。众人心下大疑，举眼往后楼一望，见是房门大开，绝无人影。走近一瞧，只见那些女乐，东倒西歪，身首异处，满楼血水堆积，腥膻直冲。众人唬得魂飞魄散，惊得似雷震一般，委的非同小可。好似：

> 头揾三江水，脚踏五湖潮。
> 黄河塌两岸，华岳倒三峰。

当下，掌院太监连忙下楼，飞马进朝，奏知隐帝。那隐帝顿足捶胸，伤悼不止，就像真的失了无价至宝、掌上珍珠。登时传旨，埋葬了女乐尸首。又差五城兵马将八门紧闭，沿门搜检，逐户挨查。但有隐匿凶犯者，九族全诛；拿住凶徒者，千金重赏。这旨意一出，哄动了夷梁城中军民人等，家家户户无不惊慌。那赵弘殷这日清早起来，闲暇无事，遂叫丫鬟往内房请公子出来，有话问他。丫鬟来至后边，道："请公子出去，老爷有话讲。"贺金蝉道："你等快去通报，不知公子为着何事，今早五更时不见了。"丫鬟又到前后找寻，并无踪迹，只得出来回复了赵弘殷。

忽有报文传送进来，道："昨夜御勾栏内，一十八名女乐不知被何人杀死？今皇上着五城兵马司挨门查缉，不许隐匿，为此相传。"弘殷看毕，便将传报发了出去，心中疑惑，道："这件事情实为奇异！我想女乐被杀，畜生潜迹，同在昨夜之事，莫非又是他干的不成？"

遂叫夫人道："你可到媳妇房中，细细问个端的，这畜生不知何故，倏然不见？"夫人依言，来到后房，便问金蝉道："你丈夫进房，可曾告诉他什么来？"金蝉道："他一到房中，就问公公的病症。媳妇不敢隐瞒，将屈受御棍的事情告诉一遍。五更时分，媳妇醒来，丈夫踪迹全无，不知去向！"夫人听了这些言语，暗暗吃惊，出来与弘殷说知，只唬得面目失色，叫苦连天，说道："这等看将起来，准定是畜生做的了。不知逃往何方？走得脱还好，走不脱拿住了，不但这畜生性命难保，你我全家定遭屠戮。"夫人听言，苦痛钻心，眼中泪出，哽哽咽咽哭将起来。弘殷喝住道："这样不肖，惹此灭门之祸，你还要哭他怎么！快些住口，倘然走漏风声，不当稳便。"杜夫人闻言，只得住了。正是：

> 骨肉情深安忍释，强开笑貌换愁容。

再说匡胤逃出汴梁城，电闪星飞，梭行箭走，望着关西大路而来，一路上自嗟自叹，冷落孤凄。正行之间，只见前面一座高山，十分险阻，但见：

> 山连斗柄，岭接云霄。山连斗柄，千年翠柏透青霞；岭接云霄，万载苍松冲碧汉。危林岩壁，深涧高岗。危林岩壁似爪牙，深涧高岗藏虎豹。四时不断青云草，野鸟难飞过黑林。

匡胤看那山势，果然高峻倍常，玲珑异样。又往山脚下一看，只见立着一座石碑，上面镌着"昆明山"三个大字。两边又有两行小字，刻得分明，道：

> 有人打我山前过，十个驮子留九个。
> 若还不送买路钱，一刀一个草里卧。

匡胤看道:"原来此地有剪径强人,往来行劫。须要预为防备,庶可无事。"说未了,只听得山顶上一声锣响,闪出一个大王,匹马飞奔下山。后面跟了四五十个喽啰,摇旗呐喊。匡胤不慌不忙,倒后退走几步,拣了一块平坦之地,站住了脚,执定蟠龙棍等着。举眼看那大王怎生打扮:

金凤盔分八瓣,黄金甲锁连环。大红袍上染猩猩,勒甲丝蛮宝带。
袋内弓弯龙角,壶中箭插雕翎。坐下良调枣骝驹,手执钢刀闪闪。

那大王下了山坡,一马当先,大喝道:"红脸的汉子!快快留下买路钱,放你过去。若道半个不字,叫你立见丧亡。"赵匡胤哈哈大笑道:"你这毛贼,连那眼珠儿都不生的,枉自在此胡为乱做。俺却不是行商坐贾,又不是满载荣归,那有银钱赏你!想是你终日打劫,扰害人民,今日恶贯满盈,遇着了老爷,只怕你死期已至。若要保全性命,快把自己绑缚了,过来请罪,献上盘缠,俺便饶你。倘若执迷不悟,叫你顷刻呜呼!"那大王听言,气得心中火发,口内生烟,叫声:"好恼!你这小子谅有多大本领,擅敢口出大言!"说罢,拍开了战马,抡刀照面砍来。匡胤使动了蟠龙棍,当头架住。步马相交,刀棍并举,真个一场好战。但见:

一个抡刀当头便砍,一个提棍照顶相迎。一个马上施展,一个地下奋武。山王如猛虎扑人,刀刀只望前心劈;真主似神龙抓水,棍棍都排后背敲。昆明山上,有名的剪径强人,怎许灭一毫的锐气;汴梁城中,遍闻的招灾太岁,那肯输半点便宜。刀棍交加几十合,胜负须教顷刻分。

赵匡胤这条棍,果然神出鬼没,变化腾挪,当时战有五十余合,早把那大王杀得只有招架之功,更无还兵之力,看看要败将下来。那些喽啰飞也似跑至山上，报与二大王去了。只因这一报，有分教：两次龙飞，巨寇翻成心膂助；一朝萍遇，阶俘巧作唱随风。正是：

　　不经大敌分高下，怎得行踪有潜藏。

要知匡胤怎的过去？且看下回须知。

第五回

赵匡胤救解书生　张桂英得配英主

诗曰：

重背高堂学远游，夕阳凄楚增人愁。
煌煌六尺空垂世，矫矫双雄阻古丘。
劲敌顿然成凯服，异途偏使咏河洲。
只因遇合多奇迹，千古须教逊一筹。

话说众喽啰见那大大王本事不济，急忙飞奔上山，报与二大王道："启上二大王，不好了！大大王巡山，遇着了一个红面的后生，要他买路钱，他便不服，登时厮杀起来。不道那红脸后生本事高强，十分凶猛，大大王战他不过，正在危急，快请二大王下山相助。"

那二大王听报，连忙披挂上马，手执银枪，飞奔下山。正见他步马往来，刀棍迎送，大大王只使得手忙脚乱，势败亏输。那二大王大喝一声道："大哥！休要着忙，兄弟与你助战。"匡胤正在酣战之际，耳边听得呼喝之声，偷眼一看，只见又来了一个山王。看他怎生打扮：

头上银盔生杀气，身穿铁甲威风，丝蛮宝带束腰中。壶藏金梗箭，袋插铁胎弓。　坐下追风雪狮马，捻枪指点西东。扬威耀武下山峰，加鞭如虎跳，声喝若雷轰。

二大王纵马捻枪，上前便刺。这大大王见兄弟来助，即便抖擞精神，相攻助敌。

两个战住一个，约有二十余合，匡胤虽然勇猛，怎当生力相帮，未免筋疲力尽，气喘心慌。一声怒气，把顶门进开，红光现处，早见一条五爪的赤须火龙起在空中，望着那两个大王张牙舞爪。那大王见了，大惊不迭，一齐收住兵器，滚鞍下马，跪在道旁，口称："主公，臣等有眼不识真主，一时冒犯，罪不容诛，只求主公赦免。"匡胤道："你二人既战，当定个高下。怎的跪地乞怜，暗藏奸计。不必多言，快快起来，与你见个雌雄。"二人道："臣等焉敢有计！委的一时鲁莽，不知主公驾临，致有冒渎，只求宽恕！"匡胤道："我问你：你们口称主公，却是何故？"二人道："方才主公厮杀，见有真龙出现，护体临身，所以知是真命，日后必登九五无疑。臣等情愿归降，保主创立江山，望主公允纳。"匡胤道："二位方才果见真龙出现么？"二人道："臣等焉敢谎言？"匡胤道："不瞒二位，我就是汴梁赵匡胤。只因大闹了御勾栏，怒杀了一十八名女乐，故此要往关西投亲，路过宝山，不期遇了二位豪杰。方才相并，多有得罪。"二人道："原来主公就是赵老爷的公子，闻名久矣！今日相逢，实是臣等之幸。"匡胤大喜，急忙扶起了二人。问其姓名，二人道："臣等二人，乃一母同胞：臣名董龙，弟名董虎，朔州人氏，向系良民。自幼专好枪棒，习得一身武艺。只因犯事，被官司逼迫，所以权在此山存身。敢请主公到荒山暂住几日，然后送行。"匡胤见二人真心相留，并不疑惑，说道："既承二位美情，就到宝寨相扰。"董龙就把枣骝驹牵过来，请匡胤骑着，弟兄二人前边引路；又叫喽啰执了蟠龙棍，随后跟行。

匡胤一路上山，举眼四望，见那山峰峻整，栅寨森严，心下十分叹羡。行过了数重关隘，来至昆明寨，往厅前下马。走上厅中，两下重新叙礼毕。董龙便把虎皮交椅请匡胤居中坐下，弟兄二人旁坐相陪。献茶已毕，董龙道："难得主公驾至荒山，只是无物相敬，有一两脚肥羊，臣当献与主公下酒。"匡胤听言，暗暗称奇道："从来的羊只有四脚，那里有什么两脚肥羊，不知是何形象？我何不叫他牵来一看，便见端的。"说道："二位将军，我从来见杀则吃，不见杀不吃。既蒙厚待，望将肥羊牵来与俺一看，足见二位的美情。"董龙依言，即便吩咐喽啰："把两脚肥羊牵将出来，就在亭子上开剥。"喽啰答应一声，往外就走。去不多时，早把肥羊牵了出来。匡胤初时只道果是两脚羊，生平从未见着，心中奇异，所以设为诡词，要他牵来一看，开拓见闻。如今属意盼望，远远的看见众喽啰推将上来，吃了一惊。原来不是什么的两脚肥羊，却是把一个人绑着两手，两个喽啰夹着膀子而走，一个拿了一盆清水，水里放着一个椰瓢；一个拿了明晃晃的一把长耳尖刀，一齐簇拥到剥皮亭上，立住了脚。只见又一个喽啰，走至董龙面前，禀道："大大王，肥羊到了。"董龙吩咐道："快把那厮的心肝取将上来，献与主公下酒。"喽啰答应一声，走下去把那人绑在柱上，正要动手。

匡胤见了如此光景，知是要伤他性命的了，慌忙叫道："你等且慢动手！二位将军，这明明是人，怎么称他肥羊？"二人道："不瞒主公说，我这绿林中的事情，件件说的都是隐语，所以他人不得而知。"匡胤道："这凉水要他何用？"二人道："大凡拿到了肥羊，先将凉水浇头，凝住了心血，然后开膛破腹，挖取心肝，才便香脆可口，异味无穷。"匡胤道："原来如此。只是虽承美意，盛礼相待，其实心怀伤惨，不忍领情。望二位看我薄面，饶放了他，就算我赵匡胤心领的一般，这便没齿不忘的大德！"二人道："既主公吩咐，敢不从命！"便叫："喽啰，把那人放了。"众人答应一声，遂解了绳索，董龙便叫那人上来，道："你这厮，本是俺山寨中早晚供用的食物，不道遇着了这位善缘好生的恩主，才得全生，你当重重拜谢，感激洪恩。"那人停了一回,过来跪到地上,叫声:"恩主大王,小民蒙恩释放,杀身难报!"匡胤定睛一看,好一个齐整人品:年纪不过十五六岁,生得唇红齿白,袅娜娉婷,宛然一个美貌女子,娇艳异常。心下想道:"怪不得做强盗的没有良心,不知那里的这样一个标致书生,拿了他来当作肥羊美食。方才不是我到,此时已做泉下之鬼了。"遂问道:"你姓甚名谁?做何事业?家住那里?可实对我说,我便做主,放你下山归去。"那人听问,叩头流泪,道:"小的家中离此有四十余里地,名张家村。我父名张百万,小人名张桂英。只因我父家资殷富,称为员外,没有三男四女,单生小的一人。因为前日游春到此,偶遇两位大王,拿我到此,自分必死,此生不想还家。天遣得遇恩人垂救,解放回家,实系再造之恩,无异重生父母。小人今世不能补报,来生愿作犬马,报答大恩。"说罢,泪如雨下。匡胤道:"二位将军,今既饶了性命,必须要喽啰们送他下山,方见二位盛德,终始成全。"二人道:"不消主公费心,臣等自当差人送去。"于是拨了四个喽啰,着令护送桂英下山。那桂英复又说道:"蒙恩人释放,愿求大名,好使小人回家,焚香顶礼。"匡胤道:"你也不必问我姓名,快些去罢。"董龙道:"你要问恩主的尊名么?这就是东京都指挥老爷的公子,名叫赵匡胤便是。"桂英道:"恩人,他日遇便,到小庄光临,小人父子誓必补报。"匡胤道:"不必多言,趁此去罢。"桂英又磕了一个头,立起身来,跟着喽啰下山去了。正是:

  劈破玉笼飞彩凤,顿开金锁走蛟龙。

  且说那弟兄二人,当日吩咐整备筵席,款待匡胤。三人传杯送盏,谈论闲文,不觉饮至更阑时分,方才撤席。董龙就送匡胤安寝,一宵晚景休提。次日,弟兄二人陪了匡胤,往四处游玩了一番山景,回至厅上,重设酒筵,谈心畅饮。真是杯盘狼藉,直至酩酊方休。

自此，匡胤在那山上，不知不觉住了半月有余。一日，心中想道："我闻'梁园虽好，不是久恋之乡'。这山寨之中，我怎的可以久住？倘今贪恋纷华，误了终身事业，岂是大丈夫之所为！"主意定了，就请董氏兄弟出来，开言说道："我赵匡胤幸遇二位将军相爱，在宝山打搅了多日，已领高情。但我一心要上关西，希图前程立命，趁此天气晴明，今日便当告辞，容图后会。"那二人十分苦留，见那匡胤坚持不肯，只得说道："本欲款留主公再住几日，想主公前程万里，怎好羁留，有误大事。但今一别，未知何日相逢！专望主公得意之秋，某等二人，愿当执鞭坠镫。"说罢，吩咐喽啰备酒送行。顷刻间，把酒席端好，摆在厅上，就请匡胤居中坐下，弟兄二人左右相陪。彼此殷勤相劝，畅饮多时，只见小喽啰捧着一盘金银，站立旁边。董龙说道："主公，此处荒山穷谷，无可为敬，聊具菲仪，稍供前途打个饯儿，望乞笑留，以伸心敬。"匡胤道："二位盛情，我赵匡胤感佩多多。但我盘缠尽可资度，所赐之物，决不敢领，留在寨中，以作军需之费，请自收了，不必费心。"董龙道："主公虽是行囊颇厚，不该把这细微奉送，怎奈没甚念头，将这些许为敬。望主公权且收下，少表我弟兄二人这一点孝敬的真心。"一面说着，一面取了一个缠袋，把金银倾在里面，两头打了疙瘩，随手将来放在面前。匡胤见他二人恁般坚执，只得勉强收了，束在腰间。背上行李，顺手取了蟠龙棍，即时举步起身。弟兄二人亲自送下山来，直至山岔路口，两边各叮咛了几句，怏怏而别。有诗为证：

   虎踞昆明四远闻，威风凛凛鬼神钦。
   相逢倾盖归真主，千古传扬二董名。

按下董氏兄弟回归山寨不提。单说赵匡胤离了昆明山，望着关西大路，迤逦而行。一路上见了些疏林村景、密竹山光，心下十分赞叹那弟兄二人恁般情分。此时正值暮春天气，又见那些桃红柳绿，草木芳华，鸟语莺啼，溪泉曲折。因贪观野景，信步而行，不觉顷刻间乌云四起，旭日蒙光，那天公变了阴晦。须臾，微风阵阵，细雨蒙蒙，飘将下来，早把道路打的湿了，步履难行。向前一望，远远的见那林子里，显出一所庄院。即时奔至前途，到那广梁门首，看那雨时，渐渐的大了，只得就在庄门前立地躲避。

谁知这雨比前更觉大了，只是落个不住。偏偏的雨骤风狂，风吹雨过，把匡胤的周身上下通打湿了，心中正有些烦恼。忽听那里面有人走将出来，把庄门开了一扇，探头往外打了一看，见了匡胤，仔细地看了一遍，也不言语，转身往里走了进去。不多一回，又走出一位老者，把着雨盖撑起，来至门首与匡胤拱手道："尊兄莫非东京来的赵公子么？"匡胤慌忙答道："在下便是。长者怎么认得？"那老者便道："既是赵公子，请到草堂献茶。"言罢，叫了手下人出来，把行李、棍棒接了进去。自己便与匡胤携手同行，打着雨伞顶着了大雨，进了庄门。来至厅上，吩咐仆人，取出一套新鲜衣服，把与匡胤换下了湿衣。又把那顶雨湿毡帽除去，换上了一顶秦巾。然后员外过来，重与匡胤施礼，分宾坐定，献茶已毕。匡胤开言问道："长者素不相识，如何优礼相待？在下心实不安，望乞指教！"那员外道："老汉姓张，名天禄，世居此地，颇有家资。老拙早年去世，不幸年过半百，并无子息，只生一女，名唤桂英，年方二八，尚未适人。只因前日改扮男装，踏青游玩，不料遇着强人掳去，一命悬丝。老汉无法可施，不过对天号泣而已。谁道命不该绝，逢凶化吉，得遇公子相救，才得放回。此恩此德，没齿难忘。故此老汉日日差人在门前候驾，不期今日相逢，足遂老汉想慕之心了。"

匡胤闻言大骇，道："原来被掳的不是令郎，却是令爱么？"员外道："是小女。"遂吩咐丫鬟："请将小姐出来。"不多时，只见一位如花似玉的小姐出来。匡胤偷睛一看，只觉窈窕多姿，姣媚无匹，比在山男扮的时节，果然分外齐整。那小姐走到厅上，对了匡胤，叫一声："恩人在上，贱妾张桂英，多蒙救命之恩，杀身难报！"说罢，倒身下拜。匡胤连忙答礼相还。员外把手扶住，道："恩人，你就是重生父母，今日受小女一礼，不足为过，怎的还礼起来？"那时桂英磕了四个头，立起身来，叫丫鬟看那鞍辔过来。匡胤道："小姐，要这鞍辔何用？"桂英道："贱妾有言在先，愿投犬马相报，今日礼当如此。"匡胤满面赔笑，道："小姐讲这一句，俺赵某便是承当不起。怎么以空言翻作实事，窃恐矫情过礼，觉得太执了。"员外道："不然，小女若非公子相救，焉能重转家乡，再居人世！今遇光临，礼该践言拜谢，何用多谦？况小女立愿如山，若不依他，此心终是不安。"说话之间，丫鬟早把鞍辔摆在跟前，与桂英搭在身上。匡胤连忙伸手过去，将鞍辔提过一边，说道："小姐虽系有愿在前，方才已受重礼，若再如此，赵某断不敢当。请进香闺，无劳多礼！"那桂英再三坚请，匡胤只是不从，只得立起身来，说声："从命了。"复道了万福。那员外也只得叫丫鬟扶了桂英进去。即命安摆筵席，款待匡胤，宾主二人，开怀畅饮，彼此谈论些家常之事、世俗之言。此时恰好雨住云开，风清景晚，当时又饮了一回，将及黄昏左侧，方才撤席。员外即着仆人打扫书房，端整了床帐铺陈，请了匡胤安置，然后自己进内去了。一宵晚景休提。

到了次日，员外复命设席，就请匡胤在书房中谈心饮酒。当时酒过数巡，菜供几味，员外执杯在手，说道："老汉有句不识进退之言，敢告公子，未知可肯相容否？"匡胤道："长者有何指教？某当谛听。"员外道："老汉只因年近桑榆，并无豚犬，寸心悬念，只此零仃弱女，为暮景收成之靠。因此急欲择婿，了毕终身，无奈遍观世俗，皆非德器。今观公子，仁礼素著，豪杰性成，意欲屈招公子在此缔结姻亲，使小女所适得人，老汉亦承家有托，不知公子可肯见怜，一言相许么？"那匡胤听了此言，心下暗自忖道："我今抛撇家乡，正无安身之处，既遇这个机会，何不应允了他，成就这头亲事，权住几时，然后再往关西，有何不可？"即便答道："感承员外见爱，曲赐高情；但在下背井离乡，穷途落魄，又且聘礼不周，怎敢高扳，有辱令爱。"员外道："公子不必推辞，这是老汉欲报大恩，有此相屈，那里敢望聘礼！"遂叫安童取将历日过来，揭开一看，说道："妙哉，妙哉！喜得今日正遇不将黄道吉期，正是天遂人愿，夙世奇缘也。"就吩咐收拾新房，整理床帐、桌椅等物，打扫后堂，张灯结彩。一面着人置备喜筵，又与匡胤换了一套新鲜华丽的吉服，整备结亲。当日诸事停当，急忙着人唤齐了傧相、鼓乐人等到家。等至吉时，就将小姐打扮了，请出后堂，一对新人参拜了天地神明、祠堂灶户。请着员外当厅受礼，然后夫妻交拜，合卺花烛。礼数已毕，送入洞房，成就了美事。彼此相敬相爱，甚是欢娱。正是：

  有意栽花花不发，无心插柳柳成荫。

  自此匡胤在张家庄，或时与员外厅堂谈论今古，或时与小姐房帏消遣琴棋，或以棍棒盘桓，演习武艺，或以杯酌酬酢，吐露心怀。倦时游玩园亭，寻趣花香鸟语；闲里往观原野，舒情水秀山明。正是有话即长，无事则短，匡胤在那庄间，不觉过了四月有余。这日在家独坐无聊，出门观玩，信步而行。一路间见了些梧叶飘零，树木凋残了红绿；听了些蝉声断续，雁鸦啼遍了高低。值此金风透体，果然萧爽宜人。猛可抬头，只见那边半空中，腾起两朵祥云，云中现出两般物件。只因这一番所遇，有分教：陌路枝连，一代埙篪成大业；兰房弦断，千秋琴瑟启深愁。正是：

  离合总然由天定，悲欢那许在人谋。

  毕竟现出什么物件？且看下回自见分明。

第六回

赤须龙山庄结义　绿鬓娥兰室归阴

词曰：

　　水长流，萍相合；面未谋，情相浃。堪羡英雄，随时伸屈，风云未遂怎生色？权将微业度朝昏，且尽奔波职。　　霞正妍，月明白；酒正浓，花将折。枉教人空恃前程，须招不测。朱颜命薄今休歇，香零玉碎鬼高飞，莫忘功业。

右调《金人捧露盘》

话说赵匡胤在张家庄，与那张桂英小姐成亲之后，不觉过了四月有余。一日出门游玩，偶尔抬头，见那前面半空中现出两朵祥云：一朵黑色，一朵黄色。那黑云下边，现出一只斑斓黑虎，舞爪张牙；那黄云下面，现着一条五爪黄龙，升腾舒展。一时心下惊疑不迭，暗自想道："这莫不是那里妖怪玩法，有此怪异之端么？"又道："就是妖怪玩法，谅这青天白日，亦不敢胡乱出头。我且赶向前边，看他出没，便知端的。"遂迅步走上了几步，离那祥云不远，定睛细看，只见黑云下边，乃是一个稍长汉子，挑着两只油篓，打从一个水坑洼子跟前奔驰而走，像有紧要事情的一般，慌慌悚悚，直往前行。转过了两个弯，踪影全无，那空中的黑云，就渐渐儿不见了。看官听着：这人就是黑虎财神降凡，惯卖香油为业，因要往销金桥去赶集，只为忘带了卖油的梆子，所以回去。直到后来在九曲湾救驾、禅州城结义，方才见他的功业，知他的事端。因是后话，此处未提。

且说赵匡胤又望着黄云那边，信步前去，只见三岔路口有一人，头戴绫绵杆草帽，身穿月白布紧身，相貌堂堂，身材稳稳。因被着那一车子的雨伞陷在淤泥浅水之中，正在那里用尽平生之力，把伞车儿推拽。不道力气有限，推够多时，莫想移动分毫，仍然不动不变。只见他用得筋输力尽，一时烦恼起来，遂把天门迸开，现出一条五爪的黄龙，在空中旋转。匡胤看了，心中想道："我曾听见人说：'凡人蛇锁七窍，必有诸侯之分。真龙出现，定为九五之尊。'此人顶现真龙，日后福气定然不小。我何不替他相助一臂之力，把车儿拉出泥洼，与他结为朋友，声气相依，料他也不致玷辱于我。"主意已定，紧步上前，再看那头上的黄云，也就慢慢儿隐了。即时招呼道："朋友，不要性急，待我前来帮你一帮。"说罢，将身一纵，跳到那陷泥里边，双手将车嘴儿攥住了，连抬带拽往上一拉，轻轻地拉过泥洼，停放在康庄道上。倒把那个推车的，使得浑身是汗，遍体生津。

只见他松开了肩膊，放下了绊绳，把气喘定，忙赔笑脸，深深的作了一揖，道："请问壮士高姓大名？"匡胤道："小弟家住汴梁，乃赵指挥之子，名匡胤，表字元朗。敢问足下贵姓尊名？仙乡何处？"那推车的听言，又是一揖，道："失敬了！久仰公子英名，常怀渴想，今日相逢，三生有幸。小可原籍徽州人氏，迁居在沧州横海郡居住，姓柴名荣，表字君贵。先祖也曾出仕牧民，先父经营度日。小可只因孤身失业，力薄才菲，权将贩伞为生，聊为糊口之计。方才车陷泥洼，若不是公子力助，焉能得上平原。只是可惜污坏了尊靴，小可当得奉赔。"匡胤笑道："柴兄说那里话来！四海之内，皆兄弟也。助力扶危，人之常情，这敝靴能值几何，如此挂齿。前面就是舍亲庄次，兄若不嫌亵渎，请到那里献茶。"柴荣见匡胤这等义气，不好推辞，只得说声道："小可理当造府拜瞻。"即时把车绳搭上肩头，推将起来。匡胤解下腰间鸾带，拴在前面车嘴之上，相帮扯拽，一同前往张家庄来。

正行之间，只见远远的两匹马从东飞奔而来，马上端坐着两位壮士。看看来至跟前，只见他收住征驹，一齐滚鞍下马。匡胤仔细一看，原来不是别人，却是结金兰的契友、同臭味的良朋，乃是张光远、罗彦威二人。匡胤与他们见过了礼，又叫他们与柴荣相见了。光远道："小弟自从那日醉闹勾栏，冰雹解散，次日听得院中被人杀死女乐一十八名。小弟暗到尊府，请兄长说话，又值不遇，细问尊管，偏不肯说。因而暗暗打听，方知就是兄长干下的事情。小弟不敢泄漏，只得急往四处找寻，并无踪迹。前日遇着了京中开相馆的苗先生，我叫他替兄长推算了一命，他说道：

风云未遂平生志，魔障怎开眉际欢！

小弟又问他兄长的踪迹，他又说道：

二位若要见良朋，关西路上去找寻。

我弟兄二人，一来恐怕兄长性急出门，少带盘费；二来小弟们也趁此躲一躲是非，免得被人捕风捉影，打草惊蛇。所以带些银两，沿路追寻访问兄长的消息，谁知却在这里推车受苦！"匡胤道："二位贤弟，且同到前面庄上慢谈衷曲。"

于时四人各各扯车牵马，行到张家门首，一齐进了庄门，至厅上逊坐。匡胤吩咐仆人："把伞车推进厂房安放，将马匹牵过后槽喂养。"须臾茶上三巡，匡胤把那离别之情，并在张家庄招赘为婿，及与柴荣相遇的缘由，一一对张、罗二人说了一遍。遂又叫柴荣道："柴兄，今日陌路相逢，情投意合，实乃天假其缘，人生最乐之事。俺欲四人结为手足，胜比同胞，窃愿效尤那汉朝的玄德公桃园故事，不知可否？"柴荣道："三位仁兄俱是豪门贵户，小弟微贱鄙夫，怎好仰扳，有累尊驾。"匡胤道："柴兄，是何言也！岂不闻昔年汉高祖与那西楚霸王皆是布衣，也曾八拜为交，后来图王定霸，平定了天下。此乃西秦的出迹、往古的成规。今日你我既为朋友，怎的论那贵贱，较这穷通，似非相交大义。小弟愚意已定，柴兄切莫推辞。"一面说话，一面叫人备办了三牲福物、香烛神仪，就在当厅供着。柴荣再欲推辞，只恐拂了他一团美意，只得一齐叙了乡贯姓名、年庚八字：乃是柴荣居长，匡胤第二，光远行三，彦威排四。各各跪在香案之前，一齐祝道："弟子等四人，虽各异姓，实胜同胞。愿自此之后，扶危济困，务要同心；扶弱锄强，勿生异志。他日有官同做，有马同骑；若有非心，天神共鉴！"誓毕，拜罢起来，各依年齿，对拜了八拜。送神已毕，然后坐定谈心，正是：

不因此日恩情重，怎得他年意气浓。

当下柴荣说道："二弟，此处既是令亲的府上，何不请将出来，我们见礼一番，方合古道。"匡胤遂叫仆人，请员外出厅。众人上前，俱各见礼已毕。员外听知三人是女婿的朋友，不敢怠慢，连忙吩咐安排酒筵款待。那筵席极其丰盛，不必细说。众人情怀相切，意气相投，你敬我酬，开怀畅饮，直至天晚而散。其日正当中秋佳节，只见光发东山之上，徘徊牛斗之墟，早把一轮皓月推送当天。员外重又置了一席盛酒，邀请四人一同赏玩月色。真的是：暮云收尽，银汉无声；晶莹照万国山川，皎洁夺一天星斗。前贤曾有一律，单道那中秋之月分外光明。其诗云：

皓魄当空宝镜升，云间仙籁寂无声。

> 平分秋色一轮满，常伴云衢千里明。
> 狡兔空从弦外落，妖蟆休向眼前生。
> 灵槎拟约同携手，更待银河到底清。

当夜众人赏玩了一回，各各兴量已尽，方才撤席。那员外命安童在书房中铺下了床席，就请柴荣等三人安寝，然后进去。

匡胤亦自回房，却值桂英预先备下酒肴果品在房，等候匡胤进来一同赏月。匡胤即时坐下与桂英开怀对饮。此时已有三更之外，但见清光澄澈，爽气飕凉，夫妻二人饮够多时，桂英问道："妾闻官人今日结拜了三个朋友，内中有个推车贩伞的。妾思官人乃是金枝玉叶，怎与下品之人相交结纳，可不辱没威仪，有伤贵重？"匡胤微微笑道："贤妻，你但知其一，不知其二。我在东京汴梁时，曾遇相面的说我日后有一朝天子之分。今日偶然到郊外闲行，看见那个推车贩伞的顶现黄龙，祥云护体，因想他日后也有天子之福，不知谁先谁后，孰短孰长？故此我与他八拜为交，彼此俱有所益。"桂英听言，心中欢喜，道："贱妾幼年，也曾遇着算命先生，算我有嫔妃之分，不想得遇官人匹配，实乃天意使然，曲为成就。他日登了九五，一定要求封个嫔妃之职，望勿弃妾，有负今日之言。"说罢，将身跪了下去，竟要求个执照之物，作为凭据之意。匡胤哈哈大笑道："贤妻何必多心！此事尚在未卜，怎么认起真来？"急忙用手相扶，道："我日后果应其言，当封贤妻为贵妃之职，掌理西宫。"桂英真的谢恩，起来重整杯盘，相与欢饮。忽听谯楼已及五鼓，二人酒意已深，即丫鬟收拾了桌席，方才就寝。正是：

> 封号方从口内出，阴骘已在眼前来。

看官须知，赵匡胤吩咐，不过因一时酒兴，现在欢娱，心下只当戏言，口中无非胡混。谁知早已惊动了值日功曹，那功曹在空中闻了此言，暗自道："这张桂英虽有嫔妃之分，却无嫔妃之福，不过空有此名，并非实位。他若果然做了西宫，日后把杜丽容安顿何处？此事不可不奏。"即时上往天庭，至灵霄宝殿，启奏了玉皇上帝。玉帝闻奏，即时降旨道："张桂英妄想西宫，邀封显职，既越阳纲之典，当施阴罚之章，例该减寿一纪，钦此施行，勿得违忤。"这道玉旨一出，功曹不敢停留，登时离了天阙，按落云头，来至森罗殿上，将玉旨宣读。慌得十殿阎君即命执簿该管的判官，取将生死注册，从头检看。见那上面注着："张桂英该享阳寿二十八岁，于某月某日急疾身亡。"阎君遵旨，减去了一十二年，当即改注："该在今年今月中秋二日，暴疾而亡。"急忙批判了拘牌，就差勾魂鬼使跟随了张氏家鬼，协同鬼甲，前去解送无常，勾取桂英魂魄前来缴旨。鬼使领命，即时到了张家，整备明日施行。这正是合着古语所云："半句非言，折尽平生之福。"可见一饮一啄，莫非前定；穷通寿夭，断不可以勉强挽回者。有诗为证：

  命有终须有，命无莫妄怀。
  万般难计较，都在命中来。

  到了次日早晨，是八月十六日了。匡胤起来梳洗已毕，就往书房见了柴荣等三人，茶罢，柴荣就要告辞。匡胤道："兄长为何见外，俺弟兄们既结了生死之交，正该盘桓几日，少尽爱敬之心，岂可遽动行旌，便怀离别。即或生意要紧，就使迟上几天，也不至于误事，请兄长安心，小弟尚多相叙。"说罢，即命安童摆上酒来，消饮谈心。安童急忙收拾酒肴，摆在书房。柴荣等四人依次而坐，觥筹交错，彼此情浓。

  正在酣饮之际，只见两个丫鬟慌慌张张跑将出来，叫声："姑爷，不好了，祸事到了！方才姑娘要往厨下料理早饭，不知为甚缘故，刚刚的跨出房门，忽然扑的一交，跌倒在地，顷刻昏迷不醒，眼白唇青，手足都已冷了。快请姑爷进去一看！"匡胤听了此言，只吓得面如土色，惊走不迭，慌叫一声："仁兄、贤弟，暂且失陪！"急忙赶至后面卧房门首，只见一众丫鬟搀定桂英坐在尘埃，齐声叫唤，那员外哭倒在旁。匡胤走至跟前，定睛一看，只见佳人紧闭了口眼，手足如冰，已做了黄泉之客。急得匡胤顿足搥胸，东奔西走的没有法儿。只得再近跟前，百般叫唤。叫了多时，全然不应，不觉心中酸楚起来，放声痛哭道："贤妻！我自从在昆明山救你时，不料萍水相逢，缔结姻眷；实指望百年偕老，白发齐眉。谁知聚首无多，恩情四月，即便早使分离，怎的不叫我心痛！"说罢又哭。那张员外亦哭道："我儿，我指望你送终养老，不枉我生你一场。谁知你天命先亡，叫我举目无亲，怎不痛杀！"

翁婿正在痛哭，旁有一个老院子上前劝道："员外、姑爷，也不必悲伤了，古人云：'人死不能复生。'这是小姐的大数该然，天公注定；纵然哭死也是无益的了，且请料理丧事为上。"翁婿二人只得住了哭声，收了眼泪，吩咐丫鬟，将小姐香汤沐浴，换了一身新艳衣衫，把平日所爱的珠翠金银尽都插带，停放后堂。匡胤来至前厅，柴荣等三人闻了此言，亦各下泪，用言劝慰。那张员外痛女心悲，打点了千金银子，备办衣衾棺椁，挂孝开丧。请了禅僧羽士，启建忏法道场，修设玄科祭炼，超度亡灵，往生极乐。柴荣等三人，共同凑出了份资，置办祭礼，亲到灵前祭奠。看看已有二十余日，张员外择日将小姐发送坟茔，埋葬下了，丧事乃毕。

又过了一日，柴荣见事情已毕，这日便要辞行。匡胤道："兄长，既要长行，暂假片时，待小弟别了岳丈，与兄同往。"张光远道："二哥，令岳这等万贯家私，不就这里受享，又要往那里去奔波跋涉？"匡胤道："梁园虽好，终非久恋之乡。况且你二嫂已亡，愚兄在此，徒然无益。如今一同大哥做伴前行，且往关西投奔母舅那里，创立得一番事业，庶把平生作用显露当时。强似在人家苟且安身，希图饱暖，致使见讥于当世，贻笑于后人，大非你我自命的本意。"说了，就叫安童请员外出厅，上前拜辞道："岳父大人，小婿过蒙雅爱，结配丝萝；不道运蹇时乖，命途多舛，致使令爱青年遭变，唱随不终。心伤情惨，无过于此。因思终日在此搅扰，一则睹此景物，愈增悲怆，二则闲荡终身，究非长策。小婿意欲前往关西别寻勾当，为此暂且告辞，愿期后会。"那员外正在悲恸之秋，忽闻匡胤便要辞别，不觉惊慌无措，纷纷的掉下泪来，说道："贤婿！虽则我女儿福薄，不得奉侍终身，中道而亡，事属相反。但我年近六旬，形单影只，朝不卜暮，有谁照拂！望贤婿念我衰迈之人，以至亲之谊，不如权在此间掌管家园，莫往别处去罢！"说罢，哽咽凄楚，不胜哀悲。匡胤睹此情形，不免泪流满面，只得按下愁容，强开笑貌，将言劝慰道："岳父，你年纪虽高，尚是清健，家中奴婢俱是得力之人，亦可委他照应，不足为虑。小婿今往关西，若果兴腾，得能建功立业，纵然快刀儿，割不断这门亲戚。从今切莫悲伤，须寻快乐，保养天年，只此为嘱，请自留心。"

员外看他去志已决，料不能留，随即吩咐安童，排下饯行酒席。自己回进房中，着意的拣选了一副极精致最齐整的铺陈，把来打裹停当；又打点了许多金银，叫小厮拿了出来，对匡胤说道："贤婿既然决意长行，量老汉挽留不住。只是你路上风霜，行间辛苦，这旧时行李未免单寒。为此，我备下这小小行囊，你可带去。这是黄金一百两、白银一千两，些须薄物，聊表路用之资，你可一总儿收了。"说罢，又是哽哽噎噎起来。匡胤道："岳父不必费心，量小婿前至关西，不过千里之遥，何用许多盘费！非是小婿见外，这盘缠略有些许，尽可计度。既蒙岳父厚赐，小婿拜领了这行李，权领了这一锭黄金，余的请收了进去。"说罢，取了五两重的一锭金子，揣在囊中。员外知道他的性儿耿直，不好再言，只得取些银子另行束做三封，送与柴荣、张光远、罗彦威三人作为路费，余的收了进去。三人不好推辞，只得拜受。张员外又在怀中取出一件宝物来，送与匡胤。只因这一物，有分叫：形动时，任尔剑戟刀枪都逊志；锋过处，凭你魑魅魍魉尽藏身。正是：

> 灵仪常伴苍颜老，异物终归命世英。

不知赠的什么宝物？须看下回便见分明。

第七回

柴君贵贩伞登古道　赵匡胤割税闹金桥

词曰：

　　风尘滚滚，雨雪霏霏，途路郁孤凄。绿水流溪，青山嵽嵲，乌兔奔东西。豺狼忽地占街衢，虎啸复猿啼。磊落知希，扫清尘翳，端的奠皇基。

　　　　　　　　　　　　　右调《少年游》

　　话说张员外见赵匡胤不肯把盘费全收，只得命童儿拿了进去。遂在怀中取出一个小小的锦袱包儿，将手解开，里面裹着一条黄金锦织成的鸾带，递与匡胤，道："贤婿，当日有位仙长云游到此，与老朽化斋，因老朽生平最敬僧道二种，为此盛设相待。他临去之时，赐我这件无价至宝，为赠答之物，名曰'神煞棍棒'。老朽不知就里，细问根由，他说，此宝乃仙家制炼，非同凡品，必须非常之人，方可得此非常之物。凡是无事之时，束在腰间，是一条带子；若遇了冲锋之际，解落他来，只消口内念声'黄龙舒展'，顺手儿迎风一纵，这带就变成了一条棍棒。拿在手中，轻如鸿毛，打在人身，重若泰山。凭你刀枪剑戟，俱不能伤害其身。若遇了邪术妖法，有了此宝防护，便可心神不乱，堪灭妖邪。如不用时，口中念那'神棍归原'四个字，将手一抖，那棍依然是条带子。真的运用如神，变化莫测。老朽藏之已久,终无用处,今见贤婿这等英雄豪俊,故此相赠,作件防身兵器。一则免得提了这蟠龙棍行走不便,二则权当此物作一点系念之心。"匡胤接过手来,睁睛一看,果然晶莹射目,闪烁惊心。即便依了员外的言语,口中念了一声"黄龙舒展",迎风一纵,真乃仙家妙物,秘处难言,这带早已变成了一条棍棒。有《西江月》词一首,单赞这宝的好处:

此宝刚柔并济,宛如勒甲蛮绦。随身防护束腰间,变化无穷玄妙。 临阵即时光闪,冲锋刀剑难牢。仙传精器助天朝,打就江山永保。

匡胤即时分开门路,就将那棍法施展起来,把那勾、弹、封、逼、掳、挤、抽、挪诸般等势,上下盘旋,舞了一回,复念了一声"神棍归原",将手一抖,依然是条黄金锦带。心下十分欢喜,将来束在腰间。柴荣等三人,各各赞叹不已。匡胤遂撤了蟠龙棍,便道:"承岳父厚赐,小婿与众朋友就此告别。"员外见他去心甚急,不好再留,遂即吩咐安童,将酒席排在当厅,与众人饯行。弟兄四人饮了一番,起身拜别,员外送至庄门之外,各人洒泪而别。正是:

别酒一斟人便醉,离歌三叠马先行。

员外送别了众人,凄凄楚楚独自回庄,按下不提。

单说柴荣推动了车子,匡胤负着行囊,正欲上前行路,只见张光远、罗彦威双双走上前来,对了匡胤说道:"二位仁兄,小弟等本欲陪行,同上关西才是。怎奈前日来时,只为访寻兄长添助盘缠,尚未禀明父母,不敢远游,意欲暂转东京,通个音信,待他日禀过了父母,然后再到关西相会。不知二位仁兄可肯允否?"匡胤道:"二位贤弟,这是人子的正理,愚兄怎好阻挡!只为愚兄一时不明,做下了这样大事,以致离亲弃室,诚为不孝之人。贤弟回去得暇，望祈报知双亲，免得日常挂念。"张、罗二人听了言语，遂把行李打开，取了五十两银子，递与匡胤，道："些须路用，望乞笑留。"匡胤道："愚兄的资用尽有，不必费心，请自收回，容图后会。"罗彦威道："二哥既不肯受，可送与大哥，聊助生意之本，以表我二人之心。"匡胤道："说得有理。"遂将银子接过手来，装在柴荣的行囊之内。柴荣再三推辞，匡胤只是不许。张、罗二人即时拜别，乘马而去。正是：

  赠锾只为寻旧约，乘车端在羡新盟。

  不说张、罗二人回转东京。单说赵匡胤见柴荣推着车子，行走不快，便把行李放在车上，将绊绳搁着肩头，拉了前行。柴荣后面推着，便觉轻松，赶着大路而来。那匡胤于路，不觉触景生情，感物动念，口中不住的短叹长吁，低头闷走。柴荣见了，慌忙问道："贤弟，为何这般浩叹？莫非这辆车儿累得你慌了么？"匡胤道："非也。小弟只因睹此景物，不免思念家乡，怀想父母。承欢既废，骨肉多疏，自觉心戚神伤，故而作此故态，望兄勿罪。"柴荣道："贤弟，你偶尔寄迹他乡，但当襟怀潇洒，意气悠扬，须效那大丈夫之行藏，何必作平常人之况。少不得天伦聚首，自是有期，切勿徒增忧思，自贻伊戚。前面就是销金桥了，待愚兄到彼交过了税，寻上一个酒肆，沽饮几杯，与贤弟散闷则个！"匡胤听着交税两字，便把离乡思念的话头搁开不论，即时慌忙问道："兄长！这销金桥有甚官长，在那里抽取往来客商的税息？"柴荣道："此地系通衢大道，那有官长。"匡胤道："既然不设官长，这税从何而纳？莫不空掉了不成！"柴荣道："虽然没有官员，却有一个坐地虎光棍人儿，名叫董达。手下有百十个勇力家人，日夜轮流把守这座桥口，但凡商客经过此地，凭你值十两的货物，他要抽一两的税银；值百两的资本，须交他十两的土税，分毫厘忽不可缺少。若遇了不省人事的，略有一些儿得罪了他，轻则将胳膊腿脚打断，重者性命不存。因此人人害怕，个个帖服，谁敢道个不是！贤弟到彼，亦宜柔声下气，便可无碍。"

匡胤听了这番言语，只气得腹中火发，口内烟生，把车绳放下，道："兄长，请暂停一回，小弟有话商量。"柴荣听言，当真的把车儿歇下，说道："贤弟，有何商量，便请一说。"匡胤道："兄长这车儿上的伞，有多少本钱？脱去了有几何利息？"柴荣道："本有二十两，到了关西，发去了时，就有三十余两。"匡胤道："这等算来，只有十两利息，除了盘缠，去了纳税，所剩有限。兄长往来跋涉，不几白受了这场辛苦？这样生理，做他有甚妙处！依小弟之见，如今这销金桥的税银不必交他，竟自过去。"柴荣极是胆小的人，听见了这番言语，心下惊慌起来，把话阻住道："这二两银子不值什么，贤弟休要惹祸。况他手下人多，贤弟虽则勇猛，恐众寡不敌，一时失手与他，反遭荼毒，岂非画虎不成反类其狗。贤弟只宜忍耐为妙，及早儿赶路罢。"匡胤越然发怒，道："兄长怎的这般胆怯？小弟在汴梁时，专好兴灾作祸，打抱不平。昔日在城隍庙戏骑泥马，发配大名，怒打了韩通。回家醉闹勾栏院，怒杀了乐女。闯出汴梁，降服了昆明山二寇，才在张家庄相遇仁兄，结成手足。自古惺惺惜惺惺，好汉惜好汉，若无半点儿本领，怎敢在兄长跟前夸口！况且小弟生来的性儿不耐，最不肯受那强暴的鸟气。遇着了不合人情的，凭他三头六臂、虎力熊心，也都不怕，总总要与他拼着一遭，见个高下。怎么遇了这个不遵王化、私抽土税的强贼，就肯束手待毙起来？这是小弟实实不服。"柴荣道："贤弟英名，愚兄固已钦服。但到了前面，他若要时，便如何与他讲论？这个还要贤弟主意定了，好上前去。莫要胸无成算，孟浪而行，那时临时局促，倒被那厮行凶，反为不美。"匡胤道："小弟已有计策在此：兄长推起车儿，当先过去。他那里若不阻挡，这就罢了。他若稍有拦阻，兄长只说新合了一个伙计，银两物件都在他身边带着，生的什么相貌，穿的什么衣服，他便随后就来交税的。他们听了兄长之言，必然先放过去。那时小弟上来，就好与他讲话了。"

　　柴荣此时，虽然惧怕，却也无奈，只得硬着头皮，强打精神，推上前去。匡胤随后而行，离桥不远，只见路旁有株老大的杨树，树下堆着些吹落的败叶。匡胤道："兄长，你先行过去。小弟略停片时，随后就到。"说罢，遂在败叶堆上歇息打盹。柴荣推至桥边，早见那些抽税的人一齐高叫道："柴蛮子来了，柴蛮子来了，你行下的旧规，早早儿完了，好放你过去。"柴荣不慌不忙，放下了车儿，满面堆笑道："列位，我如今不比往常了，新合着一个伙计，银子是他掌管，待他到来，自然交纳。且先放我过桥，好去吃了饭赶路。"众人道："你的伙计在那里？怎么不与你同来？"柴荣把手一指，道："兀的那绿杨树下，穿青袍的这个红脸汉子，就是我的伙计。因赶的路上辛苦，权在那里歇息片时。列位，略略等些，他就来交税的。"众人道："柴蛮子他从来至诚老实，不会撒谎，那边的伙计谅是真的。且放他过了桥去，好歹自有他的伙计在此，怕他漏了税，飞去了不成！"柴荣说声"承情了"，遂把伞车儿推动，一竟过桥去了。有诗为证：

　　　　贪恋从来无预防，只图肥己把财藏。
　　　　谁知已中蝉联计，枉自身家眼下亡。

　　众人见柴荣去了，等候多时，看那红脸大汉兀是在树下打盹，不见起来交税。内中就有几个性急的说道："朋友们，这个红面的不来，我们一时不当心，却不要被他走了过去么！俺们何不走将过去和他要了税银，凭着他睡上一年，也不关我们的干系，却不是好？"众人道："说得有理。"遂一齐走到跟前，瞧了一瞧，见果是个红脸大汉，即便高声叫道："红脸的伙计，醒醒儿，快把那柴蛮子的税银交了出来,请你慢慢地再睡罢。"匡胤明明听见,故意不去应他。众人那里耐得,大家七手八脚的来推匡胤。匡胤把脚伸了一伸,口中呐呐地骂道:"好大胆的狗头,怎敢这般无礼,前来惊动老爷!"众人听了,尽皆大怒,道:"红脸的贼徒,装什么憨,做什么势?快快打开了银包,称出税银,好放你过桥去,逍遥走路,直往西天。"匡胤立起身来,说道:"你们这班死囚!我老爷好好的在这里打睡,却要什么税银?"众人道:"你难道不知道么?你的伙计柴荣,想已告诉你了,我们要的是个过桥税银,你休推睡里梦里,假做不知!"匡胤道:"你们要的原来是这项银子!我正要问你:你们在此抽税,系是奉着那一个衙门的明文?那一位官长的钧旨?"众人道:"你新来户儿,不知路头,我这里销金桥,乃是一位董大爷独霸此方,专抽往来商税。凭你值十两的货物要抽一两税银,有百两的本钱须交十两土税,这是分毫不可缺少的。你的伙计向来是一车子伞,该交二两税银。你管什么明文不明文,钧旨不钧旨,只要足足的称了出来,万事全休;若有半个不字,叫你立走无常、阴司里去打睡。"

匡胤听言,心中火发,大喝道:"好死囚,什么叫做立走无常,阴司打睡?"说罢,抢开了拳头上前就打。众人见匡胤动手,发一声喊,各各奔上前来,围住了匡胤,齐举拳头乱打。匡胤见了,那里放在心上,只把这两个拳头往着四面打将转来,不消数刻,早已打倒了十余个。拳势恁般沉重,倒下来时,一个个多在那绿杨树下挣命;不曾着手的,各自要顾性命,哄的一声,往四下里逃生去了。

匡胤见众人已散,即便迈步走上了销金桥,举眼一看,这桥环跨长河,十分高大。那桥顶半旁,搭着一座席篷遮盖的税棚,阻住往来,监察抽税。棚内放着一只银柜,柜上摆着那些天平、戥子、算盘、夹剪等物。此时管棚的人,却已只影全无。匡胤暗想道:"这清平世界,朗荡乾坤,怎容得这土豪恶棍拦阻官道,私税肥身,情实可恨。但我赵匡胤不来剪除这厮,与那受累的良民雪怨,还有谁人敢来施展？"想罢，即将那座席棚打折，并那什物等件撂在桥心。复又想着柴荣在前，犹恐有人阻拦，急忙紧步下桥，如飞的赶来。约有一里多路，却是一座集场，人烟稠密，拥挤不开。举眼四望，不见伞车的踪迹。只见东首有座酒楼，即便进去，上楼饮酒，手扶窗槛，四下张望，并无踪迹，只得呆呆地望着，按下慢提。

单说那些逃脱的众人，得了性命，如飞地跑至家中报信。不道这日董达不在家中，却往亲戚人家饮酒未回。众人只得翻身回转，半路之间，只见那边董达策马扬鞭，醺醺然缓地行来。众人一齐迎将上去，哭诉道："大爷，不好了！那贩伞的柴荣，勾引了一个红脸大汉，违拗了我们桥梁上的规例，又把我们众人打坏了大半。我等逃得快，脱了性命，特来报知大爷，乞大爷作速前去，拿住这个红脸凶徒。一来与我众人们报仇，二来不使后边交税的人看样。"

那董达一闻此言，心下大怒，道："有这等事么？谅那柴荣有多大的本领，擅敢纠合凶徒，前来破我的规例！"急忙把马加鞭，如飞追赶。众人跟在后面，假虎张威。当时赶过了销金桥，往西一路而走。随路有那许多赶集的人，见了董达一行人众，恶狠狠蜂拥而来，那个敢阻塞行踪，碍他去路？都是一个个闪在旁边，让他过去。那董达举眼看时，正见柴荣的伞车在前推走，急忙一马当先，赶至背后，喝声："柴囚！你漏税行凶，伤我牙爪，待往那里走？"一手举起了马鞭子，照着头上便打。柴荣心下慌张，口内只是叫苦，推着车儿死命的奔走。董达拍马赶来。人走得慢，马奔得快，追到酒楼之下，拦着柴荣，提起马鞭，如雨点般乱打，柴荣只是挨着。却值匡胤正在楼上独自饮酒，听得楼下沸沸扬扬，一派的马鞭声响，即时探身，往楼下一看，不觉的：

  怒从心上起，恶向胆边生。

第七回　柴君贵贩伞登古道　赵匡胤割税闹金桥　057

原来柴荣把伞车推下桥来,到那集场上,但见人山人海,挤个不了,把车儿挨在一边,等人少时,方好推动。那匡胤过桥来时,又是望前紧走,那里在人丛之中留心观望。所以两下里都错了路头。及至柴荣捉空儿把伞车推出集场,正待行走,却好董达背后赶来,直追至酒楼之下,把马鞭乱打。匡胤见了,心中大怒,谅那马上的必是董达,等不得下楼,就从楼窗上一纵,蹿将下来,高声大骂道:"强横贼徒,你怎敢这般无礼?"赶上前去,将手擎住了杯子,只一按,掀下鞍来。董达见匡胤来势甚凶,知是劲敌,即便使个鲫鱼跳水势,立将起来,睁圆二目;又使一个饿虎扑食势,思量要拿匡胤。那匡胤闪过一步,让他奔到跟前,乘势用脚一撩,就把董达撂翻在地。即便提起拳头,望着董达乱打——像在大名府打韩通一般,将他周身上下着力奉承。那董达跟随的众人一齐发喊,各拾了砖头石块,望了匡胤如星飞电闪的打来。匡胤见了哈哈大笑道:"来得好,来得好!叫你这班毛贼,都是死数。"遂舍了董达,退后几步,向腰间解下宝带,迎风一抖,变成了一条神煞棍棒,分开门户,往前乱打。不一时,早把几个打翻在地。

众人招架不住,又发声喊,抢了董达,扶上了马,一齐往正南上逃走。匡胤提着棍棒随后追赶。柴荣在房檐下,高声叫道:"贤弟!休要莽撞,入他牢笼。我们既已得胜,趁早儿赶路罢!"匡胤把手乱摇,道:"兄长,你且奔走前途,只在黄土坡略停等我;小弟赶上前去,务要除了此方大害,然后来会。"说罢,迅步而追。那董达在马上,回头看见匡胤来追,心下十分暗喜,道:"我只愁他不追,他既来追,管叫你来时有路,去时无门。待我引他到九曲十八湾中,唤我那结义兄弟出来,就好与他算账。"正是:

> 枉自用心机,人欺天不欺。
> 莫言路险阻,自反失便宜。

不说董达暗暗算计，引诱匡胤来追。且说又有一位好汉，乃按上界黑虎财神星临凡，姓郑名恩，字子明。祖贯山西应州乔山县人氏。年长一十七岁，生得形容丑陋，力大无穷。最异的那双尊目，生来左小右大，善识妖邪。自幼父母双亡，流落江湖，挑卖香油度日，曾在上回书中叙过，在张家庄上现了原形。因为这日出来赶集，忘记带了这卖油的梆子在那平定州的酒店里面，所以特地回去找寻，寻了半晌，并无踪迹。谁知这位老爷，生来的性格恁般急躁，也是个有我无你的人。当时在那店中寻不出来，强要这店家赔他。那店家虽是怕他性发，实不曾见他的油梆，那里肯赔？郑恩见拂了他性儿，登时喧闹起来，动手乱打，台桌椅凳翻身，碗盏壶瓶满地，好不使性。正在店中喧闹，只见外边来了一位先生，口称："相面！"只因这一人来，有分叫：截路贪夫，虽免目前丧命；盘山啸贼，难逃眼下亡身。正是：

　　　　不经指点清尘雾，怎得声名遍夏区。

　　不知来的何人？且看下回分解。

第八回

算油梆苗训留词　拔枣树郑恩救驾

诗曰：

伍员吹箫市，韩信垂钓台。
昔贤曾混迹，之子亦多才。
落月摇乡树，清淮上酒杯。
诛茅三径在，高咏日悠哉。

又曰：

臂上黑雕弧，腰间金仆姑。
突骑五花马，射杀千年狐。

右录竹垞古体

话说郑恩不见了梆子，正在店中使性，只见那边来了一位先生，口中喝道："相面！贫道乃天下闻名的苗光义，得受异人传授，能知祸福穷通。如有要观尊相的，前来会我。一经相断，无有不准。"说着就往店中走进，看见郑恩在那里喧闹，把他上下一看，心下早已了然，暗自忖道："原来是黑虎星官流落在此，待我指点他前程，勿使错误。"遂叫一声："黑脸的朋友，为着什么事情，在此争闹？"郑恩回头一看，看是个算命先生，没好气的一声喝道："你自去算你的命，管什么闲事！"苗光义道："朋友，你莫要使性，或者失了什么财帛，说与我知，我与你推算一番，自然晓得。"郑恩听言，说道："失了什么财帛，只为不见了一个卖油的梆子，乐子在此气闹。"光义道："原来如此。你且报个时辰来，我与你算。"郑恩遂报了个戌时。光义屈指寻爻，算了一回，道："戌者，狗也，五行属土。那油梆是木刻成的，以木克土，这梆子不是土掩，必定被看家黄犬衔去。你且在狗窠里去寻，包管寻着。"郑恩闻言，扯了店家一同来到狗窠边一看，只见这梆子果然横着在窠里。郑恩拿了出来，欢天喜地道："果然好个口灵的先生，乐子生长多年，从来没有看见。你替乐子相一相面，看看后来的造化，可是好么？"苗光义道："你既要相面，可跟我出城，细细说与你知道。"

郑恩听罢，挑了油担，跟着光义离了店家，出平定州而来。正是：

　　喜他推算如影响，便要搜寻指后来。

二人行够多时，到了平原旷野之处，郑恩把油担放下，说道："口灵的先生，如今已出了城了，你可替乐子相一相，乐子必然谢你。"光义道："相面不难，先问尊姓大名，何处人氏？贫道然后送相，不取酬仪。"郑恩道："乐子是山西乔山县人氏，姓郑名恩，号叫子明。"苗光义道："子明兄，我看你尊相，目今尚在平平，待过几年，交了鸿运，然后时来福至，建立功名。他日玉带垂腰，身居王位，其福不可限量。我有个柬帖儿在此，还有八个铜钱，交付与你，你可紧紧收藏，万勿遗失。从今为始，每日生意，切不可往别处流连，只在销金桥左右而行。谨记九月重阳，好去勤王救驾。若遇了红面英雄，便是真主，你的功名就在这人身上。可把这钱与柬帖交与此人。我有几句要言，你可牢记：

  黄土坡前结义，下山虎保双龙。
  木铃离合有定，悲欢情意无穷。
  若问先生名姓，光义苗姓真宗。
  今朝在此分手，潭州聚义相逢。

  光义说罢，拱手徜徉而去。郑恩听了这一席话，欲待不信，这卖油梆子现在，是他掐算出来的，似乎有根有据，怎么不信？欲待信他，一时那得玉带垂腰、高封王位？想了一会，忽然道："也罢，我如今且去卖油，到那重阳日，再作商量。"遂又把油担挑了就走，往各处去卖。

  不觉过了二十余日，这一日正遇了重阳日，郑恩出来生意，却从销金桥过，只见桥上税棚折倒，那些戥子、夹剪、算盘等物，撂在桥旁，抽税的人，一个不见。原来这些众人，平日见了郑恩，都是惧怕，非惟不敢与他要税，反把好酒好肉常常请他。倘有一毫怠慢之处，便要吃他啰唣，所以董达自己也不好奈何他。

  当时郑恩上得桥来，看见人影全无，恐怕没有酒吃，心下早有几分不快，口内呐呐的骂道："这些驴球入的，怎么一个也不见？想是撞着了吃生米饭的将他的道路坏了，故此这样光景。我且休要管他，且把这些物件拿去换些酒呷，也是好的，只当是天公报应罢了。"遂放下油担，将算盘、戥、剪等物，拾将起来，夹在腰间，挑了担子下桥而走。来至一座酒店，进内叫道："掌柜的，乐子有几件东西在此，与你换几壶酒来呷呷。"店家听言，把眼一看，说声："阿哟！我的黑爷，你又来惹祸了。这是税棚里的东西，董大爷因此在那里费气，谁敢收他的物件？你若没有钱时，且吃了去，改日有钱，然后还我，倒可使得。"那店家说罢，遂把酒食送与郑恩。郑恩也不推辞，将酒食畅吃了一回，抖撒肚子，将身立起，说道："掌柜的，你且记着个日子，改日乐子有了钱，好来还你。"店家道："今日是九月重阳，你只要记得明白就是了。"郑恩听了日期，猛可的想起苗光义的言语，道："他叫我九月重阳节，等候救驾，如今驾在那里？看起来多是说谎，莫要信他！"把油担挑在肩头，又将算盘、戥、剪等物，依旧夹在腰间，出了店门，顺着河沿向南而走，忽然想道："乐子油已卖完，只这两只油篓用了多时，里面积下许多泥垢，今日空闲在此，何不把他洗洗，也得干净些。"遂把担子卸下，解落绳儿，将算盘、戥、剪等物捆缚好，也放在岸旁。然后将两只油篓浸在水中，弯着腰儿晃来晃去，只在水面上浮晃。晃了半日，并无一些水儿泄进。郑恩心中十分急躁，狠命的用力往下一按，谁想用力太猛，搣得水势望上一攻，把那油篓歪在一旁，顺着水性如风帆的一般，竟往正南上淌去了。郑恩只急得拍手掷脚，无法奈何，只得脱下衣服鞋袜，放在河滩，跳下水来，也不顾自己的物件，也不管拾来的东西，浮在水面，望着正南上喊叫追赶，指望捞着了油篓，方才罢休。正是：

  构难无由遇，盘桓在水央。
  皇天能曲诱，借此往南方。

按下郑恩追赶油篓不提。却说董达领着手下家丁，把匡胤诱进了九曲十八湾中。内中有两个好汉：哥哥叫做魏青，兄弟名唤魏明。他弟兄两个，力气骁勇，武艺高强，手下聚集得五六百喽啰，虎踞着这座山头，打家劫舍，放火杀人，真的无所不为，官兵莫能剿除。因此董达与他结为兄弟，彼此济恶，声势相依。当日董达飞奔的进了山口，早逢着了巡山喽卒，叫他报知了这个消息。二魏听报，急忙点起喽啰，各骑了马，都拿兵器，一齐迎下山来。却好遇着，即便放过了董达，阻住山边，等待厮杀。

那匡胤正赶之间，猛听得一棒锣声，山凹里冲出两个强人，领了无数喽啰，摇旗呐喊，奔上前来，把匡胤团团围住，狠攻恶战。那董达复又取了兵器，也来助战。这一场相杀，真个龙争虎斗，十分厉害。但见：

征烟绕岭，杀气漫山。战鼓声喧，误听雷霆空谷震；枪刀光闪，错观霜电额头飞。天庭帝子似游龙，怒冲冲浩气凌云，直教斗牛坍半壁；草莽山王如哮虎，恶狠狠神威贯日，势如江汉阻长流。鸾带纵横，结就虹霓布舞；戈矛指点，栽成荆棘交加。正是：强争恶战势难休，专待英雄来救护。

匡胤虽然勇猛，棍棒精通，怎奈起初追赶，已是步行疲乏。今又遇了生力人马，战够多时，极力维持，终难取胜。一时急躁，狠命相拼，怒气一升，早把泥丸宫挣开，现出这条赤须火龙，起在空中，张牙舞爪。正是：

龙游浅水遭虾笑，虎落平阳被犬欺。

当下匡胤被众人围住厮杀，不觉惊动了护驾神祇，在着空中十分慌乱，四下观望，寻取救驾之人。只见那边黑虎星官在于河中赶捞油篓，急忙大声叫道："郑子明，你此时不来救驾，等待何时？"郑恩正在水中，猛听得有人叫他，举首一看，四下无人，心中不信，骂一声："驴球入的，谁敢来捋虎须戏着乐子？"一面口内叫骂，一面顺着性儿赴水追赶。那神祇急了，只得又叫一声道："黑娃子，快去救驾！不可迟延。"郑恩复又听得有人叫他的乳名，正要发作，蓦地里听得喊杀之声。抬头一看，只见正南上烟尘抖起，杀雾遮天，那半空中现出一条赤龙，随云伸展。郑恩在水中见了，暗自忖道："乐子常听人说，真龙出现，定是真命天子。想来此人必定就是圣驾，乐子的造化稳稳的了。这油篓事小，救驾事大，待乐子走上前去，便见明白。"遂撇了油篓，赴至河滩，走上岸来，赤着身子往正南而行。

一路上复又想道："那相面的口灵先生，叫我重阳时节救驾，今日正是九月九日，却遇这真龙出现。怎般凑巧，他的说话岂不句句多应了。但乐子此去，果遇真主，就与他八拜为交，结个患难相扶的朋友，博得日后封个亲王铁券，却不是好？只是吃亏了乐子手中没有什么兵器，怎好上前去冲锋厮杀？"正在两难之际，抬头看见那路旁种着有数十株枣树，大小不均，丛丛茂密，心下欢喜道："有了，有了！这酸枣树倒也沉重，何不拔他一株，当当兵器，强似精着拳头，抵挡不便。"连忙走至跟前，逐株相了一遭，只拣大大的一株，走近数步，探着身子，将两手搯住了树身，把两腿一蹬，身体往后用力一挣，只听得轰的一声响处，早把那株大树连根带土拔了起来。遂又磕去了泥根，扯掉了枝叶，约有百余斤沉重，横担肩头，只望那尘起处奔走。

看看走进了九曲十八湾，只见那边有许多人马，打块儿呐喊厮杀。郑恩便大吼一声，道："驴球入的，快快闪开，让乐子来救驾哩。"只这一声，好似：

　　舌尖上起个霹雳，牙缝里放出春雷。

郑恩这一声大吼，把众人吓得大惊不止。却有董达手下的家人，回头一看，道："这是惯卖香油不交税银的郑傻子，俺们常常请他吃酒吃肉，有往无来的硬汉。想必今日前来与我们出力，报答我们平日间的好处哩。"遂齐声高叫道："郑哥，你是好汉子，可往这里来帮助我们。你若拿得住这漏税的红脸贼，便算你头功，不但日日相请你酒肉如心，我们还要禀明俺大爷，把这销金桥的税银，每年分送你一股，绝不亏的。"郑恩听着"红脸"两字，心下更加欢喜，暗暗喝彩道："好一个口灵的苗先生，真的阴阳有准，算得不差，这里面果有红脸的人,谅来真是圣驾了。乐子不可当面错过。"遂叫声:"驴球入的,乐子要来勤王救驾,博这一条玉带的,怎肯稀罕那些臭物,帮助你们!"说罢,举起了这株枣树,大步冲将进去,不顾好歹,望着贼兵如耕田锄地的一般,排头儿乱筑。那些贼兵虽众,无奈这枣树来得厉害,不觉的搠着即死,遇着即亡。

匡胤围在里面,见外边有人接应,一时胆壮力添,也便使动神煞棍棒,冲杀出来。二人内外夹攻,把那些贼兵三停之中打死了二停。那魏青攻杀之间,当不得郑恩这般神力,一时措手不及,承情了一枣树,只打得脑浆迸裂,呜呼哀哉。这魏明见哥哥已死,心下慌张,正待落荒而走,不道冤家路窄,性命该休,又被郑恩赶上前来,竭力奉承了一枣树,已打得筋断骨折,伏惟尚飨。可怜二魏平日千般凶恶,万种强梁,今日双双俱遭郑恩之手,了命归阴。正是:

城门失火,殃及池鱼。
善恶必报,迟速有期。

董达见魏氏兄弟已死,料不能胜,发喊一声,脱身逃走去了。正所谓"多一日不生,少一日不死",董达不该死于此地,所以逃脱。那余剩的大小贼兵,见主死亡,也各自要顾性命,一哄的四散而逃,走个罄尽。

郑恩既获全胜,把这雌雄二目望着匡胤一看,果是个红脸大汉。满心欢喜,肩着枣树,大叫一声道:"乐子特来救驾。"匡胤闻言,定睛一看,见他虽然粗鲁,真是一条好汉,但见他生得:

相貌狰狞古怪,行如虎豹奔驰,周身上下黑如泥。浓眉分长短,神眼定雌雄。　枣树权为兵器,轮环运动威风,天生英杰佐明君。旗开俱得胜,马到尽成功。

匡胤见他豪杰，心下先有几分爱惜，暗暗想道："这黑大汉与我素不相识，便肯赤身露体，拔刀相助，果是世上无双，人间少有。但不知何处英雄，这般义气？"遂叫声："壮士，小弟得蒙相救，萍水情高，敢问尊姓大名，仙居何处？"郑恩把手乱摇，道："且休讲，且休讲哩！乐子杀了半日，这肚子里有些饿了，实是难当；且出去吃些东西，再讲未迟。"匡胤中也是记挂柴荣，巴不得即刻会面，便说道："壮士说得有理，既然肚中饥了，且到黄土坡，自当相待。"说罢，同了郑恩，一齐举步出了山凹，看见外边路上来往有人，匡胤便问道："壮士，你的衣服在于何处？为甚露体而行？甚觉不雅，快去取来穿了，方好行路。"郑恩把嘴一努，道："乐子救驾心急，故把浑身上下的衣服，都落在水里流去了，只剩下这个收钱的油布兜肚，遮遮这话儿罢了，还要寻他怎么？"匡胤道："早知如此，方才该把那打死的贼人衣服，剥下几件穿穿也好。"郑恩道："不要说了，快快走罢。"匡胤道："这官塘大路，来往人多，旁观不雅，待小弟将这青袍权与壮士遮体罢了。"便把外面的这领青缎袍脱了下来，递与郑恩。郑恩也不推辞，接过手来穿在身上，倒也可体。匡胤又把鸾带与他腰中束了。郑恩道："乐子拴了带儿，倒累你光着身子不成？"匡胤道："不妨，小弟有带在此。"说罢，把神煞棍棒迎风一抖，口念真言，顷刻变作金光鸾带，束在腰间。把个郑恩喜得手舞足蹈，说道："乐子生长多年，没有见棍儿会变带的，真是稀奇宝贝。妙极，妙极！"匡胤笑道："壮士，你出口成章，真乃文武全才，小弟委实心爱。"郑恩把小眼儿一挺道："你休要取笑，乐子生来老实，不会装头做面，讲那好看话头，骗人欢喜的。我们只管走路，真是肚中饿得慌了，快着到黄土坡去吃饭要紧。"匡胤听了，微笑点头。

　　二人带说而行，来至黄土坡前，抬头一看，只见这轮伞车，却不见那位盟友。匡胤心下大惊，把眼四下观望。只因这一番，有分叫：荆棘丛中，豪侠频添气象；烟尘界里，英雄偏长威仪。正是：

莫道他山无兰禊,须知萍水有桃园。

毕竟柴荣躲在何处?且看下回便知。

第九回

黄土坡义结芝兰　独龙庄计谋虎狼

诗曰：

道古班荆势尚疏，相投慕义意情孚。
俨如伐暴天心合，无异除残民命苏。
遇变不惊俱是勇，逢餐必饱岂为粗！
至今瞻仰音容下，凛烈秋霜道不孤。

话说匡胤同了郑恩来至黄土坡前，只见伞车撂在一边，却不见柴荣的形影，心下惊骇不止，急忙叫了数声，只听得坡子下有人答应道："贤弟，愚兄在此。"匡胤仔细一看，原来在那避风墙凹之内，席地而坐，赤着上身，在那里搜捉虼蚤。当时见了匡胤，即将衣服穿了，走至跟前，叫道："贤弟，盼望杀了愚兄。你去追赶董达，胜负如何？"匡胤道："不要说起，几乎不能与兄长相会！小弟追赶那厮，意欲当途剪灭，不料被他诱进了九曲十八湾中，纠合山寇，阻住厮拼。一来贼人势众，小弟势孤；二来路径不熟，战场狭窄，相持多时，急切不能取胜。正在危急，幸遇这位壮士挺身前来，奋勇冲破重围，打死贼人无数，董达漏网而逃。小弟因记挂仁兄，未曾追赶，只得同着这位壮士回来，得与兄长相见，真万千之幸也。"柴荣听了此言，心下一忧一喜：忧的恐怕董达从此逃去，怀恨于心，别生枝叶，倘后孤身来往，保无暗设机关，难免性命之虑；喜的匡胤得胜而回，克张锐气，又得郑恩为伴，朝夕相从，日后或有事端，亦可望其助益。

当时往那匡胤背后一看，见是一条黑汉，形象狰狞，容颜凶恶，肩上驮了一根枣树，强强的立在背后，屹然不动。心下略有几分胆怯，开言问道："这壮士尊姓大名，府居何处？"匡胤道："小弟一时仓促，兀尚未知其详。因思这位好汉萍水高情，义气相尚，真是人间少有，世上无双。小弟心实敬爱，意欲与他八拜为交，做个异姓骨肉，患难相扶，不知兄长意下如何？"柴荣大喜，道："贤弟之言深合吾意。但此处山地荒凉，人烟绝少，这些香烛牲礼之仪一些全无，如何是好？"郑恩道："这有何难？那前面村镇上，这些买卖店铺人家，乐子尽多认得，你们要买香烛福物，只消拿些银子出来，待乐子去走一遭，包管件件都有。"匡胤就在行囊取些碎银，递与郑恩。

郑恩接在手中，即时离了黄土坡，赶至村镇之上，往那熟食店中，买了一只烧熟的肥大公鸡、一个煮烂的壮大猪首、一尾大熟鱼、一坛美酒，又买了百十个上好精致的馍馍。走到平日买油主顾人家，借了一只布袋，把这些食物一齐装在袋里，背上肩头。一只手拎了这坛美酒，望着旧路回来。刚走得几步，只见路旁有一酒店。那门首摆着行灶铁锅，锅内正在那里气漫漫、沸腾腾的煮着牛肉。香风过处，触着心怀，即便走进店中，拣了四个大牛蹄，可可的将余下零银交还了。叫店家把刀切碎，掺上些椒盐，撩起这青袍兜子来裹了，揣在腰间，即便掮上了袋，一手拎着了酒，转身就走。一路上便把这碎牛蹄，大把的抓着往口里乱丢，也不辨什么滋味，那管他生熟不匀，竟是囫囫囵囵滚下了肚。未曾走到坡前，四个牛蹄早已归结得干干净净。

当时来至坡前，见了柴荣、匡胤，连忙把嘴揩了，放下福物、酒食，张着这血盆般大口，嘻嘻笑道："快着，快着！我们拜过了朋友，便好都来受用，休叫福物没了热气。"匡胤道："壮士不须性急，我们且把年齿一序，然后好拜。"郑恩听言，把嘴一咂，道："你们忒也噜苏，有甚的年齿不年齿！只是胡乱儿拜拜便罢。要是这样耽搁了工夫，叫乐子吃了冷食，难为这肚子作祟。"匡胤笑道："壮士，你原来不知。我们序了年齿，方好排行称谓；不然谁兄谁弟，怎好称呼？你须快快儿说。"郑恩受逼不过，只得一口气说道："乐子住在山西乔山县地方，姓郑名恩，号叫子明，乳名黑娃子，年长一十八岁，腊月三十日子时生的，这便是乐子确真的年齿。"匡胤道："如此说来，你今年一十八岁，我是一十九岁，大哥二十岁。序齿而来，该是柴兄居长，我当第二，你是第三。我们就此参拜天地。"郑恩道："不中用，不中用！要拜朋友，须都依着乐子的主意，必要让你居长，乐子第二，这姓柴的第三。依这主意，乐子方肯与你们结拜；若不依乐子的说话，就趁早儿你东我西，大家撒开散伙。"匡胤道："岂有此理！为人只有长幼次序；若无次序，便乖伦理，与那鸡犬何异。况柴大哥先曾与我拜过朋友，他兄我弟，伦次昭然；如今怎敢逾礼，占他上位起来！郑兄不必多言，还是柴兄居长，方是一定之理。"郑恩哈哈大笑道："我的哥，乐子却勉强你不过，就是依着你的主意罢了。若再与你说话，真个把这福物冷了不成？"

　　说罢，将袋里三牲福物取将出来，排在伞车之上。三人正欲下拜，匡胤猛地叫道："子明，你为何不请了香烛来？"郑恩把手一拍，笑道："果然乐子忘了，只为想了那吃的，就忘怀这烧的了。也罢，待乐子扒上三个土堆儿，权当了香烛罢。"柴荣道："子明言之有理。俺弟兄们撮土为香，拜告天地，各要虔心，不可虚谎。"三人遂一齐下拜，各说了里居姓氏、年月日时，不过同心合胆、不怀异念之意。彼时誓拜天地已毕，序了次序，各人又对拜了八拜，然后把三牲福物、馍馍酒食等物，各自依量饱餐了一顿，方才整备行程。正是：

漫道拜盟称庆幸，须知仇敌暗分排。

当下三人正欲前行，只见郑恩猛然叫声："二哥，且慢行走，乐子想着一件事情，却几乎又忘怀了。"遂向胸前取出那个油透的放钱兜肚来，探着指头往兜子里一摸，摸出一个方方折好的柬帖儿来，递与匡胤，道："二哥，这是相面的口灵苗先生叫我把与你的，故此带在身边，并不遗失。亏了这个放钱兜子油透已足，水泄不漏，方才得个干净。不然乐子赴水的时节，却不浸得湿烂了么！"说罢，哈哈大笑。匡胤接过手来，拆开观看，那柬帖里面夹着一个包儿，打开看时，里面包着八个铜钱，那纸上写着六个字道："此钱千博千赢。"又看那帖儿上，也写着两行细字，说道：

输了鸾带莫输山，赌去银钱莫赌誓。

匡胤看了，一时不解其意，只得把那八个铜钱收在腰中，将柬帖扯得纷纷粞碎，吃在肚中，口内呐呐的骂着。柴荣道："贤弟，为何将这柬帖扯碎，又是这般痛骂着他？莫非其中言语，有甚恶了你么？"匡胤道："仁兄有所不知，这个人名唤苗光义，乃是游方道士，设局愚人。当时在东京相遇，观看小弟的相，因他言语荒唐，不循道理，被小弟厮闹了一场，驱之境外。不知后来怎么又遇着了三弟，将这柬帖寄我。今观他胡诌匪言，谁肯信他，故此一时扯碎，付之流水罢了。"郑恩道："二哥，你也忒杀糊涂了！乐子若不亏他的相准卦灵，怎能够遇着你们，结拜兄弟？他便这等口灵，你却偏偏奚落，岂不罪过。"匡胤道："兄弟，这些闲话，你也休提。如今趁此天气尚早，我们快些赶路，莫教耽误时光，错过了宿店。"柴荣接口道："二弟言之有理。"遂把伞车推将起来。郑恩就把那只盛福物的袋儿卷了，揣在雨伞中间,就与匡胤在前,轮流扯绊,望着关西大路而行。

走了多时,天色将晚,却好推进了一座村庄,觅了一个店铺,把伞车推进了店,拣下一所洁净房屋,安顿了车儿行李。匡胤就叫:"店小二,安排晚饭来用。"小二道:"客官,你们原来不知,我这里独龙庄只有俺们这座店儿,来往客人不过安宿,只取火钱十文,每人依此常例。若要酒饭,须着自己打火,所以这饭食是从来不管的,客官们自寻方便。"

匡胤听罢,打开银包取了一块银子,递与小二道:"既然如此,你便替我去买些米,并要几斤熟肉,打上一坛好酒。剩下的就算你的火钱。"柴荣道:"贤弟,不消你过费。我车上现有米粮在此,就是那酒肉之费,愚兄自当整备。"遂叫匡胤把银子收了,打开自己银包,称了一块三四钱重的银子,递与小二去买酒肉,又叫郑恩把伞车上席篓里的米煮起饭来。

郑恩走至车前,把篓子提将出来,看那壁间现摆着行灶、铁锅、薪、水等物。就将篓盖除下,把篓里的米一看,也不论他多少,倾空倒将出来,装在锅子里,加上些水,煮将起来。不期锅小米多,竟煮了一锅的生米饭。原来郑恩一则生来粗俗,二则食量甚大,起先取米之时,未免嫌少。及至煮成了这锅生饭,就使他一个独吞,量不言多。多少既已不论,这生熟两字,亦必不辨矣。这正是:

　　　　天赋英雄性,膜腔自不同。
　　　　脯浆遂我食,尚道肚皮空。

比及郑恩煮完,小二买了酒肉进来,交付已毕,自己往店中去了。

三人坐下,各把酒肉用了一回。将要用饭,柴荣走至锅边,开了锅盖,往内一看,只见满满的一锅生米饭,便叫郑恩过去道:"三弟,你为何煮出这样生饭来,叫人如何可吃?"郑恩道:"大哥,你嫌他生,乐子日常受用,专靠着这生饭。你依着乐子也多吃些,管叫你明日力气觉得大了,走路也觉得快了。你吃,你吃。"柴荣摇头道:"难吃,难吃!"郑恩道:"大哥,你果然怕吃!待乐子吃与你看,你莫要笑话。"说罢,拿起碗来,盛了便吃,也不用菜,也不用汤,竟是左一碗,右一碗,登时把一锅的生米饭,挨挨挤挤都装在那个肚里去了,就笑嘻嘻地道:"何如?乐子专会吃这些饭的。"

柴荣只道篓子里还有剩下米粮,欲待取来自煮,便往车前取篓一看,却已粒米全无,空空如也,心下甚觉惊骇,道:"三弟,还有那余剩的米在那里?"郑恩道:"大哥,你休推睡里梦里,方才乐子安放在肚子里头,你亲眼见的,怎么又问起米来?"柴荣笑一笑道:"原来如此。我十余日的饭粮,多被你一锅煮了,怪道煮出这样饭来!也罢,我们买些馍馍来用,倒也相安。"遂又称了三四分银子,叫小二去买了些馍馍,与匡胤一同吃了。

看看天已黄昏,三人正欲安寝,郑恩只觉得一阵肚痛起来,要去出恭。慌忙出了房门,寻往后面天井中去,见有毛厕在旁,登上去解。可杀作怪,那肚里恁般的绞肠作痛,谁知用力地挣,这下面兀是解不出来。正在这里翘着头,踞着身,使着气力,只听得那首厢房中有人唧唧哝哝的讲话。看官,你道是谁?原来这所庄房,就是董达的家园。这说话的,便是董达与他老子讲谈。只因董达日间败阵之后,又往别处耽搁,及至回家,时已日暮,跟跟跄跄奔至家中,他的老子一见,即便问道:"我儿,你今日回来为何这等光景?"董达道:"不要说起!孩儿今日抽税,遇着一个贩伞的蛮子,倚仗了一个红面汉子,大闹销金桥,坏我规矩,又把我手下众人,打得个个伤残。孩儿闻了此信,因把这红面的诱进了九曲十八湾中,通知二魏出来齐心拿捉。不道那厮十分骁勇,我们正在围住,将次拿住之际,谁知又被那个惯卖香油的黑贼,反来救解,打散众人,又把二魏尽多打死,孩儿性命几乎亦遭其手。幸而得便逃回,故此这等模样。儿思这样冤仇,如何得报？"老子道："我儿，原来你今日吃了这等大亏！你且轻言。你在外面打斗，这三个贼徒被他走了。我为父的坐在家里，不费吹灰之力，包管你报仇就在眼前。"董达听了，心下大惊，道："父亲，这大仇怎么就得能报？"那老子笑道："不瞒你说，这三个贼徒多在咱的家内了。"董达道："他怎能到我家内？"老子道："方才小二进来说：'今日来的贩伞客人，两个伙计甚是怕人：一个红脸，一个黑脸，那红脸的还可，这黑脸的更觉凶恶难看。'我看这三个贼徒，与你说的相合，岂非就是你的对头了？"董达听了，惊喜如狂，说道："既是他们自来寻死，我们叫齐了人众，急速打他进去，怕他不个个多死。"那老子复又摇手道："早哩，早哩！你也不须性急，且捱到人静之后，然后把前后门上了锁，再添些人，趁他一齐睡着，轻轻的捱将进去，把他三条性命结果了，却不干净了当！强如此刻与他争斗，多费气力。我儿，你道此计好么？"董达道："父亲言之有理。你老人家管了前后门上锁，儿去叫人就来。"那董家父子算计，不道依着了古人两句说话，说道：

隔墙须有耳，窗外岂无人？

不想郑恩登在厕上正解不出，听得房里有人说话，他也不去用力挣了，静悄悄蹍将过去，闪在旁边。复往板缝里一张，灯火之下，看见董达在那里指手画脚，道长说短。他便留心细听，把前前后后、恁般如此这些计较，都已听在耳里。听到董达说是叫他老子去锁门，自己去叫人，方才心下着慌，急忙大步走进房去，叫着匡胤道："二哥，不好了！咱们走到仇人家里了。"匡胤大惊道："怎么是仇人家里？那个是你的仇人？"郑恩道："这里原来是董达的庄上。乐子方才去后面出恭，听得那厮父子两个在房里算计，要把前后门锁了，等着我们睡着，便要结果咱们性命。"柴荣听了此言，只唬得汗流浃背，跌倒在地。匡胤只惊得搓手掷脚，一筹莫展。郑恩见了哈哈大笑道："大哥、二哥，你们原来都是怕事的，怎么遇了这般小事，便这等害怕起来！枉自做了英雄好汉，倒把这胆气弄得小小儿的，日后怎好去做大事？还有乐子在此，怕他则甚！他便有千百个人，管叫他一齐进来，都在乐子这根枣树上纳命。若有一个走脱，便算乐子不是好汉。"匡胤道："不然！愚兄岂是怕事之人。只因常言道，'寡不敌众'。我们虽有兵器，武艺高强，怎奈这店房狭小，退步全无。一遇相斗，施展不开，如何取胜？为今之计，必须出了巢穴，到那平阳街道，还好商量。"柴荣接口道："贤弟，他前后门都已上锁，插翅也是难飞，怎能出得门去！"郑恩道："大哥！休要害怕。咱们门里出不得去，就在墙上可以走得。方才乐子出恭时节，看见天井那边有个园地，这里外面想是活路。我们趁早儿走了出去，他不来便罢，他若来追，便好与他算账了。"

三人计议已定，即便动身。郑恩当先引路，柴荣、匡胤推了车子，飞奔到那园中来。至墙边举眼一看，幸喜那墙不甚高大，郑恩纵身跳上墙头，望下看时，黑暗中微微像是一条通衢大路。复又跳了下来，先叫柴荣爬出墙去。无奈墙头虽低，柴荣从来未曾经历，焉能得上？郑恩只得叫柴荣两手扳着墙砖，下面抬送，慢慢的爬上墙头。此时柴荣只要性命，管甚高低，扑通地跳将下去，只跌得齿折唇开，忍着痛，只不做声，心内兀兀的跳。随后匡胤跳上墙头，郑恩把车子举送上去，匡胤接住，叫柴荣帮接下去。匡胤即便纵了下来。郑恩见二人并车子都已出去，然后自己也跳出墙头，当先开路。匡胤、柴荣推着车子，紧紧飞跑。此时约摸二更天气，虽然灯火全无，倒也觉得有些微光，隐隐之中，依稀可走。三人走行之间，忽听得后面喊叫连天，回头一看，只见灯火荧荧，烟尘滚滚，犹如千军万马杀奔前来。只因这一来，有分叫：惹动了干戈不歇，连累着骨肉遭殃。正是：

祸福无门人自召，善恶有报影随形。

不知追的何人？当看下回便见。

第十回

郑子明计除土寇　赵匡胤力战裙钗

词曰：

驹隙长流，人生乐事，天真本是无愁，何用多求！怜他奔波朝夕，甘作马牛。叹事逐孤鸿尽去，身与流萤共寄，争知扰攘征途，顿然化作蜉蝣。追念黄金白玉，纵盈满，怎肯把人留！　世情隆污，人才难数，功绩不能扬父母，身名先辱。忆东陵晦迹，彭泽归来，姑借瓜田自娱，松菊庆觥筹。何向风尘觅生活，计较刚柔？眼前盗跖，没后东楼。睹此情由，杜鹃声断，血泪满枝头。

右调《西平乐》

话说柴荣等兄弟三人，越墙逃出了独龙庄。正走之间，只听得后面喊声不止，一派火光，无数人赶来。看官，你道是谁？原来匡胤等起先逃走之时，那厢房左右人影全无。他的老子正叫董达往前面叫齐庄客，等他众人到了，方好前门上锁，后门落闩，所以正在前面等候，故此三人走脱，一些不知。及至董达会齐了人，回至家中，把门上锁，却好三更天气，接着正好行事。一行人静悄悄踅进店房，举眼一看，只有锅灶，人影全无，连郑恩吃的生米饭不留一粒。董达十分愤怒，即合了众人，从后门赶来。这正是：

> 既不度德，复不量力。
> 蠢尔如前，无常在即。

当下郑恩见后面追赶近来，叫声："大哥、二哥，你看那驴球入的将次追上来了。那前面隐隐的这个所在，必定是座林子，你们且把伞车推到那边，等咱一等，待乐子候着，打发他们回去了，前来会你。"匡胤听言，遂与柴荣推了伞车，往前去了。那郑恩复又退了一箭之地，望那后面的人渐渐近来。古云"人极计生"，郑恩倒也粗中有细，四下一看，看见路旁有座石碣，将身闪在背后，等他追，算计退敌。只见那后面约有百十多人：有的执了灯球火把，有的拿了棍棒枪刀，各各如蜂似鸟拥挤而来，四下照得雪亮。郑恩在暗中看得明白，让过了第一起人，看那第二起人中，只见董达策马提刀，扬威耀武往前赶来。看看离这石碣不远，郑恩即将枣树举起，让过了马头，纵着虎躯蹿到马后，大喝一声道："驴球入的，不要来追！请你归去罢。"说时迟，那时快，只听得叭的一声，董达措手不及，早已头顶喷红，脚底向上，抛刀落马，了命归阴。正是：

> 功名难上凌烟阁，性命终归枉死城。

又有一诗，单道董达私税强梁，欺公藐法；今日禄终惨死，究何益哉：

> 欲展雄心迥世间，岂知横行怒昊天。
> 当时尽道铜山久，转盼偏成泡影传。

庄兵见郑恩打死了董达，尽吃一惊，发声喊，围裹拢来，把郑恩困住中间，各举刀枪棍棒，乱打将来。郑恩全无惧怕，展开了枣树，犹如风魔恶鬼，四面混打转来，正在大闹。不提。

且说匡胤同了柴荣，推着车子正走之间，听得后面喊杀连天，遂对柴荣道："此时三弟在后，想已遇着贼人。但黉夜之间，未知胜负？兄长且把车子先行，待小弟转去接应一番，方保无虞。"说罢，除下鸾带，迎风一晃，变成了神煞棍棒，提在手中，往后飞奔。走至半里之遥，只见那许多人，果在那里相斗。大半的人打围攻杀，跳跃雄赳；小半的人各执亮子，在旁呐喊。匡胤举动棍棒，上前冲突，不多时，打倒了一二十人。郑恩正在兴打，斜眼往圈外一看，见是匡胤来帮，心下大喜，叫声："二哥，你用心帮着，休要放松这厮！"弟兄并力同心，棍树往来，一顿落花流水，把百十余的庄兵，打死了大半。其余见不是路，四散逃生走了。郑恩大叫一声道："二哥，董达这驴球入的，已被乐子把他结果了。如今一不做，二不休，索性与你转去，把他一家大小，一齐打发他归天，倒得干净。倘然留在世间，日后便要受累。"匡胤道："三弟说得有理。"即便同了郑恩，重回独龙庄来。

此时约有四更天光景，二人来至董达店中，推开了门，这时锁已落去。走进门中，往内直闯。里边听得门响，走出一个人来，问："是何人？"说声未了，早被郑恩一枣树，打做馅饼，看时乃是店小二。郑恩把那尸骸只一脚，踢过旁边。弟兄二人轻手轻脚，趱将进去，穿过中堂，行至后院。寻着了帮闲，一棍丧命；撞着了女使，一树归阴。二人正走之间，只见一间房里透出些灯火之光，仔细听时，那里面有人说话。弟兄二人轻轻趱在门旁，侧耳静听，原来不是别人，却是董达的父亲，正然与他的婆子说道："可惜这样的好计行不成，枉费了心思。不知怎的漏了风声，被他们走了？"婆子道："我们家里的计行不成，难道路上的计也被他逃脱了不成！只是多费了儿子的气力。"老子道："怪不得咱家的儿子今日吃这大亏，那三个囚徒之中，有两个甚是凶恶。那红面的略觉好些，那黑面的狗男女，凶狠异常，黑厮厮形儿就像一个周仓。手中常带了一株树木，必定有些本事。想来此时多已结果得干净了，咱儿子也该回了。"婆子道："咱儿子如今赶上他们，但愿得皇天有眼，神道有灵，先把这黑脸的鸟男女多捌他几刀，结果了，我才快活哩！"郑恩听到这句，心中火发，腹内烟生，一脚飞起，把门踢开，跑将进去。婆子一见，抖倒在地。那老儿见了，唬得魂飞魄散，手软脚输，叫声："不好了！那……那……那黑面的贼徒来……来现形了！我……我们快些回避！"郑恩也不回言，提起了枣树，只喝得一声："老贼，请你回去罢！"啪的一声响处，打得脑袋边流出白浆，头顶上冒出红水，眼见得不能活了。郑恩回转身来，看那婆子，已是唬得半死，动弹不得。举起枣树尽力一下，把老婆子打得扁扁服服，如道士伏阴的一般，魂游地府去了。

那董达的妻子王氏，叫做"飞脚狐"。因他生来美貌，更兼本事高强，曾与人赌斗，打到难解难分之际，只消把腿一起，凭你英雄好汉，着脚时便多失手，因此董达娶为夫妇，那远近之人，送他这个美名。当时正在隔房中和衣而睡，睡梦之中，听得喊叫之声，猛然惊醒，爬将起来，往板缝里一张，只见那房中影影站着一条黑汉，打他公婆；又见跳出一个红面大汉，前来帮助。心中大惊，叫声："不好，有贼！"顺手往刀架上取了一把锋利的泼风刀，开了房门，跳将过来，望着匡胤拦头就是一刀。匡胤不曾提防，转眼之间，见有利刃飞来，措手不及，往后一闪，让过了刀。举眼一看，见是个妇人，方才定了心，整备退敌。那王氏见砍不中，心下大怒，复手又是一刀。匡胤抬起棍棒，往上一挑，啃的一声响，把泼风刀掉在地下，王氏方才心慌。正要飞起右脚，望着匡胤踢去，不道匡胤早把神煞棍棒往下一扫，不端不正，已将王氏打倒在地。郑恩见了，火速上前，把枣树用力一下，打得说话不出，依旧和衣而睡了。

只听得满屋中发声响，那些男女老幼见此光景，量无好意，思量要逃性命，往前后乱奔。弟兄二人那里肯放，一个在前，一个在后，一顿打，犹如风卷残云，雨飘败叶。郑恩又跑进中堂，拿了灯火，出来前后照看。数了一数，共有二十四口的男女，遇着有些气的，又奉承了几枣树。复又同了匡胤,往各房里搜寻,并无一人。搜至那飞腿狐房中,只见摆着箱笼、橱柜等物。郑恩独将箱笼打开,看见有许多银子,叫声:"二哥,快来收拾些银子,好做盘缠。"匡胤道:"三弟,俺这盘缠尽有,不必多心。况这不义之财,我和你怎肯乱取?今大恶剪除已尽,何必耽搁,趁此去罢。"郑恩那里肯听,寻了一条红绸夹裤儿,便把银子装满在内,将裤腰儿束了,又把那两只裤管将来对系了,包裹停当,背在肩头,提了枣树,往外便走。匡胤执了神煞棍棒,大步同行。一齐出了店门,望西而走。

早闻得金鸡报晓,星斗疏残,二人忙忙奔走。赶至一所坟堂,只见柴荣在内打盹。匡胤叫醒了,把这些事情说了一遍。柴荣满心欢喜道:"二位贤弟,仗此英雄,除这一方大害,也是极大功德,声施后人。我们趁今天将发亮,及早行路罢,莫要耽搁在此,又生事端。"郑恩道:"且慢着,乐子一夜不曾合眼,有些力乏,就在这坟园里睡他一觉,将息将息,再走未迟。"说罢,丢了枣树,把那裤儿里的银子装在伞车之上,放翻身儿,躺在那个祭台石上,竟是呼呼的睡了。柴荣、匡胤也只得坐在石上,歇息打盹。不提。

且说董达有个妹子,名叫美英,年方一十八岁,尚未适人,生得袅娜身材,姣美姿色。自幼在九盘山九盘洞,拜从盘陀老母学业。习得弓马纯熟,武艺精通,有千百合勇战;又会剪草为马、撒豆成兵诸般的法术。董达仗这妹子法力高强,所以横行不法,霸占官衢。那一日董美英因往东庄与他姑娘祝寿,留住过宿,不曾回家,因此未知家中就里。这日清晨起来,正欲作谢回家,忽见一阵败残家丁,约摸有二三十个奔至庄上,见了美英,一齐哭告道:"姑娘,不好了!祸事到了!"董美英大惊,问道:"有甚祸事,你们便这等张皇?快快说与我知道。"众人道:"咱家的大爷,被两个凶徒不肯交税,因此与他打斗了一场,不道战他不过,败至家中。那凶徒随后便来投宿,大爷与老爷定了计策,要报此仇。不知怎的走了消息,又被他逃了。因此大爷同了我们众人，追赶上去。谁知反被凶徒将大爷打死，我们又斗他不过，只得逃回。于路又打听得家中老爷太太，并合家男女老幼，尽多打死，因此特来报知，望姑娘做主。"董美英听了这席言语，一似晴天里打个霹雳，吓得魄散魂飞，大叫一声，晕倒在地，左右急救，半晌方醒，放声大哭道："何处来的凶徒，把我父母、兄嫂一门老幼尽情伤害？这如山似海的冤仇，如何不报，我誓必拿住这贼，万剐千刀，方消我恨！"说罢又哭。

那姑娘从旁相劝，美英那里肯听，一面哭，一面吩咐备马，原来他的披挂兵器，有一包裹，向来带着身边，常时防备。当时打开了包裹，取出披挂，全身结束，含泪辞别了姑娘。手执双刀，骑了花马，叫那败残兵丁，前面引路，即时离了东庄。又往锦囊中取了一把黄豆、一把柴草，往空一撒，仗那真言，变成了无数人马，往正南追赶。赶到这座坟园跟前，庄兵见了三人在那里打盹，一齐叫道："好了，好了！这些凶徒在这里了。"大家发声喊，把一座坟园，团团围住。正是：

  裙钗施本领，要报父兄仇。

当下董美英的豆草人马，围住坟园。先把柴荣惊醒，张眼一看，只唬得心惊胆裂，手足无措，慌忙把匡胤推道："贤弟快醒！你看四面多被人马围住，俺们怎能够出去？"匡胤正在蒙咙，听了此言，猛然惊醒，把两目一睁，往那四围一看，说声："不好！"用手去推郑恩，连推数次，再也不醒。只得向那腿上打了一拳，郑恩从睡梦中惊觉，口内嚷道："谁把乐子戏耍？乐子正在这里遇着一个绝好的朋友，把那好酒好肉尽情的请咱受用。怎么做这对头，把咱打醒了，乐子须要与他拼命。"匡胤笑了一声，道："三弟，亏你这等好睡，还在说这些梦话！你且看着俺们被人算计，已把人马围住了。你便怎生主意？"郑恩听罢，把虎目揉了一揉，睁开一看，咕碌的爬将起来，伸了伸腰，提了枣树，叫声："二哥，谅着这些人马，济得甚事！咱们只消打这驴球入的，便已了事。"匡胤说声："不差。"即便执了神煞棍棒，一齐迎将出来。

郑恩当先而走，都已瞧见了董美英，复又叫道："二哥，你看么！咱只道是什么三个头、六只臂，狠狠的人儿前来打仗，原来是个姣滴滴的女娃娃，怕他则甚？"匡胤也是一看，果然好个女子，打扮得妖娆美丽，微带着杀气凶形。怎见得：

> 乌云紧挽盘龙髻，双凤金箍扣顶门。
> 身披锁子连环甲，红锦征衣绿战裙。
> 胸前光耀护心镜，勒甲丝绦九股分。
> 打将钢鞭腰下挂，杀人宝剑鞘中藏。
> 爱骑绕阵桃花马，两瓣钢刀玉腕擎。
> 凤头靴踏葵花镫，俏美天然女丈夫。

匡胤看罢，高声喝道："你那女子，姓甚名谁？看你小小年纪，有何本事，便敢领兵围住俺们，自寻死路。"董美英一见，怒气填胸，喝声："强横贼徒！你休推梦里睡里，我乃董大爷的同胞妹子董美英便是。我与你有甚冤仇，将我兄长打死，又把我父母并一门良贱尽行屠害，仇同海洋，痛入心窝。故此我亲自前来，拿你这班贼子碎尸万段，与我父兄报仇，方消我恨。"说罢，拍动桃花战马，抢开柳叶钢刀，望着匡胤当头便砍，匡胤把神煞棍棒急架相还。二人杀在当场，战在一处，约有二十余合，胜败不分。旁边恼了郑恩，心头火发，大喝一声："泼婆娘，乐子与你拼命。"抢起了枣树，上前助战。董美英全无惧怕，使开了双刀，犹如风车相似，前后招架，左右腾挪，只见光闪，不见人身。正战之间，匡胤猛叫一声道："三弟，你保着大哥先行，我与这贱人定个高下！"

郑恩听言，收住了枣树，跑到柴荣跟前，叫声："大哥，二哥叫咱们先行，他结果了这女娃娃，随后便来。"柴荣正在惊惶，巴不得这句话。听了此言，也不顾伞车，跟了郑恩抽身便走。那郑恩当先破路，扬起了枣树，排头价打去，保了柴荣闯出重围，往正南上如飞的奔走。这边董美英正与匡胤、郑恩交战，眼错之间，不见了黑汉。偷眼往正南上一看，原来同了一人闯出重围，逃走去了。美英一面与匡胤交战，一面默念真言，用手往南一指，复喝声："疾！"只见那些豆、草人马，呼呼吸吸的往南追赶。赶上跟前，复打了一个圈子，把柴荣、郑恩二人围住了。郑恩心下大怒，道："好驴球入的，怎敢又来讨死！"举起了枣树往着四下乱打。打了一回，再也不肯退去。原来这些豆、草变的人马，虽只一圈儿围着，却也作怪，任你打他也不动手，骂他也不回言，只是装腔作势的立着。这也不过是妖法所使，助人扬威耀武而已。

当下郑恩看了，心下早已疑惑。挺着了头，把左边小眼合上，将右边的大眼睁着，定睛仔细一看，不觉瞧出了破绽。叫声："大哥，你休害怕！原来这些打围的，不是真的人马，都把那豆、草变成的。"柴荣不知其故，遂问道："三弟，这明明是人马，怎么叫他豆、草变的？"郑恩道："大哥，原来不知，就是那些黄豆、柴草变成这许多人马。你看不出，乐子却看得出，就是这董美英施的妖法，他来吓着乐子。大哥，你莫要怕他，管叫乐子即刻破灭。"看官听着：董美英乃邪术妖端，怎经得郑恩神眼看破。当时看出破绽，即时返本还原，那些人马，倏忽间依旧现了黄豆、柴草，铺在满地，柴荣方才明白。郑恩道："咱们且不要走，等着二哥前来同走，却不好么？"柴荣依言，即便等候不提。

且说董美英与匡胤大战，彼时又战了四五十合，尚无高下。复又战了多时，只见美英猛可的将手中双刀架住了匡胤的神煞棍棒，说声："住着，我有言语问你。"只因这一问，有分叫：一种痴情，撇下了骨

第十回　郑子明计除土寇　赵匡胤力战裙钗　085

肉伤残，愿作秦晋好合；万般丑态，妄想那英雄品概，怎管吴越仇雠。正是：

> 姣容未遂鸾凤志，玉体先招兵刃忧。

不知董美英有甚言语？且看下回分解。

第十一回

董美英编谜求婚　柴君贵惧祸分袂

诗曰：

赤绳系足本天成，强欲相求徒受擒。
莫怨红颜多薄命，还虑黑宿在游行。
意图嘑笑为连理，何啻翻愁作鬼磷。
共叹世人皆纳阱，知机远祸是长城。

话说董美英与匡胤正战之间，猛可的把双刀架住，说声："住着，俺有话问你。今日俺们两个厮杀了半日，尚不知你姓甚名谁？家居何处？俺从来不斩无名之卒，倘然一旦诛戮，却不道污了俺的兵器，你死亦不瞑目，故此问你，你快须说着。"匡胤笑道："你原来要知俺的名姓。俺非无名少姓之人，根浅门微之辈。俺姓赵名匡胤，字元朗。家住东京汴国双龙巷内，父乃当朝指挥，母是诰命皇封。俺自幼从师学艺，专一要打不平。因为怒杀了女乐，故此抛家离舍，走闯江湖，寻访那些朋友，结义同心。叵耐强贼董达，私税无良，于理不法，已在独龙庄结果了他性命，还把举家良贱一并全诛。此是他恶贯满盈，自作自受，于我何尤？你乃女流浅见，极该远避偷生，保守你的闺贞才是正理。怎么妄动无名，出头生事？俺的棍棒无情，一时丧命，后悔何及！这便是俺的良言，你且思着。"

美英听说，心下沉想道："他原来是东京赵舍人。久闻他的大名，今日才得见面，果然文武全才，英雄气宇。若得与他同偕连理，方不枉奴一身本事，得遂初心。纵有杀父冤仇，亦须解释。但此婚姻大事，怎好明言？"复又想了一回，道："不若待我说个谜儿，与他猜详，且看他心下允否如何，再作计较。"那时定了主意，修了谜词，开言说道："赵匡胤，你在东京大小儿也有个名目，既然冒罪逃灾，只该晦名隐匿。为何倚势行凶，杀害我一家骨肉？情实可伤！若要拿你报仇，如同儿戏。但看你年高父母之面，防老传枝，俺且存这一点阴德，放你逃生。但这一件不肯全饶，我有个谜儿在此，与你猜详，猜得着时，你前生带来的天大造化；若猜不着，只怕你的性命终于难保。"正是：

　　未曾开口犹还可，说出反添一段羞。

当时匡胤听了董美英要他猜谜，心中想道："这贱婢怎知我的胸中意气、腹内襟期。凭你有甚机关，我总当场说破。"便道："董美英，你既有甚谜儿，快快讲来，我好猜你。倘有污言相秽，俺便不与你甘休！"美英道："我的谜儿，乃是四句词文，极易参透的，你须听着。"说道：

　　"差人取救，失了公文。
　　上梁竖柱，见字帮身。"

匡胤听了，心下想道："头两句取救的'救'字，失去了'文'，是个'求'字。后两句上梁竖柱，'竖柱'乃是立木，旁边添了'见'字，是个姻亲的'亲'字。这四句谜词，乃是'求亲'两字。这贱婢要求亲于我，故而如此。"叫声："董美英，你这谜儿，无非求亲之意。

但俺堂堂男子、烈烈丈夫，怎肯与你这强盗贱婢，私情苟合！你若要见高下，与你相并。如或存此念头，真是淫妇所为，狗彘不如，俺怎肯饶你？"这几句话，骂得美英柳眉倒竖，粉脸生凶，大怒道："好凶徒！俺本慈心劝你，你反恶语伤人，不识好歹，怎肯轻饶？"拍开坐马，举动双刀，奋力便砍。匡胤抢动棍棒，劈面相还。步马重交，刀棍再对，两下龙争虎斗，一双敌手良材。正在恶战，匡胤忽然想着道："方才三弟保着大哥，先奔前途，所有这些人马追赶下去，不知如何抵敌？我只顾与这贱婢恋战，倘大哥、三弟有甚差误，却不把俺的英名失在这贱婢之手，日后怎好见人？我且赶上前去，再作道理。"想定主意，把手虚晃一棍，踩开脚步，往正南上便走，美英拍马赶来。

匡胤走不多路，只见柴荣、郑恩相对儿坐在地上，那些人马一个也无。匡胤高声叫道："大哥，方才这些人马不知都往那里去了？"郑恩接口道："二哥，这人马原来都是豆、草变的，方才被乐子破了。"美英在后赶来，看那人马已无，又听是郑恩破的，心下十分大怒，暗骂一声："黑贼！有甚本领，便敢破我的法术？也罢，他们既要自寻死路，我也不顾留情。如今一不做，二不休，索性与他一个厉害，教他一齐走路罢！"即时将手捏诀，口中念念有词，喝声："疾！"只见一时天旋地转，走石飞沙，霹雳交加，四下昏暗。柴荣见了，惊慌无措，叫苦连天。匡胤此时也觉害怕，暗自咨嗟。只有这郑恩，偏有胆量，叫道："大哥、二哥，你们休要惊慌。必定这女娃娃作的妖法，待乐子瞧他一瞧，自有破法。"遂把那小眼儿一合，大眼儿一睁，瞧得明白，看得亲切，正见美英勒马停刀，在那里念咒。郑恩叫道："二位老哥，果然这女娃娃的妖法。你们站在这里，休要动身，待乐子破他的法。"说罢，大步向前，一头走，一头把那鸾带解了，揭开袍子，露出了身躯，奔将过去，叫道："女娃娃，你莫要暗里弄人，有本事与乐子相交，并个高下。"美英听言，仔细一看：但见郑恩摊开身体，两腿长毛，周身如黑漆一般，毛丛里吊着那黑昂昂的这个厌物，甚是雄伟。美英只叫一声："羞杀吾也！"满面通红，低头不顾，拨转马往后走了。一时雾散云收，天清日朗。郑恩哈哈大笑，提了枣树跑回来，道："二哥，乐子破妖术的方法如何？"匡胤道："好，好！行得不差。"柴荣道："这个贱婢既然去了，我们也就走罢。"郑恩道："还有伞车子在那坟园里，放着许多银子，怎么富着别人？大哥，你且在此权坐坐儿，我们两个转去，取了再走。"柴荣道："二位贤弟，货物、银子都是小事。俺们保个平安儿，就算天公大福，所以劝着二位，趁此走罢！"郑恩道："大哥，你也忒觉惧怕了些！任他还做什么妖术，乐子自有破他的法儿。你只管依着乐子，包你没事。"匡胤道："果然。大哥，我们转去取了货物，料也不妨。"说了，一齐往北而走。

且说董美英虽然羞惭转去，越想越恼，心中不舍，复又拍马转来，却好劈面与郑恩撞个对面。美英心下大怒，骂道："好大胆的凶徒！怎敢复又转来？"双手举刀望郑恩便砍。郑恩把枣树往上架住，顺着手把袍子一拎，肚子一挺，口内大嚷道："咱的女娃娃，你来与乐子随喜哩。"美英复见故物，满面通红，羞惭无地，兜马往后退走了。二人随后又走，不上半里之路，美英复又跑马转来。如此一连三次，皆被郑恩羞辱而回。

美英思想："报仇事小，婚姻事大。只这个赵公子如此英雄，果是无双。今若舍了，岂不当面错过！"遂又回马转来，正遇二人。美英高声叫道："兀那黑贼，不得无礼。我今番转来，并非厮杀，还有言语与你们好讲。"郑恩道："既有说话，快快讲来。若是好话便休，不然，乐子又要请出那件绝妙的好物来，与你细细儿看玩哩。"美英道："黑贼，休得只管胡言，我自有说。"遂叫一声："赵匡胤，你方才打破了谜儿，尚未决定。但俺一言既出，怎肯甘休？所以转来问你一个明白，你的主意还是如何？"郑恩在旁问道："二哥，什么叫做谜儿？说与乐子知道。"匡胤遂把美英的谜词，与自己猜出的"求亲"两字，这些缘由说了一遍。郑恩把嘴一撅，道："二哥，这却是你的不是了！求亲乃是他的美意，你为何不肯？怪不得他三回两次要与你打斗。如今乐子劝你趁早儿成了这件美事，也算一举两得，你从了罢！"匡胤道："三弟，休得多言！俺立志不苟，这事断断不能。"董美英听了，心中大怒，道："好赵匡胤！你既无情，我便无义了。只是你命该如此，今日当遭我手，你看我的法宝来了。"一面说着，一面轻舒玉腕，往豹皮囊中取出一件宝贝来，约有四五尺长，通身曲着，如钩子一般。这是纯钢制造，百炼成功，名为五色神钩，擒兵捉将，势不可当。当时董美英一怒之间，把神钩祭在空中，喝声："着！"只见霞光万道，雾气千团，那神钩落将下来，把匡胤身子钩住。美英复念真言，将钩往怀中一缩，嗖的一声响亮，把匡胤连人带棍，扯了过来，捎在马后，拍马便走。郑恩一见，叫道："不好了！二哥中了他的法儿了。"连忙提了枣树，随后赶来。大叫道："你这女娃娃，既要求亲，也该好好的说；怎么这等用强，抢了人便走。快依乐子说，放我二哥转来，这头亲事在我身上，包管依允。待我大哥主婚，乐子为媒，成就你的好事，乐子决不要你半个媒钱。你若不放还二哥，乐子决不与你甘休！"说罢，往前赶去。

且说匡胤被董美英的五色神钩钩过身去，捎在马后，就如钉住一般，再也挣扎不下，心内着慌，又恼又恨。忽然想起一件宝贝，道："我的神煞棍棒，原是仙人送与我岳丈的，除邪破魅、镇压的至宝。我何不将来破他的妖法？"此时身体虽然束住，喜得两手活动，还好施展，便把神煞棍棒迎风一晃，抖了几抖，依然成了一条鸾带。当时匡胤拿住了鸾带的两头，轻轻往前一套，不歪不邪，套住了美英的脖子，即便往后一拽，把咽喉收住。美英不曾提防，措手不及，只见瞪住了双眼，粉面作红，嗓子里只打呼噜。此时美英动弹不得，匡胤的身躯就觉比前活动了些，遂将宝带打了一结，用手一拖，早把美英带下马去，跌得昏迷不醒。郑恩大步赶向跟前，道："二哥，你看这女娃娃仰着在地，扑着脚儿，想要叫你去成亲么？"匡胤道："休要胡说，

快些动手!"郑恩不敢怠慢,举起枣树,口里说声:"去罢。"用力一下,把美英登时打死。有诗叹之:

> 学就行兵法术奇,果堪荣耀显门闾。
> 岂知误入崎岖路,血溅沟渠枉自啼。

董美英既死,那些败残的家丁各自保着性命,飞奔回家,报知他的姑娘。那姑娘听了,叫苦不迭,泪落如珠。欲要举动声张,怎奈他祸由自取,众所不容。况这土棍霸占,私抽路税,是个绝大的罪名。只因朝政不清,不加访察。更兼那些牧民官宰,都是图家忘国,尸位素餐,所以养成地棍的胚胎、势恶的伎俩。今日一门遭此非命,怎敢妄行举动,告诉别人?把报仇雪耻之心,消于乌有。只好分拨家丁,将良贱老幼的尸骸,各各埋葬。又差人往前面暗暗打听,等他三人去了,好把美英的尸骸草草收埋。正是:

> 利不苟贪终祸少,事能常忍得安身。

闲话休提。单说匡胤见打死了董美英,把鸾带收回,系在腰中。此时的神钩宝器,已是无用之物了。那郑恩却在尸旁,蹋蹋的又踢上几脚。匡胤道:"三弟,这不过是个贱货皮囊,你只管踢他何益?我们快去把大哥的伞车推来,大家方好赶路。"郑恩听言,提了枣树,撒开脚步,仍从原路而走。两个同至坟园,把伞车推动,直往前行。那柴荣正在那里坐地等着,见他二人把车儿推了回来,即便起身相接,询问缘由。匡胤把打死美英之事,大略说了一遍。柴荣嗟叹不已。

当时三人各各安坐片时,因见日已沉西,柴荣催促起身行路。于是兄弟三人,轮流推拽。在路之间,免不得夜宿晓行,饥餐渴饮。正是:有话即长,无事便短。行走之间,早到了一个去处。那边有一座关隘,名叫"木铃关"。这关隘乃是往来要路、东西通衢。就在平静之时,也是极其严紧的。当下三个行来,离关不远,柴荣开言叫道:"二位贤弟,前面就是木铃关了,这关上向来定下的规矩:凡有过往的客商,未曾过关,必要先起一张路引,才肯放过关去。二位贤弟且到那首这座店房安顿过宿,待愚兄到关上起了三张路引,明日方好过去。"说罢,把伞车交与郑恩,自去填写路引不提。

且说匡胤与郑恩把伞车推往招商店去,拣了一间上好净房,把车儿安下了。叫店家收拾酒饭,二人先自用过,坐着等候柴荣。挨有半时,只见柴荣从外而来。进了店房,觉得眉头不展,面带忧容。匡胤迎上前来,问道:"大哥,那路引起了不曾?"柴荣道:"起虽起了,只是领得两张。"匡胤道:"俺们兄弟三人,为何只起得两张?"柴荣未及开言,探身先往外面一张,看见无人,方才轻轻说道:"二弟,你如今难过此关了!"匡胤道:"兄长,小弟为何难过此关?"柴荣道:"二弟,你难道不知么!只因你在东京杀死了御乐,朝廷出了榜文,遍处访捕凶身。不料渐渐地露了风声,你家父亲恐怕连累自己,出首了一本。因此汉主把贤弟的年貌、姓名,着令画影图形,通行天下,广捕正身。方才我到关前,亲见图样,果与贤弟无二。及看告示上的言语,十分厉害。愚兄心甚惊惶,欲要设个计儿赚过关去,又恐巡关严紧,易至疏虞。倘或查出,反为不美,所以只起了二人的路引回来,别作商量。"

匡胤听了这番言语,只唬得目瞪口呆,低头嗟叹。郑恩道:"二哥,你愁他怎的?依着乐子的主意,咱们明日竟自过关。平安无事,这就罢了;倘然那些驴球入的拦阻咱们,只消把乐子的枣树、二哥的棍棒打过关去。怕他再来查访不成?"柴荣道:"三弟轻言!这般举动如何使得?况这关上军士甚多,岂同儿戏!这是断断难行,还须别议。"匡胤默默无言,暗自踌躇,想了半晌,道:"有了!我有个嫡亲姨母,住在首阳山后。那里多见树木,少见人烟,乃是个幽僻去处。咱们兄弟三人,不如投到那里,住上一年半载,待等事情平静之后,再过关去，投奔母舅那里安身立命，方是万全。不知兄长以为何如？"柴荣听说，低头想道："我本是个经纪买卖之人，相伴着他富贵公子，一来配搭不上，二来又恐招灾惹祸。倘然生出事来，那时岂不连累于我一齐下水。不若暂且避他几日，再做道理。"便道："二弟，你的主见果是万全。愚兄本当陪侍，但因我常在木铃关往来，做的主顾生意，那些大小店铺，多要等我的伞去发卖。倘这一次失了信，下回来时，就难发卖了。愚兄之意，不若贤弟先往首阳探亲，暂为安住。待愚兄进关分发了这些货物，随后便来找寻，那时弟兄们依旧盘桓，另寻生计。一则于心无挂，二则不致妨碍了。贤弟以为可否？"匡胤道："既然兄长买卖要紧，也是正事，小弟怎敢逼勒同行。但兄长独自前行，途路之间，未免辛苦。可着三弟相陪，一同进关发货；倘事毕之后，仍望速来相会，方见弟兄情谊。"匡胤话未说完，只见郑恩跳起来道："咱乐子不去，乐子不去！"只因这一番分别，有分叫：虎伴同途，克尽绨袍之义；龙蟠异域，幸免陷阱之灾。正是：

　　方图聚首天长日，岂料分离转盼时。

毕竟郑恩果肯去否？且看下回便见端详。

第十二回

笃朋情柴荣赠衣　严国法郑恩验面

诗云：

绨袍相赠古人情，况是同盟共死生！
义聚果堪联管鲍，心交端不让雷陈。
合离自是神明主，得失终归造化凭。
我劝君而君劝我，莫将名利乱中萦。

又云：

聚首无几一旦分，前途难以遇汝坟。
莫嫌世情多相阻，国典从来不让君。

话说赵匡胤见柴荣不肯同往首阳山去，只得叫郑恩做伴柴荣，进关发货。等待事毕之后，然后再图会面。只见郑恩大声叫道："乐子不去，乐子不去！叫大哥自去卖他的伞，咱乐子情愿跟着你走，方才好哩！"匡胤道："三弟，你有所未知。大哥生来心慈面善，易被人欺，故此叫你同行。凡事之间，便可商议，你当听从，方是正道。"郑恩道："乐子的心性，只是喜欢着你！怎么你这般强着咱行？"匡胤道："不然。俺们在路，曾经大闹了几场。此去前途倘有余党作难，料大哥怎能抵挡得。有三弟陪行，便可护持。这是论理该然，再勿推阻。"郑恩道："既然要乐子同伴，乐子也不好拂你的盛情。但咱们所取董达的这些银子，二哥可分一半去，好做盘缠。"匡胤道："这也不消费心，愚兄略有几许用度，但这项银子，你可交与大哥，添作资本，也见贤弟高谊。"又叫一声："大哥，三弟！赵某就此告别了。"郑恩上前一把手拉住了，叫道："二哥，你且慢走，待乐子去买壶酒来与你送行。"匡胤道："三弟，不必多烦，愚兄即欲行程，就此分别。倘若久存此间，击漏风声，反为不谐。"郑恩道："我的二哥，既然盘缠一些也不要，怎的连酒也不肯吃些？你的性儿觉得太急了，乐子怎么舍得你去！"一面说着，一面想那不忍分离，不觉心窝里一阵酸楚，两眼中汪汪洋洋，扑扑簌簌地掉下泪来，说道："咱的有仁有义恩爱的二哥！乐子向在村庄卖些香油，因遇着苗先生，叫咱送柬帖与你，不想在黄土坡结义了兄弟。指望时常依靠着你，岂知木铃关画影图形，要来拿捉。咱弟兄们在此分手，但不知何时何日再得相逢？咱的有仁有义的二哥！你休要想杀了乐子。"说罢，又自哽哽咽咽的哭将起来，好像孔夫子哭麒麟一般，足有二十四分闹热。柴荣也在旁边拭泪。

　　匡胤见此情真意切，心下也是感伤，眼中不觉流泪，叫道："三弟，你休要烦恼！我有几句言语相嘱，你须切记，方见爱我之心。目下虽在别离，相会自然有日。唯念大哥为人，一生慈善，遇事畏缩；我今只把兄长交付与你，凡事之间，必须耐心相得，切不可使性生气，伤了兄弟之情；倘有身体不和，务要小心看视，才见古谊，我虽远别，于心亦安。"又叫柴荣道："兄长，小弟还有一言相告，望兄记取。小弟今日投亲，实为无奈。兄长此去进关，自有三弟相陪，可以放心。但他是个粗鲁之人，凡事不必与他计较。此去发完货物，得利之时，切须早到首阳山来，弟兄重会。免得两下睽违，更多挂虑。"

柴荣答道："贤弟金玉，愚兄领受。但愚兄也有叮咛，亦望贤弟谨记。你系逃灾避难之人，相貌又易识认，此行凡般俱要收敛，慎勿惹祸招灾。且到令亲处躲过几时，待事平之后，自有重逢，只此须当留意。"匡胤道："不劳兄长忧思，小弟自当存念。"说罢，就要拜别。柴荣、郑恩无可奈何，只得送匡胤出门，到那双岔路口，各各洒泪而别。正是：世上万般悲苦事，无过死别与分离。有诗为证：

避祸聊趋山僻间，路途分袂各心煎。
征人感念宵旰事，泪满长衿魂梦颠。

按下匡胤趋往首阳山不提。单说柴荣、郑恩复转招商店，不觉天色将晚，二人用过了酒饭。柴荣道："三弟，今日天气已晚，过关不及，且在此间宿了一宵，明日走罢。"郑恩道："果然，大哥说的不错，乐子也无奈有些力乏了，且睡他一夜，明日走也未迟。"说罢，即便放翻身躯，躺在炕上就睡。柴荣道："你且慢睡，可将车儿上的行李收拾好了，然后安宿。"郑恩听说，咕噜儿的爬将起来，说道："果然，大哥说的不差，乐子委实疲倦了，因此把这事情几乎忘了。"即便走起身来，急忙奔至车边，把那被套儿和裤儿里的银子，一并将来提到炕上，安放好了，又便将身放倒，躺好睡了。柴荣又叫道："三弟，你怎么这般贪睡！我还有话讲，你且起来听着。"郑恩一心要睡，那肯起来，只说道："有甚说话，趁着乐子醒在这里，快快说着，莫要延挨，误了乐子睡的工夫，明日不好走路。"柴荣道："愚兄并无别事，只为你自从相会到今，下身尚无遮体，裸腿赤脚，奔走程途。幸而天气温和，走的多是孤村小径，所以靠这长袍遮掩，将就权宜。明日过关，非同儿戏，倘若关上收检之时，见你如此形容露体，岂不动疑。我方才见店对门有一家布铺子，你趁今夜去买他二三丈布匹，就烦这里店主婆，做上一条中衣穿了，方好过关。况且今天气将寒，更是要紧。"郑恩道:"乐子精着腿惯的,怕那驴球入的怎么?你难道不晓得么,前日董美英的妖法,也亏乐子赤身裸腿才得破了他的。咱们明日过关,还自这样精着,看他有甚法儿?他若没有说话,放了咱们便罢;倘然惊动咱时,叫他吃咱的枣树。大哥,你也不必多情,乐子委的乏了,睡觉要紧,也没有什么闲工夫去买什么布匹。"柴荣再要说话,只见郑恩早已呼噜呼噜的睡着了。

柴荣道:"这厮真是粗鲁之人,一心要睡,连身上的穿着也都不管,殊为可笑。也罢,待我与他料理,且去周备这些物件,然后安睡。"遂带了些碎银,锁上房门,走出店来。可可的天公凑巧,人事逢机,却有一个过路的轿夫缺少盘缠,将余备的衣裤鞋袜拎着,正在那边叫卖而来。柴荣等他走至跟前,将那人上下一量,也是个长大汉子。遂叫住了他,把衣服等件看了一遍,拣了一条布裤、一双布袜、一双�鞋,讲定了四钱银子,一面交银,一面收了物件。又到布铺子里,剪了一双二丈长的白布裹脚,转身回至店中。开了房门,叫店小二点上灯火,铺床叠被,把物件收拾停当,紧顶房门,吹灭了灯,然后安眠。正是:

饶君绨赠敦知己,怎及安闲入梦乡。

次日早上,弟兄二人一齐起来,梳洗已毕。柴荣道:"三弟,昨晚愚兄与你置备这中衣、鞋袜、裹脚在此,你可穿了,等用了饭,我们好趁早出关。"郑恩接过手来,把中衣穿了,盘了裹脚,套上鞋袜,立起身来往下一看,便是十分欢喜,道:"乐子的大哥,怎好累你费这心机,替咱置办得这般齐整,真是难得!不知费上了多少银子,咱好加倍儿还你。"柴荣道:"贤弟,休要说这外话。弟兄情分,那里论这银钱?你可收拾行李,用了早饭,快些出门。"郑恩急忙整顿行李,把裤子里的银子,搭着被套捎在车儿上面。柴荣道:"三弟,这过关去的道路，人多挨挤，你将行李财帛放在上面，倘一时有失，不当稳便。依我主意，不如把伞子盘开了一层，将这银子、被套藏在中间，上面再把伞儿压着，这便行路稳当，万无一失的了。"郑恩听罢，把嘴一咂道："大哥，你忒煞小心过火了！这些须小事，怕他怎地？前边有我拽绊，后面有你推走，前后照应，那怕这些驴球入的敢来捋虎须！咱们走罢，休要多疑。"柴荣笑一笑，道："你既不依我言语，且看你的照应何如。"说罢，叫店家收拾饭来，弟兄二人用过，算还了店账，把车儿推出房门，缓缓的推至店门之外。郑恩肩担枣树，将绊带搭挂肩头，后面柴荣推动，便滔滔的往前而行。

　　不止三里之路，来到木铃关东门。只见有许多过往客商：也有推车儿的，也有挑担子的、赶牲口的、步行的；有负货的、空行的，那些九流三教、为利为名的，都是挨挤不开。郑恩拽着车子，东一钻，西一挤，再走不上。忽然的一时性起，暴跳如雷，喊叫一声道："呔！你们这些驴球入的，挤在这里做甚勾当？快快闪开，让乐子行上前去。"只这一声吆喝，倒把这些众人各各唬了一跳。大家举眼一看，齐声乱嚷道："不好了！这黑面的，敢是灶君皇帝下降，我们快快让他过去；若一些迟了，绝有祸殃。"哄的一声响处，众人齐齐闪开，倒让了一条大路。郑恩见了，满心欢喜，道："大哥，快努着力，上前行去；不要迟延，又费气力。"柴荣急忙拼着气力，狠狠的推走，一直奔到城门口。

　　只见那巡关的军校，大喝一声道："贩伞的，可拿路引上来，好对年貌。"柴荣遂把车儿歇下，往便袋里摸出两张路引，举步走到关官厅前，双手的将路引送将上去。旁有随从等人接了，展放案桌之上。那关官看了引词，复看柴荣面貌、身材、年纪、执业，逐一相到，一些不差，然后过去。又把郑恩叫将上去，看一看路引，瞧一瞧郑恩，谛视数遭，徘徊半晌，忽然把案桌一拍，喝叫一声："军校们，与我拿下！原来你干下弥天大事，今日自投罗网。正是踏破铁鞋无觅处，得来全不费工夫。"两旁走过十数个军校，登时把郑恩拿住。柴荣在下面见了这等光景，摸头不着，分辩不得。只是心惊胆战，目定口呆。这郑恩却也冠冕，凭他拿住，不慌不忙，哈哈大笑道："好个驴球入的鸟官！乐子就要过关去做买卖，你们怎地把咱拿住？想你排下酒饭，要与乐子拂尘，也该好好儿说着。乐子最是欢喜，再没有不领情的。"

只见那上面的关官，又把郑恩看了一遍，大喝一声道："军校们，与我把这厮脸上的擦去。这是明明红脸的，故把烟煤搽抹，欲要赚过关去。天幸的撞在我手，你们快与我动手，把这厮脸上擦去了黑色，整备陷车解京。"军校答应一声，扯的扯，掀的掀，内有两个，即便吐出些唾沫搽在郑恩脸上，将手刷刷的不住擦磨。两个弄了半响，绝无一点儿消息。郑恩把雌雄眼一睁，开口骂道："驴球入的，乐子脸上又没有什么肮脏，为甚的要你把唾沫擦我？想要擦齐整些，好去赴席么！"军校道："你原来不知，我们的老爷现奉当今圣旨颁下来的，为因红脸的名叫赵匡胤，杀了女乐一十八名，弃家逃奔。故此各处门津城市，张挂告示，有人捉得，解送京师，千金重赏，万户侯封。今日见你这副尊容，恐怕是红脸的把这黑煤搽得这般，所以叫我们验看。若是擦不下黑来，便是真的，方才放你过去。"郑恩听了，方才明白，心下暗想道："早是二哥没有同来，若听了乐子同上关来，便要受累。"便大喝道："驴球入的，你们只管擦我做甚，敢是没有眼珠儿的！乐子的这张脸儿是天佛叫我爹娘生就的，怕你怎么！"众军校也不回答，只是擦磨。

复又擦够多时，兀是本来面目，不曾有半点便宜，晓得果是生就的，只得住手，走至案前，禀道："这人不是红面，果系生成颜色。小的验看明白，并非搽抹假冒等情，乞老爷发放。"那官听罢，又把案桌一拍道："只怕你们看验的不得巧法，草草塞责，被他瞒过。怎么生成的，便生得这般秽恶，怎地难看！你们须要看得亲切，方有着落。"

军校道："小的们用尽心机，出尽气力，擦了这一会，无奈指头上一些子也没有黑影儿，还说不是生成的么？"那官兀自不信，立起身走出案来，至檐前，又自盘旋回绕，反复周张的看了一遍，也把指头亲自在他脸上擦磨了一遭，见无影形，委是生成的，只得喝声："放他下去过关罢。"军校答应，登时把郑恩放了下去。

只听得当当的敲了三声云板，军校又吆喝了一声"开关"。那守关军士便把关门大开。后面的这些经商客旅，也便上去验明路引。彼乃平常人等，对验便无阻隔，顷刻间陆续而来，一齐争先夺后，哄出关去。倒把柴荣的车儿裹在中间，东一斜，西一歪。百忙里又不凑巧，偏偏的柴荣又把鞋儿挤脱了，正在那里连推带走，扳那鞋儿。郑恩又只顾前边拽走，两下里各不相照。此时便有那等剪绺小人，瞅个空儿，手疾眼快，把那伞车上挂的一裤儿银子提去了。及至柴荣扳得鞋儿起来，又不去细看，推着车儿，竟往前行。正是：

　　龙游浅水遭虾笑，虎落平阳被犬欺。

当下弟兄二人，推着车儿行走，离关未及十里之路，郑恩回头说道："大哥，如今将这伞儿到那里去发卖？"柴荣道："离此还有十数里，地名泌州。到那城内，多半是我的主顾，那时就好发卖了。"郑恩道："恁地时，咱们当真的赶走一程，到那里发完了货，乐子好早早的相会二哥。"柴荣道："便是。"郑恩遂把绊绳重新背好了，手内擒着枣树，撒开大步，奔走如飞，像那梁山泊上的戴宗用神行法一般，往前飞奔。这是什么缘故？原来他要赶到了泌州，卸下了货，好图铺啜的意思。正是：

　　只图自己观颐乐，那顾他人力气微！

郑恩望前飞跑，他的力又大，腿又坚，自然跑得也快。这柴荣虽然执业粗微，终是身柔力歉。往常奔走，顺性而行；今日在后推着，也是飞跑，那里配搭得上。举首观天，酷似飞云掣电；斜睁视地，俨如倒树移林。只觉得丧气垂头，喘息不止，只得叫道："三弟，慢慢的行，愚兄跟你不过！"郑恩那里肯听，低着头只顾奔跑。反把柴荣带得脚不沾地，手不缠身，口内喊叫道："贤弟，慢慢而行。愚兄手已拉坏，足已伤残，实行不得，你为甚这般逞力？"郑恩只是不依，凭你叫破喉咙，彼却越拉得紧，越跑得快。但见车轮滚滚，尘雾簸扬，真如星铄梭光、一瞬千里的光景。柴荣心下发极，气喘吁吁，只得骂道："黑贼！你不该这般作耍。论理，也还我大你小，难道没有我兄长在眼，便是这等放肆！倘然拉坏了我身躯，投到当官，怕不打断你的腿筋。"郑恩在前，只当不曾听得，一发如飞，风行火速。那消半个时辰，早到泌州城下。郑恩方才立住了脚，嘻嘻地笑道："爽快，爽快！这十数里路，直得鸟事，只是造化了你不十分用力。"

此时柴荣只走得浑身是汗，遍体皆津，立定身儿靠在车旁，张开了口，只是发喘。喘了半日，方才心定，复又骂道："你这黑贼！几乎拉杀了我。那里有这般行路，说来总不依我，真为可恨！"郑恩听了，使着性子，把绊绳一撂，道："你好没道理！不说自己走得慢，反来怨着乐子拉坏了你什么手！还要黑贼白贼的乱骂。早上吃了饭，此时肚里又饿了，咱们赶紧儿到城内吃饭不好，倒在路上干饿。"柴荣道："既然肚内饥了，也该好好的对我说知，路上那一处没有酒饭店，偏是忍饿乱跑，真正是个蠢材！快进城去，安顿了，便好吃饭。"

郑恩心中尚是气烘烘，拉了车步进东门。走上二三十间门面，见那路北里一座店房，柴荣道："这是个张家老店，向来是我的寓处。房东为人极其忠厚，我们原在这里安歇，觉得便适些。"郑恩笑道："乐子也不管他忠厚不忠厚，只要有酒有饭，便是合适。"当时弟兄二人，把车拽进店去，就有店小二前来相接，见了郑恩，心下吃了一唬，口内嚷道："有鬼，有鬼！"退走不迭。柴荣上前一把拉住了，说道："小二哥，你因甚这等害怕？这鬼在那里？"小二听罢，才把心神案定，叫声："柴客人，不知你路上有甚耽搁，惹了甚的邪祟？带这黑鬼到我店中作祸。如今现在你背后立着，你自不见，还说没有鬼么！"柴荣道："你原来不知，这是我的兄弟，你怎么错认为鬼？"小二道："我终不信，世间那有这样的黑人，我们家下挂的钟馗图像，也还好看些。"那郑恩在后听了，方才明白，哈哈大笑，走将过来，叫声："店小二，你这驴球入的，乐子本是个人，你偏要当鬼！你且来认识认识，看乐子是人是鬼？"那小二听了这般言语，当真的放大了胆，稳定了性，走上一步，定睛细看。此时却当日色斜西，那日光照耀，明见郑恩的影儿横担在地，心下顿时省悟道："我错认了，我错认了！若说是鬼，怎么有起影儿来，这明明是人无疑了。"开言道："黑客人，小人有眼无珠，一时莽撞，认错客人为鬼，恁般得罪，莫要见怪！"郑恩道："你既认明了，乐子也不来怪你。只是咱肚里饥饿难当，快取酒饭进来，咱们好用。"说罢，弟兄二人把车儿推进了一间宽大洁净的房中，安放停当。却值小二把酒饭送进，二人照量各用毕。郑恩走至车前，细把行李检点，举眼一看，只有被套，那裤儿里的银子却不见了。心下呆呆的作想了一会，又把被套撂在地下，转过来翻过去，寻一会，看一遍，踪迹全无。不觉心头火发，暴跳如雷。只因这一番费气，有分叫：种下破面之根，有玷同心之谊。正是：

　　不经暗里剥床患，怎得昭然涣散情。

　　不知郑恩怎的费气？且看下回便见分明。

第十三回

柴君贵过量生灾　郑子明擅权发货

诗曰：

北山种松柏，南山植蒺藜；
彼此虽同趣，志向各有宜。
华歆慕势焰，管宁乐清夷；
割席分相处，友道将何期？
君看朋类者，口腹已难齐；
资财成冷刺，酒食作品题。
我自陶我情，彼亦从彼意。
含忍高枕卧，一任合与离。

话说郑恩不见了裤儿里的银子，展开雨伞不住的翻腾寻觅，并无影响，口内不住的嗯咻。那柴荣在旁问道："你寻什么东西，这般闷着？"郑恩道："大哥，你可见那裤儿里的银子么？"柴荣道："这银子在木铃关外未出店时，你连被套儿一总放在车儿上的，怎么如今问起我来？"郑恩又把伞儿搬下几包，细细寻觅，踪迹全无，急得心头火发，暴跳如雷，大叫道："不好了，失了财帛了！不知甚么时候，被那个驴球入的偷了去？"柴荣听了，也跳起来道："黑贼，我曾叫你把银子安放中间下面，将伞包儿压住。你偏扭着己心，放在上边，自为稳妥，还说会得照应。如今却把来失了，究竟你的照应何如？"郑恩不听犹可，听了此言，不觉大怒，噘着唇，努着嘴，暴着眼，蹙着眉，喝声道："老柴，你讲什么老大的话！乐子在前拽绊，你在后面推走，乐子又没有背后眼珠好来睁看，你在后面倒不看见，你去想着，这个照应该是你的，该是乐子的？自己不肯当心，反来埋怨乐子，兀的不屈气杀了人！"柴荣一发怒极，道："你这黑贼！只因你拗着自己主意，不肯听我的言语，轻轻地把这银子失了，反道我埋怨你！你且想着，这是明明你自己差了，倒来喧嚷于我，我怎肯服你？"郑恩听了，把柴荣啐了一声，道："原来你是个不会道理的骏汉，只顾说这些屈话，怨着乐子。可知得这些银子不是容易得来的，费尽了乐子多少心思，多少气力，方才取得这项财帛。我那有仁有义、恩爱的二哥，分毫不要，把来都与你做贩伞的本钱；谁知你福薄命穷，没有造化，反送与别人受用。不去怨恨自己运低，偏来怨着乐子没有照应，你这样不明道理的人，乐子有甚气力再与你说话？"说罢，铁青了脸面，向外坐着，只是叹气。

那柴荣听了这一席说话，倒觉得顿口无言，低头叹气，暗想："郑恩之言，亦似有理。这事原算我不是，我埋怨他，愈觉差了。"只得开言道："三弟，如今也不必说了，果系愚兄命运低微，难受这异途之物；但既经失脱，已落他人之手，想要重去寻来，难言可望矣！俺们为今之计，且把被套收拾起了，将这伞儿掸扫尘埃，收拾好了，便去发店。货完之后，也好去寻你二哥，以图相会。你也不必气怒，快来动手。"郑恩见柴荣如此，方才回过脸来，说："大哥说的不差。"遂把被套放在炕上，转身与柴荣一齐卸下雨伞，一柄一柄的掸去灰尘，现出新鲜颜色；又点一点数目，仍旧安放在车中，推向外厢空房中放下了。

看看天色将晚，二人忙了一回，肚中又觉饥了，柴荣便叫："店小二，收拾粥来用。"郑恩道："大哥，这稀粥汤，空松易饿，怎能充得饥肠？小二哥，你可打上十斤面饼，擀下一镬面汤，才够我弟兄两个一饱。"柴荣道："也罢，小二哥你粥也煮来，饼也打来，各随其便。"小二道："柴客官，你在我店中住的遭数已多，难道不知我们店里只有一副锅灶，怎么做得两样饮食？不如就依了这位黑客人，打上面饼、面汤，吃在肚中，也可耐饿。"郑恩听了，满心欢喜，道："小二哥，你怎么的这般伶俐，做人凑趣，说来合着乐子的心窝，咱乐子其实欢喜着你，你快去收拾进来，咱们好受用。"常言道"卖饭的不怕大肚汉"，店小二巴不得这一声，便顺着郑恩的主意，急忙答应了一声出去。登时收拾打了两盘大饼，擀了一锅面汤，遂送进客房，摆在桌上。郑恩见了，只喜得心花开放，眉眼笑扬，说道："好，好！"一面说着，一面拿起筷子，也不管柴荣吃不吃，也不顾热汤难吞，竟似狼吞虎咽，任性馎飥。吃一回饼，饮一回汤，不消半个时辰，早吃得盘底朝天，罄空尽竭，方才把筷子放下，叫声："大哥，这样好东西，你怎么不吃？"柴荣道："等你吃得够了，我才来吃。"郑恩道："大哥，你原来好争嘴的。"叫声："店小二，你再去多多的添些面汤，打上些好饼进来，等咱大哥好用。"

　　小二听了，把脖子一缩，舌头一伸，暗忖道："这黑厮藏着什么量儿？看他把两个人的饮食，竟自一个独吞，还要叫添，真是个馕食包了！"即时往店中又打了两盘饼，擀了一镬汤，送将进来。郑恩道："大哥，如今可吃些了。"柴荣笑了一笑，道："好，好！"即便拿起筷子，取了一个饼，盛了一盏汤，慢慢地吃下，只吃得两个饼、两碗汤，便把筷子放下了。郑恩道："大哥，这样好东西，怎么只吃得一点儿就住了手？"柴荣道："愚兄量浅，已是满腹足矣，不能再吃。"郑恩见他不吃，遂拣了两个大饼，又盛了一盏汤，送将过来，必要他吃。柴荣拗他不过，只得熬着饱勉强加了下去，其余的饼、汤，又是郑恩包下了肚。遂把碗碟叫小二收拾了去。此时已是黄昏光景，弟兄两人各自收拾床炕，两下都已安歇。

郑恩饮食满望，心事毫无，躺上炕，竟是呼噜呼噜感梦去了。不想那柴荣食量浅小，多吃了这两个饼，肚中就作祸起来，眠在炕上，甚觉发痛。又想着郑恩量大，供给费多，千思百想的挨着肚痛。侧耳听那外面，适值天又下起雨来，心下又自想着："明日的货，多是发不成了。"又添了这一段愁闷，翻来覆去那里睡得着。耳边又听了郑恩这般好睡，但闻他呻呻吟吟，嘴内说出许多梦话，真是无挂无碍，适性安眠，不觉叹了一口气，道："你看我恁地晦气！枉有了这厮做伴，遇着事情，只凭着自己粗鲁，通无商量。除了这吃睡两项，其外一件也不晓，半点也不管，实为可恼。"因此又添了这一段忧虑，不觉气裹食，食斗气，气食相攻，固结不解，渐渐的头发重，眼发昏，那心头一似炭火般的发烧起来，一夜里呼唤呻吟，何曾合眼。

挨至天明，郑恩即便起来，叫声："大哥，你看天色已是明透的了，只是有些雨蒙蒙儿，你快些起来，趁着雨还不大，便去往店家发脱了货，收齐了账，极早回去，好会咱的二哥，莫要延挨迟了日子。"柴荣听言，指望将身坐起，谁知头晕眼花，捉身不住。挨了半晌，那里挣扎得起？郑恩道："想是大哥有些不耐烦么？这不妨，可着店小二擀些软软的面汤，吃下几碗，包管就好。"柴荣道："三弟，我只为昨夜多吃了几个面饼，腹中停阻，得了此病，怎的再吃。若有热水，要些来呷呷。"郑恩遂叫店小二烧了一壶热水，打发柴荣吃了几口，依旧躺在炕上，不住的哼哈呻唤。郑恩并不理论，把柴荣的银包撇在腰间，往街坊上闲撞。望见酒店，即便买些酒食充肠，吃得有八分酒意，然后回来。那柴荣正在炕上热极心昏，唇喉干燥，叫声："三弟，若有冷水，要些来呷呷。"连叫数声，不见答应，翻身向外一看，只见郑恩正进房来，立脚不定，把身子摇摆，口中只叫："好酒，好酒！乐子再吃不得了。"柴荣见了，气恼不过，欲要责罚他几句，又碍着情义两字，只得隐忍下了。正是：

病者闷千般，不病自欣欢。
纵他长好饮，情义便尔宽。

当下柴荣又叫道："三弟，你把些冷水我吃。"郑恩带着酒意，便叫店小二取了一瓢水来，柴荣呷了几口，依然睡倒。那郑恩已入醉乡，任游梦境。从此以后，看看约过了三四日，柴荣的病症越加沉重，自己无奈，只得叫声："三弟，你去央烦店家，去请一位明理的太医来，看看这脉息何如？"郑恩依言，出来对小二说了。小二就去请了一位太医，叫做刘一帖，真个脉理分明，用药效验。曾有《西江月》一词，赞他好处：

历代相传医学，望闻问切匪夸。难经脉诀探精华，生死机关的确。
药按君臣力卓，分钱配合无差。症疴诊治不虚花，刘一帖名传海角。

当下小二请了来家，延进客房，来至柴荣炕前坐下，举着三个指头，将两手六脉细细地诊了一番，已自明白。又把那身体看了一遍，但见：四肢冰冷，遍体发烧，鼻孔流青，脸面带肿，唇干口燥，神气虚浮，说道："尊兄的贵恙，乃是夹气伤寒，势非轻比，理宜舒气消食，凝神发表为当。最要不可动气，若一动气，虽不伤命，其症恐难即愈。"遂撮了两帖柴胡散，药案开写明白，加引灯心、竹叶、生姜，用水两盏，煎至八分温服。写毕，并药递与店家。相嘱病人务要小心保养，调气安神。柴荣称谢，就叫店家在外取了一把戥子，将郑恩身边的银子称了三钱，用纸封了，送与刘一帖为药资之敬。那刘一帖又说了一句"保重"，辞谢了，便自回家。

店小二遂把药饵并药罐、火炉、柴炭等类，递与郑恩，道："郑客人，你可用心煎剂，足要八分，即刻温服。我因事忙，不及奉陪了。"郑恩道："乐子知道。"便把那药抖在罐里，加了药引，又加两盏清水，完备了，随将火炉内炭生发好了，才把药罐端上，煎笃起来。谁知郑恩此时已有几分酒意，醉眼蒙眬，看守了一回，不觉打盹起来，呼呼睡去。约有半个时辰光景，忽被感梦惊觉，睁眼一看，那药已煎干冒烟焦臭了。郑恩暗暗跌脚，心内叫苦。没法奈何，只得又舀了一盏清水，添入药内，煎了一回，不管七分八分，凉了一凉，拿到柴荣面前，叫道："大哥，起来吃灵丹妙药。"柴荣挣起身来，接过汤药一饮而尽，叫道："三弟，这药因甚有些荷包灰气？"郑恩笑道："大哥，你可也不听见那太医说么？这药叫做柴胡散，自然有些荷包臭的。如今只要病好，管甚气味！"说罢，接了盏儿，又去煎那第二帖药。这一回，郑恩就着实用心了。煎勾多时，恰有八分，把来递与柴荣吃了，仍复睡好。

无如病热随常，不能痊愈，郑恩全不在意，任性闲游，每日只好酒食上留情，花费畅怀，临晚带醉而归，口里常说酒话。柴荣见了，一言不出，闷在心头，终日望轻，其如反重。只因积气在心，有忧无乐，所以不唯药医无效，更且病热转添，十分沉重。郑恩那里放在心上，自己只管胡厮。一日早起无事，猛可的想起道："这枣树，乐子自从十八湾相救二哥以来，一路上亏了这件妙物打贼防身；只是粗细不匀，弯曲得不好看相，如今趁着大哥有病在此，乐子又空闲无事，何不把他去出脱出脱，也得光光儿好看，觉到有些威势。"想定主意，掮了枣树，走出店门，往街坊一路行来。寻着了一家木作店铺，遂叫匠人整治起来，顷刻之间溜成了一根大大的棍儿，莹润光圆，坚刚周正。郑恩拿在手中，甚觉合适，心下十分欢喜。即时身边取出些银子，谢了匠人，回身便走。路上又买些酒食，吃饱了，慢慢地回到店房。只见柴荣昏昏沉沉睡在炕上，他也不去问安一声，竟自放下了棍子，走至炕前，仰翻身躯，开怀安睡。正是：

  任君多少名和利，怎比安然醉卧闲。

自此，郑恩终日往街坊闲走，快乐不上几天，早把柴荣的那包银子吃得罄尽。约过了十七八日，柴荣的病势尚不能痊。这日清晨，郑恩起来，刚欲出门，只见店小二拦住道："郑客人，且慢出去，小人有一言奉告。"郑恩道："你有什么话儿，快些说来。"小二道："小人的愚意，欲把这食用房钱算这一算，告求赍发则个。喏，账簿在此，客人自己去看，除了病人不算，只是客人一位所用，每日二钱，共有一十八天，该付足银三两六钱，望即见惠，感激之至。"郑恩道："小二哥，你与乐子算账却不中用，等咱大哥病体好了，也不为迟。"小二道："客人，你要体量我的下情。我是开店的人，靠这生涯过日。又无田产，又无屋宇，如何有这长本钱把来供养？况且每日伺候客人的饮食，多是赊来的，若是等你贵伙计病好还账，知道几时才能够好？眼见得目前便没米下锅，连小人的店铺也是开不起来，不如把这宗银子先清了，又好从新措办。且得客人在此，容易服侍了，岂不两全其美。"郑恩想了一想，道："小二哥，这饭钱虽该还你，但是咱大哥的银子多被乐子用完了，这却怎处？"小二道："客人，你原来真是呆的，现放着米囤儿，情愿饿死，却不自害自身。你银子用完，这货物尚在，何不把这车儿雨伞发脱他一半，还了我饭钱，余下的，又好终朝使用了。"郑恩道："小二哥，你的主意果然不差，乐子其实欢喜着你。"说罢，即同店小二出去往两个铺家说了，遂把雨伞发脱了一半，共得十二两银子。当时回至店中，付还了三两六钱饭钱，剩下八两有余，郑恩撇在腰间，供给自己酒食之费。不上八九日，早已用完，只剩下精光身体。不意郑恩自得小二提醒，把雨伞发卖，吃了这甜头，没有使用，便把雨伞货卖。不消半月，又把那半车儿的雨伞做了乌有先生。正是：口里肥腻，皮里消肉。看看约有四五十天，那银、伞销完，柴荣的病也就轻了，渐渐鲜艳，略可挣扎得起。

一日，柴荣叫店家进来算账。那店小二进来，对柴荣说道："柴客人,这账也不必再算,除了令弟两次还过六两六钱,余外只该找我三两之外,便是清楚。从明日又是重起。"柴荣听言,呆了一回,心内想道:"谅这一包银子,多分被他用完的了,虽然他的食量甚大,费用过多,然也亏了他煎药服侍,也就罢了。"只得对店家道:"既如此,烦你去请那主顾铺家来,我就当面发脱了货,收齐银两,便好找你的饭钱房金,我们也得回乡生意。"那店家听了这话,顿时间脸儿上泛红泛白,没做理会处,只是呆呆地望着郑恩点头瞅眼。那郑恩也是慌慌的,搓手掷脚,看着店家。两个瞧了半晌,通没理会,那郑恩低头想道:"完了!乐子只顾了自己使用,不该瞒着大哥,把伞儿一齐发脱干净。如今只好对他说话。"又挨了一会,料瞒不过,只得叫声:"大哥,你的雨伞,原要发脱的,却是乐子替你卖了。"柴荣听了,如半空中打个霹雳,惊骇不迭,慌忙问道:"三弟,你又不知行价,怎的发脱了,不知卖了多少银子?拿来我见见数目。"郑恩道:"不瞒大哥说,乐子因你有病,在此耽搁日子,其实清淡不过,将这银子每日使用,不道多花费在肚内了。因此这银子毫厘也都没有。"柴荣听了这话,大叫一声:"坑杀吾也!"将身栽倒,闭了双眼,晕去半个时辰,悠悠醒转,口中吐出浊痰,眼内流些清泪,开言道:"我推车贩伞,指望趁些蝇头微利,权为糊口养身之计。不幸病在店中,挨了多日,感今病体略好,思量发货,谁想凭空的银、伞全无,本利绝望,闪得我无依无靠,叫我怎好回乡?"说罢,又是流泪。

  那店小二在旁,心内也十分过意不去,只得相劝道:"柴客人,你也不必气苦了,这财帛是人挣下的,今日用完,明日生意起来,仍然满载。那里有现放着货物,不去变卖使用,甘心受苦熬饥?况你患病将好,调养身体要紧,怎的自己不惜,便要动气?这郑客人生来的耿直,虽然把本钱消化去了,却是与你又是义气相交,不比别人。小人劝你莫要生气,和好为上。纵然欠下几两店账,也是小事,你只消下次来还我。就是从今再住几日,这房钱分文不要,可自放心安养,不必挂怀。"那小二劝了一回，自觉不好意思，只推外边有事，告辞去了。

柴荣只得自解自叹，把气渐渐的消了。侧目看那郑恩，倒把这火盆般的大嘴，噘得高高的，在那里怒气。柴荣无可如何，只得叫道："三弟，你也不要恼了，想来这些变更，也多是我的命运该当，还要说他则甚，如今有话与你商量。"郑恩也就放下怒容，回言道："大哥，雨伞卖尽了，盘缠用完了，只有乐子与大哥两个精光身子，还有什么商量？"柴荣道："虽然如此，我还有一个法儿，与你商议而行。"只因有这一番商议，有分叫：蚕食鲸吞，还尽了口腹之债；时乖运蹇，生遍了床席之灾。正是：

英气未能舒展日，雄身正属困危时。

不知柴荣有甚商量？且看下回自有分解。

第十四回

为资财兄弟绝义　因口腹儿女全生

词曰：

　　同盟原欲辅鹰扬，联异姓，润伦常。群分类聚，行见定明良。彼和此唱相求应，盘桓乐果须长。　　曾几何时意气伤，财已尽，义随戕。风波翻覆，撒手各分场。抛弃芝兰寻别径，只博得一杯觞。

右调《风入松》

　　话说柴荣因郑恩将银、伞费尽，无策回乡，只得与他商议道："三弟，这雨伞卖尽，也不必说了，但为今之计，已无别策，幸而还有这轮车儿在此，不如你推将出去，卖上六七百文，一则我得将养病体，二则也好做些盘缠，待三两日后，我的身体全好了，俺们便可往首阳山找寻你的二哥，再做别图。"郑恩点头道："大哥的说话，却与乐子的主意合的，倒也使得。"遂把车儿推出店门，往街坊上行走，口里边大声叫喊道："卖车，卖车！我的车儿，只要七百个大钱就卖了。"不想行了数程，叫了半日，并没有人问他一声。心中恁般闷气，肚里饥饿难当，缓缓儿顺路推走。只见路旁有座酒店，正是欣于所遇，投其所好。郑恩把车儿推至门前放下，将身走进店堂，拣一副座头坐下，叫："酒保，拿些酒食来吃！"酒保连忙收拾送来，无非美酒、大面、鱼肉之类。郑恩饥不择食,那管他美恶精粗,拿上手就吃,吃得杯盘狼藉,方才肚内饱了。酒保过来会钱,共吃了六百余文。郑恩立起身,道:"店家,乐子今日没有带钱,就把这车儿与你算了酒钱罢。"那店家又是个良善之人,本要发话,见他吃了这许多酒食,又且相貌狰狞,谅着不是个善男子,恐怕啰唣,未免吃亏,只得自己认了晦气,答应一声,把车儿收了进去。

郑恩出了酒店,空身回到店房,叫声:"大哥,乐子回来了。"柴荣道:"你车儿可卖了么?不知卖了多少价钱?可能够得用度?"郑恩把手一拍道:"大哥,休要说起!乐子叫卖了半日,并没有个主儿;这肚中其实饥饿不过,无可奈何,只得换些酒食充饥,回来再作商量。"柴荣不听此言,万事皆休,听了此言,只气得双睛暴出,满身发抖,歇了半晌,怒上心来,开言骂道:"呵唷,你这黑贼!累我弄到这般光景,又把这车儿饶他不过,必竟要吃个干净。只顾自己,不管他人,我身边并无半文钱钞,被你这般坑陷,叫我怎好活命?呵唷,你这黑贼!再在此跟我几日,只怕连我身体也要被你葬在肚里了。你这等人,还要与你做什么朋友,不如早早撒开,各寻头路,休得在此累我长气。"郑恩听了这番言语,心中大怒,骂道:"你这稀尿的伞夫、劣货的蛮子,乐子为了你,不知吃了多少辛苦,费了多少气力,保全你平安到此;你自己有病,耽误了日子,今日用得你几两银子,也是小事,你就这等骂着乐子,便要撒开分手。你既没情,乐子也便没义了,从今各自走路罢了。"说罢,提了枣木棍,气烘烘的奔出了店门,离了泌州城,望西而行,一路上想道:"乐子一怒之间,虽然把大哥撇下了,如今可往那里去?不如到首阳山,投奔二哥那里安身。"想定主意,拣着大路而行。不想那郑恩因一时怒气,走得要紧,不辨那条是原先来路,顺着脚走,所以反往西行。

此时正是初冬天气,一路上但见天边雁叫,林内风飘,木叶凋残,草根戕濯。郑恩约行了六七里之间,心下也有些疑惑,想道:"乐子先前从木铃关,路不是这样的,休要走错了路头,又是费力。"正在疑惑,看见前面有个卖草鞋的人。郑恩赶上几步,叫道:"卖草鞋的,乐子问你路儿:要往木铃关、投首阳山去的,可从这里走么?"那卖草鞋的回头一看,见是个凶相的人;又想他既问路,也没有什么称呼,心内先有几分不喜;又想道:"他要往首阳山去,该向东走,他反投西行来,必是个不识路径的。待我要他一要,使他没处做理会。"即便开言回答道:"你这黑客官,要往首阳山去么,还走得不耐烦哩,我也要往那里卖货,你只消跟我前去就是了。"郑恩大喜,跟定了他,往西行走。约摸又行了三四里路,只见那边有座酒店,这卖草鞋的自言自语道:"走得渴了,且向这里买碗酒吃再走罢。"郑恩见他走进了酒店,便是立住了脚,在檐下张望。只见他坐在里边,大碗的酒,大块的肉,一上一下的吃,眼儿也不带着郑恩。那郑恩在外,觉得鼻边不住的馨香,一阵儿美酝传芬,一阵儿肴馔送味,这香气相闻,心窝里即便酸痒起来;思量也要进去吃些,却碍着身边干净,只得咽着馋涎,呆呆地立着等候。等了一回,那卖草鞋的方才吃完了,会了钱,走出门来,背上草鞋,看看郑恩笑了一笑,往前又走。郑恩忍着羞惭,跟定而行。正是:

欲求眼下路,且忍肚中饥。

当下二人又行过三二里之间,这卖草鞋的真也作耍,看见那首又有一座酒店,侧身进去买酒吃。郑恩见了,又立住了脚相等,心下暗自忖道:"这驴球入的,怎么只管自己馕嗓,不来请乐子吃些,实是可恶!停一会,到了首阳山,叫他吃乐子的大亏,方晓得咱的手段。"不多一回,那人把酒吃完了,交了钱,取了草鞋,走出店来。看看郑恩又笑了一笑,抽身便走。郑恩隐忍在心,不去理他,只顾跟他行走。看看又走过了一二里,来到一个旷野去处,但见树木丛茂,枯叶满堆,那卖草鞋的心里想道:"我这两次也弄得他够了,待我再耍他一遭,使他进退两难,终无着落。"定了主意,走上几步,口里又自言自语道:"走得乏了,且在这里睡他一回,再走未迟。"遂拣了一株合抱不交的大树下,铺平了枯叶,将草鞋放在旁边,将身坐下,假作打盹。郑恩见了,心下想道:"好了,这驴球入的今番要着乐子的手了。"也在对面树边将枣木棍靠在一旁,坐下假寐。看官:这卖草鞋的打盹,原是有心作耍,耽误郑恩的行程。谁知事不凑巧,坐下未久,早被朔风吹动,酒涌上心,渐渐沉醉,竟自醺醺然蒙蒙眬眬地睡着了。

那郑恩假寐了片时,竖起头来把那人一看,呼噜睡去,影也不动,心中想道:"必竟这驴球入的睡死了。"即时立起身来,叫唤数声,并不答应,更觉欢喜,道:"你这驴球入的,方才这等薄情待着乐子,今番也叫你吃些亏。"遂把草鞋提在手中,数一数却有二十二双,把来背上肩头,转身取了枣木棍,投西一竟去了。那卖草鞋的睡去足有两个时辰,醒了起来,睁眼一看,不见了这个吃耍的黑汉,心下疑惑道:"他必竟等我不及,先自去了。"回身正要拎了草鞋走路,却撮了个空,四下找寻,并无踪迹,叫声:"苦也!我的草鞋不知被谁偷去?闪得我本利皆无。"思想一回,忽然醒悟道:"是了,这黑厮的必是个贼,故此路头也不知,随意胡闯。吾不该把他戏弄,倒把己物失脱于他。"心下着实烦恼了一回,没法奈何,只叹了口气,抽身投东回去了。正是:

烦恼不寻人,自去寻烦恼。

却说郑恩肩背草鞋,手提木棍,一路行来,欲把草鞋卖来饮酒,谁知并无人问,心下甚是纳闷。约略又走了几程,来到一所兴大的庄子,只见路旁有座酒店,十分闹热。此时肚中饥饿,口内流涎,一时喉干心欲,也不顾腰下无钱,硬着头皮挺身走进,便叫:"掌柜的,拿酒来吃。"移步至那首坐下，把草鞋、枣木棍一齐放在旁边。那掌柜的只认是个好主顾，连忙吩咐走堂，把火酒、牛肉、包子、大面尽情端将过去。郑恩放开肚子，显出本事，吃了又添，添了又吃，吃到十分量足，方才住手，叫声："掌柜的，乐子吃了多少，便来算算。"那掌柜的算了一遍，说道："共有六百三十四文。"郑恩道："乐子今日没有钱钞，你可记在账上，改日还你。"说罢，背了草鞋，提了枣木棍往外就走。掌柜的拦住道："客官大爷，你莫要当耍！吾又不知你的姓名，叫吾怎好记账？况且你一个人吃了八九个人的东西，本多利薄，这赊欠从不破例，望客官大爷见惠则个。"郑恩道："不是乐子要破你赊欠的例，其实今日没有带钱，故此要你记账。你们既然不肯，可把这草鞋押在这里，改日乐子有钱，便来取赎。"掌柜的喊道："你这些混话骗谁？吃了许多钱去，将这一些儿东西抵押，吾们要他来何用？你休要做梦不知去处，我这里孟家庄不比别处，凭你什么有名目的人儿，却也少不得一文半个。若你不给出钱来，把你的臭黑皮剥将下来绷鼓，才知我们的厉害！"

郑恩听罢，不由得心头火发，大骂一声道："驴球入的，乐子吃了你这些东西，你便值得这般恶骂，你们谁敢来剥乐子的皮？"一面说着，一面举手先把这些草鞋提将起来裂得粉碎。掉过巴掌，将掌柜的打了数下，又把柜上的这个大大石砚掷得零星齑粉。

此时店中吃酒之人虽多，见了郑恩如此行凶，谁敢出头受苦？只好悄悄退避，袖手旁观。那掌柜的吃打负痛，自谅不能对敌，只得说道："罢了，罢了！瘟神请出去罢！今日只算吾造化低，合该破财。我们这里现有一位白吃大王，在此显灵；不道又生出你这个黑吃大王，前来厮缠。你遇着我们白吃大王，他有本事生嚼你这位黑吃大王，方消吾气。"郑恩听说，立住了脚，问道："乐子问你，那个白吃大王，如今现在那里？待乐子与他会会。"掌柜的道："你黑吃了东西，心满意足，只管走路，莫要管这闲账。"郑恩道："咱偏要问你，你若不说，乐子又要打哩！"掌柜的慌忙答道："我们这位白吃大王，要吃的是童男童女，不像你这黑吃大王，只会吃些酒肉。所以劝你保全了性命，走你的路罢，休要在此惹祸生非，致有后悔。"郑恩听罢，心下想道："这大王要吃童男童女，决定是个妖精。咱何不替这一方除了大害？"说道："掌柜的，乐子想那白吃大王是个妖精，故此要吃重男童女的。乐子生平专会拿妖捉怪，今日情愿与你们除了这害，你道何如？"掌柜的听言，心内暗喜，道："这黑厮白吃了我东西，气他不过，况又被他打了，无处伸冤。天幸问起这事，愿投罗网，我何不趁此机会，叫大王伤了这厮，也得泄我胸中之恨。"

想定主意，便满面堆下笑来，答道："你若当真会捉妖怪，这也不难。就是我们隔壁邻舍今日该献祭礼，他家只有一个三岁的孙儿，又往别处去买了一个四岁的女儿，等到天晚，一齐送往庙中献供。他一家儿大小正在那里啼哭分别，待吾叫他过来，客官与他商议。"说罢走至隔壁，登时把一位老者邀至跟前，与郑恩施礼。但见他脸带泪痕，声藏凄惨，叫道："君子，闻得你会除妖怪，但不知这位大王当真是神是怪？尊驾果有本领灭除大害，可以保得平安；若是降他不住，尊驾便可远走高飞，离灾避祸。却不道动了大王之怒，反累这里合村老幼性命难保，岂非画虎不成，反类其狗。这事还当酌量，望勿粗心。"郑恩听了笑道："你们的胆量，原来都是鼠虫儿的样子，这般害怕。乐子拿妖的手段，到处闻名，凭你三个头六只膊、猛恶凶毒的妖魔，遇着乐子，管叫他粉骨碎身，一时尽绝。你们只管放心，休要疑惑。但有一件须要依着乐子，方才替你们除害。若不肯依，乐子便也不管了。"老者道："君子倘果有本领，保救得合村无事，乃是我们万千之幸。凭你什么天大的事情，老汉岂有不依之理，就请吩咐，即当从命。"郑恩道："今日捉妖，非同小可，这是惊天动地的事情，须要作法遣将，方可成功。你们依着乐子，快去整备：要用烂糊猪首一个、一盘油造面饼、一盘牛肉、火酒一坛、醋蒜椒盐香烛等项，件件都要俱全。把来送与乐子，到庙中去请神使用，便好拿妖。"老者道："这些许小事，有何难哉？老汉即刻回去端整便了。"说罢，辞别出来，回至家中，一件件买办完全，整治停当。

　　看看天色将晚，即着长工把担子挑了物件，老者又来请了郑恩，一齐送往庙去。一行人走不多路，早来到一座古庙之中。但见尘土纵横，香烟杳绝，那长工把什物挑至殿上，摆列供台。郑恩道："你们众人去罢，明日早上都来看妖怪。"老者又把火种儿递与郑恩，然后带领长工，作别去了。

　　郑恩遂把庙门关闭，走过了一个大天井，上得殿来，把一带破坏的长隔窗子也关上了。回转身躯，四下里一看，尚无动静，举眼往上瞧时，见上面塑着一尊金甲黄袍手执器械的神像，果然凛栗威严。郑恩微微一笑道："原来就是你这驴球入的在此称王作怪，骗吃人家的儿女，今日乐子做个方便，除了你这妖魔，免得众民年年受害。"说罢，举起枣木棍，对正了神像，用尽气力勇猛打下，只听得半空中一声响处，就地风生，灰尘乱滚，见一件东西在地下盘盘旋旋，滚个不住。郑恩慌得手忙脚乱，将枣木棍手中乱使，口内大喊道："不好了，妖怪现形了！"正说之间，只见那物滚到窗子跟前，被槛拦住，就不滚了。郑恩战兢兢走上前，举眼细瞧，看是何物？只因这一番举动，有分叫：遇了供养之运，足食丰衣；受了安镇之名，人兴地旺。正是：

　　　　未作皇家辟土客，先为闾里捉妖人。

　　毕竟滚下来的什么物件？当看下回便见分明。

第十五回

孟家庄勇士降妖　首阳山征人失路

词曰：

　　漫道妖氛累，自有高人对。三更古庙战相争，醉，醉，醉！功成遍被，赢得终朝，酒食滋味。　　得际能安睡，失魄天涯泪。崎岖跋涉叹伶仃，悔，悔，悔！回首斜阳，不知梦里，可期相会？

右调《醉春风》

话说郑恩在那庙中打下一物，在地乱滚，滚了一回，到着窗子跟前，被槛挡住，就不滚了。走上几步，仔细一看，原来是个泥塑神头，被枣木棍打下来的。郑恩却不识得，即便哈哈大笑，道："咱疑是妖怪现形，谁知是个木墩头。乐子正要做个枕头，好去睡觉。"说罢，拾将起来，放在供桌上面。此时天已昏暗，郑恩将火种儿取出火来，点了香烛，等候多时，并不见有妖怪出来。肚中觉得饿了，见这现成酒肉，触着心怀，就把猪首拆开，蘸着醋蒜，张口便吃；又把油饼卷着椒盐，到嘴便吞。先把两项东西轮流吃尽，然后将牛肉用手撕开，慢慢咀嚼。看看吃得干净，掇起酒坛，对着嘴咕咚咕咚的咽下，如渴龙取水，似苍蝇吸血，不多时，把一坛火酒，都流在肚里了。抹一抹嘴，摸一摸肚，自觉欢喜，道："且不要管他有妖没妖，乐子已自吃得肥嘴象意，趁这酒气，睡他一觉再处。"把盘碟酒坛，一齐放在壁边地上，把神头当作枕头，并无行李铺陈，只好和衣而睡。枣木棍也眠在身旁。正值烛尽香残，酕深身倦，躺在供台之上，合眼酣睡。

将至三更时候，郑恩正在睡梦之中，忽听得风声响动，猛然惊觉。爬将起来，带着醉意，侧耳听那外面的风，真个刮得厉害。只听得：

    初起时扬尘播土，次后来走石飞沙。无影无形，能使砭人肌骨；有声有息，堪令摧木飘零。穿窗入缝，淅沥沥任他曲折飘扬；逐浪排波，吼訇訇怎阻盘旋飚刮。且休言摧残月里婆娑，尽道是刮倒人间麓崃。助虎张牙，怪物将来撼山岳；从龙舞爪，雨师暴至暗乾坤。正是：苍松翠竹尽遭殃，黑虎强神施本领。

郑恩听了这风来得厉害，下了供桌，提了枣木棍，斜步走到窗前，将雌雄二目往外一看，但见微微月色正照庭心。听那风过之时，顷刻天昏地暗，雾起云生，落下倾盆大雨。这雨降下来，就有一怪，趁那风雨落将下来，两脚着地，走上阶沿，站立窗外，把鼻子连嗅了几嗅，说声："不好！这个生人气好生厉害。"连说了二三声，往后退走不迭。郑恩醉眼蒙眬，仔细一看，但见他怎生打扮：

    头戴金冠分两叉，身穿锁子梅花甲。拦腰紧系虎皮裙，足上麻鞋逍遥着。头高额狭瘦黄肌，脸缩嘴尖眼闪灼。金光如意手中拿，长耳直舒听四下。

郑恩看罢，满心欢喜，暗自想道："乐子生长多年，整日在家，但听人说妖怪，不曾见面。今日才得遇着，原来是这等形儿，也算见识见识。"忙伸虎手，轻轻的把窗撑开，提了枣木棍蹿将出来，大吼一声："驴球入的，你是什么妖精，敢在这里害人？乐子特来拿你哩！"两手举棍劈头打下。那怪不曾提防，措手不及，说声："不好！"忙用手中金如意火速交还。两个杀在庭中，战在庙内，这一场争斗倒也厉害。怎见得：

> 这个声喊如雷，那个睛光似电。这个奋身快似箭，那个跋步疾如飞。这个是黑虎星官临凡世，那个是麋鹿成精祸一丘。这个手举酸枣棍，打去不离天灵盖；那个执定金如意，迎来只向额头前。棍击如意，迸出千条金线；如意迎棍，飘来万道寒光。我拿你，报泄村坊之隐恨；你拿我，显扬魔怪之腾挪。正是：盘旋来往相争战，不济妖邪作祟精。

当下一人一怪，战有二三十个回合，那怪本事低微，招架不住，转身就走。郑恩那里肯舍，急忙赶上前去，说声："你往那里走？今日遇着了乐子，休想再活！"说时迟，双手举起了枣木棍，把小眼儿看得亲切；那时快，只见用力打下，啪的一声响，正中在八叉金冠。打得那怪火星乱迸，立身不住，扑通一跤，倒在尘埃。郑恩见他倒了，趁势儿火速用情，又是两棍。只打得脑浆迸裂，登时气绝，就把原形现出。月影之下，看得明白，乃是一个八叉角梅花点的大鹿。这金如意，就是口内含的灵芝瑞草。郑恩看了，却不识得，把脚在肋上踢了几脚，道："你这畜生，只得一只獐犯野兽，也要成精作怪，吃人家孩子。乐子看你再充得什么神道，冒得什么大王么？"说罢，解下腰中鸾带，拴住叉角，拖到隔子窗前，系在窗档子上。回身取了枣木棍，走上殿来，依前把窗子关好。

此时约有五更光景，因闹了多时，酒已醒了。走至供桌跟前，蹿将上去，放好了枣木棍，倒着身躯，枕着神头，又是呼呼的睡了。有诗为证：

> 英雄生性喜贪睡，睡到深时梦不休。
> 莫道睡能误大事。也曾睡里建谟猷。

且说昨日该祭献的老者，却也姓郑，自送郑恩到庙，回至家中，心怀忧喜。喜的喜那黑汉口出大言，必怀绝技，此去果能擒获妖精，不为一双儿女免了碎身之惨，且使合镇人民永消后日之灾，也算因祸而得福，绝大的功德；忧的忧那世上的人，常见力不掩口，说来天花乱坠，做去一败堕地，倘使今夜不能降伏，那黑汉自己既已遭殃，累着本村尽皆荼毒。岂非祸起于他，罪归于我，这无遮无挡的事情，叫吾如何承受？因此左思右想，如坐针毡，如醉如痴，一夜未曾安枕。

等至天明，抽身便起，即叫小使去邀了十数个邻人，一齐奔至庙前。只见庙门紧紧闭着，众人推了几推，却也不开。遂又连推带击的敲了一阵，并不听见里边答应一声。那郑老者心下着慌，便对众人说道："列位高邻，老汉因昨日误听那掌柜的话，说得如许容易。只因要救孙儿心盛，一时差了主意，不辨好歹，把这黑汉送进庙中。只说他本事高强，必能成功得胜，谁知也是个会说不会做的。你看这时敲门不开，又不听见里边声响，多分遇着大王，坑送性命了。他今一死不打紧，只怕反惹大王恼怒，我等身家性命，定然难保，这事如何是好？"众人说道："你且莫要性急，此时关着庙门，未见黑白，怎知他的死活存亡？我们一齐动手敲着，再看他应也不应，便见端的。"说罢，各人撩衣卷袖，勇往直前，也有取了石子，也有拿了砖儿，有的搦了树枝，有的提着拳头，大家哄到门边，如擂鼓般地敲着。

郑恩正在睡梦之中，猛然惊醒，听得外面一片声乱响，慌做一堆，只道又有什么妖怪。坐起身来，提了枣木棍，跨下供台。推开窗子，睁睛一瞧，早见天光透亮，红日东升。侧耳细听，方知是外边敲门声响，即慌应道："来了，来了，乐子来开了。"那外边的众人，正在那里一阵紧一阵的乱敲，听得里面有了答应声音，方才一齐说道："好了，好了！这不是有人答应么？"正说间，只见郑恩把门开了，放进郑老者一行人。那老者见了郑恩，提着枣木棍，轩轩昂昂，心下甚是欢喜，顿把愁肠放落了一半，说道："君子，你一夜辛苦，这妖怪可曾见么？拿住也不？"郑恩哈哈大笑，道："不瞒你老人家说，乐子捉妖的手段，再也不曾落空。昨夜大闹了一场，把他拿住。乐子怕他走了，故把棍儿打得脑袋裂开，将身揽住了。你们进来看看，便见真假。"那众人虽然听说拿了，尚未见个着落，终是胆怯。一个个挨前退后，你让我推，免不得跟了郑恩走到殿前。郑恩立在阶沿，用手指道："这个不是妖怪，倒是人么？"郑老者一见妖精已捉，全把愁肠放下，只觉得心花开放，有喜无忧。那众人看了，甚是惊骇，个个摇唇吐舌，从来不曾见这怪相。怎见得那妖精的样儿，但见：

> 八个丫叉顶上擎，梅花朵朵遍身生。
> 头长尾短腮边缩，嘴瘦毛柔额广平。
> 八尺身材高似虎，四蹄粗大恍如猩。
> 修成变化充神圣，今日擒拿尽快心。

众人看罢，方晓得是鹿精作怪，说道："壮士，这样妖物，如何制得他住，果然手段高强，天下第一！恁地本领，那个敢不恭敬？"郑恩听了众人各是称扬，心下十分欢喜。那时就有合村的老小男女，如蜂拥而来，一齐挤进庙中，看见拿住了妖怪，都是赞叹夸奖。郑恩在旁听了，更加欢喜。当时有几个献过儿女的，都是咬牙切齿，心恨神伤，走上前来，你也踢上几脚，我也打上两拳。虽然见死物而行凶，也不过聊雪儿女之痛。

那时就有几个老成的，上前问道："壮士尊姓大名，仙乡何处？目今作何生理？"郑恩道："咱乐子祖居山西乔山县，姓郑名恩，号叫子明，专门贩卖香油。如今完了本钱，东闯西奔，没有什么道路，只学会了这捉拿妖怪的法儿。凭你凶恶异常的妖魔，乐子会过了无数，遇着的，再没有使他得逃性命。故此这穿吃两字，都靠着这桩买卖。"众人听了，说道："郑壮士，你既然没有生意，何不就在我们孟家庄上住下，镇邪压魔。我们每日轮流供养，不知壮士尊意如何？"郑恩听言，暗暗想道："我如今左右没有着落，撇下了大哥，寻觅二哥，又不能相会。倒不如顺着他们意儿，住在这里，也得个饱暖，且混过了几时再处。"说道："你们众位，既要留着乐子，也是容易，但先要讲过，方才依允。"众人道："壮士有甚吩咐？但说不妨。"郑恩道："乐子住在这里，这冬夏的衣服不可缺少；日日的饭食，离不得酒肉两项；还要两个从人，服侍乐子。你们件件依着，乐子便肯与你们镇邪压魔，若不肯依，乐子自有去向。"众人满口应承道："壮士，但请放心！若肯在此，包管件件如意。但不知你心下爱穿什么衣服？"郑恩道："乐子生平最不喜这华丽两字，只要你们做顶黑色毡笠、一条乌绫子手帕、一领真青袍子，脚下的裹脚、鞹鞋、袜子都是要一样儿青的，只这几件，你们休要忘了。这两个从人，都要十五六岁的小娃子，也把他穿得青青儿的，随着乐子好拿妖捉怪。"

众人答应了，就去斗钱置办衣服，拣选了两个从人。郑老者回家，安备早饭，整盘子大肉，整坛头好酒，又打一摞大饼，叫长工挑往庙中，依然摆在供桌之上。郑恩不谦不让，尽着量儿，收拾在肚。真是既醉以酒，既饱以肉。那长工立在旁边，见他吃完，便把盘坛碗碟，并昨日的家伙，一并收拾在担，挑回家去。这日的三餐，都是郑老者承值供奉。

当时郑恩叫人把大秤取来，将鹿身一称，却有二百六十五斤。即传齐了众人，把来开剥，分做四股：一股给与酒家，还了酒肉之钱；一股送与郑老者，作为庆贺；两股分散各家，以消积恨。晚上依旧宿在庙中，一夜安然无事。

次日清晨，郑恩起来开门，正值郑老者叫了许多泥木匠人，前来修理庙宇，不过修前整后，略为洁净而已。又把泥像除出，供桌当作食台，添下椅杌，铺设床帐、被褥等项，都是郑老者所备。那众人又把置办的衣服等件，并两个十五六岁俊俏后生，也备了衣裳，一齐送进庙来。逐件儿交纳过了,即时辞去。郑恩见了新鲜衣服,心下大喜,道:"乐子若不除妖,怎有这般好处?先前做了白吃大王,如今却做了无忧大王了。可惜咱的二哥,不能同来受福。"即时除去了旧的,换上新衣。又把两个从人,也打扮得一样青色,叫他随身服侍。闲时又把棍法教导他,预防拿妖。

从此郑恩住在孟家庄受享,轮流供养,快乐安闲。不多几时,把一座村庄十分生色,尽多兴旺起来。但见年谷时熟,岁稔民安,家家蒙乐业之休,户户得安居之庆。所谓物华天宝,人杰地灵,洵不谬也。有诗为证:

> 旺气从来不自由,兴隆端在吉人游。
> 只今仰慕英雄下,脍炙应教百世留。

不说郑恩在孟家庄安身快乐。且说赵匡胤,自从在木铃关与柴荣、郑恩分别之后,单身行走,往首阳山投亲。谁知此处连年荒旱,五谷不生,把草根树皮尽都吃尽。真是斗米升珠无处觅,烟消火灭有谁行!黎民受倒悬之伤,百姓遭饿莩之苦。有余的宛转移挪,尚在迁延时日;那穷乏的流离四散,觅活偷生,不堪其苦。后贤曾有一律,单道那荒旱饥民之苦云:

> 水旱江淮久,今年复旱荒。
> 翻风无石燕,蔽野有飞蝗。
> 桎梏惩屠钓,橧巢迫死亡。
> 虚烦乘传使,曾发海陵仓。

当下匡胤往回数次,细细打听,方知姨母合家从三个月前打叠起身,往汴梁投奔自己家中去了,因此扑了一个空,跋涉枉走三百余里。欲待回家,想那外省地方访拿这般严密,谅京城之中更加紧急,怎好归乡？欲要投奔关西母舅处安身，这木铃关如何得过？心下踌躇，进退两难。信步而行，来到一个去处，只见前边有一群乡民，背上都驮着一口叉袋，从侧首山路里行来，望前而走。匡胤迎将上去，叫声："列位朋友，你们袋里装的是何货物？可是豆麦，还是米粮？"众人见问，把匡胤上下打量一番，见他仪表非俗，口气又不是本处人，好像东京声口，不敢怠慢，便答道："壮士，我们这里连年荒歉，粒米无收，那里有粮？"匡胤道："既不是粮，还是什么东西？"众人道："不瞒壮士说，我们这袋里的，都是违禁之物，乃贩卖的私盐。"匡胤道："这盐贩到那里去卖？"众人道："别处难消，都要往关西去卖。"匡胤道："到了那里，怎样价钱？"众人道："此去到关西，一斗盐只换一斗米。"匡胤道："便是这等买卖，做他何益？"众人道："一斗米到了这里，就换五斗盐哩！"匡胤道："这也罢了，还算趁得些钱。"众人道："往来贩卖，也只好糊口。像这等担惊受怕，却是没奈何，免不得为这饥寒两字，所以权做这等道路。"匡胤道："养家糊口，个个皆然。但众位既往关西，为何不望大路而行，却在这山僻小路，往返跋涉，如何过得关去？"众人道："壮士原来不知。我们走的别有一个去处，可以偷过关头。"匡胤听了别有路径，连忙问道："不知众位还有那一条路可以过得此关？敢烦指教。"那众人见匡胤要问此路，叠着指头，不慌不忙，说出这一条路来。有分叫：越过陷阱之关，投入魑魅之阵。正是：

  路入崎岖终有路，神行暗昧岂为神？

不知众人说出何路？当看下回便知。

第十六回

史魁送柬识真主　匡胤宿庙遇邪魑

诗曰：

请君膝上琴，弹我游子吟。
哀弦激危柱，离思难为音。
宾御皆烦纡，何况居者心。
背井既有年，归哉无日宁。
不惜路悠长，眷此朋盍簪。
山川亦已隔，邈若商与参。
行迈且靡靡，忧心甚殷殷。
歧路越高关，跋涉邂云岑。
中诚奚尽写，鬼魅薄行旌。

话说赵匡胤投亲不遇，踯躅道途，正当进退无门，偶忽遇着一伙贩卖私盐的，听他有路可以超过关头，急忙问他路径。那众人说道："我们贩卖私盐的，怎敢望着正路往关口上行？亏得有这一条私路，幽僻便逸，无人盘诘，偷将过去就是关西大路了。所以常常往来，并不曾犯事。"匡胤听了，心下暗自喜欢，想道："我如今终日奔波，尚无安顿，何不随了他前去？若到关西，便好找寻大哥、三弟，重得相逢。"正在思想，忽听众人又问道："不知壮士何故也问这条路径？"匡胤道："不瞒众位说，在下要往关西干事，顺便到此探亲。不想此间荒旱，舍亲举家不知去向。因思往返迢遥，日期耽误，幸逢众位说有便路可通，觉得顺道而行，较近了许多。怎奈不识路径，万望众位挈带同行。"众人道："壮士既要同行，我等自当引路。"匡胤于是跟了众人，望前而走。

一路上，但见人烟寂寂，树木重重，走遍了山径崎岖，盘旋曲折，走已多时，不觉出了岔口，已在关西地面。进了一座村庄，名叫枯井铺，比那关东另是一般风景。当时匡胤拣了一个酒铺儿，邀请众人进去饮酒。吃了一回，众人谢别，欢欢喜喜各走，赶趁生意去了。

匡胤独自一个，又买了些现成饮食，饱餐了一顿，会还了钞，方才走出店门，信步往西而走，只听得背后有人叫道："公子慢行，小人有话相问。"匡胤听唤，停步回头一看，见那人生得相貌魁梧，身材高大，年纪约有二十光景，忙忙奔至跟前。匡胤问道："壮士有何见谕，唤着在下？"那人道："请公子出了村口，慢慢的讲。"二人走了多时，来至村市梢头，见有酒楼，匡胤邀了那人，进店上楼。叫酒保取将酒食上楼，二人坐下，宾主传杯，余外无人坐饮。当时饮了一回，匡胤开言问道："请问壮士，尊姓大名，仙居何处？今日会着在下，端的有甚事情？就请见谕。"那人答道："小人乃史敬思之孙，史建瑭之子，名唤史魁。只因刘主登基，父亲早丧，小人流落江湖，佣工度日。前日忽遇了一位相面的先生，名叫苗光义。他交与小人一个柬帖儿，叫小人于今日今时，在这枯井铺等候；若遇见一位红面的壮士，便是兴隆真主，将这柬帖送上，所以小人在此等候，不想果应其言。"说罢，身边取出柬帖，双手送将过去。匡胤接在手中，拆开观看，只见那上面写的是几句七言诗，说道：

枯井铺里宜早离，枯水井里龙怎居？

遇鬼休把钱来赌，华山只换一盘棋。
空送佳人千里路，香魂渺渺枉嗟吁！
路逢哑子与讲话，恐惹愚民苦相持。
桃花山上有三宋，古寺禅林战马嘶。
五索州中体轻人，三砖两瓦炮来飞。
贬却城隍并土地，那时依旧在关西。
雁行重叙正相欢，水泛城垣祸怎离？
关东再与君推算，眼望陈桥兵变期。

匡胤看了诗词，半明半暗，一时不解其意，只得收在囊中，开言叫道："史兄乃是将门之子，在下未曾会面，多有简慢。"史魁道："公子休要谦词，小人虽听苗先生嘱咐，一时恐惹人疑，不敢泄漏。公子日后兴腾发迹，小人便来效劳辅助，望勿推辞。"匡胤笑道："这些野道之言，史兄莫要信他！我们知己相逢，须当谈心畅饮，乃是正理。"于是二人重整杯壶，开怀欢饮，彼此各把生平本事，互相剖露一番。时已酒深，遂下楼。匡胤将钞会讫，同出店门分别，两下恋恋不舍，各自情深。史魁无奈何，只得谢别，投往别处去了。后来在五索州匡胤有难，前来相救，得能会面。此是后话，按下不提。

单说匡胤别了史魁，心下想："那束帖上的言语，起头两句说的枯井铺、枯水井，毕竟是那地名不好，故此叫我不可久居。如今且往前面，寻个宿店安歇了，再作道理。"当下离了枯井铺，一路前行，正值暮秋天气，金风阵阵，透体生凉。正是云飞送断雁，月上净疏林。匡胤独步踽踽，不觉浩然叹道："我因一时性起，杀了女乐，抛亲弃室，避难他方。幸遇大哥、三弟，陌路相亲，黄土坡前结义，木铃关外分离，以至投亲不遇，日暮途穷，海角天涯，令人增叹。未知行踪何定，归着何期？"一路思想之间，不觉日已沉西，前不巴村，后不着店。举眼一望，见那北山坡下，却有许多房屋，中间设着一所庙宇，一般的东倒西歪，破败不堪。即时紧行几步，奔近前边，见路旁一座石碑，隐隐的镌着"神鬼庄"三个大字。匡胤心中暗想道："此处是座村庄，怎的这般败坏荒凉，不知遭了兵火，还是遇了饥荒？所以黎民逃散，房舍凋零。"复又走至庙门前，看那匾额写着"神鬼天齐庙"。匡胤不觉发笑道："那座庙里没有神？那座庙里没有鬼？这庄既叫神鬼庄，为何这庙也叫神鬼庙？这个名儿倒也稀罕。"

　　移步进了庙门，看那两边的钟鼓二楼俱已坍损，墙垣椽桷零落崩残。又进了二门，仔细看时，只见那泥塑的从人，身体都是不全：千里眼少了一脚，顺风耳缺了半身。两廊配殿，坍塌不堪，殿下丹墀，草丛遍地。将身上殿，见那正中间供着一位天齐神圣，金光剥落，遍体尘埃，香雾虚无，满空蛛网。那左右威灵横卧，东西鬼判斜倚，真个荒凉凄楚，易动人怀。匡胤点头叹想道："似此景象，莫说为人兴衰有数，就是神圣庇佑十方，也有个艰难时候。果然阴阳一理，成败皆然，真为可叹。"伤感之间，早已星斗当空，黄昏时际。匡胤走至供桌前，作下一揖，朝上说道："神圣，我赵匡胤投奔关西，只因错过宿头，特到尊庙打搅一宵；后有寸进，自当重修庙宇，再塑金身。"说罢，往阶前扯些乱草，将供桌上灰尘重重抹去，放下行李，将身跳上，枕着包裹，和衣而睡。不觉的呼呼睡着，鼻息如雷。正是：

　　　　一觉放开心地稳，梦魂遥望故乡飞。

　　匡胤睡在供桌之上，虽然行路辛苦，身体困倦。怎奈此时正当暮秋天气，寒风栗烈，直透肌肤。睡未片时，忽而惊醒，翻身定性了一回，耳边忽闻哗哗啦啦、呼么喝六之声，恁地闹热。匡胤想道："这冷庙之中，怎的有人赌博？听这声响，却也不远，值此天气寒冷，料也睡卧不着，何不走往前去，看玩一番，聊为消遣！"主意定了，跳下桌子，手提行李，出了大殿，顺着响处，一路行去。望见西北角上，隐隐露出灯光，紧步上前一看，原来在侧首一间配殿里耍钱。匡胤一时心痒，咳嗽一声。

只听得里边有人说道："兄弟们，我们趁此把场具收拾了罢，你听外面有人来了！"一个道："果然，我们收罢，这来的人儿有些不好。"又一个道："不要收，不要收！我们正要等他进来，讨个着落，好待出头，怕他怎么？"匡胤不管好歹，两三步走进殿门。只见殿上有五个人席地而坐，轮流掷色，赌做输赢。那上面坐着一个纱帽圆领的抽头监赌。匡胤暗自诧异，道："怎么！做官的也在这里设赌，滥取匪财，却不道'荡废官箴，作法自弊'。我如今也不要管他，且自当场随喜片时，有何妨碍？"即时说道："列位长兄恁般兴致，小弟也来一叙何如？"那五个答道："使得，使得。"即便挨了一个空儿，让匡胤坐下。将包裹放在身旁，叫道："列位，我们既做输赢，不知赌银子，还是赌钱？"那上面抽头的官儿答道："我们银钱尽有，好汉只管放心注码便了；倘遇输赢，我自开发。"匡胤满心欢喜，告过了幺，就把骰子抓将起来要掷；下边的几家，买上了七八大注。那匡胤掷下盆中，却是个"顺水鱼儿"——开先到底，三七共该输了二两一钱。心中不舍，并一并人家，掷了个黑十七，又输了三注。此时放头的风快，再不杂手。匡胤输得心焦，正在发躁，只见头家说道："且住，我们掷了多时，把这输赢结一结账，开发了再掷。"匡胤便将注码点算，共输了三十三两六钱，随即解开包裹，把银子称出，每锭计重五两，共开发了六锭，欠下三两六钱。那放头的说道："好汉，既然开发，何不一总儿归清？不如再发出一锭，待下回退算何如？"匡胤依言，复又取出一锭交与头家，当场又告了幺，重新又掷。

此回轮该上家先掷，匡胤却把骰子抓在手中，说道："是我掷的下注，倒买一盆罢。"下边的即便买上两大锭。当时匡胤举手掷下，指望开快满赢；不期那骰子在盆中滴溜溜的旋，旋了一回，先望四个二，然后又是两个幺。那上家正要掠起骰子来掷，那匡胤输得急了，一心要赖，将手拦住。那上家说道："你掷的是'一果头儿'，理该我掷，为何把我拦住？"匡胤道："我掷了这个'大快'，你为甚又掷？"那人道："五个一色，六个一色，方算得输赢；你掷的是四个二、两个幺，名为呆头名色，非叉非快，为什么不许我掷？"匡胤微微冷笑道："你们虽会赌钱，却没经过阵场，连那名色儿都不认得，还赌甚钱？"那人道："你又来了，这的骰子有甚名色，反说我不认得！"匡胤道："原来你们果不识得。我这骰子名为'果快'，又为'巧色'，待我把这骰子的名色，逐项儿说与你们，方才知道：

若掷四个六、一个四、一个二，名为'锦裙襕'；有幺有五，名叫'脱爪龙'，又叫'蓬头鬼'；若两个三，名为'双龙入海'。若掷四个五、一个幺、一个四，名为'合着油瓶盖'；有二有三，名叫'劈破莲蓬'。若掷四个四、两个二，名为'火烧隔子眼'；有幺有三，名为'雁衔火内丹'。若掷四个三、一个二、一个幺，名为'折足雁'。若掷四个二、两个幺，名为'孩儿十'。

这些名色，都是有赢无输的'大快'。我掷的便是'孩儿十'，已是赢了，你何为又掷？"那人听了，只是不依，彼此争嚷不休。

那头家说道："老二，你也不必争嚷，这好汉说来，句句都是有理，这一盆算你输了罢。你们打上注，重新再掷，便见高下。"匡胤听了大喜，遂又打上了十锭注码，抓起骰子又掷。那下家也便买上三锭。匡胤掷下看时，却是三个六、两个二、一个幺。下家说道："如今真也输了，却没得说。"伸手过来要取注码，匡胤将手挡住道："今番原是我赢，你不将银子配我注码，反来强取，是何道理？"下家发急道："你掷的是'四臭'，怎么倒说是赢？"匡胤哈哈大笑，道："我说你们果是没经过阵场，名色不知，强来与我戏赌。我且再把这骰子明白说与你听，方才信我。凡系四点、六点、七点为'叉'，只有这个五点，称为'夺子'。我掷的是个'四开大快'，如何不算我赢？"那头家听了，又说道："老五，你赖他不过，也不必说了，叫他打上了银子，你便再掷。"匡胤闻言，暗暗欢喜，即便打上了十二锭银子，举手又掷。

看官们明理骰子的，果不必细说，但说书的不得不历举名色，略为指陈。虽非妄凭臆见，牵扯荒唐，然从古相沿，亦非无据，不过依样葫芦，道听途说而已。相闻传流的六个骰子，辨别输赢，以五子一色、六个全色，名为"大快"。其余除了三同不算，那三个十点以上者为赢，十点以下者为输。还有对子么二三，名为"顺水鱼"，也算为输。凡五点夺子、四呆外快，古时并作输论。只因赵太祖少游关西，遇赌输急了，强争赢注，所以传到如今，那天下人都算为快。闲话表过不提。

只说匡胤又打上了注码，抓起骰子又掷，下边的又打上几注。匡胤掷了三个四、三个六，名为"鸳鸯被"，四六加开，赢了七注。又打上了这一家，共有二十一锭。下家又要出注，匡胤把骰盆一推，说道："会耍不会揭，必定是死血。你们要赌，算结了再赌。"一家赢三家，共赢了五十三锭。那输家，有银子的归了银子；没有的，把钱准抵，每锭该作钱五贯，一时间银钱堆满。匡胤见了，心中暗自欢喜，正是合着那古语二句，说道：

赢来三只眼，输去一团糟。

匡胤赢得性起，那里肯住，从新又告了么儿，又掷。那五家一齐下注，叫声："好汉！若有造化，这一掷儿赢了我五家；若没有造化输了，便是我们五家赢你一家。说过的，你我都不许悔赖，你可愿也不愿？"匡胤道："你们既有此心，只管下注，我便一齐都掷。"说罢，抓起骰子，向那盆中哗啦的一声，掷将下去，只见先望了三个四，那三个却又滚了一回，滚出了一个二、两个么，这名儿唤做"龇牙红臭"。匡胤掷了这一盆，心下着急，想道："他五家一齐赢了，我那里有这许多银子开发？输去财帛不甚打紧，只是弱了江湖走闯之名，日后有何面目再与天下人说长道短！我如今不如咬定牙，只得硬赖，胡乱儿顾了目前名目，再做道理。"想定主意，故意拍掌，呵呵大笑道："这一盆骰子掷得爽利，真是难得，才算赢得快活。"那五家听说，都发恼起来，把骰盆搂住，问道："你掷的是'龇牙红臭'，怎么反说是赢？方才'五点儿臭'被你赖去，这'四点儿臭'，又称他'夺子'不成？"匡胤道："你们总没经过阵场，别的名儿不识，连这'踩遍夺子'也不认得，还要在此耍钱！"便把骰盆推开，就去抢钱。这五家儿那个肯依，哄的一声，齐齐跳起身来，撑撑擦擦，便有争嚷之意。这正是：

  运蹇人逢鬼，时衰鬼弄人。

  匡胤一见，双眉倒竖，二目睁圆，开口骂道："小辈囚徒！你可去汴梁城中打听打听，我赵匡胤不是慈悲主顾、软弱娃儿。凭你什么所在，输了不给，赢了要钱，赌场中谁敢不让我三分！勾栏院一十八口御乐，只供我剑上一时之快；销金桥私税的土棍，一家儿也在我掌上捐生。稀罕你关西这一伙儿野民，值得甚事？"说罢，抢拳便打。那五家儿一齐嚷道："我们从来在此赌钱，并不曾遇着你这等赖皮！赢了要钱，输了便赖，还要想抢我们的银钱。你这赖皮，怎肯饶你？"亦便动手乱打。

  彼此正在喧闹，只见那上面的头家立起身来，一声喝道："你们也忒觉性躁了些，全然不谙事体。他乃宋家的领袖，怎可动手？你等两下也不必厮争，吾有主意与你们和解。"只因有此一番举动，有分教：目前来邪氛侵扰之灾，身后定不入版图之地。正是：

  饶君大任非常士，难免旁求虚引端。

  毕竟头家有甚主意？且看下回分解。

第十七回

褚玄师求丹疗病　　陈抟祖设棋输赢

词曰：

　　　　寂寥村庙夜偏长，角技陶情待曙光。身染浮灾扶不起，黄冠，暗济丹药有余香。　　恍入瑶台观不尽，仙乡，欣怀博弈较谁强？徬徨一着争先失，须降，到此唯教笑满场。

右调《定风波》

话说那头家见匡胤与五人争论输赢，各相混打，急忙立起身来，把五人喝住，不许动手，便将好言相劝匡胤道："方才'四果头'赖做'巧儿'，'五点臭'争是'夺子'，也便罢了。这'龇牙臭'委是好汉真输，再无勉强。论理该把银钱照注给付他们，才便正道，何必怒闹相争？如或好汉银钱不足，只把一半儿分予他们，也便没得说了，直恁逼足了不成？"匡胤喝道："你头家只顾抽头肥己罢了，谁要你出头多嘴，判断输赢？你便帮着自己伙伴，欺侮外人，将这软款话儿说我，想望打发他们。实对你说，要我赵匡胤分毫给付，万万不能。只等我的日后重孙儿手内，才有你们的份哩！"那头家说道："是了，既是好汉有了日期，便是亲降纶音，再无更变。你们各奔前程去罢，待后期到，才可取偿。"说了这一句，只听得远远地山鸡遍唱，曙色初光。匡胤还待开言,忽听一声呼哨,那殿上的六人,转眼间俱都不见了。四下张望,杳无影迹,不觉打了一个寒噤,一阵昏迷,倒在尘埃,沉睡去了。

且说这赌钱的,乃是五个魑魅恶鬼;这抽头的,乃是监察判官。因符上天垂象,该应这五鬼托生混世,因此来至天齐庙,与这监察判官做了一路神祇。每常里作福作威,搅得这村庄上家家都怕,户户不宁。那众人就把这庄称为"神鬼庄",又把这庙也称为"神鬼天齐庙"。后来搅扰得昼夜不堪,人人无可存身,只得四散而去,只剩下空空庄子。那五鬼与这判官,等候太祖龙驾到来,他便设局引诱,要求封号。不期太祖说了"重孙儿身上",这五鬼即当奉了御旨,各自散去。后来徽宗皇帝便是太祖的重孙,将半壁的天下与大金占去,就应在五鬼转世托生:一个是粘没喝,一个是二蟒牛,一个是金大赖,一个是娄室,一个是哈迷痴。那监察判官转生秦桧。一边外来侵削,一边内托议和,遂把大宋江山分了南北,皆因太祖今日赌钱之过。此是后话,不必赘提。

且说匡胤当时昏倒在地,直至日上三竿,方才渐渐苏醒,把眼一睁,只觉得浑身作痛,脑袋发眩。慢慢地将身立起,举眼看那上面塑着一位判官,旁边塑着五个小鬼,都是一般的凶恶之相。又见金银纸钱,铺满一地,纸糊骰盆丢在一旁。匡胤看了,甚是惊骇,暗暗想道:"可煞作怪!难道昨晚赌钱,就是这五个恶鬼,抽头的敢是这个判官?"留神细瞧,越看越像。忽然想起苗光义柬帖上的言语,说:"遇鬼休把钱来赌。"今日看将起来,果应其言,苗光义的阴阳,都已有准。思思想想,害怕起来。又见输的七锭原银,尚在地下。即便拾将起来,藏入包裹,背上行李,离了天齐庙,竟望关西路径而走。

一路行来,只觉得浑身冷汗,遍体发烧,头重眼昏,心神恍惚。走一步挨着一步,行一程盼着一程,强打精神往前行走。只见前面一座高山,甚是险峻。但见:

　　　　层冈叠山巘，峻石危峰。陡绝的是峭壁悬崖，逶迤的乃岩流涧脉。蓊翳树色，一湾未了一湾迎；潺潺泉声，几派欲残几派起。青黄赤白黑，点缀出嫩叶枯枝；角徵羽宫商，唱和那惊湍细滴。时看云雾锁山腰，端为插天的高峻；常觉风雷起巘足，须知是绝地的深幽。雨过翠微，数不尽青螺万点；日摇赪崿，错认做玉岛频移。

　　当下匡胤挣扎前行，来至山脚之下。见有一座丛林，那山门上镌着"神丹观"三字，紧步奔将进去。刚到了正殿，只见里边走出一位道者来，见了匡胤，上下观看了一回，说道："君子，你贵体受了鬼邪之气了！这病染得不轻，虽无大患，终有啾唧之虞。且请到后面卧室歇息。"遂将匡胤领至后边，用手指道："君子，你可就在这卧榻上权且安歇。贫道往一个所在去取了丹药，少时就来。"说罢，移步转身，往外徜徉而去。匡胤走至卧榻之前，放下行李，眠在榻上，悠悠忽忽，昏迷不醒。

　　且说这求丹的道者，出了山门，缘着山脚，层层的步上山去。这山果是高峻，恁般层叠，乃是天下最有名的，属于陕西华阴县管辖，名为西岳华山。山上有个仙洞，名叫"希夷洞"，洞中有一位得道的仙翁，姓陈名抟，道号希夷老祖。这位老祖，得龙蛰之法，在睡中得道，所以一生最善于睡，能知过去未来一切兴废之事。这神丹观的道者，就是徒弟，姓褚名玄，也有半仙之体。因此老祖令他在山下观内，一来焚修香火，二来等候匡胤。当时褚玄进洞，来见老祖，礼拜已毕。老祖问道："你不在观内焚修，今来见我，有何事体？"褚玄禀道："启上我师，今早观中来了一个红脸的壮士，身带微灾，行步恍惚。弟子细看，此人相极尊贵，无奈着了鬼邪之气，现在昏沉，理当相救，故此求取仙丹，望老师慈悲悯赐。"那老祖听了此言，拍手大笑道："好了，好了，香孩儿可也来了。今既在你观中，身带浮疾，贫道理当救之。你且随我进来。"那褚玄跟至丹房，只见老祖取过葫芦，倾去了盖，倒出一粒金丹，托在手中，递与褚玄，说道："徒弟，你将此丹回去，只用井水一盏，将药研化，灌入口中，便能即愈。待他将养几日，神完气足之后，休叫放他就去，可引来见我。须要如此如此，我自有话说。"

褚玄领命，答应一声，出了洞府，下了高山，来至观中。即着童儿去取井水一盏，再取一根筷子。童儿不敢迟误，登时把二物取至跟前，一齐来至卧室之内。见那匡胤兀是昏沉不醒，如醉卧一般。褚玄将丹药如法调和，师徒二人把匡胤搀将起来，用筷子撬开牙关，将丹药慢慢的灌将下去，仍复睡好。那药透入三关，行遍九窍，须臾之间，只听得腹中作响，口内呻吟；复又半盏茶时，匡胤渐渐醒来，口内连叫："好睡！"张眼一看，见面前立着一位道人、一个童子，心下不知所以，急忙问道："敢请道长何来？此处是何所在？不知在下怎的到此，望乞指教。"褚玄道："此处乃是西岳华山，这里称为神丹观。今早君子带病降临，贫道细观贵恙，受了鬼邪之气，十分沉重，为此特往家师洞中求取丹药，疗治浮灾，今得安愈，诚可庆也！不识君子尊姓大名，仙乡何处，曾在那里经过，遇此鬼邪？敢望一一指示。"匡胤听了褚玄医病等语，即时跨下榻来，施礼称谢。褚玄慌忙答礼道："贵体尚在虚弱，何必拘礼。"彼此分宾坐下，匡胤遂把乡贯姓名、避灾遇鬼，及赌钱争殴之事，细细说了一遍。褚玄道："原来就是赵公子。久仰大名，失敬，失敬！公子方才说的那神鬼庄，真乃一个凶险去处。当初原有人家居住，因为天齐庙内出了这五个恶鬼，初时还到天晚出来，后来渐渐白日现形，把这些百姓搅扰得老少害怕，坐卧不安，只得各各分离四散，所以此庄无人居住。亏杀了公子住这一晚，若非大福之人，恐怕性命难保！今公子逢凶化吉，贫道不胜之喜也。"匡胤道："实赖仙长扶持，感恩铭刻。但不知仙长贵姓尊名，令师是何道号？"褚玄道："贫道姓褚名玄，就在这神丹观内焚修香火。家师道号希夷，就在山上居住，善能相法，不爽穷通。待贵体全安，贫道意欲相屈上山，与家师一会，不知尊意如何？"匡胤道："若得仙长引领上山，参见了尊师，倘蒙道心不吝，指示迷途，便是仙长所赐，在下之万幸也！"两下谈论了一回，就有童儿送过香茗，宾主各饮毕。褚玄吩咐童儿备饭，那童儿登时把饭收拾进来，摆在桌上。只见那摆的肴馔，只有四品素食，甚是洁净。又因匡胤病体初痊，只用稀粥。二人用过之后，才便撤去。自此，褚玄把匡胤留在观中，调和保养。不上几日，匡胤精神康健，复旧如初。

这日邀了褚玄，一齐出了山门，缓缓步上山来。四下观看，真的好一派山景，但见：

麋鹿衔花，猿猴献果。樵子担柴歌唱彻，童儿炼药火功深。

匡胤正看之间，耳边忽听下棋之声，抬头一望，只见远远的山洞之前，坐着两个老者下棋消遣。匡胤见了，满心欢喜，叫声："仙长，你看那边山人下棋，真乃幽闲乐趣，千古高风。我们趁今天色尚早，且去观玩片时，然后参谒尊师，谅亦未晚。"褚玄道："使得，贫道自当相陪。"二人缓步而行，须臾来至洞前。只见那洞前松柏参天，遮遍了日色，这两个老者，倚松靠石，对面而坐。居中却有一座白石台，台上摆着一个白玉石的棋盘，上面列着三十二个白玉石的棋子，一边镌着红字，一边镌着黑字，正在那里各争高下，共赌输赢的对弈。

匡胤悄悄地站在使黑棋的老者背后，暗暗观看。只见那使红棋的老者，用了个舍车取将之势，把这红车放在黑马口里，哄他来吃。那黑棋的老者，正待走马吃车，匡胤在背后不觉失口，猛地说声："走不得！"那对面使红棋的老者，把匡胤一看，瞅了一瞅，低头不语。这黑棋的老者闻了匡胤之言，把马按下不走，细细将满盘打量一番，点头会意，这红车果然吃他不得。但自己若闪开了马，又怕红炮吃了象去，这个也是输局，再无解救。复又模拟了一回，忽然看出红棋的破绽来了，他便不将马去吃车，也不把马动移，另将别着行走。不消几着，反赢了红棋。那红棋的老者输了，侧身往旁边提出一只布袋来，伸手取了两锭金子，递与赢棋的老者收了，从新摆整了棋，又下。那红棋老者未曾起手，先开口说道："那多嘴的，你看棋盘中间，写的是什么言语？"匡胤听说，定睛望盘中一看，只见那河界上两边对写着两句道：

  观棋不语真君子，看着多言是小人。

匡胤起初看时，只留心在棋上盘桓，所以不曾看到这两句话儿。如今这老者输了，未免略有愠心，只把这两句儿说明与他，免得再有多言饶舌之意。只是从来的通弊，当局者迷，旁观者清。看官们于此，那位肯见输不救，袖手旁观？即或不致明言取怨，那牵衣咳嗽，暗打机关，种种薄行，在所不免也。

  闲话休提。只说匡胤当时见了盘上之词，心下想道："原来他们将金子儿角胜，并不空白消闲。这两锭金子非同小可，因我一言指点，赢棋反作输棋，怎禁他嗔怪于我。他既怪我，不免待我再看些破绽，也指点他一着，赢了转来，便可准折了。"暗想之间，那两个老者重新又着，此盘该是黑先红后。当下两个各自布置起来，你一着我一着，下到七八着上，只见那使红棋的老者提炮要打黑卒，匡胤免不得又要多说了，道："空打无益，且顾自家。"那红棋的老者才把自己的棋势细细一看，闪着一个双马卧槽的输局，连忙放下了炮，挨那马眼。那黑棋的老者回头把匡胤瞧了一瞧，开言说道："红面君子，你忒也不知见景了！难道没有一个耳信的？请你不要多嘴，你偏要多嘴。既是这等高棋，敢来与我下三盘，才算是个好汉子！"匡胤乃是天生的傲性，如何受得这样言语？不觉微微冷笑道："老者，你这等高大年纪，也觉得太傲了！怎么就小视于我，我就与你下三盘，亦有何妨？"那红棋的老者说道："二位既要下棋，先要讲定，不知是赌金子，还是赌些银子？"匡胤道："吾乃过路之人，那有黄金？只赌银子罢。"这个老者说道："既然只赌银子，我们可定了规，每盘必须彩银五十两，无欠无赖，方才与你对弈。"匡胤听言，只认了这老者把银两来压他，便应道："就是五十两一盘。"说罢，那老者让匡胤是客，送过了红棋。匡胤就在那红棋的位中坐下。

二人摆好了棋，红先黑后，两下起手而行。这使红棋的老者，翻着手在旁观看。只见：

匡胤起手先上士，那边老者就出车。
红棋又走当头炮，老者出马把卒保。
匡胤使个转脚马，黑棋便用将来追。
你上卒来我飞象，红家吃马黑吞车。
演就梅花十八变，无穷奥妙少人知。
棋逢敌手难藏巧，两下各自用心机。
老者舍车来取胜，匡胤入了骗局中。
只因一着失了手，致使黑棋胜了红。

头一盘就被老者赢了，匡胤心中不服，说道："这一盘我和你赌一百两。"老者道："就是一百两，难道我怕你不成！"从新又把棋来摆好，该是赢家先走。只见这老者偏又走得变化，但见他：

不走马来不发炮，先挺一卒在河边。
匡胤那晓其中意，两胁出车要占先。
黑棋双使连环马，红棋举炮便相迎。
老者又把棋来变，变成二士入桃园。
车坐中心卒吃将，赢了红棋第二盘。

匡胤一连输了两盘，心中发急，肚内寻思："向在汴梁下棋，我为魁首，怎么到了关西，便多失势？输去财帛，不过小事，弱了名声，岂不被人谈笑！这一盘一定要与他相拼，把本儿翻了才好。"想罢主意，开言说道："老者，这一盘我便和你相赌，把这两盘的一百五十两彩银为并，你若再赢，我便照数给银。我若赢了，把先前两盘退去，你道何如？"老者笑了一笑道："凭你什么法儿，我总不怕。依便依你，只是还有一说：此一盘你若赢了还好，若是再输，连前两盘共是三百两银子，只怕你拿不出来，那时不但费气，只恐还要讨差。"匡胤听了这般言语，欲要发作，又是翻本的心盛，只得忍气吞声，说道："你这老者，休得小视于我！我们既赌输赢，只管放心下去，何必多言？"那老者又道："不然，我们空口说话，并无实据；此盘棋必须设立监局，方才各无翻悔。"就烦那使红棋的老者，在旁监局。

此时褚玄也在旁观，不敢言语。那老者又把棋儿摆好，才要起手，忽又说道："也罢，本该我赢家先走，如今让你先行，使无别说。"匡胤听言，满心欢喜，忖道："我今先着，难道又输了不成？"遂加意当心，将棋布置，只见他：

飘象先行保自宫，敌人仍把卒来冲。
红棋提炮相照应，黑着空虚设局松。
匡胤运筹多实济，互相吞并在盘中。
红棋算尽能必胜，谁知此老计谋通。
重重只把卒来走，逼近将军用力攻。
着成四马投唐势，一卒成功赢了东。

这一盘，匡胤满望成功，谁知又被老者赢去，只气得目定口呆，烟生火冒，思想道："今日上山，却不曾带着财帛，这三百银子将什么给付与他？"左右寻思，并无计较，只得说道："老者，方才这盘本是我赢，被你错走了一着，反叫屈我输了。这却空过了不算，要赌银子,我们再着。"那老者听了,变脸道:"你说甚的话儿!方才你我对下,乃是明白交关,那个错走?你却要赖,我便不肯与你赖。"匡胤道:"你委实屈我输了,却不肯再着,只得把先前两盘一齐退去。"那老者道:"你这话一发说得荒唐,全不似那堂堂男子做事光明,直把别人认做孩童,由你哄骗。不瞒你说,我方才实防你反复,故此设立这监局的做证。你既输了要赖,这监局设他何益?"匡胤听言,正待回答,只见那监局的在旁微微冷笑,叫声:"红脸的君子,古语道得好,说是:'好汉儿吃打不叫疼。'又道:'愿赌愿输。'我们在此下棋,又非设局儿骗人财帛,这是君子自己心愿,说定无更。既然输了,该把彩银发付,才是正理。偏又费这许多强辩,希图一赖。我们年老的人,风中之烛,又与你殴打不过,只算把这项银子救济了穷民,布施了饿汉,做了一桩好事罢了。只是可惜了君子,现放着轩昂的身儿、光彩的貌儿,顶了这不正之名,传了那无行之讳,自己遗羞,还被别人笑话。"这监局的这一篇不痒不疼的说话,说得匡胤无名高放,烟雾腾空。有分教:三局残棋,只留得数行墨迹;一时义举,却消了几处烟尘。正是:

　　片舌严于三尺剑,单身酷似万人骑。

　　不知匡胤怎生发付?且听下回分解。

第十八回

卖华山千秋留迹　送京娘万世英名

词曰：

　　名山青翠如常路，要游时，蹁跹步。梵宫静炼同云卧。餐松饮露，泉壑烟霞，堪使行人慕。　　只为争雄博几度，一时负却谁容怒？稳将山洞凭君卧。隐中相募，留迹昭彰，错笑他人误。

右调《青玉案》

　　话说赵匡胤在西岳华山，与那老者对下象棋，不想连输了三盘，一时要赖，反被这监局的说了许多不疼不痒的话儿，只气得敢怒而不敢言，自知情亏理屈，难与争强，只得说道："罢了，罢了！只当我耍钱掷了个黑臭。你们也不必多言，待我下山，到神丹观内把银子取来打发，便也了账。"老者道："君子，你休要指东说西，我怎得知那里是神丹观？你若哄我走了，又不知你的姓名住处，叫我到那里来寻？输赢不离方寸，就在此间开发。"匡胤道："也罢，就烦观主代我去取。"一回头不见了褚玄，左右瞧看，都也不见。此时，走又走不脱，赖又赖不成，急得只是搓手掷脚，无主无张。

　　那老者登时发怒道："我们在此下棋，谁要你来多嘴？又自逞能，强赌输赢。既输了三百银子，故意妆憨不给，欲图悔赖。若在别处，有人怕你；我这关西地面，却数不着你。你既不肯给银，倒不如磕了个头，饶你走路，只当买个雀儿放生。"这一句骂得匡胤满面羞惭，心中火冒；欲要动手，又恐被人知道，说我欺负年老之人，只得把气忍了下去。那监局的道："红面君子，我们下棋的输赢，都是正气；你既不带财帛，或者有什么当头，留下一件，然后你去取那银子，免得争持。"匡胤道："你这老人家也没眼力，我乃过路之人，那有当头？总把浑身上下衣服与他，也不值三百两银子。"赢棋的老者道："谁要你的衣服！凭你什么五爪龙袍，我老人家也不稀罕。你家可有什么房产地土，写下一桩与我，方才依允。若没有产业，或指一条大路，或将一座名山，立下一张卖契，也就算了。"

匡胤听了，心下想道："常言说，有志不在年高，无志空长百岁。你看那一家有大山大路？偌大的年纪，原来是个痴子。待我混他一混。"说道："老人家，你既要大山，我就把这座华山写与你何如？"老者道："我正要你家这座华山，可快快写来。"匡胤道："纸笔不便，你去取来用用。"老者道："谁有工夫去取纸笔？不论什么石头，画上几句也就罢了。"匡胤听了，又自暗笑道："真正是个痴人，石上画了字迹，如何算得凭据？"遂瞧了一瞧，见面前有一块峻壁危峰，下面倒也平正可画。遂拾一块石片，又问老者尊姓。老者道："老朽姓陈。"匡胤便向石壁上画道：

　　东京赵匡胤，为因无钱使用，情愿将华山一座，卖与陈姓。言定价银三百两，永远为陈姓之业，并无租税。恐后无凭，石山亲笔卖契为证。

匡胤把卖契画完，那山神土地见真命天子把华山卖了，留下字迹，万古千秋，谁敢不依？就把石上白路儿登时的变了黑字，比那墨写的更加光耀。

　　此时匡胤只当儿戏，不过哄骗权宜之计。谁知后来陈桥兵变，登了大宝，这华山地亩钱粮，并不上纳分文。到了真宗之时，闻华山隐士陈抟，乃有道之人，遣中使征召进京，欲隆以爵禄。陈抟不应，真宗怒责之道：

"江山尽属皇朝管，不许荒山老道眠。"

陈抟笑对中使道：

"江山原属皇朝管，卖与荒山老道眠。"

遂引中使看了太祖的亲笔卖契，中使只得回朝复旨。真宗听知是他始祖卖的，不好屈他，只得任他高卧。此是后话，表过不提。

只说匡胤画完卖契，仔细一看，初时原是白路儿，顷刻间即变成了黑字，心下惊疑，把手中石片掷下，正要回头与老者说话，举眼见了褚玄，便问道："仙长方才那里去了？"褚玄道："因为走得口渴，往涧边吃口泉水，致有失陪。"匡胤道："不知令师在于何处？我们快去参过，便好下山。"褚玄把手指道："这一位就是家师。"匡胤大惊道："怎么就是令师！小可几乎错过。"说罢，就要执了弟子之礼拜见。老者那里肯依？逊了多时，原行宾主之礼，又与那监局的也叙过了礼。匡胤遂问老者名氏道号，那老者道："贫道姓陈名抟，别号希夷。不知贤君贵姓高名？"匡胤道："愚下姓赵名匡胤，表字元朗。"陈抟道："原来就是东京的赵大公子，久仰英名，如雷贯耳，今日得见，三生有幸！方才早知是公子，怎敢相对下棋，多有得罪！幸勿挂怀。那石上的字迹，使人观见不雅，公子可擦去了，休要留下。"匡胤当真的走将过去擦磨，谁知越擦越黑，如印板印就的一般。那监局的老者道："不必费力，留了在此，做个古迹儿罢。"匡胤只当戏言，那里晓得这话确确的应验。那华山的字样，至今隐隐儿依稀尚在。

当时匡胤叫声:"仙翁,某闻令徒称扬大法,相理推尊,愚下敢恳一观,指点前程凶吉,则某不胜幸甚!"陈抟道:"休听小徒之言,贫道那里会得?我有一个道友,相法甚高,那边来了。"匡胤回头观看,那两个老者化一阵清风,忽然不见,只见一张柬帖在地。匡胤拾起来细细观看,只见上面写着的:

贫道陈抟书奉赵公子足下:适因清闲无事,特邀西岳华山仙翁遣兴下棋,本侯行旌,乃希厚惠。不意三局幸胜,妄窃先声,果承慨赐华山,税粮不纳,贫道稳坐安眠,叨光无尽,谢谢!因思愧无所报,妄拟指陈:细观尊相,贵不可言,略俟数秋,登云得路。惟时汉毕周兴,雀儿终祚,陈桥始基,才得天水兴隆;烛影摇红,便是火龙升运。俚言奉达,伏望详参。

匡胤将柬帖反复看了数遍,只明白前半之言,后半不解其意,遂把帖儿藏在身边,谓褚玄道:"令师真乃神仙,幸遇,幸遇!只是输与三盘棋子,倒被令师暗笑。"褚玄道:"偶尔见负,老师何敢取笑?"说罢,遂与匡胤一齐下山。回至观中,天色已晚,道童送上夜膳,二人饮了,各自安歇。

次日,匡胤收拾行李要行,褚玄百般苦留,道:"公子贵体尚未痊愈,不宜远行;须再将养数天,再行未迟。"匡胤见褚玄诚意相留,只得住下。不觉又过了数日,身体复旧如初。这日褚玄不在,独坐无聊,绕殿游观,信步而行。来至后面,只见是个冷静所在,却有一间小小殿宇,殿门深锁,寂静无人。匡胤前后观玩了一回,正欲回身,忽闻殿内隐隐哭泣之声,甚是凄楚,匡胤侧耳细听,乃是妇女声音,心内暗想道:"这事有些蹊跷。此处乃出家人的所在,缘何有这妇女藏匿在内?其中必有缘故。"方欲转身,只见褚玄回来。匡胤一见,火发心焦,气冲冲问道:"这殿内锁的是什么人?"褚玄见问,慌忙摇手道:"公子莫管闲事!"匡胤听了,激得暴跳如雷,大声喊道:"出家人清静无为,红尘不染;怎敢把女子藏匿,是何道理?"褚玄道:"贫道怎敢！自古僧俗不相关，总劝公子休要多事，免生后患。"匡胤一发大怒道："尔既干此不法之事，如何还这等掩耳偷铃，欲要将我瞒过！我赵匡胤虽承你款留调养，只算是个私恩小惠；今遇这等非礼之事，若不明究，非大丈夫之所为也！"

　　褚玄见匡胤这等怒发，量难隐瞒，只得说道："公子不必动怒，其中果有隐情，实不关本观之事，容贫道告禀：此女乃是两个有名的响马——一个叫做'满天飞'张广儿，一个叫做'着地滚'周进——不知那里掳来的，一月之前寄在此处，着令本观与他看守；若有差池，要把观中杀个寸草不留。为此贫道惧祸，只得应承，望公子详察。"匡胤道："原来如此。那两个响马如今在于何处？"褚玄道："他将女子寄放了，又往别处去勾当。"匡胤道："我实不信你，那强人既掳此女，必定贪他几分颜色，安有不奸不淫，寄放在此，竟自飘然长往之理？如今我也不与你多言，只把殿门开了，唤那女子出来，待俺亲自问他一个备细。"褚玄无奈，只得叫道童取钥匙来，把殿门开了。

　　那女子听得开锁声响，只认做强人进来，愈加啼哭。匡胤见殿门已开，一脚跨进里边，只见那女子战兢兢的躲在神道背后。匡胤举目细观，果然生得标致：

> 眉扫春山，眼藏秋水。含愁含恨，犹如西子捧心；欲泣欲啼，却似杨妃剪发。窈窕丰神芍药，鸿飞怎拟鹧鸪天；娉婷姿态轻盈，月宫罢舞霓裳曲。天生一种风流态，更使丹青描不成。

　　匡胤好言抚慰道："俺不比那邪淫之辈，你休要惊慌。且过来把你的家乡姓名，诉与我知。谁人引你到此？倘有不平，我与你解救。"

　　那女子见匡胤如此问他，又见仪表非俗，心内知道是个好人，转身下来，向着匡胤深深道了万福。匡胤还礼毕，那女子脸带泪痕，朱唇轻启，问道："尊官贵姓？"褚玄代答道："此位乃是东京赵公子。"

那女子道:"公子听禀:奴家也姓赵,小字京娘。祖贯蒲州解梁县小祥村居住,年方一十七岁。因随父亲来至北岳进还香愿,路遭两个响马,抢掳奴家,寄放此处,饶了父亲回去。"匡胤道:"这两个强人又往那里去了,怎么抢了你反又寄你在此?"京娘道:"奴家被掳之时,听得那两个强人互相争夺,后来又说道:'我等岂可为这一个女子伤了弟兄情义,不如杀了,免得争执。'那一个道:'杀之岂不可惜,不如寄在神丹观内,我们再往别处找寻一个,凑成一双,然后同日成亲。'两个商议定了,去了一月,至今未回。"匡胤道:"观中道士可来调戏么?"京娘道:"在此月余,并未见一人之面,可以通一线之生,终日封锁在此;只有强人丢下的这些干粮充饥,奴家那有心情去吃!"言罢,不觉心怀悲惨,雨泪如珠。匡胤见了,亦甚伤感,说道:"京娘,你既是良家子女,无端被人抢掳,幸未被他所污。今乃有缘遇我,我当救你重回故土,休得啼哭!"京娘道:"虽承公子美意,释放奴家,脱离虎口。奈家乡有千里之遥,怎能到彼?这孤身弱质,只拼一死而已。奴家在此偷生,并非欲图苟且,一则恐累了观中的道士,二则空死无名,所以等这强人到来,然后殒命,怎肯失身,以辱父母!"匡胤听了,不胜叹羡,道:"救人须救彻,俺今不辞千里,送你回去便了。"京娘听说,倒身下拜道:"若蒙如此,便是重生父母!"褚玄阻道:"公子且住!你今日虽然一片热心救了此女,果是一时义举,千古美谈。但强人到来,问我等要人,叫我怎处?岂不连累了贫道!此事还该商议而行。"匡胤道:"道长放心。那强人不来便罢,若来问你要人,你只说俺赵匡胤打开殿门,抢掳了去。他或不舍,到寻俺之时,叫他问蒲州一路寻来就是。倘或此去冤家路窄,遇见强人,叫他双双受死,也未可知。"褚玄道:"既如此,不知公子何日启程?"匡胤道:"只在明日早行。"

褚玄遂命道童治酒与匡胤饯行。不多时摆上酒筵,正待坐席,只见匡胤对京娘道:"小娘子,俺有一言相告,不知可否?"京娘道:"恩人有何吩咐，妾当领命。"匡胤道："此处到蒲东，路途遥远，非朝夕可至，一路上无可称呼，旁观不雅，俺欲借此酒席，与小娘子结为兄妹，方好同行。不知小娘子意下何如？"京娘道："公子乃宦门贵人，奴家怎敢高扳？"褚玄道："小娘子既要同行，如此方妥，不必过谦。"京娘道："既公子有此盛德，奴家只得从命了。"遂向匡胤倒身下拜，匡胤顶礼相还。二人拜罢，京娘又拜谢了褚玄。褚玄另备一桌，与京娘独饮。自与匡胤对坐欢斟，直至更余方才撤席。又让卧房与京娘安宿，自己与匡胤在外同睡。一宵晚景休提。

次日天明，褚玄起来安备早饭，与匡胤、京娘用了，又备了些干粮路费。匡胤遂扮做客人模样，京娘扮做村姑一般，头带一顶盘花雪帽，齐眉的遮了。将强人掳来寄放的马拣了一匹，端上鞍辔，叫京娘骑坐。京娘谦逊道："小妹有累恩兄，岂敢又占尊座？"匡胤道："愚兄向来步履，不嫌跋涉，且得行止自如，贤妹不须推让。"京娘不敢多繁，只得乘坐。匡胤作谢，拜别了褚玄，负上行李，手执神煞棍棒，步行相随，离了神丹观，望蒲州一路进发。正是：

  平空伸出拿云手，提起天罗地网人。

在路行程，非止一日，至汾州地介休县外一个土岗之下，有一座小小店儿，开在那里。匡胤见天色将晚，前路荒凉，对京娘道："贤妹，天色已暮，前途恐无宿店，不若在此权过一宵，明日早行何如？"京娘道："任凭恩兄尊意。"匡胤遂扶京娘下马，一齐进了店门。那店家接了进去，拣着一间洁净房儿，安顿下了。整备晚膳进来用了，又将那马牵至后槽喂料。匡胤叫京娘闭上房门先寝，自己带了神煞棍棒，绕屋儿巡视了一回。约摸有二更光景，方才往外厢房打开行李安睡。不觉东方发白，匡胤起来，催促店家安排早饭进来，兄妹二人饱餐已毕，算还了店钱。叫店家牵出了马，扶京娘乘了，自己背了行李,执了神煞棍棒,离店前行。

约过十数里之地,远远望见一座松林,如火云相似,十分峻恶。匡胤叫道:"贤妹,你看前面这林子,恁般去处,必有歹人潜匿;待为兄先行,倘遇贼人,须结果了他,方可前进。"京娘道:"恩兄须要仔细。"匡胤遂留下京娘在后,自己纵步前行。原来那赤松林内,就是着地滚周进屯扎在此,手下有四五十个喽啰,四下望风,打劫客商,专候美色。这日有数十个喽啰,正在内中东张西望,忽听得林子外走的脚响,便往外一张,只见一个红脸大汉,手提棍棒,闯进林来。慌忙寻了长枪,拿了短棍,钻将出来,发声喊,齐奔匡胤。匡胤知是强人,不问情由,举棍便打。打了多时,早有五六个喽啰垫了棍棒,余的奔进林去报知周进。

那周进提了一根笔管枪,领了喽啰跑出林来,正与匡胤撞个满怀。两下里各举兵器,步战相拼,约斗二十余合,那喽啰见周进赢不得匡胤,便筛起锣来,一齐上前围住。匡胤全无惧怕,举动神煞棍棒,如金龙罩体,玉蟒缠身。迎着棍,如秋叶翻风;近着身,似落花坠地。须臾之间,打得四星五散。那周进胆寒起来,枪法乱了,被匡胤一棍打倒。众喽啰见不是路,呐声喊,多落荒乱跑。匡胤见那周进倒在尘埃,尚未气绝,再复一棍,即便呜呼。转身又不见了京娘,急往四下找寻,见京娘又被一群喽啰簇拥过赤松林去了。匡胤急忙赶上,大喝一声:"毛贼,休得无礼!"那喽啰见匡胤追来,只得弃了京娘,四散逃走。匡胤亦不追赶,叫道:"贤妹,受惊了!"京娘道:"适才这几个喽啰,内中有两个像跟随响马到过神丹观内的,认得我,到马前说道:'周大王正与客人交战,料这客人斗大王不过的,我们送你去张大王那里罢。'正在难以脱身,幸得恩兄前来相救。"匡胤道:"周进那厮已被俺剿除了,只不知张广儿在于何处?"京娘道:"只愿恩兄不遇着便好。"原来张广儿又在一座山头屯扎,离此只数十里之地,与周进分为两处,专行劫掠,彼此照应,为犄角之势。倘有美貌女子,抢来凑成一对,好两下成亲。

且说那逃走的喽啰,飞奔到山上,报与张广儿道:"大王,不好了!那神丹观内寄放的女子,被一个红脸大汉挟着同行;方才到赤松林经过,被周大王阻住,与这大汉交战。小的们又抢了那女子,不料那大汉赶来,小的们只得走来报知大王。"张广儿道:"如今周大王在那里?"喽啰道:"小的们抢那女子时,周大王正与那大汉交战,如今不知在那里。"张广儿听说,急忙带了双刀,飞身上马,跟了数十个喽啰,拍马加鞭,如飞的赶来。

却说匡胤正同京娘行走,已有数十里,只听得后面呐喊而来。匡胤回头一看,正见贼人带领喽啰赶来切近。匡胤料是张广儿,连忙手持神煞棍棒,迎将转去,大喝一声:"强贼看棍!"张广儿舞双刀来斗匡胤,匡胤腾步到那空阔去处,与张广儿交战。两个斗了十余合,匡胤卖个破绽,让张广儿一刀砍来,即便将身躲过,回手一棍,正中左手。张广儿忍痛失刀于地,回马便走。匡胤奋步赶来,看看较近,手起棍落,把张广儿打于马下。可怜有名的两个响马,双双死于一日之内。正是:

　　　　三魂渺渺满天飞,七魄悠悠着地滚。

众喽啰见大王已死,发声喊,却待要走。匡胤大喝一声,飞身赶上。有分叫:知恩女子,欲酬大德于生前;秉义丈夫,不愧英名于身后。正是:

　　　　勋业止完方寸事,声闻自在宇中流。

毕竟喽啰怎的脱身?且听下回分解。

第十九回

匡胤正色拒非词　京娘阴送酬大德

诗曰：

　　荒山险岭多盗跖，阻隔行人掠美色。
　　壮士遇之心不平，宝剑一挥颈沥血。
　　受恩思欲报深恩，几遍欲言心未宁。
　　一朝诉出衷怀事，引得英雄性火烈。
　　蜀中当垆卓文君，至今犹见诗人说。
　　三原红拂有谁称，暧昧遗羞何足贵？
　　睹此余生终不失，唯有黄昏相感泣。

　　话说张广儿领了喽啰赶来，思想要夺京娘，谁知反被赵匡胤打死。那众喽啰正要逃走，却被匡胤喝住，说道："尔等休得惊慌！俺乃东京赵大郎便是。自与贼人张广儿、周进有仇，今已多被俺除了，与尔等无干。"众喽啰听说，一齐弃了刀枪，拜倒在地。匡胤吩咐道："尔等如今以后，须当弃邪归正，不可仍是为非。倘不听俺的言语，后日相逢，都是死数！尔等各自去罢。"众喽啰听了吩咐，磕了一个头，爬起身来，俱各四散的去了。

　　匡胤收拾要行，早见金乌西坠，玉兔东升。远远望见前面有座客店，便同京娘趲行几步，到了店门，扶着京娘下马，一齐进店，把马交与店家喂养，进了客房。店家整备晚膳进来，兄妹二人吃了一餐，各自安寝。

且说京娘想起匡胤之恩，无以为报，暗自寻思道："想当初红拂本一乐女，尚能选择英雄；况我受恩之下，舍了这个豪杰，日后终身，那个可许？欲要自荐，又觉含羞，一时难以启口；若待不说，等他自己开口，他乃是个直性汉子，那知我一片报德之心？"左思右想，一夜不能合眼，不觉五更鸡唱。匡胤起身，整马要行。京娘闷闷不悦，只得起身上马，出门而行，乃心生一计：一路上只推腹痛，几遍要出恭。匡胤扶他下马，又换他上马，京娘将身偎倚，万种风流。夜宿之时，又嫌寒憎热，央着匡胤减被添衾。这软玉温香，岂无动情之处？匡胤乃生性耿直，尽心服侍，不以为嫌。又行了三四日，已过曲沃地方，一路上又除了许多毛贼。约计程途，只有三百里之间。其夜宿于荒村，京娘心中又想道："如今将次到家了，只顾害羞不说，岂不错过机会？若到了家中，便已罢休，悔之何及？"满腹踌躇，不觉长吁短叹，流泪凭几。匡胤在外厢听了，不知所以，即慌进来问道："贤妹，此时夜已深了。因何未睡？你满眼流泪，有何事故？"京娘道："小妹有一心腹之言，难以启齿，故此不乐。"匡胤道："兄妹之间，有何嫌疑？但说不妨。"京娘道："小妹系深闺弱质，从未出门；因随父进香，误陷贼人之手。幸蒙恩人拔救，脱离苦海，千里步行，相送回乡。又为小妹报雪深仇，绝其后患，此恩此德，没世难忘。小妹常思无以报德，倘蒙恩兄不嫌貌丑，收做铺床叠被之人，使小妹少报涓埃，于心方安。不知恩兄允否？"匡胤听了，哈哈大笑道："贤妹之言差矣！俺与你萍水相逢，挺身相救，不过路见不平，少伸大义，岂似匪类之心，先存苟且？况彼此俱系同姓，理无为婚；兄妹相称，岂容紊乱？这不经之言，休要污口！"

京娘听了此言，羞惭满面，半晌无言，沉吟了一会，复又说道：

"恩兄休怪小妹多言！小妹亦非淫巧苟贱之辈，因思弱体余生，尽出恩兄所赐，此身之外，别无答报。不敢望与恩兄婚配，但得纳为妾婢之分，服侍恩兄一日，死亦瞑目。"匡胤勃然变色道："俺以汝为误遭贼陷，故不辞跋涉，亲送汝归。岂知今日出此污蔑之言，待人以不肖。我赵匡胤乃顶天立地的男子，一生正直无私，倘使稍有异志，天神共鉴。尔若邪心不息，俺便撒手分离，不管闲事。那时你进退不得，莫怪俺有始无终！"匡胤言罢，声色俱厉，唬得京娘半晌不敢开口，遂乃深深下拜，说道："今日方见恩兄心事，炳若日星，严如霜露，凛不可犯。但小妹实非邪心相感，乃欲以微躯报答大恩于万一，故不惜羞耻，有是污言。既恩兄以小妹为嫡亲骨肉，妾安敢不以恩兄之心为心？望恩兄恕罪。"匡胤方才息怒，将手扶起京娘，道："贤妹，非是俺胶柱鼓瑟，本为义气所激，故此千里相送。今日若有私情，与那两个强人何异？把从前一片真情，化为假意，岂不惹天下的豪杰耻笑！"京娘道："恩兄高见，非寻常所比，妾今生不能补报，死当结草衔环。"两个说话，直到天明。正是：

　　落花有意随流水，流水无情恋落花。

　　自此京娘愈加严敬匡胤，匡胤愈加怜惜京娘。看看到了蒲州，京娘虽知家在小祥村，却不认得路径，匡胤就问路行来。将到小祥村，京娘望见故乡光景，好生伤感。

　　却说赵员外，自从进香失了京娘，将及两月有余，老夫妻每日相对啼哭。这日夜间，睡到三更时候，员外得其一梦：梦见一条赤龙，护着京娘从东回到家中，员外一见大喜，接了女儿，安顿进去。看那赤龙登时飞去，回至里边，忽又不见了女儿，四下寻觅，却被门槛绊了一跤，遂而惊醒。即时说与妈妈，妈妈道："此乃你的记心，不足为信。"赵员外忆女之情，分外悲戚。

至次日日午，忽庄客来报道："小姐骑马回来，后面有一红脸大汉，手执棍棒跟随而来，将次到门了。请员外出去。"员外听报，唬得魂飞魄散，大声叫道："不好了，响马来讨嫁妆了！"说犹未了，京娘已进中堂。爹妈见了女儿，相持痛哭。哭罢，问其得回之故，京娘便把始末根由，细细说了一遍，又道："恩人现在外边，父亲可出去延款，不可怠慢，他的性如烈火，须要小心。"赵员外听了女儿之言，慌忙出堂拜谢，道："若非恩人相救，我女必遭贼人之手，今生焉得重逢？"遂叫妈妈与女儿出来，一同拜谢。那员外有一个儿子，名唤文正，在庄上料理那农务之事，听得妹子有一位红脸汉子送回，撇了众人生活，三脚两步奔至家中，见了京娘，抱头大哭，然后向匡胤拜谢。正是：

　　　　喜从天上至，恩向日边来。

　　赵员外吩咐庄丁宰杀猪羊，大排筵席，款待匡胤。那妈妈同了京娘来至里边，悄悄叫道："我儿，我有一句言语问你，你不可害羞。"京娘道："母亲有何吩咐？"妈妈道："我儿，自古道：'男女授受不亲。'他是孤男，你是寡女，千里同行岂无留情？虽公子是个烈性汉子，没有别情，但你乃深闺弱质，况年已及笄，岂不晓得知恩报恩！我观赵公子仪表非俗，后当大贵。你在路曾把终身许他过？不妨对我明言。况你尚未许人，待我与你父亲说知，把他招赘在家，与你结了百年姻事，你意如何？"京娘道："母亲，此事切不可提起！赵公子性如烈火，真正无私，与孩儿结为兄妹，视如嫡亲姊妹，并无戏言。今日到此，望爹妈留他在家，款待十日半月，少尽儿心。招亲之言，断断不可提起。"妈妈将京娘之言述与员外，员外不以为然，微微笑道："妈妈，这是女儿避嫌之词。你想人非草木，放着这英雄豪杰，岂无留恋之情？少刻席间，待我以言语动他，事必谐矣！"

不多一会，酒席完备，员外请匡胤坐于上席，老夫妻下席相陪，儿子、京娘坐于旁席。酒至数巡，菜过五味，员外离席，亲自执壶把盏，满斟一杯，送与匡胤，道："公子，请上此杯，老汉有一言奉告。"匡胤接过酒来，一饮而尽，说道："不知员外有何见教？愿赐明言。"员外赔着笑脸道："小女余生，皆出恩公子所赐。老汉与拙荆商议，无以为报，幸小女尚未适人，意欲献与公子，为箕帚之妇，伏乞勿拒！"员外话未说完，匡胤早已怒发，开言大骂道："好一个不知事的老匹夫！俺本为义气，故不惮千里之遥，相送你女回家，反将这无礼不法的话儿污辱于我。我若贪恋你女之色，路上早已成亲，何必至此？"说罢，将酒席踢翻，口中带骂，拔步往外就走。赵员外唬得战战兢兢，儿子、妈妈都不敢言语。京娘心下甚是不安，急忙出席，扯住了匡胤衣襟，道："恩兄息怒，且看小妹之面，请自坐下，小妹即当赔罪。"匡胤正当盛怒之下，还管什么兄妹之情，一手撒脱京娘，提了行李，出了大门，也不去解马，一直如飞的去了。有诗为证：

义气相随千里行，英雄岂肯徇私情？
席间片语来不合，疾似龙飞步不停。

京娘见匡胤不顾而去，哭倒在地。员外、妈妈再三相劝，扶进了房中。京娘只是啼哭，饮食不沾，心中想道："亏了赵公子救得性命回乡，不致失身于异地，爹妈反多猜疑，将他激怒而去。我这薄命，既不能托以终身，又不能别图报答，空生何益？不如一死，倒得干净。"挨至更深，打听爹娘都已睡了，即便解下腰间白汗巾，悬梁自缢。正是：

可怜香阁千金女，化作南柯一梦人。

次日天明，员外夫妇起来，不见女儿出房。员外道："妈妈，为何女儿这时还不出房？"妈妈道："想是行路辛苦，此时还在熟睡哩。"员外道："我实放心不下，你可进去看看。"妈妈当真的推进京娘房内去看，年老之人，不辨东西南北，正望床上去叫，不料头儿一撞，可可的撞在京娘身上。妈妈初时还只道挂着什么，及至仔细一看，见是女儿。只唬得：

  魂向天边飞舞，魄归云内逍遥。

当下妈妈叫喊起来。员外听得，慌忙赶至房中，见了如此光景，与妈妈相对痛哭。免不得买棺成殓，做些僧道功德、水陆道场，忏悔今生，博望来世。这些事情按下不提。

且说赵匡胤因赵员外一言不合，使性出门，一口气竟走了十余里路。看看天色晚了，前不着村，后不着店，正在难为之际，忽然就地里一阵阴风，觉得凄凄惨惨，冷气逼人，伸手不见指掌，恁般昏暗。此时心中惶惑，进退两难，只见前面隐隐的有人骑马，手执红灯而走，闪闪烁烁，微有亮光。匡胤见了，满心欢喜，欲要赶上同行。那灯光儿可煞作怪，匡胤紧行，这灯光也是紧行，匡胤慢走，那灯光也便慢走。凭你行走得快，总然赶他不上。心下甚是疑惑，即便开言叫声："前面的朋友，可慢行一步！乞带同行。"只见前面灯光停住，应声答道："妾非外人，乃是京娘。因父母不察，有负恩兄，以致恩兄发怒出门，将这一片义心化为乌有。妾心甚不安，只得痛哭至晚，自缢而死。但蒙恩兄千里送归，得表贞白，妾无以为报，故此执灯前来引道，远送一程，以表寸心。所恨幽明路隔，不敢近前，只得远远相照，望乞恩兄恕罪！"匡胤听言，不胜骇叹，道："据贤妹所言，轻生惜义，反是愚兄之故。但贤妹既已身亡，为何还会乘马？"京娘道："好叫恩兄得知，此马自蒙恩兄所赐，乘坐还家。今见恩兄已走，小妹已亡，此马悲嘶，亦不食而死。"匡胤听了，甚为感叹，因又说道：

"贤妹,你生死一心,足见贞节。又蒙阴灵照护,盛德难忘。愚兄后有寸进,便当建立香祠,旌表节烈。"京娘称谢不已。说话之间,将及天明,只见京娘还在前面,叫声:"恩兄,天色将晓,小妹不能远送了!后会难期,前途保重!"说罢,隐隐痛哭而去。匡胤望不见了灯光,心下十分伤惨,因思苗光义柬帖之词说:"空送佳人千里路。"如今果应其言。

正行间,只见前面有座小山,山下有一所古庙,树木苍苍,香烟杳绝。匡胤问及土人,土人答道:"客官休问,快快走罢!"匡胤见说话蹊跷,必要追问其故。土人道:"此庙原系本处的社庙,因为近来出了一个妖怪,每夜出来害人。近村人家尽都怕惧,各自远移。因此叫客官快行!"匡胤听了,大笑不止,道:"俺生平遍走天下,总不信邪。既然此地有妖,俺又走得力乏,不免就在此庙安息一日,有何不可?"说罢,走入庙中,坐在板上,打开包裹,吃了些干粮,放翻身躯,呼呼熟睡。直至天晚,方才醒来,睁眼往外一瞧,只见日色西沉,鸟雀归宿。复往庙外四野观望,并无宿店。只得重进庙来,又吃了些干粮,将腰中鸾带解下,晃成了神煞棍棒,执在手中,仍复坐下。心中又记着京娘的事情,更加叹息。

将至二更,果见阴风飒飒,冷气凄凄,匡胤一时惊疑起来,将身立起,定睛一看,那天光微亮,透进殿来。只见神座下面,隐隐的盘着一条大蛇,头如笆斗,眼似灯光,口喷黑气,甚觉腥膻。匡胤道:"原来是这个孽障在此害人!待我与这地方除了害罢。"举起神煞棍棒,望了大蛇,喝声着,奋力打将过去。有分叫:仙棍腾挪,数载妖魔须就死;神威奋武,积年骁恶总成灰。正是:

事从阅历奇方见,人极凶残命必倾。

毕竟妖蛇除否?且看下回自知。

第二十回

真命主戏医哑子　宋金清骄设擂台

诗曰：

　　扫尽浮翳世路清，行人相唤话衷情。
　　天星本是文明质，地界偏来指点灵。
　　风景有殊多阻隔，山林无路被占侵。
　　神威到处烽烟息，万世犹令仰德钦。

　　话说赵匡胤因与赵员外一言不合，激怒出门，气愤而行，错过了宿头，感得京娘阴灵儿执灯相送，因此又行了一夜。不期精神困惫，路逢古庙，将息了一日，至夜二更，果见庙有妖蛇。当时举动了神煞棍棒，大喝一声，望着蛇头便打。那蛇看见匡胤打来，便昂起头儿，一蹿躲过，就望匡胤扑来。匡胤躲过，却扑个空。匡胤提起棍棒正要打下，只见那蛇盘动身躯，蓦将尾儿望匡胤鞭将过来，却鞭不着。那蛇也便心慌，仍复昂起这斗大的头儿，直扑将来。匡胤把身一闪，乘势将棍一搅，不端不整正中在七寸之间。那蛇痛极，已是半死。匡胤因黑夜微明，看不清切，只把棍棒一阵乱打，只打得不见动弹，然后住手。复又坐在板上，打盹片时，不觉村鸡三唱，日色初升。匡胤醒来，将妖蛇一看，委的长大，甚是怕人。遂向壁上留诗四句云：

遍走关西数座州，妖蛇为害几春秋？
　　神前棒落精神散，从此行人不用愁。

　　题罢，将神煞棍棒复为鸾带，束在腰间，背上行李，离了庙祠，望前行走。

　　这日正行之间，只见前面有所高大宅子，门首坐着一个老者，鬓发苍苍，往来观望。见了匡胤，离坐欠身，满面堆笑，道："君子权且请留贵步，到舍下奉茶。"匡胤见是老者相留，不好违他，只得同进大门，至厅上放下包裹，叙礼坐下。安童献上茶果，彼此饮毕。匡胤开言问道："老丈，素未相识，今日见招，敢问有何见教？"那老者口称一声："君子，老汉姓王，今交六十八岁，薄有些祖业庄子，这里冻青庄，人人称我百万。空有田园，吃亏了老年无子，为此往寺里烧香许愿，求子传宗，五十六岁上，才得生了一子。老汉以为大幸，可望承祧，谁知命薄，又得了一个残疾之儿，养至如今，长了一十三岁，却原来是个哑巴儿，并不会说话。老汉日夜心焦，无有法治。因于两月之前，有个算命的先生在此经过，老汉请他推算哑儿。那先生姓苗名光义，却也算得古怪。他说：'哑巴儿，哑巴儿，今日不开口，他年宰相做公侯。'叫我今年今月今日今时，在此等候一位红面君子，他善治哑巴，可使能言。所以老汉诚心在此奉候。不想果应其言，遇着君子，若能治得小儿能言，老汉情愿平分家业，决不食言。"

　　匡胤听言，心下暗想道："这苗光义虽然言言有准，句句皆灵，只这一桩事情，便是荒唐无据了。世间诸病有医，那见哑巴儿也可治得？况我又不知治法如何，怎的把这担儿卸在我身上？我如今若说不会，却又辜负了这老者一片诚心。不如将计就计，且含糊应他，哄过了此时，离了这里，管他会说不会说！"主意定了，开言答道："这哑巴儿在下虽然会治，只看各人的造化何如，能言不能言，乃系定数，不可勉强。可请令郎出来一看，便知端的。"旁边站着一个安童，急忙应道："我家小相公正在书房内攻书哩。"匡胤道："既已哑巴，怎么会攻书？"安童道："别人是念书，我家这小相公乃是悟书。虽则整日不离书本，只好空作想，应个名儿，叫他怎样好读？"那员外喝道："狗才，谁要你多讲！快去领小相公出来，好求这位君子医治。"安童应声去了。去不多时，把哑巴儿领至厅前，朝上施礼，站立旁边。匡胤举眼看他，但见：

  头戴束发包巾，齐眉垂发；身着大红道服，满绣寒梅。衬衣鲜艳是松花，护领盘旋乃白色。齿白唇红，面如满月非凡相；眉清目秀，鼻如悬胆有规模。

匡胤看了，心下想道："这样一个好孩子，生得大有福相，可惜是个哑巴儿。他既然出来，待我胡念几句，打发他进去，我便辞了，管他则甚？"遂问道："令郎可有名么？"员外道："他学名叫做王曾。"匡胤道："我这个治法，只看各人的虔心，虔心若至，登时会言。若虔心不至，要等三年。"员外道："老汉的虔心，无所不至。只把他治得讲出话来，就是老汉的万幸了！"匡胤即便用手把哑巴儿一指，口中念道：

  王曾又王曾，聪明伶俐人。
  今日遇了我，说话赛铜铃。

匡胤只当戏词，权为抵塞之意。那知金口玉言，好不应验。话才说完，只见王曾将身跪倒，口吐言辞，甚觉清亮，说道："多谢指教，小子得开蒙混矣！"说罢，立起身来，又望着匡胤嘻嘻地笑了一声，竟往里边去了。看官不知，王曾原是文星降世，定数如此。后来太祖得了天下，王曾得中三元。至太宗御极之时，做了当朝宰相，辅佐朝廷，调和鼎鼐。此是后话，不提。

只说匡胤当时说了几句言语,果见王曾开口起来,连自己也都不信,着实骇异。那员外在旁,见儿子说得出话,心中大喜,惊异如狂,上前拜谢道:"感蒙君子神术高妙,治好了小儿。老汉有言在先,愿把家私平分,就请君子收纳。"匡胤道:"老丈不必费心,令郎开口能言,一则是他天资固有,二则老丈世代积德之处,在下何能,敢行冒赐!"说罢,就要告别。员外怎肯放行,一把手执住,复请坐下。遂又问道:"适才尚未拜问,不知君子尊姓大名,府居何处?"匡胤答道:"在下汴梁人氏,父亲赵弘殷,官居都指挥之职。在下名唤匡胤,字元朗。"员外道:"原来是位贵公子,老汉多有失敬,幸勿见罪!但公子既然恁般廉介,不受老汉微资,万望屈驾在舍盘桓数月,少尽老汉一点之心,然后行程,望勿再却。"匡胤不好拂情,只得住下。每日款待丰盛异常,趋附之情,自不必说。

时当秋末冬初,员外见匡胤寒衣未备,急忙吩咐家人叫了裁缝,做了几套上好整洁的棉衣,送与匡胤御寒加减。其时就有村庄上的好事之人,你我相传,声闻远近,都说:"王员外家来了一位会治哑巴的神仙,委实灵异。凭你说话不出的,一经他神治,便会开谈。"登时轰动了许多愚夫愚妇,不论若远若近,是女是男,如鸦群蜂拥的一般来到冻青庄上,就把王员外家的大门团团围住,一齐喧嚷起来,声声要请神仙出来医治哑巴。当有庄丁进内通报,匡胤只得出来道:"列位休得啰唣,你们来的已不凑巧,我这治法本有定则,一年只治得一个。若是有缘,明年再来相会。"众人听说,一齐乱嚷道:"你只认有钱的,就肯医治;我们穷人到此,就这等嫌贫憎苦,不肯好好儿医治。同是一样的人儿,却两般看待,理说不去,情上难容。"这个说着,那个就拾泥土乱丢;那个喧闹,这个就把砖块乱打。一时间,闹得匡胤无主,只得往内就跑,紧紧的把大门闭上,也顾不得告辞员外,背了行李包裹,叫庄丁领路,悄悄出了后门,往前径走。

又来到一个村庄,地名桃花庄,有座酒铺,开在那里。走将进去，叫店家取酒来饮。方才坐下，只见一个行客，慌慌忙忙奔进店来，把桌子一拍，乱叫道："打酒来，打酒来！不论热的冷的，只吃一壶，助助兴头，好去看打擂台。那店家慌忙取将酒来，摆在桌上。那人筛来便吃。匡胤听说"打擂台"三字，急忙问道："请问朋友，这个擂台是何人所立？不知在于何处？"那人一面喝酒，一面答道："这座擂台，就立在这里桃花庄西首，乃是桃花山上的三个大王所立。"匡胤道："那大王叫甚名字？他的武艺如何？"那人道："这山上的三个大王，乃是一母所生的，大大王名唤宋金清，二大王宋金洪，三大王宋金辉，还有一个妹子叫做宋金花，一般的本事高强，武艺出众。聚齐了许多好汉，住这山上，做那英雄事业，霸踞一方，无人敢犯。因此在山下摆设擂台，每逢三六九之期，轮流下山，上台比武。那台上摆着许多金银做彩，若是有人上台打他一拳，赢他一锭金元宝；踢他一脚，赢他一个银元宝；若是输了，给他十倍。每每里只有输与他的，再不见有人赢得。今日轮该大大王上台，所以要去观看。"说罢，会了钱，出店而去。

匡胤听了，一时心痒，也只吃了一壶，还了钱，出门往西而来。走不多路，只见那边果有一座擂台，四围观看的人如山似海，甚是闹热。只见那台上立着一条好汉，扎束得十分齐整，正在上面耀武扬威，对着下边说道："你们众人中，可有本事么？便请上来会俺，赢得俺时，金银相送；怕给十倍的，休得上台出丑。"话未了，早见匡胤分开众人，一个飞脚跳上台来，大喝一声："小辈休得夸口，俺来也。"只这一声，把宋金清唬了一跳，皱着眼把匡胤一看，暗道："好个红脸汉子！"便道："你这红脸大汉，敢是要与俺比手么？"匡胤叫道："宋金清，闻得你大有本领，故此俺特备十倍金银前来会你。"说罢，放下包裹，脱去了袍服，摆了两个架儿。那宋金清大怒道："红脸贼！怎敢道俺名字？"照着腿就是一脚。匡胤将身一闪，却踢个空，就势打个反背。宋金清用个泰山压卵势，望着匡胤打来，匡胤把身子一迎，故意失脚一滑，扑通的躺倒台埃。宋金清心中大喜，便使个饿虎扑食势，来抓匡胤。匡胤见他来的凶猛，就使个喜鹊登枝，将双足对着宋金清的胸膛，用力一蹬，早把宋金清踢倒。急忙跳起身来，上前擒住，双手拿住了宋金清的两腿，提将起来只一按，把宋金清的粪门劈开到小肚上，活活的分为两半，望台下丢了下来。那台下有十二个徒弟、百十个喽啰，大喊道："休叫走了红脸贼！快些拿住，与大大王报仇。"说罢，一齐举动枪刀，围住了擂台，喊声如雷，乱箭齐发。匡胤见势头不好，又没避身之处，心中着慌，舍下了行李、袍带，跳下台来，赤手抡拳，打开一条活路，往南疾走如飞。正是：

> 撒手劈开生死路，翻身跳出是非门。

匡胤正走之间，后面喊声大举，追赶上来，看看将近。怎奈寡不敌众！难与争锋，只是望前飞奔。正在危急之际，忽然布起一阵黑雾，迷天暗地，掩石遮林，那喽啰失了路径，又不见了匡胤，只得回转桃花山报信去了。

匡胤见大雾退了贼兵，心下稍定，慌忙奔赶前途。当时来至一山，正在行程，蓦地里刮起一阵大风，十分厉害。风过处，忽听呼的一声跳出一只斑斓猛虎，张牙舞爪，摆尾摇头，望着匡胤便扑。匡胤侧身躲过，那虎扑了个空，转身复又跳将过来一抓，匡胤跳过一边，说声："不好！前有猛虎阻路，后有贼寇来追，我命今番休矣！"正说着，那虎又把身儿掉转过来。匡胤一时慌了，不将拳去抵敌，只把眼儿往后一望，只见路旁有株大树，迈步上前，扳住了树身，爬将上去，坐在枝上，权为躲避。那虎却又作怪，见匡胤走了上去，跳将过来，也便坐在树下，把嘴向着那树根儿，只管去啃。堪堪地啃去了一半，那上面的树枝儿，就不住的摇晃起来。此时匡胤心中好不着急，说声："不好！这孽畜把树啃去半边，掉将下去，不是跌死，就是落在他口里。"心中一急，冲破泥丸，现出一条真龙在空中升腾旋绕。正是：

  福无双至，祸不单行。
  才退贼兵，又逢虎厄。

  不说匡胤有难。且说这座高山，名为困龙山。山上有一座古寺，名为蛰龙寺。那当家长老法名昙云，本是残唐时的大将马三铁，曾做潼关总兵，后来弃职修行，住居此寺。寺中有五百名上堂僧众，个个拳棒精通，都听长老法纪。这日有两个僧人要往涧中取水，走出山门，忽见树林边坐着一只猛虎挡住去路，连忙跑进寺中，至禅堂报知长老。那昙云长老骂道："这孽畜，怎不在深山养静，擅敢扰害生灵。"吩咐："徒弟们！跟我前去走走。"说罢，立起身来，取了一只铁胎弓、三枝连珠箭，领着大众出了山门，立在阶沿石上观看：那树林边，果见一只大虫在那里啃树；又见半空中，现着一条赤须火龙。长老看了，微微冷笑道："我这寺门，乃清静之地，岂容这两个孽畜在此作耗？"左手弯弓，右手搭箭，正要射去，旁有一个徒弟叫道："师父且慢！那树枝上还坐着一人，这龙就是他头上现出来的，想必是个妖怪。"长老听了，定睛一看，果见一人在树枝上坐着，心中想道："必竟这人遇着这虎，怕伤性命，因此趴在树上暂且躲避，等候人来救他。如今猛虎啃树，他心下岂不着慌，一时害怕，故此迸开顶门，现出此物。此人有此奇征，日后福分不小。待我出家人救他一命。"正是：

  收起降龙意，又生伏虎心。

  长老执定了弓箭，对着猛虎正待放去，众僧齐声道："师父，不可！"长老道："我要射虎救人，尔等缘何又说不可？"众僧道："师父，我们佛家弟子，慈悲为本，方便为心。方才既不射龙，如今却要伤虎。放了一个，害了一个，岂无偏见之心？"长老道："依你们便怎样？"众僧道："若依弟子们主意，且把大虫哄去，救了树上的人，两下都不伤命，这便是慈悲之心了！"长老道："说得有理。"放下了弓箭，就叫众僧上前哄去大虫。那众僧齐声呐喊，共力驱除，指望大虫跑了去。谁知他任你呼喝，只是不睬。长老道："尔等退后，待我吩咐于他。"遂大声喝道："你这孽障，此地乃清净法门，谁许你在此作耗？若不快走，叫你目下就要倾身！"长老方才说完，那虎立起身来，望着长老看了一看，抖抖毛，竟是往深林里去了。众僧夸奖道："终是师父法力无边，只几句法语，就叫这畜生去了。"

　　那长老见虎已去，望上叫道："树上君子，那大虫已去远了，你可放心下来。"此时匡胤被虎唬慌，真元出现，正在闭目凝思，待其天命，故此众人喧闹，不曾相闻。及至长老到树边叫唤数声，一如醍醐灌顶，便尔元神归窍，清晰如初。开眼一看，果然猛虎已去，看见许多僧人立在下边，方才放心，溜下树来。到着寺门，细看那为首的老和尚，生得清奇古怪，老耄雄伟；以下僧人，尽多壮丽。但见那老和尚：

双眉似雪，两鬓如霜。面犹蟹壳，狰狞不亚揭波那；目若朗星，润泽无殊阿罗汉。毗卢帽整齐抹额，貌端端显得佛相庄严；红袈裟周正披身，气昂昂露出英风凛烈。两下门徒齐拥护，一如捧月众星辰。

　　匡胤见长老这等丰神，不住的暗暗喝彩。那长老也把匡胤细观，见他面貌神威，隐隐君王之相；身材厚重，堂堂帝主之容。心下也是暗喜，满面堆笑，开言问道："不知君子尊姓大名，仙乡何处？今日到此，有何贵干？"匡胤答道："承长老下问，在下家住汴京，乃殿前都指挥赵弘殷之子，名叫匡胤，表字元朗。因到关西投亲，路过桃花山，见有强人卖弄，因一时不平，擂台力劈宋金清。不期他手下人多，一时难以抵敌，得便逃行，来到宝山，又遇了猛虎，所以权在树上躲避片时。正在危急，幸得长老相救，此乃死里逃生，皆出长老大德！"那长老听说，满心欢喜，说道："原来就是赵公子，失敬了！请到里面讲话。"把手一拱，接进了匡胤，将山门闭上。彼此来至禅堂，叙礼送茶已毕，匡胤问道："请问长老法名，俗家何处？乞道其详。"长老道："老僧法名昙云，又名佛瑞；俗姓马，名三铁，残唐时曾为潼关总兵，与令尊有一面之交。后来因见国事日非，天心已去，弃职归家，来至此处出家，修心养性，远避俗缘。方才打死的宋金清，乃是桃花山的大王、本寺的施主。公子一时豪举，力劈此人，惹下滔天大祸。他还有二个兄弟，有万夫之勇；一个妹子，有妖法之能。手下有许多徒弟、五千喽兵，方才没有赶上，一定回山报信。他兄妹三人闻知大王被害，必来报仇。只是众寡不敌，如何是好？"

匡胤听了大惊，心中想道："我指望避祸，如今倒自投罗网了。原来他与贼人一党，故此哄我进来，就把山门紧闭，心怀不测，必有鬼谋。我欲待打出山门，预寻生路，看这和尚年纪虽老，豪气尚存，况有众僧帮助，怎得出门？若徒坐观动静，时刻提防，亦非白全之策。"左思右想，一筹莫展。忽又想道："我如今误入他门，料难出去。不如用一苦肉计，看他意向若何？"便道："长老！那大王既是宝刹的施主，在下至此，谅无得生。可将我绑去送上山寨，一则遂了他报仇之心，二则也见得长老的无量功德。望即施行，莫须故缓。"那长老听了，笑容可掬，说道："公子！你不必多心，休疑老僧有甚歹意。那宋家弟兄，虽是我寺中施主，却非心愿。因老僧贱名难犯，故假布施之名，暗里结交。老僧久欲驱除，因是无衅可乘。且独力难以大举，故得养成锐气，以至于今。况贫僧与令尊有一面之交，焉肯把公子献与贼人？我想他此来，必定先到寺中搜检。不如将计就计，我与公子并力同心，结果了这伙毛贼，与地方除其大害，这才是无遮无量绝大的功德。"匡胤道："长老果有此心，还是戏语？"长老道："老僧并不虚言,公子勿疑。"匡胤道:"长老有此盛德,不知计将安出?乞道其详,以释愚怀。"那长老用手一指,说出这个计来。有分叫:僧俗同心,蛰龙寺中顷刻尸横血溅;兄妹报怨,桃花山上登时瓦解冰消。正是:

共叹荣枯诚异日,堪悲今古尽同灰。

毕竟长老说出什么计策?且看下回自见分明。

第二十一回

马长老双定奇谋　赵大郎连诛贼寇

词曰：

　　羁人怀旅，回首乡关远。莺声催泪痕，方踯躅，烽烟满眼。平生志奋，欲尽扫妖氛。任角逐，逞追奔，指顾旌旗断。神谟妙算，矰缴施羊犬。连弩绝归程，漫赢得，泉喷风卷。元凶已馘，编鄘见尘清。鸿路靖，豹山宁，显得男儿愿。

右调《蓦山溪》

　　话说昙云长老见匡胤疑他有相害之心，便说道："公子何用疑心？老僧委的真心，故此屈留公子在此商议。必须设一奇谋，将他剿绝，方无后患。"匡胤道："既长老有此盛德，请问计将安出？"长老道："老僧有一神弓，名曰'插靶铁胎弓'，又有三枝连珠神箭，今交与公子，伏在大殿供桌之下。我把贼人哄了进来，见机行事。公子只听我口念'工'字为号，就便开弓放箭。天幸得能成功，结果了一个，就少一个帮助了。"说罢，把弓箭递与了匡胤，把那射法架势，教了数遍。匡胤天资敏捷，一教就会。跟了长老来到大殿，钻在供桌之下，放下了桌帏，安排停当。又吩咐众僧，把山门大开，若有桃花山贼人到来，只管放他进来，不必拦阻。众僧答应一声，开了寺门，等候不提。

再说那追赶的喽啰,被黑雾迷路,回转桃花山,报知了兄妹三人。那兄妹三人闻了此信,一齐放声大哭,切齿咬牙,务要追拿回来,报仇泄恨。当时留下宋金花看守山寨,兄弟二人点起五百喽啰,一齐下山,往前追赶。到了蛰龙寺,将山门围住,高叫道:"寺内和尚听着:方才有一红脸汉子逃走到此,谅着在你寺中藏躲。你们快快献将出来,每年加增你十万钱布施。"山门上的众僧,连忙报与长老。长老走将出来,一见了兄弟二人,满面堆下笑来,问道:"二位大王,带领人马到来,不知何故?"宋金洪道:"长老有所未知,今日早上,有一红脸贼人与俺大哥在擂台上放对,不料俺大哥一时失手,被他劈死。言之痛心!喽啰们正要拿住,又被他走了。故此俺便前来追赶,不知可曾到此?若在你寺中,快把将来与我,定然重重相谢。"长老道:"原来如此。只是我寺中并未曾看见,大王再往别处追寻,不必耽误。"说罢,转身进去,把山门闭上。

宋金洪见了,心下疑惑,道:"兄弟,方才我们到时,山门大开;如今听着我们要寻,他就把山门闭上,其中必有缘故。你可在外看守张望,我进去搜寻一番,或者仇人在里,也未可知?"宋金辉道:"哥哥言之有理。"金洪下马,带领三十名喽啰至山门前,一齐叫门。那众僧做成圈套,就把山门开了。金洪当先,喽啰在后,一齐进了寺门,来到大殿。长老迎将出来,道:"二大王,想不信贫僧之言,要来搜么?"金洪笑道:"俺实不信长老之言,只得要得罪一遭。"就叫:"喽啰,与我进去搜寻!"喽啰答应一声,拔步下殿,从两廊搜起,复上大殿,往罗汉堂及天花板内,至厨灶僧房,地板天井,各处搜寻,并无踪迹,出来回了宋金洪的话。金洪喝道:"你们这班奴才!未曾搜到,就来搪塞。这供桌底下为何剩着不搜?"长老听了,暗暗笑道:"谁说不在供桌底下!总然搜将出来,我马三铁在此,怎肯叫你拿去。"当下喽啰走至供桌跟前,正欲将桌帏揭起。只听得檐前风声骤发，就地滚滚尘埃，早来了两位护驾神祇。只见那左边的装束得十分凶恶，异样惊人。怎见得：

> 头上纸锭映风飘，散发垂肩眼坠梢。
> 脸带凶煞如粉洁，口涂噀血似湾弨。
> 白布袍儿腰系草，轻麻裙子足穿屟。
> 手中端执长杨拐，护驾丧门神圣标。

再看那右边的，更觉威风。但见：

> 头戴银盔光闪烁，身披锁子橙黄甲。
> 右手提着方天戟，左手托座黄金塔。
> 镇静威仪神道伏，庄严色相佛门钦。
> 陈塘关上有声名，蛰龙寺中来保驾。

两位神圣站在案桌左右，护住匡胤。那些喽啰正待掀起桌帏，早被托塔天王把黄金塔一晃，把喽啰的眼珠儿都晃黑了，一些也不见影像，只得走了下来回复。

宋金洪道："只怕你们搜的不细！今日有心得罪寺里，你们可再往各处细细的搜看，便见有无。"喽啰奉命，重新又从两廊搜起，直至卧房住手。这一回搜寻比前大不相同。但见烟尘缭乱，橱柜乒乓，千年古佛尽翻身，几处经箱多倾倒。喽啰寻了多时，出来回复道："前后细搜，并无踪迹。"金洪听言，心中闷想："这红脸贼果然不到寺中不成？"正待起身，长老道："二大王，如今可信贫僧之言并非虚谎。"宋金洪道："这贼虽然不到寺中，不知逃往那里去了？"长老道："何不佛前求上一签，问问去向，也省了胡乱儿追赶，枉费大王的工夫。"金洪道："长老言之有理。"遂走至佛前，取了签筒，双膝跪下，口内通诚道："弟子宋金洪，住居桃花山。因于今日有一红脸大汉，不知姓名，在擂台上将弟子长兄劈死，逃去无踪，哀求我佛慈悲，悯赐一签，指明去路。"

金洪正在祷告，那长老在旁把磬儿敲动，口里念声："工，工。"金洪听见，立起身来，问道："长老，我在这里求签，你为甚念起'工'来？"长老道："二大王有所不知，这是求签的灵咒。若不宣念几声，总你虔诚，不能感应。"金洪道："如此，烦你多念几声。"说罢，便又跪下，执了签筒乱摇。长老口中又念"工，工"。不上两声，匡胤在案桌下听见，把神弓搭上了箭，轻轻把桌帏掀开，对着金洪，说声："强贼，看箭！"嗖的一声，正中咽喉。金洪手撒签筒，身躯仰倒，一命呜呼归阴去了。众喽啰看见，一齐发喊道："不好了！有刺客在此，把二大王射死了。"往外乱跑。长老丢了磬儿，身边拔出戒刀，当门拦住。匡胤跳将出来，把宋金洪的宝剑取了，执在手中。僧俗二人一齐动手，砍倒了二十多人，余者逃往外边。那宋金辉正在山门等候，忽见喽啰跑出来，叫道："三大王，不好了！这寺里的和尚与这红脸大汉通同设计，暗箭把二大王射死了，又伤了大半人，小的逃得快，全了性命。三大王作速整备。"

宋金辉听了，魂飞魄散，顿足捶胸，叫道："马三铁！你为山寨上门徒，得了若干布施，怎敢通同野贼，伤害我哥哥？若不报仇，誓不立于人世！"把刀马交与喽啰，拔出宝剑，带领了五十名健汉，跑进寺门，一齐叫喊道："马三铁，你快把红脸贼献出，万事全休；若有半个不字，叫你合寺僧人不留一个！"长老听知，谓匡胤道："公子，此贼力大无穷，当用智取。公子可躲在窗后，待贫僧引他进来，与他一个暗送无常，免了你我费力。"匡胤依计，将身闪在窗后。长老手执戒刀，大步迎将出来，刚到金刚殿，正遇宋金辉。长老喝道："宋金辉！你等兄弟不守本分，无故扰乱我清净之场，两次三番进来搜检，是何道理？只是你自取灭亡，休要怨着老僧！"金辉见了，怒气填胸，口中大骂道："马三铁！你这老贼秃，你从前以往，不知得了我山寨多少钱粮，舍在寺中，不思报答施主之恩，反与野贼同谋害我兄长，怎肯甘休？"说罢，仗剑赶至面前，劈面一剑，长老将戒刀火速相迎。两个杀在当场，战在一处，约有十合，长老诈败，虚晃一刀，跑进了大殿，宋金辉随后追来。匡胤在窗后看得明白，让过了长老，把手中宝剑举起，对准了宋金辉的脑后，喝声："强贼看剑！"这一剑砍来，金辉那里躲闪得及，叫声："不好，吾死也！"只听得一声响处，早已：

  连肩砍断丫叉骨，带臂劈开粗细筋。

  宋金辉既死在地，那些喽啰齐声叫道："不好了！三大王也被害了，我们快些逃命罢！"呐喊一声，往外乱跑。长老与匡胤从佛殿上赶出来，刀剑并举，一连砍倒了二十多个。长老吩咐众僧一齐跟走出去。那山门外的喽啰，正在那里等候里边消息，只见众健汉往外乱跑，后面许多和尚追赶出来。见了如此光景，知是败了。指望要逃，长老把戒刀往后一摆，许多上堂僧发声喊，杀将过来，好不厉害。只见：

  征云笼地，杀气弥天。征云笼地，扬尘布土漫山河；杀气弥天，惨喊愁声彻霄汉。追奔和尚，一排头齐眉棍棒，举动处犹如雾卷游龙；败北喽啰，尽抛却光闪枪刀，跑走时好似弹伤飞鸟。自悔当年入了伙，岂是争名；不图今日丧其躯，只因夺利。

  当下长老见喽啰死的死，跑的跑，已是了账，便吩咐众僧不必追赶，众僧依言，各自回身。只见宋金辉骑的一匹赤兔马在那里乱叫。匡胤听了马嘶，仔细一看，见那马周身如火炭一般，身条高大，格体调良。走至跟前，将缰绳拉住。那马见了匡胤，摆尾摇头，嘶鸣不已。匡胤满心欢喜，收了良驹。又见那首戳着一柄宝刀，将马交与僧

人牵着,自己走将过去,提起来一看,果然好一口宝刀。有诗为证:

> 火炼功深久,枪锤怎敢当?
> 锋利谁得比?九耳八环刀。

匡胤看了心中大喜,取将来与长老观看。长老道:"此乃九耳八环刀,乃是纯钢炼就,锋利非凡,真乃一口宝刀,可惜落于贼人之手。今归公子,可谓物得其主矣!"言罢,即命僧人牵了良马,执了宝刀,与匡胤一齐进了寺门。

来到大殿,见了宋金洪弟兄二人尸首横卧在地。长老叹息道:"孽障,你二人不为争名,不为夺利,无故枉送性命!方才的英雄,而今安在哉?"正言间,见宋金洪的盔甲甚好,便对匡胤道:"公子,这宋金洪的盔甲亦是齐整精奇,公子何不卸他下来?"匡胤走上前来,遂把勒甲绦解开,将这副锁子黄金甲卸了下来,披在身上,倒也可体。又把凤翅盔除下,戴在头上正好合适,打扮齐整,长老大喜,道:"公子,你如今得了刀、马,有了甲胄,此乃天之所赐,假手于贼人。若遇贼兵,何足惧哉?"遂吩咐众僧,将这大殿丹墀的尸首及寺门外的尸骸,一齐扛去山后空地上,尽都烧化了。又将各处佛前供桌上的桌帏,解来做了旗号,端整与桃花山贼兵厮杀。

且不言蛰龙寺中有了整备。再说桃花山上宋金花,见两个哥哥领了喽兵去追拿红脸大汉,去了许久,不见回来。正在忧疑,只见一群喽啰跑上山来,见了金花,一齐哭拜在地。金花慌忙问道:"你们为何这般模样?二位大王如今在那里?"喽啰禀道:"小姐,不好了!那马三铁与红脸大汉同谋设计,把二位大王一齐杀害在寺中,又把兵马杀了大半。吾等得逃性命,回来报知,望小姐做主!"那金花听了此信,只唬得死去复生,放声大哭,痛骂:"贼僧!你忘了大恩,反助贼人杀我兄长，誓不与贼并生！"遂取披挂结束停当，提刀上马，带领了合寨儿郎，一齐下山，奔蛰龙寺来。

　　一路上喽啰呐喊，兵马奔驰，早到寺前。却有僧人报知长老，长老同众僧各执兵器，扯了桌帏的旗号，簇拥着匡胤走出山门。到平阳之地，正见贼兵扎住阵脚。那宋金花一马当先，娇声喝道："马三铁！吾山寨上有甚亏负你处，你便与红脸贼通谋害我兄长？今日我亲自到此，快将红脸贼送出，与我兄长报仇，你死略可俄延；若道半个不字，叫你狗命立刻归阴，合寺僧人不留只影。"匡胤听了大怒，提刀出马，大骂："鸟婆娘！汝来送死，尚不自知；还敢鼓舌摇唇，做此伎俩？"宋金花抬头一看，见匡胤盔甲、刀、马都是兄长之物，不觉睹物伤情，两眼流泪，喝道："红脸贼！你害我兄长，又窃取了盔甲、刀、马，尚在此狐假虎威，岂不可羞？快通名来，好取你首级。"匡胤闻言，举眼重观，只见他：

　　　　烂银盔上双凤翅，白甲素袍彩战裙。
　　　　胸前宝镜光闪电，勒甲丝绦九股匀。
　　　　袋内弯弓犀角面，壶中箭插玉雕翎。
　　　　打将钢鞭鞍上挂，杀人宝剑鞘中存。
　　　　爱骑走阵玉雪马，三尖两刃手中擎。
　　　　杏脸桃腮生杀气，柳眉凤眼带凶形。

匡胤高声喝道："你要问我大名，我乃东京赵指挥老爷的公子，赵匡胤便是。你是何名，也快通来。"金花听了，心中倒有几分怯他，暗自想道："我闻他绰号叫'赵闯子'，惯要招灾惹祸，因杀了御乐，逃走在此。打遍关西，并无敌手，怪不得兄长三人都丧于此人之手。"遂开言道："赵匡胤，我乃桃花山大王的亲妹，紫霞洞老母的门人，宋金花便是。闻你在东京惹下大罪，逃到这里，应该隐姓埋名，改恶从善，才是正理。不道狼子野心，仍然行凶害命，不要走，吃我一刀！"

拍马举刀,往匡胤顶门上剁来。匡胤将刀往上架过,两个往来冲杀,大战在龙潭虎穴之中。真好厉害:

  一双男女相争战,两边僧俗助威风。一个三尖刀拦头便砍,一个九耳刀赴面相迎。刀去犹如一片雪,刀来好似一团冰。八只马蹄就地滚,四条膊臂定输赢。金花恨如切齿报兄仇,匡胤勇猛无穷怎惧怕。

  二人战到三十余合,不分胜败。金花料不能胜,心中暗想:"此人武艺高强,毫无破绽,须用法术方可胜他。"想定主意,遂将刀一晃,败下阵去。匡胤不知是计,喝声:"鸟婆娘,往那里走?"拍马随后追来。金花回头看见,心中暗喜,放下三尖刀,伸手往豹皮囊中取出一宝,名为烈火珠。口念真言,祭在空中,往匡胤顶门上打来。昙云长老见了大惊,高叫道:"公子,少要去追,邪术来了。"匡胤抬头一看,只见半空中一道红光落将下来,匡胤叫声"不好!"勒马要跑。不想宋金花用手一指,这颗珠随着匡胤顶上飞来。匡胤只觉得热气蒸人,眼花头晕,说声:"我命休矣!"双眉一紧,二目一合,急得顶门迸开,现出一条赤龙往上升腾,有万道毫光拥护。那珠方落下来,正遇火龙将爪抓住。长老看得分明,心中大喜,叫道:"公子休得害怕!这邪术已破了。"

  那金花听见,抬头一看,只见毫光万道,拥着一条赤龙在空中旋绕,那烈火珠影迹全无,心中焦闷,呆呆的只看天上。长老瞧见,动了杀戒,心中一想:"待我断送了这个贱婢的性命!"遂取出弓来,搭上了箭,大喝一声道:"宋金花,看我的连珠神箭!"一声响射将过去。金花微笑道:"老贼秃!你有连珠箭,难道我怕你不成?"乘着箭来,身子一些不动,把左眼一瞅,左边的箭堕地;右眼一瞅,右边的箭垂埃。长老见了,心中惊骇,道:"不道这女子倒会瞅箭法。我如今连发三枝,看他如何躲避?"遂又取出三枝箭来,先发二枝,金花仍把二目瞅落。长老忙把第三枝发去，宋金花不及提防，叫声"不好！"歪倒身躯，那枝箭唰的一声，打从肋下蹭将过去。这时匡胤原神归窍，勒马停刀，正在思想欲诛金花之策。却见他在那里遮挡连珠神箭，心中暗喜，此妇合该休矣！把马一磕，轻轻的盘到宋金花背后，举起了九耳八环刀，喝声："贱婢看刀！"金花只顾前面躲箭，那知背后刀来，一时措手不及，被匡胤一刀砍于马下。

众喽啰发声喊，正待逃走，却被众僧赶上前来，齐齐围住。长老道："徒弟们，不必坏他性命！待我发放于他。"遂提了禅杖，走至跟前，说道："尔等俱系各处饥民，无奈被贼所诱，做了无良。常言道：'树倒猢狲散。'今宋家弟兄俱已丧命，料尔等一身无主，四海无家。依我良言，可各回乡土，改邪归正，本分营生，与父母妻子团圆，岂不美哉？"喽啰听了，各各下马弃了刀枪，道："承蒙禅师劝化，我等皆愿听从。乞求保全蚁命，万世恩德！"长老道："我既劝你，焉有杀害之心？但汝等去后，幸勿再蹈故辙，方是正道。"即命众僧："放开一条大路，让他去罢！"众喽啰各自感激，齐齐磕头，谢了长老活命之恩。然后回到山中，将积贮的金银珠宝、细软物件等类均匀分了。放火烧了山寨，各自取了行李，分头回乡去了。正是：

片言点醒迷途客，一语参归正觉门。

却说昙云长老既放了喽啰，吩咐众僧把撇下的马匹、弃下的刀枪收进寺内；又将金花尸首扛去烧化。诸事已毕，那匡胤下马提刀，同长老进了山门，至禅堂坐下。长老即命僧人安排筵宴，庆贺成功，彼此欢饮，直至更深方才撤席安寝。

次日起来，早饭已过，二人正坐谈心。只见僧人慌慌忙忙跑进禅堂来报，说道："外边有一群乡人要见长老。"长老不知所以，同了匡胤齐至大殿上来。有分叫：草莽肃清，人民感德；英雄困顿，途路悲穷。正是：

> 普天尽为名和利，大地都归数与机。

毕竟来的何人？且看下回分解。

第二十二回

柴君贵穷途乞市　郭元帅剖志兴王

词曰：

　　晚云凝，晚云横，烟草茫茫云树平。杜鹃声，不堪听，别泪暗倾，良宵空月明。　　冰蚕丝断琅玕折，湘妃竹死青冥裂。短长亭，几千程。归计未成，愁随江水生。

右录刘伯温《旅怀》调《梅花引》

　　话说昙云长老与赵匡胤将桃花山贼人尽都剿绝，回至寺中，对坐谈心。忽见僧人进来报道："外有一群乡人要见长老。"长老便与匡胤一齐来至大殿，与众人相见。原来是桃花山的几个年高有德的百姓，见贼人都已死散殆尽，便将擂台上匡胤遗下的行李、鸾带、衣服等件，把来送至寺中。当时见了长老、匡胤，各各致谢道："多承公子与长老盛德，除了地方大害，重见清平；小的们特来拜谢，并送行李、衣服在此。"长老大喜，道："感蒙众位施主费心，请坐献茶。"因说道："这位公子，乃东京赵老爷的公子，名匡胤。与贫僧有通家之谊，为人专打不平，剪除强暴。如今桃花山的贼人既灭，撇下这许多牲口在此寺中，但此地并非养马之所，烦列位施主带回村庄。如有缺少耕牛之家，发他一头两匹，免得乡人劳苦，乃是众位施主作善之地。"

众人听了，一齐说道："长老既有慈悲之念，我等自当效力。"长老大喜，吩咐僧人把马匹尽都赶到桃花山去，只留下赤兔龙驹马赵公子骑坐。众僧奉命，随着众人，将马匹赶往桃花山去了。正是：

不顾肥身保后计，常思利物济人心。

匡胤在寺中又过了一宿，次日清晨，来别长老，就要动身。长老留定盘桓，又遇天色阴雨，路上难行，只得住下。终日与长老谈兵说法，论战言攻，彼此参互深机，追求妙理。因思"蛰龙"两字取得不妥，道："龙遇了蛰，难以兴旺。"与长老商议，将山门匾额改作"兴龙"两字。自此住在寺中，按下不提。

却说柴荣在招商店，自郑恩去后，病又复发，十分沉重，又兼无人服侍，汤药不调，因此卧床日久，奄奄一息。看看病有三月之外，柴荣命中该有百日之灾。那一日合当难星过度，灾去安来，适遇天时顿变，大雨倾盆，一声霹雳，把柴荣唬出一身臭汗。虽然七窍通快，内热消除，到底久病之人，身体软怯，怎经得大汗一出，元气不敷，竟自昏昏沉沉的睡在被里，就如死人的一动也不动。那店主人在外看见这大雷大雨，恐怕客房中漏湿，进来逐房照看。看到柴荣房内，只见炕头上点点滴滴的雨漏下来，叫声："柴客人醒来，你的铺盖儿多漏湿了。"连叫数声不见答应。走至跟前，用手推了两推，绝无动静。只得揭开被来一看——不看犹可，看了只唬得三魂失去，七魄无存。只见那柴荣仰面朝天，寂然不动，真似三分气断，一旦无常。那店主慌了，只叫声："苦也！柴客人，你坑杀我也！自你到店以来，病倒了三个月日，房钱并不与你算讨。那黑脸贼又私自逃去了，你死在此，叫我当灾。来往的客人，怕染恶病，多不上门，连鬼也没有影儿。害得我家中诸物当尽，还指望你病好离门，等我烧陌纸钱，送出了瘟神穷鬼，重整店门。谁知你一病命绝，叫我那里制办得棺木起？"

店主正在自言自语，无法支持，只见柴荣翻转身来，唬得往后乱退，满口只叫："有鬼，有鬼！"柴荣听了，渐渐开眼，见了店主，叫声："老店家，为何这等大惊小怪，只往后退？"店主听了柴荣声唤，又道："好像不曾死的。"把眼揉了两揉，说道："柴客人，你当真是人是鬼？老实说了，免得我惊怕。"柴荣道："我乃是人，你怎说是鬼？我方才出了些冷汗，病体大略有些好了。你休得这等惊恐！"店主听了这些说话，谅来未死，才得放心，叫道："柴祖宗！宁可好了罢，休要唬死了我。你要想什么汤水吃，待我整治取来？"柴荣道："承老店主美意，别的不想吃，只把米汤赐半碗。"店主出去，急忙端整一碗与柴荣饮了，服侍安睡。

　　此时天雨已住，店主出去料理店务。到了次日清晨，店主记着柴荣病体，走进里边，问长问短。那柴荣渐渐想起饮食来吃。店主经心用意，递饭送粥，随时服侍。约过了五六日，病体好了一半，看看的硬挣起来。强坐无聊，以口问心，暗想往事，道："我家祖传的推车贩伞，只因父在潼关漏税，被高小鹞拿住，乱箭射死。我欲报仇，怎奈官民不敌，贵贱难争！只好含忍饮恨而已。今又流落在外，小本经营，又亏赵公子众友意气相投，结为手足。岂知木铃关外，又与二弟相离。只剩下愚鲁郑恩，指望相为裨益；谁道将我资本食尽，弃我而逃。以此气成大病，缠了百日，才得轻安。欠下房钱，毫无抵还。如今病虽好了，只是腰下无钱，三餐茶饭，从何而至？可怜举目无亲，形影相吊。再住几日，店家打发出门，叫我何处栖身，将谁倚靠？作何事业以给终身？"左思右想，忽然忆着道："我有一个嫡亲姑母，现在禅州。闻得姑丈做了挂印总兵，执专阃外，甚是威雄，何不投奔那里安身立命？但是欠下房钱，店主怎肯放我起身？就使肯放之时，无奈盘费也无，如何去得？"正在两难之际，只见店主走将进来，叫一声："柴客人，你今日的容颜比昨日又好了许多，身子也渐渐轻强起来，应该出外经营，方好度日。"

柴荣听了，长叹一声，说道："老店主，小弟为此正在思想，所有些许资本，连货俱被那黑贼用尽，又已逃往他方，因此我气成此病。幸今灾退，又蒙老店主大行阴德，念我孤客，调养余生。欲待经营，又无资本，唯有一处可以去得，乃是一个姑娘，嫁在郑州。意欲投奔于他，又无盘费；更兼欠下老店主许多房钱，一时难以起身，因而无策可从，在此思想。"说罢，泪如雨下。

那店主听了此言，心下打算，巴不得送出瘟神，眼前讨个干净，就是舍了这三个月的房钱，譬如前日死了，也免不得买口棺木与他殡殓，还落下个野鬼在家，终日担惊受怕，就满口答应道："柴客人，郑州既有令亲，急须前去投奔才是。就是欠下的店账房钱，也是小事，待你日后得了好处，再来还我不迟。若是没有盘费，也还容易，待我出去对那旧日买伞的各铺店家，央他资助一二。他念昔日主顾，难道不肯不成？有了此项，便可起身了。"柴荣听了，满心欢喜，道："老店主所言极妙，只是又劳尊步，事属不当。"说罢，遂同店主出去。大凡交易过的铺家，店主善言相告，彼处各无吝色，一口应承，也有助一钱的，也有助五分的，共十余家，随多凑少，约有九钱余银拿回店来。柴荣方才心定，打点起身。那店主把行李收拾起来，款款的在旁催促。郑州本有一千余里，只说八百里程途，巴不得早早出行，才得了账。柴荣叫声："老店主！小弟在此，多蒙厚情，此去略有好日，补报大德。"说罢，别了店家，离了泌州，望郑州大路而行。

此时正当早寒时候，一路上但见：浮阳减青晖，寒禽叫悲壑。晋时夏侯湛曾有一谣，单道寒时行路之苦，云：

> 唯立冬之初夜，天惨懔以降寒。霜皑皑以被庭，冰泠泠于井干。草槭槭以疏黄，木萧萧以零残。松陨叶于翠条，竹摧柯于绿竿。

柴荣在路行程，将有十日之外，把九钱余的银子用得罄尽。无计可施，只得又把行李变卖了几钱银子，苦苦费用。又行了几日，不见到来，心内闷恼，遂问土人道："此处可是往禅州的去路么？"土人答道："正是。"又道："还有多少路程？"土人道："早哩！还有七百里程途，方是禅州界上。"柴荣听了，顿口无言，心中思想："路程尚有大半，盘缠用尽无余，如何行得到彼？"身上又是单薄，腹中更且空虚。饥寒兼受，困苦难言，没奈何，只得沿门求乞。遇着村市店房，不惜体面的上前乞食。可怜把那剩饭残羹，当作美味时食。正是：

洪运未通，暂为乞食。
昔年子胥，匍匐沿门。

在路之间，约又十数日，方到禅州，才把忧闷之心放下一半。细细打听，果然是姑丈郭威做了此处元帅。闻了此信，十分欢喜，迈步进城，到十字街上，逢人就问的来至帅府辕门。早见那两边巡捕官员、巡风军卒，一个个身强体大、面目凶横，见了柴荣身上褴褛，一齐高声喝道："你这乞丐的死囚！这里是什么去处，你敢探头探脑，大胆胡行，想你有些不耐烦，要讨几记棒吃么？"柴荣见势头不好，怎敢分说，只得诺诺而退，半晌做声不得，心下想道："我千乡万水，讨饭寻茶来到此处，岂是容易？实指望投奔姑娘，得见一面，倘肯相留，便好立业。谁知帅府规模这等威恐！他既不肯放我进去，且往衙门后面去看，若有后路，便好进府。"想定主意，顺着右边而走。

不多时，忽见有座后门紧紧闭着，两边也有四个小军把守巡逻，柴荣看了，心中害怕。正在无措，忽听得里边有人高叫开门，那军校忙把门儿开了。只见里边走出两个丫鬟来，叫道："军校，我奉太太之命，有三两银子在此，叫你送到万佛观中，交与当家的老师太，明日初一，要在佛前供养、顶礼宝签的。快去快来，立等回话。"两个军校接了银子，如飞的去了，剩下两个军校在此守门。柴荣道："我既到此，趁他有人出来，何不上前问他一声？虽着他一顿打，也强如饿死在此。"立定主意，连忙紧步走上前，叫一声："姑娘！烦你通报一声，有个柴荣在此探望。"军校听了那肯容情，大喝道："你这囚徒！这里是什么所在，你敢大胆前来求乞？"举起了棍儿，就要打来，唬得柴荣无处躲闪。那里边的丫鬟连忙喝道："你等休便动手，且问他一个明白，然后定夺。"军校听了住手。那丫鬟问道："你是那里人氏？从何处而来？到此找寻何人？你须细细直说，我便与你做主。"柴荣便说道："我姓柴名荣，表字君贵，祖贯徽州人氏。一向推车贩伞，流落他乡，不幸本钱消折，无计营生，因此不辞千里，特来投奔姑娘，万望通报一声！"那丫鬟道："原来你就是柴大官人，我太太常常思想，不能见面。今日天遣相逢，来得凑巧。你且在此权等一回，我与你通报。"说罢，转身进去。

那两个军校见他是元帅的内侄，虽然身上不堪，那里还敢拦阻。不多时，只见起先的两个丫鬟走将出来，笑容可掬，叫道："柴大官人，太太传你进去相见。"柴荣听了满心欢喜，跟了丫鬟，转弯抹角来到后堂。丫头上前禀道："柴大官人到了。"夫人听说，往下一看，见的衣衫褴褛、垢面蓬头、肌瘦背佝，好似养济院内丐者一般。细看形容，依稀却还认得，便问道："你果然是我的侄儿么？"柴荣道："侄儿焉敢冒认？"夫人道："你果是我的侄儿，可不苦杀我也！你父亲今在那里，做甚生涯？为甚你孤身到此，这般形容？可细细说与我知道。"柴荣双膝跪下，两泪交流，叫声："姑母大人，一言难尽！自从姑母分别以来，至今一十二年，父亲在外贩伞营生，权为糊口。只因在潼关漏了税，被高总兵捉住，乱箭射死，言之痛心。致使侄儿一身孤苦，茕孑无依。不得已，仍将父业营身，流落江湖已经八载，历尽了万苦千辛。不幸在泌州得病，延了三月，因而盘缠费尽，资本一空，无所聊生，特到姑母这里寻些事业。又打听得姑爹做了此处总兵，帅府威严不敢擅入，因此只从后门，遇着了这位姐姐。蒙他引见，真乃天假之缘，不胜欣幸。"

那夫人听了此言，不觉下泪，说道："自从你姑夫那年接我到此，与你父亲分别之后，我几次差人打听消息，多说你父亲身安家盛，谁知已作异乡之鬼。待我与你姑爹说知，务必提兵前去与你父亲报仇。但你姑爹生性好高，最爱的是秀丽人才，今日欲叫你就去见他，恐你容貌不堪，未免有轻慢之意。如今且未可相见，我后边有三间佛堂，倒也幽僻，你姑爹从不至此，你可在内安身，将养几月，待等容貌光彩，然后见他。"说罢，就命丫鬟送至佛堂。又吩咐在内丫鬟及使用人等不许多言，说与老爷知道。众人各各依从。

当时柴荣来至佛堂。原来这佛堂平列三间，中间供着观音大士，乃是金装成的尺余法身，庄严色相，摆列香几，供设灯烛。两边俱是书房，极其洁净，真是幽闲趣致，尘俗消除。柴荣进内，顿觉清爽异常，心怀坦荡。须臾小厮送将一盆热水出来，还有一套新鲜衣服。柴荣就在书房沐浴了身体，梳发戴巾，换上新衣。随后送进酒饭，甚是丰盛。又有小使两边服侍，听从使唤，这回比前便大不相同。正是：

> 饔飧和羹味，寝眠锦绣重。
> 从今鸿运至，平步上穹隆。

自此以后，柴荣在佛堂居住，要汤则汤，要水则水，每日安闲快乐，毫无烦闷忧愁。自古道心广体胖，不上一月的将养，把那肌黄肤瘦形容，竟换了一副润泽光华体貌。那一日夫人来到佛堂，见了柴荣，不胜欢喜，道："侄儿，你如今可去见得姑丈了！"遂吩咐小厮，去后槽端整一匹齐整的骏马，又叫内班院子，到外边暗暗的雇了一个跟随。重新换了一身华丽衣服，从后门出来上马，仆从跟随，往别处抄至辕门之前。柴荣策马扬鞭，高声叫道："门上的官儿，快些通报！说有内亲柴大官人到了。"那些军校见了柴荣，身披锦绣，跨坐雕鞍，如王孙公子的模样，口中又称是内亲，也不敢轻觑，也不敢喝骂——他那里知是个前日到过、曾被骂退的人。正是：

  世态惟趋豪富贵，人情只附掌威权。

  当下军校见了，一个个堆下笑脸，说道："尊驾既是内亲，权请少待，容当通报过了，自然相见。"那巡捕官急忙进了帅府，报与郭威道："外面有一位公子，口称内亲，要见元帅，专候严命。"郭威听报，即传命："请来相见！"巡捕官奉命，连忙奔至辕门，道："柴大官人，我家老爷有请！"柴荣即时下马，跟了巡捕官，踱进帅府。至堂上，只见郭威高高坐起，甚是威严。柴荣朝上鞠躬施礼，双膝跪下，口称："姑爹大人在上，小侄柴荣不远千里而来，特叩尊座！"郭威听言，把双目往下一看，见柴荣生来福相，楚楚人才，心中大加欢喜。即便欠身离座，用手搀扶，叫声："贤侄！你远路风霜，休得拘礼。你的姑娘终朝想望，时刻挂怀，幸喜今日到此，堪称素愿。可随我后堂见你姑母，以叙骨肉之情。"说罢，携手而行，来至后堂，拜见夫人。

  那夫人看见，假意问道："这是何处来的外客？直引到内堂来却是何故？"郭威道："夫人，这是你骨肉之亲，君贵贤侄。你日常想念，今日见面，怎么不认得了？"夫人道："这就是我的侄儿柴荣么？想杀了姑娘也！"说罢，抱头大哭。柴荣拭泪施礼，就坐于旁。茶罢，夫人故意动问家中事体。柴荣把那父亲遭戮之事，从头至尾说了一遍。夫人心伤悲戚，哽咽不止。郭威在旁相劝道："夫人不必悲伤！待下官事机得便，领兵杀上潼关，拿住此贼与舅报仇便了。"后来赵匡胤兵上潼关，逼取高行周首级，正为此事而起。这是后话，按下不提。

  当下郭威吩咐备酒，与柴荣接风。至亲三人，依礼而坐，传杯递盏，欢饮闲谈。郭威举杯在手，谓柴荣道："贤侄，你一向在外，可知近日朝内事情兴废如何？各处民风可好？"柴荣道："小侄近来相闻，纷纷传说，新主登基以来，贪色好酒，终日与粉黛娇娥百般取乐。辄兴土木，不理朝纲，以此民情大不能堪，四方干戈并起，只怕大汉的天下，难保安享，眼前必生事变，祸乱立至矣！"郭威听了，把酒杯放下，道："贤侄，想当初刘知远与我同在东岳总兵麾下，建了许多功绩。后来晋祚倾亡，他便自立为君，封我外镇。老夫心实不忿，常怀袭取之意，怎奈没有机会，隐忍于心。幸今匹夫丧命，竖子荒淫，务要夺取刘家天下，吾愿毕矣。但今半年前，有个相士名叫苗光义，在此经过。老夫闻他阴阳有准，因而请他相我，他言有一朝天子之分，只待雀儿得了饱食，方能遂其大志。"柴荣就问道："这雀儿之言是何解说？"郭威道："贤侄却也未知。老夫左膀，天生的一个肉瘤，如雀儿形状，右膀上也有一个肉瘤，似谷稔一般，因此人人都称我为'郭雀儿'。那苗光义说，雀儿若能飞上谷稔，方是我兴腾发迹之时。老夫思想，左右生成，相离五寸有余，焉能飞得过去？以此难遂其心，终日坐怀妄想。"柴荣听了此言，暗自忖思，一时起了许多妙想。有分叫：暗动机关，提起兴王之志；明承襄赞，助成建业之功。正是：

　　运至言言成妙解，时来款款见征符。

毕竟柴荣想甚念头？当看下回便见。

第二十三回

太祖尝桃降舅母　杜公抹谷逢外甥

诗曰：

　　远游留滞寺禅间，言别依依古道趱。
　　方物果堪观朵颐，奇馐亦可进盘飧。
　　岩岩气象高千古，烈烈肝肠耀万年。
　　任是党姻尊长者，锋芒到处不相谦。

　　话说柴荣在帅府内堂，与姑丈、姑娘至亲三口开怀畅饮，酒席之间，郭威将平日想望之心，尽情剖露，刻欲成基立业，定霸兴王，正打着柴荣心事。当时听了郭威这番言语，不觉暗自思忖道："我姑爹既有吊伐之心，何不乘机撺掇，建立根基，以成大事？况姑爹年已高大，膝下无嗣，日后大位，终属于我。我当以言探之，便见分晓。"想定主意，开言问道："姑爹既有贵相，具此异物，小侄不揣亵尊，思欲一观，不知可否？"此时郭威已带三分酒兴，听了此言，不禁掀髯大笑道："贤侄既要相观，待俺脱去袍服，与你一瞧，有何不可？若得雀儿果能牵入谷稔，便是我称王道寡之时，定当封你为守阙太子，以续鸿基。"柴荣听言，满心暗喜，急忙离席谢恩。郭威大喜，遂命小厮撤去筵席，叫过两个丫鬟宽去袍服，除下里衣，将两边膀臂露出。

柴荣上前定睛一看，果然生就的奇形，天然妙相。只见左右肉瘤，相离五寸有余，似两峰对峙，等待相连的一般。因思："我姑丈是个爱奉承的，方才我谢得一声，他就欢喜个不了。如今我索性赞扬一回，看他怎地？"于是一只手按住了左膀的雀儿，一只手按住了右膀的谷穗，两边一齐挤动起来，不知不觉，把个雀儿款款的挤到谷穗里了。柴荣高声叫道："姑丈大人！今日雀儿到了谷穗里了。"看官：那柴荣本是金口玉言，况又福至心灵，便有符验。这句话不打紧，早惊动了虚空过往神祇，大显神通，往膀上吹了一口气，把这雀儿挪在谷穗里，紧紧相连，分离不得。这也是天数当然，该应郭威兴发之时，故而相凑。

当时郭威听了此言，知是哄他，叫声："贤侄，你用手挤在一处，自然相连；你若放手之时，难道牵着不成？"柴荣把手撒开，谁知这雀儿竟在谷穗里边，动也不动，宛是造物生成，移挪不出。柴荣看了，反觉痴呆半晌，暗想："方才相离有五寸余远，怎么如今当真的相连一处？"也便发急起来，叫道："姑母！请将过来一看，这雀儿果然连在一处，非是小侄虚言撒谎。"柴氏夫人听说，走到跟前仔细一看，果见相连，分毫不爽，叫道："老爷，侄儿的言语当真是实，如果不信，可取着衣镜过来照看，便见端的。"郭威遂命两个丫鬟，抬过那座着衣镜来，摆在中间，自己执了一面雪亮的菱花手镜，对着了背后的着衣镜，前后照了，看得分明，果然两物牵连，一些不错，不觉的手舞足蹈，哈哈大笑道："妙哉！妙哉！今日方遂吾愿，此乃贤侄之福，为我庇佑也！"说罢，遂命丫鬟抬过了着衣镜，重摆宴席，再叙衷谈。各各欢欣，直至更深而罢，彼此安宿一宵。正是：

从前无限忧虑事，今日翻成欢喜心。

次日郭威升堂，受了手下将弁参见，就封柴荣为帐下参军，运筹帷幄。因谓之道:"本帅谨奉王命,职守此关,每患兵微将寡,难挡要冲。今日特命贤侄此职,各往各门建立旗号,招军买马,以备操选。此系为国大事,吾侄幸勿有误。"看官:此是郭威当众而言,不好直抒心事,故而假公济私,以掩众口。他便暗中培养,待时而行。

当下柴荣领命拜谢,挂了参军印,出了帅府,就往四门各立旗旌,招军买马,挑选英雄。果然四方英俊,如云集而来,备载军籍,等候操演。有诗为证:

衔命初将幕府开,壮夫勇士望风来。
当时只道忠王事,捍蔽谁知放伐怀。

不说柴荣招军买马,暗图大事。且说赵匡胤在兴龙寺中住了一月有余,这日便欲辞别西行。长老苦留不住,只得备酒饯行。宾主饮毕,匡胤扣备鞍马,捎上盔甲、行李、包裹、军器等项,周身打点,神煞棒系在腰中,出了山门,将身上马。长老带了众僧,一齐相送,直至三岔路口各各珍重而别。

此时正当初冬时候,天气将寒,一路上策马加鞭,驰驱道左。正在心烦意乱,蓦地抬头,忽见路旁有座花园。那园内更无别样树木,只有数十株桃树,稀疏布种,株株树上挂着数十个碗口大小的鲜桃,生得红白相匀,滋润可爱,心下甚是稀罕,想道:"此时已是冬季,怎的这树上还有鲜桃?不知他用甚法儿留养至今?还是风土所产,有此种类?"心下正然羡慕,口中流涎起来,不知不觉,顺着马儿进了花园。到那桃树之下,弃镫拴马,不管他有人没人,将手一探,摘下一颗红桃,咬上一口,又香又甜,水浆满口,美好异常。原来这桃名为"雪桃",三月开花结实,培养至冬而食,遇了雪花飘洒,分外娇艳。真个观之有余,食之可口,种类异奇,闻于天下。直至后来金人生乱入寇,到陕西地界戕害人民,蹂躏土地;破城之后,玉石俱焚,因而此桃遂绝，亦甚惜哉！

当时匡胤把这雪桃缓缓的吃了下肚，觉得心爽神通，遍体畅快。一之未甚，思欲再焉！遂又摘下一个把来吃了，心甚欢畅，因又想道："园内虽是无人，再无白吃之理！况他劳心劳力，经多日月，博得成功。我若不给他钱，于心何安？谅这桃子该值十文钱一个，也须与他。"遂向腰间取了二十文钱钞，用一根草儿穿了，把来挂在树上。又思想道："我索性再摘两个，带在前途解闷消遣，有何不妙？"复又留下二十文钱，伸手去摘桃子。才得取下，只见门里边走出一个看桃的丫鬟，见了有人偷桃，不敢声张，侧身望内就走，报与家主知道。

那家主也是个女中豪杰，门内英雄，年纪有三十以外，生来力大无穷，性如烈火，凭你赴汤蹈火，也都不怕。只是相貌丑陋，粗蠢不堪，因此众人称他一个雅号，叫做"母夜叉"。当时正在房中闲坐，只见丫鬟进来报道："园内有贼偷桃！"登时发怒，急忙提了两根生铁棒锤，飞跑的奔至园中，正见匡胤把雪桃揣在怀中。母夜叉大喝一声，道："那里来的贼囚？敢在这里大胆偷桃！与我快些拿住？"那后面就有跟随的数十个丫鬟，便立定了脚，一齐发喊，却不敢上前。匡胤正要上马出门，忽听有人喊喝之声，遂回头仔细一看，见那当前有个凶狠的妇人，生来觉得异样。但见：

　　两鬓蓬松，发梳三绺；双眉帚簇，目射重光。黑煨煨面肉横生，香粉搽匀，好似乌云罩雪；红闪闪口宽颐阔，黄牙遍满，有如血洞栽金。玄色衫卷袖施威，毫无窈窕；绿绫裙迎风招展，纯是凶顽。排开七寸金莲，执定两般兵器。

匡胤看了，满面赔笑，口称："大嫂！休便出言，俺非白吃你的，何必动怒？"母夜叉喝道："你这红脸贼囚！这里无人在此，你便大胆偷桃，怎么还说不曾白吃？"匡胤道："大嫂，休要错怪于我！俺乃远方过客，在此经由，因见宝园中的鲜桃结得可爱，心实羡慕，不顾无人,粗心造次,一时闯进园来,吃了几个,于理原属不该;因思再无白吃之理,已将钱钞给还,现今挂在树上,请自观看,便知真实。若是嫌少,我当加倍奉还,何用这般动气?"

母夜叉听了,粗眉直竖,怪眼圆睁,喝道:"贼囚!你说这些混话,还在梦里哩。你道这是民间园囿,敢自这等大胆。这是进上的雪桃,土产方物,谁敢妄动!若有人左手摘桃,便刷左手,右手摘桃,便刷右手。若吃了一个,就要敲牙击齿。莫说有钱给还,凭你千百贯金钱,总也不算。"口里说着,身便赶上前去,照顶门便是一锤,匡胤侧身躲过。那母夜叉又是一锤,匡胤又复躲过,叫声:"大嫂!古语道'不知不罪',又道'既往不咎'。俺虽一时不是,已自认其过,你便这等认真,却要怎的?"那母夜叉大恼道:"你私偷禁物,已得大罪;还敢多言,累着老娘受气!"抡动了铁锤,没头乱打。匡胤亦是大怒,乘着一锤打来,将身一闪,趁势把脚一扫,早将母夜叉翻倒在地。匡胤一脚踏住,伸手攀了一根桃条,连头带脸乱抽乱打。只打得母夜叉喊叫如雷,吼声不止。匡胤喝道:"泼婆娘!你还敢欺客么?"母夜叉道:"你这红脸贼囚!偷了桃子,反是行凶;今日就打死老娘,断然不输口气。"匡胤听了,更加大怒,提起了桃条又是一顿狠抽毒打。母夜叉便熬当不起,只得哀告道:"红脸好汉,饶了我罢!任你摘桃去吃。"匡胤哈哈大笑道:"你这泼妇,既是告饶,俺便放你;后次再若欺生,定当打死。"说罢,喝声:"起去!"母夜叉爬将起来,披头散发,眼肿鼻歪,倒拖着鞋儿,手压裙裤,两个丫鬟搀了便走。回至里边,拍案打凳,号啕大哭了一回。这正是:

  烦恼不寻人,自去寻烦恼。

且说匡胤放起了母夜叉,将怀中的两个雪桃藏好,上马出了园门,望前行走。约过二里之程,又见路旁有一座界牌,上面写着"千家店"三个大字。匹马进了界牌，行到招商酒店门前，即时下马进店，把马与包袱交与了店小二，自己提刀，拣了一间洁净房头。那店小二把马牵去喂料，将这行李包裹送进房来。须臾摆上酒饭，匡胤用毕，适值店主进来叙谈，匡胤遂问："店主尊姓？"店主道："小老姓王，单生一子。这店业是祖遗的，靠着神天，倒也兴旺。"

正说之间，只见小二慌忙进来，叫道："当家的，明日乃是十月十五日，正该太岁下山。方才喽啰传说，叫我们把谷子量下三十石，预备上纳。大王明日到来，务要正身抹谷，不许雇名顶替。若不遵令，声言罪责。当家的可作速主意。"那店主听罢，只急得搓手掷脚，咿牙嗟叹。匡胤见了，不知就里，即便问道："老店东，方才小二说的这话，在下实不明白，不知那里的太岁，何处的大王，要这三十石谷子做甚使用？如何叫做正身抹谷？怎么不许顶替代名？望老店主说与我知。"店主道："客官有所不知：这里二十余里有一座山，名叫太行山，山上有二位大王，一个叫做'成山寨尊'，一个叫做'巡山太保'，哨下五千人马，极是虎踞一方。新近又来了一位，叫做'抹谷大王'，坐了第三把交椅。"匡胤道："这个名儿，倒也称得稀罕！"店主道："说起来真是稀罕！此人生来好吃狗肉，整治得五味调和，薰香可口。自从他上山入伙，便定下了这个号令，每逢初一、十五两期，煮就了狗肉，叫那喽啰抬到村庄镇店，轮流抹谷：分上中下三等，挨门逐户都叫出来，就把这五味薰香的狗肉，在那嘴口上揩抹闻香。可怜没有到嘴下喉，反要献纳谷米。上户的抹一抹，要纳谷三十石；中户的抹一抹，要纳谷二十石；下户的抹一抹，要纳谷十石。送到山寨，养膳这些人马，所以叫做'抹谷大王'。这是他新来创立的规模，谁敢与他违拗？明日是十五之期，轮着我们千家店来了，故此预先吩咐。小老因而忧虑，难以应名，如何是好？"

匡胤听罢，大笑道："原来有这许多缘故。老店主且免踌躇，他若明日抹到这里，待在下出去替你顶名抹抹，也使我见见那位大王，识识这个规矩。"店主连忙摇手道:"这使不得!大王的号令,言出如山,好不严禁,怎敢顶名,致生事变?"匡胤道:"不妨!他的号令不过虚张声势,焉能逐家的辨别真假,识认是非?老店主不必犹疑,在下绝不误事。"那店家见匡胤决意要去,料难阻挡,只得说道:"既客官要去,必须小心在意,方无他患。但你我亦须认个亲戚,才好顶名。"匡胤思想道:"也罢,只说我是你的舅舅便了。"店主道:"不妙,不妙!小老偌大年纪,怎得有这个后生舅舅?若使大王识破,却不要动干戈么!"店小二道:"当家的,原来你是个执滞不通的。这位客官既肯替你顶名,那里在于老幼;明日见了大王,只说是这位舅舅是外婆老来生的,却不是好?"三人一齐大笑。正是:

　　暗将机阱分排定,等待豺狼逐群来。

当下三人说笑了一回,不觉已是黄昏时候,那店主与小二各各告辞出去。匡胤铺开行李,安宿一宵。

　　次日起来,早饭已毕,店主进来,再三叮嘱,无非要他小心谨慎,不得生事之意。正在言语,只听得外面轰轰涌涌,动地惊天,连声高叫道:"大王爷到了,店主出来抹谷。"那店小二飞跑进来,陪了匡胤走出门来。只见那大王骑在马上,众喽啰两旁簇拥;马前喽啰捧着朱红食盒,都是狐假虎威,唬叱小民。匡胤举目细看那大王,果是好条大汉,结束威严。怎见得:

　　　　头戴素缎扎巾,身着紫罗箭服。腰系鸾带,足踏乌靴。浓眉目朗如星,高鼻面圆似月。长髯飘拂,身体高强。错疑天将降凡尘,却是山王离哨寨。

匡胤见了,心虽喝彩,貌若不知。

　　众喽啰高声叫道:"那个红脸大汉,还不过来跪着!连大王爷也不认得了么?"匡胤并不答应。又有几个说道:"这定是个青盲眼聋耳朵的，不要理他，且叫老王出来便了。"遂一齐高叫道："王店官，大王到了！快些出来抹谷。"那大王听见此话，一马当先，见了匡胤，便问喽啰道："这就是开店的老王么？"喽啰答道："这个不是，想是替老王顶名的。"大王闻言大怒，喝声："胡说！我昨日已曾吩咐过的，只要正身，不许替代。为何不遵吾令？快叫正身出来说话。"小二连忙跪下，禀道："小的们当家的老王，身子得了瘫疾，不能起来，所以叫他舅舅在此顶替抹谷，好待交粮。完了今日一限，下期再叫正身出来遵令。望大王开恩！"那大王道："既然老王有病，快叫他的舅舅上来。"那众喽啰一齐叫道："老王的舅舅，大王叫你上来抹谷。"匡胤道："你们若不要抹谷，我便下去；既要抹谷，快拿上来我抹。"那大王听了，即命喽啰把朱红漆的食盒揭开了盖，提出那狗肉腿子，拿到匡胤跟前，叫道："老王的舅舅，这是法制的五香狗肉，抹一抹，消灾降福，抹两抹，祛病延年。天幸的命该造化，遇着今日受享，你可快些儿抹。"匡胤接过手来，就是一口，做几气一连吃个干净。那喽啰一齐乱嚷道："啊哟！谁叫你当真吃起来？这是规矩，抹了一抹，纳谷三十石；若是吃了一口，就要六十石了。你今把这腿狗肉吃尽了，不是替老王顶名，竟是替老王作家了。"匡胤道："你们这般小人，忒也量浅！我虽吃了这些，难道白吃了不成？常言道，'卖饭人不怕大肚汉'，你既有心抹谷，只拣好的拿来，我老爷吃得快活，莫说六十石，就是六千石，只管跟我前去取便了，何必这般着急？"

那大王在马上听了这些说话，又见匡胤身材雄壮，相貌不凡，量是难缠，想道："破着两腿狗肉着他吃了，只与老王算账便了。"遂叫喽啰道："此人既说大话，只管拿与他吃。我自与老王算账。"喽啰答应一声，遂把前腿、后腿并蜜罐儿，一齐递与匡胤，道："老王的舅舅，你说要吃的快活，大王特地叫我拿来与你吃了，好去量谷。"匡胤见了大喜，拿起前腿，撕做几块，把来吃了，果然滋味调和，香美可口。又把后腿、蜜罐儿一并吃了。心里只要寻他晦气，口里只嚷：

"不够，不够！你等把这食盒拿过来，我还要吃个尽兴。"喽啰不知好歹，就把食盒捧到跟前。匡胤瞧了一瞧，那盒里还有一块后座儿，说道："你们忒也欺心，放着好的不与我吃，看你怎样与我算账？"就有一个喽啰，伸手把后座儿拿将起来，指望递与匡胤；不想匡胤正要寻他短处，故意把手一松，将那后座儿掉在袍服之上，登时皱眉咬牙，大喝道："你这狗男女！为何污了我衣服？"站将起来，一掌过处，把那喽啰打倒在地。

那大王见了大怒，喝声："红脸贼！焉敢打吾手下儿郎？"即便揎拳捋袖，跳下马来，赶至跟前，照匡胤脸上就是一拳。匡胤把头一低，用左手架过，也就还了一拳，大王也便躲过。匡胤暗想道："这强盗原来是个会家，少不得与他比拼三合。"喝声："狗贼！你使手递脚，想必也会几着武艺；我今让你先走三个趟头，俺便与你见个高下。"那大王笑道："红脸贼！我听你说话倒也通明；想你也曾受过传授，既然不敢争先，且看老爷先走三趟。"说罢，跳在当场，先打了一个飞脚，然后丢开架势，使动起来，真的好路拳法。有诗为证：

  自幼学成五脚操，长拳短打逞英豪。
  先开一路四平架，后使翻身出洞蛟。

当下大王走了三趟，拉了三个架势，丁字脚儿立着，叫声："红脸的贼！你有本事，敢与我比试一会，看是谁输谁胜？"匡胤听了，走过那边，对面站住，先把两腿弯了一弯，踢一个双龙飞脚，离地就有八尺多高；然后拉开架式，踊跃腾挪，更觉武艺高强，比前大别。有诗为证：

  太祖神拳出少林，全凭本领定乾坤。
  发扬蹈厉师先哲，永奠华夷四百春。

匡胤也走了三趟，使了三个架势，叫声："狗贼！凭你有甚本事，只管使来；我老爷誓必把你踏成泥土，决不甘休。"

那大王大怒，先把左拳一伸，搭着了右手，斜行拗步，抢将进来，左脚一跺，就把右脚望着匡胤面门便踢。匡胤侧身闪过，顺势一晃，脚面上着了一掌。那大王见输了一掌，就把架势改过，收回飞脚，换了长腿，先使个泰山压顶。匡胤又复闪过，大王又使个饿虎扑食，夜叉探海。这两个架势多被匡胤躲过，那大王即便一拳一拳的乱打，一脚一脚的乱踢。匡胤乘他胡乱无纪，遂便使开架势，搭上手便打。彼此正在交锋之际，只听得一声响处，两个里却已倒了一个。只因这遭相斗，有分叫：觌面未辨亲疏，势难两立；追迹才分黑白，情派一支。正是：

尽道容情不举手，果然举手不容情。

不知胜负何如？且看下回分解。

第二十四回

赤须龙义靖村坊　母夜叉计和甥舅

词曰：

　　英风四被，谁来劲敌堪称技。羡君谈笑锄强义。安境良深，扫尽烽烟地。　　孤踪无托今已矣，无情欣遇周亲谊。盘桓共叹相须异。骨肉周旋，何限殷勤意。

右调《醉落魄》

话说抹谷大王自恃拳高力勇，先使了三个架势，然后叫匡胤使过了架势。彼时交手便打，将平生学的妙技，尽数使出，意在必赢，不道都被匡胤闪过。那时心下却慌，拳法错乱，胡意的乱踢乱打，勉强支持。匡胤趁他胡乱无纪，伸手把他左脚接住，往后一推，就把那大王仰面朝天，跌在地下。匡胤就像桃园里打母夜叉一般，赶上前去，用脚踏住胸膛，举起拳头望着鼻梁上就是一拳。又把那大王周身痛打，恣意奉承。但见他一起一落，就如捣蒜一般，只打的大王哎声不止。那些喽啰又是惧怕匡胤力大高强，谁敢上前解救？

这千家店上的居民百姓，都是立在一旁干瞧，也不上前解劝。内中却有几个老者，恐怕打出祸来，慌忙挺身而出，分开众人，一齐上前把匡胤抱住，说道："汉子住手！这是我们地方上的寨尊，你行粗鲁不打紧，只怕要移祸于我等。那时大王一怒，我们百姓怎禁得起？还要你忍耐三分，才是保命全生的正理。"匡胤听了这话，只得把手住了，喝一声："狗贼奴！俺本待把你打死，且看众人之面在此讨饶，放你去罢！"那大王爬起身来，得了性命，不顾鼻青眼肿，跨上了马，也不去别处抹谷，带了喽啰，飞跑的回山去了。正是：

  顷将斩将搴旗志，顿作追奔逐北形。

  当下匡胤见大王去了，哈哈笑道："这等狗贼，亏他自称什么大王！一些本领也无，还在人前夸口，卖弄精神。"那些百姓一齐埋怨道："这多是老王不是，自己不出来抹谷，偏着这后生舅舅出来招灾惹祸。大王此去，决往山寨里调兵，此祸非小，我们怎好？"匡胤道："列位不必埋怨，休要吃惊；我一身做事一身当，既有本事打了这强徒，那里等得他去调兵！俺今就到他的巢穴，务要刀刀斩尽，剑剑诛灭，索性与你们除了大害，显一显我素性雄心。若使有头无尾，移祸别人，非大丈夫之所为也。"说罢，气冲牛斗，拔步欲行。

  内中便有一个多嘴的说道："好汉且慢！你既要寻他，何必远去？这大王的家里，现在我们村西居住，相去半里之间。只因他家用的是朱红油漆门，极是高大。他家里有老母、妻子，上下多人。若肯寻到他家里了事，才算你是个真正好汉。"匡胤听说，那肯停留，叫道："列位，你等各干其事，不必顾我。俺须好歹寻到他家里，斩草除根，不留分寸。"说罢，往前便走。那些老者叫道："好汉，莫要性急！那大王的妻子也是强狠异常、不避水火的人；你此去枉送性命无益，不如不去了罢。"匡胤只做不闻，飞步往西而走。约有半里，果见路北里有座高大房子，那朱红门楣极其轩昂，如衙门相似，却又紧闭无人。

  匡胤走上前去，把门敲击，不见有人出来。心中怒起，把双拳在门上如擂鼓般狠敲,略停一回,只听得里面有脚步之声,隔着门问道:"是那个扣门?"匡胤在外,怒声答道:"我姓闯名祸,东京下来的,特要寻那欺善怕恶的狗贼,与他算账!"只听得一声响,便把两扇大门开了,门里立着一个白发婆婆,见了匡胤,定着双睛把周身上下不住的看,叫道:"君子,你敢是吃了酒来的么?"匡胤道:"清清白白,又不去掳掠良民,那里有得酒吃?"婆婆道:"既未吃酒,为何君子的面目如此般红?"匡胤道:"我本生来面色,与酒何干?"那婆婆好言相问,见了如此回答,又是怒目睁睛,这等凶势,心下摸不着路,不知所以,只得又问道:"君子,你既从东京而来,有一个像你红面的人,名叫香孩儿,你可曾会过他否?"匡胤听了,大喝一声:"老乞婆!你怎敢犯名乱叫,无礼于人?"那婆婆被这一声,只唬得战战兢兢不敢作声,心下暗想:"他怪我犯名乱叫,莫非就是我的外孙么?"偷眼再看,依稀相像,只得大着胆,不顾呼喝,走近身来,拽住了匡胤袍服,叫声:"我的亲外孙儿!你莫把我看是别人,你的杜氏亲娘便是我的女儿,我便是你指挥爹爹的岳母。你是生在夹马营中,乳名叫香孩儿。自从那年与你母亲相别之后,你还七岁,至今十余年,杳无音信。不想你今日到此,未知有何缘故?你可诉与我知,休要隐瞒。"

匡胤听了,暗暗吃惊:"我本找寻强贼而来,怎么走到姥姥家里?莫不一时性急,走错路头?但此亲情未知真假,我须细细盘他,便知分晓。"开言问道:"老人家,你既自认亲情,可知我母亲年庚几何?生来容颜怎样?道得一字不差,我便认你姥姥。若有半字支吾,休怪吾直性吵闹。"那婆婆听了,大笑道:"你这小闯子,倒要盘起吾来。我若不与你说明,只道我果是冒认。我且说与你听:你的母亲是辛酉年八月十五日子时生的,目今年交五十二岁,身长只得四尺九寸,生得凤目柳眉,端庄稳重。这便是的确的明证,你去细想,可对也不对?汝若再有疑心,我再把你父亲庚年相貌也便与你表明,你须信服,没得说话。"匡胤听得一字不差,量来是实,连忙跪下道:"姥姥,你果然是我的外祖母,我便是香孩儿赵匡胤。只因在汴梁闯了大祸，逃至关西，正在无处投奔，不想鬼使神差的叩门相遇，真是天幸。我母亲在家也常挂念。我方才多有冒犯，望外祖母恕我无知。"那婆婆大喜，道："这是不知不罪，休要挂怀。"忙把匡胤扶起。又见生得体态雄伟，仪表冠冕，心下更加欢喜，道："我老人家这几日闻得喜鹊连噪，正在寻思，不想是外孙儿到来佳兆！"说罢，扯了匡胤的手，领至后堂坐下，吩咐丫鬟看茶。

　　茶罢，匡胤便把红漆大门动问。太太道："我儿！你却也不知，这是朝廷的御果园，收果子的衙门，所以如此。若是百姓人家，如何敢住？"匡胤道："怎地请问二位母舅如今都在何处？"太太听问，两眼汪汪，说道："我儿，一言难尽！原有两个舅舅，不幸你大舅舅死在任上。只剩下你二舅舅，名叫杜二公，虽然事我百般孝顺，家内欢娱；只忧一件不好，他倚仗着一身本事，武艺精通，专管非为歹事。前年领着老身，带着家口来到此处，倚强压弱，把人家管的御果桃园夺在手中，强住在此。衙门之内，呼喝平人。不道欺心不足，又上太行山去坐了第三把交椅，时常抬着狗肉到那村坊镇店之上，叱诈乡民，挨门排户叫百姓出来抹谷，自己称为抹谷大王。靠着山寨上做此勾当，灭理害人。这畜生若得改恶从善，老身情愿吃斋念佛。"说罢，频加嗟叹，拭泪不已。

　　匡胤听了这等言语，心下不胜惊惶，道："坑杀吾也！怎么这抹谷大王，就是我的嫡亲母舅？做梦也不知其情。方才打了这一顿，怎好与他相见？这都是吾的热心太过，致此莽撞之行。"辗转踌躇，懊悔无及。当时思想了一会，道："吾今有此大过，不如央求姥姥说情，于中调妥，便可解释了。"复又想道："倘姥姥说了，母舅不肯听从，我赵匡胤这犯上之罪，如何可免？"心下愁思百结，竟无一策。追思半晌，忽然暗喜道："是了！常言道：男子肯听妇人言，吾今当请舅母出来相见，面求解劝，自然无事。但不知可有舅母也不曾？"遂便问道："姥姥，原来二母舅是位英雄豪杰，正也不忝名门，诚为可喜。不知可娶舅母也未？"太太道："就在本处娶讨一房妻小，只是也好横行招灾惹祸，因此老身更添愁闷。"匡胤道："这也不妨，英雄配偶，理固相当。敢祈通报，请来相见。"太太道："且慢，闻说昨日往桃园里去了，敢是此时尚未回家。"匡胤听了，又是惊呆："怎么往桃园里去了，难道昨日打的这位就是不成？"便问道："妈妈，你家的桃园不知在于何处？"太太道："这所桃园就在千家店的庄梢，相离里余之路，可唤丫鬟请来，与你相见便了。"遂叫一个丫鬟出来，对他说道："你可往桃园去请你主母回来，说有东京来的赵公子到此，请他回来相见。"丫鬟道："奶奶今日清晨回家，现在房内安歇。"太太道："既已回来，快去通报。"丫鬟答应一声，走至内房报道："奶奶，东京城来了一位赵公子，就是太太的外孙，太太叫请奶奶出去相见。"

原来这妇人，因是昨日被匡胤打坏，今日回家，正在房内睡。听见这话，暗自忖思："我久闻东京赵家外甥，乃是当今豪杰；今日到来，礼宜相见。只是可恨昨日那偷桃的贼，把我打了一顿，浑身疼痛，行步艰难。"勉强起身，往妆台前整顿乌云，把菱镜一照，但见鼻青眼肿，残破难堪。只得把些脂粉满面搽盖。梳妆已毕，换上一套新衣，挨着身上的痛，慢慢的步出堂来。先使丫鬟通报，匡胤立起身来，留心往里一看，早惊得面如土色，暗暗跌足道："坏了，坏了！果是我误打了裙钗。得罪母舅，还可委曲解释；今又得罪了舅母，这是如何可解？却不道两罪俱发，谁来讲情？"没奈何走上前去，曲背躬腰，叫声："舅母大人在上，外甥赵匡胤拜见。"那母夜叉还了礼，将眼往外一看，唬了一窜，往后倒退几步，肚里想道："这不是昨日在桃园里打我的红脸大汉么，怎么就是我家的外甥？但是舅母被外甥打了，羞也不羞？我还有何面目去见他！"转回身来往后就走。

那太太见了，登时大怒道："这贱人却也作怪，平日间见了外人，尚然泼剌剌有许多说话；今日见了外甥，反是这等小家样子。我儿，你且坐下等着，待我亲去问他有何缘故？"说罢，往后要走。匡胤暗想道："我如今若不说明，姥姥怎知就里？"遂走上前来，一手挽住道："姥姥且请回来，尚有说话。"太太道："我儿，休要扯我！待我问他一个端的。为何见了别人不怕，见了外甥就羞怕起来？"匡胤道："姥姥，且休动怒，内中却有隐情，待外孙细说。"太太道："我儿，你也说这混话！你从来不曾与这贱人相见，怎知有甚隐情？"匡胤道："姥姥有所未知，我昨日未进千家店时，误入桃园，因见园内鲜桃生得异种，况在初冬，觉得稀奇，一时动了喜爱之心，不问而取，食了几个，却被丫鬟见了，报知舅母。舅母就拿着两根铁锤，赶到跟前便打。"太太听了大怒，一手指定里边，高声大骂："贱人！你这没廉耻的劣货，外孙吃了几个桃子，能值几何？你便拿了这铁丧棒去打他，可不打伤了我的亲肉么！"匡胤慌忙止住道："姥姥，且休烦恼！外孙还有话说。那时在我一则未曾会面，不知是位长上；二则我生平贱性不肯下人，因此得罪了舅母，致有害羞。只怕舅母因羞成怒，外孙受责难当，还求姥姥做情解劝则个。"太太听了，方才明白，叫道："我儿，你且放心，这是从未识面，一时得罪何妨！待我与你和解，你舅母自然不怪了。"说完，来到后房，正见母夜叉独坐床沿，羞惭忧闷；见了婆婆进来，急忙立起。太太叫道："媳妇，方才外孙告诉与我，昨日他在桃园经过，偶然见了鲜桃可爱，因此吃了几个，你就将铁锤打他。也算你倚大欺小，量窄不容，然从未识面，却也怪你不得。自今与你辨明，便是一家人，长幼定分，再无多说。你可同我出去相叙，方是正理。"母夜叉道："婆婆休听一面之词，这是油嘴光棍，专会骗人。他昨日打了媳妇，倒说媳妇打他，真是屈天屈地。婆婆不信，亲看媳妇的伤痕，便知真假。"说罢，掀起衫衿，唾上涎沫，把脸上香粉红脂一齐抹去，只见他黄瓜一棱，茄子一搭，满面尽是青肿。太太看了，也是暗笑，只得说道："理讲起来，原算外孙不是；但你做舅母的也有三分差错。我平日间常与你说：我家有个红面外孙，自幼极是顽劣，你也听见，难道一时就忘记了？你昨日未曾争打，也该问他姓名,你怎么这等粗鲁,有此过端?如今这事两下俱不知情,总总不必提起,快依我出去,我便叫他与你请罪便了。"母夜叉听了,不敢违忤,只得跟到前堂,还把衣袖儿将脸遮掩。太太道:"你们今日见了,不必再说;彼此舅母外甥,原是一家人,可重新见礼,尽都消释。"母夜叉听了婆婆吩咐,只得把袖儿放下,露出伤痕,垂头不语。匡胤上前,双膝跪下,口称:"舅母大人!甥儿未睹尊颜,冒犯长上,罪在当责;恳求海量,涵容饶恕则个。"母夜叉听了,笑了一声,答道:"公子请起,不必记怀。早知甥舅至亲,不致粗鲁。是我无眼,多有失礼。"那太太在旁大喜,将匡胤扶起。叫道:"我儿,你们既已说明,皆休记怀,起来坐着。"

匡胤道:"姥姥,舅母虽然饶恕,只是还望与外孙说个大情。"太太道:"方才我已讲过,你舅母已经不罪你了,还要我说甚情?难道你打了两次不成?"匡胤道:"非也!这个大情,姥姥说来有些未妥;必须舅母肯说,方可依允。"太太道:"这话一发糊涂,我却不解。这里只有你我等三口至亲,还有那个在此,又要说情。看你意思,难道连母舅也都打了不成?"匡胤道:"不敢欺瞒,实是孙儿粗鲁,又得罪于母舅了!"遂把王家店的事情,细细说了一遍。太太听了也是惊骇,暗暗想道:"我的儿、媳都被他打了,这是如何理说?媳妇的火性虽然被我制服倒了;儿子的火性,叫我怎好再服?这个必须媳妇去压,方才使得。"遂叫道:"我儿,你这不明道理的孩子!从小专好惹祸招灾,长大了还是这般情性。你得罪了舅母,我把这情说了,幸而宽恕。今又得罪了母舅,我若再说,显见得偏疼外孙,不疼儿、媳了,这情实难再说。你既得罪,只好自己去请罪;倘你母舅也似舅母的大量,或者饶恕了你,亦未可知。"说罢,并不做声,匡胤也是默默。

那母夜叉见了,心中暗想道:"我的事情既不与他计较,丈夫之事,何不一力承当,也与他和解,觉得见情些。况我细观此子,真乃英雄俊杰,后必大贵。日后相逢,也显光彩。"主意定了,开言叫道："公子放心，婆婆也不须多虑。这些须小事，我便与你们和解。但他本性刚强，急切未肯依允。为今之计，等他回来之时，公子且莫见他，婆婆也不要出面，待媳妇行事，须得如此如此，方才可妥。"太太听了，十分大喜，称赞贤能。匡胤心中感激，上前拜谢。

说话之间，已是黄昏时候，只听得外面人声喧嚷，火光冲天。有丫鬟进来通报道："二爷不知何故领了帅府众人在外屯扎，自己将次进来了。"原来杜二公因被匡胤打败，逃奔上山，与那两位大王商议定了，点集三百喽啰，下山来时，天已傍晚，更兼心中气怒，腹内饥饿，未到千家店去，先至家中，欲要饱餐战饭，然后整备擒龙。

当时母夜叉听了，即请太太与匡胤回房躲避，自己独坐堂中，两旁立着数个丫鬟，吩咐不许点烛。方才说了，只见外面灯笼火把，杜二公缓步进来，到了后堂，开口问丫鬟道："你奶奶往桃园里，回来不曾？"丫鬟道："回来了，那上面坐的，不是奶奶么？"杜二公听言，接过灯来一照，走至跟前，叫声："二当家，这时候还不叫丫鬟点烛？为甚不回房去，独坐在此，有何事故？"问了数声，并不答应，遂把灯笼提起，对面一照，吃了一惊，说道："贤妻，你的面目为甚这等模样？"母夜叉故意痛哭，只不答应。杜二公又问道："贤妻，莫不有人打了你么？"丫鬟在旁答应道："谁敢打我奶奶，这是太太发恼，因此把奶奶责打了几下，故而在此痛苦。"杜二公道："为甚婆婆打你？却为何事冲撞了他？你可诉说我听，我去哀求饶你。"母夜叉立起身来，带泪骂道："天杀的！我从不敢冲撞婆婆，多是你惹下的祸根，累我受打，还来问我做甚？"杜二公惊问道："我惹下的什么祸根？倒要说个明白。"母夜叉道："你打了婆婆外孙，乃是东京的赵公子，他寻上门来，认了姥姥，哭哭啼啼，告诉一遍。老人家痛的是外孙，见他被你打了，一时怒发，抓不着你，先把我打了一顿出气。这祸根不是你惹，倒是我惹的么？"杜二公听了，心中纳闷，叫道："贤妻，你这说话，我实不明，那赵家总然有个外甥，从来未曾会面，知他面短面长？晓他穿青穿白？况东京离此有二千余里之遥，他又不来，我又不去，焉能打得着他？这是无中生有，空里风波，我实不解。"母夜叉道："你的外甥现在这千家店上，青扎巾绿扎袖的一个红面大汉就是。你在王家店门首打了他，晌午的事情，难道你忘记了么？"杜二公听了这番言语，只气得目定口呆，搓手掷脚，半晌说不出话来。只因这番谋划，有分叫：一策调和，骨肉怒气成欢；片言指点，英雄邪行归正。正是：

平旦鸡鸣分舜蹠，临机棒喝定鱼龙。

毕竟杜二公怎生回答？且看下回自知。

第二十五回

杜二公纳谏归正　真命主违数罹灾

诗曰：

徒步逾秦岭，道阻势逶迤。
聊为寂寞唱，慨彼陟岵诗。
宵风入我目，襟期可设施。
得遂凌云志，岂使俗人欺！
一朝分剖后，甘自尽礼仪。
言旋虽云乐，御侮后当期。

话说杜二公听了妻子这番言语，半晌不做一声，心中想道："原来王家门首打我的这个红脸大汉，做梦也不知是我的外甥。他打了我，倒来说谎，我母亲怎知委曲，听了一偏之言，痛了外孙，先把媳妇拿来出气。若然见我，决是动气。"遂又叹了一声，叫道："我那褚氏贤妻！你道我回来做甚？"原来那母夜叉，乃是本处一个富户褚太公的女儿。这太公单生一女，自幼专喜使枪弄棍，因是爱惜心甚，见他力大气高，只得任他性子，不去禁戒。后来杜二公闻知其名，亲自上门求亲；太公见他英雄气概，一口应承，行聘过门，成其姻眷，这也是旗鼓相当，阴阳得所。当下褚氏原装了怒容，答道："我知道你回来做甚?"杜二公道:"我若不说,你怎知其中备细?我今日下山,该是千家店上抹谷,刚到王家门首,有一个红脸大汉顶名出来,把我的法制狗肉吃尽,一心要寻我是非。我怎肯容情,彼时与他争打起来,谁知他武艺高强,力气又大,我一时对他不过,反被他打了一顿。你若不信,可看我的面目,却也与你不相上下。我一时气闷,回到山寨调兵,指望前去捉他报仇,谁知是我的外甥!他既打了我,为何又跑到母亲跟前讲这谎话?真是难缠!不知母亲在那里?待我去诉诉冤屈。"褚氏道:"婆婆痛惜外孙打坏,现今气倒在房里。"

杜二公听说,只是摇头叹气。提了灯笼,来至母亲房前;只见房门紧闭,寂静无声。杜二公急忙高叫道:"母亲,孩儿回来了,请母亲开了房门,孩儿有话。"太太在里故意答道:"我知道你回来,谁要你进来见我!"杜二公道:"母亲,且开门,孩儿有桩屈事特来告诉。"太太道:"有什么屈事?无非倚大欺小,打了外甥,指望到我跟前要我说情,只怕不稳。"杜二公道:"母亲,休要听他说谎;待孩儿把这始末根由,诉与母亲知道,便见谁是谁非。"遂把下山抹谷,至王家店吃打,从头至尾隔房门告诉了一遍。太太道:"哎哟!我起初只道是母舅打了外甥,如今听你说来,却是外甥得罪了母舅。怪道这孩子跑到这里,原来自知理亏,做此模样。我儿,你既然吃亏,看我做娘之面,恕了他罢!待他再到家来,我便叫他磕头与你赔罪。"杜二公道:"既是外甥,也就罢了,怎么他竟自去了?孩儿想起日前有个相面先生,名叫苗光义,到山上来看相,相到孩儿跟前,留下几句言语,他说道:

　　甥打舅兮即日见,赵家九五他登殿。
　　招兵买马积粮储,好与君王将功建。

这先生阴阳有准,推算无差,说的甥打母舅,今日果应其言。以此看来，他后日必然大贵，我们外戚也是荣耀非常。他既然上门，母亲也该留住在此，怎就放他回去？"太太听了，冷笑不止，开了房门，叫声："吾儿，你既要见他，待做娘的赶他转来，与你相见何如？"杜二公道："母亲，你年老难行，怎的赶得他上？"太太大笑道："我儿，你真个要见他么？远不在千里，近只在目前。若要见时，我便叫他出来便了。"遂命丫鬟："去请赵公子出来相见。丫鬟去不多时，只见匡胤走入房来，见了杜二公倒身下拜，叫声："母舅大人，愚甥一时横行，得罪长上；今日至此，请母舅整治。"杜二公见了，慌把灯笼递与丫鬟接了，用手扶起，道："贤甥不必过谦，是我不明，以致甥舅鱼鳞。今日相见，实出望外。"遂命丫鬟张灯，便请太太、匡胤同至前堂。

此时堂上灯烛辉明，褚氏尚在等候。早见丫鬟送出酒席，至亲四口，同坐欢饮。杜二公又叫丫鬟传令出去：着众喽啰各归山寨。当时饮酒之间，杜二公把苗光义的诗词，读与匡胤听了，说道："看这先生，实有先见之明，谅贤甥日后必然大贵，愚母舅亦定叨光矣！"匡胤道："母舅，为何听术士之言？彼乃虚诞之词，何足深信。"杜二公道："不然，观词达理，遇事推情，吾非误听其言，实因他阴阳有准，才能信服。况贤甥器宇不凡，定成大事。望贤甥自爱，勿再多疑。"正说之间，只见褚氏格的一声笑道："原来吾外甥有皇帝之分，却也不枉了这一顿。"杜二公听了，不知就里，便问其由。褚氏道："实不瞒你，我先请教了外甥一顿。"太太接口，遂把桃园内的事情说了一遍。杜二公道："我夫妇二人多已承教，足见贤甥英俊过人矣！"于是四人重复欢饮，直至四更而罢。杜二公遂命丫鬟收拾书房，请匡胤安歇。

次日清晨起来，饭毕，杜二公叫丫鬟请小姐出来相见。那褚氏已生一女，年方二七，名唤丽容，生得娇艳娉婷，端庄厚重，不似母亲罗刹形容，粗蠢体段。当时出来，与匡胤相见过了，即便回房。匡胤心中甚加惊异。彼时又过了一日，次日，匡胤便欲告辞。杜二公那里肯放，说道："贤甥，你我已在至亲，当盘桓多日。何必见外,急欲辞行?"匡胤道:"甥儿并非见外,只恐安闲在此,空费岁月。因此欲往禅州访友,倘顺便得遇苗先生,也要与他一叙。"太太叫道:"我儿,你千山万水来到此间,好不容易!我见你这般豪杰,正在欢喜,怎么就要分离,我那里放心得下?好歹且过了年去,也不为迟。"匡胤道:"姥姥,外孙本该从命,奈我抛亲弃室,远奔他乡,只为避难逃灾,出于无奈。因想前日苗先生寄一束帖与我,上面言语,已有几件应验,委实要去寻他,问问终身结局何如。还有两个契友,也在那里,所以要去寻访,望姥姥不必苦留。"太太道:"我儿,你既不肯住下,想去志已决,我也难以苦留;只是访着了苗先生与那朋友,必须再来看看老身。"匡胤道:"不须姥姥叮咛,若有空闲,定然来望。只是外孙的行李、马匹等件,俱在王家店内,须望母舅差人取来为妙。"杜二公见留不住,只得着人往王家店取齐物件,一面整备酒筵送行。

饮酒之间,匡胤执杯说道:"愚甥有几句污言,愿当奉告,望母舅择取。"杜二公道:"贤甥有甚言语,便请即说。"匡胤道:"甥闻良善者,世所宝;强暴者,众所弃。母舅虽系绿林聚义,山泽生涯,然须保善锄强,不愧英雄本色。这抹谷营生,断然莫做;替天行道,乃是良谋。但当聚兵积饷,以待天时,若得皇诏招安,便可建功立业,名垂竹帛,荣耀多多矣!愚甥越分僭言,望母舅勿罪。"杜二公听了这等言语,心中大喜,道:"贤甥金玉之言,愚母舅顿开茅塞,从此改过自新,当归正道。但贤甥此去,若得空闲,便望再图会晤。"匡胤允诺。须臾席散,早见王家店去的人,已把行李、刀马,俱各取来交割。匡胤把行李、兵器,捎在马上已毕,便来拜别。那太太与杜二公、褚氏多来相送。杜二公手执两封银子,送与匡胤为路费之用,匡胤并不推辞。即便拜谢,别了各位,上了征鞍,洒泪而去。正是:

从此雁音西岭去，他年凤诏自东来。

　　自此杜二公听了匡胤之言，与那二位好汉商酌，将平日号令改换一新，凡过往客商，秋毫无犯，贤良方正，资助盘缠；若遇污吏贪官、土豪势恶，劫上山去，尽行诛戮，资财入库，给赏兵需，因此山寨十分兴旺。那四下居民，尽皆感德，安居乐业，称颂不休。这里山寨之事，按下不提。

　　单说匡胤别了杜二公，离了千家店，策马紧行。非止一日，来到一个去处，望见前面有座城池，纵马而行。来到城门下，举眼观看，只见上面镌着"五索州"三字。匡胤暗想道："我记得苗光义的柬帖上说是'五索州莫入'，今日至此，不意果有这城名。吾如今依着他言语，不如绕城往别处去罢。"才要转身，忽又想道："我如今往别处去了，倘苗先生仍在城中开馆，却不当面错过，失了机缘，枉费这一番心志。不如且进城去，或者遇着，也未可知。"主意已定，拍马进城，只见满街上大小铺户，买卖兴旺。真是人烟凑集，十分闹热。

　　匡胤信马由缰，来至十字街头，只见中间搭着一座高台，众人四面围绕，各各翘首观看——却是彼处的风俗：神诞佳辰，那百姓们凑份儿敬神演戏。匡胤收住了马，就在旁边，停驹观看。那台上锣鼓喧天，呐喊震野，正演那出《隋唐传》的故事，乃是单雄信追赶李世民。当时那台上单雄信狂叫如雷，精神抖擞，追赶秦王；追得正在危急之际，把个匡胤急得心慌意乱，想道："怎么不见尉迟恭出来救驾？若再迟了，可不把个创立天下的皇帝被他拿住了么！有了，待我搭救了他罢。"遂把马三铁送的神插弓拔出，搭上了连珠箭，拽满弓弦，嗖的一箭射去，正中在单雄信左胯上。只见那单雄信翻身扑倒在台板上，滚了几滚便不动了。那台上的人尽都慌了，登时住了锣鼓，往下一看，一齐乱叫道："不好了！台底下有个骑马的红脸醉汉，射死人了！快些拿住。"下边看的众人，也多乱嚷道："果然他手内还拿着弓箭,骑着红马,不可放他走了!"发声喊,把匡胤围住。内中有个姓解的,名唤解保,乃是五索州的团练长,原是韩通的徒弟,当时在大名府,也曾会过匡胤。今日见面,分外眼清,遂乘马上前,大声叫道:"尔等百姓,休要放走了他,这就是杀死御乐的赵匡胤,现今奉旨画影图形的拿捉,不想今日自投罗网。尔等须要拿住,好去请功受赏。"那解保手下有四个徒弟、五百团练民兵,都在台下看戏,听了这声吩咐,一个个摩拳擦掌,奋勇争先,发喊围裹将来,把匡胤围住中间,一齐攻击。但见:

内外重重千万人,四围困住布烟尘。
长枪只望咽喉刺,短棍齐钻肋下腾。
哨棒朴刀相奋武,挠钩套索尽飞抡。
同心并胆盘旋绕,希望功成不世存。

匡胤见了,全无惧怕,抡开九耳八环刀,四面招架;转折腾挪,上护其身,下护其马,毫无渗漏之处。只是四下人多,一时冲突不出。那解保看见匡胤这等勇猛,恐他杀出重围,被他逃走,遂叫四个徒弟,去把四门紧闭,各备器械,端整捉人。这里督令民兵用心攻杀。匡胤招架了多时,望那兵少处砍倒了数人,乘势杀出,冲开血路,拍马向正南而走。来至城门边,只见城门紧闭。正欲上前砍门闯出,忽被解保的二徒弟叫做"江吊客"瞧见匡胤要来闯门,连叫军士把城砖抛下去,一块正打在匡胤顶门,吃了一惊。才要转身,不防又是一块飞将下来,却打着青缠巾上,从耳边擦了下去。匡胤慌了,说声:"不好!"急把马拨回时,上面又是一块打来,几乎打落下马。心下着惊,竟望东门而来。将至城前砍锁,早惊动了解保的大徒弟叫做"邓丧门",他在城上瞭望,看见匡胤欲来砍门,急令军士把城楼上铜瓦掀下来乱打,一块正从匡胤耳门上蹭过,匡胤大惊不迭,抬头正看,只听得一声响处,又是一块铜瓦打来,却好打在那赤兔马的头上，那马负痛，嘶呖呖一声叫，掉回头顺着一条小巷里窜将进去，几乎把匡胤掀下马来。匡胤见东南二门多无好势，谅难出去，只得投正北而走。来至北门，只见城门也是紧闭，思量要斩关而出，怎当得城楼上有解保的第三个徒弟叫做"史黄幡"在此把守。他见了匡胤，急忙吩咐众人："拿了炮石，快快打下！"说声未了，只听得上面嗖的一声响，那个炮石正望着匡胤的面门打来；匡胤急往后一闪，几乎打着，那炮石就掉在地下，把尘土卷得乱滚。匡胤见有整备，不敢前行，带转了赤兔马，复望西门而来。

　　正走之间，只见街北里一座庙宇，门前立着一位老者，见了匡胤，将身跪下，口内说些言语。有分叫：役鬼驱神，再睹明良来护卫；披星戴月，重逢手足话晨昏。正是：

　　　　满目干戈谁抵敌？遍腔忧愤孰扪谈！

　　不知老者是谁？且听下回分解。

第二十六回

五索州英雄复会　兴隆庄兄弟重逢

词曰：

客路多愁，风景寒飕，怎禁那虎狼临头！漫相争恃，幸有英俦。扫蜉蝣，深款曲，意情留。　襟期绝俗，奔走单驹。愤同盟，去矣难求。谁将往事，肯付沙鸥？一朝聚乐，伊故事，要重修。

右调《行香子》

话说赵匡胤在五索州城中，被解保领了民兵围捉，幸而杀出重围，欲要斩关而出；谁知那东南北三门，多有整备，不但不能出去，反受了三砖两瓦炮石之危，只得带转了赤兔马，欲望西门出去。正走之间，只见那路北里有座庙宇，那庙内走出一个老者来，苍颜白发，手执杖藜，望着匡胤将身跪倒，口称："小神本境土地，特来接驾。"匡胤见了，心甚惊疑："这老者为甚这般跪接于我，莫非其中有诈？谅要骗我下马，就好擒住。我且混他一混，看是如何？"说道："你这老者，既称土地，为何不早来救护，尚是迟迟？与我把头砍了！"匡胤本是戏言，欲要试他有计没计。谁知真命帝皇，虚空自有神护，话才说完，早有值日功曹，听了圣旨，就把土地登时砍了。匡胤见老者头儿落地，心甚惊讶，定睛细看，乃是个泥塑的土地，方才信以为实，至今五索州古迹尚存。此时城中百姓，因见民兵沸乱，擒捉杀御乐的钦犯，各家儿都是关门闭户，路上通无行人，任从兵马往来追捉。

当下匡胤看那庙宇，那门上边有一匾额，写着"城隍庙"三个金字。看罢，才要转身，只见庙内又跑出一个人来，幞头象简，圆领乌靴，走上前来，躬身下拜，道："小神本州城隍接驾！"匡胤想道："方才土地，此时城隍，我赵匡胤莫非日后果有帝王之分么？"叫道："城隍，我今误入此城，陷遭困迫；你救护来迟，先贬你云南驻足。我若出不得这五索州，还要问你一个重罪。"那匡胤金口玉言，非同小可，城隍不敢停留，连忙谢恩起来，就往云南而走，心中想道："我虽受贬，倘真主一时有失，我神性命亦难保矣！须寻一个救驾之人，方才好往云南而去。"正是：

莫道幽明多间隔，果然赏罚自相符。

不说城隍在空中寻人救驾。且说匡胤斩了土地，贬了城隍，才要转身，只听得后面喊声大震，尘土飞扬，乃是解保带了团练兵并四个徒弟，各执挠钩套索、棍棒刀枪，一齐往西赶来，追至城隍庙前，又把匡胤围住了。各人举了兵器，乱戮乱砍。匡胤抡刀招架，往外冲突；不防背后伸出几把挠钩，把匡胤的袍服搭住，扯去了数绺。匡胤手中刀虽然前后遮护，怎当他兵马众多，难寻出路，心下甚是慌张。

且说城隍往南而走，寻访救驾之人，一时难得，甚是着急。只见前面有座酒楼，忽然想起一人，按上界金甲神祇转凡，姓史名魁，生来力大无穷，现在酒楼上走堂。此人前去救驾，方得成功。遂把神光一起，上了酒楼。正值无人饮酒，史魁闷坐无聊，在那里打盹。城隍在梦中叫道："史魁听着！今有真命天子在城隍庙前有难，汝可快快前去救驾，日后不失封侯之位；须认赤面红驹，便是真主，汝可快快醒来，勿得怠慢。"那史魁猛然醒来，那里肯信，自言自语道："俺真晦气！正在好睡，没要紧做这春梦，那真命天子飞也飞不到这五索州来，有什么的驾要我去救？封什么的公侯婆侯？不要管他，我自打我的睡。"蒙眬说完，又是呼呼的睡了。那城隍好不着急，又把史魁叫醒。

如是者三次，史魁惊觉，心内思量道："我一连三次做了此梦，绝有缘故；我宁可信其有，不可信其无。趁此空在这里，且到城隍庙前看看，便知真假。"急忙爬起身来，下了酒楼，只推解手，跑到街中，复又想道："既然要去救驾，必须有了一件军器方好；若只赤手空拳，干得甚事！"一面儿走，一面儿瞧，忽见路旁有一根幌竿，约有碗口大小，数长丈余，觉得称手可用。即时将竿扳倒，扯来掮在肩上，迈步往城隍庙来。果见有许多人马，围住在那里厮杀。史魁暗暗称奇，道："我说是梦中的虚话，谁知果有其事！"急忙抡动幌竿，闯入重围，正遇解保，史魁顺手只一竿，把解保打去了半个脑盖；又是几竿，一连打倒了数人。那四个徒弟与这些团练兵，见史魁来得凶狠，更兼解保已死，古云"蛇无头而不行，鸟无翅而不飞"。看这风色不好，心中俱各着慌，那里还敢厮杀，哄一声，各往四野里乱窜奔散。

匡胤正欲追赶，只见那史魁认得是赵匡胤，急忙叫道："赵公子，休得赶他；且请回来，别有相叙。"匡胤听说，回头观看，却原来就是枯井铺相会之人，心中大喜，即便下马，与史魁相见，说道："自从分别以来，常怀渴想，不意今日又蒙相救，使弟感激不忘！"史魁道："些须薄力，何足挂齿？但此城不可久居，小可当相送出城，免得又生别议。"匡胤感谢，牵马与史魁并步同行。又问史魁，因何在此，重能相会？史魁道："自与公子别后，无处存身，因而同了老母，来此五索州酒店中帮闲过日。所得微资，权为养母之计。小可本不知公子驾临，因今日无事，打盹片时，梦见城隍命我救驾，不想正遇公子，诚大幸也！"匡胤见史魁孝义俱全，心下十分爱敬，因说道："既史兄流落在此，尚无际会，何不与小弟同往禅州，寻些事业，便可荣身矣！"史魁道："本欲与公子同行，奈因老母在堂，无人侍奉，不敢远离。日后倘或重逢，愿随鞭镫。"匡胤听了，不胜感动，遂把杜二公送的两封银子，取来送与史魁，道："这些许薄物，权为薪水之助，聊表赵某寸心！他日若得空闲，愿期相会。"史魁义不容辞，只得拜受。两个说话之间，不觉已出了西门，来至一高阜之处。史魁辞别道："公子此去，路途保重！小可因有俗事缠身，不能远送了。"匡胤听言，心中不忍分别，只得也说了一句"保重"，依依不舍而别。后来直到太祖三下河东，方与史魁相会。有诗为证：

神助英雄救驾功，疆场威武孰能冲？
依回不忍分离别，中夜殷勤心际空。

不说史魁回城归店。且说匡胤上马提刀，往前行走，一路上不住的赞叹："苗光义阴阳有准。他叫我五索州莫入，有三砖两瓦炮石之灾，今日果应其言，毫厘不爽。我此去务要访他，问问后举如何。"行路之间，天已傍晚下来。况此时正当隆冬之际，阵阵寒风透人肌肤。匡胤也觉身上寒冷起来，跳下马将行李打开，取出那王员外所赠的棉衣，把来穿在里面。又因日中厮杀了多时，口中烦渴，把摘来的两个雪桃食了一个。打好包裹拴在马上，跨上雕鞍，策鞭而走。

原来此处乃是山僻幽径，名叫"寂寞坡"，人烟稀少，树木参差，来往人疏，那里有得宿店。匡胤见是这等冷静，无处安宿，心慌意闷。正走之间，只见前面山侧里，露出一间茅屋，那门首立着一个婆婆，手内抱了一个三四岁的孩子，正在那里观看。匡胤紧马上前，见了婆婆，下马施礼。那婆婆慌忙还礼，问道："客人何来？有何话说？"匡胤道："小子乃东京人氏，欲往禅州公干；因错过了宿店，无处安身，欲求婆婆方便，借宿一宵，不知可否？"婆婆道："原来客人要过宿的，这却不妨；况此幽僻路途，怎好夜间行走？但是草舍不堪，恐有亵慢。"匡胤称谢过了，把马拴在屋旁树上。取了行李，跟了婆婆至中堂里坐定。那婆婆抱了孩儿，往内取了灯火出来，摆放桌上。复请匡胤把马带了进来，就系在天井之中。又将柴扉闭上，然后复到草堂，彼此问答了一回。匡胤又问："府上还有何人？"婆婆答道："老身所生一子，因出门生理，不在家中。娶过媳妇，生下这个孙儿，已是四岁，极是聪明，因此老身倒也欢喜。"正说之间，只见那孩子曲过身来，望了匡胤要抱。那婆婆笑道："你看这孩子好不作怪！方才说得聪明，他便真个装这聪明出来，见了客人，就要累他抱了。"匡胤心中亦是喜欢，接将过来，坐在膝上。那婆婆回身往里，便叫媳妇端整晚膳去了。

匡胤独坐草堂，细看这孩子，果然生得眉清目秀，相貌端方。想他村僻人家，生得这样儿子，日后福分亦是不小。正在思想，忽听得四下里阴风飒飒，乱卷尘沙，险些把灯火亦多吹灭。这孩子却也稀奇，从那风起之时，他便伏在匡胤怀中，酣酣的睡了。匡胤见这风来得古怪，振起精神往外观看，只见那天井中隐隐的有几个人儿，闪来闪去，却不进来。耳边又听他唧唧哝哝在那里说话，却又听不得仔细，但听他说："吾们奉命而来，又被这位皇帝做情抱了，叫吾们怎好下手？只索回去便了。"后面又有几句，听不出来。说完又是一阵旋风，却已不见了。匡胤明知鬼祟，未晓缘由，只惊得毛发耸然，不敢声响。

看官们有所不知，盖因这孩子本有根器，托生人间，他的命里，该有这一遭关煞大难，所以阎君特差鬼卒，前来降祸。虽无性命之忧，终有淹染之苦。却是这孩子天大福缘，命多厚禄，得遇匡胤暗中救护，免了灾殃。闲话休提。

当时婆婆送将晚膳出来，却好这孩子已醒，接过来抱了，便请匡胤用饭。须臾食毕，婆婆收了进去，请过匡胤安置，然后将中门闭了，往里去讫。匡胤铺开行李，将身安睡。一宵晚景无词。

次日起来，匡胤请出婆婆谢别，送上一锭银子作为谢仪。婆婆那里肯受。正在推辞，只见那孩儿慢慢地走将出来，见了匡胤嘻嘻的笑。匡胤大喜，把这银子递与他拿了，那婆婆推辞不得，只得谢了。

　　当时匡胤别了婆婆，牵马出门，将行李、兵器一齐捎放好了，纵身上马，往西而行。一路上又过了些山川原隰、城市村庄。那日正行之间，只见正南上有座庄子，屋宇参差，人烟稠密。匡胤策马进庄，见那北首有座酒店，即便下马，提了行李物件，入得店来，拣副座头坐下，便叫："酒保！端上好热酒三角、猪肉一盘。"酒保道："敢告客人得知，热酒、猪肉都已无了，只用些冷酒、素菜罢！"匡胤发怒道："你那锅里煮的不是肉？炉内烫的不是酒么？直恁如此欺负人，拣人买卖，是何道理？"酒保道："原来客人不知，这锅里的肉，炉里的酒，却不是卖的，乃是敬我们这兴隆庄的黑吃大王财神爷，所以不敢便卖。"匡胤道："怎么的叫做黑吃大王，如今却在何处？"酒保道："若说起了财神爷，客人也须敬重哩！我们这座庄子，向来称为孟家庄。数年前出了一个妖怪，在这庄上作耗，每年一期，要童男童女祭赛，方保得合庄公然无事；若不祭赛，他便搅得逐家儿人丁离散。因此都奈何他不得，活活的把男女儿作为羹臛，其实可怜！却在秋末间，来了这位财神爷，听了妖怪，他便立心要去拿捉，我们众人只得将他送到庙中。那财神爷真有通天的手段、彻地的才情，一夜之间，便把妖怪降服了——原来是个鹿精。故此我们众人留他在庙里住下，轮流供养，镇压邪魔。我们得这财神爷在此，不但家家安静，连把这座庄子也兴发起来，所以改做为兴隆庄。今日该是我们供膳，财神爷现在店后歇息，所以不便把这酒肉货卖，望客人莫怪！"匡胤道："原来如此。既是这大王伏妖除害，安镇村坊，便是有功于民，也算是个豪杰。俺便去会他一会何妨？"酒保道："这却使不得。那大王生性凶狠，一怒之间，不顾好歹，便要打人。劝客人莫去见他罢！"匡胤坚执要去，酒保再三阻挡，只是不听，立起身来往里便走。

只见里面有间洁净书房，居中摆了一只桌子。那桌上有一条大汉，满身都是青衣，横着身躯眠在桌上，脸儿朝着里面，口内唱着曲儿，说道：

"南来雁，北去雁，朝夜飞不厌。
日日醉呼呼，几时得见我的二哥面？"

当下匡胤见了大汉，听了声音，暗道："这是我的兄弟郑恩，为何独自在此，却不见有大哥？但方才听他的言语，甚有顾恋之心。我且不与他相见，耍他一耍，看是如何？"遂轻轻挨到跟前，望着郑恩后背就是一拳。郑恩大叫道："那个驴球入的，和乐子玩耍？"说了一声，翻转身来往外一看，见是匡胤，即便滚下桌来，说道："乐子醒着呢，还是做梦儿？"匡胤道："兄弟！你方才尚是唱曲，明明醒在这里，怎么说起做梦来？"郑恩听了，跪了下去，道："乐子的二哥，自从与你分手以来，没有一日不想念着你。今日天赐相逢，乐子便欢喜杀了也！"匡胤连忙扶起，道："兄弟休得如此，那大哥如何不见，你独自一个怎能得到此地？你可说与我知。"郑恩道："不要说起！乐子自从跟伴着他到得泌州，失去了裤儿里的银子，他又病倒在饭店中，却又心地狭窄，日日的吃用又不称乐子的心，故此抛了他，跑到这里，除了一个妖怪，众人留我在此镇压，竟得了安身。只是放不下你有仁有义的二哥。今日得见了你，乐子便已心满意足。"匡胤听了，伤心嗟叹道："贤弟，愚兄孤身远奔，也无日不念手足之情。今日相逢，实为天幸。但大哥乃是兄长，不该抛弃分离。他有甚不是，须该忍耐三分，才是正理。怎么粗心忿气，如此胡行，有伤情义。不知流落何方，愚兄委实放心不下。"郑恩道："二哥，你休要想他。乐子若再跟他几日，定要饿死，焉有今日这般好处？你看乐子，穿的这样华俏，那吃的又是恁般丰满，这等奉养，乐子实是称心，还要想他做甚？"匡胤听毕，仔细把郑恩一看,见他自上至下,都是青色布衣,故意奖道:"好,好!果然华丽端严,愚兄万难及一。"

郑恩不觉大喜,忙叫店小二,快将酒食拿进来。那小二整齐了鱼肉荤腥、上好热酒,送将进来摆于桌上。弟兄二人对面坐下,开怀畅饮。饮够多时,郑恩也问匡胤行藏,匡胤把分别以后事情,一端一端的细说。说到了桃园事情,郑恩便接口道:"可惜这样鲜桃,乐子没分,也得一个尝尝便好。"匡胤道:"贤弟爱吃,愚兄尚有一个在此。"便叫店小二把行李取来,匡胤往包裹内取出剩下的这个雪桃,递与郑恩。郑恩见了,先喜个不了,慌把这雪桃做几口嚼下了去,口内只叫:"妙!妙!"手内又拿了酒杯直吼。那匡胤又将以后事情一齐诉毕,郑恩大喜。两个又复欢饮,直至傍晚而撤。店小二进来收拾已了,郑恩便邀匡胤到庙中安住,叫店小二背了行李,出来拿了军器,牵了马匹,跟了兄弟二人,一齐来到庙里。小二把什物交割了,告辞回去。

匡胤看那庙宇,虽然神像全无,倒也收拾得整洁,遂把行李打开,铺设停当;那马就拴在庭心内窗柱上,喂了些草料。当下点上灯火,弟兄二人又是谈谈说说,分外亲密。那郑恩叫道:"二哥,你如今也不要东奔西跑没有着落,不如就在这里住下。那些众人听了是乐子的朋友,谁敢不来奉承?咱们二人在此,岂不快活。"匡胤道:"贤弟,愚兄有一言相告,愿汝择取。"那匡胤正气严词,说出这几句话来。有分叫:闲人为数月之征人,遗像作万年之宝像。正是:

  说开心事惊天地,提起行藏震古今。

毕竟匡胤说出什么言语?且听下回分解。

第二十七回

郑恩遗像镇村坊　太祖同心除妖魅

诗曰：

忆昔君从东道至，驱驰多遇殷忧事。
履危涉险不寻常，奋壁飞腾云雨至。
自虑税驾属何方，欻然中道意傍徨。
缱绻适逢知己友，促膝谈心在庙堂。
百年瞬息如驹隙，白首徒伤奚足则。
丈夫志气须超凡，食前方丈终休歇。
雄才大略及时扬，愿作干城功满场。
徒使遗神及绘像，千秋能否有褒奖？

话说赵匡胤在兴隆庄酒店内遇着了郑恩，彼此离别多时，情深意笃。谈论之间，郑恩只图安乐，因此劝着匡胤不要奔走风尘，伴他及时快乐，絮絮滔滔说了一遍。匡胤道："贤弟，言之差矣！我与汝都是顶天立地之人，须当推施雄材，待时展布，或者图个封妻荫子，竹帛垂名；上不愧于祖先，下不负乎一身，方是丈夫志气。若然贪图安乐，靠人营生，乃是庸夫俗子所为，岂是你我终身事业？贤弟，听我之言，休图安逸，苟且存身。决当努力着鞭，冀求进取，断不可隳了主意，将平生自命之志，埋没不闻，便与草木同朽，那时悔之晚矣！"匡胤一席话，把郑恩说得垂头叹气，半响无言，想了一会，方才开口道："二哥，乐子听你的言语，实是有理。就要乐子离了此地，也是容易，但如今往那里去安身？咱们须要商议定了，才好走路。"匡胤道："大丈夫处世，四海为家，何处不是安身之地！贤弟只管放心，与愚兄此去，自有下落。"郑恩依允，便同匡胤各各安睡。

次日起身，即叫一个从人吩咐道："你去把庄上的头儿传来，乐子有话商量。"那从人就去把兴隆庄上的为头老者，俱各邀到庙中，一齐施礼，郑恩拱手还礼。那众人见了匡胤，便问郑恩道："好汉，这位是谁？"郑恩道："这是乐子的二哥，极是有仁有义的，你们也来见个礼儿。"众人又与匡胤见过了礼，然后郑恩开言说道："众位乡亲，今日乐子传你们到来，非为别事，只因咱的二哥当年在关西放债，放去十万八千两银子没有到手；如今要请乐子同去取讨利银，故此传你们到来，乐子就要辞别。"众人道："大王！你是个财主，又是个福神。自从来到小庄降伏了妖怪，请得英雄住下，以镇合庄，便是风调雨顺，地旺人兴，真乃一方的佑神，百姓的吉星。我们怎肯舍得你去！还望安心住下几时。"郑恩道："乐子主意已定，随你怎样待咱，总留不住的。"众人道："既神爷立意要去，但请再住几日，且过了岁朝灯节，方去不迟。"郑恩道："不必。乐子想天天吃饭穿衣，管什么岁朝灯节，要去就去，有甚的流连疙瘩？"

众人见他立意要去，只得背地里商量道："看这神爷已是不肯住下的了，我们苦苦留他，也是无益。为今之计，不如大家凑出盘缠，治了酒席与他送行，只当在此打伙一场，以尽我们的心事何如？"众人道："说得有理！我们及早儿去办事。"说罢，各各出了庙门，分头凑措盘缠，整治了一席酒，抬到庙中，当殿摆下，就请郑恩、匡胤坐在上面。那两个年高的上前把盏，说道："神爷！我等皆蒙大恩除妖，保全合庄的性命；指望长在此间，使我等孝敬报答；不意今日一旦分离,抛别远去,不知何日再得重逢?叫我等如何忘念!"说罢泪如雨下。郑恩道:"众位乡亲,也不必悲泪,乐子在此,承你们这般厚意,又是如此不舍;如今乐子倒有一法,便可报你们相待的厚情了。"那老者连忙问道:"神爷有甚法儿,可使我们尽敬?"郑恩道:"你们这里可有什么画师?与我叫将一个进来,乐子要用。"老者道:"有,有!不知神爷要来画甚?"郑恩道:"乐子去后,怕又出什么妖怪害民,故此叫他把我的图样画下来。一则镇压妖邪,使他不敢侵犯;二则你们思念乐子,看了这像,就如亲见的一般。这个法儿却不好么?"匡胤从旁赞道:"贤弟此法,果是不差。列位,快央人去请那丹青来,传写了像,我们好告辞也。"

那老者听了,即便使人去,登时请了一个妙手丹青,领到庙中,与各人施礼已了,就在酒筵前放下一只桌子,备上笔砚,铺下一幅素笺。那画师对面坐下,提起狼毫,蘸上香墨,看了郑恩模样,举手就描。但见他:

起手先将两眼描,熊鬃眉黛润添毫。
形容不用多颜色,墨黑浓浓任意调。
扎鼻下横盆口阔,高颧相配地盘朝。
横生怪肉惊人怕,千载英雄有几遭?

那画师把郑恩的形容细细描完,递与众人观看,众人一齐赞道:"果然画得好!真的有一无双。"匡胤也便立起身来,接来观看,亦赞道:"委实传神,堪称妙手。"遂与郑恩看,道:"贤弟,你看这幅画像,与你毫发无差,不枉了此番举动,诚为可喜。"郑恩接过手来,把画左一看,右一看,看了一回,便大嚷道:"这驴球入的不中人抬举,怎么把我的形容竟画了一个鬼怪?你们众人还要这等赞他,快与乐子把他赶了出去,休要在此。"匡胤笑道:"贤弟休怒!这是你生成面目如此,与他何干?"因叫众人讨了一面镜子,递与郑恩,道:"贤弟!你且照看，便知分晓。"郑恩接过手来一照，看看那画上的形容，瞧瞧那镜中的相貌，不觉大喜，复又大笑道："怎么乐子的貌儿，生得这般模样？真是可爱，乐子今日见了恁地欢喜。"众人道："神爷的虎彪形，果然有些爱看。"郑恩道："乐子有了这样妙相，叵耐前日在木铃关上，被那些驴球入的，还把唾沫来擦磨，真是好歹也不知。方才乐子若不把镜儿照看，险些儿又要得罪了画师。待乐子敬他三大碗酒，与他请罪。"说罢，将大碗斟了三盏酒递与那画师。那画师连忙作谢，接过来把酒一气饮了。

郑恩道："画师，乐子已敬过你酒了，你好生把乐子的身材、服式，照样儿画起来；旁边又要画一根酸枣棍，又要一只小犬。你若画得合适，乐子还要敬你酒哩！"匡胤道："贤弟，你这主意便欠高了。那众位乡亲要留下你的真容，原为镇压邪魔；如若照依本身而画，只恐不成模样。据愚兄之见，可加上幞头、红抹额、乌油巾、皂罗袍，手内拿一根竹节钢鞭，旁边只画一个猛虎。如此配合，方是威风出色。"郑恩大喜，道："二哥的主意不差，乐子及不得你。"便叫丹青："你只依着咱二哥画便了。"那丹青听罢，就把颜色配成，依了匡胤的言语，绘画起来。须臾画就，悬挂起来，众人一齐上前观看，果然画得威风凛凛，气象俨然。怎见得图像的好处：

　　铁幞头衬着抹额，乌油巾挂下龙鳞，皂罗袍纯似黑漆，乌云靴只用墨拖。左手执根竹节鞭，右手拿个金元宝，一只黑虎旁边卧，体段威严实怕人。

当下众人把图像看了，一齐夸奖个不了，郑恩听了满心欢喜道："画师，你果然真好手段！乐子再敬你三杯。"丹青推让道："神爷威镇小庄，我等咸叨福庇；今日传遗图像，理所当然，岂敢又辱赐惠。"郑恩道："乐子有言在先，必要再敬你三杯，你不必推辞。"遂又满满的酌了三杯递与丹青。那丹青不敢拂情，走上前，接来立饮毕，拜谢要行。郑恩道:"且慢,乐子还有一个薄意儿与你。"遂叫众人送了丹青一个礼儿,打发他去了。然后叫声:"众位乡亲,乐子就要告辞了。"那为首的老者道:"既神爷不肯少留,我们不敢相强;但我们略有盘费银二百两,望神爷带往前途,为路费之用。"郑恩道:"众乡亲,乐子在此,承你们的厚意,已是受当不尽;怎么还要你的盘缠,这是乐子断不受的。"众人道:"些须路费,不过少表一点敬心;神爷若不肯收,我们要下跪了。"郑恩急忙摇手道:"不要如此,待乐子收便了。"遂接了银子,打开包来,取了七八锭,叫道:"服侍乐子的两个小娃子过来,你们辛苦了几时,可拿去买果儿吃。"那二人拜谢。

郑恩卷好银子,揣在怀中,提了酸枣棍,负了行李——那郑恩本无行李,因是郑老者所备,故此也有了。匡胤亦将行李、兵器捎放好了,牵马出门,匡胤上马,郑恩步行,两个望前而走,众人随后送行,不觉走了五里多路。匡胤叫道:"贤弟,送君千里,终须一别,你怎不叫众人请回,还要送到那里?"郑恩听言,回转身来,叫声:"列位乡亲,不必远送了!"那众人尚要再送一程,郑恩不许,道:"咱们后会有期,不必多礼。"众人无奈,只得挥泪别去。正是:

眼前图画终成假,路上殷勤才是真。

却说匡胤二人别了众人,望前迤逦而行,一路上饥餐渴饮,夜住晓行。两个在路说些闲话,一日到一高庄,寻下客店,安放了行李、马匹等件,两个坐在客房,酒饭已毕。时当昏暮,高剔银灯,匡胤心有所触,长叹数声。郑恩问道:"二哥,你为甚发叹?敢是这村店凄凉,不像那孟家庄上的那般闹热。乐子也曾劝你,你自己不听,要受苦楚。"匡胤道:"贤弟说那里话来?愚兄想:人生在世,如驹过隙,你我二人终日奔波,尚无归着,空费岁月,所以叹耳!"郑恩笑道:"二哥,你忒也着慌,乐子与你都是少年英雄,怕日后没有事业？愁他则甚！"匡胤亦便无言，两个各自安歇。

次日起来，正欲出门行路，匡胤忽然心不耐烦，只得住下。郑恩道："二哥，你若有甚心事，乐子现有银子在此，就叫店家去备些酒食，乐子与你解闷消遣可好么？"匡胤道："好，好！"郑恩遂向腰间取了两锭银子，便叫店家端整酒食，须要丰盛。那店家接了银子，便去叫人买办，整备烹调。不一时酒保送将酒肴进来，摆放桌上，便自出去。郑恩见肴馔丰满，心下大喜，掩上房门，便与匡胤对坐。两个畅怀欢饮，极尽绸缪，饮至午后，尚未撤席。

只听呀的一声，房门开处，蓦地里走进两个妇人来。匡胤举眼看他，年纪只好二十上下，身上都是一般打扮，青布衫儿，腰系白绫汗巾，头上也都一色儿青布盘扎。生得妖娆动人，狐媚勾人。手中各执着象板，轻移莲步，走上前来，见了二人，一齐万福。郑恩带着酒意，蒙眬问道："你这两个女娃娃，那里来的？来此做甚？"那两个妇人一齐轻启朱唇，娇声答道："妾等二人，俱在近村居住，自幼学得歌弹唱曲，雅舞技能，专在店铺宿房，服侍往来商客。今闻二位贵人在此，妾等姊妹二人谨来献羞劝侑。"匡胤此时也有几分酒意，一时心猿意马，拴缚不牢，便道："尔等既有妙技，便可歌唱一回，自有重赏。"那两个妇人即便轻敲象板，顿启柔喉，款款的唱出一阕《阮郎归》来，道：

  一别家乡音信杳，百种相思绕。眼前匀粉调脂妙，谁道相逢早？忆襄王，高唐渺，梦里何曾晓？怎如彩凤配青鸾，覆雨翻云好。

那两个妇人唱罢，好似黄鹂弄巧，宛转悠扬。匡胤听了大喜，称赞不休，又叫他歌舞。那两个妇人欲思迷惑，正中其怀，各施伎俩，带舞随歌，做作起来。但见万种妖娆，露出勾魂景态；千般娇艳，装成吸魄形容。匡胤酒酣情洽，意乱心迷，痴着脸儿只是呆看。

此时郑恩虽也有些酒意,却只斜靠身躯,凝眸谛视,心下暗想:"这两个娃娃,有些诧异,怎么歌舞只向着二哥做鬼?"斜眼觑那匡胤,见他如出神的一般,双睛只盯住在妇人身上,心下愈加疑惑。按定心思,运动那雌雄神眼,不转睛的把那两个妇人上下瞧科。正见他转折盘旋,移挪闪跃,却早看出破绽来了。立起身来,将桌子猛然一拍,大叫道:"二哥!这两个不是女娃娃,乃是妖怪,你不要被他弄了。"这一声早把匡胤提醒,如梦中惊觉,酒意全无,说道:"三弟,怎见他是个妖怪?"一句话尚未说完,这两个妇人知事已泄,各把手中象板变了两对儿柳叶刀,望着弟兄二人一齐直奔。郑恩慌取了酸枣棍,匡胤取刀不及,闪身解下鸾带,迎风变成了神煞棍棒,四个就在房中,捉对儿相拼。虽非疆场武事,也如房室颠狂。但见:

　　未分妖类,尽是人形。两女双男,不见洞房花烛;相交对敌,果然萧墙干戈。刀分处,棍棒齐钻,何异男贪女爱;棍搅时,柳刀迎合,怎殊倒凤颠鸾。为探真元滋妖艳,免不得先礼后兵;岂容氛秽乱清尘,毕竟要斩妖缚魅。

当下四个在房中,你争我斗,各施本领。耳中又听丁当之声,却把那桌子掀翻,碗盏尽都打碎。

先说郑恩与那个妇人对敌,约有半个时辰。郑恩本是有心提防,胸中已有算计,正要捉他破绽;不期那妇人侧身处正蹈了那地上肴馔,一时腻滑,立脚不定,将身一歪,正欲颠翻。郑恩趁势举起酸枣棍,用平生之力狠命一下,只听噗的一声,早把那妇人打倒:便是四肢不动,断火绝烟,原形反本——乃是一只玉石的琵琶,温润洁白,光彩晶莹。这一个妇人看见羽党已亡,谅难如愿,只得弃了匡胤,将身一折,变还了一个玉面的狐狸,思量逃走。郑恩那肯容情,蹿将过来,眼明手快,用力一棍,打倒在地。那狐狸负痛蹲伏不动,口里吱吱的叫,又经匡胤几下，早打得骨软皮残，绝淫断欲。正是：

> 凭他变化迷人巧，难免今朝棍下亡。

原来这二妖，专一变做美貌妇人迷惑男子，漏取真阳，补助自己工力。那愚人贪色误入彀中，将有用之身命，填入火坑，究竟所得不偿所失，亦何取哉？闲话休提。

只说那店家在外，当时房中举动之事，岂有不知的么？凭你房屋重叠，路径迂回，终须有些声响；况饭店之中，所隔有限，如何湮没无闻，不来照看？看官们有所未知：从来只口莫说双言，一笔难书两字，听在下慢慢分说，便见井井有条。那店家进来之时，就在这打翻桌子、碗盏丁当之际。他闻此声响，急忙赶至客房前，正见两对男女在这里争斗，心下只猜是奸淫不从，恃强相闹。欲待上前解劝，又见他各执凶器，性命相拼，怎好赤手空拳排难解纷，只好远远的立着张望风景。看到郑恩打死妇人之后，他便暗暗跌足道："怎么当真的将人打死？这还了得！"不一时，又见这个妇人倏忽不见，心下又想道："一定又把那个也打死了。这两个恁的行凶，必非善良之辈；我且进去与他理说，见机而作便了。"想罢，挺身而进，叫道："二位客人，清平世界，朗荡乾坤，怎么将人打死？却不害了小店受累，枉吃官司！不知二位如何主意？"匡胤未及开言，只见郑恩早把店家扯了过去，指道："店家，你且看着这是什么东西？还在这里说那梦话！"那店家定睛一看，见一个是玉石琵琶，一个是玉面狐狸，心下甚是惊骇，一时没做理会处，便道："客人，这是怎么讲？"匡胤道："店家，你原来不知，这两个并非人类，乃是多年妖物变化人形，迷害生灵谅也不少。今日俺兄弟二人若无半点本领，焉能除灭于它，必然亦被其害。它向来出入，难道通无消息，不见踪迹的么？"那店家听了这番言语，顿然省悟道："是了，是了！我们只道他进来趁些钱钞，谁知乃是个害人的恶物、吸髓的妖邪。怪道前番来的客人，进来都是强健身躯，与他交接之后，便是羸尪形象。我们只疑是房屋不利，也曾几次请法师建醮净宅，总然无益。原来是这孽畜作怪，实实不知。今日也算他恶贯满盈，遇着二位好汉断除了他，便是二位的阴德，方便于人。小店受此大恩，愧无答报，奈何？"那店家说罢，复又再三的称谢，然后往店中去了。

此时日色正当晌午，匡胤便欲收拾出门。郑恩道："且慢！乐子还有未了的事，如何去得？"不争郑恩有此周折，有分叫：程途遍历，波浪迭兴。正是：

　　　　爱向变中寻活计，喜从闹里觅生涯。

毕竟郑恩有甚未了之事？当看下回自知。

第二十八回

郑恩无心擒猎鸟　天禄有意抢龙驹

诗曰：

　　春风从何来？吹彼芳树枝。
　　客心多惆怅，日夕千万里。
　　出门异南北，偕往任所之。
　　愿言絷白驹，已见西日驰。
　　于心徒欲速，出没成参差。
　　徘徊一室中，恍惚始来时。
　　沉沉西林路，光暗从此辞。

右节录竹垞古体

话说赵匡胤与郑恩在饭店之中，遇了玉石琵琶、粉面狐狸两个妖怪，扮了走唱妇人，前来迷惑，反被郑恩识破机关。兄弟二人，同心并力，把二妖尽都打死，复了原形。匡胤正欲收拾行囊，出门上路，只见郑恩叫道："二哥且慢！这两个妖怪虽被咱们打死，但留下这个形象，不是好处。咱们有心除害，何不将他一齐收拾，免得又有后患。"匡胤道："贤弟言之有理。"遂叫两个伙家进来，把狐狸抬出店外，就在空地上取火焚烧。只觉得阵阵风飘，焦毛烂臭，须臾煨烬，便把这枯骨捣碎，抛弃于野。那郑恩又把那玉石琵琶取将出来，仍放在空地之上，扬起了酸枣棍，猛力一下，打做了七八块，块块都有血痕。匡胤见了，也自高兴，执了神煞棍棒，弟兄两个一顿乱打，顷刻间打成齑粉。叫那伙家把来扫去。两个一齐回进店房，只见房中排设一席酒筵，那店家在旁等候。匡胤动问其故，店家道："蒙二位好汉力除妖孽，免了民害；小店无以为报，只得薄治一杯蔬酒，少添二位的豪兴，望勿推辞。"匡胤道："既承老店主厚意，俺们只须领情便了。"那店家便请二人入席，自己执壶相敬，劝了多时，告辞出去。弟兄两个对饮谈心，各各尽量而散。看看天色将晚，出门不及，只得住下，又过了一宵。

次日，清晨起来，弟兄二人各自收拾行李，出房辞谢了店家上路。匡胤乘马，郑恩步行，两个取路望西而走。此时正是初春天气，正见草根透绿，树木萌芽。趱赶程途，非止一日，早见前面有座村镇，匡胤道："兄弟，俺们连日行路，有些辛苦，何不进这镇市，寻下店家，歇息数日，再行何如？"郑恩道："二哥说的不差，乐子也走得不耐烦，也要歇息歇息。"说罢，二人进了镇口，看的人烟凑集，闹热喧哗。当时寻下了招商店，把马匹交与当槽的喂养，拣了一间洁净的客房住下，安顿行李。须臾酒保送上酒食，二人用毕。看看天色已晚，二人各自安寝。

次日，用过了早饭，匡胤便叫店小二问道："此处叫什么地名？"小二道："客官，我们这个去处，乃是东西要路，名唤平阳镇，极是热闹。"匡胤谓郑恩道："三弟，我们东奔西驰，只为访寻大哥而来；不道连走几处，并无下落。今到这平阳镇，久闻是个通衢大路，来往人多，我们左右闲住在此，何不到外面走走，或者遇着大哥，亦未可知。贤弟你道何如？"郑恩道："二哥说的不差，只是咱们莫要白走，带着马去遛遛缰，放放青，也是好的。"匡胤依允，郑恩遂到槽头解了马，牵将出来。匡胤锁上房门，一齐出店而走。到那大街之上，真的店铺相连,往来不绝。两个鱼贯而行,来至三岔路口,不道行人阻住,挨挤不开。众人你推我攘,哄的一冲,竟把弟兄二人冲为两处。匡胤不见了郑恩,分开众人,四望找寻,不见踪迹,心下想道:"这鲁夫,不知挤到那里去了?或者不见了我,牵马先回下处不成?"心下疑惑,转身便回店家去了。

　　那郑恩因不见了匡胤,也在那里寻觅,心下疑是先往前行,因而牵了马望前奔走。约走一箭之地,只见那边一簇人,团团围裹在那里看耍傀儡的,心中想道:"敢是二哥在内观看,也不可知,待乐子瞧这一瞧。"遂带住了马,挨身在众人背后观看。见那扮演傀儡,玲珑尽致。郑恩看到快乐之际,不觉哈哈大笑,把手拍将起来,侧耳摇头,十分欢喜。谁知一拍手时,把缰绳松了下来,那马见脱了缰绳,便舒开四蹄,望前驰骤。郑恩正看得高兴,耳边忽听马蹄之声,回头一看,那马已是去远了,慌忙拔步去赶,不知不觉赶出了平阳镇。离镇已有二里之遥,赶到一座大树林中,方才把马拿住。郑恩赶得怒发,使着性儿,把马连打了几拳,牵住缰绳,将身席地而坐。

　　见那树林茂密,倒也幽雅。正在抬头瞧看,忽听得一声铃响,只见一只带脚线的黄鹰,飞来落在地下,尾上还带着铃儿,那身上的毛色,生得齐整可爱。郑恩本是粗鲁之人,焉能识得?当时见了黄鹰,心中大喜,道:"乐子正在烦恼,不知那里来的这只野鸡儿,倒也肥壮,待乐子拿回店去,配与二哥下酒,也不枉白走一场。"遂把马拴在树上,踅将过去,将鹰拿住。那鹰见人捉他,也掉过头来,把郑恩手上狠命的一啄,再也不放。郑恩大怒,慌把那鹰一手抓住,往地下只一摔,将脚踏住了,把身上的毛片,登时捋得干净。那鹰满身负痛,只在地上打滚儿乱叫。郑恩看了,大笑道:"你这驴球入的,如今还啄得乐子么?停会儿还叫你热汤里去洗澡哩!"

　　正在说着,只见那边来了一伙人,牵了小犬,拿着哨棒,一齐跑到林子里来寻获黄鹰,但见地上堆下鹰毛,那鹰赤着身儿,在地死命的乱挣。众人见了，各各惊讶道："是谁把俺家的鹰儿弄死了？"把眼团团一看，见了郑恩坐在那边，一齐道："莫不是那边这黑汉不成？我们去套问他，便知是否。"说罢，一齐走上前去，叫声："汉子，方才我们有只黄鹰儿飞了过来，你可也见么？"郑恩道："乐子正在坐地，只见一只野鸡飞来，乐子已把毛衣去掉，要带回去配来下酒。却不曾见有什么黄鹰儿！"众人听了，一齐乱嚷道："好大胆的毛贼！原来就是你把我家的鹰儿弄死了！这是怎的？快快赔了我们，饶你的打骂。"郑恩听了，睁圆双眼，开言骂道："驴球入的！这是咱乐子拾得的野鸡，与你们什么相干？怎么你们说是黄鹰儿，在这里冒要。休想乐子把来与你。"那众人听了，亦是大骂道："该死的狗头！这是我家公子养的，这一架鹰儿，如同至宝。方才拿了兔，被一拳儿打蒙了，飞来这林子里歇息。你这狗头却认做了野鸡，把来害了性命。如今总无别说，你只好好的赔了便罢；若没得赔，还须跟我们去见公子，当面与你说话。或者公子不要你赔，也是你的造化，我们也脱了干系。你若指望安稳的回去，这却万万不能的。"郑恩听了，便问道："我且问你，这公子是何等样人？叫什么名儿？"众人道："原来你是野外的狗头，那里知道！俺们实对你说，你便晓得公子的厉害哩！我这公子，不是别人，就是本镇团练教师韩老爷的公子。他性如烈火，动手就要打人。你这狗头，快快跟我们去；若再迟延，便要打断你的狗筋，莫要后悔。"内中有几个道："你们也不必与他费舌，只消拿这狗头去见公子就是了。"众人说声"有理"，一齐动手来拿郑恩。郑恩大怒，提起拳头就打。那众人见郑恩发手，就便各举哨棒，乱打将来。郑恩那里惧怕，抡开拳头，如流星赶月一般，四面挥打，须臾打倒了数人。那众人见无好势，恐怕他走脱了，只得一齐发喊，远远的围住，把郑恩困在中间。

　　正在攻打之际，只见韩公子带了几个乡兵，随后到来，见众人围住厮打，便叫过一个来问道："你们为何厮打？"那人答道："这黑汉因把我们的黄鹰弄死了，我们要他赔，他却不肯，所以在此厮打。"那韩公子听言，把眼往围中一看，心下暗自想道："好一条梢长大汉！看他赤手光拳，敌住众人的哨棒，谅他也是个不善魔头。"又见那边树上拴着一匹红马，好生齐整，体段调良，心中甚是爱慕，谅着必是此人之物，一时起了念头，道："这匹马，难道不值我的鹰么？我只消牵了他的马去，他若要马，不怕不赔我的鹰。"想定主意，趁这厮闹之中，便叫手下人暗暗去解下缰绳，牵到跟前，将身跳上，令人高声叫道："尔等听着：这黑汉既坏了我家鹰，公子已把他马牵回去了。他若要马，自然赔鹰；他若没有鹰赔，就把这马折算了。尔等各自回去，也不必与他厮闹了。"说完，跟了韩公子，一直奔回店上去了。那些打围的众人，听了吩咐，脱了赔鹰的干系，谁肯又来作恶，也就一哄地跑散去了。

郑恩瞧看，不见了马，连忙跑出林子来，东张西望。不但马无踪迹，连人影儿也不见一些了。心中气发，暴跳如雷，只在这林子里跑出跑进，往回了数次，没做理会，只得高声大骂了一回。见没处追寻，使着性子拔步就走。一口气跑回平阳镇，进了招商店，到着房中，已见匡胤在内坐着。郑恩走得吃力，坐下身躯，闭了口只是喘息。匡胤见了这等模样，便叫："兄弟，你方才怎么挤开了？在那里耽搁多时？如今这马可拴在槽上不曾？为甚这般光景？"郑恩摇手，只是乱喘，一句话也说不出来。匡胤见了愈加疑惑，复又问他端的。郑恩只是不应，喘了半日，方才说道："二哥，你倒问起咱来；乐子好好地走，不见了你，偏偏你的马又溜了缰！"匡胤听说，心中吃了一惊，慌忙问道："因甚这马溜了缰？你可拿住也否？"郑恩道："一匹马怎说拿他不住？被乐子一口气赶到一座树林里，把马拿住了。只是可恨那个驴球入的贼子！"匡胤忙问道："既拿住了马，有甚的贼子可恨？"郑恩道："咱吃亏在一只弯嘴的野鸡儿，那时飞进林来，被乐子拿住了，把他的毛衣尽都揪去，指望带回来与二哥下酒。谁知遇着一伙人,来寻什么鹰儿,要乐子赔他。乐子不肯,就和他厮打。可恼这些娃子驴球入的多,趁着空儿,就把二哥的马牵去了。"匡胤道:"怎么把马牵了去?你可曾追赶么?"郑恩道:"乐子本是要追,怎奈他走得无影无踪,没处追寻,故此只得跑了回来,与你商量。"匡胤听他失去了马,便道:"三弟,你忒也粗鲁了些,既然闹市中挤散,就该回店才是,怎么又去招灾惹祸。如今坐骑被人抢了去,只看这沉重行李,没有脚力担负,怎好行程赶路?"正在埋怨,郑恩忽然想起,道:"二哥,你休埋怨;那个牵马的是有名的人,如今咱们和这驴球入的要就是了。"匡胤便问道:"既有名姓,这马就有着落了。但不知他的姓名,你怎地知道?"郑恩道:"那时未曾厮打,乐子也曾问他,他说是什么团练教师韩老爷的公子,岂不是个有名儿的人么。"匡胤道:"既然有此着落,就好追寻。只消与店小二问明他的住处,和你前去取讨便了。"正是:

　　　　得者何足喜,失者不为忧。
　　　　须知塞翁意,喜恐变成忧。

当下匡胤便唤店小二进来,问道:"这里有个团练教师,不知住在何处?"店小二道:"客官问他有何事故?"匡胤道:"我这个兄弟方才出去放马,不道溜了缰,被韩教师家的什么公子抢了去。我们要去取讨,所以问你。"店小二道:"原来如此。客官,我劝你把此事歇了罢,莫说一匹马,就是十匹,总也要不来的。"匡胤道:"却是为何,有这等势要?"店小二道:"客官有所未知,这个公子名叫韩天禄,他的父亲名唤韩通。此人拳棒精熟,作恶多端。两年前从大名府带了家小,来到我们镇上,倚仗着惯使枪棒拳脚,横行无状;我们做买卖的多要吃分开钱。他把刘员外家偌大的一所庄子,硬强霸夺,作了住宅,自己称为团练教师。他手下有一二百个徒弟,又豢养些乡兵,唤奴使婢，雄踞此地，每日到镇上科敛些许百姓们，要凑纳十两长税银子。众人惧怕他的威势，谁敢违拗了他！以此又是纵放儿子，常在外边淫人妻女，诈人财帛。这些恶款多端，横行不法，我们本地之人尚且惧怕，何况二位客官乃是异乡之人，怎好与他做对？故此奉劝客官，把这事甘休了罢，保得个平安无事，就算万幸了。"匡胤听毕，心中想道："原来就是韩通这厮，又在这里不法害民，我怎肯饶他！"便道："小二哥，你也不须这等担惊受怕，我这马，要不要尚在未定，你只说他的住处在于何方就是了。"小二道："既客官一定要去，我便说明这个住处，听从行止便了。他的庄子，就在这平阳镇正南上，野鸡林过去，一座大树林内便是。想是那马也在此地失的，客官们到彼，须要仔细。"那店小二说完，竟自出去了。

匡胤道："兄弟，你道这抢马的是谁？原来就是我时常对你说的，在大名府勾栏院打的韩通这厮。他又在此地害民，我且再与他厮闹一场，看他此地住得也住不得？"郑恩道："乐子却认得野鸡林。咱们趁此日中天气，正好寻到他家，有本事讨马回来，便好了账。"说罢，提了酸枣棍，同匡胤出了店门，撒开脚步，赶到野鸡林，至那大树林尽头，寻着了庄子。匡胤道："兄弟，你且去引他出来，好待愚兄与他算账。"匡胤说罢，自己闪在密树林中，暗暗张望。那郑恩执了酸枣棍，恶狠狠奔至广梁门首，放出那春雷般的声音，要把韩通叫骂出来。有分叫：狭路相逢，再教强梁失势；穷途发愤，才使棍恶从良。正是：

徒知背理谋身计，怎识安民除暴风？

毕竟韩通肯出来否？再看下回自知。

第二十九回

平阳镇二打韩通　七圣庙一番伏状

词曰：

　　君行无良，鸠居鹊巢安羡？快当时，欲心贪恋。恃才妄作非为现，末路垂危，可否能常僭？　　到如今，回首他乡仍奠。人殊势异腼颜面，且效他投笔封侯，思想盖前愆，乃使吾成验。

右调《锦缠道》

　　话说郑恩失去了赵匡胤的赤兔胭脂马，跑回店来诉与匡胤知道。匡胤细问店家，方知就是韩通抢去。弟兄二人一齐来至野鸡林外，寻着了韩通僭住的这所庄子。匡胤便叫郑恩前去叫骂，自己闪在林中张望。那郑恩到广梁门首，看见里面没人出来，反把门儿紧紧的关闭，由不得心中大怒，便大骂道："韩通的狗儿！驴球入的，你既然害怕，不敢出来，就不该叫你娃子来抢乐子的马了。你若知事的，快快出来相会，乐子就一笔勾销；你若不肯出来相会，乐子就要打折你的窝巢哩！"口里骂着，手里不觉粗鲁起来，挺起了酸枣棍在门上乱打，须臾将广梁门打了大大的窟窿。里面守门的看了，慌忙跑进厅去，禀知韩通。

　　此时韩通正坐家中，听知儿子得了宝马，即叫牵来观看，果是一匹赤兔龙驹，心下欢喜不尽。吩咐家人整备庆贺筵席，做个龙驹大会。赏过了那些跟随出猎的众人，于是父子夫妻及众徒弟等，正要各各入席欢饮。猛见守门的进来通报，说是黑汉打门，要讨马匹，现在外边叫骂。韩通听了，勃然大怒，即时点齐了众徒弟，带了儿子天禄，各执兵器，一齐往外边来。吩咐把大门开了，哄的拥将出去。

那郑恩正在叫骂，忽见大门已开，拥出一群人来，两边雁字儿分开。举眼看那中间为首的，也是勇猛，只见他：

> 头戴一字青巾，身着杏黄箭服。乌鞋战裤簇新新，拳棒精通独步。
> 暴突金睛威武，横生裂目凶顽。手提哨棒鬼神惊，不愧名称二虎。

郑恩大喝一声道："那穿杏黄袄子的，敢是韩通儿么？"那韩通听得叫他名氏，抬头往外看着，果然好一条大汉。怎见得：

> 乌绫帕勒黑毡帽，罩体披袍是皂青。
> 蓝布卷袱腰内结，裹脚鞜鞋皆用青。
> 手执一根酸枣棍，威风凛凛世人钦。
> 烟熏太岁争相似，火炼金刚不让称。

韩通见了，大呼道："俺便是韩通，你是甚人，敢来犯俺？"郑恩道："乐子姓郑名恩。今日到此，非为别事，只为你的娃子把咱的宝马抢来藏过了，故此特来取讨。你若晓事，送了出来，乐子便佛眼儿相看；若你强横不还，只怕乐子手中这酸枣棍，不肯与你甘休。"韩通听了大怒，叫声："黑贼！你怎敢出言无状？谁见你的马来？你今日无故前来，把我大门打碎，这是你自要寻死，休来怨俺。"说罢，举起哨棒当头打来，郑恩举棍扑面相迎。两个打在当场，斗在一处，真个一场大战。但见：

一般兵器，两个雄心。一般兵器，棍打棒，棒迎棍，光闪闪不亚蛟龙空里舞；两个雄心，我擒你，你拿我，气赳赳俨如虎豹岭头争。初交手怎辨雌雄，只觉得尘土飞扬，疑是天公布雾；到后来才分高下，一任你喊声振举，须知人力摧残。

当下两个各施本领，战斗多时，不觉的斗了三十回合。郑恩本事不济，看看要败下来了。匡胤在树林中见的亲切，恐怕郑恩有失，暗暗解下腰中鸾带，顺手一抖，变成了神煞棍棒，轻轻的溜将出来，大喝一声道："韩通的贼！休要恃强。你可记得在大名府哀求的言语么？今日又在此地胡行，怎的容你？"那韩通正要把郑恩打倒，忽地见匡胤蹿到面前，吃了一惊。往后一退，匡胤趁势只一扫脚棍，早把韩通打倒在地。

说话的：韩通未及交手，怎么就被匡胤打倒？这等看起来，则是韩通并无本事，绝少技能，如何在平阳镇上称雄做霸，行教传徒？倒不如敛迹潜踪，偷生度日，也免了当场出丑，过后遗羞。看官们有所未知，从来事有必至，理有固然。转败为胜，移弱为强，其中却有一段变易的机趣，幻妙的工夫。如今只将拳法而论，匡胤所学，本是不及韩通。若使两下公平交易，走手起来，以视郑恩曾经救驾，武艺略高，今日尚且输了锐气，则匡胤定当甘拜下风矣！怎奈彼时在大名府初会之时，幸有鬼神呵护，暗里施为，所以匡胤占了上风，把韩通无存身之地，远处逃窜。今日二次相逢，又是韩通未曾提防，匡胤有心暗算，合了兵法所云"出其不意，攻其无备"，所以又占了上风。即如第三番相会，仍使韩通失手。正如博家掷色所言，又犯盆口之意。总而言之，只是个王者不死而已。闲话表过，不敢絮繁。

只说当下匡胤打倒了韩通，只一脚踏住胸膛，左手抡拳，照着脸上就打。初时韩通尚可挨抵，打到后来，只是哎哟连声，死命的狠挣。数次发昏，一时省不起是谁？那郑恩在旁观看，心中好不欢喜。正如：

> 贫人获至宝，寒士步瀛洲。

那郑恩叫道："二哥，你这拳头只怕没些意思，这个横行生事的驴球入的，留他何用？不如待乐子奉敬几棍，送了他性命，与这里百姓们除了大害，也是咱们的一件好事。"郑恩乃天生粗鲁，质性直爽，口里方才说完，手里就举起了酸枣棍，便望韩通要打。匡胤连忙止住，道："不可！我这拳头，他已是尽够受用了。贤弟，不必粗心，且留这厮活口，别有话说。"郑恩依言，只得提了酸枣棍，恶狠狠立在旁边。

那韩通的儿子和这些徒弟们，欲要上前解救，见那匡胤相貌非凡，身材雄壮，定是个难斗的英雄；二来怕那郑恩行凶，若使上前动手相救，倘他果把枣棍一举，韩通的性命就难保了；又听得匡胤说"且留活口"，谅来性命还可不妨，只得也不多言，也不动手，一个个袖手旁观，都在门前站立。这正如两句俗语说的：

> 嫩草怕霜霜怕日，恶人还被恶人磨。

当时匡胤一手揪着韩通的头发，一手执着拳头，照在韩通脸上，喝声："韩通！你且睁开驴眼，看我是谁？"此时韩通已是打得眼肿鼻歪，身体又被踏住，动弹不得。听见匡胤问他，便把双目乱睁，睁了半响，方才开了一线儿微光，仔细往上爬上一看，方知是赵匡胤，唬得哽气倒噎，懊悔莫及。心下想道："好厉害！怎么他又在这里助那黑汉？可见我的造化低，又遇了这个魔头。免不得要下气伏软些，才可保全性命。"于是欢容的笑道："原来是赵公子驾临！自从在大名府一别，直到如今，不知公子可安否？"匡胤笑道："你既认得是我，可知当日在大名府打了你，如今可还害怕么？"韩通听问，想道："我前番虽曾挨他的打，连妻子也不知道。今日这些徒弟和我儿子在此，若灭尽了锐气,日后怎好出头?"仔细思量,莫输口气,输了身子罢,便道:"公子,我与你多年相好,厮招厮敬,连面也不曾红过,今日如何取笑?请到舍下一叙久别之情,才见气谊的朋友。"匡胤喝道:"韩通!我看你光棍样儿,对着众人面前,恐怕害羞,不肯认账。我也不与你多说,只教你再受几拳,与众人看看何如?"说罢,又要挥拳打下。韩通方才慌了,只得不顾羞惭,哀哀的说道:"赵舍人!莫再打了。自在大名府见教一次,到如今想起来,真是害怕,梦魂皆惊。乞公子海量宽容,饶了我罢!"匡胤道:"你既害怕,要我相饶,须要听我吩咐:你从今日快快离了此地,别处安身,改恶从善。再把这座庄子交还原人,我便饶你。若不依我言,仍在平阳镇上残害百姓,俺在早晚之间,必然取你性命。"韩通道:"公子吩咐,怎敢不依?"匡胤道:"你既依允,俺便放你起来,与众人速往平阳镇去,写下一张执照,方才放你。"韩通只要性命,满口应承。匡胤把脚一松,韩通爬了起来,呆呆地立着,敢怒而不敢言。那郑恩在旁,说道:"驴球入的!快把乐子的马牵了出来,待咱的二哥骑了,好回平阳镇去。"韩通听了,那里还敢不依,连忙叫人,快把这马牵来交与匡胤。匡胤把神煞棍棒变成鸾带,束在腰间,跨上龙驹。郑恩拿了酸枣棍,带了韩通,把后边人喝住,不许一人同行。

　　当时三个人出了野鸡林,来到平阳镇口,登时轰动许多百姓,齐来观看,多说道:"这是横行害民的团练教师爷,平日间只有他如狼似虎,还有谁人敢说他一个不字。今日为着甚来,掉在这里?"内中一个走上前来,叫道:"团练老爷,你定下的每日规矩,要的这十两税银,我们凑份已齐,怎么今日不来收取?想是要我们到衙门里来完办么?"又一个道:"众位,且看他装这狗熊之形,想是要去上圈哩!只是把往日英雄,一朝失了,觉得带累我们羞杀。"韩通听了这些言语,羞惭满面,低头而行。匡胤叫道:"列位也不必多言!今日俺与你们解释了此事,便是两无干碍,各奔前程。列位可同我前去,要他写了一张执照，便好打发他起身。"众人道："好汉所处极当！"遂一齐来到十字街头，却有一座七圣庙，庙前有一座亭子。匡胤跳下马来，把马拴在柱子上，便说道："你们众位之中，有那年高德厚，请进几位，看他写下执照，再寻原主刘员外进来，当面交还庄子。"众百姓中有人答应道："那刘员外也在此间。"匡胤邀进亭中，就叫那百姓共同推举，议了五位老者——多是年及六旬、仁厚长者，齐往亭子内恭听调度。匡胤又叫人去取了凳桌，就请六位老者两旁坐下。中间摆下桌子，又取了纸墨笔砚，安放好了。匡胤然后开口道："各位长者！非是在下沽名邀誉，妄断乡评。只为俺一生最喜锄强扶弱，屏恶携良，因此路见不平，权为公举。倘有不合于礼，各位亦须面斥其非，方见公道。"那老者道："好汉为民处分，已是极循道理的了，有甚不合，致使我等饶舌。请自尊裁，不必过谦。"匡胤便叫韩通过来，谓之道："今日此举，并非俺苛刻于你；只因你行己不法，虐戾良民，须要自己服罪。俺不过大义而行，只叫你写下执照，不许再来。还要交还刘员外房屋，诸事清楚，俺便放你去路。"韩通到此地步，怎敢不依？提起笔来，就像犯人画招一般，登时把执照写完。名氏底下扎了花押，双手递与匡胤。匡胤接来一看，只见上面写来，果是明白干净，永无更变的。写道：

　　具伏辩韩通，为因己性不明，冒居平阳镇刘宅房屋，欺公藐法，横害良民，种种非为，果堪众愤。但从古开自新之路，君子宽已往之追。自知不容于此地，愿将该有庄房交还原主，全家远避，不复相侵。如后再至平阳，有犯一草一木者，愿甘众处。故立执照，永远存据。

匡胤看毕，递与众老者看了一遍，多说道："写得不错，好汉便须放他去罢！"匡胤依言，即着韩通速速回家收拾，出房交割，快离了此地，不许停留。韩通得了性命，抱头鼠窜的去了。

那几个老者都想："韩通虽然写下伏辩而去，犹恐事有反复，虑他日后再来，如何抵挡？"遂一齐说道："请问二位好汉，尊姓大名？老汉等有一委曲之言，愿乞允诺。"匡胤道："在下姓赵，这是结义兄弟姓郑。不知列位有何下教？愿乞明示。"老者道："某等众人，蒙二位英雄路见不平，打了韩通，将他赶去。只怕这恶棍面虽顺从，心不甘服，日后知得二位去后，再来肆毒，我们合镇人民，便难承受了。所以我等私意，欲屈二位英雄留住此间，权住几月，与我们百姓做个护身。待他果已不来，然后请尊驾行动，不知可否？"匡胤道："韩通此去，定是永不敢来，列位放心，不须多虑。况在下各有正事，不便在此久住。"说罢，就要辞别。众人那里肯舍，一齐在亭子外拦住，不肯放行。那郑恩吃惯了现成酒饭，听见众人苦苦相留，心中暗自欢喜，叫道："二哥，咱们打去了韩通，虽然与他们除了害，只是咱们去后，这驴球入的果然再来，叫这百姓们怎禁得起？他们留咱，决然也有信义。前日乐子在兴隆庄镇邪，也住了几时。今日他们叫住几月，绝不误了正事，便与他做个护身，有何妨害？况且这里是关西一带四通八达的地方，闲着工夫，探问柴大哥的消息也是好的。"匡胤低头想道："我本为寻访大哥，故此终日奔波道路。今郑恩所言，甚是有理，我何必拒绝于他，拂情太甚？"遂说道："既承众位厚意相留，只得领教了。但今先要说过，多则一月，少则半月，在下便要起身，莫再推阻。"那老者道："二位英雄有心住下，只过了几月，任凭起行。"于是匡胤、郑恩权在这七圣庙内安住。又叫人往招商店去，把行李、包裹、兵器一齐取了来。又把那马拴在殿后偏间内。自此每日三餐，众人轮流供养。闲暇无事，又往街上访体柴荣消息。这且按下不提。

却说韩通得了性命，忙忙然如丧家之狗，窜出了平阳镇，将至野鸡林来，只见儿子韩天禄领了众徒弟前来迎接。问起其事，韩通把写伏辩等，一一说了，道："如今这里住不得了，我们快快回家收拾，连夜起身。"说罢，一齐来至家中，又与娘子说知了，就把那所备的龙驹会筵席，各各饱餐了一顿，韩通又取些跌打的丹药嗷了一服。然后众人收拾了金银、衣服、细软等物，打成驮子，家口上了车子。父子二人带了徒弟家人，一齐保着车驮，连夜起行，离了平阳镇所属地方，望着禅州去路而走。只因这番投奔，有分叫：遇故谋新，大郡壮风云之色；改弦易辙，图王添羽翼之臣。正是：

  但凭韬略行藏技，何惧山林跋涉劳。

毕竟韩通此去何处安身？且看下回分解。

第三十回

世宗荐朋资帏幄　弘肇被谮陷身家

词曰：

幸相殷遇，诉风诉雨。汲引同袍，羡他推许。良朋共吐衷怀，庆英材。　孤忠惜被权奸挤，情何已！君心竟辜负，斯意敢期龙比。留此官箴，万古咸称。

右调《怨王孙》

话说韩通既被赵匡胤责写了伏状，连夜奔回家中，收拾细软物件，妻女上了车子，自己与儿子及徒弟等，各各乘马，取了哨棒，护拥了车仗，望着禅州大路而行。一路上思前想后，打算安身之处，欲要养成锐气，俟报此仇，无奈彼此商议，仍无定所。正闷行之间，只见前面一伙行人，约有三四十个，多拿着枪刀剑戟而走。韩通暗想："此伙必是歹人，待我问他端的。"遂拍马上前，高声喝道："尔等手执刀枪，往那里去的？"那众人抬头一看，见韩通人物轩昂，鞍马高大，知非寻常之士，不敢怠慢，说道："马上壮士，我等俱系近处百姓，因为度日艰难，闻得禅州郭令公招军，故此前去应募。"韩通听言，心下又是暗想道："我被赵匡胤这贼连打两次，闪得我无家可奔，无国可投；今又尚在道路傍徨，我何不将机就计，把这些人收在手下，同上禅州，倘能够寻得大小前程，便好报这仇恨了。"主意已定，开言说道："尔等既要投军，可多跟着我走。那禅州的郭令公，是我亲戚，我今正要去见他，管取你们一到就有粮吃。就是那路上的盘费，都是我应给。"那众人听言，俱各欢喜道："既是将军怜恤，我等情愿跟随前去。"韩通大喜，遂取些银钞，散给众人，一齐望禅州而来。

到了禅州城中，寻下客店，安顿了家小众人，自己出外打听。闻得人说："凡有投军的，必须先到监军府去报名投见，然后引至都元帅处验看，才有职事。"韩通闻了这信，急忙回至店中，打点了投见的手本，加了一个礼单，换了一套新衣服，领着众人来到监军府前，随了那些四方来的投军人众，把手本递了进去，等候传见。

不多时，只见一个军校走将出来，道："那一位是投军的韩通？监军老爷有令箭相传，快进去参见。"韩通听令，上前答应道："在下便是韩通。"那军校随引进了角门，至大堂阶下，跪着道："投军人韩通报名参见。"那监军不是别人，正是柴荣，见了韩通，慌忙离座下阶，用手扶起道："贤友请起！"原来韩通与柴荣自幼相交，极称莫逆；后来天各一方，遂而疏阔。今日收募军人，先前见了手本上的名姓，已是疑惑；犹恐不是，故此单传进去，面视是否，不期果是韩通。当下柴荣扶起了韩通，那韩通见了柴荣，亦是惭愧，遂携手上堂，重新见礼坐下。韩通道："自与台兄分别，不觉数年，谁知大驾执掌兵权，如此荣耀！若论韩某旧日交情，一定沾恩矣！"柴荣道："久知贤兄精通武艺，勇略过人；小弟正欲差人寻请，不意今日相遇，诚三生之幸也！况郭元帅乃小弟姑丈，俟明日引见，得睹贤兄如此英才，何愁不大用耶！"说罢，遂命军校传取各路投军人等，进堂看验，载册送进帅府，以备编伍操演。公事已毕，即命承办人整备筵席，款待韩通。

到了次日清晨，柴荣把韩通引进帅府，参见了郭威。郭威见韩通壮年人才，仪表不俗，心下早有几分爱恤；又遇柴荣称赞才能，极力荐举，更加欢喜。遂赏了一张委牌，命他权领五营团练使司之职，仍同柴荣招纳四方豪杰，每日操演兵马。韩通受命，拜谢出来，同了柴荣归监军府，自此一心供职，竭力同谋。按下慢提。

且说汉主自即位以来，听谗贪色，黩货远贤。大兴土木之工，黎民甚是怨恨。平日又宠用了一个国丈，名叫苏凤吉，生成妒害忠良，笼络奸小，在朝十奏九准，任意横行。群臣侧目而视，谁敢多言作对！那日却有细作打探回来，将郭威招兵买马之事，密密报知。苏凤吉得此消息，即于次日早朝，执笏上殿，俯伏奏道："臣昨接密报，称是郭威在澶州招兵买马，大有谋叛之心。乞陛下早为剪除，以免后患。"汉主闻奏大惊，道："怎奈郭威阴蓄不臣之心，有乖王法；太师有何良策，急与朕处裁？"苏凤吉奏道："陛下且不必性急，依臣愚意，可差官赍旨往澶州调取郭威。彼若恪守臣节，自必随使来京；若有谋反之心，必然不至。那时陛下再遣将发兵，名正言顺，往彼问罪；郭威既不敢抗命，又使在朝诸臣不生异言矣！望陛下龙心裁夺。"汉主听奏，龙颜大喜，道："太师所奏，真乃治国之良谋也！朕当准奏。"苏凤吉谢恩起来，汉主正欲敕旨差官，忽见阶下一臣，红袍金幞，玉带乌靴，执笏当胸，上前奏道："陛下！不可听谗谮之言，误了国家大事。"汉主举目看时，乃是平章事史弘肇。汉主问道："朕因郭威阴蓄不轨，故此调取回京，别有处置。卿何阻焉？"弘肇道："非臣敢行阻拦，但思臣与郭威同佐先帝，披坚执锐，创业开基，成就社稷，君临天下，郭威多有勋劳。因此先帝简拔，托以重任，使之威镇澶州，诚国家之保障也。今陛下无故调取进京，君臣疑间，分明逼反重臣。臣恐郭威手下将士极多，决然生变。更且风闻各镇诸侯，人人自危，齐动干戈，陛下何以处之？愿陛下圣断为幸。"汉主道："不然！郭威自恃在外，招兵买马，显有谋反之心矣！今日若不早除，日后养成胚胎，悔已无及，卿勿多言再阻。"弘肇复奏道："郭威招兵买马，此乃深为国家之计，臣子职分所当为。陛下岂可以此事加罪，欲致郭威于死地，不以自戕其股肱乎？且陛下自即位以来，不行仁德之政，大兴土木之工，听谗陷忠，沉溺酒色，臣恐天下自此危矣！愿陛下亲贤远佞，贵德褒能。先斩苏凤吉于市曹，贬苏后于冷宫，肃清朝宁，靖其内患；然后再加郭威王位，稳住其心；开帑库以赏军民，则人情感悦，自然皇图永固，内外皆安矣！"

汉主闻谏，勃然大怒道："朕自即位以来，一遵先帝遗命，未尝失德，汝反面斥朕躬宠奸溺害。你看民家富豪饱暖，尚且造建花园，以为春秋赏玩；朕今只建一所御园，亦未为大兴土木。苏娘娘乃朕之元配，又无失德，如何教朕黜他？朕思夫妇乃人之大伦，庶民之家，尚是笃于恩爱，况朕身率万民，焉有先薄其伦理，而能表正天下者？即苏凤吉所奏，实系为国远猷，非为一己之事，岂可因汝妒忌，使朕屈斩忠良。若依国法而论，汝之自恃功高，辄行诽谤，理当诛戮。姑念汝乃先帝老臣，宜从宽典，革职为民，永不录用。汝可速退，不必多缠。"

史弘肇见幼主不听他谏，反为革职，知是幼主溺于酒色，强谏无益，因不复再奏，暗暗叹气，立起身来往外要走。却见苏凤吉立在旁边，不觉心头火发，口内烟生，大骂道："误国欺君的奸贼！多是你蛊惑圣聪，颠倒朝政，以致人民怨望，藩镇离心，眼见锦绣江山，毕竟断送在你这奸贼之手！"苏凤吉亦大怒道："史弘肇！你只是回护郭威，想与他通同谋反，故此欲害我耶！"史弘肇益怒道："奸贼！你不思省过，尚敢乱言；你将血口喷人，情实可痛，我誓必与你拼一拼。"说罢，举起朝笏，照面门狠力一下。那朝笏折为三段，打得苏凤吉鼻眼歪斜，口流鲜血，一跤滚倒地下，喊叫道："皇上明鉴！史弘肇私通郭威，生心谋反，怪臣多言。当圣上面前，把臣毒打，望陛下天命救臣。"那汉主在龙床上，亲见史弘肇把苏凤吉打倒，又见喊叫，心中大怒，用手指定史弘肇，大骂道："万恶的奸贼！你道朕不明不仁，朕也不恼；当殿毁打太师，也还可恕；不该私通反叛，把朕的江山做情。你今大罪难容，留你必为后患。两边的，与朕把这奸贼绑赴市曹，候旨斩首示众！"只听得两边一声："领旨！"走出几个驾上官来，登时把史弘肇绑了。两旁文武个个惊骇，都怀不平，欲待上前保奏，又怕苏凤吉权奸势焰，只得叹息而已。正是：

惧祸不谈朝中事，贪生岂顾谏诤风。

当下苏凤吉又奏道："史弘肇私通谋叛，诛他本身，不足以尽其辜；应将满门家口一概斩戮，庶使后人尽怀警畏。"汉主悉准其奏，即传旨：命殿前校尉，速将史弘肇全家一同绑赴市曹处斩。那校尉领旨，带领禁兵，将史弘肇府第前后围住，可怜忠良眷属，不分良贱，老幼男女，尽行绑赴市曹。那满朝文武虽多，也有平日和弘肇情投意合的，到了此时，也不肯把性命去保。只有那在城的百姓，见了皆怀不平。三个一堆、五个一处的说道："天下才得太平几年，朝内又生这大变。只这史老爷，何等为国爱民，今日朝廷无辜将他杀了，只怕刀兵起在眼前，想多是我们百姓无福，又要遭此劫数了！"内中有个年老的，开言说道："列位！这些闲事，且莫要管他。老汉倒有一件紧要事情，要与众位商议，不知可使得么？"众人道："有甚事情，不妨明言。若可做得，无有不依。"老者道："列位！老汉想这史老爷，乃是忠臣，我们众百姓，平日间承他惠养爱恤。今日遭此大变，我们理该买些纸钱到法场上焚化，送史老爷归天，也见得我们百姓之情，不知众位心下何如？"众人齐声应道："有理！有理！我们当得都去送他。"于是大家出些银钱，多少不等，就去办了纸钱，一齐到市曹上来。

只见四面八方，军兵围住，那里有得空儿？那老者高声叫道："众位！可相让让儿，我们要进去送史老爷的。"遂拨开人众，齐到中间。举眼看那史弘肇及合家眷口，共有一百零三口，个个绑缚而立。那些围护的兵马在外，都是弓上弦、刀出鞘，四下站住。又有那些夜不收，各在四面巡逻。只见那史弘肇叹声叫道："皇天后土，实鉴我心。我史弘肇为国忘家，所得何罪？以致全家受戮！我生不能食奸贼之肉，死必啖奸贼之魂。"夫人在旁说道："老爷何必如此？古云'忠臣不怕死'，只愿死得其所而已。今日为国忘身，全家受戮，其中是非曲直，自有公论，老爷何必叹息？"史弘肇点首称善。

　　那些众百姓看了，俱各流泪，拥至跟前，一齐跪下。史弘肇问道："尔等前来，有何话说？"众人答道："小的们都是本城的百姓，一向在老爷马足之下，蒙老爷抚恤教养，何可报答？今日闻知老爷被害，小的们无以孝敬，聊备些许纸钱，伏乞老爷当面生受，以表小的们一点敬心。"说罢，就将纸钱抖开，点上了火，朝着史弘肇焚化，一齐放声大哭。史弘肇看了连叹数声，即便止住道："尔等百姓，不必如此。我平日为官，并无惠德及于尔等，诚有愧于古臣。况我年过花甲，福业随身，今日命该刀剁，岂敢怨尤！只图不愧此心而已。极承尔等送我老汉夫妇，九泉之下亦感厚情。但我有几句言词，尔等百姓须当谨记，则老汉虽死之日，犹生之年也！"众百姓道："老爷有甚教诲，小的们自当谨记！"史弘肇道："尔等众百姓听着：

　　　　在家俱要敬父母，百善之中孝独先。
　　　　弟兄友爱敦手足，乡邻和睦莫憎嫌。
　　　　教子须当明礼义，闺门训女母该严。
　　　　吃亏认可安本分，贫苦勤将技艺研。
　　　　随缘淡泊平情过，乐业安居无用煎。
　　　　任尔一生名与利，穷通得失总由天。"

　　史弘肇正在说话，只听得军民乱嚷道："朝廷驾帖来了！"那四下里看的百姓，一齐拍手道："不好了，驾帖来了，史老爷转眼就要丧命了！"时有兵士早把百姓赶开，监斩官起身拜了圣旨，供在营栅，吩咐："带过犯官听点。"遂把史弘肇签了犯由牌，即命带至引魂幡跟前。土工把两条芦席铺好在地，史弘肇夫妻对面跪下，怨气冲天，霎时间天昏地暗，日色无光，但见愁云漠漠，惨雾沉沉，刽子手提刀等候。只听得阴阳官报说："午时已到，快些开刀！"只听得一声炮响，众百姓一齐拍手，悲喊声喧，早把夫妇二人头儿落地——正是两股白气冲天，一双英魂西逝。有诗为证：

忧国勤民已数年，寸心终日惕乾乾。
天公偏使奸臣陷，血泪鹃啼满壤泉。

监斩官既看杀了史弘肇夫妻两口，又点名杀了合家良贱男妇，共计一百零三口，将那尸骸都已埋葬讫。监斩官进朝缴旨，汉主方才退朝。

到了次日，苏凤吉又奏汉主，早早差官调取郭威还朝。汉主准奏，即差翰林承旨孟业赍奉旨意，星夜往邺州，调取郭威克日进京，毋得违忤。孟业奉了旨意，辞驾出朝，带领从人，乘马出了汴梁城，往邺州进发不提。

却说河南归德府节度使史彦超，乃是史弘肇的胞弟，那日正在府中与手下属将饮酒闲谈，只见有一个漏网的家人跑进府来，见了彦超，把主人全家被害事情，一一哭诉了一遍。史彦超闻兄被害，登时惊惶满腹，怒气填胸，大叫一声："痛杀吾也！"登时晕倒在地。众将上前急救，半晌方醒，咬牙切齿，大声骂道："无道昏君！吾兄有汗马功劳，不思优待恩荣，反听奸臣谗谮，将吾兄长屈害。一命不足，又将全家抄戮。如此惨酷，理法已无。我誓必生擒奸贼，削去昏君，与我兄长报仇。"言罢，悲泪大痛。众将劝谕，方始收泪。遂谓众将道："既昏君害我兄长，早晚必有兵来寻害于我。吾今兵微将寡，如何抵敌？想吾兄长因为郭威而起，吾如今投奔于他，方可免祸，又好与兄长报仇。众位将军若肯同行，吾也不辞；不愿去者，吾也不强。"当有八员健将一齐答道："我等向受主将知遇之恩，未能报效。今日遇变，俱愿同行。"史彦超大喜,道:"既将军等皆肯同行,就此收拾行李,今日就要起身。"于是众将等各备行装。史彦超亦即收拾行程,保着家小,带了八将,离归德府,竟投禅州而来。按下慢表。

且说郭威一日正在帅府闲坐,忽见门官来禀道:"今有朝廷差官在外,乞元帅接旨。"郭威听了,急忙率领多官,齐出帅府迎接。钦差至堂上开读了圣旨,郭威心下大惊。且与钦差见礼,分宾而坐。茶罢,郭威开言问道:"钦差大人,圣旨到来,要调取郭威回京,不知所为何事?"那孟业忙赔笑脸,从容说这缘故出来。有分叫:激变了藩镇之将,指日兴兵;冷淡了忠勇之心,凭天安命。正是:

燕雀处堂事已坏,熊罴压境势何支?

毕竟孟业怎样回答?且看下回自有分明。

第三十一回

郭元帅澶郡兴兵　高怀德滑州鏖战

词曰：

君暗臣奸，看共把朝纲颠倒。股肱戕，贼衅边开，变由一诏。致来旗鼓惊心炮，烽烟云雾山河罩。叹群黎只向彼苍呼，谁堪告？　　将熊罴，勋猷报；士貔貅，诚作好。攻战拔弧，功成谈笑。一朝徒把勤王召，怕他义胆忠肝照。总徘徊，强将天意乖，空悲号。

右调《满江红》

话说郭威接了圣旨，心下不胜惊疑，便问钦差调取之由。那孟业笑容可掬，开言答道："老元戎！圣上因你在此招兵买马，积草屯粮，故此特差下官，特来调取你进京，要问端的。老元戎果无异心，不妨进京，当朝面质，那时自有忠良大臣，保举回任。若不进京，现有三般朝典在此，请老元戎裁夺定了，以便下官回朝复旨。"郭威听了，暗自沉吟："我若随诏进京，谅着多凶少吉；如不进京，这三般朝典，怎肯容情？今日就使起手，又恐兵微将寡，大事难成。况又闻苏凤吉行奸谗妒，把握朝纲。幼主近又昏暗无道，不念功臣，欲行剪灭，事在万难，如何处置？"想念多时，并无主意。那孟业又催促道："老元戎！下官奉旨前来宣召，不许停留；若抗违朝廷，只恐法度不能容情，那时悔已无及。"

正在逼勒之际，只见阶下一人，手按宝剑走上堂来，大声叫道："元帅！不可听诱引之词，自堕奸计；若一进京，断无再生之理矣！"郭威举目视之，乃是监军柴荣。郭威道："天子明诏，调取入京，怎好违忤？"孟业道："便是如此，某亦难以复旨。"柴荣道："当今幼主无道，听信奸邪；不念武臣汗马之功，保安社稷。终日深宫般乐，好色贪财，以致是非颠倒，赏罚不明。昨又闻报，史平章全家受戮，如此忠良屈害，岂不可伤！今日这道旨意，一定又是苏贼之计，逼反镇臣，要害元帅。"又指了孟业骂道："都是你这班狐群狗党之类，逢迎君上，误国害民。今日合该丧命，来得凑巧。汝等众位将军，看我手刃此贼！"说罢，举手中剑，望孟业一刺，登时血溅尘埃，身躯倒地。两边众将一齐拍手道："杀得好！杀得好！大快人心也。"那郭威本欲阻挡，奈一时劝慰不及，只得喝道："汝这小子，不自忖量，轻举妄动，擅杀钦差；朝廷知道，发兵问罪，那时难免灭门之祸矣！"柴荣道："元帅！自古英雄，须要识时务。目今朝纲变乱，国事日非，元帅国之大臣，功业素著；况又掌握大军，据守重镇，趁此机会，正好兴兵举事；杀上汴梁，除奸去佞，别立新君，有何不可？"众将闻了此言，一齐说道："柴监军之言有理！元帅不可错过机会，图王定霸，在此一举。某等愿效犬马之劳，共成大事。"

郭威见人心变动，心中暗喜，说道："列位将军！虽承美意保佐本帅起兵，只怕德薄福微，不能成事；日后偾败，不但辜负众位之心，且使本帅亦无存身之地，奈如之何？"正言之间，只见一人应声说道："明公不必狐疑，当从众将之言，谋取大事，某敢保其必胜，共襄王业也！"郭威视之，乃是太原人，姓王名朴，字子让。生得面如美玉，目若朗星，七尺身躯，堂堂仪表。幼年曾遇异人传授，善观天文，精知地理，现在郭威帐下为参谋之职，言听计从，极其爱敬，麾下诸将，无不悦服。当下郭威问道："先生所言，何以知其必胜，大事能成？"王朴道："某夜观天象，见帝星昏暗，汉运已倾，旺气正照禅州。乘此国运衰微、幼主昏残之际，明公当应天顺时，首举大事。将见雄兵一起，天下响应，何愁王业不成耶？"郭威大喜，即命左右，将孟业尸首扛出埋葬讫，是日各散。

到了次日，在大堂上摆设筵席，遍传麾下将官，饮宴议事。酒至三巡，食上几品，郭威举杯在手，开言说道："今日本帅蒙众位将军齐心协助，举兵南行，洗荡奸逆，肃清朝宁，诚为美事。但思粮草未足，将寡兵微，此行成败未卜，不知众位将军有何高见？"道言未毕，早见一将欠身高叫道："元帅何必多虑，只某凭着这柄大斧，愿为前部，以图报效。"郭威视之，乃是上将王峻。郭威道："王将军！禅州到汴京有二千余里，还有黄河之隔；我兵一动，沿路州城必有飞报进京；汉主若发京中人马，还可抵敌；倘调外镇诸侯，将黄河挡住，那时将军虽勇，只怕插翅难飞！"王峻生平性如烈火，喜的是奖他勇猛，恼的是说他不济。当时听见郭威说他杀不过黄河，心中不愤，喊叫如雷，说道："元帅，不是王峻夸口，那各路诸侯，有甚能人？某视之直如土木！此去若不夺取汴京，也不算为好汉。"看官：这王峻所言，正如兵法所谓"欺敌者败"。他自恃斧精力勇，惯战能征，眼底无人，藐视天下没有好汉；谁料兵至黄河，被高怀德枪伤左肋，险些性命之忧。此是后话，这且慢提。

只说当时王峻与郭威正在议论，忽见门官来报，说："有河南归德府节度使史老爷求见。"郭威听报，知是史彦超到来，令左右撤去残席，吩咐门官："只说我整衣不齐，在二门恭候。"门官奉命往外与史彦超说知。彦超便进帅府，将至二门，果见郭威率领许多将佐出来迎接。史彦超趋上几步，手撩甲胄，便要下跪。郭威慌忙挽住，说道："贤弟！为何行此大礼？"遂邀至堂上，叙礼已毕，又与各将佐一一见过了礼，逊位坐下。彦超诉道："元帅威镇禅州，怎知朝中大变。"就将幼主屈害全家之事，细细诉说一遍。"为此，小弟挈家前来相投，望元帅念家兄一体同人之谊，早早兴师，乞为家兄报仇。则不惟小弟佩德，而家兄亦衔恩于泉下矣！"言罢，泪如雨下。郭威劝道："贤弟，且免愁伤。我不久兵上汴梁，定当削除奸佞，与令兄报仇。"史彦超谢了，令人到外边把手下兵马将士都归了队伍。郭威吩咐重整筵席，与史彦超接风。酒散安寝，一夜晚景休提。

次日郭威分拨房屋，与史彦超家小安住。自此又过了数日，这日郭威升帐，与众将商议起兵，留大将魏仁甫、赵修己等镇守禅州。遂拜王朴为军师，史彦超为先锋，柴荣为监军，王峻为左营元帅，韩通为右营元帅，选定乾祐三年二月十六日起兵。到了这日，在教场发炮祭旗，大兵出了禅州，浩浩荡荡，一路前进，攻打府州，无人敢挡，势如破竹。

且说那沿途的地方官，听知郭威起兵犯境，差官星夜入京，报知幼主。此时幼主因见孟业的逃回从人奏知，郭威擅斩钦差，兴心谋反。幼主正在盛怒，商议遣将问罪。忽又接得边报，心下大惊，急召苏凤吉共议伐叛之策。苏凤吉奏道："陛下勿忧！臣保一人，命他剿除反贼，必定成功。"幼主问道："卿所保何人，可以奏绩？"苏凤吉道："臣所保者，乃是潼关元帅高行周，此人精于用兵，智勇莫敌；若使他领兵去剿，如探囊取物，易如反掌耳！"幼主听奏大喜，即时亲写了一道诏书，遣官前往金斗潼关，调取高行周，克日领兵，往禅州擒获叛逆郭威，献俘京师，照功升赏。旨到即日起行，不必来京见驾。

钦差领了旨意，离了汴京，不分昼夜，兼程而走。不几日来到金斗潼关，进城至帅府，开读旨意毕。高行周不敢迟延，先打发天使进京复旨，然后挑选了三万人马，各各整备了战攻之具，发炮三声，大兵离了潼关，昼夜兼程，望禅州进发。看看过了黄河，正望滑州而来。早见探马来报，滑州已失，现今郭兵屯扎城中，我军难以前进。高行周听报，即时传令，离城十里下寨，整备明日攻打不提。

却说郭威兵屯滑州，息军养马，以备渡过黄河。忽见探子进来报道:"启元帅,今有潼关高行周,领兵在城外安营,特来报知,请令定夺。"郭威闻报,只唬得面如土色,心胆皆裂,把那要成大事的心肠,减去了一半。列公:这却为何?只因想起昔年之事,高行周在鸡宝山一场大战,把王彦章逼得自刎而亡。这高家枪法天下无敌,人人闻名丧胆,个个见影寒心。况又将门出身,传授精通,兼他足智多谋,善于调用。还有一件惊人之术,乃是马前神课,占断吉凶,百无一失。为此,郭威思前虑后,心恐神沮,只得眼盼着王朴,说道:"先生!高行周乃将家之子,善能用兵;今他引兵前来,只怕本帅难免折兵之厄。不知军师有何妙计,可解其危?"王朴道:"明公勿忧!朴曾夜观天象,见高行周将星也是昏暗,料他不久于人世。只是一件,凡为大将者,最怕是个诨名,觉有嫌疑。某闻高行周曾自称为'鹞子',明公又号'雀儿';那雀儿与鹞子相争,何异驱羊斗虎!卵石相交,未有不败者。况雀儿乃鹞子口内之物,如何敌得他过?"郭威道:"似此如之奈何?"王朴道:"朴有一计,使高行周敛兵自退,让明公长驱入汴,不敢阻挠。"郭威道:"计将安出?"王朴道:"自今明公且按兵不动,坚守滑州,等待数月,不必与他交战。那鹞子无食,腹中饥饿,自然飞去。那时我等进无所阻,退无所扼,长驱而进,汴梁可破矣!"郭威大喜称善。只见史彦超一闻此言,便大叫道:"明公何须这等害怕,军师亦太觉畏缩;量一高行周,有多大本领,直须如此怕他?若依军师之言,按兵不动,则这末将杀兄之仇,何日得报?末将不才,愿领本部人马前去对阵,务要斩高行周首级,献于麾下。"说罢,吩咐左右,抬枪牵马,回步往下便走。郭威未及开言,那王朴见他要去,倒吃一惊,连忙叫道:"将军慢走!下官有一言奉告。"史彦超听唤,便立住了脚,说道:"军师,有何吩咐?"王朴道:"将军既要出战,下官不好拦阻;但此去临阵,凡事必须斟酌。况高家枪法,变化无穷,不比寻常之将。将军今去会他,我有几句言语,切须紧记于心,庶无后悔。你此去须当:

> 知己知彼，量敌而进。
> 切莫心高，还宜谨慎。"

史彦超听了，微微笑道："军师但请放心，不必嘱咐。史某此去，定要成功。"说罢，披挂戎装，出了帅府，提枪上马，领众出城，冲往高营去了。那王朴见史彦超坚执要去，料不能胜，遂差王峻带领三千人马，出城接应。王峻欣然引兵出城接应不表。

再说史彦超领了本部人马，带了手下健将八员，一齐扑到高营，坐名讨战。探马报入高营，高行周即时顶盔贯甲，挂剑悬鞭，上马提枪，放炮出营，来到阵前。史彦超听得炮响，知有敌人临阵，抬头往对面一看，只见：

> 两杆门旗分左右，坐纛后面紧随身。
> 四员健将押阵脚，引领三千铁甲军。
> 中军主将能威武，装束天神貌绝伦。
> 头项朱缨红似火，前后柳叶绛征裙。
> 团花袍衬琼瑶带，宝镜青铜映日明。
> 左悬铁胎弓半月，右插狼牙箭几根。
> 手执长枪丈八矛，坐下良马善奔尘。
> 平生智勇空天下，术数精奇远近称。

史彦超一见高行周，心中火发，恶气填胸，骂一声："老贼！我兄在刘先王驾下，与你都是一殿之臣，今被昏君屈害一门生命。常言道：'兔死狐悲，物伤其类。'你只该拿获奸臣，与我兄长报仇，才算同病相怜之义。怎么反领兵来阻住我的去路？我今日会你，务要取你性命。"高行周听了大怒，喝道："史彦超！休得胡言。你哥哥史弘肇在日，也不敢称我名氏；况你勾连郭威谋反，兵犯皇都，身带弥天大罪，尚敢乱言藐我？若论国法，定当把你拿解进京，碎剐示众。但念史弘肇平日交情，且饶你狗命去罢，只叫反贼郭威出来受死。"史彦超听罢，怒发如雷，耳红面赤，大叫道："老贼欺我太甚，怎肯甘休！"举手中枪当胸就刺。高行周亦大怒道："好逆贼，焉敢无礼？"挺起蛇矛枪正要交战，只听得后面抢出一员少年将来，马走如飞，举起长枪，望史彦超肋下便刺。彦超吃了一惊，掣回枪连忙架住。看那小将果是英雄。但见：

面如满月，唇若涂朱。红缨灿烂耀银盔，素袍招展露白甲。悬弓插箭，曾经自号左天蓬；坐马摇枪，不让前朝白虎将。

史彦超大喝道："来将留名，好待本先锋动手。"那小将也是把彦超一看，只见：

黑脸乌鬃，神眉怪眼。头戴红幞盔，朱缨簇簇；身披锁子甲，黄金澄澄。长毛吼端坐似追风，乌缨枪使动如飞电。

那少年将听问，便喝道："反国逆贼！你连我也不认得么？我非别人，乃威镇潼关元帅长子、左天蓬高怀德便是。你心生谋反，罪不容诛，我故特来取你之命。"言罢抢枪直刺，史彦超用手中枪火速相迎。两个杀在一团，战在一处，真的厉害。但见：

两马相交，双枪并举。两马相交，驰骤疆场，尘衬蹄，蹄搅尘，荡起满天征雾；双枪并举，盘旋架舞，我刺你，你奔我，飘来一块飞霜。往来争战有多时，勇怯高低难定局。

两个正是棋逢敌手，将遇良材。高怀德混名"左天蓬"，家传枪法，那里惧你年老将；史彦超乃本领高强，久战沙场，岂肯让你少年郎。二人战已多时，约有七八十合，胜负未分。高怀德见史彦超马快枪急，果是骁勇，心中暗想："这黑贼！要想在我手内逞强，待我赚他猛力用完，再与他算账。"就收回了枪，只管招架，不肯冲前。那高元帅在门旗下观看，只见史彦超枪法如骤雨一般，往来冲杀；高怀德只是遮架退避，无暇还兵。只道他年轻力小，对敌不过。又见手下属将，多是眼巴巴嗟叹厮嗔。高行周平日最是好胜，今见儿子当场不济，自觉面上无光，心头火发，把枪一摆，吩咐军士多添战鼓，催动如雷，三军呐喊摇旗，上前助敌。高怀德正在招架之际，忽听军中紧催战鼓。回头一看，见军士蜂拥而来，知道父亲动怒，低头暗想："我若再与这贼相峙，父亲在军前必不放心。"遂暗向腰边取出那打将钢鞭，执在手中；那史彦超只顾拍马冲战，双手擒枪，正照高怀德劈面刺来。怀德右手抡枪，仍前招架，冲锋过去；回马转来，左手举起钢鞭，喝声："着！"照头打将下来。史彦超说声："不好！"把头往后一侧，只听当的一声响，正打中在背上。史彦超口吐鲜红，伏鞍而走。怀德拍马挺枪，随后飞马追来。有分叫：声名到处，惊碎了将士之心；枪剑来时，堆积了尸骸之路。正是：

　　一身可战三千里，匹马堪当百万师。

毕竟史彦超性命如何？且听下回分解。

第三十二回

高行周夜观星象　苏凤吉殡驾丧军

词曰：

　　念臣工，畴似能为国，忘身皎皎。鞠躬诚尽瘁，至死方堪表。经纬垂象纵昭明，成败果通晓。怎移易，蹇蹇匪亏，王臣节操。　　无奈藩篱倒，看猛虎豺狼，啮人多少？聚群入室，有孰肯，分忧到？只落得离黍丘墟，感慨已虚邈。咎谁归？怪他息肩恁早。

右调《探芳信》

　　话说史彦超与高怀德大战在滑州城外，因那报仇心甚，不及提防，为此被高怀德计赚，鞭打后心，吐血伏鞍而走。怀德不舍，拍马赶来，将至门旗之前，早有王峻带兵接应，见史彦超大败而来，后面追赶甚急，提斧上马，滚至军前，大呼道："小将休得逞强，赶我兄长，我来也。"即时放过了史彦超，上前挡住。怀德看那王峻，果然生得厉害：

　　赤面虎须，金睛尖嘴。头戴镀金盔，身穿锁子甲。纯钢斧手内轻提，枣骝驹身端稳坐。

怀德见王峻生得凶恶，也不答话，拍马冲杀过来。王峻抡动大斧，嗖的一声当头砍来。怀德将手中枪架开，觉得两膊上好些沉重，暗自想道："这丑贼力勇斧重，难以与他久战；只可智取，不可力敌。"带转马，圈将转来，重把手中枪直取王峻。王峻见他本领高强，史彦超被他打了一鞭，因此把浑身膂力尽用来战，心下又提防他暗器来伤。两个约战到五十余合，只见高怀德忽地抽回了枪；王峻用力太猛，那斧便砍了个空，身躯反往后一仰。高怀德趁势把梨花枪一紧，竟往王峻心窝里刺来。王峻措手不及，叫声"不好！"急把马往旁边一扯，只听得嗖的一声响处，枪已穿在左肋甲上，连袍带去了半幅。唬得王峻胆战心惊，面皮失色，兜回马拖斧而逃。那高行周见怀德两阵全胜，敌将俱逃，心中大喜，把枪一摆，三军呐喊，战鼓如雷，潼关兵随后追杀，把禅州人马如砍瓜切菜，乱杀将去，真好厉害。有诗为证：

    高氏雄威父子才，千军万马似潮来。
    雀鹞原是难相敌，尸满郊原血满垓。

滑州城外这场大杀，至今草木犹红。那史彦超、王峻各带重伤，败进城中，坚闭不出。高行周大获全胜，收兵回营赏劳军士，父子各卸戎装，设酒欢饮。高行周因见怀德十分勇猛，事事高强，心下甚是欢喜，暗想道："主上，你若有潼关高鹞子，那怕禅州郭雀儿！"又叫怀德道："我儿，你今日鞭打史彦超，枪挑叛贼，他闻名已是丧胆，明日与他交战，须要一阵成功，便好奏凯。但郭威部下虽无能人，只有王朴足智多谋，善晓阴阳。他与为父同学艺术，专习六壬奇门，善知过去未来，并晓天文地理；我儿今夜须当加意用心，防他劫寨。"怀德道："爹爹所见甚远，待孩儿吩咐军士今夜不要安睡，小心防贼。"高行周遂传军令，各各谨守了一夜。

  次日黎明，各自饱餐，拔寨多起，至滑州城对面安营。高行周即命怀德至关前讨战。怀德奉令，披挂整齐，绰枪上马，领兵至城下，坐名要郭威出来答话。那城只是紧闭，无人出来。怀德叫了一日，空自回营。一连五日，城中并无动静，任你外边百般叫骂，只做不闻。怀德禀知了父亲，高行周大怒，把那三万人马分拨二万，将滑州城四门攻打，留下一万守营。当时众军用力攻打，城上只把灰瓶石子打下，潼关兵多被打伤。看看围攻了三日，城不能下。

　　原来这都是王朴之计，他观看天象，已有定见，总把四门紧闭，不许出战。外面虽极力攻打，只叫众将百般保守。况滑州城池坚固，如何便能得破？这日，郭威亲自上城巡视，手扶垛口，见城下军士，个个争强，人人卖勇，如海潮冲击，似蜂拥相攻。起初见二将失机，魂梦已是惊乱，况今亲见攻打，势甚危急，那有不惧之理！只唬得面如土色，急忙下城，回至帅府，与众将商议道："本帅自悔失了主意，反叛朝廷；今日天理昭彰，遇了高家父子之兵，部下又无上将与他对敌。又且攻城甚急，破在旦夕；那时玉石俱焚，却不枉费了诸公推戴之心。如之奈何？"只见王朴开言说道："明公！且免忧疑。王某前曾有言，高行周将星昏暗，必有灾屯。且请宽心，等待十日，明公大运一通，高行周自然兵退。此非王某谬言，实系上天垂象。目下只图保守，便无他虑矣！"郭威听了，便依王朴之言，传令城上多加灰瓶炮石，昼夜提防，小心坚守。按下不提。

　　再说高行周见攻城不下，士卒伤者极多，只得传令撤兵回营，别思良策。父子回营，时已天晚，点上灯烛，用毕晚膳，众将退出帐外，各自调换安息。怀德查点三军，吩咐各各省睡，不许懈怠。高行周独坐帐中，心中思想："这都是天子年幼，宠信苏凤吉，被他蛊惑，赏罚不明，以致激反郭威。到今劳师动众，未见成功。"又想："史弘肇全家遭谗被戮，说也惨然！"长叹数声，把忧国忧民之心冷了一半。不觉鼓打三更，四下人声寂静，高行周离座，走出中军帐来。只见五营四哨严谨肃然，又觉寒风扑面，遍体如冰。抬头一看，那满天星斗，灿烂当空。又向天河参看，见紫微斗口生了黑气，一会明朗，一会昏暗。客星犯帝座，明星旺气，正照禅州。就知大汉天下不久，必属于郭威。为此一忧，又被寒风吹冒，忽然打了一个冷战，觉得身上凛寒，渐渐发热。回到中军，心中不乐，翻来覆去，一夜不宁。到了次日，心中忧惑频添，烦闷转盛，茶饭不思，卧病不起。传令怀德管理军情，三军不得乱动。那麾下兵将见主将有病，把战斗之心也消去了一半。

又过数日，病体更盛。那日到了夜间，至三更时分，高行周心因疑虑，叫声："我儿，你扶我出去，再观星象何如？"怀德道："爹爹身体不安，且须养静为主；待等痊好，再去观看不妨。"行周道："你便扶我出去，绝无妨碍。"怀德不敢违忤，只得扶了父亲，走出帐外。仰观天象，见自己本命星昏昏沉沉，不住的欲坠，叹了一口气，默默无言。遂命怀德扶至后营，坐在软榻之上，踌躇叹息。怀德问道："爹爹观看星辰，为何不言长叹？"行周道："我儿，你怎知星理玄微？我欲待不说，你便不知其故；我且说与你知，自然明白。方才我仰观天文，见本命将星昏暗。又于前夜观看，见客星犯帝座，主宿不明，此乃欲换新主之兆。又见旺气正照禅州，应在郭威承袭天下。你父奉命兴师，前来拒敌，谁知上天不容，降下灾患，使我不能灭贼，诚天意也！目今大兵驻扎在此，空费钱粮。王朴善于守城，又难即破。欲顺天心，断无归降郭威之理！若只拥兵挡住，非但身带重疾，不能主持；又恐违逆天意，还主不祥，故此进退两难，尚在未决。"怀德听罢，想了片时，对道："爹爹，孩儿倒有一条两全之计，不知可否？"行周道："有甚计策，你且说来；当行则行，当止则止。"怀德道："爹爹，既是上天垂象，不可逆天而行；依孩儿之见，何不撤兵回镇潼关，听天由命，做个明哲保身，也是退步之策。不知爹爹以为何如？"行周道："我儿，你年纪虽轻，倒也透彻，为父也想此策，庶几为可；只是一件，恐于理上不顺。"怀德道："爹爹，尚有何事不顺于理？"行周道:"为臣当忠,为子当孝;汝父食了汉主之禄,不能尽忠杀贼,反是全身远避,偷生于世间,只怕青史遗编,难逃不忠二字。"怀德道:"爹爹,自古道:'君不正,臣投外国。'昔日岑彭归汉,秦叔宝舍魏投唐,古来名将,皆是如此。况今幼主昏德,宠信奸邪,杀戮忠良股肱,还想什么开基之将,汗马功劳?请爹爹不必多疑,且自回兵,等待病愈,然后观其事势,再为区处。"高行周心内也有回兵之意,听了公子之言,定了主意。便传将令,大小三军整备明日回兵。那众多军士,听见主帅有病,正在惶惑;忽闻回兵之令,大家欢喜,整顿起行。看官:凡为大将之人,全赖主意;主意没了,就落褒贬。使高行周立意带病督兵,在黄河口将郭威挡住,虽然违了天意,就死也得个尽忠死节之名。不道无了主意,听了怀德之言,卷兵回镇。日后虽然不服郭威,尽心自刎,终恐难掩今日之咎矣!闲话莫赘。

只说高行周到了次日五鼓时分,即令三军拔营归师。怀德保住中军,缓缓的退回潼关去了。这一撤兵,汉主的江山便不能稳坐矣!报马报进滑州,郭威大喜。犹恐高行周诓军之计,心下尚是犹豫。吩咐探子,暗暗去探听消息真假何如,再来回报。王朴摇手道:"元帅不必多疑,高行周与某同师学艺,善晓天文,他见客星犯帝座,另有新君出来承袭;又见自己本命昏沉,一定不敢逆天行事,所以全身远害,坐观成败。退兵是真,元帅只管进兵,别无他虑。"郭威终是惧怕,不敢进兵。又在滑州住了三四日,见那探子打听得潼关兵果已退去,方信王朴之言果有定见,方知高行周撤兵不是诓军之计,方才放心。传令大军起行,三声炮响,大队人马离了滑州,渡过了黄河,一路上秋毫无犯,军令森严,因此各处郡县望风而降。大兵行了数日,来至汴梁城外,放炮安营。

那日汉主驾坐金銮宝殿,听得大炮连天,响声不绝,一时不知其故。早有黄门官进来奏道:"今有郭兵到了封丘门外,请旨定夺。"汉主听奏大惊,即问苏凤吉道:"前日太师已保潼关高行周领兵拒贼,至今未见捷音，反有逆贼兵至，如之奈何？"苏凤吉奏道："臣昨闻高行周在黄河岸大破郭兵，杀得郭威惧怕，坚壁不出；不知高行周何故即便撤兵。臣正欲差人探听，不想贼兵已至都城。陛下且免忧虑，当即命将出师，问以叛逆之罪。看其事势如何，再为区处。"汉主准奏，即遣大将慕容彦超、侯益，领兵出城擒贼。二将领旨点兵出城，至郭营对面，列阵以待。探马报进营中，郭威便令史彦超出敌。彦超领兵来至阵前，大呼搦战。慕容彦超与侯益一齐出阵，大喝道："反国逆贼！不思守分，敢兴叛主之师，直犯皇都；今日天兵一出，汝等还不下马受缚，直待要污我刀斧耶！"史彦超大怒，骂道："汝等都是奸臣之党，屈害我兄长一门。此恨不并日月，今日务要碎汝万段，以报兄长之仇。"言罢，挺起乌缨枪，望前直刺。慕容彦超挥大砍刀，火速交还。二马相交，双器并举，一阵大战。正是：

  山边垒垒黑云飞，海畔莓莓青草起。

二将战有三十余合，胜负未分。那侯益见慕容彦超战史彦超不下，即便挺枪拍马，上前夹攻。史彦超全无惧怕，勇力倍加。正战之间，只见汉兵后面大乱，却是王峻预受王朴密计，领兵抄向汉营后面，袭杀将来。侯益看见兵乱，回马转来，却与王峻打个照面，被王峻拦腰一斧，砍于马下。慕容彦超见了，一时心慌，刀法乱了，措手不及，早被史彦超一枪挑去了半个脑盖。郭威在门旗下，将鞭梢一指，大军喊杀前来，势如压卵。汉兵一半被杀，一半投降，余剩数十人，逃往城中去了。郭威收兵回营，赏兵贺功，自不必说。

  却说败兵逃进城来，递报汉主。汉主闻奏，惊惶无措，慌集两班文武计议退兵之策。汉主问道："郭威反朕，兵势甚大。朕差遣慕容彦超、侯益出兵拒敌，又已阵亡。汝等众卿，谁肯与朕分忧，领兵出去擒贼？"连问数声，无人答应。汉主见此光景，心中更加忧惧，想起史弘肇当日之言，追悔无及。只因听了苏凤吉所奏，平白地偏要调取郭威进京，如惹火烧身，自取其累，如何是好？又向两班文武说道："朕虽行事错乱，尔等诸卿也该看先帝之面，为国家出力；怎么这般畏缩，不肯与朕分忧！"汉主话才说完，却有苏凤吉执笏当胸，俯伏奏道："陛下少有忧思，恐伤龙体。况京城尚有雄兵十万、战将千员，微臣食君之禄，当与君分忧，愿效犬马之力，出城与郭威抵敌。若得上天默佑，自然杀退贼兵。"汉主听奏，大喜道："若得太师一行，朕无忧矣！"苏凤吉又奏道："臣受君恩，故愿舍此微命报答陛下！但须请陛下御驾亲征，才好立功奏绩。"汉主道："老太师既肯前去杀贼，为甚要朕亲征？"苏凤吉道："微臣出去，只带手下兵将，其中勤惰不一，焉肯悉皆用命！唯陛下亲征，又得满朝文武保驾：一则御驾监临，诸臣皆愿效力；二则天威所至，添助军威，并力齐心，便可成功矣！"原来苏凤吉唯恐不能取胜，故要朝廷带着文武，御驾亲征。他的奸心以为不能取胜，大家一窝儿都死，倒也干净；若是文武都要性命，自然出力厮杀，断无不胜之理。这是奸臣设心不善，说话偏是循理，往往如此。怎奈汉主，一来年轻，不谙大体；二来从幼不曾打仗冲锋，怎知一枪一刀的事业、行兵摆阵的机谋？听得苏凤吉说得这般容易，心下便满望杀退郭兵，回来原坐金銮。当下汉主又说道："太师既要朕亲征，速速挑选了人马，然后启行。"苏凤吉领旨出朝，把十万御林军挑选了五万，次日调出封丘门外扎营，然后来请圣驾出城。汉主传下旨意，满朝文武，无论大小官员，多要随征保驾。倘有一官不到者，即以叛逆论。文武见此旨意，没奈何，一个个战战兢兢，只得舍着性命去保驾。

那汉主领文武出了城，带了人马，至七里店安下营盘。远望郭兵枪刀耀日，旗帜漫天，甚是厉害。又听得郭营内炮响震天，唬得心惊胆裂。便传旨，要宣苏凤吉来商议。当驾官奏道："苏丞相正在前面督兵，分拨将士出战。"汉主暗自忖道："朕的人马不少，况有苏太师在前督阵，料然不妨。即使叛贼杀来，自有太师迎敌，也不能就到朕的面前。"因此把胆儿略略放下了些。那苏凤吉在前面见了郭兵如此势大，心中其实害怕；无奈势成骑虎，只得勉强要去厮杀。领了一万精锐兵马，带了数员骁勇偏将，离那御营有二里多路，扎住阵脚。那郭威带领众将，也到阵前，两边排开阵势，发动战鼓。郭威望见汉阵后面，还有一支大队人马安住营盘，知是汉主亲征，便问众将道："那位将军出去见阵？"只听得背后冲出一员大将，应声而答道："小将韩通，愿决一阵！"说罢，带着家将，催马上前，大声喝道："有能事的前来会俺！"苏凤吉见来将甚是英雄，但见：

头戴银盔，身穿铠甲。手执长枪，骑坐高马。立于阵前，威风凛凛。

苏凤吉便问众将："谁敢上前擒贼？"早有禁军教师索文俊，勒马抡刀，顶盔贯甲，厉声大叫道："丞相！待末将去擒拿叛贼！"说罢，拍马冲来，望韩通直奔。韩通拍马相迎，二将刀枪并举，大战沙场。两边战鼓如雷，对阵喊声大举。苏凤吉见索文俊不能取胜，又点四员汉将出来，乃是孙礼、牛洪、刘成、吴坤，一齐出马，各举兵器上前助战。郭营内恼了大将王峻，举起大斧，奔至阵前接战。后面又有骁将曹英、王豹，监军柴荣，一齐出马，举兵器，寻对儿厮杀，真好一场大战。有诗为证：

两阵咚咚战鼓催，疆场十将逞英威。
刀枪抵敌寒光迸，斧戟奔迎电闪辉。
杀气弥漫天欲暗，征尘荡舞日无晖。
从来争斗皆如此，谁是麒麟名姓归？

军师王朴也在营前观战，对史彦超道："史将军，你看那军前骑赤马、穿红袍的，就是苏凤吉。你杀兄之仇，今日不报，等待何时？"

史彦超听说杀兄之贼，现在军前。举眼一望，果见苏凤吉提刀坐马，在阵前监战。登时心头火发，环眼睁红，把坐马一拍，双足一磕，挺起长枪，望汉营冲来，高声喊骂道："奸贼！我只说你长时当道，长享富贵；谁知你错过午时，一般也有今日。可见我兄长有灵，冤家相遇，不要走，我来取你的命也！"那苏凤吉一见史彦超，轰走了三魂，惊掉了六魄，不敢交战，回马拖枪，望东而走。史彦超随后追赶。那阵上交战的汉将，见主将已走，各各无心相杀，手忙脚乱。刘成被王峻一斧砍死，曹英刀劈吴坤，王豹活擒孙礼，韩通枪挑了索文俊，柴荣杀了牛洪，五员汉将，阵亡了四个，捉了一个。柴荣把刀一晃，后面随征兵将，发喊冲杀过来；一万汉兵，那里还站立得住，各自四散奔走。

郭威见汉兵败了，亲率大兵压下来。那汉主同着文武在大营中呆呆地等着，满望苏凤吉来报捷，谁知郭兵已杀至营前。汉主见事不妥，只得不顾文武，从后营上马就走；众文武忙要保驾，谁知朝廷先走了，一时奔走不及，只得降的降，自刎的自刎，不留一个。所以四万人马已被郭兵杀了大半，其余的那里还有战斗之心，各要保全性命，都往城内逃走，将封丘门挤得水泄不通。可怜：人挤人声悲叫苦，马蹋马肉烂皮飞。人多门窄，汉兵不能进去。禅州人马赶到城下，举动兵器，排头价乱砍乱戳，登时之间，把汉兵杀得尸如山积，血似江流。正是：

　　血埋诸将甲，骨衬众骑蹄。

禅州兵马都进了封丘门，当有曹英、王豹杀进了万市门，柴荣、韩通杀进了万寿门，王峻领兵，杀进酸枣门。各门俱已打破，同进了玄武门，把住汴梁皇都。正是经商罢市，黎庶关门。只苦了汉主，弃营逃走，只带几个内侍跟随马后，望着皇城而来。有分叫：枪刀队里，难逃天子残生；神圣庙中，管取奸臣性命。正是：

　　轻将社稷酬私愤，快把身家雪众心。

毕竟汉主进得城否？且看下回分解。

第三十三回

李太后巡觅储君　郭元帅袭位大统

诗曰：

> 忆昔中原逐秦鹿，五军失利屠睢戮。
> 番君一出王衡山，户将从征入函谷。
> 自古羁縻称外藩，谁令市铁禁关门？
> 不见鲛鱼重入贡，旋看黄屋自言尊。
> 人事消沉洵可哀，千秋朝汉余高台。
> 汉家遗迹不可问，歌风柏梁安在哉！

右节录朱锡鬯古体

话说汉主听了苏凤吉所奏，御驾亲征，不道一阵战争，被郭兵杀得将亡兵败。自要保全性命，只得弃营而逃，只带随身几个近侍，一齐望玄武门来。才到门外，只见旌旗满布，剑戟如林，有无数郭兵，拦住去路。汉主着忙，不敢进去。才要回马，又见封丘门外郭兵不远，只得带转丝缰，顺着玄武门的大街，向西而走。刚到西华门，只见明盔亮甲，尽是禅州兵马，料想走不过去，回马又走。跟随的内臣，一个全无，孤孤凄凄匹马行来，抬头观见一座禅林，上写白云禅寺，遂下马，走进山门。来到殿上，只听得街上甲叶乱响，銮铃震耳,不住的马跑,料想大势已去,不能挽回,长叹数声道:"我刘承祐,今日皇天不佑,以致郭兵破了汴梁。我一死固不足惜,只是我父挣下的江山,轻轻送与别人,有何颜面再见臣民?又且撇下养老宫王母,无所倚靠,空养一场。总由我不明之故,以致国破家亡,我还要留这性命何用!"说罢,腰间解下黄绫,系在看柱之上,复又大叫道:"我悔不听忠谏之言,致有今日!"即时自缢而亡,在位三年,寿二十一岁。后人有诗以吊之:

践祚洪基不数年,藩臣士马至朝前。
身亡才悔忠良谏,何似当时莫调遣。

却说郭威大兵进了汴梁,令把四门守住。带领众将先把苏凤吉私宅围住,查明家口,共拿男妇一百九十四名。然后令人进宫,将苏皇后拿了,专等史彦超拿住了苏凤吉,好与史平章报仇祭奠。按下慢提。

且说养老宫李太后,正坐宫中,有内臣来报道:"启太后娘娘,不好了!万岁爷御驾亲征,不知下落;郭兵已进皇城,文武俱各逃散。那郭威现在朝前,方才有无数贼兵,把苏娘娘拿了出去,请娘娘裁夺。"李太后闻报,只唬得魂飞魄散,泪落珠流。吩咐内侍引道,望外而来。当有掌宫太监拦住道:"宫门外都是贼兵把守,太后娘娘欲往那里去?"李太后道:"今日国破家亡,有甚去处?老身拼着一死,去见郭威,问他幼主存亡。"当时出了安乐宫,竟往分宫楼来。那胆小的内官,俱各躲避,有几个胆大的,跟驾而行。过了分宫楼,就有守门的郭兵拦住。太监道:"这是太后娘娘,要见郭元帅有话要讲,快去传报!"那郭兵听说,便去通报郭威。李太后便上了金銮大殿。那李娘娘人所共知,是个贤后,况郭威昔日在刘主部下,极是亲信。李太后管待柴氏夫人,如同胞姊妹一般。今日郭威破了都城,逼去幼主,朝见之际，不觉心中带愧，面上包羞，往后倒退几步，双膝跪倒，口称："娘娘！微臣郭威朝见。"那禅州众将，见元帅行了君臣之礼，便不敢怠慢，一齐在丹墀之下叩头朝见。太后传旨平身，众将谢恩，起立旁边。太后问道："郭元帅！你今无故兴兵至此，扰乱社稷，所为何意？"郭威奏道："臣受先帝殊恩，恪守臣节；不意主上宠信奸臣，欲致臣于死地；臣是以不得已而至此，只欲除奸去佞，肃清朝廷耳。望娘娘明鉴。"李太后道："既是幼主年轻，有负于汝，也该看先帝之面。汝可记得先帝在日，与汝情同手足，苦乐同受，南征北讨，混一土宇，才得正位。因汝功高勋大，封为元帅，执掌兵权。况先帝临崩，以汝忠义，故又托孤于汝，指望辅佐储君，匡扶社稷。岂知汝半途而废，改变初心，欺负我寡妇孤儿，兴心造反，只怕皇天不佑于汝！"言罢，泪流满面，不胜凄怆。郭威见此情形，心下恻然，不觉也掉下泪来，道："微臣领兵前来，只除奸贼苏凤吉。一则整理朝纲，二则与史平章报仇。安敢有怀异志，乃言反也！"太后道："汝既无异志，因甚与皇上打仗？"郭威道："此是苏凤吉领兵出城，要害微臣；臣不得不开兵抵敌，安敢有犯于圣上耶！"太后道："既不与圣上开兵，如今驾在那里，为何不见回朝？"郭威道："想在乱军中走散。娘娘且请放心，待臣差人四下寻访，请驾入朝。臣便奏明委曲，只将苏凤吉正法，那时臣当退守臣节，调遣回兵。"李太后听了这席言语，信以为真，领了宫官，含着眼泪回进安乐宫去了。正是：

　　只望统系仍旧按，谁知大宝属他人。

　　再说史彦超追赶苏凤吉，把他赶得上天无路，入地无门，急急如漏网之鱼，忙忙似丧家之狗。史彦超这匹马离着苏凤吉有百步之远，再也赶他不上。看官：凡人到紧要之处，往往没有见识。即如史彦超在后追赶，若是开弓射箭，或者不中了人，也中了马，岂不是省了许多气力。那知史彦超一心只要拿着活的，好与兄嫂报仇，也不想着开弓发箭，只顾往前追赶。见赶他不上，激得心头火起，口内怪骂道："奸贼！你要往那里走？我今赶到你一个尽头，总要拿住。"一面喊叫，一面拍开坐骑，往下紧紧地追来。此时苏凤吉只唬得魂胆飘扬，低着头，磕着马，没命的狠走，只恨坐下马少生了两翅，不得会飞；若会飞时，就有命了。正走之间，只见道旁有座古庙，才到山门，便弃了马，提了刀，跑进了山门，心中想道："我与这黑贼拼了命罢！不是他死，就是我亡。"算计已定，将身一闪，伏在山门之侧，将手中朱缨刀举起过头，只等史彦超进来，就要一刀送命。

谁知史彦超命不该绝，正在追赶，望见苏凤吉跑进了庙门，须臾也到了山门前，滚鞍下马，不管深浅，提枪正要进门，只听得一阵阴风，就在庙里滚出，吹得烟尘抖乱，隐隐带着哭声，心中疑惑，不敢进门。又听得空中叫道："兄弟！不可进门，那奸贼闪在里面，暗算害你；你且守住山门，救兵即刻到了。"说罢，登时风定尘息。史彦超哀悲流泪，叫声："哥哥阴灵有感，暗中保佑；兄弟拿住贼人，与你报仇！"正言间，听得甲马声鸣，回头一看，正西上尘土飞扬，来了一彪军马，打着禅州旗号。原来是王峻、韩通二人领了郭威将令，前来接应。当时史彦超见了，叫道："二位将军，那奸贼苏凤吉，被我赶进庙中，快些拿捉！"二将听言，即令兵士将庙宇围住，整备捉贼。那苏凤吉正在门后等着，忽听外面有了接应人马，那里还敢算计。移步往里便走，过了大殿，来至侧首十王廊下。只见史弘肇幞头象简、玉带乌靴，当面迎住，大声喝道："奸贼往那里走，还我命来！"举起朝笏劈面打来，苏凤吉把口一张，跌倒在地，昏迷心窍，人事不知。正值王峻、韩通同着史彦超领兵进来搜捉，见苏凤吉横倒在地，不废其力，把他五花绑了，拴在马上，一齐出了庙门。回至汴梁城，见了郭威，缴令已毕。

郭威传令，将史弘肇夫妇骸骨起出，用棺椁盛殓，殡葬祖坟；再把举家尸骸，检地埋瘗。到了下葬之日，史彦超禀过了郭威，将苏凤吉全家男妇拿到山坟，祭奠兄嫂。王朴拦住道："二将军！下官有一言奉告，常言道：'养家千百口，作罪一人当。'彼时陷害令兄者，唯苏凤吉一人而已，与他全家无涉。况今将军才进汴梁，最要先得民心。若把他全家老幼一概杀戮，一则伤了天地好生之心，二则黎民恐惧，必怀怨愤之意，便于将军多所不利。依下官愚见，只将苏凤吉夫妇与令兄令嫂祭灵；或者再将他子妇二人，当抵了一家生命。其余总无相干，即行释放。此便是既尽国法，又协人情，至当之举也！"史彦超道："军师所言，末将无有不依；但昭阳宫苏后，是奸臣的亲生之女，都是这贱人惑乱，坏了朝廷大事，理该把他祭灵。"王朴道："将军，此意更为不可！苏后虽系凤吉之女，乃是汉主之后，你我与他都有君臣大义，不可变常。若与令兄祭灵，不唯令兄阴灵不安，更有碍于元帅之声名，此事万万不可。"史彦超道："军师，那苏后虽是君后，既于臣子有亏，便是寇仇。末将一定要杀他祭兄，庶几九泉之下，也得瞑目。"王朴道："将军必欲如此，下官有一主意，可以两全。方才探子来报，汉主在白云寺自缢身亡；不如叫苏后自尽，与汉主随葬，就如与令兄报仇一般，岂不为美！"郭威听了，也是劝道："贤弟，当依军师之言，不必固执。况令兄在日，为国为民，极是忠正，死后一定为神，佑庇百姓，依了罢！"史彦超见郭威相劝，只得含泪依允，只把苏凤吉夫妇、儿媳四人绑到坟前，齐齐跪下。

那满朝文武，闻得把苏家父子与史平章祭灵，都来随了郭威，同到坟茔。但见坟前摆设祭礼、筵席、香烛、纸锭，那苏门四口跪在下面。先是郭威率领了满朝文武及禅州将佐，依次祭奠，烧化纸钱；然后史彦超拈香奠酒，哭拜在地，叫声："兄嫂！你生前正直，死后神明，今日愿来受飨！"拜罢，立起身来，揎拳捋袖，满眼睁红，令手下人将苏凤吉身上衣衫，尽皆剥下。史彦超双睛圆眼，切齿咬牙，举起纯钢利刃，指定了苏凤吉骂道："误国欺君的奸贼！妒贤害人的佞夫！你倚仗椒房贵戚，作福作威，谋削藩镇诸侯，屈害我兄长一门生命。只道无人报怨，谁知今日天理昭彰，也被我拿住。我今日只把你心肝取来，祭奠兄嫂。"又吩咐两边的烧化了纸钱。那苏凤吉听了，深自懊恨，早知今日，悔不当初。正是：逆理害人，报应就在自己。低头不语，专等一死。史彦超刻不容情，左手按住苏凤吉，右手执了利剑，照定心窝只一搠，胸破腹开，血流满地，双手把心肝取出，血淋淋的供在桌上，哭声大恸，高叫："兄、嫂阴灵不远！小弟今日杀了仇人，取心在此，快来受祭！"哭罢，又将一门四口之首尽皆割下，都供桌上。只见坟前就地卷起一阵阴风，黄沙滚滚，隐隐带着哭声，向西而去。郭威率领一班将士齐齐下拜，彦超回拜已毕。复又奠酒三杯，祭了兄嫂之灵。转到郭威跟前，双膝跪倒，口称："元帅！史某得蒙威力，与全家报了此仇，使我铭刻于心，生死不忘大德。"郭威慌忙用手扶起，道："将军过礼！这是令兄阴灵有感，得报此仇，与我何干？"史彦超立起身来，又谢了禅州众将。然后同着文武一齐回朝，才把苏后逼死，与同汉主葬于王陵。诸事已毕。

到了次日，郭威率文武百官，朝于太后，将隐帝自缢等情，一一奏闻。太后无可奈何，唯挥泪而已。文武因奏道："国不可一日无君，请早立明主，以安天下。"太后下诏，迎立幼主之弟河东节度使刘赟为君——赟乃晋阳公刘朱之子也。当时遣使安备车驾，奉迎去讫。忽报契丹举兵入寇，侵犯边界甚急，太后即命郭威领兵往救。郭威奉诏，带同手下一班战将，率领所部之兵，起行赴救。大兵来至澶州，是夜城中过宿，诸将背地里商议道："我等禅州起手，共图大事，本为扶立元帅为君，故此披坚执锐，以图荫子封妻。不意兵至都城，昏君自缢，乃更立汉家宗党，我等誓死决不服也！"军师王朴说道："尔等诸将所议与我相同，此事亦不可缓，当于来日，必须如此如此，大事便定矣！"诸将大喜，整备行事。

次日黎明，郭威起身，正欲传令起行，忽听外面鼓噪大震。郭威疑是兵心变乱，急令从人把馆门紧闭。须臾，众多将士一个个逾垣进来，拥到面前。郭威惊问其故，诸将道："我等出万死于一生，跟随元帅举事者，欲以元帅为天子。今乃更立别人，众心实为不服。因与军师定议，册立元帅为君，号召天下。"郭威道："新君已立，有甚变更？况此乃大事，汝等诸将岂可草率为之！"王朴道："众心已定，明公决当允从。况诸将已与刘氏为仇，岂肯束手服乎！"言未毕，早见王峻开了馆门，就在军士手内，裂了一面黄旗，将来披在郭威身上，口中大呼道："我等共立元帅为主，谁敢不服！"诸将尽皆俯伏高呼，门外众兵齐呼"万岁"，欢声震闻数十里。将士拥护郭威，兵回汴梁，遂乃上笺于太后。大略言：被众将所误，势不能推，愿奉大汉宗庙，事奉太后为母。太后见了此笺，自思郭威兵强将勇，兼之腹心布满朝堂，大势已定，难以挽回，只得下诏废刘赟为湘隐公，即命郭威监国，是岁汉遂亡矣！史官评之云：

　　高祖拥精锐之兵，居形便之地，属胡骑北旋，中州乏主，故雍容南面，而天下归之。岂其材德之首出哉，乃会其时之可为也。夫根疏者不固，基薄者易危。隐帝虽有南面之号，而政非己出，民不知君，轻信群小之谋，欲杜跋扈之臣，祸不旋踵，自然之势也。父子相继，四年而灭，自古享国之短，未有若兹也。吁！哀哉！

　　是日郭威即了帝位，受文武百官朝贺已毕。谥幼主为隐帝，尊奉李太后为昭圣太后。至次日，郊天祭地，大赦天下。自谓系出周虢叔之后，国号后周，改元广顺。立柴氏夫人为皇后，封柴荣为晋王，王峻为邺郡节度使，史彦超为京营总都，韩通为御营团练元帅。偏将王豹、曹英等，俱加封总兵。封王朴为昌邑侯、大将军兼军国大事。又封汉朝旧臣范质为右丞相，贞固为左丞相，窦仪为翰林学士。其余汉臣，各居原职。内有不愿为官者，准其退归。随征兵士，给赏钱粮。封赏已定，文武各各谢恩。只见内有一臣，纶巾道服，俯伏阶前，且不谢恩，推辞奏道："臣有愚衷，望乞天听。"不争有此一奏，有分叫：征诛克遂初心，泉石堪娱素志。正是：

　　人爵不如天爵贵，功名怎比孝名高。

毕竟奏的谁人？且听下回分解。

第三十四回

王子让辞官养母　宋太祖避暑啖瓜

诗曰：

> 惟忠且惟孝，为子复为臣。
> 一朝人事尽，身名不足亲。
> 吴起尝辞魏，韩非遂入秦。
> 壮情将消歇，雄图急欲伸。
> 暂处华阴下，不终关外人。

右录庾信《咏怀》

话说周主登了大宝，大封功臣，文武百官尽皆谢恩已毕，只有王朴推辞不受，俯伏奏道："臣本无功，反蒙陛下隆以重任；臣伏念德微命薄，不堪拜受。愿陛下收回成命，放臣归乡，此臣之素志也！"周主听奏，吃了一惊，说道："朕自得先生以来，屡建奇功。今日九五称尊，身临臣民，皆先生所致也！区区爵禄，未足言报，望先生勿惜勤劳，匡扶社稷，则天下幸甚。"王朴叩头，叫声："陛下！臣实命薄，福禄难安；若受显职，必然损寿。况有老母，年逾八旬，理宜侍奉。望陛下以孝治天下为心，放臣得还故里，奉菽水于日月，尽定省于晨昏，终养优游，则臣母子之余年，皆陛下恩赐之年也！"周主道："先生虽然笃于孝道，但朕新得天下，枕席未安；倘有变端，使朕如何措置？"王朴道："方今国运初兴，宏图永固；上有尧舜，下有皋夔，君臣致治于朝堂，天下自然向化，何必多此远虑耶！"周主见他去志已决，不好强留，只得说道："先生既不肯留，必成其志；但朕倘有军国大事，来请先生，幸勿推诿。"王朴道："臣受主上天恩眷念，焉有不奉诏旨之理！"周主便准了奏，传旨摆御宴，与王朴送行，即命百官陪饮。王朴谢过了恩，领了御宴，便要别驾。周主依依不舍，无计可留，只得多赐金银彩缎而已。王朴叩头谢恩，辞驾出城而去。正是：

且图衡泌栖迟乐，暂释邦家夙夜忧。

原来王朴数学精明，预知兴废，虽然郭威登了皇位，日月一新；然不过应运兴基，气候不久。况真主出世，自有一班开国的能人、治世的贤士出来辅佐，定国安邦。自己只好退归林下，全名完节的了。闲话休提。

　　只说周主见王朴辞官去了，便问两班文武道："朕今初登大位，尚有几处刀兵未能宁静；卿等都怀经济之才，必有安定之策，不妨为朕奏来。"言未尽，有翰林学士窦仪出班奏道："别处郡县，不必为虑；所患者，晋阳刘崇耳！彼见陛下为君，其心未必能甘，倘结连契丹，妄举入寇，人心一动，为祸不浅矣！依臣愚见，必须责任亲信名将，于禅州、百铃两处，重兵据守，阻住咽喉，使刘崇无隙可窥，安能摇动？臣意如此，望陛下圣裁。"周主听奏称善，便俟选将，到彼镇守。按下慢提。

　　却说晋阳刘崇，初闻周主起兵，隐帝遇害，便欲举众入京，奠安社稷。及闻太后下诏，迎立刘赟为帝，便大喜道："吾儿为帝，吾又何求！"遂息了举兵之念。后闻刘赟废立而死，心甚愤忿，遂自称帝。所有并、汾、沂、代、岚、宪、隆、蔚、麟、石、沁、辽十二州之地,即以判官郑琪、赵华国同平章事,国号北汉。厉兵秣马,窥图报复。消息传入汴梁,周主忧惧,便想:"百铃关、禅州果系要路,须得亲信之臣保守,方始无虞。不如命侄儿柴荣前去,一则迎接皇后,二则威镇禅州,岂不为美!"主意已定,便传旨意,命柴荣镇守禅州,奉迎国母。又命韩通镇守百铃关。二臣领命,各自带了所部之兵,辞王别驾,出城起行。不一日兵至禅州,韩通自去镇守百铃关。

那柴荣进了帅府,所属文武官员,参见已毕。柴荣退进私衙,取银三百两,打发差官到泌州张家饭店,酬谢店主养病之恩。差官奉令去讫。柴荣来到后堂,拜见了姑娘。请安毕,把一路得胜,兵破汴梁,汉主自缢,姑爹得了天下,南面称尊,为此前来迎接姑母进京,共享富贵,这些前后事情,细细说了一遍。柴娘娘听了大喜,当晚安排酒筵,与柴荣接风。至亲两口,开怀欢饮。柴娘娘心中快乐,多饮几杯,不觉冒受了风寒,身上便寒热起来,卧床不起。柴荣心下慌张,一面延医调治,一面写本进京。差官赍了本章,星夜赶至汴梁,到了午门,将本交与了黄门官。黄门接本送进朝去,周主览毕,即批一道旨意:"就命晋王柴荣,侍奉皇后,调和疾病,等候病愈之日,一同来京。顺便监军百铃关,节制便宜行事。钦此钦遵!"这旨意降到禅州,柴荣当堂拜受。勤心汤药,侍奉姑娘,病体将瘥。又到百铃关监军,与韩通操演人马。此话按下不提。

却说赵匡胤与郑恩自从野鸡林打走了韩通,住在平阳镇七圣庙里,百姓敬之如神,真是朝供饭,夜供酒,一日三餐,鱼肉不离口。在那镇上专打不平,那些土豪光棍闻了匡胤之名,潜踪远避,不敢胡行,因此平阳镇地方宁静,人士循良。二人在镇盘桓,不觉住了四月有余,时当暑热天气,匡胤心烦意躁,坐立不住,叫声:"三弟,你看天气这般炎热,汗流如珠,怎好闷闷地坐着?何不往外边寻个凉快去处,避暑乘凉,也得爽快些儿,却不好么!"郑恩道:"乐子昨夜贪着嘴,多呷了几杯酒,身子有些不快,谁耐烦往街上去跑，反被这大日头晒得焦黑，乐子却就在屋里坐地，怕不凉快！二哥自去。"匡胤见他不去，便往后房解了马，牵出庙门，上了马，出了平阳镇口，信马而行。一路上正当赤日当空，火云散野，行人摆扇，树木无风。真是炎热熏蒸，汗流如雨。唐时刘长卿曾吟《苦热行》，诗中有几句云：

清风何不至，赤日何煎铄！
石枯山木焦，鳞穷水泉涸。

匡胤正行之间，见前面有座林子，心下想道："这不是野鸡林么，里边正好乘凉。"策马进林子里来，拣了一处树木茂密之地，下马离鞍；把马拴在树上，看着那首一株大树下，将身席地而坐。喜得荫浓遮日，凉风徐来，匡胤露体舒怀，坐得困倦，不觉呼呼的睡着，鼻息如雷。睡过午后，方才醒来，骨碌爬将起来，揩揩双眼，口内甚是烦渴，心中想道："那里寻些凉水，消消热渴也好。"把马牵出树林，扳鞍上马，往前而走。举目往四下观望，并无溪涧井泉可以汲水，口内更觉燥暴。正在烦闷，远远地见有一个汉子，蹲着身躯，在那柳荫之下打盹。旁边放着一副筐子，那筐子里放着青旺旺的不知什么东西。匡胤拍马紧行，走至跟前，原来是一担大大的西瓜，心中喜的不了，暗自想道："好西瓜！买他两个正好解渴。"顺手往身边取钱，却撮了个空，说声："啊哟！忘带了钱，怎想瓜吃？"口虽说着，心下却是喜欢。踌躇了一回，说道："也罢！我且叫醒了他，与他商量，或者肯赊与我，也未可知。"遂叫道："朋友醒来！要照管这瓜。"连叫数声，却不肯醒。

原来这卖瓜的姓王，为人忠厚朴实，守分营生，任你有人欺负于他，总不较计争论，因此众人送他一个雅号，叫他做"佛子"。他也逆来顺受，居之不疑。每年到了夏天，往那出产之处，买了这西瓜，便到百铃关去卖,甚是得利。今日因天气炎热,走得吃力,就在这柳荫之下,歇息乘凉。忽然困倦,一觉睡去,正见一条赤须火龙,掉在那干坑里面,昂起了头,看着他只顾点。王佛子说道:"这条龙在干坑里,想是渴了,待我解他一解。"随手提了一个瓦罐,往泉里取了一罐水,走至跟前,望了干坑缓缓的倒了下去;那龙见了这泉水,觉得清凉爽快,一般张牙舞爪,舒展起来;猛地里一声霹雳,只见那龙腾空而去。王佛子被雷惊醒,原来是梦,正见一个红面大汉,骑了赤马,立在面前。王佛子看了,暗暗称奇。

那匡胤在马上,赔着笑脸,叫声:"朋友!惊动了你的睡兴,在下有话要与你商量。只因天气炎热,烦躁难当,欲得一瓜解渴;又是不带钱来,朋友若肯赊时,吃了几个,跟我到平阳镇上,加倍还你。不知可否?"那王佛子听了此言,想起梦中之事:"那赤龙掉在坑内,我给他一罐清泉,他便上天而去。今看此人,也是红面,却又要赊我瓜,莫不应了方才之梦?敢是他大贵的人,后有好处。我何不破费这几个瓜,与他解渴,也算是个方便。纵然吃完了这担,我也不致心疼。为人在世,谁无朋友交情,别人尚是仗义疏财,我这瓜值得什么!"开言答道:"君子既然心爱,但请何妨!谁人保得常带银钱,这些许小事,说甚商量。改日或者遇见,顺便给还我就是了。"匡胤听了,心中欢喜,暗暗赞叹:"世上原有这等好人,与我并不识面,便肯赊物,实为难得。"忙跳下了马,把马拴在柳树上了。正值王佛子拣个熟大的西瓜,打做两半,双手托将过来。匡胤渴得极了,接过那西瓜,将身坐在树下,流水的吃个干净;觉得爽口清心,躁烦顿解,比那雪桃何啻十倍!那王佛子又打了一个送将过来。匡胤接了又吃,浆水淋漓,十分可口。正吃之间,猛可的想道:"我虽有这瓜解了炎热,只是三弟在家,料他烦闷更甚。我何不带这半个与他,也可消烦解闷。"想罢,便把这半个瓜,安放在地。那王佛子见了,便问道:"君子,原来你怎般的量浅,怎么这两个瓜儿,尚不用完?"匡胤道:"不瞒朋友说,在下还有一个兄弟在家,故把这半个带去,与他解闷。"那王佛子便笑道:"我说君子量儿恁浅,原来却是如此。既有令弟在家,不妨带这两个回去,却怎的自家克己,省这一星儿拿去,像甚模样?"一面说话,一面便往筐子里取了两个大瓜,放在跟前。匡胤心甚感激,只得把这半个也吃了,坐在树下,好不凉快。

当时开言问道:"朋友,你这担瓜挑往那里去卖?"王佛子道:"我这瓜要到百铃关去货卖的。"匡胤道:"这百铃关离此有多少路?"王佛子道:"远得紧哩!离着这里,有六七十里。"匡胤道:"一担瓜可值几何,便是这等费力,走这远路?"王佛子道:"君子有所不知,往年间,只在这里平阳镇上卖的。如今汴梁城却换了朝代,立了新天子。这百铃关又新添了一位韩元帅,手下有十万大兵,甚是闹热。我这一担瓜挑往那里,比着别处,要多卖二百余钱,所以不怕路远,情愿奔波。"匡胤道:"原来东京又换了国朝。朋友,可知当今的天子是谁?"王佛子道:"你拿过耳来,我与你说,就是这禅州的元帅郭威。他起兵入京,把汉帝逼死,竟登了位,做了皇帝。难道你不知么?"匡胤听了,暗暗欢喜道:"我离家日久,只为了幼主贪淫好色,故此杀了御乐。又碍着父亲现做朝臣,所以弃亲逃避,流落他乡。目今汉主既死,便可回家省视了!"那王佛子也问道:"君子,我看你声口不是这里人,敢是到此做甚买卖也否?"匡胤道:"在下乃是东京人氏,并不会做买卖,只因闲游过了日子。"王佛子道:"只闲游有甚好处?现今百铃关韩元帅正在挑选英雄,君子有这身材,何不去投了军,博得事业荣身,强如在外游荡。"匡胤笑道:"这军岂是在下当的。"王佛子道:"君子,你这话就不明了。只看那汉高帝刘智远,原是养马当军出身,后来做了皇帝。你怎么轻把这投军去奚落他!"匡胤暗想:"此言果是有理,我今就到百铃关去走一遭,有何不可?"遂又问道:"朋友,请问你的姓名,说与我知,好使日后相逢,偿还瓜价。"那王佛子便大笑道："君子，你忒也虚文，谅这几个瓜值得几何，我便做东不起，要你偿价。今日说过，日后总总不要。况我经纪的人，也没有什么名号，只叫王佛子的便是。"匡胤道："也罢！既承佛哥如此美情，我便留下姓名在此，日后倘得相逢，当报你赠瓜之德。我非别人，乃东京赵匡胤便是。只因怒杀了御乐，逃避在外，今朝代变易，就好出头。我此去倘有寸进，恩有重报，义不敢忘。"说罢，将那两个瓜把手巾包裹，提在手中，一手解了缰绳，将身上马，叫声："朋友请了！"把手一拱，策着马，徜徉而去。那王佛子见此仪容，听了名姓，不住口的赞道："果然好一位英雄，日后必然大贵。"遂把瓜担挑了，望百铃关奔走去了。正是：

不经知者道，怎晓彀中情？

却说匡胤回至平阳镇七圣庙，下了马，牵到后面拴讫。出来见了郑恩，把这两个瓜与他吃。郑恩正因天气酷烈，袒胸露腹，坐在椅上，张开了大口，在那里发喘，见了此瓜，十分欢喜，道："二哥，又要你破钞买这瓜儿与乐子吃。"接过手来，把瓜挎做几块，连皮带水，吞下了肚，不消一刻，吃得干净，说道："爽快，爽快！二哥，你用了多少钱买得这样好瓜？"匡胤道："这瓜不是买的。"遂把王佛子相赠之情，说了一遍。郑恩大喜道："难得，难得！"匡胤又把郭威做了皇帝，百铃关现在挑选英雄，故此要去投军的话，告诉与郑恩听了。郑恩道："郭威这驴球入的名儿，耳朵里好生相熟，待乐子想一想。"低着头，侧着目，思想了多时，说道："是了，是了！乐子常听见柴大哥说，他有一个姑夫，叫做什么郭威，敢是他做了皇帝？柴大哥的下落，也有了影儿了。咱们就到百铃关去走走，打听信息，也是好的。"匡胤道："贤弟之言正合我意。"当时用了晚膳，各自安寝。次日，清晨早起，便把镇上的父老请来，就要辞别，往百铃关去。有分叫：无心欢遇螟蛉，有意怒寻虎狼。正是：

恩情何幸萍踪合，怨愤偏从腋肘来。

毕竟二人脱身去否？且听下回分解。

第三十五回

宋太祖博鱼继子　韩素梅守志逢夫

词曰：

散虑逍遥，具膳餐饭，适口充肠怎慢？饱饫烹宰不如前，游鲲独运谁能办？路侠槐卿，逐物意移，犹子比儿非滥。虚堂习听已情深，因爱他守贞志满。

右调《鹊桥仙》

话说赵匡胤因避暑乘凉，遇了王佛子赠瓜解渴，教他投军博些事业。一时鼓动了功名之心，感触了寻兄之念，便回至庙中，与郑恩商议定当，收拾了行李包裹，把镇上父老请来辞别。那些父老一齐问道："二位贤士，呼唤小老们到来，有何吩咐？"匡胤道："在下弟兄二人，要往百铃关访一朋友，往返有数日之隔；因此相邀众位到来，暂为告别。"父老道："既二位有此正事，我等岂敢屈留！但访着了令友，即望回来，幸勿阻滞。"郑恩道："你们放心，包在乐子身上，一同就来；倘二哥不来，乐子毕竟来的，好领你们的厚情。"说罢，把包裹行李一齐捎在马上；提了酸枣棍，把马牵出了庙门，让匡胤坐了。匡胤拱手辞别，提刀策马而去。郑恩步行，也别了众人。

两个离了平阳镇，缓缓行程。怎当那火块般的大日，照临下土，热气蒸人。两个行行止止，不觉到了百铃关。只见城楼高耸，垣堞巍峨，两个走进了城。此时国异人殊，城门上也不来盘诘，因此放胆前行。见那街市喧哗，店铺接续，人烟集凑，风景繁华，果然不亚于东京，好个闹热去处。当时寻觅了店房，匡胤下了马，店小二牵往槽头。弟兄二人拣了一间洁净房屋住下。小二端了面水进来，各自洗了面，又将午饭吃了。郑恩道："二哥，我们闲着没有事情，何不到街上去玩玩儿，也是爽快。"匡胤道："使得，使得。"带上银包，叫店小二锁上房门，离了饭店，到街市上闲走了一回。见那路旁有座酒楼，匡胤道："三弟，天气恁般炎热，行走不得，我们且到这楼上沽饮三杯何如？"郑恩道："妙极，妙极！"两个一齐进店，拣了一座有风透的楼上，对面坐下。酒保上前问道："二位爷用什么酒菜？"郑恩道："你只把好酒好菜拿上来我们吃。"酒保听说，走将下来，提了两壶酒，切了两盘子牛肉，送上楼来，摆在桌上。郑恩把眼一看，只有一样的两盘子牛肉，顿然发怒，把桌子一拍，骂声："驴球入的！乐子叫你拿好酒好菜上来，怎么只把这腌臜的牛肉与我们吃？"酒保满面堆笑，说道："爷们不要动恼！此刻已是日头偏西时候，小店虽有几味好菜，早上都卖完了。只有这煮牛肉，权且下酒。要用好菜，爷们明日早些来，小人自然效劳，管待二位爷吃得欢喜。"匡胤听那酒保言语温柔，小心应答，叫声："三弟，你且吃杯空酒，待愚兄往街上买些下酒之物与你欢饮。"郑恩听说，拿起壶来自酌自饮。

匡胤下楼来到街上，走无多路，只见一个童儿拿着一尾活鱼，立在当街，口内说道："过往的客官！倘有兴儿，可来博我的鱼，只要赢了去吃。"匡胤听说，心中不解，止步观看那童儿，只见：

> 天庭高耸眉清秀，地角方圆骨有神。
> 悬胆鼻梁多周正，堕环耳畔定方棱。
> 唇红齿白人伶俐，气足形端后必成。

虽说布衣能洁净，口中只叫赌输赢。

匡胤叫声："童儿，我正要买尾鲜鱼下酒。你何不卖与我，多付你几个钱，强如在这里叫输叫赢，说厚说薄。再搁一回，这鱼要臭了。"童儿听说，把匡胤上下看了一看，笑容答道："爷们想不是这里人，所以不晓得此处风俗。我这鱼不是卖的，乃是颠那八叉八快、赌输赢的利物。我在这里叫说的，便是博鱼的'博'字，不是厚薄的'薄'字。客官若要鲜鱼，请往别处照顾罢。"匡胤听了这席言语，心中暗想："好一个伶俐的童儿，看他年纪虽小，说话倒也乖巧，齿牙干净，又通文理，后来必有福气。"遂叫声："童儿，怎么叫做'八叉八快'？你可说与我听。"童儿道："客官，我这手里八个铜钱，一'字'一'河'叠将起来，往地一丢，或成八个'字'，或成八个'河'，总然谓之八快。客官颠得这八快，就是赢了，一文钱不费，拿了鱼去，只当白吃；若丢下去七个'字'，一个'河'，或七个'河'夹着一个'字'，总之算为八叉，客官便要给我五文钱。十下不成，给我五十文钱，就算客官输了，这尾鲜鱼还是我的。故此叫做'八叉八快'，博个输赢。"匡胤听了，微微笑道："童儿，既是如此，我与你博了这尾鱼罢！"那童儿道："客官，你既要博我这尾鱼，只是先把输赢讲过，见见宝钞，然后好博。"匡胤暗想："这小儿果然老到。"便往身边摸出银包，打开与童儿看，道："你见输赢么？"童儿见了银子，说道："客官倒也正气。"便将八个铜钱，一'字'一'河'叠将起来，递与匡胤。匡胤接了，便往地下一颠，只见七个钱先成了七个"河"，只有一个尚在地下乱滚，滚了一会，影影的露出"字"来。匡胤慌忙喝道："河！河！河！"真命天子非同小可，才说得"河"，那暗地里护驾神祇听这旨意，便向那钱上吹了一口气，真也作怪，明明见是个"字"了，忽地叮的一声，颠了转来，却又是"河"。两旁看的人一齐拍手大笑。匡胤也是欢喜，把银包揣好腰间，提起鲜鱼就要行走。那童儿急了，一把手扯住了衣襟，再也不放。匡胤回转头来，对着童儿哈哈大笑道："你这顽皮，既赌输赢，扯我做甚？想是你输不得么？也罢！你既舍不得这尾鱼，就在当街上，磕下个头，叫我一声父亲，我便重重的偿还资本。"那童儿也便笑道："客官莫要哄我，想我们既在当街上博鱼，受得赢，难道受不得输？莫说一尾，就输了十尾，也不肯轻易磕人的头。况为人只有一个父亲，若是叫了别人为父，岂不被人笑话！客官，你也休小觑于我。我扯住你，非为别事，只为方才那个钱，丢在地下，明明是个'字'，怎么你叫了一声'河'，这钱就颠了转来，所以倒要请教，是甚么的法儿？"匡胤听了暗笑："我知道什么法儿？待我且耍他一耍。"说道："我这法儿，其名唤做'喝钱神法'，乃是梦中神人传授，灵验非常。凭你给我一千银子，也不肯轻易传人。"那童儿听罢，把手松了。

匡胤提了鲜鱼，步到店来，那童儿却暗暗的随后跟来。匡胤走上了楼，郑恩便问道："二哥，这尾鲜鱼恁的活跳，不知费了几分银子买的？"匡胤道："是赢来的。"郑恩道："怪道二哥去了这一会，原来在那里耍钱快活。"匡胤便将博鱼的缘故说了一遍。郑恩大喜道："二哥真是有兴，才进百铃关，就赢了整尾的鱼来，必定有个好处。"叫酒保快拿去烹了来，与乐子下酒。郑恩正叫酒保，只见那童儿走上楼来，见了匡胤双膝跪下，磕了一个头，叫一声："父亲！孩儿特地前来赔礼。"匡胤看了，只是笑个不住，开言说道："你这不识羞的顽皮！你方才既说不肯与人磕头，不叫别人为父，怎么这会儿又来认父磕头，却不惭愧么！"那童儿赔笑答道："客官有所不知，方才在当街，若是磕头叫你，岂不羞杀，日后怎好做人，再在街上做这博鱼道路？如今在这酒楼上磕头叫父，只有这位黑爷看见，再无别人。因有一个下情相告：我只有一个母亲，没有父亲，本是大名人氏，因前年逢了饥荒，母子两个难以过活，为此到这百铃关来投奔亲戚。不料扑了个空，又无盘费回家，只得流落在此；没有度日，弄这法儿，用五六分银子买这一尾鲜鱼，拿到街市上，每日叫人来博，博了五分我就勾本；若有了十分，就是利息了。这不过是个哄人法儿，拿回家去养膳母亲。谁知今日遇了客官，一博就成，连本带利多没了，叫我母亲怎好度日？因此跟到此间，磕头叫父，望父亲把这尾鱼舍了孩儿罢！还要求这'喝钱神法'传与孩儿，日后长大成人，定当报答。"匡胤未及回言，只见郑恩在旁听了这些言语，只把雌雄眼笑得没缝，说道："二哥，这个娃娃好乖嘴儿的，说了这样可怜的话儿，把这尾鲜鱼与了他罢！"匡胤道："童儿，你今年几岁了？叫甚名字？"那童儿道："我叫禄哥，今年长成十岁了。"郑恩道："乐子不信，这十岁的娃娃这样贼乖？二哥，你何不收了他做个干儿子，也是好的。"匡胤听言，也是欢喜，便道："禄哥，我欲继你为子，你可肯么？"禄哥道："父亲果肯垂恩，便是孩儿的大幸了，焉有不肯之理！"说罢，重新对了匡胤恭恭敬敬拜了四拜，立起身来，又向郑恩作了四揖。郑恩把嘴一噘道："你看这驴球入的贼乖的娃娃，见父亲就是磕头，望了乐子只是唱喏。"禄哥复又作了一揖，说道："三叔，恕侄儿无礼之罪！"匡胤见了，心中大悦，叫道："三弟，这是好汉之儿，不轻下礼，你莫要怪他。"遂向身边取了一锭银子，说道："禄儿，这鱼留在这里，要与你三叔配来下酒；这一锭银子你拿回家去，做本养母。你去罢。"禄哥接了银子，又说道："父亲，还有那'喝钱神法'，一定要传与孩儿，好待孩儿回家见了母亲，表扬大德。"匡胤想道："这就难了！我不过一时戏言，有甚神法？也罢，且将他哄过了，打发他去。"说道："禄儿，这神法不用传授，你只把这八个钱来，我与你做法。"禄哥将钱递与匡胤。匡胤故意诌说了几句法语，将钱吹上了一口气，说道："你将此钱拿去，有人与你博鱼，喝声要'字'就'字'，要'河'就'河'，再不输与别人。若遇没钱用度，可问王家店来寻我便了。你去罢！"禄哥拿了银钱，遂拜别下楼，千欢万喜的回家去了。

那郑恩哈哈笑道："二哥，虽然你给他一锭银子，却已得了鲜鱼，又认了儿子，真是喜事。快叫酒保把这鱼去煮来，乐子多敬你几杯喜酒。"那酒保登时把鱼烹好了，送上楼来。弟兄两个开怀畅饮，直到黄昏时候算还酒钱，回归饭店，收拾安寝。正是：

喜将沽酒饮，笑待玉人来。

不说匡胤二人回店。且说禄哥回至家中，见了母亲，满面堆笑，把银子放在桌上。其母见了，便问道："我儿，你今日好个彩头，赢得这整锭银子回来！"禄哥道："敢告母亲得知，这银子并不是博鱼赢来的，乃是孩儿的干爹所赠。叫儿做本营生，养赡母亲的。"其母听了，说道："你这畜生！小厮家偏会说谎，那里有甚干爹赠你银子？"禄哥便把博鱼始末告诉一遍。其母就问："这人如此仗义疏财，你可知道他的名姓么？"禄哥道："他的名姓，孩儿倒不曾问得；只听他口气，好像东京人氏。他的相貌是一个红脸大汉。"其母听了，低头不语，暗自沉吟，不觉感动了万千心事，数载相思。

看官知道甚么缘故？原来禄哥的母亲不是别人，却是赵匡胤的得意玉人、知心婊子韩素梅也。自从在大名相处、与匡胤分别之后，他就悦龙誓操，冰雪居心，宁受鸨儿打骂，抵死不肯从人。后来老鸨死了，又遇饥荒，把他的姐姐所生儿子过继为子，取名禄哥。这孩子胜似亲生，十分孝顺。那素梅有个姑娘，嫁在这百铃关一个千户为室，所以娘儿两个乘大名饥荒，投奔百铃关来。谁知姑夫姑娘俱已弃世，因而母子无依，进退两难，只得生出这个法儿，叫禄哥到街上博鱼度日。今日又听了禄哥之言，怎的不触动前情。沉吟暗想："只有当年赵公子是红脸大汉，住在东京。他在大名与我相遇，恩情最重；后来军满回家，又听得惹了大祸，逃出城外。我几遍打听他消息，不见着落；今日禄哥所认的干爹，莫非就是他？我何不明日邀他到来，便见是否？"想定主意，叫声："禄哥，你明日早起，把你干爹请来，我有说话。"禄哥道:"母亲!孩儿不去。"素梅道:"你因甚不去?"禄哥道:"母亲!你是个女人,那干爹是个男子,现是家中没有男人,非亲非故,把他请来相见不便。倘被外人谈论,背地骂着孩儿,这便怎处?"素梅大喝一声:"咄!畜生,怎敢胡言,你小孩子家省得什么道理?人生面不熟,就给你一锭银子,知他是好意,还是歹意?请他到来,待我当面问他一个明白,用这银子才好放心。倘然胡乱用了,他或者到来取讨,你把什么还他?"禄哥道:"哦!原来是这个缘故。这却不妨,待孩儿明日去请他便了。"说罢,拿了钱钞筐篮,往街上买了些东西回来,母子两个安备晚膳用了,收拾安寝。一宵晚景不提。

　　到了次日清晨,禄哥起来梳洗已毕,出了门便往王家店来。走往里面,逐房瞧看,至一间大房中,才见他二人正在房里闲坐吃茶。禄哥笑嘻嘻地走将进去,作了揖。郑恩叫道:"乐子的侄儿娃娃,我问你,大清早到来做什么?"禄哥道:"没有别事,奉母亲之命,叫我到来请父亲去,有话面讲。"郑恩哈哈笑道:"乐子的侄儿,这个光景,乐子猜着了。"禄哥道:"三叔,你老人家猜着什么?"郑恩道:"乐子猜着你娘见你认了干爹,他心里也要认个干丈夫哩!"禄哥道:"三叔,大清早起不要取笑,请父亲去自有正事。"匡胤道:"禄哥!我昨日认你为儿,不过一时情兴,取个异路相照而已。若与汝母从未会面,况你说过,自己父亲不在家中,我若去时,便是男女授受不亲,断然难以相见。"禄哥道:"这话孩儿也曾说过,母亲说:'男女不便相见,果是正理,如今只好权宜。'孩儿来请非为别事,只因昨日父亲给我的银子拿回家去,母亲见了,有些疑心。孩儿从直告诉,总然不信。故此来请父亲到家,当面问个明白,然后好用。"郑恩听言,不住口的赞道:"好,好!好一个女子!虽然未曾会面,必要问个明白,乐子欢喜着他。二哥,你便去走走何妨?"匡胤道:"既如此,三弟可同我一行。"郑恩道:"当得,乐子一定奉陪。"说罢,二人各穿了袍服,拿了纨扇,一齐出来,锁上房门,吩咐店小二喂马饮水。

禄哥当先引路，弟兄两个随后而行。转弯抹角，不多时到了门前。禄哥立住了脚，叫声："父亲、三叔，草舍柴门，里面浅窄，待儿进去禀知了母亲，然后来请相见。"匡胤点头称善。禄哥推门进去，见了素梅，说道："父亲请到了，现在门外。"素梅道："快请进来相见。"禄哥把弟兄二人请到里面。匡胤举目观看，虽然三间草房，倒收拾的洁净。二人到了草堂，便立住了脚。那素梅在里面，隔着帘儿往外细看，不是别人，正是在大名府打走韩通、关心切意之人。不觉心头酸楚，珠泪频抛。顾不得郑恩在旁，迈动金莲，步出堂来，叫声："赵公子！你这几年在外，想杀奴也！今日甚风到此，得能重会。"匡胤听了，不知是那里来的冤愆，吃了一惊，往后倒退几步，斜眼往内一睃，却原来是心上之人，也顾不得郑恩在旁，走上前，挽住了素梅之手。两下叙过了别后事情，悲喜交集，见了礼讫。那郑恩在旁，见了这等光景，不知就里，呆呆地立了一回，就把匡胤一扯，叫道："二哥，立远些！方才你未来的时节，说话何等正经：道是什么男女授受不亲，不好相见。及至到了这里，看他有些齐整，你便不肯老成，拉拉扯扯，讲起情话来了。从今以后，你若再和乐子假撇清，乐子便不信你的心肠；你就住在这里，做个干丈夫快活过了日子罢，乐子去了。"说罢，怒气冲冲，拔步便走。有分叫：竹篱茅舍，聊存数日之绸缪；皋比虎符，难免三番之羞辱。正是：

  未识因缘须有怒，一经剖析自无忧。

毕竟郑恩去否如何？且看下回分解。

第三十六回

再博鱼计赚天禄　三折挫义服韩通

诗曰：

　　燃香郁金屋，吹管凤凰台。
　　春朝迎雨去，秋夜隔河来。

　　珠弹繁华子，金羁游侠人。
　　酒酣白日暮，走马入红尘。

右录庾信、孟浩然二绝

　　话说郑恩见赵匡胤、韩素梅两个殷勤款洽，违了男女授受不亲之言，一时不明委曲，便要各奔前程，把匡胤奚落了几句，往外便走。匡胤慌忙赶上，一把扯住了，说道："三弟！你实未知其故，这就是愚兄时常对你说的二嫂嫂韩素梅。疏远了多时，今日偶然相遇，所以如此。"郑恩道："嗄！就是大名府那个小娘儿二嫂子么？怪不得见了你这等亲热，原来是亲丈夫，自然该的。"回转身来，叫声："二嫂子，乐子见礼了。"弯腰曲背的作了一个半截揖，素梅连忙还礼。把那禄哥欢喜得迷花眼笑，说道："今番我造化到了！昨日我只认个干爹，不道今日竟认个亲爹到家了。"素梅喝声："畜生胡讲！快与我看取茶来。"禄哥答应一声往里去了,素梅便请匡胤、郑恩坐下。匡胤问道:"你自来不曾生育,这个孩儿那里来的?"素梅道:"这孩儿原是我姐姐所生,八岁上他娘亡了,无所归依,妾又无人照应,因此把他过继为子。年纪虽小,倒也伶俐,更且极知孝顺,称我心怀。"匡胤听说,点了点头,说道:"委实好个伶俐的孩子!可惜不是吾的亲骨血。"郑恩把嘴一咂道:"二哥,你说这话儿,可不寒了那娃娃的心哩!管他什么青骨血白骨血,收这儿子,只当与你压个子孙儿。要是二嫂子压下个娃娃来,却不是他的翅膀么!"韩素梅听了此话,掩着嘴格的一笑,引得匡胤也是大笑起来。不道这句话,倒被郑恩说着,后来南清宫的八大王,就是韩妃所生,因为母亲出身微贱,承袭不得天下。又因太后遗旨,命太祖万岁之后,将大位传与兄弟匡义继立,免得幼冲嗣位,被人篡夺,一如五代的故事。此乃太后深微之虑,郑重之心,古来后妃所不及也。后话莫提。

再说匡胤等三人正在闲谈,禄哥送出茶来,与弟兄二人吃了,立在旁边说道:"父亲,你如今比不得外人了。这里房子虽小,却有三间,尽可住得,何不把行李搬来,与三叔一同住在这里,强似在饭店中栖身,无人服侍,又要多费盘缠。"匡胤大喜,正中心怀,说道:"我儿,此言甚是有理。"郑恩道:"二哥住在这里,乃是二嫂子的丈夫,可也住得。乐子是个外人,怎么与你同住?"匡胤道:"三弟,你这话便是见外了。俺二人虽是异姓,胜比同胞,怎的分其彼此,快同禄儿去算还店账,把行李等项一齐取了来。"郑恩不好违阻,只得与同禄哥走出门去,不多一会,把行李、兵器、马匹,俱各取回,把马拴在槐荫树下,行李、兵器安在一间房内。匡胤取出两块银子与禄哥,买了些鸡鱼肉酒,素梅在厨下收拾停当,把来摆在桌上,弟兄两个对坐饮酒。虽是草堂茅舍,倒也幽雅清闲,比不得饭店客房,喧哗嘈杂。正是:

屋小乾坤大，檐低日月高。

二人酬酢欢谈，直至更深人静，兴尽壶干，才把残肴撤去。又乘了一会儿凉，然后安寝。

次日匡胤起来，叫声："禄儿，天气炎热，这马缺不得水；你须牵往池上饮些。"禄哥听说，扯了马，带到别处池上饮了水，牵马回家。路上遇着了卖旧马槽的，说了价钱，叫人抬到家中，放在树下，把马拴好。匡胤便问："这是何处来的马槽？"禄哥道："孩儿在路上见了，买回来便好喂料。"不多一时，只见卖旧马槽的来称银子，禄哥即时称出了八分银子与了他。郑恩说道："乐子的侄儿娃娃，真正中用，连喂马的槽儿多想到哩！"那卖马槽的也插嘴道："你家这个学生委实伶俐，会买东西。我这口马槽原是五钱银子打的，这学生只一口还我八分银子，再也不肯加些，我只因譬如被柴殿下夺了去，做当官马槽，分文没有到手，所以折本的卖了，不然怎肯白送与他？"匡胤听了这"柴"字，连忙问道："伙计，那柴殿下叫甚名字？生的怎样相貌？你可知也否？"卖槽的道："他出入坐着暖轿，跟随人役，前呼后拥，严禁非常，来往的人只好远远站开，谁敢睁着眼珠儿张他，所以并不知他相貌怎的，连及他的名字也不敢提着一声。谁肯舍这性命，轻送与他！客官也不要在这里惹祸，且添上些银子来，好待我去。"匡胤见他是个老实人，遂摸出一块银子添了，他便去了。匡胤叫声："三弟，你听见那人说么，这个柴殿下莫非就是柴大哥不成？但名字又没打听，相貌又不得见，我们往那里去探听才好！"郑恩道："听他说这个姓柴的，想来就在此处。乐子却有一个主意：我们到了明日，只在街上去闲撞，遇着了坐暖轿的，就拿住他，掀开轿帘瞧看，是便是了，若不是，再作商量。"匡胤道："你又来粗鲁了！这事须要慢慢打听，方才无碍。"二人闲话之间，不觉日色西垂，天气傍晚，韩素梅又收拾出酒肴果品，二人用了，打点安寝。匡胤虽与素梅重逢，乃是正人君子，原与郑恩同房共寝。当夜无话。

次日，禄哥打点行头，原要往街上博鱼。匡胤道："禄儿，你住在家中，衣食不缺，也就罢了，何必再去做这道路！"禄哥道："孩儿在家空闲无事，且出去胡乱赢些银子回来，每日多买几壶好酒敬我三叔，也是好的。"郑恩听说，满心欢喜，说道："二哥，这孝顺的侄儿娃娃，乐子的造化，叫他耍耍罢。"禄哥听罢，心甚喜欢，出了门，往街上买了一尾活鱼，用柳条穿了，提在手中，仍前吆喝博鱼。说也奇怪，遇着人来博的，这八个铜钱丢将下去，就像北新关抽税一般，只有赢没有输。这钱乃是金口玉言说定的，要"河"就"河"，要"字"就"字"，监赌神祇管定，那有走移之理。当时禄哥赢了钱，提了鱼，就往店铺里沽了美酒，奔回家来，备了菜蔬，就与匡胤、郑恩同饮。郑恩大喜，问道："侄儿娃娃，今日赢了多少？"禄哥满面堆笑，答道："靠父亲的恩、三叔的福，往常不过分数银子；今日有了父亲的喝钱神法，遇人来博，侄儿喝'字'就'字'，喝'河'就'河'，无不响应。七八个人博我一个，都被我赢了，共有五钱银子。"匡胤听了，暗暗欢喜。自此一连三日，都是得彩而回，把个郑恩吃得醺醺快乐。

到了第四日，等到晌午时候，不见禄哥回来。郑恩叫声："二哥，这娃娃这时还没有回来，定是赢得多哩！乐子今日的酒星旺，停会儿只怕没有这量来装哩！"正在说话，听得呀的一声，推进门来，只见禄哥掀胸露腹，噘嘴蓬头，眼带泪痕，没精没彩的走进门来。郑恩问道："娃娃，你今日没有赢么？"禄哥不应。郑恩连问数声，只是掩着眼立着，并不答应一声。急得郑恩心中焦躁，口里骂道："你这驴球入的娃娃！乐子问你，怎么声也不应，做这模样？输赢胜负，世之常事，你便做了哑巴儿，也该应咱一声。"那禄哥总不答应，扑簌簌掉下泪来。匡胤见了这等光景，便问道："禄儿，你今日敢是吃了人亏，所以如此么？若果有人欺负你，可说来，我与你出气。"禄哥把嘴一嚓,说道:"父亲虽然猜得不错,只是这口气有些难出;欺负我的,又是个都根子主子,好不了得!"郑恩慌问道:"侄儿娃娃,这个都根子主子,是甚驴球入的?你快快说来,乐子和他见个高下。"禄哥道:"说来也是徒然,这个欺我的,就是本处韩元帅的公子。今日叫我去博鱼,一连博了五十多下,分毫银子也不给,倒把我这尾鱼抢去。这都根子,却有谁人敢去恼他?"郑恩听了,气得一腔心内烟生,两太阳中火冒,用手指着外边,高声骂道:"这驴球入的!敢是吃了熊的心、豹的胆,来太岁头上动土!那里有博钱不给,反欺负乐子的侄儿!慢说他是狗元帅,就是京城里的皇帝老子,乐子不怕半毫,也要与他拼着一遭。侄儿娃娃,快跟了乐子寻到他家里与他算账。"匡胤道:"且慢!禄儿,我且问你,这韩元帅你可知他叫甚名字?"禄哥道:"他的名字,孩儿不曾晓得。只听见人说叫什么'通臂猿'。"匡胤对郑恩说道:"三弟,莫非就是韩通这厮不成?"郑恩道:"这驴球入的,怎能到得元帅地步?"匡胤道:"凡人不可貌相,海水不可斗量。他的本领,也不在你吾之下,或者夤缘做了此职,也未可定。但事情虽细,不得不与他计较,明日原叫禄儿去博鱼,你吾躲过一边,且把他儿子诱引出来,俺们瞧他一瞧,是不是再作道理。"商议已定,过了一宵。

  次日,各各吃了早饭,郑恩拿了枣棍,同了匡胤,一齐跟了禄哥,来到街坊,买了一尾鲜鱼。未到帅府门前,只见那韩通的儿子坐在道旁一株杨树之下,监着军士在那里刷马。禄哥用手一指,说:"他就是!"郑恩把雌雄眼一看,叫声:"二哥,这个不是韩通的儿子么!待乐子打这驴球入的几棍儿,替侄儿娃娃出气。"匡胤道:"三弟!且莫性急,先叫禄儿前去博鱼,我且闪在一边,你可上前与他算账,他的老子自然出来护短,那时我便上前来,也只打韩通,强如打这小子。"郑恩道:"二哥言之有理。"便叫禄哥先去。那禄哥手提鲜鱼,走至树下,叫声:"公子,今日和你再博几下,不要像昨日赖我。"那韩天禄见了，说道："你这小儿，来得正好。昨日那鱼不鲜，今日把这尾鱼抵了账罢！"遂叫手下小厮上前夺鱼，禄哥那里肯放，叫一声："三叔快来！"郑恩听叫，飞奔上前，大喊一声："好狗子！怎么叫这些驴球入的伤我侄子娃娃？"抡起枣棍排头的就打，早打倒了三四人，都是脑浆直冒。那韩天禄见了，认得是野鸡林放马之人，叫声："不好！"回步便走。郑恩那里肯舍，赶上前，一把抓住了衣领，撇了枣棍，提起拳头尽情痛打。韩天禄喊叫不止，那里挣扎得脱！却早惊动了管辕门的官儿，远远见公子被人毒打，不敢停留，慌忙报进帅府里去。

此时韩通正在堂上，传齐军马要往教场操演。听了此报，心中大怒，发遣军士先下教场，自己扎束停当，带了手下兵丁，一齐出了辕门。扑到杨树跟前，正见儿子被那黑汉毒打，心下十分暴怒。举眼把黑汉一看，原来就是郑恩，正是仇人相见，分外眼明。大喝一声："黑贼！怎敢行凶？我今日正要报仇，你来得正好！"说罢，挥拳望郑恩便打。郑恩未及还手，早被匡胤看见，急将鸾带迎风一抖，变了神煞棍棒，飞身蹿到跟前，喝声："韩通，休得恃强，俺来也！"提起神煞棍棒，往肩窝上打来。韩通回头一看，吃了一惊，说声："不好"！连忙将身一闪，棍棒落空，举步要走。匡胤怎肯容情，赶上前又是一扫脚棍，只听噗的一声，韩通跌倒在地。匡胤丢开棍棒，伸手按住，举起拳头照脸而打。郑恩见匡胤把韩通打倒在地，叫道："二哥，你莫便放他，待乐子也来帮你。"遂把手故意一松，把韩天禄放走了去，自己跑到跟前，脱下一只鞋儿，望着韩通没头没脸乱打。韩通挨痛不过，哀声叫道："赵公子，求你容情！如今职掌元帅，比不得在大名府与野鸡林的故事，求你留些体面。"

说话的：我且问你，韩通职专元戎，手下兵将甚多，难道元帅被人痛打，一个也不上前来救护的么？看官有所未知，常言道："当差的，官面上看气；行船的，看风势使篷。"若是韩通今日见了匡胤，破口大骂,喝令上前,这些军士,自然要来帮助,各要见功。今见自家元帅满口哀求,只要留些体面,就知道他是韩通的上风了。况且匡胤打扮一如行伍中人,相貌非凡,又是东京口语,知他是甚来历?打得好,只讨个平安;打得不好,弄出大祸来,韩通不肯认账,翻转面皮说:"奴才!谁叫你们动手?"轻则捆打,重则砍头,如何了得?况又胜负已定,纵使大胆上前,又恐投鼠忌器,既不能把行凶之人捉获请功,反使自家元帅误被伤了性命。所以能管不如能推,大家不敢上前动手。

不说韩通受打。再说晋王柴荣,奉旨调养姑母,代理监军。这日府中无事,即命应役人等,摆驾往元帅府探望。将至帅府,正值韩天禄得空逃脱,见了那边王驾到来,迎上前去。那些打执事的人员认得是韩公子,不好拦阻。韩天禄跪在轿前,口称:"冤枉!"柴荣听得有人叫冤,吩咐住轿。天禄口称:"千岁!臣韩天禄,父亲韩通官居元帅。今日来了两个游棍,将臣父毒打,命在须臾,望千岁做主,剪除凶恶,救臣父微命。"说罢,只顾磕头。柴荣听诉,不觉怒发,吩咐御林军:"速去把恶棍拿来,待孤家亲审。"御林军不敢怠慢,拿了绳索,拥至跟前,将匡胤、郑恩围住。早见一个军士,踅到郑恩背后,夹领衣抓住;往怀中一拖,指望按倒了好绑缚,不想蜻蜓撼石柱一般,动也不动。郑恩正在拿了鞋儿把韩通打得高兴,只觉得领头儿紧紧的有人揪住,拗过头来一看,见是一个人抓住了他要绑,心中大怒,骂声:"驴球入的!谁敢来拿乐子?"提起大拳,望御林军只一拳,不端不正却好打在脑上,只听那军士唔的一声,将身躯倒了下来。有分叫:金石愈坚,仇雠顿释。正是:

    莫把亲疏分美恶,只将恩怨决从违。

  毕竟那个军士性命何如?且听下回分解。

第三十七回

百铃关盟友谈心　监军府元帅赔礼

词曰：

蜉蝣寄迹似虚花。渺富厚，薄笼纱。轩冕巍峨，装点贵人家。记得初逢坡土下，曾几日，历金阶。　雁行携手已堪夸。漫多嗟，夕阳斜。聊把穷通，得失等泥沙。愿笃金兰相培植，深臭味，胜荣华。

上调《江神子》

话说郑恩正把韩通打得高兴，忽见军士把他抓住了要绑，心头火发，骂声："驴球入的，韩通的帮手么，谁敢拿着乐子？"话未说完，早把拳头送过，照那御林军的脑袋只一下，不觉打倒在地，喷浆流血。众军大喊道："不好了！这黑汉力大凶狠，打坏人了！"遂一齐上前动手。郑恩见众人都来，也不惧怕，发开了两个拳头，往四下乱打，口里骂道："驴球入的，你们都上前来，叫你一个个都死！"众军士见拿他不住，只得四面围住，不敢近身，一齐乱嚷道："黑大汉！少要蛮强，我等奉的是王爷令旨。只因有人告你行凶，打坏了韩元帅，故此前来拿你。你今不伏拘唤，反把御林军打伤，王爷知道，只怕你的性命就难保了！"郑恩生成粗鲁，只晓卖香油的本事，一葫芦半斤，两葫芦一斤，怎知国家的王法、官长的规模？开言骂道："什么的黄爷黑爷？叫那驴球入的来，待乐子问他。"这里正在相闹，那边匡胤又不来问，只道这些人是韩通手下的兵丁，见郑恩将其打倒，倒也欢喜。及至听得军士说是王爷的御林军，方才暗自思忖："闻得禅州来了一位柴殿下，莫非就是他的军校不成？况是人多势众，放了他罢。"遂把手一松，韩通得空，爬起身来，往人丛里一钻，飞跑的去了。郑恩看见，便叫："二哥，这韩通驴球入的跑了去了！"匡胤道："三弟，罢了！他如今比不得前番了，手下现掌着十万兵马，还有将佐甚多，他的权重，俺们势孤。你又把他御林军打坏，这祸不小。趁今人少，我们走罢！若再迟延，韩通调了人马来，我们寡不敌众，设或被他拿住，却不弱了走闯之名。"郑恩道："二哥说的有理。"

　　二人正要举步，却好柴荣的轿子已到。御林军两边排开，柴荣轿内看见是匡胤，心下已自欢喜，急忙吩咐住轿，缓步出来，伸手扯住了匡胤，叫一声："二弟，因甚在此粗鲁？"匡胤回头一看，见是柴荣，慌忙见礼，满面堆笑，说道："小弟闻说禅州来了一位王子，不想就是兄长。今日幸遇，诚天遭也！望恕小弟不恭之罪。"那郑恩见了柴荣这般威赫，便大叫道："柴大哥，久违了！你只会推车贩伞，怎么倒做了王子呢？哈哈，乐子快活哩！"匡胤连忙止住道："三弟，莫要多言。"郑恩道："二哥，柴大哥做了王子，乐子就是王弟了，怎不叫咱快活？"那柴荣想着前日之情，抛弃不顾，今日相见，虽然怪在心头，却又不好说出，吩咐左右："备马过来，请贤弟到愚兄衙内，叙谈久阔之情。"郑恩见了柴荣不理他，便扯住了袍子，说道："大哥，你且慢去，韩通的小驴球入的，把乐子的一尾鲜鱼抢了去，大哥与咱讨了来，乐子要喝酒的。"柴荣一肚子没好气，不便发泄出来，又听他说话，一时未知其情，只说道："三弟！原来还是这等要吃！鲜鱼，愚兄的衙内怕道没有？"说罢，上轿先行。匡胤取了神煞棍棒，复了鸾带，系在腰中。郑恩取了酸枣棍，各自上马，同了柴荣王驾而行。

　　那韩天禄满望随驾到来拿捉翻冤，方才了愿；谁知柴荣下轿，执着手，口口声声叫是二弟，那里还敢上前分辩，抽身回去。那些军士只是暗暗念佛，说："勾了！方才若是动手，这会儿膀子上早套了索子了。"看那打倒的这名军士，横卧在地，到了此时，那里去讲论？只得不顾死活，抬起来往外就走。那韩通虽又吃这大亏，见仇人是柴王好友，明知白被他打，这仇断难复的了。不但不能复仇，兼且要去赔礼。但是骤然去认个不是，心中又觉不服；欲待不去，恐他倚仗王子势头，寻非论是，又觉难当。况手下兵将见了，成何体面？踌躇半晌，无计可施，只得要去走一遭。忙退进帅府，洗了脸，换了冠带，吩咐手下备马伺候，往监军府去。手下人答应了，整备不提。

只有那禄哥躲在一边，远远地看见柴荣相会光景，又备了马，叫二人同去，不知其故。谅着绝有好处，必无疏虞。回转身跑往家中报信去了。

当时兄弟三人，到了府前，进的门来，赵、郑二人下了马，走上大堂。柴荣也下了轿，三人携手进了书房，重新叙礼，各各坐下。先是匡胤开言说道："兄长，小弟自从木铃关分别以来，终日思见，无由得见。前日在兴隆庄，遇见了三弟，作伴奔驰，寻访兄长，不想今日重逢，弟之愿毕矣！未知兄长别后以来，怎能荣显至此？诚为可喜。"柴荣道："二弟，愚兄自盟拜以来，极承贤弟周恤；不意中道分途，天各一方。虽然三弟为伴，无奈不听愚言，自行粗鲁，因此过关遗失了贤弟所赠之银。至泌州下寓，不幸感患重病，危在须臾，幸该不死，暂至轻安。指望身体好了，便要发货收银，访寻贤弟。谁料三弟预将货物发卖，饱供酒食之欢，花费罄尽。愚兄说了几句，他就使性骂詈，不别而行，抛弃愚兄在饭店之中，所剩一身，难以调养。异乡病客，举目无亲，闪得我无依无靠，卧床待毙！"说到此处，不觉纷纷下泪，气满填胸，登时发晕。匡胤大惊，慌忙叫唤，半响方醒。复又说道："我病得好苦，欲归故里，手里无钱。再欲经营，谁肯提拔？因而情极无聊，只得投奔姑丈，权且安身。承他相待如亲生无二，故能得至于今。只因汉主无道,欲害藩臣,激变了姑爹,兵至京都,逼去幼主,承袭为君。因姑母尚在禅州,旨命愚兄委署监军,兼迎后驾。不期得遇二位贤弟,足遂平生之愿矣!"

那柴荣告诉了这席说话,把个郑恩坐立不安,望着匡胤道:"二哥,你是公道人,与乐子评这一评。那时乐子在前拽绊,大哥在后推车,被那驴球入的盗了银子去,倒怪乐子不会照管。他病在店里,乐子费了些须儿银子,又道乐子吃尽了本钱。乐子若不吃,早已饿死了,怎能的活到今日?二哥,你是公道的人,还是乐子差了什么?"匡胤道:"三弟!虽你用去钱财,无甚大过;但大哥是长兄,又病在店中,你该勤心服侍,保养安全,才是为弟之道。怎么说了你几句,你就抛他在店,自奔前程,你情理有亏,就算你不是了。"郑恩道:"二哥说的果是乐子不是,也就罢了。但大哥有病,乐子去请医生看他,又替他煎药服侍,送水递汤,这些事情,难道也是乐子不是么!好的不说,竟把那不好的说起。乐子想着他的心里,如今做了王子,我们患难朋友都用不着了。二哥,你自在此,乐子便去了!"说罢,怒气冲冲往外就走。柴荣慌忙扯住道:"三弟!你委实还是这等,愚兄今日喜得相逢,不过诉诉昔日之情,你便这般发怒。常言道:'钱财如粪土,仁义值千金。'难道为了这些小事,就要绝交不成?可记得黄土坡前,原说'有官同做,有马同骑',誓言还在,那有半途改变之心,便是神明不佑。三弟不可造次,还当忍耐。"郑恩听罢,方才说道:"既大哥如此留着,乐子便不去了。"柴荣大喜,即令设宴接风,兄弟三人,开怀欢饮。席间柴荣又说道:"贤弟,目今愚兄叨居王爵,奉旨迎接国母。不期姑母抱病未痊,因此尚未进京。贤弟亦可在此盘桓,候姑母病愈,一同朝京。愚兄当在驾前保举贤弟才能,不愁不富贵也!"匡胤称谢。

正说间,忽报韩元帅求见。郑恩听了韩通来见,就说道:"那驴球入的来寻着乐子么,待乐子再去打他。"说罢,往外要走。柴荣道:

"贤弟，这使不得。韩通乃是封疆大臣，你身无职分，论礼打他不得。望贤弟看愚兄之面，有甚前情，但当消释，切不可因他来赔礼服罪，再行粗鲁。"匡胤道："韩通这厮，昔日在大名府横行无状，被小弟打了一遍；后来在平阳镇私抽王税，欺压人民，偶意相逢，又被小弟打了一遍；如今在此，既居显职，不改初心，所以小弟方才又打了他一遍。似这样的人，打他亦不为过，兄长反为劝阻，却是何故？"柴荣道："贤弟，你有所未知，韩通虽多过失，奈是开疆展土之臣，身冒锋镝，屡建功劳，上所亲爱。贤弟再若辱他，朝廷知道，岂不转怪于愚兄？他今礼下于人，已是悔过，贤弟何必苛求，过于责备耶！"匡胤即时省悟，道："既大哥相劝，小弟自当曲从。"正是：

  岂曰多相辱，唯恐他不服。
  彼既知过矣，用是当和睦。

当下柴荣吩咐传话官："请韩元帅进府相见。"韩通见请，即往里面来，行过大堂，进了二堂，相近书房。左右报知柴荣，柴荣急忙离坐相迎。韩通见匡胤、郑恩身也不动，心下敢怒而不敢言。望着柴荣深深一拱，口称："千岁！臣韩通昏昧，不知赵公子是千岁故交，一时失礼，故而到此请罪，望千岁鼎力。"柴荣满面堆笑道："元帅不必过谦。这赵、郑二位，是孤结义之友，为人仁德，极有义气。今日相见，都属朋侪，日后同为一殿之臣，彼此多有补益。虽曾屡有小忿，孤当解和，请过来见礼。"韩通听说，举眼看时，只见郑恩坐在上面，睁圆虎眼，紧皱神眉，还狠狠的嗔着。欲待不与他赔礼，倘郑恩粗鲁起来，在柴荣面前不好认真，未免再失了体面。无可奈何，只得向前见了匡胤，打一拱说道："公子！我韩通一时无礼，冒犯虎威，望乞海涵宽宥。"匡胤见他以礼相待，急忙离坐还礼，答道："韩元帅，那已往之事不必再提，但愿自今以后，改过自新，我等决不相轻。"韩通道："小将承教了！"遂又走至郑恩面前，叫声："郑兄！小弟方才多有得罪，乞望宽容。"郑恩幼年不学，那晓礼文。兼之言语又是不懂，只把那雌雄眼睁着，身也不欠，开言说道："你今既来赔罪，乐子便不打你了。"说罢，总不礼他，韩通羞得满面通红。柴荣见郑恩言语粗俗，觉得没趣，连忙在旁赔话，曲为粉饰。韩通斜视郑恩，嘴脸不好，出言又硬，不敢久坐，急忙告辞道："千岁！今日是三六九的大操，臣还要去操演人马，不及久陪了！"柴荣也知道他的意思，况有军务重事，不好强留，即时送出。正是：

酒逢知己千杯少，话不投机半句多。

不说韩通辞去下操。且说柴荣走进书房，兄弟三人重新叙饮，彼此各诉心事，共话离情。久阔重逢，开怀畅饮。直饮到：

滴漏铜壶三鼓，席前月影移西。
果然夜景清凉，欣喜安寝抵足。

次日天明，三人起来梳洗已毕，用过早膳，柴荣道："二位贤弟，今喜姑母病将痊可，愚兄即欲回至禅州。贤弟亦可同行，去见一见，明日进京，好在皇上驾前保奏。"郑恩道："大哥！你的姑母是乐子的什么人？"柴荣道："贤弟！我与你既为异姓骨肉，我的姑母，就是你的姑母了。"郑恩道："既大哥的姑母就是乐子的姑母，这一去见了他，乐子也叫姑娘哩！"柴荣道："贤弟！只是你今到了禅州，见我姑母，还该敛迹；不要像我们兄弟相处，乐子长，乐子短，有这许多粗俗，总宜小心才好。"郑恩道："咱不称乐子，该称什么？"柴荣道："不必多说，只听愚兄称的什么，贤弟照依相称，自然无误。"郑恩道："是了，是了！乐子依你便了。"当时计议已定，过了一宵。

次日，柴荣吩咐执役人员，安排銮驾执事，整备轿马。弟兄三人出了书房，上大堂来。郑恩见了一乘大轿、两匹骏马，都在月台下，即叫道："大哥，这大轿再弄一个与咱。"柴荣道："敢是贤弟不喜乘马，要坐轿么？"郑恩道："乐子那里耐得性儿坐这闷轿，只为二嫂子要坐，故此要你再弄一个。"柴荣道："贤弟，你的二嫂今在何处？"匡胤见郑恩说了出来，不好隐瞒，只得把在大名府充军之时，相识的韩素梅，极是贤能，小弟因而交纳，后因军满回家，分离两载，今在百铃关重会，同居几日的话，说了一遍。柴荣吩咐手下人，备了一乘小轿，去接韩素梅。先打发人到禅州，整理住宅。然后兄弟三人，乘轿坐马，出了百铃关往禅州而来。看看将到，只隔着一条太清河界，赶日色未下，进了禅州城。那手下人已端整了王朴的空寓，后面一所花园，极其宽大，更是幽雅。柴荣下轿，送进了花园，叫声："贤弟，今日天已晚了，请自安歇，愚兄不及相陪，明日当来邀请。"匡胤道："兄长请便。"把手一拱，柴荣上了轿，自进帅府而去。匡胤与郑恩在厅上坐着，不一时韩素梅的轿子也到，禄哥也同了来，所有行李等件，都搬进了花园，赤兔马拴在一间空房喂料。素梅与禄哥在后面住下。匡胤赏赐了轿役，打发出去。又有厨役使唤人等，进来参见——都是柴荣拨付来伺候的。当时整备晚膳，大家用了，然后各自安寝。

　　到了次日清晨，柴荣来至花园，弟兄见礼已毕。柴荣道："二位贤弟，趁此天早，当与愚兄进帅府参见姑母。"二人应诺，一齐出了花园，轿马并行，进了帅府，来见柴氏娘娘。有分叫：虽拨青云，未许得路；纵登金阙，尚俟请缨。正是：

　　　　皇家未际风云会，帅府先盟龙虎群。

　　毕竟见了柴娘娘有甚说话？且听下回分解。

第三十八回

龙虎聚禅州结义　风云会山舍求贤

诗曰：

绿树繁阴夏正长，瓶荷香彻送清凉。
蜓飞蝶舞关人思，燕语蝉鸣动故乡。
赤日誓盟神鬼质，皇天眷顾意情长。
安闲且向山林乐，愿赋维萦诗一章。

话说柴荣自遇了赵匡胤、郑恩，安慰了平日眷恋之心，把他二人接到禅州，送入花园居住，一心只要他成名显达，辅佐王家，以践昔日盟结之言。因而相约二人，先去朝见了国母，好待他驾前保举，赐爵受封。这是柴荣待友之诚，不同庸流之处。当时兄弟三人，轿马同进了帅府，到了大堂，各自下马出轿。柴荣先进去禀明了柴氏娘娘，然后把匡胤、郑恩引至后堂，立于帘外。弟兄二人朝上跪倒，口称："娘娘！微臣赵匡胤、郑恩朝见，愿娘娘千岁！"拜罢，俯首而立。原来郑恩不知礼数，多是匡胤教他，所以也不失规仪。那柴娘娘在卧榻之上，往帘外细看，见那匡胤人物非凡，生成贵人相貌；郑恩虎背熊腰，甚是凶恶，一般的凛凛威风，心中大喜，想："这红黑二人，真是两条擎天之柱，架海之梁，若与侄儿为友，甚是相称。"开言问道：

"贤侄，这赵、郑二人，果是你的朋友么？"柴荣答道："是臣儿生死之交，情同休戚，贫富相关的。"柴娘娘道："这也难得。贤侄可请他外面款待，俟我病愈，一同朝京，我当驾前保举，决不有负于汝等也！"柴荣等三人谢恩退出。

来至前殿，才要排宴，只见把门军官进来报道："今有东京来了三位官人，擅闯辕门，说是千岁爷的故交，现在外面相待。"柴荣道："既是孤的朋友，可请来相见。"门官往外说了相请，便领着进来。到了二门，柴荣留心细看，不是别人，却原来是张光远、罗彦威，后边一人却不认得。须臾三人到堂上来，柴荣慌忙迎接。彼此见礼已毕，各依次序而坐。茶罢，柴荣先问："此位兄长是谁？"当有匡胤答道："此是舍弟匡义。"柴荣道："原来二弟的令弟，可喜，可喜！今日蒙三位贤弟到此，愚兄不曾远接，多多得罪。"光远道："自从新君即位，闻知兄长封了王，小弟等不胜欣幸，正要到府奉拜，不期大驾又出都城。细细打听，方知兄长奉旨往禅州迎接国母，故此小弟等星夜前来拜候。"张光远正与柴荣说话，匡胤暗暗相招，把匡义叫过一边，附耳问道："父母在堂俱各安否？嫂嫂在家可也不失规仪？愚兄惹下滔天之祸，以致弃亲远游，诚为不孝。今日贤弟到来，莫非父母有些不安么？"匡义把手一摇，轻轻说道："兄长不必忧心。父母在家，俱各安泰；嫂嫂恪守贞节，妇道勤修。奈因母亲思念长兄，泪不能干。幸而新君御极，敕下普天大赦，谅兄长前罪已在不问，母亲方始心安。以此叫小弟沿路访寻，不想在此相遇，诚大幸也！"匡胤听说，方才欢喜。重复坐下，各自谈心。正是：

莺声报远同芳信，柳色邀欢似故人。

当下柴荣见这各家兄弟，多是济济彬彬，心中大喜，叫声："众位贤弟，愚兄有一言相告，望众位静听。"众弟兄道："大哥有何金玉，弟等愿闻。"柴荣道："吾等今当国运鼎新，正是世际昌明之会；又遇众位贤弟，人才械朴，都怀奇特之资，愚兄得附骥尾，此诚大幸。在众位贤弟，虽曾联盟结义，但其间先后不同，彼此心情尚恐不能相孚；愚兄意欲重新叙义，拜告天地，效桃园之心术，学廉、蔺之懿行，不问死生，共图患难，方为有合于大义。不知众位贤弟，意下何如？"匡胤等一齐答道："兄长所言，正合大义，弟等焉有不从！"柴荣大喜，即命手下人整备祭礼，摆设堂上，点起了香烛，祭祀虚空。命典礼官朗诵祭文，昭告天地。弟兄等各各下拜，都说了海誓山盟，然后对面又行了礼。拜罢，定了次序，乃是柴荣居长，匡胤第二，郑恩第三，张光远第四，罗彦威第五，匡义第六。此正是龙虎禅州大结义也！有诗为证：

龙虎联情结大盟，郊天祭地告神明。
一心愿学桃园义，留待他年辅弱勤。

拜盟已毕，帅府堂上摆下筵席，弟兄依次而坐，共饮醇醪。说不尽山珍海味，写不尽玉液琼浆。酒至数巡，肴上几品，匡胤离坐擎杯，叫声："兄长，小弟有一事奉禀，愿祈允纳。只为老母在家，盼望心切，意欲暂别回家，探望一遭，即当共候台驾，不知仁兄可容否？"柴荣道："令堂在家，谅亦无恙。贤弟且免愁怀，等待数天，姑母病愈，便要起舆。那时弟兄同进京城，岂不为美。"匡胤见柴荣不允其辞，犹恐再言却了高情，只得依从，仍复坐下饮酒。是日猜拳行令，各尽其欢，直至天晚方才散别。自此以后，柴荣在帅府住下，日侍姑娘。

匡胤等众兄弟，尽在花园内安住。每日一应食用等物，都是柴荣供给。一日，众弟兄用过了早饭，匡胤道："列位贤弟，俺们闲居在此，好生困倦；趁今无事，何不往郊外打猎一番。一则散心遣兴，把弓马娴习；二则得些野兽回来，也好下酒，众位以为何如？"众人一齐答应道："二哥说得有理。我们左右闲在这里，大家同去走走甚好。"匡胤吩咐给人备下了马匹，有弓箭的带了弓箭，无弓箭的只带随用器械，弟兄五人各自上马，带领手下人等，出了禅州东门，往北而走。众人打猎高兴，因也忘了热气熏蒸。约走了二十多里路，来到太清河下梢的旷野去处，摆开围场，各执兵器，等了多时，并不见兽迹。原来这日光似火，晒得草木皆焦；那些毛虫都也怕热，只拣荫处藏匿过了。这浪荡荡的，如何得有只影？当时空空的等候，将有两个时辰，再不见有野兽出来行动。众人心下甚是懊恼，欲往别处搜寻，以满其欲。正要散围，只听得呼的一声风响，见那边跳出一个东西来，打从围前跑过，但见：

> 浑身如雪练，遍体粉相同。
> 两耳常舒后，单唇脂点红。
> 髭须犹玉线，纵跳似追风。
> 潜身藏草内，缩首卧沙中。

郑恩先已看见，叫道："二哥，这驴球入的，莫不是兔儿么？"众人见了，都说道："果然好一只白兔，生得可爱，我们快些拿住他。"说罢，弟兄五人一齐拍马去追。不想那只白兔甚是作怪，他见有人来追，把腰只一伸，连蹿带纵，竟往正北飞跑将去。匡胤等众人俱在后面，如星飞电走的一般追赶，再也赶他不上。看官：这兔不是人间凡兔，乃是二十八宿内的房日神兔。只为引诱匡胤去会一位安邦定国之臣，故此下来走这一遭。正是：

> 暗里神明来挽合，人间君相际风云。

当下匡胤见追赶不上，心中大怒，喝叫一声："毛团！任你跑往那里去，吾务要拿住，方才罢围。"遂把马用力加上几鞭。这马乃是宋金辉的赤兔龙驹，头上有角，腹下有鳞，日行千里，登山涉水如履平地一般。当时被匡胤打了几鞭，性劣起来，纵蹄飞跳，一时间将后面的马落下有数箭之遥。匡胤见仍追不上，一时性起，取出弓箭搭上弦，对了兔只一箭射去，正中白兔后胯。那兔只当不知，带了箭飞奔，比前更跑得快了。匡胤益怒道："好毛团！怎敢把我箭反拐了去？"如飞的赶下来。不觉的赶过了三十余里，眼见前面一座村庄。忽地里又起一阵旋风，那白兔竟望庄里跑了进去。匡胤见了，将马一夹，也赶进了村庄。举眼往四下里一看，那里见有白兔？只觉得花香扑鼻，鸟语留人。又看那庄，背山面水，竹木成林，果然是聚气藏风之脉，钟灵毓秀之基。匡胤正在观看，耳边忽闻操琴之声。按马细听，声在门内，但觉袅袅如缕，戛然动听。正是：

音调五音和六律，韵分清浊与高低。

匡胤听了一回，暗自思想："这弹琴的必定是个高人隐士，乐志山林。俺须会他一会，看他的品行何如？"正想间，又听得后面马蹄声响，回头看时，乃是众人跟寻而来。当时到了庄前，郑恩便叫："二哥，这白兔儿你拿了不曾？快与乐子拿回去，安排起来，好与你下酒，众人也得尝尝滋味儿。"匡胤把手一摇，众人来至跟前，听得里面琴声清朗，也便都不言语，一齐伫马而听。郑恩不识琴声，上前问道："二哥，那个驴球入的在那里弹弦子？"匡胤道："你莫要胡猜！这不是弦子，是个瑶琴。"郑恩道："什么叫做瑶琴？乐子却不省得。"匡胤道："这瑶琴乃是昔年帝尧所制，内分宫商角徵羽，按清浊定高低，随那人心弹出声响。比如贤弟生性粗鲁，弹起琴来，声音中也就粗鲁了。刚暴的人，声亦刚暴；柔弱的人，声亦柔弱。又如心高志大之人，其声便清扬动听。愚兄听他琴声，来得清响，知他气宇不凡，定是英贤之士，所以在此细听滋味。"正说间，只听得里面住了琴声，复在那里作歌，歌道：

　　"天下荒荒黎庶苦，只因未出真命祖。
　　这几年来乱复生，江山又属周家坐。"

匡胤听罢，叫道："列位贤弟！只听他口气不凡，岂不是个高士么？"忽又听得里面鼓掌大笑，复又歌道：

　　"十年窗下习孔孟，磨穿铁砚工夫纯。
　　青灯伴我夜眠迟，黄卷怡人广学问。
　　章句吟哦集大成，珠玑满腹隐经纶。
　　自知待价非干禄，不见旌旄下聘征。"

　　匡胤听他口气越大，知其必非常人，欲要进去会他，一瞻丰采。便与众兄弟说知，各自欣然下马，轻叩庄门。那里面的贤士正在吟歌自得之间，忽听门外马嘶，料是有人相探，及闻叩门声响，便唤童儿出去，看是何人。童儿开了庄门，往外一看，见那众人都是富贵装扮，一个个英气岩岩，即便向前问道："众位从那里来的？到此有何贵干？"匡胤道："童儿，俺们东京人氏，特来相访贤士的，烦你通报。"那童儿不敢怠慢，急忙跑至书房，报知其故。那贤士听知贵客相访，遂整顿衣巾，出来迎接。果见庄门外五个人，都是将材打扮，气概不凡，后面还有许多人跟着。那匡胤预先留心，见这贤士出来，将他一看。见他头戴方巾，身穿儒服，面如冠玉，目若朗星，果是出类的高人，心下暗暗喝彩。只见那贤士走出门来，将手一拱，说道："不知贵客降临村野，愚生不能远接，多多简慢，请到草堂献茶。"匡胤道："特诚相访，有扰尊斋。"说罢，一齐进了庄门，都至书房中，各人叙礼坐下。匡胤细看：书斋寂静，茅屋幽闲，真与那凡人俗士大不相同。

怎见得隐居好处，有《虞美人》一阕以志之：

> 金炉名册临机处，正是幽人住。闲将操缦写真材，便道有时丹凤也飞来。　隔窗尘土凭他起，乐志耽书籍。偶然歌啸作长吟，从此一斋趣味遍芳芬。

当下各人坐下，童子献茶已毕。匡胤问道："先生贵姓芳名，望乞指示。"那贤士欠身答道："小生姓赵名普，此间人氏。因见世情荒乱，不乐仕进，隐居村僻之间，耕读自娱。乃蒙台驾枉顾，何幸如之！敢问众位尊姓大名，仙乡何处？"匡胤道："在下姓赵名匡胤，家住汴梁，乃指挥赵弘殷之子也。"又将各人姓名一一说了。那赵普听罢，暗暗吃惊。细看匡胤，帝相堂堂；匡义，君容隐隐；郑恩等三人，都是威容非俗，英杰良材。讶然想起前情，暗道："苗光义先生真神仙也！他说今日午时，有君臣五人到来相访。道吾有宰相之分，吾尚未信，不想果应其言，分毫不差。这是万民有福，天降真龙济世，大约不过十数年间而已。"原来赵普隐居在此，数日前却遇着苗光义算他命相，说："日后当为两朝宰相，富贵非凡。"因又说在今日午时正，当有真命天子降临宅第，故此赵普抚琴自乐，不想都应验了。当时匡胤开言说道："适来愚弟兄在外窃听，琴声清妙，一定是先生抱道不售，形容长啸乎！"赵普道："村野狂愚，一时失口，何足动公子之听乎？"匡胤道："不然！先生抱济世之材，歌中已见其大略。奈因当宁不知，致使贤能隐迹山林，不能显用。禅州柴殿下，系是赵某生死之交，某当引荐，愿先生不惜珠玑，出身拯世。"赵普道："虽承公子谬扬，但恐小生章句之徒，无实用之学，不能致君泽民，深有负于大德也！"匡胤道："先生休得太谦，赵某瞻仰已久；况柴殿下求贤若渴，遍处搜罗。值此君正臣良之际，正先生致功民物之时也。望先生不弃，就此同行。"赵普乃是左辅星下界，奉玉旨临凡，保助宋家两朝天下赵匡胤弟兄，都是龙华会上之人，自然情投意合，一说便依。当时赵普见匡胤言词诚恳，只得依允，但说道："今日天色已晚，暂屈各位贵体在舍草榻一宵，明日同行便了。"说罢，吩咐家童将各位马匹安顿草料，又叫安排酒肴，就在书房中摆下。六人传杯递盏，论古谈今。赵普口若悬河，随问随答。匡胤满心欢喜，自恨相见之晚。赵普又把跟随之人都与了酒饭，叫他在庄上草房里住宿。当下匡胤与赵普谈论之间，只有郑恩不懂义理，说道："二哥！要呷酒就呷酒，不呷就去睡了罢；有这许叽咕，乐子那里听得？要去睡哩。"匡胤道："既贤弟要睡，先生把这残席收了罢。"弟兄就在书房安歇，一宵晚景休提。

次日起来，赵普即命排饭。用毕，又往书箱中取出一个柬帖，递与匡胤道："这是十数日前，有位苗光义先生到舍，与小生推命，临行之时，留下这个柬帖，叫送与公子的。他说在东京等候。"匡胤接来看时，见面上写着一个"封"字。用手拆开，上面写着不多几字，道："赵普有王佐之才，不可错过；公子异日为君，必当大用。至嘱！至嘱！"匡胤看了，暗自埋怨这苗光义，虽然阴阳有准，不该到处卖风对人乱说，倘被当今知道，如何了得？连忙揣入怀中。郑恩见了，便问道："二哥，那口灵的苗先生给你这书子，叫你做甚？"匡胤道："他说周主登基，颁了赦诏，叫我速速回家省视。"郑恩道："乐子只猜是什么新文，原来是这个意儿。兀谁没有晓得，要他送这书儿！"正说间，童儿又送出香茗，各人取来用过，便要起身。赵普即时吩咐家小，安顿已毕。只是没有坐骑，却得郑恩情愿步行，把这马让与赵普骑坐。大家一齐出门，各上雕鞍，带了手下人等，离却村庄，按辔徐行，望禅州而来。

到了帅府，各下征驹，匡胤先入见了柴荣，将打猎赶兔，遇见赵普事情说知，"现今同在外面。似这等高人，兄长务必甄拔，必有可观"。柴荣听罢，吩咐快请贤士相见。赵普即便至内，参见柴荣。柴荣见他人物俊彦，心中亦喜。是日即拜为王府参军，只待进京朝见过了，方好荐其大用。那众兄弟也都进来，相见已了，当日无话。

到了次日，柴荣在帅府堂上大排筵席，请众兄弟并赵普会饮。真的水陆俱陈，宾朋欢畅。天交正午，只见门官慌慌忙忙跑上堂来，报称祸事。不争因这祸事，有分叫：劈遭淹没之苦，酿成梦寐之灾。正是：

> 眼前赤子应遭劫，民上储君用隐忧。

毕竟报的什么祸事？且看下回便见。

第三十九回

太祖射龙解水厄　郑恩问路受人欺

诗曰：

维水汤汤势溢决，奔腾澎湃城几没。
中有怪物似游龙，屈伸翻覆民遭劫。
安得莅治有仁慈，拭目愀然系所思。
睹此颠连诚画策，奠安国土镇氓蚩。

话说柴荣因又得了赵普，甚是喜悦，大设筵席，庆贺会饮。正在觥筹交错之际，忽见门官慌慌张张跑上堂来，跪下禀道："千岁王爷，了不得，祸事到了！太清河水泛平湖，水头高有十余丈，把两岸居民冲去了无数。现今离东门不远，望千岁作速定夺！"柴荣听报，不胜惊慌，叫声："列位贤弟！这太清河水涨，冲去民房，势非小比。列位可同愚兄去一看，作何处置？"说罢，众人一齐离席，出了辕门，急忙而走。还未曾到东门，又有人来报说，水已到了东门的城下，两重门都被水涨了。柴荣闻报，急从马道上城，至城楼边，手扶垛口，往下观看。只见太清河竟似一条大海，那水势汪洋，波涛有数十丈之高；声如狮吼雷鸣，望着城上扑来。转眼之间，那水又涨上来了，竟把禅州的城墙没了半截。

柴荣看了，只是搓手跌足，仰天长叹，只叫一声："苍天！想柴荣命薄，受不得周主爵土之封，故此天降灾殃，洪水为祸，眼看城郭沉沦，民藏鱼腹。但柴荣没福，只当淹吾一身足矣；何必连累满城百姓，皆遭此劫。"说未完，只听豁唰一声，那水把城墙一激，震动楼阁，只把柴荣唬得面如土色。当有赵普见此水势激烈，波涛不正，开言说道："千岁！某闻江河湖海，俱有水伯龙神，掌管其消长之权；若无天曹敕令，也不敢淹没城池，擅行祸害。如人民该遭劫数，千岁虽多忧急，总是徒然。某今细观，这水头只往上冲，其中必有缘故。据臣看来，不是河神讨祭，定是孽龙作耗。古云：圣天子有百灵护佑，大将军有八面威风。一福能消百祸，一正能除百邪。依臣之见，殿下可备祭礼以祀之，或者仗殿下威福，保全一郡生灵，也未可定。"柴荣依议，令人速备祭礼。不一时，把猪羊礼物摆设城头，插烛拈香，柴荣下拜，祝告道："柴荣奉天子之命，莅镇禅州，不敢虐民酷吏，妄肆行为。今遇水患大灾，如果满城生灵该遭此劫，柴荣愿以一身当之，免了百姓之厄；若神明矜恕，祈求速退洪波，以全微命。柴荣回京之日，即当奏闻天子，建设罗天大醮，报谢天地龙神，望神明灵鉴。"祝罢，奠酒，焚化纸钱。往城下一看，那水兀自不退，反往上冲，比前更又长了，离垛口不远。

看官：这水不往别处去，只望上长，却是为何？这却是郭威所致。那郭威本是乌龙降世，奉玉帝旨意下凡，与赵匡胤打前站。今在汴梁即了帝位，一心记念柴后娘娘病在禅州，未能进京相会。这日在宫无事，酣息龙床，不期元神出窍，竟往禅州而来。路过太清河，把水就带了起来。他在那波浪之中，看见柴荣立在城上，心下便是欢喜，点着头道："我的儿，想杀了我！你那姑娘在于何处？怎么不见他来迎接？"因此浑身攒动，往城上一蹿，只见一片黑云裹住了水头，竟往上面扑来。唬得柴荣往后一仰，那水头就豁唰一声，复又掉了下去。

说话的，又说差了。这水既已到了城上，怎么会得掉了下去？若果如此，则从古再无漂没之患，又何必多备御水之具，提防其灾？看官：这又不然。从来淹没城池，乃是天心降祸，人民该受其殃。所以凭你城郭坚固，堤闸重重，只消水势一冲，一切皆葬鱼腹，顿成大海汪洋。今日这水，乃是郭威所致；因他搅动，所以时为上下。况城上有三帝存身，莫说赵匡胤弟兄是宋朝真命；就是柴荣有七年天子之福，诸神也来护佑，这水怎能为祸？当时郭威元神复又往城上蹿来，那保驾神祇着忙，便施威力，神光逼住了水往下一打，这水头就往两边一分，那龙随着水头便退了下去。不多时，水头仍旧长将上来，刚刚的到得垛口，却就消了下去。一连几次，都不得上来。柴荣唬得浑身发抖，匡胤心内也甚惊慌，张光远面色如纸灰一般，罗彦威形容若失魄相似，匡义呆呆的只把水看，赵普连连的频把头摇。唯有郑恩急得手足无措，只是怪叫，说道："不好了！乐子今日活不成了。"一边口里乱叫，一边望城外看着水。那水忽又哄的一声长将上来，溅了郑恩一身的水。郑恩道："驴球入的，你怎么泼着乐子身上？"顺着雌雄眼，偶然看去；只见水里隐隐的藏着一物，在那里摇头摆尾，舞爪张牙，像要上来的意思。只见那物：

    浑身似黑漆，遍体长乌鳞。
    不住双睛闪，频将二角轮。
    长躯旋激浪，巨口吐波云。
    随风借水力，翻覆任升沉。

郑恩一见，怪叫连天："好驴球入的，你在那里泛水洗澡么！二哥，快来看那水里的怪物。"匡胤壮胆上前道："怪在那里？"郑恩用手指道："这不是怪么！他正在水里看着你哩。"匡胤定睛细看，果然隐隐的有一怪物，见他伏在水里。不多一会，那怪又是转动起来。郑恩喊道："不好了，他要把城墙撞倒了！待乐子拿枣棍来打这驴球入的。"匡胤道："贤弟，你这棍短，恐打不着；倒不如拿箭来，待愚兄射他，或者可退。"即吩咐左右的取弓箭来。须臾弓箭取到，匡胤接过手中，扣满弦，搭上箭，弓开弦响，只嗖的一箭，射入水中，正中在那乌龙的左眼。那龙负痛，把尾在水中一摆，把水带上来，比城还高。匡胤唬得倒退不迭。只听得滔滔水响，登时之间，城墙露出半截。郑恩拍手的叫道："好了！好了！这驴球入的，中了箭去了。"柴荣等众人，一齐往城垛口望外一看，只见城墙都已露了出来。不多时，把水退尽了。看那城外的民房，冲成一片平地，居民漂流，不计其数。不是三帝在城，只怕禅州一城的百姓，皆为水鬼。

当时众人见水已退尽，皆顶礼神明，欣喜不尽，仍从马道下了城楼。早有手下人牵了马匹伺候，各人上了马，回至帅府，离鞍上堂。柴荣吩咐重整酒席：一来压惊，二来庆贺。须臾酒筵已至，柴荣满泛金杯，双手递与匡胤道："不是贤弟一箭之功，愚兄亦难保矣！请饮此杯，聊酬大德。"匡胤道："此乃兄长洪福所致，于弟何干？"柴荣又酌一杯，与郑恩贺功。以下诸人，各各酬贺。当日情欢意乐，饮至黄昏而散。次日，柴荣督令在城军民，往城外整理水场，搭造民房，以备各处遗民迁来居住。此一番水患，正是：

  已见稠居成薮泽，再筹生聚固城隅。

按下禅州之事。且说中箭之龙，盖因周主一心想念柴后娘娘，这日朝政得暇无事，在宫一时困倦，假寐片时。不期元神出现，来到禅州，兴波逐浪，被匡胤射这一箭，中了左眼，负痛归原，大叫一声，滚下龙床，把随侍的宫官，个个惊惶不止。周主晕去了半晌，渐渐还过气来，只骂一声："红脸的贼！朕与你何仇，暗箭伤朕之目？左右快与朕绑来，不可放走。"宫官跪下奏道："启万岁！宫中并无红脸贼，想梦中所见，还请万岁安神。"周主听宫官之言，定性一回，方才明白，就问宫官："什么时候了？"宫官道："正交午时。"周主道："朕方才到禅州，被一个红脸贼箭伤了左目，疼痛难忍。尔等看朕目有伤否？"宫官启："万岁！左目青肿，有血微流。"周主便召御医入宫调治。太医官诊视明白，取神丹点上，登时止痛。只是伤了瞳神，一时不能回光速愈。周主又传旨意："差官速上禅州，言朕有病，请娘娘克日到京。"

差官领旨，星夜赶至禅州，至帅府堂上，开读了旨意。柴荣谢了旨，禀过了姑娘，整备銮舆，择日起行。点了三千人马护从，将禅州交与韩通掌管。柴娘娘爱惜民力，吩咐路程遥远，免了銮驾，只乘小车一辆，带同各家盟友等众，及护从人马，是日齐出禅州，望东京进发。有诗为证：

　　炎天车驾载同行，欲到繁华锦绣邦。
　　只为后妃存民力，故叫仪仗莫纵横。

车驾在路行程，只因柴娘娘病体未曾痊愈，又兼天气炎热，趱赶不多，一日只行八十里。那日到了响午时分，娘娘在车内叫声："贤侄！"柴荣一马至前，叫道："姑母，侄儿在此。"柴娘娘问道："天有多早了？"柴荣答道："交午了。"娘娘道："我身体劳顿，住了罢！"柴荣遵命，一声令下，登时安了行营，娘娘下车歇息，柴荣侍奉不提。

单说匡胤及赵普等六人，带了手下人等另外立下营盘。因是天气暑热，众人宽去衣袍，多在那避荫之处，坐地乘凉。只有郑恩把上身衣服脱得精光，坐在地下，手内拿了一个草帽，不住地扇风，望着匡胤说道："二哥，乐子浑身出汗，只是怕热，这便怎处？"匡胤道："常言说，冷是私房冷，热是大家热。兄弟，你只消静坐一回，自然生凉，何必躁暴。"郑恩道："乐子耐不得了！二哥，你可也怕热，乐子与你洗澡何如？"匡胤道："那里去洗？"郑恩道："河里去洗，好不爽快么!"匡胤道:"这个爽快,愚兄却未惯,不好去洗。"郑恩道:"乐子便与张兄弟去。"光远道:"我不会浮水,不去。"郑恩道:"罗兄弟,你和乐子去罢!"彦威道:"这个不敢奉陪。"众人多厌薄他粗鲁,再无一人肯和他同去。郑恩嘻嘻笑道:"二弟,这般火热,亏你耐得!你何不同着乐子去洗一回澡,好不凉哩。"匡义道:"小弟身子不快,不敢去洗。"郑恩见他也不肯去,只得回头向赵普道:"你便和乐子去罢。"赵普笑道:"甚好,只是学生无福,失陪了。"郑恩见众人都不肯去,闷闷不悦,自言自语道:"乐子好意叫你们洗澡,原来都是不识人照顾的。"匡胤听了,便道:"兄弟,你忒也多事!他们不喜洗澡,由他罢了;要去你便自去,何必有这许多噜苏。"郑恩道:"你们不去,乐子也不去了不成?"遂把青布衫搭在胳膊上,赤了两腿,戴上草帽,出了营盘,望西而走。众人都不去理他。

他便一口气走了有三里多路,立住了脚,自家问着自家道:"乐子一时赌气要来洗澡,怎么走了多路,兀自不见有河。乐子如今走那搭儿去呢?"东张西望,踌躇了半响,说道:"乐子不去洗了,回去罢。"正待转身,忽又说道:"不好!乐子回去不打紧,反叫他们笑话。"又呆呆地立着,思想了一回,说道:"有了!乐子且坐在这里,等那过路的来,问他那里有河,便好洗澡。"说罢,把青布衫儿往地下一丢,将身坐在上面,往四下观看。那来往的人虽也不少,只是离他远远的走,不肯到他跟前经过。郑恩骂道:"这些驴球入的,为甚不到乐子跟前来?恁的惫懒!"原来郑恩坐在荒地之上,又不是经由道路,如何得有人在他跟前行过?郑恩因见无人,爬起身来,拿了布衫儿,望大路而走。

此时正是七月天气,却有庄家正割早稻之时,那前面一人挑了一担稻子,正在奔走。郑恩赶上前,一把抓住了脖子。那人指望回过头来,看是谁人;谁知郑恩的手掌阔大,力气粗重,不但回不过头,连那担子都挣扎不得。郑恩骂道:"驴球入的,你要挣么!乐子问你,那里有河？"那人道："是谁这般取笑？你看我挑着重担子在这里，你便拉住了我作乐，却不道折了我的腰，不是当耍。快些放了手，若不放时，我就骂了。"郑恩道："驴球入的，你骂？"把手只一按，那人挑着一担稻子，那里经得这一按？只听得轰隆一声响处，连人连担跌倒在地，口里喊道："那个遭瘟的把我这等戏耍？我是不肯甘休的。"爬起身来，欲要认真；举眼看见了郑恩，只唬得往后倒退，惊疑不定。古云："神鬼怕恶人。"那人虽然发恼，见了郑恩这般形容，唬得魂已没了，那里还敢破口，只得叫一声："朋友，我又不认得你，为甚按我这一跤？"郑恩道："驴球入的，乐子好好的问你，你怎么不来回答？"那人见郑恩口里"老子"长，"老子"短，说来不甚清楚。欲要与他争闹，谅是这个恶人，对付他不过；欲待不理他，挑了担子自走，又怕他拉住了，一时挣扎不去。没奈何，只得勉强赔笑，叫道："朋友！你问我什么？"郑恩道："乐子只问你那里有河？"那人道："我们这里的河也多，不知你问的是那一条河？"郑恩道："不论什么的河，乐子只要洗得澡的就是了。"那人听了，心中暗骂："这黑囚攮的！要问河洗澡，这样可恶，把我按这一跤，又讨我的便宜，要做我的老子。我且哄他一哄，叫他空走一遭远路，仍旧洗澡不成。"遂说道："朋友，你要问河洗澡么？这里左右却没河，你可向那树林子过去，那里有一条大河，水色清流，尽可洗澡。除了这一条河，都是旱路。"郑恩远远望去，果见有一座树林，也不问远近，说声："乐子去了。"扯开了脚步便走。那人见了，暗暗欢喜："我且叫这黑囚攮的吃些苦。"遂把稻子担儿挑了，竟望前面而去。

只说郑恩当时撒开飞腿，奔赶路途，耳边只听呼呼风响，顷刻之间，约走了十数里。过了树林，四下一望，那里见有河水，都是村庄园圃。郑恩方才醒悟，骂一声："驴球入的，乐子被他哄弄了！倒白走这一回，没有得洗澡。停会儿见了他，叫这驴球入的吃苦。"正要拔步回身，只见庄后露出一所瓜园，正见园门开着。一眼望去，见那瓜横铺满地，其大如斗。郑恩满心欢喜，口角流涎，想道："乐子走得热极了！且把这瓜儿解解渴，再去洗澡未迟。"遂迈步走进园来，要把瓜儿解渴。有分叫：半日受三番辱殴，一瓜定千里姻缘。正是：

  未经软玉温香趣，先受挥拳掷足欺。

毕竟郑恩吃瓜有人见否？且看下回自知。

第四十回

郑子明恼打园公　陶三春挥拳服汉

诗曰：

时值梧风送晚凉，熏蒸犹是湿衣裳。
清泉未解行人体，偏使流殃顷刻尝。

又曰：

未得清流趣，先将瓜果尝。
径情无款曲，何徒怪强梁。

话说郑恩因天气尚热，一心想浴，不道问路寻河，被人哄骗，却指引到那树林去处，空走了十余里路，连水影儿也不见一些。自知被人所欺，正欲回身而走，忽见那庄后露出一园。园门开处，见里面满地西瓜，大小不均，心中欢喜道："乐子虽不得洗澡，且把这瓜儿吃他几个再处。"想定主意，不管有人没人，闯将进去，就往那茂密之处，拣了一个绝大的西瓜，随身坐在地上，把瓜只一拳，打成三四块，递到口便吃。古云：渴不择饮。郑恩已是走得热极，又见了这样妙物，又甜又凉，可口生津，吃下肚去，连脏腑也是清爽，如何不喜。当时吃了一个，又摘一个，把来打开，才待上口，忽听呀的一声，走进一个人来，把园门关闭。却是管园的园公，他往镇上去买办鱼肉等物，买了回来，进园关好了门，回转身走，正见有个黑汉，坐在地上吃瓜，心中发恼，走上前来喝声："黑贼！你是那里来的，擅敢闯进园来偷取瓜吃？"郑恩见他来问，把瓜放在一边，笑嘻嘻的答道："乐子走得渴了，因见你们的瓜生得中意，故在这里吃这几个。值得甚么，你便这等小气！"那园公道："好黑贼！别人家辛苦多时，成功了这园好瓜，正待货卖，你这黑贼却来现成受用。你偷吃，便道生得中意；我们自己种下的，倒不中意？"郑恩道："你这等说，乐子便不吃了。"园公道："也罢！你既吃了我瓜，老实给还了钱，我便放你出去。"郑恩道："这却难哩！乐子又没有带钱，那里得给你？只算你做个东，请了乐子罢。"那园公把"乐子"听成了"老子"，便啐了一声："谁是你的老子？你老子从来不肯请人的！你偷吃了瓜，休说这梦话。还了钱便罢，若不还时，我有本事请出一个人来，把你这贼吊打了三百，还要剥你的狗皮抵瓜钱。"郑恩听了，心头火发，大骂："驴球入的，乐子吃了几个瓜，你们便要吊打，剥乐子的皮。若乐子讨了你们女娃娃的便宜，你待怎的？"一面说话，一面立起身来，照着园公一掌，打了个倒栽葱。那园公跌得昏天黑地，爬将起来，手里的鱼肉多沾了泥。他把郑恩狠狠的看了一看，竟往里面跑去了。郑恩不去理他，仍然坐下把瓜来吃。

  原来这庄有名的，称为陶家庄。庄上的员外，名唤陶尚仁，为人极是忠厚。所生两个儿子、一个女儿。长子名唤陶龙，次子名叫陶虎，女儿名为三春。那员外安人都已去世，剩下陶龙兄妹三人，一同过日。广有田园，丰于积贮。这瓜园也是他的，算得个富厚之家。这日，陶家弟兄俱不在家，只有这位小姐在庄内。从来的小姐都生得如花似玉，性格温柔，绣口锦心，甲于远近。即或容颜不能美丽，而举止之间，自有一段兰质飘香之趣。独有这位小姐，另有稀奇，不同庸众。说他的美貌，实是娇羞；道他的身材，果然袅娜。看官不信，请看在下的赞词，便见果否：

> 貌，怪。形容，丑态。青丝发，金线盖。黑肉丰颐，横生孤拐。膂力举千斤，铁汉都惊骇。金莲掷地成声，错听鰍船过海。家中稍有不如心，打得零星飞一派。

这小姐生得如此姿容，更且身粗力大。不必论他别件，只说他两条膀臂犹如兵器一般，凭他勇猛的人，也不敢近他的身。自小最好武艺，爱看兵书，十八般武器件件皆能，跑马射箭只当玩耍。家中的庄丁使女，略有不遵使令，只消抓住了一把，捏得人痛叫连天，正不知他有多少力气。远近村庄闻了他名，真的头脑儿都痛。因此背地里送他一个隐号，叫做"母大虫"。就是他两位哥哥，也敬之如神，并不敢违拗他心性。这小姐按上界地魔星临凡，奉玉帝金旨，叫他扶助真主开基创业，扫灭群雄。后来赵太祖三下南唐，在于寿州被困，陶三春挂印为帅，领兵下江南解围救驾。在双锁山收了刘金定，二龙山活擒元帅宋继秩，刀劈泗水王楚豹，有这许多功劳。目下年当一十八岁，乃是金霞圣母门徒，且又算命打卦都说他有王妃之福，因此哥嫂更加爱惜。

  这日，三春小姐正在房中观看兵书，只见丫鬟来报，说是瓜园里来了一个黑大汉，在那里偷取瓜吃，把园公打坏了，现在外面，请小姐出去。三春听了此言，心中大怒，吩咐："传叫庄丁，预备绳索，跟我到园中去拿捉偷瓜狗贼。"即时站起身来，迈步出房，带了一众丫鬟，竟往瓜园而来。只见那园公正在外面等候，见了小姐，便诉说道："姑娘！当不得这个偷瓜的黑汉力大无穷，他在那里偷吃，我说得几句，他就一掌，险些儿跌个没命。喏，脸上兀是这般青肿！姑娘出去，务要仔细，不要失手与他才好。"三春喝声："奴才！没用罢了，还要多说。"那园公不敢言语，让小姐过去了，跟随在后。

　　三春来至园门首，抬头看去，果见一个黑大汉坐在地上，如狼餐虎咽一般在那里吃瓜。三春道："你们且莫跟来，都在这里伺候；待我拿住了他，你们来扛。切不可声张，被他走了。"那些庄丁使女一齐立住了脚，在门里等候。当时三春把头上乌绫帕紧了紧，把裙子整个结实，卷起袖儿，缓步进了园门，望郑恩坐处而来。那郑恩因把园公一掌打走了，放心乐意，坐在地上尽量而啖。况是天气尚热，食肠又大，越吃越有滋味。约有五六个大瓜埋在肚里，此时尚在吃得高兴。猛抬头见了这个女子走来，心下想道："看这女娃娃走来，与乐子做甚？咱且莫去管他。"此乃郑恩自恃力大，藐视三春是个女子，不作提防。且见三春又走得消停，不像与他对付的模样，所以郑恩只顾吃瓜，不去理他。这便是郑恩吃亏之处。那知陶三春远远见了，暗骂一声："黑贼！怎敢藐视于我？我若不把你打烂了，也不敢姓陶。"那些庄丁使女都在园门后，探头探脑的张看。当有那个被打的园公，悄悄叫道："腊梅姐，这个偷瓜的贼不知他有多少力气，两只手扯开，就像簸箕一般。把我这一掌，犹如打了一杠子的相似，恁般疼痛。我家姑娘要去拿他，若被他愣头的几拳，只怕也要叫屈哩！"旁有春香接口道："不相干，你可记得旧年么？我家的这个碾盘子有七八百斤重，被雨落淋坍了碾台子，重新要砌，五六个人抬也抬不动，却被姑娘提了上去。这样重的不费气力，何况这个黑汉。"腊梅道："他整日里只说我们没用，道是没有沾着就要浪叫。他不说自己的手重，只说别人挨不得打。今日遇着主儿，叫这黑大汉打他几下子也好！"说罢，众人都掩口的笑。

　　说话之间，三春走到郑恩面前，把手一指道："你这黑汉好没分晓！人家费钱赔力种下的瓜，你不问生熟，倚仗强梁，进来白吃，还要打人，是何道理？"郑恩身也不动，睁着两只雌雄眼，瞧定了三春，说道："女娃，你在这里说乐子么？"三春听了，恼触心怀，双眉一皱，二目圆睁，喝道："黑贼！你因天热，偷瓜也便可恕；打了园公，亦还饶得；绝不该大胆胡言，欺负于我，你要做谁的'老子'？"右脚往前，只迈上一步；伸手过来抓住了郑恩，在前只一提——这小姐果是厉害，两条臂膊，好似牛筋裹了铁尺。这一提，又往下一按，早把郑恩跌了个扑势，背朝天，脸着地，鼻孔嘴脸都印了泥。三春左手按住了郑恩，右手举拳向他背梁上一连几下，打得郑恩火星直冒。那些庄丁使女，看见三春已把黑汉按倒，一齐上前说道："姑娘，着实按住，不要被他走了。"郑恩只因不曾提防，被他按倒，打了几下，心中发急。欲要挣扎起来，无奈背上好似一堵城墙压住了，再挣也挣不起，只把两手向地上乱扒。一众庄丁唬道："黑大汉，你不要只管扒，扒深了坑就埋你下去，把你烂了做灌瓜的肥壅哩！"又说："姑娘，他不知你的利害，有心再打他几下，叫他知道，下次不敢再来放野。"三春抢起拳头，又是几下，打得郑恩怪叫不止，道："乐子吃了亏！"三春恼的这一句，喝道："好黑贼！还敢胡说，你是谁的老子？"那园公要报打他之仇，便接口说道："姑娘！他讨的便宜，要做你的老子。"三春大怒，提着拳头，一连又是十数下。打得郑恩痛苦难忍，叫号连天。园公嘻着嘴笑道："黑贼！你原来也遇着上风了。你倚仗自己力大，欺我没用；谁知也被我家姑娘打了。黑贼啊！这叫做强中更有强中手，恶人还被恶人磨。"三春听说，骂一声："该死的奴才！谁许你多讲，还不走开。"园公听了，往后退去。三春便叫一众庄丁，把绳索过来捆了。那庄丁拿过两条索子，正要上前动手，三春喝声："放着！"自己依然按住，叫那几个使女拢来，一齐伏事；登时把郑恩四马攒蹄，捆得十分坚固。三春吩咐庄丁："与我抬到前厅去。"庄丁不敢怠慢，拿了一条扁担，穿了绳索，一头一个，扛了就走。三春带了使女人等，一齐簇拥在后，都到前厅，将郑恩放在廊檐下。郑恩一堆儿横在地上，睁开雌雄眼往厅上瞧去，只见陶三春独坐中厅，两边立着几个丫鬟，阶下立些庄客。将三春细看，实是怕人。但见：

乌绫帕束黄丝发，圆眼粗眉翻嘴唇。
脸上横生孤拐肉，容颜黑漆长青筋。

陶三春这副容颜，越瞧越怕，与那庙中塑的罗刹女也不差上下。郑恩方才追悔："乐子错了！咱只把他当做个女娃娃，谁知这驴球入的，倒有偌大的力气。乐子一时不防，被他按倒在地，打了这一顿还不肯放，又把乐子捆在这里。明日若使二哥知道，怎么见人？"郑恩从来不曾吃过这样大亏，那手脚上的绳子只往肉里钻。欲待出言骂他几句，又怕他的拳头厉害，白被他打。欲要哀求讨饶，做好汉的人，如何肯服输，灭了锐气。没奈何，只得说道："女娃娃，乐子吃了这几个瓜，该要几贯钱？乐子去拿来赔罢！"三春大喝道："好黑贼！还敢胡言，与我掌嘴。"这一声喝，郑恩再不敢言语。三春暗想："这贼出言不逊，其情可恼，理该打他一顿棍子，放了他去。只是可笑我哥嫂，常常说我不守闺门，无事寻非，动手打人，这般冤屈我。如今若放了他去，嫂嫂必定轻言重告，说我生事打人了。不如把这贼捆在这里，且等我两位哥哥回来，凭他发落，也见得不是虚情。"想罢，立起身来，吩咐庄丁："用心看守，等你大爷、二爷回来发落。"说毕，带了丫鬟自回房中去了。

且说郑恩见陶三春走了进去，心里暗暗地骂道："这驴球入的女娃娃，把乐子捆在这里，还不肯放，要等什么哥子来。乐子也算是个好汉，关西一带地方也有个名儿。自从在十八湾头救了二哥，孟家庄上降了妖怪——大江的风浪经过了多遭，如今倒在死水里翻了船，败在这阴人的手里，辱没了乐子的声名。乐子若出了他门，管取把这狗贼杀尽，方才报得此仇。"正是：

虽然吃下眼前亏，他日风光谁得归？

不说郑恩在陶家庄受亏。且说匡胤见日色西沉，不见郑恩回来，心下着忙，叫声："列位贤弟，你们的三哥往那里去洗澡？这会儿还不见回来，其中必有原故。"张光远道："他既然欢喜洗澡，必定还在那里浮水哩，有什么原故。"匡胤道："他虽然略知水性，但贪心过度，一时鲁莽，或者淹倒水中，事未可定。"罗彦威道："这倒论不得。"那郑恩乃是匡胤患难弟兄，怎不记念？便对张、罗二人道："贤弟，可同愚兄往彼一看。"二人允诺，便与匡胤一同上马，望了郑恩去路而走。行过多里，并不见有河水，也不见有郑恩的形儿。匡胤心里发急，遍体汗流，策马又望前行。忽听得那首田中，这些收割的人在那里说话，道："老哥，也算这黑汉造化低，吃了这大亏。"匡胤听这话头，有些音响，就把马带住了。张光远问道："兄长为何不行？"匡胤道："你不听见么？"二人会意，便不复问。只见那一个问道："这黑汉晓得他那里人？不知为甚的惹了他？"这人答道："看这黑汉，像山西人，说得一口的西话。人材也生得高大，力气也来得勇猛。只因闯进园去，偷吃了瓜，园公说了他几句，这黑大汉动手就是一掌，打得园公爬了半日。那小姐出来，不知怎么的就把黑大汉按倒在地，打了一顿，还不肯放，至今捆着在那里哩！"那人听了不信，道："只怕没有此事，你今日又没有到他家里去，怎知他又去打人？有这许多备细，你莫不是乱说，妆他威势么！"这人道："不然我也不知，只因方才回家去，遇见了他家的庄客，他对我说了，所以得知。"那匡胤细细听了，心下已是明白，暗骂一声："黑贼！贪了嘴，便把身躯像了个梆子儿——只离了我，便去挨人的打。不知这小姐怎样一个人儿？住在那里？何等样人家？我且问他一个的确，再作道理。"遂叫声："朋友，借问一声：这位小姐是谁家女儿？住居何处？"那农夫抬头，见那匡胤生得异相非凡，行伍打扮；张、罗二人，也是轩昂武毅，不敢轻慢，说道："三位爷，不像我们这里人。"匡胤道："我住东京。"农夫道："爷们，既住东京，问这小姐有甚缘故？"匡胤道："我有一个朋友，是山西人，生得黑面长身，因无事出来游玩，不见回来。方才听朋友说什么小姐拿住了一个黑大汉，故此动问。望朋友说明住处，好去寻他。"那农夫答道："要去寻他，也是不难。离此东北上，那林子里过去，就是他家的庄子。这小姐姓陶，闺名三春。父母都已亡过，只有两个哥哥，一个叫陶龙，一个叫陶虎，家中尽好过日。这小姐今当一十八岁，未曾受聘。他虽然是个女儿，却是比众不同。"匡胤道："怎见得他不同于众？"那农夫道："他喜的是弓马，爱的是刀枪，打的是好汉。两个哥哥也不敢管他，故此庄里人与他起个号儿，叫做'母大虫'。远近的人都是闻名丧胆的。爷们若去见他，只可软求，不宜硬讲。"匡胤道："因甚硬讲不得？"农夫道："爷们不知，这小姐力气又大，见识又高；若有人触怒了他，总没有半点儿便宜入手，因此没人敢去撩拨他。爷们此去，也不必见他，只和他两个哥哥理说，自有好处。他的哥哥最有理信，从来不曾得罪于人。爷们与他说话，包管救得朋友了。"

匡胤起先听他说陶三春把郑恩打了一顿，还捆着不放，心中已是火发，就要问明住处，恨不得一步跨进他家，将这小姐一劈两半，方泄心头之气。后来听了他两个哥哥知得道理，是个好人，便把怒气消了，把手一拱道："朋友，承教了！"遂与张、罗二人，各催坐骑，往东北里陶家庄上而来。有分叫：化怒成欢，破凶为吉。正是：

　　　　暗里丝萝曾系足，明中肝胆自知心。

毕竟匡胤此去可能见得陶三春否？且听下回分解。

第四十一回

苗训断数决鱼龙　太祖怜才作媒妁

词曰：

　　尘寰寄迹如朝槿，名利机关，不许人侥幸。富贵荣华惟命定，皇宫金盒终难赠。　　闲将休咎凭谁问，幸有神仙，好把前程论。于今曾遇王公觊，愿效联情婚媾顺。

上调《蝶恋花》

　　话说赵匡胤见郑恩洗澡不回，心怀疑虑，遂与张、罗二人，坐马跟寻。于路听得农夫之言，访问了姓名住居，遂对张、罗二人道："二位贤弟，愚兄走遍关西，山大王曾遇过了许多，唯有这母大虫从来不曾遇见。想陶家的女儿，年幼无知，敢把我兄弟拿住。我今务要会他一会，凭他有多大本领，若遇了我赵匡胤，只怕也支持不来。"张、罗二人道："兄长不可造次，自古道：'好汉天下有好汉，英雄背后有英雄。'此去倘有疏虞，如何处置？"匡胤道："不妨，二位贤弟何必多虑，凭那女儿铜胎铁骨，我必搅乱乾坤，舍命与他相拼一遭。若不能伏他，誓不为人。"二人见说不住，只得同着匡胤而走不提。

　　且说那陶龙、陶虎，只因永宁集上来了一位道人，就是苗光义，在那关圣庙中开设命馆，吉凶祸福，推断如神，因此弟兄二人，都要去问问休咎。这日早起，整顿衣冠，乘坐骏马，带了家僮，到那集上，至庙前下马。入的庙来，只见东廊下两旁柱子上，贴着一副对联，写着道：

能知埋名宰相，善识未遇英雄。

廊檐下挂着一面招牌，有许多诗句写在上面。弟兄二人细细地看，只见写着：

不必长安访邵子，何须西蜀询君平。
缘深今日来相会，道吉言凶不顺情。
机藏休咎荣枯事，理断穷通寿夭根。
任你紫袍金带客，也须下马问前程。

陶龙道："兄弟，你看他夸这大话，说来高傲之极，不知他胸中才学何如？我和你进去叫他推算，便见他的深浅了。"陶虎道："哥哥说得有理。"两个缓步进了东廊，来至馆里。只见上面坐着一位道人，果是仙风道骨，与凡俗不同。但见他：

头戴九梁巾，身穿水合袍。腰系丝绦，足登麻履。面如满月，目若朗星。飘然超世之姿容，允矣神仙之气概。

当下弟兄两个与苗光义叙礼已毕，分宾主而坐。陶龙开言说道："久慕仙长推算如神，愚弟兄特来请教。望仙长不吝指示，直言是幸。"苗光义道："贫道据理推星，直谈无谬。请二位尊造一观。"陶龙便将两个八字写来递与光义。光义把来排在桌上，先排四柱，后看五星；远推一世之荣枯，近决流年之凶吉。查了半晌，对二人说道："乾造二位，足羡埙篪；所嫌椿萱早背，年幼当权；喜得妻宫贤淑，偕老遗芳。但子息艰难，未许承欢膝下；寿元绵永，可庆颐彭。最妙时上坐有贵人，后来必得贵人提携。况贫道细看尊相，满面红光，眼前就有一桩喜事。尊驾可报个时辰，待贫道再为推算，看命中贵人在于何时发动？"陶龙随口报了辰时。光义默想了一回，说道："尊驾可再报个时辰。"陶龙又报了个寅时。光义复又配合五行，搜求玄理，说道："寅属虎，在东北方艮位；艮为山，山藏云水。辰属龙，在东南方巽地；巽为风，虎啸生风。木上生机，金水互济，乃龙虎风云之兆。主今日酉时，有四位大贵人与二位相遇。尊驾速宜回府，迎接贵人，不可错过。日后功名富贵，只在一位红面长须的身上。二位须当紧记，不必延迟，恕贫道不送了。"弟兄二人听了，似信不信，只得送了命金，辞别出门，上马纵辔而回。

陶龙在马上叫声："贤弟，我想苗光义命相，人人道他阴阳有准；今日看来，多是胡言乱话。说甚满面红光，主有喜事临门。又说酉时相遇贵人，富贵只在红面长须身上。这些言语，无非骗人而已，何足取信。"陶虎道："兄长，何必认真，人生境遇，通在八字中造定的，痴心妄想，终是无益。不过顺理而行，凭天发付是了。"陶龙道："贤弟之言大是有理。"

两个说话之间，驱马行来，日已垂西。已至庄上，抬头看时，只见村上有三匹马。陶龙留心观看，见马上的三个人，都是人物轩昂，器宇巍峨。中间一人，分外比二人高大，蚕眉凤目，面若胭脂。把陶龙惊得摇头吐舌，叫声："贤弟，苗光义的阴阳却是准也！你看这个骑红马的，与他说的不差分毫么！"陶虎道："兄长，据我看来，他人物穿戴，以及鞍马，均不同人，绝不是个等闲之士。为今之计，我们也不要管他是否，且邀到家去，好歹款待了他，再问他家世，别作道理。"陶龙点头称善。两个一齐下马，来至匡胤马前问道："三位贵客，从何处来？请到敝庄献茶。"此时匡胤正在伫马傍徨，见那二人来问，就在马上答道："二位尊姓大名，府居何处？与在下素未相交，承蒙见招,有何贵干?"陶龙道:"乡民乃是陶龙,舍弟陶虎,村居就在这庄上。暂屈尊驾一叙,别无他故。"匡胤听他说是陶龙、陶虎,心中欢喜,想:"人言陶氏弟兄良善,知理通情,果然话不虚传。我且到他家去,探听三弟消息真假何如?"遂说道:"多承厚意,只是相扰不当。"陶龙道:"草舍茅居,有辱贵体。"弟兄二人步行,当前引路;匡胤三人策马随行。陶家的家僮,牵了主人的马匹,在后跟随,一齐进了庄子。至庄门前,匡胤三人下了马,彼此谦逊,移步进门。匡胤留心观看,早已见了郑恩被麻绳捆缚,闭着两眼,躺在廊下。匡胤暗笑:"这黑厮性喜招灾,今日也遇了主顾,叫他受些磨难,也得敛迹些儿。"遂望了张、罗二人丢个眼色,教他且莫说破,等他再挨些痛苦,然后救他。五人齐至厅上,叙礼已了,分宾坐下。陶龙请问匡胤姓名,匡胤将自己姓氏、乡贯,并张、罗二人姓名,一一说了。陶龙听了大喜,道:"原来三位都是贵公子,乡民不识,致多失礼。"须臾安僮送出茶来,宾主用毕,陶龙吩咐快备酒席,款待嘉宾。

当时厅上叙话,郑恩在廊下已是听得,闪开双眼往上一张,见是匡胤三人,只不认得陶氏弟兄。郑恩想道:"原来二哥与他有亲的,不知与这女娃娃甚么称呼?他既到这里,怎么只管讲话,不来救乐子呢?想他还没有瞧见。"欲待开言叫他,觉得羞口难开;欲待不叫,这浑身绑缚,疼痛难忍。仔细思量,免不得要开口了。又见匡胤与张、罗二弟,同着别人坐在厅上,谈笑自如,这胆子就放大了。遂把好汉的威风装作出来,便启口骂道:"你这驴球入的,不论好歹,把乐子捆在这里;乐子若脱了身,管叫你们的性命,一个个不活,才见乐子的手段哩!"那陶龙听了嚷骂之声,一举眼,见那廊下捆着一个黑汉在地,便问庄丁道:"这廊下捆的是何人?"庄丁告道:"这厮是偷瓜贼,被小姐拿住,叫我们捆在这里,等大爷回来发落。"陶龙听了,把头摇了两摇,说道:"吾几次劝他,兀自拗着这等性儿。这火块般天气,他吃了几个瓜,也值得甚么?毕竟将他拿住!"庄丁道:"只因他打了园公，所以小姐将他拿住的。"陶龙道："多事，多事！你等快与我扛去，莫要惊动了贵人。"庄丁奉命，不敢怠慢，就至廊下，将郑恩扛了就走。郑恩方才着急，高声喊道："二哥见么？是咱乐子！乐子！"匡胤听唤，便走下来叫声："兄弟，谁把你捆在这里？"郑恩道："是个女娃娃驴球入的，把乐子捆在这里。"匡胤道："兄弟，你是个大汉，这么反被女子所擒，我却不信。"郑恩道："二哥，你没有试着这女娃娃的厉害哩！"匡胤道："这女子怎的厉害？"郑恩道："说起来了不得！他一动手把乐子按倒在地，再爬也爬不起来，故被他拿了。"匡胤听了，假意不信，连把头摇，只是与他顾问，不肯放他。那陶龙见此光景，听了匡胤与他兄弟相称，谅着不是匪人窃贼，遂上前来，叫声："公子，这位莫非贵友么？"匡胤道："此是在下义弟，不知因甚捆在此间？"陶龙听说，急忙亲来解缚，延至中厅，赔着笑脸卑躬请罪，道："舍妹愚拙，年幼无知，一时冒犯虎威，望乞宽恕！"郑恩羞得满面绛色，半句话也说不出来。又是匡胤在旁代他解说。

当时摆上了酒筵，请匡胤四人上坐，弟兄二人下位相陪。酬酢之间，匡胤开言问道："二位双亲可在？上下还有何人？"陶龙道："二亲俱已去世，愚弟兄守业农桑。只有一妹，名唤三春，才年一十八岁，尚未适人。自幼爱看兵书，喜习武艺。只因性多高傲，不听兄嫂之言，仗了几分勇力，每要打人，因此又得罪了尊友，甚属荒唐。"匡胤听说，暗自思想："陶三春年幼力强，善习武事，倒是个女中丈夫。但不知他容貌如何？若有几分姿色，正好与兄弟匡义为妻，后来便是一个帮手。我必须面见一遭，方好定事。"想罢主意，向陶龙说道："在下有一言相告，不知二位可许否？"陶龙道："公子有何尊谕，便请一言，某当恭听。"匡胤道："在下遍历关西，广结豪杰，闻知令妹精通武艺，识见高深，诚女中之英杰也。在下不胜钦仰，欲请一见，不知二位允否何如？"陶龙道："公子吩咐别的事情，无有不遵；但此事某实不能专主，须当与舍妹商量，再容复命。"说罢，走往内堂。

那三春正在房中问丫鬟道："大爷、二爷在前厅与什么人吃酒？那偷瓜贼可曾发落了么？"丫鬟道："那偷瓜贼，被大爷、二爷一进门来就放了；倒请他上坐，设酒与他赔礼。"三春一闻此言，心头火发，口内烟生，说道："可笑我家哥哥，一些也没分晓，这般胆怯。偷瓜贼不打也罢了，倒与他赔礼饮酒，分明道吾多事，羞我面光。"正在烦恼，只见陶龙走进房来。三春连忙立起，兄妹见礼坐下。三春问道："哥哥！这偷瓜贼既不打他，也该赶了他去才是，怎么反治酒筵，与他赔礼，不知哥哥甚的主意？"陶龙道："贤妹有所未知，愚兄今日，偶在永宁集上遇一算命道者，他算愚兄面有红光，定主喜事临门，在于今日酉时，当有贵人相遇。内中一位红面的，日后有帝王之尊，余者都有王子之福，愚兄的功名富贵尽在这红面的身上。其时愚兄只当是虚言谎话，不去信他；岂知才到庄前，却遇了三位英雄，内中果有一位红面大汉，贵相非凡，应了道人之算。愚兄因想天机不宜多泄，不敢直言，所以将他留住家中，设席款待，且做个异路相知，日后再图事业。不意贤妹所捉偷瓜之人，就是贵人的盟弟，名唤郑恩，也是一等好汉。愚兄怎敢轻慢于他，礼该赔话，因此亦在座中。"三春听了这番言语，暗暗称赞："世上原来有这样的异人，先见之明，甚为奇事！"遂说道："原来如此。兄长，这真主果是红面的么？"陶龙因匡胤要见，不好直说，却便乘机答道："贤妹，倘若不信，何不出去一见，便知真假。"三春道："自古以来，唯有三国时关公是红面长须，怎么这真主也是红面的，小妹实欲见他一见。"正要移步，忽又想了一想，叫声："哥哥，小妹虽欲见他，但恐男女有别，理上不通。又不知他姓甚名谁，怎好与他相见？"陶龙道："贤妹，这真主姓赵名匡胤，乃是东京都指挥赵弘殷的公子。因游历关西，偶到此地，为这郑恩出来游玩，吃了我的瓜，被贤妹拿住，不得回去，因而寻访到此。遇见愚兄，说起其情，道是郑恩恁般好汉，反败在贤妹之手，决定贤妹是个女中丈夫，专心欲见。愚兄不好做主，故此进来与贤妹相商。

但思人有慕名而来，欲求一见，若拒而不允，反多物议了。况赵公子正人君子，与他相见有何妨害？贤妹当思之。"三春听说，暗暗点头，想："赵公子久闻他天下好汉，今又有心欲见，我何必拒他？"遂说道："既哥哥已是允他，小妹安敢不从？"遂同了陶龙，一齐走至内厅。陶龙又通知了匡胤，引至内厅。

匡胤居中站定，陶三春步至下面，朝上深深下拜。匡胤连忙答礼，暗暗偷看，见此形容，吃了一惊，暗想："这事却做不成，可惜，可惜！"登时告辞出来，与陶龙仍坐饮酒，心下甚为不舍，想："三春有此勇力，兵法又精，可惜生得丑陋，凶劣不堪。天公既付其才，怎么不付其貌，事无全美，使人遗叹耳！"复又想了一回，忽然转念道："有了！此女既不可与吾弟为妻，何不从中说合，配了三弟郑恩，郎才女貌，倒是一对相称的夫妻。也使他得这厉害夫人，有所制压，不敢胡行。"遂开言说道："令妹有此雄材，必须得其所配，方为不负其能。"陶龙道："因舍妹有愿在前，须遇英雄之士，方肯联姻。所以蹉跎至今，尚未受聘。"匡胤道："我这兄弟郑恩也未择娶，如贤东不弃，在下为媒，将令妹配与郑恩，甚为相合。不知贤东尊意何如？"陶龙听罢，暗自沉思："这婚姻大事，我若做主应承，犹恐妹子嗔怪；若不依允，又恐赵公子面上无以为情。"左右寻思，毫无定见，只是呆呆沉吟，不好答应。匡胤已知其意，便叫声："贤东，在下愚意，无非女貌郎才，宜于配合，故敢为言。况我弟郑恩，亦非根浅门微之辈，也曾遍历江湖，名传远迩。又与当今天子之侄晋王柴荣八拜之交，眼见就有封爵。今日得配令妹，亦非辱没，贤东何必多疑，错了这遭美事。"陶龙被匡胤说了这席话，不觉志趣高尚，富贵动心，遂答道："承公子美情，本当依允；但此事非乡民可主，还当与舍妹相商，观其心志如何，允否自当定论。"匡胤道："贤东若与令妹相商，须善言曲成——谅令妹识见高明，不致见绝也。"陶龙辞席进内，要与三春商量。心下巴不得一说就成，好做王亲的舅子，也得显耀荣身。只忧的妹子不肯应承,把现在这个要封爵的娇客轻轻送与别人,却不可惜!因是这番委曲,有分叫:婉言联两宿之姻缘,凝眸望三星之在户。正是:

> 赤绳系足皆前定,异路谐婚由数成。

毕竟陶龙怎的说亲?且看下回分解。

第四十二回

世宗进位续东宫　太祖非罪缚金銮

诗曰：

尚论古治慕渊源，德礼同风体自然。
刑措政勤邦有道，民和化淳俗无顽。
皆由甄拔多才俊，果赖旁求尽圣贤。
任是君王怀隐憾，一眚岂可掩高彦？

话说陶龙听了匡胤之言，要把妹子三春配与郑恩为室，心有所嫌，未敢应允。及闻是柴王契友，日后自有王爵荣身，因又动了富贵之念，便往里面去说。那郑恩坐在席上，见匡胤做媒，把三春与他，心中又羞又怕，不好明言。只把眼儿望了匡胤乱丢，头儿不住的摇——无非是个不要的意思。匡胤已会其意，走至跟前，叫道："三弟，你莫嫌三春貌丑。看他广读兵书，爱习武艺，有此丈夫襟怀，诚妇女之中所难遇也！今日贤弟与他联姻，日后助益亦复不少。愚兄依理而行，绝无遗害。"郑恩听说，不敢多言，只得垂头闭口而已。正是：

惧他年富力强，怎敢妇随夫唱。

不说前厅之事。且说陶龙走进房中，三春见了，急忙迎接坐定，便问："哥哥，进来又有何事？"陶龙道："愚兄有一至紧之言，所以特来商议，不知贤妹可允许么？"三春道："哥哥有甚言语，即当告我；事固当行，小妹再无不从之理。"陶龙道："愚兄想'男大须婚，女大当嫁'，古来大礼。自父母去世，只有我们兄妹三个，一体同胞。愚兄每每与你寻其佳偶，皆非门当户对之人，因此心下常怀不置。不期前厅赵公子说起，欲与你作伐，愚兄想此婚姻大事，终身所系，不好专主，故来与贤妹相商。"三春道："不知谁家之子？"陶龙道："说起来，贤妹莫要烦恼——这相对的，就是公子之友，名叫郑恩。在瓜园会过，贤妹必知其人。"那陶三春命有王妃之福，该与郑恩为妻，自然暗中挽合，凑聚机缘。他听了此言，并不恼怒，说道："赵公子要将郑恩配我，哥哥看来可允不可允？必然先有主意。"陶龙道："愚兄也曾说过，这门亲不好相联。怎奈赵公子甚多委婉，说郑恩也是世之好汉，关西都已闻名。又与禅州柴千岁患难相交，日后柴王即位，郑恩稳取封王。故此赵公子方才开口与贤妹作伐。贤妹即宜酌量，当允当辞，决计定了，愚兄便去回复。"三春听罢，心中打量了一回，即便微微冷笑，说道："哥哥，此事乃前定之缘，小妹也不好强得。但赵公子既要作伐，又是哥哥谅已心肯，小妹安敢执拗，自误终身。但有一说，哥哥当与赵公子言定，他若依得，小妹自然也依。"陶龙忙问道："贤妹有甚言语，待愚兄去说，看是如何？"三春道："哥哥，你去对赵公子说：这亲事允便允了，但我陶三春在家等待，只以三年为期。这三年之内，郑恩若有了王位，便来娶我；若无王位，叫他不必来娶。今日当面说过，务要言须应口，日后自无他说了。"陶龙应诺出来，将三春之言对匡胤说了。匡胤大加称赏，道："好个有志的烈女，果然才高识透，他日福气不可限量也。"遂向腰间将碧玉鸳鸯玦摘下一个来，递与陶龙道："这是我兄弟郑恩的定礼，贤东权且收下。日后我兄弟若得身荣，便如令妹之约，当来迎娶不误也。"陶龙致谢收讫，复整佳肴，重添美酝，宾主欢怀，饮至天晚而撤。匡胤起身辞谢，陶龙兄弟苦留不住，只得叫人备了一匹马，送与郑恩坐骑。四位贵人慌忙下了厅，出了庄门，一齐上马，陶龙道："公子前途保重。此去诸位若得荣身，望公子勿忘今日之约，使舍妹遗恨白头也！"匡胤道："贤东不必挂怀，此事各系名节，在下既已为媒，岂有相负之理！就此奉别，勿致多劳。"说罢，两下各各珍重而别。有诗为证：

偶因无事觅河浆，误被馋涎起祸殃。
幸有天公施作合，一言能决百年良。

且说匡胤兄弟四人，策马投东，走有二十余里，到了营盘，下马进帐，已是初更以外。匡义与赵普同来相问，匡胤把前事数一数二的说了一遍。匡义上前，拉住了郑恩道："恭喜哥哥，定下亲事了！倘日后成亲之夜，上床时，可仔细提防，嫂嫂拳头厉害，莫要再去领情。"张光远道："不妨，嫂嫂极是有涵养的，若见了哥哥这等美貌，又是温柔，偎倚已是不及，怎肯再下毒手？"众人你一言，我一语，说的郑恩满面羞惭，道："多是二哥干的歹事，乐子那有这样心。"众人说说笑笑，直到三更方才安歇。一宵晚景休提。

次日，柴娘娘车驾起行，柴荣领军簇拥在前。赵匡胤同了众兄弟，与韩素梅母子在后而行。正是有话即长，无话便短。行了多日，看看离东京不远。探马报进朝中，早有文武官员出城迎接，跪在道旁，口称："娘娘，臣等特来接驾，愿娘娘千岁！"柴后在车中，口传懿旨道："卿等免礼平身。"文武官员谢恩已毕，起来站立两边。柴后的车驾进了城门，过了正阳门，来至五凤门外，换了内侍推辇，只有柴荣跟随进宫。那司礼监在前引路，穿过分宫楼，至更衣殿，柴后方才下辇。早见掌印太监前来叩见，手捧着八般服物，又有宫娥彩女，齐来服侍，登时将宫服与柴娘娘穿戴起来。但见：

> 五凤珠冠嵌宝云，尊荣元首正宫庭。
> 身穿日月龙凤袄，腰系山河社稷裙。
> 束带玲珑琢玉玦，宫鞋刺绣的珠明。
> 斩妃剑与昭阳印，象笏端持见至尊。

柴后换了宫妆，上辇进宫。举眼看那宫中富贵，果是非凡。来至寝宫门首下了辇，宫娥簇拥至内，见周主端坐龙床之上。柴娘娘正欲行朝见之礼，周主慌忙扶住，说道："御妻，我与你素同甘苦，恩义相当，不必行此大礼。"柴后谢了恩，同坐御榻。走过柴荣，朝见请安，周主赐坐于侧。夫妻二人共诉别后之情，柴后道："妾在澶州，屡闻捷音，及知陛下御极，私心不胜之喜。不意偶染小疾，幸得侄儿昼夜辛勤，侍奉汤药，才得安宁。"周主听言，大加慰劳。柴荣谢不敢当。周主又谓柴后道："御妻，朕想你我年已老耄，膝下无嗣。细观今侄，仪容出表，器度安舒，他日堪寄大任。朕意欲认为己子，不知御妻以为何如？"柴后道："陛下圣见与妾暗合，诚社稷生民之福也！"遂将此意与柴荣说知。柴荣辞道："臣儿无德无能，安敢当此重位！"柴后道："你不必推辞，圣意已决，过来拜谢了。"柴荣不敢违旨，即便朝上拜谢，认了父母。周主心中大喜，传旨设宴宫中，夫妻父子，共饮同欢。

酒至数巡，柴荣离席奏道："臣儿有一事启奏父皇。"周主道："我儿有何事情？"柴荣道："臣儿有一故友，名叫赵匡胤；此人有文武全才，变通谋略，乃国家柱石之器。望父王选来重用，则皇基可固，四方宁静矣！"周主道："王儿所奏，谅此人定是贤能。俟朕明日临朝，将赵匡胤宣来，封他官职。"柴荣谢恩，入席欢饮。至亲三口，论古谈今，直至三更方才安寝。正是：

一宫聚乐情无已，万国欢腾戴有周。

　　却说匡胤等数人至次早起来，张光远、罗彦威各各回家，匡胤亦至家中省视。唯郑恩、赵普住在柴荣王府之内。那匡胤来到家中，见了父母，就哭拜道："不孝匡胤，惹下大祸，逃灾躲难，流落他方，以致抛弃膝下，久违定省。今日遇赦回家，望父母大人恕儿不孝之罪！"那赵弘殷因匡胤惹祸逃离，汉主追捕甚急，因此报明其故，罢职回家，合家性命几乎不免。幸而换了新朝，一切前罪俱再不问，所以罢闲在家，倒也安乐。今日见匡胤回来，未免想起前情，心怀怒气，骂道："好逆子！我只道你死在外边，怎么还有你这畜生性命回来？"当有杜夫人在旁相劝道："老爷不必动怒，谅孩儿自今以后，改过自新。"又谓匡胤道："我儿，你一向在那里安身？使做娘的终日倚门而望，心常忧虑，茶饭不沾。今日幸得回家，骨肉相叙，你可把在外之事，细细说与我知道。"匡胤跪下对道："孩儿自从杀了御乐，逃往关西，欲投母舅任上存身。于路遇了柴荣——即今新王之侄，与孩儿结为兄弟，因而相随柴娘娘车驾进京，来见父母。"杜夫人道："我儿，你既到关西，可能寻见母舅么？"匡胤道："母亲，不料大母舅在任身亡，于千家店遇了外婆并二母舅。"遂将前事细细说了一遍。杜夫人听了大喜。赵弘殷叫道："我儿，如今新君在位，我已不愿为官，罢闲在家。你遇赦回还，从今不可任心生事，再蹈前非。当与兄弟安住在家，读书习艺，免了吾惊恐之心。"匡胤道："谨遵严命。"当日无事不提。

　　先说那军师王朴，当时辞官避位，衣锦还乡，侍奉慈亲，笃于敬养。不期亲寿过高，寝疾而逝。王朴哀毁不胜，凡衣衾棺椁，极尽其礼，殡葬已毕，守制在家。周主闻知其信，钦差官员赍奉御馔祭奠，制额褒赠，甚相荣宠。又下诏书钦召进京，以匡朝政。王朴本不奉诏，因其偶观星象，知得真主有难，趁此机会进京，以便从中解救。

所以同了差官，来到京中朝见天子。周主得见大悦，御手相扶，金墩赐坐。王朴谢恩坐下。周主道："朕自不见先生，如失左右手，思念不置；今日得见，朕愿足矣！"即加封枢密使兼中书令。王朴谢恩，奏道："皇上乃英明之主，治道得宜，天下已具太平之象，而犹眷念于臣。臣以庸材，得蒙殊遇，虽肝脑涂地，不足以报涓埃之万一。而又加以重爵，恩宠倍隆。臣今老母已终，无复顾虑；当尽愚衷，以效忠于陛下也！"周主龙情大喜，传旨设宴，管待王朴。是日君臣同饮，尽欢而散。正是：

　　　　最喜君臣如鱼水，果然敬爱似滋胶。

次日，周主驾坐早朝，受文武百官朝见已毕，传旨宣晋王上殿。柴荣来至驾前，高呼俯伏。周主道："王儿昨日所举之赵匡胤，与朕宣来，朕当试其抱负，量才擢用，然后授职。"柴荣领旨，即着宣召官，前往赵府，召赵匡胤进朝见驾。匡胤见召，随差官即至金阶，三呼朝见，俯伏尘埃。周主留神注目，往下一看，认得是禅州城上放箭之人。登时睁翻龙目，咬碎银牙，指定了匡胤骂道："好红面贼！朕与你何仇，你敢暗箭伤朕左目！只道今生难报此仇，谁知你自来投网。传旨驾前官，与朕将红面贼绑了。还要查他家口，一同候旨取斩。"当殿官奉旨，不敢停留，走下殿来。唬得匡胤魂不附体，正不知祸从何来？一时无措。正如：

　　　　就地踊出金钱豹，从天降下大鹏雕。

当殿官至丹墀，将赵匡胤登时绑了，推出朝门候旨。

柴荣见周主发怒，将匡胤绑了要斩，不知何故，心甚着忙，在龙案前双膝跪下，口称："父王！为何见了匡胤龙心不悦，将他绑了，又要拿他家属，不知他所犯何罪，触怒圣心？"周主道："王儿有所未知：朕前日在宫无事，偶尔假寐片时，梦游禅州；忽见这红面贼在城上暗发一箭，将朕左目射伤。至今还痛，时时流血。今日得遇，定当斩首，以正其罪。"柴荣道："父王！此乃梦寐之事，岂可认真？况赵匡胤文武之材，忠义之志，用之有益于国家，故臣儿冒昧荐举。今父王若以梦中之事与他仿佛，一旦加以非刑，则赵匡胤无罪而受死，恐于心未必能甘。还望父王谅之！"周主道："朕见这贼站在城上，明明白白将朕射伤。衔恨已久，今日岂肯释怨于彼耶！"柴荣道："父王虽当盛怒之下，必欲置赵匡胤于死地；彼虽受死不辞，臣儿恐有碍于贤路，使天下英雄闻风自危，不敢前来求取功名。那时投往别邦，资助敌国，天下动摇，何以御之？望父王以社稷为重，释梦寐之虚怨，赦匡胤而用之；将见天下之士，皆来效能于国，匡助父王矣！"周主道："王儿，你说梦寐中所见，乃虚渺之事；你曾见朕目现在受伤，难道也是虚渺之事么？汝若奏别事可听，此事决不可听。朕意已决，不必再言。当驾官，速去将他家口查问明白，复旨定夺。"柴荣见周主不听，心甚着急，又连连磕头，口称："父王，赵匡胤决不可斩！以禅州离京有二千余里之遥，父王凭此梦寐之事，屈斩无罪之人，人岂肯信者！今日若斩匡胤，怕的冷了天下豪杰之心。倘别国勾动干戈，非同小可。况父王新登宝位，四海未平，外镇诸侯亦有观望不臣，蓄心谋反；更有南唐李璟，不奉正朔；塞北契丹，连次侵犯；且晋阳刘崇，僭号称尊，招兵买马，积草屯粮，声言要与汉主报仇，不时骚扰。似此兵连祸结，觊觎神京，父王驾下又无良将，正宜搜罗贤杰，以备御寇之用。今赵匡胤博览兵书，精通韬略，有斩将夺旗之勇，运筹决胜之谋，求之当世，恐无其二。父王岂可因虚浮之事，而必欲斩他。况臣儿闻齐桓公忘射钩之耻，亲释管仲于堂阜，用之为相，卒兴齐国；雍齿数窘辱汉帝，后仍赐爵，以致贤材广进于朝。彼实有其罪，尚能释怨以为国家，父王何以独不忘情于匡胤乎？望父王开天地之恩，即以匡胤实有其罪，但以社稷为重，而矜赦之；则彼必尽心报国，戮力皇家，亦如管仲之功矣！"柴荣如此百般苦奏，周主只是不听，反而面颜微怒，心下甚嗔，道："朕与汝有父子之情，那红面贼暗箭伤朕，汝该与父报仇，方见为子之道。因甚反与他求赦，烦舌多言，专心向外，汝何意耶？"柴荣复奏道："臣儿岂有外向之心！唯见赵匡胤乃是当今英杰，举世无双，欲望父王留下，扶助江山，保安社稷，故此不避嫌疑，恳求父王赦免，责其报效。望父王赦了罢！"周主道："王儿不必苦奏，朕朝中良将不少，强兵甚多，何惧四方寇乱乎！即无红脸贼，朕岂不能为君而抚有天下乎！"柴荣见周主总不肯赦，急得心慌意乱，无策可展。

正在难为之际，只见班中闪出一位大臣，俯伏阶前，口称："陛下！臣有愚言，望乞天听。"周主举眼看时，原来是王朴，便道："先生，不知所奏何事？"王朴奏道："臣奏赵匡胤所犯，果系陛下梦中之事，未便明言。陛下盛怒之下，将赵匡胤斩首，恐汴梁百姓惊疑，不知赵匡胤所犯何罪即行杀戮，即赵匡胤自己，亦不知何罪而取灭亡。臣愚，以暗昧之事，岂可遽加其刑。不如陛下且准殿下之奏，将赵匡胤发与殿下，问他明白，录其口供，晓谕军民，方知赵匡胤暗中行刺，箭伤陛下，以正其罪，使赵匡胤死而不怨。此乃服人心而尽国法，至当之道也。愿陛下允焉。"周主听了此奏，低首沉吟，以决可否。有分叫：反复谏诤，暂息胸中之暗忿；斡旋匡救，转疑肘后之不臣。正是：

  虽惊真命遭无妄，自有高贤指隐机。

毕竟周主听奏允否？且看下回自知。

第四十三回

苗训决算服柴荣　王朴陈词保匡胤

诗曰：

平地起风波，心惊奈若何。
谏辞终不听，苦口视如无。
君心纵隐恨，臣命岂堪苛！
一朝免大祸，千古叹同途。
世情多反覆，属意在干戈。

话说周主凭了梦寐之事，要把赵匡胤斩首，并拿家属一并问罪，以消隐忿。晋王柴荣百般苦奏，坚执不从。却得王朴进言，以赵匡胤罪状未著，岂可骤加以刑，当发与晋王柴荣，录其情状，暴于朝野，然后正其典刑，方为允当。周主听了此奏，沉想一回，点头允许，说道："王先生所奏甚当。即命将赵匡胤发与王儿录供，复旨定夺。"王朴同柴荣谢恩退步，金钟三响，驾退还宫。柴荣谢了王朴，文武各散。

柴荣来至法场，令人放了绑。匡胤死里逃生，同进王府，见了众人，把朝中之事说了一遍。赵普听了，惊骇不迭。郑恩只是怪叫，怒气填胸，便把柴荣恁地埋怨，说道："大哥，你做了一个王位，就叫你姑爹放了，有何难事，却又这等薄情！"柴荣道："愚兄极言苦劝，当今只不肯听。亏了王先生之奏，方才暂允。"郑恩道："乐子只要你设法救了他，便肯甘休。"柴荣听了，无可奈何，只得将好言安匡胤之心，说道："二弟，且免忧虑，放心回去，宽慰伯父母之心。待愚兄早晚进言，求姑母挽回，与你讨赦，即无事矣。"匡胤乃是铁铮铮的好汉，眼中着不得泥沙，怎肯说半句儿乞怜的说话，便道："兄长，小弟乃朝廷钦犯，天子对头，若不住在王府，连兄长也不放心。此去或者逃亡，其罪便归于兄长了。常言道：'死生有命，富贵在天。'小弟视死如归，凭天发付，决不抱怨于兄长也！"当有赵普上前劝道："公子不必惊忧，小可算来，谅无妨碍。目今圣上正在盛怒之下，若进言烦数，是更益其怒，便难平妥了。幸得王先生保奏，发在王府录问，此便是缓兵之计；各位便好计议，从中斡旋，待圣心稍解，殿下再以缓言进劝，圣上岂有不释然允许乎！"柴荣接口道："先生之言，大是有见，贤弟可安心待之，决然无碍。"说罢，命当值官备办筵宴，与匡胤压惊。郑恩、赵普相陪，四人共饮。正是：

　　强吞三五盏，勉解百千愁。

　　按下王府饮酒之事。且说赵府家人，把这件事情打听明白，来到家中，报与赵弘殷、杜夫人知道。那赵弘殷闻了，惊得魂飞魄散，心丧神伤。那杜夫人听说儿子犯了大罪，命在须臾，似高楼失足，如冷水浇头，大叫一声："痛杀吾也！"往后便倒，赵弘殷连忙扶住。只见夫人牙关紧闭，气阻咽喉，晕去半晌，方才苏醒，泪如泉涌，大放悲声，叫声："匡胤我的儿！你得祸逃生，漂流在外，非容易回来；犹如沙里淘金，死中得活。我指望养老送终，披麻戴孝，谁知白白的空养一场，好似竹筐打水只落了空。"说罢，号啕大哭。那赵老爷把夫人扶坐在椅，用言相劝。只见老院子跪下禀道："今有晋王千岁，打发一员差官来说：'多多拜上老爷夫人，不必惊忧；不过五六日内，朝廷自有赦书下来，公子自然无事。'差官现在外面，要见老爷。"赵弘殷道："我乃汉朝臣子，不受新天子爵禄，怎好与来官相见。匡义儿，你可出去，与来官同进王府，见了晋王，只说我身子有病，不能亲自叩谢。再看看哥哥，不知怎了？可速去速来，免使我悬望。"匡义领了父命，来至前厅，见了差官，一同上马到了王府，见了柴荣致谢道："家父感兄长之德，佑护家兄，特遣小弟前来叩谢。"柴荣道："贤弟，回去多多拜上伯父伯母，但请放心。令兄多在愚兄身上，包管无事。"匡义拜谢，因父命急迫，不敢停留，与匡胤略谈几句，辞了柴荣，回家去了。当时柴荣虽与匡胤陪饮，其如心中有事，难以下咽，不过执杯相劝而已。看看天色将晚，柴荣立起身来，叫声："贤弟，愚兄不及相陪，暂且告别。"匡胤已知其意，说声："兄长请便。"柴荣往内去了。那匡胤谈笑自若，全不介意，与郑恩、赵普只是饮酒，猜拳行令，好不兴头。

不说三人饮酒。且说柴荣回至内房，心中只愁明日怎样进朝复旨，觉得心神不定，坐卧不安；睡在床上，翻来覆去，再睡不着。口内长吁短叹，咿唔沉吟，听那谯楼已是三鼓，正交半夜，才要合眼，猝地里心头一跳，却又惊了醒来。呆呆的对着残灯，愁眉蹙蹙，神气惶惶，口中叹道："我柴荣欲全大义，故把朋友保举于朝，以表黄土坡结拜之情；谁知福禄未来，祸患先作，父王与他竟成梦里冤家，眼前仇敌，即欲加罪，置之死地。我再三苦谏，只是不依，亏了王朴所奏，发在我处。若不设划奇谋，如何得救匡胤性命？若是迟滞无策，明日父王竟把匡胤杀了，叫我怎见张、罗、郑、赵诸弟之面！"千思万想，并无解救之方。不觉金鸡三唱，红日东升。这一夜工夫，把柴荣愁得形容憔悴，面目枯槁，不敢上朝复旨，只差官具本告病。周主见了告病本章，心中大惊，忙忙退朝回宫，说与柴后知道。登时传出旨意，命太医院官前去看病，又叫心腹内官前去问安。柴荣暗托内官，求柴娘娘在周主面前，与赵匡胤讨赦。周主见柴荣有病，更值柴娘娘再三劝解，把那杀匡胤的心肠减去了一半。就在宫中发出旨意一道，把赵匡胤暂寄天牢，候晋王病愈之日，再行问明治罪。柴荣接了旨意，悲喜交集，免不得把匡胤送至天牢，瞒了朝廷，又把匡胤暗暗接回，藏在王府。那柴荣职居王位，执掌东宫；又是柴娘娘做主，内外大权，悉命东官把握。因此大小朝臣，尽都趋附承欢，逢迎不暇，还有谁人敢说赵匡胤不在天牢，而在王府的话。这正是：

炎凉世态皆如此，冷暖人情孰不然。

彼时张、罗二人，闻知匡胤有难，齐来看视。弟兄五人坐在书房，商议救匡胤之策。正议间，只见门官报进道："启千岁爷，外面有一道人，口称苗光义，要见千岁。"赵普道："殿下，那苗光义阴阳有准，祸福无差，善知过去未来，如影如响，乃当今之高士。殿下当以礼貌接他进来，问以救赵公子之策，谅彼决有方略。"郑恩道："这驴球入的，果然口灵儿算得恁准，乐子极欢喜他；大哥快去迎接他进来，必有好处。"柴荣听说，欣然立起身来，带同郑恩、张光远、罗彦威、赵普等人，一齐行过了七间银安殿，出了中门，来至府门。见了苗光义仙风道貌，柴荣先已欢喜，欠身相迎。郑恩向前，扯住了苗光义的手说道："口灵的妙算先生，乐子在平定州会了你，常常想念你的阴阳有准；今日你有缘到来，乐子快活杀了也！"说罢，一齐进殿，至书房中，连匡胤等六人，都与苗光义叙礼已毕。柴荣逊坐，苗光义辞道："贫道乃山野村夫，今来晋谒，礼当侍立听教，岂敢在千岁驾前僭越赐坐。"柴荣笑容说道："先生，孤久闻你阴阳有准，休咎无差，乃世之高士。自恨无缘常相会晤，今日仙师降临，天缘相会，孤实有事相求，愿闻区画。先生若推辞不坐，孤家也不好启口了，还请先生坐了，好待请教。"苗光义不敢再辞，朝上谢了一声，就位坐下，口称：“千岁所言心事，莫非为着赵公子，朝廷不肯颁赦，要问贫道的吉凶么？”柴荣听说，心下讶然。想他推算多灵，今日果然应验。将椅儿移过，执了光义的手说道：“妙算先生，你早知孤家的心事，一定阴阳有准了，烦你与孤细细推寻，决断其中就里。若得二弟无事，孤家决当重谢！”光义躬身答道：“千岁且请宽心，赵公子月令低微，将星不利，有这几日薄灾。等他灾退，自然无事。”柴荣道：“只不知灾星几时可退？先生与孤说个明白，免得孤家忧愁无尽也！”光义道：“千岁，想那阴阳的道理，无尽无穷，变幻莫测，其中的精微奥妙，有非可以言语形容者。大略人生于天地之间，总然扭不过命中八字。阴阳五行，造化机关，谁能转扼？屈伸理数，要在顺循。彼夫勉强行为，矫揉乖戾，徒益其祸耳，岂乐天知命之士哉！即赵公子目下命中不顺，亦是理数当然，命运所定；千岁纵焦劳百出，恐亦无补于事。虽无不测之虞，而亦不能骤然安妥。等待灾退难满，自有机会。千岁今日下问几时灾退，贫道不说，千岁决不放心；贫道若说了时，又恐泄漏天机，得罪于鬼神，必遭谴责，于千岁亦有所不利。然贫道受千岁礼遇之隆，虽不敢不说，亦不敢全说，只好略露一二，以见凡事多有定数也。但只可千岁一人相闻，不可使第二人知，庶合露而不露之意。”说罢立起身来，附了柴荣之耳，低低说道：“如此这般，方得赵公子免其大祸，而亦可永息外镇之患矣！”柴荣听说，将信将疑，沉吟未决。光义道：“千岁不必狐疑，但当静候，不消六日，管教便见分晓也！”柴荣依言，遂差人往朝中打听消息。一面吩咐排宴款待，就留住苗光义在王府，早晚盘桓。

　　一连过了四日，不见动静。到了第五日，打听的差人前来回报：“启千岁爷，今日朝中有各镇诸侯差官到来，上表称贺，唯有潼关高行周不见有本。”柴荣听报，暗暗称奇，苗光义果是阴阳有准，推断无差。叫声：“先生！数虽应了，只恐孤家进朝，此事做不来，如何处置？”光义道：“理数已定，千岁放心做去，自有能人保本，绝无妨害。快去，快去！"柴荣听了，吩咐当值的备马，遂别了匡胤等众人，忙忙上马出了王府，穿街过巷，来至五凤楼，进了东华门，下马而行。走过九间殿，又过了分宫楼，至内宫候旨。正值周主在宫，看那各镇诸侯称贺的表章，翻来翻去，不见有金斗潼关高行周的贺表，心下又怒又惧。怒的怒他不来上表，毕竟有不臣之心，欺藐君上；惧的惧他既不宾服，一定有谋反之意。想他智勇兼全，名闻天下，滑州之战，几乎丧胆，他若举兵而来，谁能抵敌？因此怀忧。正在思想，见有宦官跪下奏道："启万岁爷、国母娘娘！晋王千岁在宫门外候旨。"柴娘娘道："快宣他进来。"宦官传了旨意，柴荣进宫朝拜请安，平身赐坐。柴娘娘道："我儿，你病体可好了么？"柴荣道："臣儿还未痊可。"柴娘娘道："你病尚未愈，进宫来有何事？"柴荣道："臣儿一则进宫问安，二则有桩大事，要奏知父王。"周主道："王儿有甚大事，奏与我知。"柴荣道："臣儿遵旨养病，适有报马报称：潼关高行周招兵买马，积草屯粮，不日兵上汴梁，声言要与汉主报仇。为此臣儿带病来奏，望父王早为定夺。"周主闻奏，大惊道："怪道这贼不来上表，原来果有反叛之心，如何区处？"柴荣又奏道："那高行周与臣儿有不共戴天之仇，衔恨已久；因他父子骁勇无敌，不能与先人报仇雪恨。如今老贼操兵练将，要上汴京，声势甚大，难与为敌。依臣儿之见，父王即当命将兴师，往彼问罪；先声所至，可以不战而定。所谓先发制人，易与为力之道耳！"周主道："王儿所奏甚当。但诸将之中，谁可领兵当此大任？汝试择焉！"柴荣道："臣儿闻欺敌者败，怯敌者亡。今观在朝诸将，皆非高行周之敌；盖有滑州之役，恐其惧怯而偾败也。"周主道："似此谁人可使？"柴荣道："臣儿保举一人，堪称此职，绝能与父王分忧，可望成功。"周主道："汝保何人？"柴荣道："臣儿所保之人，乃当今之豪杰，举世之英雄；恐父王不肯开恩，赦彼罪名耳！"周主听罢，微微笑道："王儿，你今所奏，莫非有心要保那红脸贼么？这却万万不能！"柴荣复奏道："父王，那赵匡胤刀枪精通，弓马娴熟，有大将之才，堪为国家之用。父王命之为将，领兵前去；若匡胤无能，死于高贼之手，就如杀他一般，可消父王之怒矣！若匡胤此去得能擒拿老贼，一来便与国家除了大害，免其后患；二来可报臣儿先人之仇，更可使匡胤将功折罪，此一举而两得，公私兼尽之策也！望父王依允。"周主听奏，沉想了一回，说道："王儿且退，明日早朝再当定议。"柴荣总不肯退，只是苦切相求，委曲陈奏。当不得柴娘娘又在旁边撺掇，说道："社稷为重，隐愤宜轻；陛下还该赦赵匡胤之罪，命他领兵速上潼关，剿除叛逆为是。"柴娘娘这两句话，又把周主要杀匡胤之心，已减去了八九，说道："明日候旨。"

　　柴荣谢恩出宫，回至王府，见了众人，把这话说了一遍。众人惊喜交集，说道："虽蒙大哥这番回天之力，皇心转移，究竟不知明日凶吉何如？"柴荣道："不妨，皇上已有允许之意，谅无翻变；设或不然，愚兄愿以微命殉之，岂敢偷生于人世耶！"苗光义道："殿下勿忧，诸公亦请放心，理数已定，明日包管无事。"众人将信将疑，不敢多说。看那匡胤欢笑自如，绝无惊忧之态。当时柴荣吩咐备酒，排设于书房之中。现在七人序次坐下，闲谈今古，共饮醇醪。只因未判吉凶，借此以为解闷消愁而已。正是：

　　　　一事未经言下决，数杯且尽眼前欢。

　　次日周主驾设早朝，受文武百官朝拜。周主问道："今潼关高行周，不遣官上表，阴蓄不臣之心，指日兵上汴京；汝等众卿，有何良策，以勖寡人？"言未已，有晋王柴荣上殿三呼，保奏赵匡胤为将，领兵征剿潼关，必能建绩。周主道："朕的强兵猛将亦复不少，王儿何苦一心保他？且这贼乃朕之仇人，朕若误用为将，倘彼生变，不几自遗其戚乎？此奏未妥，难以施行。"只见枢密院王朴上殿，进礼称臣，叫声："陛下，晋王所奏甚是。陛下暂赦赵匡胤之罪，命他戴罪立功，只许领兵三千，克日上潼关，擒拿高行周，得胜还朝，将功折罪；若有失机，两罪俱发，总然不出陛下之所算也！"周主道："倘赵匡胤此去，半途生变，反投高行周，便是如虎添翼，愈益其敌，此事怎了？"王朴道："臣朴愿保匡胤立功，绝不反投高行周。倘若有变，臣甘抵罪。"周主道："既先生所奏，与王儿相合，谅是无妨，朕当允议。"遂在龙案之上亲写了一道旨意，付与晋王，柴荣与王朴各各谢恩。周主驾退回宫，文武各散。那王朴是个能人，善晓阴阳，算定匡胤此去，路上自有收留人马，不必多付，所以只奏三千。若奏多了，周主心疑，便不能救了。况高行周虽然威镇潼关，父子枭勇无敌，手下雄兵十万，战将极多；其如寿命不长，难存于人世，匡胤此去，适逢其会，便可成功。闲话休提。

　　只说当时柴荣领了旨意，回府见了众人，先与匡胤恭喜过了，然后将旨意开读，只见上面有两句："领兵三千，速上潼关，擒高行周回京定夺。"只唬得柴荣面如土色，举止无措，一把扯住了苗光义，说道："先生！二弟虽然赦了，那旨意上只付三千人马前去征剿。据孤家看来，此去只有输，没有赢。那高行周排兵布阵，引诱埋伏，件件皆精；况其子高怀德勇冠三军，万夫莫敌。孤家前在滑州与他打过几仗，被他鞭打史彦超，枪伤王峻，杀死人马无算，这般厉害，人所共知。今二弟虽是英雄，只叫他匹马单枪，如何去得？孤家于心不安，不知先生有甚良策？"苗光义道："理数已定，千岁何必多虑！况贫道已先说过，时来运来，赵公子从此以后，大运亨通，该与王家出力，建立功勋。此去逢凶化吉，遇难成祥，到那里福至心灵，灾消晦退，正是旗开得胜，马到成功。千岁但当静以待之，方信贫道之言不谬也！"柴荣道："先生言虽容易，其如孤心终不能安，奈何？"光义道："贫道有一譬喻，当为千岁言之，其疑可立决矣！"柴荣拱手请教，苗光义从容分说出来。有分叫：历年喽卒，尽为帐下雄兵；前代良臣，顿作冥中厉鬼。正是：

　　　　饶君总有冲天志，难出其中玄妙机。

毕竟苗光义说甚譬喻？且看下回自知。

第四十四回

宋太祖戴罪提兵　杜二公挈众归款

词曰：

> 游子归乡，未得晨昏定省；时当非患，此身几入阱！为有不臣，用是立功边境。风尘士马，旌旗影影。路接英豪，添助了军容盛景。初来鸿运，抵掌同酬庆。天假良缘，更值乘龙欣幸。克成懋绩，才扬本领。

右调《传言玉女》

话说柴荣见匡胤罪虽赦了，但周主只发三千人马，要他上潼关擒拿高行周，将功赎罪，心中不胜惊惧，向苗光义求问计策，光义道："千岁何必多忧！凡事有兴有败，数理所该，莫可勉强。凭你好汉英雄，都扭不过天象。即如那诸葛孔明，具内圣外王之学，有神出鬼没之机；鞠躬尽瘁，难脱秋风五丈原。项羽有拔山之勇，举鼎之能，喑噁叱咤，千人皆废；一朝势去，自刎乌江。古来多少英雄良将，机锋势盛多兴旺，运退时衰没主张。贫道夜观乾象，见高行周命星昏惨，惶惶欲坠，料他不久于世，已是无能。今赵公子但当鼓勇前去，相机而行；不过两月之内，高行周一定身亡，而公子能建不世之功也。"光义说到了这一句，只见匡胤在旁哈哈冷笑，叫声："苗光义，你这牛鼻子的道人！你自恃其能，说这许多谎话，恁的天花乱坠，惑乱人心；

我此去得胜回来便罢，若不得胜，不把你腿筋儿打断，我也不姓了赵。"苗光义听说，亦大笑道："赵公子，你聪明了一世，懵懂在一时。你此去若应了贫道之言，杀了高行周，得胜回朝，那时莫说要打贫道不好下手，只怕还要重谢贫道哩！若杀不得高行周，自己性命已丧潼关，怎能回来把贫道的腿筋打断？公子但请放心前去，自可成功。贫道只在王府等候捷音，奉陪贺功筵席。况是别人领兵去，还割不下高行周首级，公子你与他是前世冤家，今生对头，一定不移之理，无用多虞。"

匡胤听了，便不言语，暗想："高行周祖传花枪，人不能敌，乃是天下闻名的好汉。铁枪王彦章尚然丧在他手，何况于我！我如今也顾不得了。为人在世，岂可贪生怕死，束手自毙？譬如得罪而死，死之无名；不若战死沙场，名传后世。"主意定了，叫声："大哥！快去挑选人马，小弟明日就要起身，那怕高行周有三头六臂，与他拼一拼，除死方休。"柴荣听言大喜，即刻往教场点选三千精壮人马，付与匡胤。

匡胤将人马驻扎定了，回家来辞别父母。只见赵弘殷默然无语，面上生嗔。杜夫人终是姑息，见了匡胤，眼中流下泪来，叫道："我儿！你回来了么？"匡胤道："正是，孩儿回来了！"那赵弘殷疼在心头，恼在脸上，用手指道："不肖子！我几次三番叫你休要惹祸，饶了我两口儿老命；你偏偏不听，连次招灾，带累父母担忧受怕。今日还要你来做甚？快些出去，莫要在此！"匡胤道："爹爹、母亲！周天子虽然赦了孩儿的罪，却叫孩儿戴罪提兵，克日上潼关擒拿高行周回来，将功折罪；明日就要起身，为此前来拜别父母。"

杜夫人闻言，放声大哭。那赵老爷虽然恼怒在心，听说周主命他上潼关剿拿高行周，明日就要起兵，只唬得泥丸宫失了三魂，涌泉穴走了七魄，免不得眼中也便流泪起来，叫道："匡胤我的儿！我空养了你一场；你此去兵上潼关，凶多吉少，只怕今日一见，以后再不能会面了！"说罢，哽咽凄楚，不住咨嗟。匡胤道："爹爹！那高行周不过也是一个人，须不是三头六臂，直恁如此怕他！"赵弘殷喝声："唉！畜生胡说，那高行周深明韬略，善晓天文，行兵如孙子，摆阵似太公，一条枪传名无敌，马前课能断吉凶，闻风知胜负，嗅土晓输赢。你这冤家，分明是小马乍行嫌路窄，雏鹰初舞恨天低，你岂是他的敌手，唯有送死而已。我今没有别说，只有几句要言吩咐你，你兵上潼关，须要牢牢紧记，依我而行，或者性命可保，重回故土。你当听着：

沿路休伤百姓，天晚先要安营。
拔营须看日出，安营贵在康平。
黉夜当防劫寨，传更分外严明。
低处须防放水，窄处防火攻营。
出兵须看黄道日，打仗还宜占上风。
追将提防埋伏计，回营准备后来攻。
行周诡计多莫测，善于引诱挫人锋。
胜败虽然难预定，听天由命赖神聪。

此乃行兵要诀，汝当紧记而行，切勿自恃血气之勇，误了大事。"匡胤受命讫，即叫道："爹爹、母亲！孩儿此去，多只半年，少只四月，自然得胜还朝，无烦二亲挂念。孩儿皇命在身，不敢久留，就此拜别。"说罢叩了四个头，辞别父母。那杜夫人放声大哭，扯住了匡胤难解难分，真是生离死别，人间最苦之事。那赵弘殷叫声："夫人！你也不必悲伤，孩儿身负大任，不宜阻隔，待他去罢！"夫人听说，只得放了手。

匡胤流泪辞别过了，举步到后房来别妻子。那贺金蝉听得丈夫出兵远去，心下十分忧愁，正见匡胤进来，连忙接至房中，见礼坐下。金蝉道："丈夫！闻知朝廷赦了罪名，又要提兵远出，使妾不胜惊恐。

此去但愿神明相佑，早早奏凯回兵，妾愿顶礼三光，酬恩家庙！"匡胤道："贤妻不须多虑，卑人进来，因有一事相嘱：那堂上双亲年老，早晚侍奉，全仗贤妻勤劳照应。"贺金蝉道："此乃贱妾分内之事，不必叮嘱。"说罢，夫妻同出房门，来至厅前，金蝉住步。匡胤别了妻房，又往堂上重辞父母，见了匡义，一手执住，叫声："兄弟！为兄此去，兵上潼关，凶多吉少，倘然身丧高行周之手，只愁父母年高，仗你孝养。嫂嫂年轻，叫他嫁人，免得终身不了。"匡义听言，满眼流泪，叫道："哥哥放心前去，但愿逢凶化吉，改祸成祥。"说罢，送出大门。

匡胤上马，来至王府，已是下午时分，柴荣预备饯行酒席，摆在书房，专待匡胤进来坐席。当时柴荣、匡胤、郑恩、张光远、罗彦威、赵普六人，依次而坐；唯苗光义不用荤馔，另外设一素席，彼此举觞共饮，执箸同餐。席间又说了许多行兵的说话，看看天晚，又饮了一回，方才撤席，各自安宿。

次日，匡胤辞别众人，带领那三千人马，同了郑恩发炮行兵，出了汴梁城，望潼关大路而走。路过昆明山，收了董龙、董虎，得了喽啰兵八千，共有一万一千人马，合兵一处而行。于路又从张家庄经过，知得张太公已死，匡胤便令从军准备祭礼，往灵前祭奠一番，以尽子婿之礼。奈张太公在日，有了偌大家私，并无子息，更无宗族亲党；匡胤即时叫齐了奴仆家僮，择了一个忠厚老诚的管家，叫他掌管田园，主奉祭祀，余人不许侵凌玩忽，都要勤俭遵依，众家人遵命而退。匡胤分遣已定，即便起身，率兵望前而进。有诗证之：

> 董家无敌八千兵，向化从行军令明。
> 更有多财绝裔者，选能主事合公平。

大军在路，浩浩荡荡望潼关进发，于路不犯秋毫。正行之间，有探马报道:"前有高山阻路,大兵不可前行!"匡胤听报,传令安下营寨,问向导官道:"前面这山叫甚名儿?"那赵匡胤戴罪领兵,周主尚未封职,手下众人不好称他老爷,又不好称他元帅,只得称呼一声"主爷",其意以为领兵之主而已。当时向导官禀复,尊称一声:"主爷,前面这座山名为太行山,极是高绝险峻的去处。"匡胤听说是太行山,想道:"母舅杜二公在山上称为抹谷大王,不知近来行止如何?我何不上去相会一遭,便见分晓。"遂谓郑恩道:"三弟,这山上乃是我母舅在上驻扎,手下兵马极多。你可与二董将军守住营寨,待愚兄上山去与他借些人马,凑聚大队,好上潼关与高行周对垒。"郑恩应诺,便与董龙、董虎看守营盘。匡胤独自一个,空身上马出营,进了山口,随马缓缓上山。但见那太行山,恁的十分景致,但见:

　　松柏秀参天,涧溪流逝连。
　　獐犯随往返,麋鹿任游闲。
　　狡兔营三窟,豺狼纵一烟。
　　仙禽飞似舞,鹦鹉巧能言。
　　最爱泉中物,皎然似雪练。

此时正当中秋天气,草木犹青,山卉尚艳,山景有色,令人赏玩不置。

　　匡胤正看之间,听得锣声响处,见盘道上有数十个喽啰,要把檑木打下山来。匡胤着急,慌忙喊叫道:"你等喽兵,休要打下!快去报与抹谷大王知道,说有东京赵公子到来,要求相见。"那喽啰望下看来,见匡胤头戴红扎巾,身穿绿战袍,面如重枣,须似钢针;坐着那火块般的赤马,体高调良,越显得匡胤人材异特,相貌魁伟。又是认得寨主,不知什么来历,不敢怠慢,飞奔上山,至分金亭前跪下,禀道:"启大王爷,山下来了一个红脸大汉,单人独骑,口称东京城内的赵公子,要见三大王的,请令定夺。"杜二公听报,便对威山大王、巡山太保说道："这来的公子，就是小弟的舍甥，名叫匡胤，表字元朗。为人极有仁义，他在关西五路，算得一条好汉；今日前来，定有缘故。敢屈二位山主，同小弟下山接他上来，问他因甚到此，倘若无事，便好盘桓。不知二位寨主意下何如？"巡山太保道："贤弟，你去年在千家店抹谷之时，把你打了一顿的，可就是这位令甥么？"杜二公笑道："实不相瞒，小弟见教的，正是这位贤甥。"巡山太保道："怪道要我们同去接他，原来是贤弟的上风，我们自然该去。"威山大王道："愚兄久闻令甥是位英雄豪杰，去年贤弟被打时，愚兄就要接他上山；不道他恁早去了，不能相会，此心常自怏怏。天幸今日到来，正惬予怀，礼该相接。"遂吩咐喽啰大开寨门，洒扫迎候。

　　三位大王齐下山去，把匡胤迎接上山，至厅上见礼已毕，各各坐下。先是匡胤与杜二公叙了些甥舅的话头，然后动问二位寨主尊姓贵表。那赵匡胤乃是九朝八帝班头，天大的福分；又是鸿运初来，暗里能够致人恭敬。当时问得这一声，那二位大王便躬身立起。威山大王道："公子！在下姓李名通；这是义弟，姓周名霸。俱是涿州人氏，因与势家有仇，一时愤怒，行凶打死了人；奈官司逼迫，无处安身，只得逃到此山，权为落草，只图苟且存身，实非中心所愿。"匡胤道："原来二位寨主多是英雄好汉，有此本领；可惜埋没于绿林之中，诚美玉韫藏，明珠蒙滓。今赵某不才，奉旨提兵，上潼关剿除叛逆，大兵现在山下驻扎；因慕二位寨主英名，谨来晋谒。二位若肯弃邪归正，一同赵某前去立功，将生平志愿报效朝廷，博取富贵功名，耀祖荣宗，封妻荫子，岂不美哉！如但安心落草，恐非终身事业，未识二位寨主尊意以为何如？"那李通、周霸听了这番劝谕之言，不觉鼓动了壮年志气，拨开了阴晦乌云，心中如雪亮一般，又感激，又欢喜，开言答道："某等素有此心，因无路可进，故此权避山林。今蒙公子开谕，不弃我等鄙夫，愿归麾下，听从指使，一同前去，杀贼立功。"匡胤大喜道："既承二位相许，明日就要起身。不知山寨里有多少人马？烦二位传令于他：愿去者去，不愿去者听其自便，不必相强。"二人领命，一面查点喽兵，一面收拾粮草；又吩咐备酒在分金亭内，款待匡胤。

看看天色已晚，匡胤便要告别下山。杜二公用手扯住道："贤甥且慢！自从你旧年别后，我把你外婆、舅母、表妹，一同搬上山寨里居住。我等兄弟三人，名虽落草，实是替天行道，义取人财，倒也兵精粮足，靠天的十分兴旺，皆出贤甥良言所致。但你外婆常常记念你，可随我进去看看，且过了一宵，明日下山罢。"匡胤听说外婆、舅母俱在山上，连忙立起身来，别了周、李二位，随了杜二公来到后寨，拜见了杜老太太与褚氏舅母。叙过了家常的话，褚氏便问外甥："你今从那里来？"匡胤道："甥儿从东京来。如今奉旨，兵上潼关，剿除叛逆，特来请母舅同行。"太太道："我儿，你父母在家可好么？"匡胤道："俱各平安。只是母亲常念外婆、母舅、舅母，无由得见，以是为忧。"说话之间，褚氏又命丫鬟去请出丽容小姐来，与匡胤相见了。那杜二公又设了酒席款待匡胤，长幼序次坐下。丽容便要回房，褚氏道："我儿，这是你姑娘之子，嫡亲表兄；况是旧年见过一次，还要躲避怎的？可就在我肩下坐着，陪你哥哥饮一杯。"丽容不敢违命，只得坐下。

那匡胤前次相见，尚未细观，不过略睹姿容，见其母女不同其貌，已是暗暗惊异。今日同在席上，留心偷觑，不觉娇姿绝世，美貌无双，固天上之嫦娥，人间之艳丽也。有《临江仙》一词以赞之：

  柳叶眉弯新月，秋波盼兮传神。芙蕖出水色娇匀，安排碎白玉，映衬点朱唇。 镶嵌珍珠遍插戴，衣衫鲜艳层层。天然美貌一佳人，香醪递口饮，春笋把杯擎。

那杜丽容有西宫贵妃之福。虽然同在饮酒，不避嫌疑，然其举止安敦，自有一段贞静幽闲之度，所以匡胤见了，暗暗敬羡。当时至亲五口儿，饮至更深，杜二公才命撤去残席，起身送匡胤到西书房安歇，甥舅各道了珍重。

　　杜二公回身来，同褚氏候太太睡了，然后回房。夫妻正要安睡，只见丫鬟慌慌张张跑进房来报道："二爷，不好了！西书房火发了。"这一声报，登时把杜二公夫妻唬了一跳，急忙一同奔出房来，往书房中去看火。有分叫：亲上加亲，运中行运。正是：

　　　　旌旗到处人皆服，士马临城敌自休。

毕竟书房中怎的火发？且看下回自知。

第四十五回

杜二公纳婿应运　高行周遣子归乡

词曰：

军旅盘桓山渚，忆念思千缕。不作孤鸿去，假良缘，长者许，红线联翠羽。欣相聚，拟作休征，功遍宇。　旌旗到处，磨厉以须自裕。谁实矜张，势杀徒遗凄楚。已是天涯多间阻，回顾斜阳，且待后举。

右调《隔浦莲》

话说杜二公送赵匡胤到西书房安歇了，复回身来候母亲睡了，然后夫妻回房。正要宽衣，见有丫鬟来报："西书房火起！"杜二公惊得心慌意乱，开门不迭，拉了褚氏急忙忙奔至书房门首。那里见有半星的火影儿，只见一块红光罩住在书房屋顶上。夫妻各向门缝里张看的亲切，只见匡胤睡在床上，安安静静，那顶门内透出一条赤色真龙，口中不住地在那里吞吐火焰。二人不敢出声，看了一回，悄步转身，回头看那屋上的红光，兀是像火发的无异，心下各自惊奇，又是欢喜。回至房中，吩咐丫鬟，不许到西书房去惊动大爷的安寝。

夫妻二人坐下，沉想了一回，褚氏开口道："当家的，我看赵家外甥顶现真龙，必定后来有皇帝之分。"杜二公点头道："贤妻，我一向要对你说，只因山寨事烦，不曾与你知道。旧年在中秋节后，有一道人，叫做苗光义，他上山来与我相面，原说我家的外甥是个真命之主，叫我招聚兵马，积聚粮储，日后助他成事；我尚未信，不想今夜目睹其兆，果应他言，此子后来必为天子无疑了。但此事只可你知我知，不宜泄漏。"褚氏道："说也奇怪，我昨夜睡到三更，得了一梦，梦见一个道装的白须老人，手内拿了一本簿子，含着笑脸，对我说道：'你女儿丽容，有后妃之福，须要加意抚他。当记真龙出现，便是贵婿。'那时我对他说道：'我们乃绿林之辈，生的女儿焉能有后妃之分？'那老人道：'你若不信，可随我来，与你一个证见。'我梦中便跟了他走，走到一个去处，见有许多高大的官院，都是金装玉砌，分外齐整。那官里的摆设富豪，从来不曾见的。又见两旁立着许多彩女，中间坐着一位宫装打扮的美人，甚是华丽——当家的，你道中间坐的是谁？"杜二公道："贤妻，你做的梦，我怎的知道是谁？"褚氏道："却不是别人，原来就是我的女儿。其时我见了女儿，想他怎么到得此地？正要进去问他，不道被你一个翻身，把这骨朵儿双足蹬了我的肩窝，惊了醒来，正听得外面喽啰才打四鼓。你道这梦奇也不奇？"杜二公咯咯的笑道："这梦做得果奇，只是可惜我翻的身儿不好，惊醒了你，累你不得问明女儿，也同在那里享福。这都是我的足儿无礼，你当问他一个大大罪名。"褚氏听罢，也笑将起来，啐了一声道："你还要说这趣话！我想昨夜做的梦，与今日见的真龙，他两下莫非果有姻缘之分？我们到了明日，何不把女儿当面许了他，日后做了皇帝，我与你怕不是个国丈皇亲，也得个下半世威显些儿。"

杜二公道："闻得外甥在东京已做过亲了，怎好又把女儿许他？"褚氏道："原来你是个呆子。那皇帝家有三宫六院，富贵家有三妻四妾。日后正宫虽然没分，我女儿偏宫是一定有的，你怎么说出这呆话来？"杜二公道："贤妻，莫要性急，我本早有此心，犹恐你说的不真，故此假言以试耳。既然你我同心，明日便请母亲说合便了。"褚氏大喜，道："这便才是。"于是夫妻商议已定，睡了一宵。

到了明日,夫妻起来,同到太太房中说知此事,太太大喜,便叫丫鬟到西书房去请公子进来。丫鬟答应一声,往外便走;去不多时,已把匡胤请了进来。匡胤先请了安,然后问道:"外婆,呼唤孙儿有何吩咐?"太太道:"我请你进来,别无所事,因有一言与你商量,只是你要依的。"匡胤道:"外婆有甚话讲,孙儿无有不依!"太太道:"我儿,只因你母舅尚未有子,只有表妹,年当十五,意欲招你为婿,你莫要违了他的美意。"匡胤道:"原来如此。只是孙儿有过了亲事,外婆所知,怎敢再屈表妹!"太太道:"你这孩子,原来是个糊涂!你难道不晓得皇帝家有三宫六院,富贵家有一妻二妾,何况于你。这是你母舅、舅母爱你,故把表妹相许。他倒肯了,你倒不肯?"匡胤道:"非是孙儿敢于违命,一则不得父母之命,二则军务在身,怎敢及于私事!但蒙二位大人错爱,且待班师之日,禀过了父母,然后下聘。"

褚氏犹恐走脱了这个皇帝女婿,即便说道:"甥舅至亲,等什么父母之命!谁耐烦到班师之时!外婆做主,也不消什么聘礼,你只消留下一物为定,便是无改无更的了。"匡胤道:"舅母虽如此说,但甥儿奉旨提兵,身伴并无一物,奈何?"褚氏听说,把眼儿望着匡胤周身的睃,见匡胤身上有一个玉鸳鸯,即便伸手过去摘了下来,执在手中一看,说道:"就是他罢!"杜丽容该有西宫之福,又值褚氏有心配他,自然易于玉成其事也。有诗为证:

  偶然浓睡现真龙,触起三更梦里容。
  意决心专诚作合,姻缘何论水山重。

当下匡胤辞别了外婆、舅母,同杜二公出来至厅上,与李通、周霸相见了。李通吩咐安排早饭,大家用了,然后点拨人马,选了五千精兵,跟随匡胤下山。其余不愿去的,都在山上,仍旧守把巡逻。其山寨事务,交与褚氏掌管。李通分拨已定,便同周霸、杜二公领了五千人马，随匡胤一齐下山。来至大营，合兵一处，共有一万六千人马。三将又与郑恩、二董各各相见。匡胤传令，放炮起行，大军竟望潼关大路而来。此言慢表。

却说高行周，自从滑州回兵，到了潼关，心神不定，带病在身，终日在帅府静养。公子怀德，侍奉伏事，寸步不离。一应大小政务，悉委副帅岳元福掌管。当时不上三个月日，得报郭威兵破汴梁，逼死汉主，已经践位东京，更改年号。高行周闻了此报，默然不语。又过了几日，周主诏书颁行天下，凡是外镇诸侯，皆要上表称臣，加官进禄；若有抗违不遵旨意，即以谋逆定罪。高行周看了诏书，心中火起，怒发冲冠，骂一声："老贼！你弑逆君上，篡夺天位，身负弥天大罪，还敢放肆，藐视天下诸侯。你富贵眼前，骂名万代。我高行周受了汉主爵禄，不能与主报仇，已为不忠；怎敢改变初心，称臣于篡贼，有玷我平昔威名。"高行周说到此处，不觉怒气填胸，登时发晕。老夫人与公子见了，心下着忙，即便两下搀扶住了，急令丫鬟取汤水灌下。高行周晕去有半个时辰，方才渐渐苏醒，长叹一声，说道："我欲兵上东京，与主报仇；怎奈刘主洪福已尽，老贼当兴，恐不能扭转天心，徒然损将折兵，终为无补。如我不去讨贼，不唯贻笑于天下诸侯；又恐日后史笔流传，说我高行周枉为一世之英雄，畏刀避箭，尸位素餐，既不能与主报仇，复不能尽忠死节，岂是为臣之理！"左思右想，总然想不出半筹计策。此时心神昏瞆，主意全无，只得和衣睡在榻上，闭目凝思。

彼时又过了几日，忽然想道："我高行周总是无能，到了这个时势，还要想什么计，寻什么策？既是食人之禄，但当尽己之心，才是做臣子的道理。但吾尽吾心，理上该当；只孩儿怀德，他尚年幼，况未受职，如何也叫他遭其无辜！我不如打发他母子回转山东，务农过日，也可延高氏一脉，一则全了吾威名大节，二则不致覆灭宗嗣。"主意已定，开口叫声："怀德，为父的食了汉主之禄，虽君不在，理该为国守土。但天意已定，也不必说了，总之有死而已。只是你未受君恩，在此无益；你可收拾行装，同你母亲回到山东祖基居住，自耕自食，也可过日。日后倘得你兄弟回来，须是和睦友爱，孝养汝母，以尽天年，就如事为父无异了。"

原来高行周所生二子：长名怀德，次为怀亮。那怀亮，自幼失散，未见踪迹。当时怀德禀道："爹爹！既要保守潼关，为汉主复仇，孩儿理当在此，添助一臂之力，怎么倒叫孩儿同了母亲回归乡井起来？况爹爹抱病未痊，尚宜调养，若孩儿去了，谁人侍奉？在爹爹未免举目无亲，于孩儿失了人子之分，此事恐有未便，还请爹爹三思。"行周道："吾儿，你言虽有理，但大义未明，皆由你年幼未学之故。为父的为君守土，乃为尽忠；汝为子的不背父言，便是大孝。今我病虽未痊，谅无妨害。即如郭威，料他也不敢提兵犯境，自取败亡。我意已定，汝不必多言，快须收拾前去。"怀德见父意已决，不敢有违，只得收拾行装，备下车马，次日辞别了行周，出帅府上路。夫人乘车，怀德坐马，母子二人，便望山东进发。按下不提。

单说高行周自从打发他母子去后，又过了几日，这日正在后堂闷坐，打算保土复仇之策。忽听关外炮响连天，早有探子报进府来："启帅爷！今有周主差点人马，来征潼关，现在城外安营，请令定夺。"高行周听报，默然不语。想那周主，那有能人，并无战将，兴此无益之兵，自讨其死。吩咐左右，赏了探子，回归汛地。不一时，连有两次报进府来，只激得高行周咬牙切齿，怒目扬眉，指定了汴梁，骂一声："郭威的篡贼！你安敢欺我有病，发兵前来犯我城郭，藐我英名！常言道'虎瘦雄身在'，老贼啊！你此番错认定盘星，打算差了主意。只怕你整兵而出，片甲无回。"遂传令出去："关上添兵把守，昼夜巡逻，不许懈怠；又要多备灰瓶石子，防他攻城，待计议定了，出兵杀贼。"中军官答应一声，领兵去了。

高行周又差探事人，暗暗出城打听："那领兵的是何人？叫甚名字?"探事人得令,潜出城去,打听明白进城,已是天晚,忙进帅府回禀道:"启元帅!那领兵官本身尚无官职,乃是汉主殿前都指挥赵弘殷的大公子,名叫匡胤。打探的确,谨来禀复。"高行周听了领兵的是赵匡胤,不觉吃了一惊。那高行周乃当世一员虎将,出兵会阵,不知见过了多少能人,怎么今日听了赵匡胤领兵,便心内吃惊?只因高行周又有一件绝技,甚是惊人:乃是麻衣神相。少年时熟习其法,研究精微。不拘谁人,经他看过,便晓得生来寿夭,一世荣枯,相法如神,从无不准之理。又是与赵弘殷同为一殿之臣,也曾见过匡胤,看他有帝皇之福,具大贵之相,所以闻了他领兵,心下吃惊。

当时发遣探事人出去之后,闷坐后堂,低头思想:"若是别人领兵,那里在我心上?谁知是他前来!他命大福长,与他会阵,必有损将折兵之祸,断难取胜。这般看来,果是天意该当灭我,所以领兵的遇了大贵之人。正值我患病不能征战,如之奈何?"短叹长吁,并无一策。

到了晚上,秉烛进房,睡卧不安,心神缭乱,侧耳听那更鼓,正打三更。披衣起来,步出房门,至天井中,抬头观看天象:只见明星朗朗,正照周营;自家主星,惨淡无光,摇摇欲坠。心中一惊,气往上冲,被那金风逼体,冷汗淋身,不觉一时眼昏头晕,站立不住,急将身躯靠在栏杆之上。静息片时,方才心定神安,便叫答应的人搀扶进房,眠在软榻之上,闭目静养。正是:

　　运至人钦吾,时衰我惧人。
　　我非真惧彼,彼自有惊人。

却说匡胤人马到了潼关,安下营寨,准备次日交战。不想连过了十日,并不见城中发出一兵一将,心下甚是疑惑,打发细作人暗暗的往四处探听,恐高行周暗调人马出城,安排奸计。细作打听的实,回报各处都无动静，匡胤方始安心。欲要选兵攻打，无奈路窄难行，徒然费力。因这潼关，乃是陕西、河南、山西三省交界之地，路道狭窄，不便攻围，所以叫做："鸡鸣三省，金斗潼关，一人把守，万夫难入。"乃是一个险要的去处。

匡胤见攻打不便，又不见高行周出城会战，心中焦躁起来，便骂道："苗光义这牛鼻子的道人，他在王府中恁般胡言乱语，说我运至时来，逢凶化吉；又说我兵上潼关，便能战胜。怎么到此已有十余日，不见高行周的兵马出来，这不是他随口谎言，骗人之局么！"郑恩道："二哥，你不要性急！那口灵的苗先生，算来丝毫儿都是有准，乐子极欢喜他，怎么你却骂他。你且安心等待他几日，自然还你应验。"匡胤道："三弟，你便不知事势，这行兵之道，贵乎神速。若迁延时日，不唯我兵懈怠，且使贼人设策，必败之理也，如何等待得他？"郑恩道："乐子也不管等他不等他，只劝你看管人马；酒也有得喝，肉也有得吃，乐子和你趁这机会，便多住几时，却不快活！只管要想回去做甚？你若回去，只怕那个郭威驴球入的，又要杀你哩！"匡胤道："你莫要说这呆话。为今之计，须当打量与他会战，或者上天默佑，便可成功。但高行周闭关不出，延挨时日，倘我兵粮草不继，那时如何处置？必须骂他出来，方好交战。"

郑恩道："二哥，你要高行周出来，这也不难，乐子自有方法。"匡胤道："兄弟，你有甚方法，可使高行周出来会我？"郑恩道："二哥，你难道忘了么？前日野鸡林叫韩通的法儿，亏了乐子一顿的痛骂，才得这驴球入的出来。今日叫高行周，也要用此法儿，自然他出来会你。"匡胤道："既如此，即烦贤弟走一遭便好。"郑恩笑道："这个自然。这法儿除了乐子，别个也做不来。"说罢，提了酸枣棍，跨上一匹黑色马，奔至关下，高声叫骂。关上守把的军士见了，飞风报进帅府。那高行周只因心下忧疑，病体沉重，不能领兵出敌，只得吩咐军士用心守把，莫去理他，且待病愈，然后计议出兵。因此郑恩在关外叫骂了一日，并无动静，空自回营。

一连骂了四五日，关上只不理他。有高行周手下的将士，见主帅病势沉重，不理军情；关外周兵又是辱骂讨战，人人害怕，个个惊慌，急忙使人报进帅府。高行周不觉雄心猛烈，火性高冲，大叫一声："气杀吾也！"吩咐左右，传点开门，便要领兵出去会战。有分叫：计谋百出，难回已去之天心；力勇万夫，怎敌当来之兵势！正是：

  空存守土勤王志，应起捐躯报国心。

毕竟高行周怎的会战？且听下回分解。

第四十六回

高行周刎颈报国　赵匡胤克敌班师

诗曰：

将军禀忠义，立志堪冲天。
世事多不测，病逮膏肓间。
犹将神课验，睹之心骇然。
帝子不相敌，执剑了残年。
遗书托孤子，意君能用贤。
微功何足报，言念在黄泉。

话说高行周身带重疾，难理军情，只在府中静养。一则等待自己病愈，出兵会战；二则敛兵固守，以老周师，便易与为力。不期这日探子报进府来，说周兵在关外连日百般辱骂，要元帅出去会他。不觉雄心猛烈，怒气填胸，一时眼昏头晕，浊气攻心，两肋作痛，冷汗淋身，坐在软榻之上，昏晕了半晌。睁开双目，仰面长叹，说道："我高行周空做封疆大臣，枉受君上爵禄，不能尽忠剿贼，反被敌人相欺！"说到这里，又是心头火发，愤怒愈加，说道："罢了！我不如带病出兵，将这微躯决了生死，以报国恩罢。"吩咐左右，传点开门，整兵出敌。正要将身立起，步出堂去，不道又是一阵心痛昏晕，仍将身躯坐下，倒在榻上。左右见了如此光景，怎好把军令乱传，只是侍立静候。那高行周渐渐醒来，将身坐起，暗自想道："自料病势难痊，不能领兵会战，懊悔自家毫无主意，不该把孩儿打发回乡，以致病重难守关城。眼看势事已去，天意难回，如何是好？且使吾一世英名，归于乌有，情实堪伤。此皆吾不明之故，以至于此。"于是连连嗟叹，切切忧思。

忽然想道："吾且把神课一卜，看其事势成败与自己结果何如，再作道理。"原来高行周、史建瑭、石敬瑭、王朴这四个人，都是金刀禅师徒弟，从幼习学兵法，熟练阵图。那四人下山之时，金刀禅师于每人另传一桩妙技，都是举世无双的：史建瑭传的前定数；王朴乃是大六壬数；高行周授了马前神课；石敬瑭习得一口金锁飞抓，百步之内，能打将落马。这四人都晓得天文地理，国运兴衰。只是高行周明白之人，灯台不照自己，只知汉运当尽，周禄该兴，眼下已有真命出世，再不算到自己的吉凶祸福。今日身带重病，又值兵临城外，不能出敌，方才想起了马前神课，且算自己的终身休咎何如。便吩咐："左右的，抬香案过来。"家将一声答应，便把香案端整，摆在居中。高行周缓缓立起身来，至香案前虔诚焚香，家将搀扶行礼跪下，把八个金钱捧在手中，望空举了三举，祝告道："奉启无私关圣帝君汉寿亭侯，弟子高行周，行年五十四岁，六月十三日午时诞生。今为汉主禄尽，郭威夺位改年，称帝东京；弟子不肯顺贼，死守潼关，郭兵侵犯；奈弟子有病不能出战，不知身后归着何如，伏求赐断分明。若弟子得保善终，青龙降吉；该遭兵刃，白虎临爻。"祝罢，将盒儿当当地摇了几摇，把金钱倾在桌上。详看爻象，乃是白虎当头，丧门临位——唬得高行周面如金纸，唇似蓝青。令人抬过了香案，移步坐于软榻之上，不住的唉声叹气。

那高行周命中注定，不得善终，故神灵应感，昭示吉凶。行周因见卦象大凶，心中不悦，主意散乱，叹口气道："命数已定，不得善终；倘然落在贼人之手，岂不玷昔日之名！"懊悔自己当日错了主意，在滑州大战，已杀得郭威将败兵亡，无人抵敌，不该撤兵回来，纵他猖獗；理当奋身剿贼，舍死报君；怎么的一错再错，又遣儿子归家，弄得病重垂危，孤身无助。"此皆我心明口明，主意不明，以致今日。只是可惜我有千战之勇，天使我有病不能征战。只是我运败时衰，命该绝灭，故此子去贼来，诸般不遂。"思前想后，不觉日影归西，月光东起。

左右人点上灯来，高行周频频叹吁，不觉把心一横，说道："罢了，罢了！总是我高行周命该如此，大限到来，料难更变。心机费尽，谅也不济了，还要思想什么！"遂吩咐左右人役，各自退去，今晚不必在此随侍。便提起笔来，写了一封嘱托的书，封裹好了，上面写着："高行周留书，付与赵公子开拆。"写毕，看着山东，叫一声："夫人！"又叫一声："孩儿！我与你夫妻父子，再难会面；若要重逢，如非梦里相依！"遂伸手，把腰下宝剑呼的一声拔出鞘来，执在手中，指定汴梁，咬牙切齿骂一声："郭威的篡贼！我生不能食汝之肉，死后定当啖汝之魂！想我高行周，从十四岁上临阵，灭王彦章起手到今，不知会过了多少英雄上将，谁知今日，这口宝剑做了我的对头！"心中一酸，虎目中流下几点泪来。忽又自己骂着自己道："高行周，这柔弱匹夫！你冲锋打仗，枪尖上不知挑死了无限生灵；今日临危，不逢好死，也是上天报应，分毫不爽，怎么作此儿女之态！匹夫，只许你杀人，不许人来杀你么？你这般怕死，倘被手下人看见，岂不耻笑！只落得一个柔弱之名。"此时起了猛烈之心，双眼一睁，滴泪全无；杀心一起，不知不觉的把剑一亮，虎腕一伸，将剑横斜，凑着颈上，回手只一勒，登时血染青锋，魂归地府。有诗叹之：

> 忠义生心气凛然，孤身誓与此城连。
> 怎知天不从人意，空使将军命向泉。

到了天明,有答应人进来服侍,却见元帅项吞宝剑,血染衣裳,坐在榻上,尸骸不倒;都是惊惶不迭,慌忙出来报知副元帅岳元福。那岳元福听报大惊,带领手下偏将,一齐至帅府来看,果见高行周自刎在榻,众皆叹惜。岳元福道:"列位将军,今元帅已亡,潼关无主;我等将寡兵微,难与为敌;本协镇愚意,不如权且投降,免了一郡生灵涂炭;况闻周天子宽洪大度,谅不见罪于我等也!不知众位意下何如?"众将听言,一齐打拱,口称:"岳大人所见,生民之福也!末将们焉敢不从?"岳元福见众将已允,即时修下降书,令人开关,安备香花灯烛,自己率领了众将,来到周营前投降。

匡胤接了降书,方知高行周自刎,众将投顺情真,心中暗喜,想:"他是我救命恩人。倘守着一年,此关怎能得下?若点将出敌,终于胜败难知。今日他自刎,吾之幸也!"遂准了岳元福之降,把大营交与董龙、董虎管领,自己同了郑恩、李通、周霸、杜二公齐进潼关。岳元福等一同跟随,来至帅府,转入后堂,见高行周手执宝剑,尸骸不倒。匡胤心下吃惊,口中叹惜。郑恩道:"二哥,你看这驴球入的,人也死了,身躯儿还不跌倒,睁着眼看乐子哩!"匡胤道:"休胡说!高将军乃盖世英雄,无敌好汉;今日因身带重病,尽节顺天,忠心不昧,所以元神不散,兀坐如生。"一面说话,一面望上张看,只见案上有书一封。匡胤走至案前,见上面写着:"高行周留书,付与赵公子开拆。"匡胤不解其意,举手取将过来,揭去封皮,观看内中言语。只见上面写着的是:

汉潼关总兵高行周,尽节临亡,亲笔遗书,奉上赵公子台下:昔日某与尊翁有一拜之交,同为汉廷之臣。某曾观公子之相,帝王之姿也。不意汉运告终,有周当代;适公子领兵至此,值行周有病难支,此皆公子福大,有所以致之耳!今某全忠报主,以成公子之功;唯望顾念遗孤,略垂青目。某所生二子:长子怀德,次子怀亮。怀亮相失已久,不必言矣!怀德少年勇力,善有智谋,亦定国安邦之器；他日公子开基创业，愿重用我子，必不有负也。行周虽在九泉，感恩不浅！专此布嘱，余不赘繁，行周顿首。

匡胤看罢书中之意，心下恻然，口中不住的叹惜，将书收好，遂吩咐道："高元帅在生忠直，死后神明，尔等速备香烛纸锭，礼当祭奠阴灵，早登天界。"左右抬过香案，点上银烛，焚起名香，金箔纸钱盛放盒内。匡胤奠送了酒，拈香下跪，暗暗的告道："高元帅神灵不远，今日成全了赵某大功，日后果能南面称尊，得遇令郎之日，义当重报，更必世世子孙，披蟒挂玉，某之愿也！"告罢，即便叩头下去。只听得上面扑的一声响处，高行周尸骸倒在尘埃——那赵匡胤是宋家一十七代皇帝之祖，天大的福分，高行周那里经得这一拜，所以尸骸倒地，不敢承当。当时匡胤灌了酒，将金箔纸钱灼化已毕。因要回京将功赎罪，没奈何，将高行周首级割下，用金漆木桶盛了，另把沉香刻成人头，装在腔子上，用棺木盛殓，令人埋葬于高原所在，更立石牌以记之。

诸事已定，次日，匡胤把潼关总帅印绶交与岳元福代掌，一应军民大小事务，权行管理。自己同了郑恩、李通、周霸、杜二公，又令手下人负了木桶，一齐出了潼关。岳元福率众相送。匡胤回至大营，与董龙、董虎说知了此事，即时传令拔寨班师。三军见不战而定，各各欢喜无限。三声炮响，兵马齐行，望着原路而回。正是：

喜滋滋鞭敲金镫响，欢腾腾齐唱凯歌声。

大军一路无词，不日到了太行山，匡胤与杜二公商议叫他上山，载了家眷一同进京，自己与诸将领兵先行。那杜二公上山来，将余下粮草财帛，及自己应用箱笼细软等项，都将车子装载。吩咐众多喽啰：愿进京者，一同前行；不愿去的，分了些财物，教他各安生理，都做良民，不许再聚山林，为非作歹。当时愿去的，只有百十多人；其余不愿去的，领了财物，收拾下山，各各分投去了。杜二公安备车辆，与太太并女儿乘了，自与褚氏各坐骏马，保护家小。喽啰推车的推车，坐马的坐马，一行人缓缓下山。临行时，把山寨尽行烧毁，然后一齐望东京进发。按下不表。

单说匡胤带了大兵，于路无话。行了多日，早到了汴梁城外，扎下营寨。匡胤至王府，见了柴荣，把始末根由说了一遍，柴荣大喜。当有苗光义上前贺道："恭喜公子，克成大功，鞍马劳顿，辛苦了！贫道说过，不消两月，自见成功，今往回不过四十余日，可见前言不谬了。"匡胤谢道："先生！我赵匡胤一向愚蒙，多有得罪，望先生不必挂怀。"苗光义道："贫道怎敢！"于是柴荣即命整备筵席，与匡胤接风。一面传令三军，各归队伍，候明日朝见过了，请旨点名给赏。匡胤令人去请了董龙、董虎、郑恩、李通、周霸进城至王府，与柴荣等相见了，各自坐席欢饮。匡胤思念父母，不敢久停，略饮数杯，即辞了众人回至家中，见了父母、兄弟、妻子。正值杜二公家小已到，一家相会，欢喜更不必说。正是骨肉团圆，人间最乐，赵弘殷设席庆幸，分外情浓。当夜无词。

次日，周主驾坐早朝，文武齐聚，赵匡胤在朝门外候旨。有黄门官进朝启奏，周主即宣匡胤见驾。匡胤领旨，来到金阶，朝拜已毕，口称："万岁！臣赵匡胤，奉圣旨领兵剿叛，于路收了昆明山降将董龙、董虎，太行山降将李通、周霸、杜二公，二处计共人马一万三千。兵到潼关，把高行周逼得自刎，已将他首级取来缴旨。"周主听了，将信不信，暗想："高行周这贼，枭勇无敌，朕尚惧他，怎能被他逼得自刎！莫非其中有诈？"即便问道："赵匡胤，那高行周既被你逼死，取的首级今在何处？"匡胤奏道："现在午门外。"周主传旨："将贼人首级，取来朕看。"承御官奉旨出朝，取了木桶，至金銮呈上。有近侍内臣揭开桶盖，把首级取出，放在盒内，转到驾前，朝上跪倒，两手把盒高擎："启万岁爷龙目验看。"周主唯恐首级是假,传旨取上来。内侍即将首级呈上,周主定睛细看,果是真实:但见貌目如生,颜色不改。因是一生最所怕惧,今日见了,不觉怒从心起,火自腹生,用手指定,开言骂道:"万恶的贼子!不道你一般的也有今日。你往日英雄往那里去了,你还能在滑州时这般耀武扬威么?"言未说完,只见那首级二目睁圆,须眉乱动,把口一张,呼的一声风响,喷出一股恶气来,把周主一冲,唬得往后一仰,两手扎煞,两腿一蹬,牙关紧闭,双眼直翻,冒走了魂魄,昏迷了心性。两边内侍惊慌无措,连忙扶住,齐叫:"万岁爷苏醒!"叫了好一回,何曾得醒!内侍飞报后宫,柴娘娘听报大惊,连忙带领官妃出来,哭叫万岁不应。慌乱了多时,不肯醒来,没奈何,连着龙椅,抬进宫中,扶持寝卧龙床,急召太医院官诊视,下药调治。

晋王柴荣留在宫中省视,即差内侍出来,安慰众臣,多官各散。周主服药之后,直至半夜,方才苏醒;然而染疾沉重,静养龙床。晋王昼夜侍奉,寸步不离。又差内官抚慰匡胤,叫他不可远行,在家候旨,待圣上疾愈受封。自此匡胤不敢他出,只在家中候旨。赵弘殷盼咐道:"我儿,你戴罪提兵,吾日夜忧心,常恐今生不能相会。感得上天默佑,幸汝成功,自后可保无事。你今可与兄弟在家,讲习文武,勿生外端。"匡胤受命,便与匡义、郑恩讲究韬略,演习武艺。闲来走马射箭,博弈蹴球,有诗为证:

> 君臣际会喜如何,适志优游建远谟。
> 未展风云闲暇日,后人描出蹴球图。

自此匡胤只在家中,讲习武事。那董龙等四将,都在晋王府中安顿。唯杜二公与赵弘殷乃郎舅至亲,因而同在赵府盘桓,各各等候天子疾愈,受爵沾恩。无奈周主染病沉重,势甚垂危;晋王柴荣无可如何,欲为祈祷之事,乃召术士吕宗一,问其就里。宗一奏道:"天子圣躬得此暴疾，乃箕星临于分野，以致此耳。宜散财作福，禳解灾星，方保无虞。"晋王将此情节奏知周主，周主允奏。乃下诏筑丘圜社稷坛，作太庙于城西，择日亲临祭享。筑坛完备，有司奏知，选定十月初一日享祭太庙。周主病体沉重，勉登銮舆，百官随从，来至太庙。有陪祭官祝赞，周主不能下拜，尽命晋王代祭。是晚周主回舆不及，宿于西郊，疾复大发，几乎不救，渐至半夜，方能少瘥。次日，群臣就于祭殿朝贺，问安已毕，返驾还朝，进宫寝疾，即命晋王判内外军国时务。周主得疾不能视朝，以此臣下不能进见，终日忧惧，众心惶惶。及闻晋王典掌内外事权，人心方安。

一日，周主在寝殿召群臣进殿议论治平之道，适有中官在旁，密密奏道："陛下日前祭享南郊，赏赐不均，军士皆有怨言。陛下当行访察，勿使生变。"周主闻奏大怒，便要施行。不争有此暴怒，有分叫：罚施臣卒，皇图有磐石之安；命尽冤灾，帝子复心怀之怒。正是：

　　　　统系星宿归西去，报怨干戈指日来。

毕竟周主怎样施行？且看下回分解。

第四十七回

刘崇兵困潞州城　怀德勇取先锋印

诗曰：

忆昔当年周太祖，升御遗言诚得所。
躬行俭德是昭垂，常使灵兮安阴府。

又曰：

攘攘干戈自北来，争城争地士民哀。
凭君连合华夷势，空想开疆辟草莱。

话说周主被高行周首级怨气所冲，致成重疾，自郊祭之后，病势仍然。然虽有疾在官，总之究心治道。因这日召进群臣，讲论治平之道，适有中官密奏，军士见赏赐不均，多出怨言。周主即召群臣责之，道："朕自即位以来，恶衣菲食，与士卒同甘苦，尔等岂不知之！今乃使部下怨谤于朕，正不知己有何功，敢如此无忌？"诸臣皆俯首服罪，查究其出怨言者，斩首示众，流言乃息。

却说赵匡胤在家，一日与郑恩在场中驰射回来，见前面一座高楼，匡胤对郑恩道："前面高楼，乃是戏龙楼，甚有景致，我与三弟进去游玩一回。"郑恩道："甚好。"二人登楼四望，果是畅观，有《西江月》词为证：

> 远望青山泼日，俯观朱户侵眸。分明是个帝王州，装点凌空绝越。
> 殿角飞云乍起，楼头暮雨初收。往来此处胜优游，争睹小春霁色。

弟兄二人在楼上游玩了片时，郑恩坐在栏杆之上，看那外面景色。匡胤步入楼中，至后面看时，只见一条乌龙盘绕在画梁之上，舒牙露爪，喘气奄奄。匡胤一见大怒，道："前日在禅州见此怪物，险些一命不保，今日又来吓我么！"遂向腰间解下鸾带，迎风抖成了神煞棍棒提在手中，望着上面照头打去。一声响，正中在乌龙的腰胁上，那龙负痛，把身躯只一搅，化阵乌风而去。匡胤呆了半晌，出来与郑恩说知，二人惊讶回家。有诗为证：

> 乌龙神现绕高楼，吐气腾腾遍九州。
> 帝子怒提神煞棍，一时妖物逐烟收。

周主病势日重一日，其军国重务，一应奏章，都是晋王传禀而行。更且晋王侍奉左右，昼夜衣不解带，食不甘味。其日周主谓晋王道："天数莫非前定？朕适才梦登戏龙楼，又被红脸贼打我一棍，醒来自觉满身疼痛，料来不济于事，今嘱后事于汝：昔日我西征时，见先朝十八陵，皆被人发掘，此无他，只因多藏金宝故耳！我死之后，汝当布衣披我，瓦棺殓我；圹中不许用石，只宜砖砌；徒役两个，依例支给，休要烦扰百姓。葬后编近三十户免其差徭，使其守祀；不须设立宫人；不用石羊、石人、石马等物；只立一石碑，上刻'周天子平生好俭，遗命用布衣瓦棺'。将此碑置我陵前，我方瞑目。且为君者不易，尔当紧记。"言讫而崩，在位三年，寿五十三岁。柴后、晋王悲恸欲绝，哭泣不止。史臣断云：

周祖两弑其君,篡取大位。得国之初,罢四方贡献,诏百官上封事,毁汉宫室器皿。立词翰法,定税租皮法。罢户部营田,除租牛课。又如曲阜谒孔子祠,复拜其墓。虽享国日浅,而施为有足称者,故先儒称其为唐明、周世之亚,盖以此耳!

后宋贤有诗以赞之:

塞上干戈起有年,生灵憔悴困中原。
君王正待施仁政,百姓相期望被渐。
北汉征途多乱草,夷梁骚扰有浮烟。
英雄已死功何在?三月残春叫杜鹃。

周主既崩,殓于偏殿,百官哀恸。平章事范质开言说道:"主上晏驾,天下震动,请立嗣君,以承国统。"乃请晋王即皇帝位,后庙号称为世宗。当日改元显德,封冯道为太师,其余众官,各照旧职。葬周主于新郑,谥曰"太祖皇帝",尊柴后为太后,大赦天下。朝廷法制,悉遵旧章。军国大事,世宗必禀命于太后,然后行之。心内欲封赵、郑二人重职,禀知太后。太后道:"先帝因两次被红脸大汉所伤,虽系梦中,实元神有灵也;待平定北汉或南唐,封王封侯可也!"世宗依命,遂寝其事。因而董龙等众降将,俱各未封;见了赵、郑,均以御弟相称,群臣无不悦服。

其时郑恩对匡胤道:"二哥,那柴大哥原说做了皇帝,封你为王,封乐子为侯;今日不见一些影响,敢是忘记了不成?"匡胤道:"三弟有所未知,你大哥也曾禀过太后,太后道:'先帝梦中神游,一次被射,二次又在戏龙楼被棍打伤,因此病重驾崩,念汝义弟,故不追究。今若封职,先帝之灵不安。古人云:三年无改于父之道,可为孝矣!今北汉、南唐未曾归顺,若能平了一处,听汝加封。'因此大哥遵行孝道，故此中止。今为御弟，尊荣多矣！但三弟从今，须要学些官场，朝见之时，当称'圣上'，或称'陛下'，断不可'大哥''乐子'胡乱称呼。若有所犯，国法无亲，此事最为要紧。至于封王、封侯，据着你我本领，只消建功立业，自可致耳，何必性急！"郑恩听言，点头道是。从此在匡胤府中习学礼貌，讲究文字，都是匡胤用心教导，将从前粗鲁，洗刷一新，此言不表。

却说北汉主刘崇，闻周主弃世，心中大喜，与文武议道："郭威篡吾家天下，每欲复仇，恨无其力；今郭威已死，我欲取中原，恢复旧业可望矣！"乃遣使臣，将厚赂金帛，结好契丹，借兵复仇。契丹得了金宝，大喜，即差耶律奇为元帅、杨襄为先锋，起精兵二万，往北汉助敌。耶律奇、杨襄领旨，即日起兵，到晋阳会兵。北汉主见契丹兵至，即拜白从辉为元帅，张元晖为先锋；命长子承均与亲军使丁贵等，同守晋阳。自领大兵二万，与契丹合兵，离了晋阳，向潞州攻打。

潞州守将李筠，听知北汉主借契丹兵来征中原，忙与众将商议战守之策。大将穆令均说道："主帅勿忧，北汉若有兵来攻打潞州，末将不才，愿领精兵出城杀贼，务要生擒刘崇，献于麾下。"李筠听了此言大喜，传令点兵，准备迎敌。哨马报入北汉营中，刘崇便与张元晖计议道："潞州兵素来怯弱，易与为敌。汝可领兵一万，于巴山原埋伏，候敌兵到来，乘势夹攻，可获全胜。"张元晖领令，带兵而去。又点辽将杨襄，领部下精兵五千出战，只要败，不要胜，诱敌人来，自有方略。杨襄领令而去。刘崇亲领大兵接应。

次日，潞州城内炮响开城，冲出一队人马，来到阵前。只见穆令均顶盔贯甲，手执长枪，一马当先冲出阵前，大骂："背国反臣！焉敢犯我边界？好好退兵，饶你一死；若仍执迷，叫汝片甲不回。"杨襄大怒道："休得多言！"拍马舞刀，直取令均，令均举枪相敌，两下金鼓齐鸣。二人战上十余合，杨襄虚晃一刀，诈败而走；令均不舍，随后追来。只听一声炮响，张元晖伏兵齐起，从刺斜里杀来，杨襄兜马回身，两下夹攻，穆令均措手不及，早被张元晖一刀砍于马下。正是：

  一时豪杰成何用！千载冤声恨落晖。

北军乘势追杀，南兵死者甚众。那些残兵败入城去，将城门紧闭。张元晖与杨襄收兵还营。

  李筠见穆令均阵亡，又折了许多人马，忙令牙将刘瑗、王真坚守城池；一面差人，星夜到京告急。世宗得表大怒，与众臣商议，要御驾亲征。群臣奏道："刘崇结连契丹，攻打潞州；陛下初登宝位，人心未定，岂可亲征！只命大将往救征讨足矣！"世宗道："不然！刘崇欺朕年少新立，乘丧动兵，攻打潞州，朕安得不亲往乎？"太师冯道出班奏道："千金之子，坐不垂堂。陛下以万乘之尊，亲临不测之地，臣窃以为不可也！"世宗道："唐太宗得天下，凡有征伐，未尝不亲临。唐太宗尚如此，况于朕乎！"冯道奏道："不知陛下能为太宗否？"世宗道："刘崇以十二州之地，兵力单弱，其所倚仗者，不过借契丹以为救援。以朕士马之众，兵甲之强，破刘崇如反掌耳！"冯道道："未审陛下能否？"世宗以冯道乃先朝元老，不与深较，但以优礼待之。唯枢密使王朴劝驾亲征，世宗依奏，下诏亲征。当有赵匡胤奏道："陛下初登大位，将士凋零，英雄忠义各守藩镇，不可轻调。河东兵甲正利，未易即破。陛下此行，须在教场演武，挑选勇者，命为先锋，方可以收全功也。"世宗大悦，道："二御弟之言甚当。"即颁下旨意，往教场比武，挑选先锋。

  次日，世宗亲到场中演武厅坐定。匡胤奏道："斩将破敌，以勇为先；定取高下，以箭为能。陛下可取箭高者为正先锋，力勇者为副。"世宗道："卿言甚善。"即令军士于平坦之处，立起红心，下令将士较射。只见左边队里踊出一将，生得面如傅粉，唇若涂朱，向前说道:"臣先射箭,然后比勇。"众视之,乃驸马张永德也。永德坐马,左手持弓,右手搭箭,于将台前走马架箭,指定红心,一箭射去,不差分毫,一连三箭,俱中红心。众军喝彩,鼓响咚咚。永德下马见驾,来取先锋印。世宗大悦,即命取印于永德挂之。忽右队中冲出一将,喊声如雷,大叫道:"先锋印待我来挂!"世宗看时,乃是御弟郑恩。郑恩上前奏道:"臣今习学弓马,已是纯熟;愿在陛下之前一试,与驸马定其高下。"世宗暗想:"这鲁夫怎晓弓箭?今日看他出丑。"遂传旨道:"三御弟既学弓马,可即试之。"郑恩说声:"领旨!"跨上雕鞍,扯开弓,搭上箭,也是一连三箭,都中红心,鼓声震野,喝彩哗然。永德见了,大怒道:"汝箭虽高,敢来与我比勇么?"郑恩道:"谁来弱你!就与你比勇何妨?"两个各骑战马,都拿兵器,跑到场中,正要动手;此时匡胤看见,恐二人相斗,各有所伤,忙在将台上高声叫道:"二位且住!待我奏知圣上,自有定论。"二人听说,不敢动手,都立马场中候旨。匡胤入奏道:"永德乃陛下至亲,郑恩是臣之义弟;若两虎相斗,必有一伤。臣见将台下石狮子,约重千斤,陛下可命二人,谁能举上台、提下台者,便为先锋,不许兵器相斗。"世宗大喜,即下旨命二人,若能提举石狮子上台、下者,取为先锋,不许相争。二人得旨,一齐下马,弃了兵器,走至台前,看那石狮子,高有五尺,入地七尺。永德看了一遍,左手撩衣,右手将石狮子提起,用尽平生之力提上台来,回身下台,提归原处,满面通红,喘息不止。郑恩道:"待我提与你看!"亦将石狮子提上将台,复又提下,归于旧所,气力用尽,面色亦红。两下军士尽都喝彩。

忽见将台边闪出一个少年壮士,头戴粉地武巾,身穿素色箭服,昂然走至台前,将石狮子提在手中,慢慢的在军前走了一转,轻轻放于原地,气不喘息,面不改色。军士见了,尽皆喝彩道:"真将军也!"匡胤见了,暗暗称羡,叫人邀入军中,问其姓氏。其人答道:"小人姓高,名怀德,乃高行周之长子。因父亲已丧,流落江湖,寓居此处。

今闻圣上演武，特来献技，聊充步卒，以酬平生之志耳！"匡胤听了，心下暗暗吃惊："高行周乃圣上之仇人，焉肯录用其子！只是怀德勇力倍常，世之虎将，驱诸别国，甚为可惜。吾今且奏知主上，若其不用，当竭力保举，庶几不负高公遗托也。"于是将此情节，奏知世宗。世宗听是行周之子，勃然大怒道："贼子既来，与朕拿下斩首！"匡胤谏道："不可！臣闻'刑罚必中，罪人不孥'。昔行周得罪于陛下，彼已自决，足可以释其怨矣！其子无辜，陛下岂可以一概施之乎？况今兵下河东，正在用人之际，古云：'千军易得，一将难求。'臣观怀德，有兼人之勇，陛下恕而用之，必能效死以建功也。若今演武而戮一无辜之人，恐天下英雄，皆束手而避，谁肯与陛下建太平哉！"世宗听奏，思其有理，便回嗔作喜，道："御弟之言甚善。"遂宣上怀德道："朕与汝父有仇，含愤已久，本当尽法。但念朕之仇，一人之私也，为国家用人，天下之公也，朕岂可以私愤而废公事乎？且观汝勇力，足堪任用，未知骑射汝可能否？"怀德奏道："小人从幼习学，诸般武艺皆能；况箭乃将家首技，岂不能射！"世宗传旨，给副鞍马弓箭，着怀德试射。怀德领旨，跨上征驹，攀弓搭箭，连发三矢，俱中红心。世宗大悦，令怀德充为御侍卫。匡胤奏道："怀德武艺出众，勇力过人，陛下必当重用，以展其能。况今驸马与臣义弟争夺先锋，未定高下，何不以先锋印与怀德挂之，军中自无他议矣！且陛下推诚以待怀德，怀德必不有负于陛下也。"世宗允奏，命司官取先锋印与怀德挂之。当厅又赐了金花御酒，以显其荣，怀德谢恩而退。世宗返驾回宫。

次日早朝下旨，请太后监国，命学士窦仪、平章范质参理政事。以赵匡胤为亲军使，郑恩为副使，张永德为监军，王朴为军师，张光远、罗彦威、杜二公并受节度使分镇。调回禅州节度使史彦超、澶州节度使马全义、河南节度使刘词等，随驾亲征。又命董龙、董虎、李通、周霸并受偏将之职，随军效用。时苗光义已辞别，云游不知去向。当时世宗分遣已定，择吉出师。却值各镇诸将，陆续都到，点选大兵十万，整顿队伍，出汴京城望前进发。但见旌旗蔽日，剑戟凝霜，人如猛虎，马赛飞彪。大军渡了孟津，前至天井关而来。前锋高怀德抵关下寨，准备攻城。有分叫：后周多虎狼之将军，北汉无坚完之城郭。正是：

  指挥貙虎皆神算，恢拓乾坤是圣功。

毕竟怀德怎样取关？且听下回分解。

第四十八回

高怀德智取天井　宋太祖力战高平

诗曰：

少年胆气凌云，共许骁雄出群。
匹马城西挑战，单刀蓟北从军。
一鼓鲜卑送款，五饵单于解纷。
誓欲成名报国，羞将开口论勋。

右录张说《破阵乐府词》

话说周世宗因北汉结连契丹，举兵入寇，廷议御驾亲征，点兵选将，择日出师，前队先锋高怀德，引领本部精兵，直抵天井关下寨。

这天井关乃是北汉边邑。世宗因刘崇攻困潞州，且不去救；反领大兵，只从天井关而进——此便是围魏救赵之策也。当时探子报进关去，守关将乃是总兵官李彦能，惯使长枪，有万夫不当之勇。刘崇见他骁勇，拨他前来镇守这个要紧去处。这日听了此报，心中大怒，点兵出关。高怀德见关上有兵出来，便结阵以待。只见北军队里冲出一将，骤至阵前，高怀德抬眼一看，只见那将生得相貌凶恶，体段狰狞，戴虎头盔，披金锁甲，坐下青鬃马，手执熟铜枪。怀德高声问道："来将何名？"彦能答道："吾乃北汉王驾下，镇守天井关总兵李彦能便是。汝主既占中原，夺汉天下，便当知止；为何兴兵至此，欲寻死耶？"怀德道："四海一家，吴越一统，汝北汉不来降顺，反敢侵犯天朝；今天子发兵问罪，汝等快快献关，可免一死。不然打破城池，玉石俱碎，那时悔之晚矣！"李彦能听了大怒，也不回言，拍马挺枪直刺，怀德举枪相迎。二将来往奔驰，大战有二十回合。高怀德枪法如神，名闻天下的，李彦能那里抵敌得过？复又支持了几合，杀得大败而逃。后面匡胤大军又到，便与怀德一齐掩杀。

李彦能引得残兵，披靡逃进关城，坚闭不出。匡胤分兵攻打，一连围了十余日，城不能下。怀德献计道："天井关城郭坚固，难以力攻，当用智取。小将领兵二千，埋伏关旁，乘机进去；君可将兵马退离关下，诈言出泽而去，约定三日，重来攻打，此关唾手可得。"匡胤大喜道："先锋此计甚妙，速可行之。"怀德领兵埋伏去讫。匡胤即时下令，告知诸将，将兵马缓缓而退。李彦能在关上看见周兵尽皆退去，不知何故，令人出城打听虚实，回报周兵果然退去，彦能方才放心，唤下守城军士将息，纵民出城樵采。第三日，忽报周兵又到，彦能慌令百姓火速进城。那百姓心惊胆破，各不相顾，如山海一般的混进城去。军士将关门坚闭，彦能亲自上城，分兵监守。只见赵匡胤与史彦超来到关前，大骂道："汝等鼠贼！若不献关，打破之时，寸草不留。"言罢，挥兵攻打。李彦能急令军士打下矢石，周兵方退。时至三更，忽报关后火起，彦能领兵亲自来救；蓦地里左边闪出一将，火光中见的白袍白马，手执长枪，大叫："贼将休走！"手起一枪，刺彦能于马下——刺彦能者，乃高怀德也。

原来高怀德进此计策，假作退兵，自己伏兵于关旁，料着百姓毕竟出城樵采，就在这百姓进城，闻了兵到，慌乱之际，将军士一齐混进了城。此时也不能盘诘，就好于中做事，便可取关。当时怀德令军士斩关落锁，放匡胤人马进来。匡胤传下号令，凡军士不许骚扰民间，如违斩首。因又出榜安民，救灭余火，百姓欢悦。匡胤一心不负高行周遗托，巴不得怀德建功，好图荣显。当下记了怀德取关头功，准备候驾。平明，世宗驾至，诸将迎接进关，各各朝贺。匡胤极称怀德智勇兼全，乃能兵不血刃，首拔坚城，主上之福也。世宗大喜，大加褒美，赏赉甚丰，怀德谢恩而退。有诗为证：

　　恩怨虽云要认明，有时亦可用和均。
　　不是世宗能释怨，怎来怀德报功勋？

　　世宗驾驻天井关，查盘府库，养马三日，旨令前军高怀德进兵，赵匡胤领中军继之。不只一日，兵到怀州。怀州守将张志忠，听报前关已失，周兵来犯怀州，忙与子张信商议道："我本是中原旧臣，误被北汉势胁，不得已而从之；今周主大兵已得天井关，又来侵犯怀州，不若投降，救此一城百姓，尔以为何如？"张信道："爹爹所见，生民之福也！"于是张志忠即日出关，诣周营中投降。怀德便令往中军，投见匡胤。匡胤大喜，受了降书，飞报世宗。世宗驾至怀州，众将朝见，世宗即封张志忠为本州团练，管理军民，即令诸将启程。

　　时有指挥使赵晃与通事舍人郑好谦私相议道："贼势甚大，未可轻敌；今陛下就要启程，恐非所利。"郑好谦竟将赵晃之言，奏知世宗。世宗怒道："何物小丑，出此狂言，敢阻朕师，惑乱军心耶！"传旨将赵晃拿下斩首，以警其众。此时却值亲军使赵匡胤在侧，见世宗要将赵晃斩首，慌忙奏道："晃之言忠言也，使群下人人如晃，陛下尚有何患乎？望陛下宥之！"世宗怒犹不息，命左右放了。有诗为证：

　　北汉勤兵因伐丧，蚍蜉撼树不知量。
　　旌旗一指兵争夺，鼠窜狼奔过晋阳。

　　世宗自怀州起兵，倍道疾行，不十日，大军已到泽州，放炮安营，按下不表。

且说北汉主刘崇,见攻潞州不下,收兵屯于南岸。又听报周兵夺去二关,兵到泽州,忙与众将商议。辽将耶律奇献策道:"周主此来,本为要救潞州,因见大王攻打不下,反夺去二关;今又仗得胜而来,行军甚急,他将士疲乏,大王可以逸待劳,乘其疲乏,出兵四面攻之,必获全胜。"刘崇然其言,即与契丹兵分东西对面安营,若有紧急,彼此出兵救应;若胜了周兵,按兵不动。耶律奇领诺而退。

次日平明,擂鼓三通,刘崇与副枢密王延嗣、先锋张元晖,在巴公原排开阵势,两军对圆。刘崇见周主兵少,心中甚喜。周营中世宗亲出,领赵匡胤、史彦超、张永德、郑恩于正东列开阵势。刘崇暗想:"如此周兵,易于破敌,不该借契丹之兵,枉费金帛。"心下懊悔不已,对左右道:"我今日与周兵对阵,以决胜负,使契丹见我用兵,令彼心服。"不意杨襄在西营见周兵列阵,行伍整齐,谅是劲敌,即差偏将张威来见刘崇,说道:"周兵虽少,其势甚锐,大王当量敌而进,不可轻视。"刘崇怒道:"诸公勿言,而阻我军之气势;试看我今日会敌决胜,务要拿住周主,与我侄儿报仇。"忽东北风大作,少刻转作南风,吹得两边军马,张眼不开,立脚不定。军中司天监李义奏道:"此风正助我军之势,主公便可出兵,战之必胜。"刘崇深信其言,正欲出兵,有枢密王得中叩马谏道:"风势如此,未必助我军威;李义狂言,可斩也!"刘崇叱之道:"吾计已决。老书生休得妄言,阻我军心。如敢再言,先斩汝首,然后出兵。"王得中抱惭而退。

刘崇亲自出战,一将上前说道:"待末将先挫周兵一阵。"刘崇视之,乃先锋张元晖也。元晖拍马舞刀,冲至南阵,金鼓震野,呐喊喧天。南营里飞出中军使樊爱能,挺枪纵马来迎。两马相交,双器并举,战到五十余合,爱能枪法渐乱,招架不住。副将步军使何徽见樊爱能要败下来,绰起大斧冲来助战。张元晖力战二将,全无惧怕。北汉阵上,元帅白从辉横刀跃马,往南阵冲来,樊爱能、何徽抵敌不住,弃军回马而走。刘崇见南军阵势已乱,亲督诸军冲杀将来;矢如飞蝗,石如雨点,周兵大乱,被伤死者不计其数。世宗见事已危,只得引兵,亲冒矢石上前督战。刘崇兵马大进,如泰山压卵一般冲来,南兵不能抵敌。

亲军使赵匡胤见势头不利,对诸将道:"主上危急之时,正我等用命之日;诸军当奋力御敌,国家安危,在此一举。"当有郑恩奋然怒道:"我等岂可自爱其力,束手待毙!"遂与高怀德一齐出战。北将刘显、刘达来迎,交马不数合,郑恩一刀劈死刘显;怀德一枪把刘达刺死。南军见二将得胜,复又扎住了阵脚不退。匡胤身先士卒,与张永德领二千骑,斩阵而入,无不以一当百,正迎着刘崇。三人兵器并举,战上五十余合,永德一枪刺去,正中刘崇左肩,刘崇负痛而逃。匡胤驱兵掩杀,北军大败,如风扫落叶,雨打残花。

南军左翼马翻,见北兵阵势摇动,跃马舞刀从旁攻入,正遇张元晖。两马交锋,战上四十余合,元晖力不能支,回马逃走。马翻按住刀,弯弓架箭,一矢正中其马,那马负痛直跳起来,把元晖颠翻在地。正遇中军马全义杀进,手起刀落,斩元晖为两段。南阵军威益盛,声势振动山岳。史彦超引数十骑,直入汉阵;刘崇将佐不能抵挡,只顾逃命。四下里周兵围杀将来,北军不能得脱,投降者不计其数。有赋一篇,单道周汉交兵之事云:

北汉主动一时之妄念,周世宗统十万之貔貅。巴公原连营布阵,泽州城拒险扬罴。赵亲军驱胜敌之骑,张永德绝奔逃之路。马全义断其潜伏之兵,史彦超受投降之众。怀德搴旗斩将,郑恩怒目张眉。二山英雄,无不用命;两翼将佐,各施技能。武侯之妙算何如?方叔之元勋犹在。杨衮、耶律,丧胆而奔;契丹军兵,缩首不出。一人鼓勇,万夫争先。进以鼓,退以金,个个扬威;张其弓,布其矢,人人耀武。左冲右突,兵藏神机;前击后攻,将严入阵。此皆立功塞上之豪雄,尽是勒名凌烟之俊杰。

此一阵反败为胜，都是赵、郑、张、高、史、马之力也。其时西营杨襄，望见汉军已胜，按兵不动；及见周兵张盛，长驱攻至西营，急与耶律奇领所部兵逃循。

那樊爱能、何徽被张元晖杀败，投南而走，于路劫掠辎重，为自保之计。又扬言契丹兵大至，官军已败，余众皆降。世宗闻此消息，遣近臣谕止之。二人不听，反将使者杀之。时世宗会战，军行太急，有刘词部领后军继进，正遇着樊、何二人。刘词问："车驾何在？"樊爱能道："契丹兵势甚盛，吾等皆败，即日车驾走潞州，公后军只宜速退，不然损兵折将，亦是无益。"刘词大怒道："君有难，臣当不顾其身而救之，岂言退耶！真狗彘不如也！"遂领兵前进，却遇北汉兵万余骑阻住屯扎，兵不能行。天色将晚，南风越猛，刘词挥兵冲击，军士皆鼓勇争先，砍死汉兵无算，余众各不能敌，自顾性命，都爬山越岭而逃。忽山坡后闪出赵匡胤来，因追杀北汉刘崇得胜而回，遇见刘词，合兵一处追杀。汉兵十亡其九，势若山崩，二人直追过高平，乃收回人马。但见尸横遍野，血流成河，弃下辎重器械，不可胜计。后人有咏史诗以纪之：

>杀气腾腾覆战场，高平一战最堪伤。
>冤魂千古无穷恨，乌啄余腥下夕阳。

是夕，世宗宿于野。次日，诸将各各奏功。世宗命各营铺内得樊、何部下马步诸军降汉者，尽斩之。潞州守将李筠，闻周天子大破汉兵，乃率领众将接驾进城。朝拜已毕，世宗安慰一番。驻扎潞州，休兵秣马，宴赏将士。北军降顺万余人，发调淮上屯扎。世宗分遣已定，与匡胤等商议道："刘崇遁去未远，谁敢领兵追赶？"匡胤道："臣愿往！"世宗大喜。匡胤遂与郑恩、高怀德领兵三千，随后追来。

却说刘崇败走，与白从辉收集败残人马，只百十骑，昼夜兼行。

北兵因高平一败，胆丧心惊，当时来至一山，军士饥饿难行，埋锅造饭，正待举箸，见尘头起处，周兵追至；汉兵惊慌无措，弃箸舍食，仓皇奔走，力尽筋酥，苦不可言。匡胤追至二百余里，见刘崇去远，追之不及，方才收兵回奏。世宗道："朕意必欲扫灭此贼，然后班师。"忽见樊爱能、何徽二人俯伏阶前，诉辩其败兵之罪。世宗遽欲斩之，犹豫未决，谓张永德道："樊爱能、何徽皆有失机之罪，本当斩首；朕以为国家正当多事之秋，将士难得，欲赦其罪，使之立功，卿以为何如？"张永德奏道："樊、何二人，素无大功，冒参节钺，望敌先逃，杀使拒命，故骗刘词，虽万死不足以赎其罪！且陛下正欲削平四海，包举八荒，若不将军令申明，严其赏罚，虽有熊罴之士，亿万之兵，安得而用乎！"世宗听奏，点头称善。令将樊、何二人绑至军前，数其罪而责之道："遇敌先走，布散流言；抢掠财物，故杀使命，止后军刘词。汝等非是不能善战，正欲将朕当为奇货，卖与刘崇耳！"即令推出斩之。军校得旨，将樊、何二人斩首号令诸军。由是兵将闻之，各怀恐惧，知朝廷严肃，号令维新，不复行姑息之政矣。

是日世宗亲劳诸将。张永德奏道："亲军使赵匡胤，智勇过人，忘身为国，陛下当待以不次之赏，使人人自励也。高平之战，使诸将皆如樊、何二人，则陛下大事去矣！"世宗深然其言，即封赵匡胤为殿前都虞侯。匡胤入谢，奏道："高平一战，皆诸将之劳，臣有何功，敢独受其赏！"世宗道："卿之功，朕念之不忘，卿毋辞焉，朕自有处。"遂又论功次第：以张永德、郑恩、高怀德、刘词、马全义、史彦超等十余人，尽封为侯；以董龙、董虎、李通、周霸等加为副军使。又召赵晃前来，厚加赏赐，以旌忠言。诸将齐呼万岁，谢恩而退。有诗证曰：

出师容易制心难，一念苍生枕不安。
敌胜高平诸将服，刘崇垂首胆诚寒。

世宗复召诸将商议，欲乘胜兵下河东，一举而灭。军师王朴奏道："陛下军威至此，汉兵已经远遁，天威足以震之矣！当复绥之以德，怀之以恩，蕞尔小邦，自必顺命。又何必勤兵远地，亲冒矢石乎？如陛下必欲彰其天讨，近日北兵凋零，供给不堪，且待时熟年丰，再图进取，亦为未晚，望陛下鉴纳。"世宗道："先生之言果善，但只知其一，不知其二。朕闻军易动而难安，乘其大败，而不即平，复使刘崇养成贼势，复兵入寇，大军再动难矣！朕意已决，先生且勿言。"王朴见奏不允，默然而退，暗暗叹息。

时岳元福亦在随征，世宗乃召元福、符彦卿二人道："汝等乃朝中老将，深知兵法，今可领兵三万北征，至河东城下，耀武扬威，以张声势。待朕驾临，徐定攻取之计。"二将领旨，引兵望前而进。令李筠镇守潞州，自与赵匡胤、刘词、王朴等众，统大军接应。世宗分拨已定，五月，车驾自潞州启程，径趋晋阳，直欲踹平城邑，方始回军。有分叫：志励山河，亲身于锋镝；气横霄汉，尽力于疆场。正是：

　　欲将图籍联一统，怎许弹丸怀二心。

毕竟晋阳安危如何？且听下回分解。

第四十九回

丁贵力战高怀德　单珪计困赵匡胤

诗曰：

　　黄纸君王诏，青泥校尉书。
　　誓师张虎落，选将擐犀渠。
　　雾暗津蒲湿，天寒塞柳疏。
　　横行十万骑，欲扫虏尘余。

右录僧皎然《从军行》

　　话说周世宗高平得捷，遂欲席卷长驱扫除北汉。遂以岳元福、符彦卿为前锋，自与赵匡胤、刘词、王朴等统大军继进。车驾自潞州启程，直趋晋阳，号令严明，所过地方，秋毫无犯，百姓箪食壶浆，以迎王师。此言按下不提。

　　再说北汉主刘崇，败归晋阳，收养败卒，备治甲兵，修固城池，提防周兵侵犯。那辽将耶律奇与杨衮领兵从忻州走归晋阳；刘崇遣王得中护送归国，并求救于契丹主。得中领命，与耶律奇、杨衮齐出晋阳，至辽邦入见契丹主，奏其高平之败，北汉主苦无援兵，几丧性命，恳求大王另发救援，以报其仇。契丹主闻奏，连连叹道："若使赵延寿在，岂致有如此之败？"遂召杨衮责之道："汝为先锋，安得坐视成败，而至于此？"杨襄不能答。契丹下命，囚之狱中。先令王得中："回国报知汉主，吾当亲自来援。"王得中辞别自回。

却说世宗大兵来到河东，扎营城南，分遣诸将攻打晋阳。旌旗环绕，剑戟纵横，连营四十余里，金鼓之声震动原野。刘崇听得周兵攻城，亦分拨诸将坚守，专待契丹兵到，然后交锋。不意王得中自从大辽回来，到得中途，被伏路周兵捉住，囚见世宗；世宗释其缚，赐以酒食压惊，因问道："汝既乞师于契丹，知他几时兵到？"王得中道："臣受汉主之命，送杨襄等归国，只尽此事，其他非所知也。"世宗笑而答之，令其退居别营。有偏将对王得中说道："主上待公不薄，公宜思所以报之者；今日若不实告，倘契丹兵至，公安能自全乎！"得中叹道："吾食刘氏之禄亦已久矣，且有老母在于国中；若以实告，周人必发兵守险，以拒辽兵；如此则国家俱亡，吾心何忍。宁杀身以全国家，所得多矣！"是夕乃自缢而死。次日报知世宗，世宗嗟叹不已，令军士择地厚葬之，题曰"北汉忠义王得中之墓"。

忽报契丹主亲自提兵，出忻州而来，声势甚锐。世宗召诸将说道："刘崇无以为恃，专待契丹救兵，为夹攻之计。谁敢领兵先破契丹？则刘崇不足为虑矣！"只听得帐下一将应声而出，道："小将不才，愿领兵一往。"世宗视之，乃大将史彦超也。世宗大喜，即令彦超领所部之兵，与前锋符彦卿合兵抵敌。二将得旨，领兵杀奔忻州而来。契丹主也先得报，领兵与符彦卿对阵。两边排开阵势，符彦卿出马，谓契丹主道："前日高平之战，杀得刘崇望风而逃，汝契丹如何不来救他？今天兵到此，汝反来寻死耶！"契丹也先听了大怒，骂道："不知进退的贼，休得多言！今日吾亲来取汝之首。"言罢，拍马舞刀直取彦卿。彦卿正待出战，背后史彦超见了大怒，厉声喝道："休得逞强，俺来也！"纵马摇枪，与也先接战。二人杀在当场，斗在一处，大战有五十余合，也先诈败，兜回马跑归本阵；史彦超要见头功，拍马来追，后面符彦卿催兵掩杀。史彦超深入重地，却被也先开弓架箭，一矢射来，史彦超躲闪不及，正中面门，翻身落马。也先勒回马来，再复一刀，可怜惯战英雄，今日死于非命。后人有诗以惜之：

> 鏖战辽兵血刃红，斩坚深入尽孤忠。
> 行人回首频相问，犹见将军昔日雄。

契丹也先既斩史彦超，复催大军望后杀来。符彦卿奋力接战，二人战了百十余合，胜负未分，时已日暮，两边各自收兵。

次日，报马报于世宗道："史彦超被箭射死。"世宗叹道："战败一阵，不足计较，可惜折吾一员勇将，是可伤也！"即下旨，令诸将往战契丹，定要与史彦超报仇。赵匡胤进前奏道："河东待亡之寇，旦夕可致。契丹虽拥重兵，特为观望而已，一时决不敢进战。为今之计，陛下可令兵马阻住契丹，勿与之战。一面先攻晋阳，晋阳既下，契丹不战而走矣。"世宗允议，督令诸将尽力攻城。

那刘崇见契丹救兵不到，周兵攻城甚急，心甚惊惧，举止无措。亲军使丁贵进言道："主公勿惧，臣虽无能，愿领本部人马出战，务要杀那周将，以遂生平之志，以分主上之忧。"刘崇道："周兵这等势猛，汝岂可出城轻敌！"丁贵奏道："将在谋而不在勇，若臣退不得周兵，再作商议。"刘崇允之。那丁贵乃山后人氏，号为"三手将军"，使一口大刀，有万夫不当之勇，刘崇倚为心腹之臣。次日，丁贵领兵一万，放炮开城，擂鼓鸣金，摇旗呐喊，结阵请战。世宗见晋阳有兵出来，即便亲出。左有赵匡胤，右有高怀德，三匹马立于门旗之下。对阵丁贵，左首李存节，右首陈天寿。那高怀德看见，拍马先出，大骂："贼奴！还不早降，尚敢拒敌耶！"丁贵大怒，更不答话，拍马提刀，直取怀德。怀德挺枪赴面交还，两个搭上手，好一场大战，怎见得：

>　　二将阵前相斗赌，两下交锋无可阻。这个似摇头狮子下山岗，那个如摆尾狻猊寻猛虎。那一个真心要定锦乾坤，这一个实意欲把江山补。从来恶战见多番，不似将军能威武。

二将真是棋逢敌手，将遇良材，大战百十余合，不分胜负。

那刘崇同着左右，正在城楼上看战，一眼见了世宗，便令白从辉放箭。从辉拈弓搭箭，嗖的一矢，正中世宗坐马。那马乱跳起来，把世宗掀翻下马。陈天寿看见，一马飞出，提枪来刺。匡胤大喝一声："休伤吾主！"绰起九耳八环刀，望陈天寿劈来。天寿忙把枪来一架，早把虎口震开，不敢交锋，逃回本阵。那南阵上飞出董龙、董虎等将世宗救起。又有张永德、郑恩等，闻知南北大战，各出精兵来助。丁贵见南兵蜂拥而来，情知寡不敌众，难以取胜，只得回马收兵，走入城内。怀德追到河边，见吊桥扯起，方始回兵。世宗谓匡胤道："今日若非二御弟眼快，几被北军所算，此功莫大焉！"匡胤道："今后陛下但当保重，不宜轻敌，自蹈危险之地。"世宗敛容而谢。遂命军中摆宴贺功，按下不提。

再说丁贵进城见了刘崇，甚言周兵势大，兼之将士勇猛，实难对敌。刘崇道："今日孤在城上看战，足胜高平之役；然救兵不至，如之奈何？"丁贵道："臣闻契丹屯扎忻州，被周兵阻住；彼亦但为观望之计，诚不足为之倚靠也。今河东单珪令公，拥重兵在绛州镇守，此人智勇兼备，善于用兵，主公即当调回，可以退敌。"刘崇从其言，即差官密地往绛州召单珪。

那单珪这日正在府中议事，见刘主差官来召，即日与四子带领精兵三万，来救河东。兵到凤凰山扎下营寨，离晋阳有三十余里。当日单珪与四子商议道："前闻刘主大败于高平，将士丧气。只因赵匡胤英雄无敌，高怀德勇冠三军，手下强将极多之故耳。汝等与之交锋，须要小心在意，勿失锐气。"长子守俊答道："父亲莫长他人志气，灭自己威风;孩儿明日交战,务要活擒匡胤,以显英雄。"是日无话。

次日,报马报入南营,匡胤进道:"臣愿领诸将一行。"世宗大喜。匡胤同了众将,领兵至凤凰山下,两边摆开阵势。单珪带了四子,一马当先,大骂:"周兵不知进退,尚敢领兵会我,欲速死耶!"匡胤拍马舞刀,大怒道:"河东亡在旦夕,汝尚不知死活,阻逆天兵,我誓必擒汝,显我阵上之名。"当有单守俊闻言大怒,一马冲出阵来,拈枪直刺。匡胤举刀只一架,把枪一枭,守俊在马上乱晃,两臂多麻,说声:"好厉害的匹夫!"连忙抽回枪,复又刺来。匡胤举刀相迎,战不三合,守俊招架不住,回马便走。那单珪第二子守杰,见兄败回,大叫道:"待吾擒此匹夫!"一骑马,一口刀,杀出阵来与匡胤交战。匡胤奋起神威,力战守杰。三子守信,见兄战匡胤不下,纵马摇枪,上前助战,两下夹攻。高怀德见了,拍马挺枪,杀人阵来,将守信兵马分为两处。守信正待来迎,早被高怀德顺手一枪,拨于马下,四子守能杀来救去。守杰见不能胜,回马而逃。

北军见匡胤、怀德勇如猛虎,谁敢上前?都不战而走。匡胤见北军阵乱,匹马单刀冲入军中,无人抵敌。军士尽皆弃甲抛兵而遁。有诗赞云:

> 刀枪剑戟三千队,铁马金戈一万重。
> 斩将杀兵人莫敌,应教帝子显英雄。

高怀德见匡胤奋力大战,即便催动大军,一拥冲来;北兵大败,尸如山积,血似泉流。匡胤追了十里,方始收兵;所得粮草马匹器械等物,不计其数。当时赏赐军士已毕,差人报捷世宗。

那单珪败退有十五里,方才立住营寨,计点军士,折去大半,现在带伤的亦多。即与四子商议道:"我自来提兵,从未有败;不意今日失此锐气。观赵匡胤之勇,果然名不虚传。况有高怀德相助,难与对敌，如之奈何？"牙将刘武献策道："主将勿忧，某有一计，要擒匡胤，易如反掌。"单珪道："汝有何计可擒匡胤？"刘武道："离此五里，有一蛇盘谷，甚是峻险，里面多是绝地，只有一条小路可出。先令人准备石块，埋伏两支人马于谷口；将军临阵，诈败而走，把赵匡胤赚入谷中；将军抄出小路，将石块塞断，外面用重兵困住，便可擒匡胤矣！"单珪听了大喜。即命守俊、守杰领三千兵，于两下埋伏；自与守信、守能重整人马，至凤凰山来搦战。

匡胤闻知，引军来迎。高怀德在马上对匡胤道："昨日单珪大败而去，今日又来，其中必有诡计。将军须要斟酌，勿堕奸谋。"匡胤道："昨日之战，已见其谋。谅此恃勇之夫，何足介意。吾今日务要擒他，方遂吾志。"于是两军相对，北军旗门开处，单珪同二子出马，匡胤道："败军之将，还不早降？尚敢来寻死耶！"单珪道："不必多言，今日吾特来擒汝，以消昨日之恨。"匡胤大怒，提刀出马，北阵单守能，手举方天画戟来迎。两马相交，双器并举，不上七八回合，守能回马便走。单珪与守信举着兵器，出马抵住，匡胤力战二将。不上十合，单珪诈作坠马之势，守信假意扶救，一齐往东北败了下去。匡胤大呼道："捉此老贼，胜斩百将。"拍马来追，怀德随后挥兵掩杀。

匡胤此时已深入重地，又见北兵四分五落，放心追来；遥见单珪同着守信，两个在马上，各弃头盔，惊慌而走。匡胤把马加鞭，部领人马，星火般追来。看看追入谷内，忽前面不见了单珪父子。匡胤心疑，即令军士探视路径，军士回报："里面多无去路，只有一条小路，已有石块垒断矣！"匡胤大惊，情知中计，急令后军速退。忽谷口伏兵齐起，重重围住。匡胤率兵几次冲杀，不能得出。怀德兵少，急救不及。

匡胤部下五千兵，被北兵围在蛇盘谷中。单珪又以重兵绝之，真个水泄不透，鸟飞不下。怀德无可如何，只得引所部之兵，奔回大营，见了世宗，奏知匡胤被单珪用诱敌之计，引入蛇盘谷中，不能得出。世宗大惊道:"二御弟全军若陷,吾事休矣!"即敕东营张永德、郑恩,领本部人马速救匡胤。世宗怒将士不肯用心,亲自监军。

那晋阳城内刘崇,听知单珪用计已把匡胤困住,心中甚喜,即遣丁贵、李存节、陈天寿领兵二万,屯于城外,与单珪彼此照应,为犄角之势。

当时世宗领兵来至凤凰山,列开阵势讨战。北阵上单珪横刀出马,大呼:"周兵还不速退,汝将赵匡胤,已被吾略用小计,困死谷中。汝等又来讨死,意欲何为?"世宗听言大怒,道:"狂妄贼徒!好好撤去围兵,饶汝一死;不然,便当屠戮汝等为肉泥,以消吾恨。"言未毕,一将踊出阵前,世宗视之,乃张永德也。永德拍马拈枪,直取单珪。单珪抡刀来迎,两军呐喊,战鼓如雷。二将大战约有百合,胜负未分。郑恩在门旗下看战,忍耐不住,提刀跃马,上前冲杀。北阵上单守杰举刀接住厮杀。四匹马绞做一团,你争吾斗,战至日暮,两下人马平折,各自回营。世宗以匡胤不能得出,心甚忧闷。

次日,命高怀德、郑恩领众军往谷口攻打。怀德与郑恩引兵杀至山前,刚到半山,山上炮石弩箭如雨点般打下来,众军如何得上?只得退屯谷口。正待安营,忽听谷口一声梆子响,箭如飞蝗,喊声大震,众军立身不定,怀德与郑恩无计可施,引众退回大营。世宗见攻打不进,更加忧闷;又遣马全义、岳元福、刘词等,日日与单珪交战,互相胜负,终无一策可救匡胤。因而世宗坐卧不安,寝食俱废,只是轮流遣将讨战攻打。不料北军刘武又献策于单珪道:"今赵匡胤困在谷中,周兵图救,利在速战;将军只宜坚壁以守,不消一月,谷中人马绝了粮食,必尽饥死。何必与彼空较胜负!"单珪大喜。即下令军士坚壁不出,以此世宗遣来的将佐,尽皆空回。

世宗知此消息,如坐针毡。将及半月,并无得救之计。郑恩奏道:"陛下不必忧虑,臣愿今夜拼死杀进,救出二哥。"世宗道:"此非众将不肯尽心,实难攻打,所以不能救出。汝去徒然有损,亦何益耶!"

张永德奏道:"陛下可出榜文,招募此处土人:有能熟知地径、偷入谷中的,加以官职,便可救矣!不然,坐守日月,谷中兵马绝食,不惟不能救,更且难全其生矣!"世宗从其议,即出榜文张挂,招募熟知地径之人。

其夕世宗忧闷迨甚,寝不安枕;起身带了几个近侍,巡视诸营。时当秋初时候,凉风送体,月白星稀,夜色天街,云华皎洁,正空水澄鲜,红尘隔断之景也。世宗巡视之间,忽听营后有人作歌。世宗侧耳听之,甚觉慷慨凌云,激昂动志。戛戛然,抑扬传清润之声;洋洋乎,自命高一世之想。不争有此一歌,有分叫:绝地顿开生地,危机可致安机。正是:

虽离山谷牢笼计,难脱波涛淹没灾。

毕竟作歌者是何人?且听下回分解。

第五十回

单珪覆没蛇盘谷　怀德被困铁笼原

诗曰：

兵书久闲习，征战数曾经。
平云如阵色，半月类城形。
对岸流沙白，缘河柳色青。
年少多游侠，结客好轻身。

右摘录王褒《从军词》

话说周世宗一心忧着赵匡胤受困，无计可救，因此出榜招募熟知地径之人，好带兵从间道而救。是夕忧愁不寐，巡视诸营，忽听营后远远的有作歌之声。世宗侧耳而听，喜得更深人静，字爽声清，真有激昂青云之志，阳春白雪之风。其歌道：

天地反覆兮，吾志能维。干戈扰攘兮，吾计可夷。明珠藏于匣兮，灿烂常晞。良士隐于山兮，功施无机。已矣！已矣！识者何希？

世宗听罢，暗思："此人必非凡品，吾须访之。"
次日，令人暗暗寻访。不多时，只见同一壮士进营，朝拜已毕，世宗问其姓氏，壮士奏道："小人姓史名魁，字彦升，乃史建瑭之子也。"世宗道："原来是名将之后，昨夜清吟，公所作乎？"史魁奏道："小人向因流落江湖，力营度日。前在绛州遁迹，偶遇单令公相招，随军效力。无如令公竟不见用，故有所感而写怀。"世宗邀入后帐，设酒食以相待，因谓之道："据壮士有此襟怀，何郁郁居于人下，不自计其荣显乎？"史魁道："未逢知遇，安望显荣！小人诚有所待也。"世宗道："朕闻：ّ良禽择木而栖，贤臣择主而事。'朕从来所最关心者，贤士耳！今见公具此大材，朕实欣慕，欲以微位为屈，不知公肯为朕效劳乎？"史魁见世宗实意用人，便乘机进道："陛下此言，足见为国之心矣，小人安敢不以实奏。小人虽为单令公帐下牙将，向慕陛下求人若渴，久有投顺之心，恨无其便，故暂止耳。今见单令公用计，将陛下之将赵匡胤困住谷中，彼不知赵匡胤与小人有萍水心交，早欲相救，正在窥伺机会。适遇陛下皇榜招募，故小人作歌以探耳，实欲相投陛下而救匡胤也。"世宗听言大喜，优容而谢道："公若果有此心，朕之大幸也！但不知用何策而可救？愿闻其详。"史魁密奏道："此计必须里应外合，方可成功。小人回营，诓取人马，预先伏在谷中，陛下当于第三日夜间，但看火起为号，须便领兵杀入；小人在谷内接应，内外夹攻，匡胤便可出矣。"世宗听了此计，欢喜无限，道："若得成功，必当重报。"史魁辞了世宗，竟自回营。

　　第一日无话。至第二日，史魁来见单珪，告道："小将观赵匡胤世之虎将，周主倚为安危。故匡胤虽困谷中，而周兵坚屯于外，总为匡胤一人而已。彼此贮兵久持，非善策也。小将自投帐下，未建寸箭之功，愿领一支兵径往谷中，乘他食寡力微，斩取匡胤首级，号令军前。彼见匡胤已死，必无战心，其兵自然退矣。此举非唯可解河东之厄，更得将军早早奏凯，不致劳兵日久也。"单珪依言，即拨兵与史魁前去。史魁出营，与心腹将刘勇计议，告以投顺世宗之故，又言："汝于明日夜间，在营中放火；我从谷内杀出，外面自有周兵接应。救出匡胤，汝功不小，须当紧记，不可有误。"刘勇依议。

史魁领兵来至谷口，见了守围军士，传了令公之令；那军士不敢违阻，让史魁进了谷去，仍然守住。那史魁进得谷来，望见匡胤坐在石上，默默无言，四下兵马不上千余，都是垂头丧气，饥饿形容。史魁嗟叹不已。便将带来人马扎定一处，独自一个走至匡胤跟前，叫声："将军，困甚矣！可认得故人史魁么？"匡胤此时见谷内有人马进来，打算上前并力而斗；见他把人马扎住，独自前来，心下又是疑惑。及至走近跟前，留心一看，见是史魁，方才放心。立起身来，叫声："恩兄！因何至此，得非来救匡胤乎？"二人并坐石上，史魁将前后事情，及明夜夹攻杀出谷口之计，细细说了一遍。匡胤大喜，道："前蒙恩兄在五索州相救，今又如此周全，小弟铭德不忘，必当重报。"史魁道："些微照应，何足挂齿！"匡胤又道："小弟部领五千兵受困在此，已有二十余天，饿死大半，剩下军士，杀马而食，这般饥馁，明日怎好冲突！"史魁道："不妨，小弟带得粮米在此，尽可教他饱食。"遂令军士各各取出粮米——原来史魁带来的军士，每人身旁多夹带着粮米。当下众军把米递与那些饿兵，登时做饭，各各狼餐虎咽了一顿，觉得眼光顿亮，精力复生。

过了一宵，至明日，众军一齐饱餐已毕，等着号火起时，便要动手。将至三更，刘勇在营中放起火来，周营中诸将见了，放起几个号炮，领军往谷中杀来。那里面匡胤、史魁听得外面炮响连天，知是周兵已到，率领众兵，一齐奋勇杀出。冲到谷口，把守把的兵士乱杀，如砍瓜切菜一般，势如山倒。史魁正在冲杀之际，当头来了一将，乃是单守俊拦住去路，大骂："反贼！往那里走？"史魁不应，手起一枪，刺守俊于马下。杀散众军，举眼看那北营里，火势正旺，北军乱窜。史魁领了兵马，保着匡胤，出得谷口，正迎着了单珪。单珪大骂："反贼！怎敢诳我军马，反来助贼？"挥动大刀，劈面砍来，史魁举枪相迎。未及一合，后面高怀德早又冲到，唰的一枪刺来，单珪措手不及，抽回刀来架时，不防刺斜里匡胤杀来，手起刀落，把单珪分为两截。守杰见事不济，弃营单骑而走，正遇郑恩，交马不三合，被郑恩一刀挥于马下。刘武、守信为乱军所杀，守能连人带马被火焚死。其余人马，杀的杀，降的降，逃的逃，不留一个。

　　比及天明，看那北军：僵尸数十里，弃下辎重不计其数。查点将士俱全，只有北将刘勇死于乱军之中，史魁甚为伤叹。张永德收兵回营，匡胤入见世宗，拜伏帐下。世宗道："朕以二御弟被困，坐卧不安；若非彦升进计，险遭其祸。"匡胤拜谢，又谢了众将，众将皆来贺喜。世宗以史魁之功，封为左参军。其余众将，各皆重赏。自此周兵军势大振，远近皆惊，丁贵的犄角之兵那里还敢出战，暗暗退入城中去了。世宗乃移兵汾水界，扎下营寨，督令将士重困晋阳，攻打倍急，昼夜不息。

　　刘崇慌得心惊胆碎，坐卧不安，忙召群臣计议道："单令公全军战没，周兵攻城甚急，契丹驻兵不动，消息全无，眼见国家破在旦夕。汝等众臣，有何计策可退周兵？"丁贵进道："主公勿忧！臣观河东之地，北控大辽，西接山后，城郭坚固；且有数万精锐之兵，尚在未动，周兵虽然紧困，急切亦不能下。今山后应州山王金刀杨令公，高祖倚为泰山之重，现今手握精兵，帐列勇将，坐镇应州，各处皆闻其威名。主公可差官召他相救，管叫此人一到，周兵立破矣。"刘崇依言，即差使臣赍了诏旨，前往应州召取令公去了。

　　却说这杨令公，名业，字继业，太原人氏。生得面如重枣，五绺长髯，相貌威严，身材凛凛。使一柄大杆刀，上阵如风，因此名为金刀杨令公，军中又号"杨无敌"。深明韬略，广有机谋。夫人佘氏，畅晓兵机，熟谙阵法，惯使一个流星锤，勇力倍常，也是个无人敢近得他的。

　　这夫人生长在绿林之中，父亲佘志龙，乃是一筹好汉，山寨称尊，各处响应。当杨业年幼时，奉了父亲杨衮之命，远使探亲，路过此山，被这夫人阻住，要讨买路钱，两下里厮杀起来。不道一般的少年，配定无二的武艺，两个战了多时，竟是个对手。那佘志龙见杨业一表人才，十分爱慕，便请他上山款曲劝谕，纳作了乘龙之客。这夫妻两口儿，真是天缘巧合，分外恩勤。那杨业也把许多忠言美语，劝志龙改邪归正，图取功名。志龙乃是铁铮汉子，焉有不依，一听其言，便心悦诚服。因此杨业回见父亲，把这委曲缘由，一一说了。杨衮便请旨招安，封官外镇，做了封疆大臣。这是从古以来的英雄好汉，做事光明，直截痛快的作用。

那杨业所生七子：长曰延平，次曰延定，三曰延辉，四曰延朗，五曰延德，六曰延昭，七曰延嗣。又有义子怀亮。这八位郎君，弓马娴熟，武艺出众，都有万夫不当之勇。又有两个女儿，称为八娘、九妹，也是勇敢非常。所以其时盛称山后杨家兵为最。

当日，杨业正在府中与八个孩儿议事，忽报薛王差官来召。杨业受旨讫，与牙将王贵说道："吾曾屡闻薛王兵败河东九郡，单珪全军覆没，周师强盛，无有其敌。今薛王既然来召，不得不去救援一遭。"王贵道："公今若去，小弟亦愿同行。"杨业大喜。即日点起三万精兵，同了八子与王贵一齐起行，到了金锁关，放炮安营。早有探子报入周营，世宗聚齐众将商议。匡胤奏道："臣闻山后之兵，天下莫敌；今彼既来对垒，岂有畏避之理！臣愿协同众将，领兵与之决战，无劳圣虑也！"世宗依允，下令诸将各宜仔细以待。

时夜三更，世宗宿于军中，梦见一个妇人，宽衣博带走进帐中，后面随着许多女从，约有二十余人，手里多拿着一块木牌，牌上画着云霓，中间写个大大的"水"字。见了世宗，只把这牌儿来晃。那妇人走近前来，对世宗说道："陛下军威已盛，远人莫不敬畏矣！车驾即宜速返；不然，恐数万兵马受苦也！我乃本城之隍，特来报知，望陛下留意。"言罢而退。世宗步出帐来，要问端的，却被袍服一绊，跌了一跤，顿然惊觉，却是一梦。见案上留下一简，世宗起来看时，见简上有诗四句，墨迹未干。那上面写的：

> 百战功成第一机，全凭汾水隔华夷。
> 贪功不解波涛涌，数万雄师俱受欺。

世宗看了不解其意，至天明召群臣详解，皆不能知。又召乡民问之，内有老者对道："离汾水十五里之地，有一后土夫人神庙，莫非此神显灵，来报陛下也。"世宗听言，即命匡胤赍香烛往探，如有神庙，可即上香。匡胤领旨去看，不多时，回奏道："汾水西南，果有后土夫人庙，臣已焚香，谨来回旨。"

正言间，忽报北汉杨业兵马已到了。世宗听报，便问诸将："谁敢领兵去敌？"匡胤奏道："臣愿往！"世宗许之。匡胤带领精兵一万，与郑恩、高怀德等，到平川旷野列开阵势。两军相遇，周兵见山后兵果然雄壮，与单珪兵马大不相同，众各啧啧称羡。三通鼓罢，放炮一声，只见主帅杨业骑马而出，上首牙将王贵，下首义子怀亮。匡胤叹道："人称山后之兵为最，果不虚也！"言未毕，一将出马，乃高怀德也。怀德拍马挺枪跑至阵前，高声喝道："谁敢出来会我？"对阵杨怀亮看见，纵马出阵，喝声："俺来也！"舞起竹节钢鞭与高怀德相迎。两下金鼓齐鸣，喊声大举，二将战上四十余合，不分胜负。

杨业在马上见子不胜，称羡怀德之勇，时天色已暮，两下各自收兵。杨业进关，与王贵议道："今观周将之战，果是英雄；必须定计先捉此人，其余不足介意矣。"王贵道："公用何计可以擒之？"杨业道："离金锁关四里之地，有一所在，名铁笼原，山上并无树木，四面峻岭便于埋伏；明日令怀亮交战佯输，将他赚到原中，我与公登山观望，指挥四面人马，只看周兵到处，重叠围困，可擒周将也！"王贵道："公之妙计，真鬼神莫测也！"于是杨业暗传号令，命总管冯益领兵三千，埋伏去了。那冯益原是郓州守将，因得罪逃亡，投在杨业麾下。

次日，杨业放炮出关，摇旗擂鼓，阵前讨战。匡胤引兵而出，高怀德道："昨日未定输赢，今日出去，誓必擒他，以挫其势。"匡胤道："北将亦是劲敌，汝不可轻视，须要小心。"言毕，两军对圆。高怀德挺枪跃马，望北军杀来，北阵上杨怀亮舞鞭相迎。二将交马，约战十余合，怀亮回马望本阵而走，杨业带兵先走，军势败北。高怀德拍马追赶，后面赵匡胤驱兵继进，势若山崩，北军尽弃衣甲而逃。怀德要立功劳，追入深地，将近铁笼原来，只听得一声炮响，冯益伏兵齐起，将周兵冲作两段。北将杨延昭拒住后兵，不能前进。怀德被北兵逼入原中，部下只有一千人马，那里冲突出来！又怎当杨业在于山下，手执红旗，指挥三军围裹，任你插翅也不得出来。匡胤与郑恩正在后面追来，闻知怀德被北军所困，便与郑恩鼓兵冲至山前；那山上弩箭似雨，炮石如烟，周兵伤折无数，只得收兵退十五里安营。杨业与冯益把守谷口，差人报捷薛王。

刘崇知杨家兵已胜，遣使赍羊酒至营前赏军。杨业分散众军，皆令列于营门之外，奏乐纵饮，如是者数日。有伏路军校将此报知周营，郑恩道："贼将战胜自负，不理军情；可乘他怠惰，领兵去劫他营寨，便可救怀德了。"匡胤道："不可！杨业乃智勇之将，必有整备；贤弟若去，恐中其计。待等主公驾到，商议救怀德之计。"郑恩道："若待驾到，怀德困死多时了；二哥既然怯他，不去劫营，吾领本部兵，自去破他。"匡胤再三阻挡，不肯听从，只得引兵随后接应。

却说杨业，每日纵令军士在营前鼓乐饮酒，当有王贵谏道："主帅疏令军士长饮，不理军情；倘周兵得知，鼓勇而来，恐非吾之所利。"杨业道："无妨！周兵大败而去，气已馁矣，安敢再来。公何必多疑？"王贵道："小将闻：将骄兵惰，必败之道也。公今蹈骄惰之失，倘一旦兵至，何所御哉！"杨业笑道："公行兵多年，尚不知其奥耶！此吾之计也。吾观金星入荧惑，应在今夕，周兵必来，故行此计以诱之。公可引兵往正南扎住，但看火起，乘势杀来，可获全胜。"王贵方才大喜，引兵欣然而去。杨业又令："怀亮、延德各领一千军伏于要路，放过周兵；汝等便去劫他的营，看周兵败回，再行击杀。"二人领计去了。又令："延朗、延昭各领精兵于大营左右埋伏，看周兵入营中计，汝等便放起火来，从两旁攻杀。"二人亦领计去了。杨业分拨已定，乃空立营寨，自己领兵退于寨后，以观动静。

时至二更左侧，郑恩引部兵二千，悄悄而进；匡胤领马兵随后接应。望见北寨更点不明，寂无人声，郑恩引兵呐喊一声，杀将进去，看见空营，郑恩大惊，叫声："中计！"急令后军速退，勒马要回。忽见营外一把火起，两旁杀出杨延朗、杨延昭，阻住去路。更深厮杀，鏖夜交锋，郑恩不敢恋战，冲围而走，正遇匡胤兵到。郑恩叫道："二哥，贼将已有埋伏，须要仔细！"匡胤道："三弟，你保了中军速走，我当敌住追兵。"两个望前正走，忽听喊声大震，当头杀出一将，乃是北将王贵，阻住大杀一阵，折军大半。弟兄二人夺路而走，奔回大寨，望见营中又是火起，只见左有杨延德、右有杨怀亮两路兵杀来，周兵大败，各顾性命而逃。北兵追赶十里，方始回兵。

弟兄两个见后面追兵已去，然后立住营寨。等到天明，郑恩收集败残人马，与匡胤回见世宗，诉奏杨家用兵如神。因救高怀德，故去劫营，不料他先有准备，被他伏兵杀得大败。世宗大怒道："朕当亲自督军，与杨业决一胜负！"即下令各营将帅，率领所部人马起行，至地名汾水原安下营盘。离金锁关有二十里之遥，整备遣将讨战不提。

先说杨怀亮自劫营回兵缴令之后，杨业自己要退守关隘，即拨怀亮帮助冯益困守谷口。是夜怀亮伏几而卧，忽得一梦，从梦中哭了醒来。只因有此一梦，有分叫：埙篪误分吴越，吴越仍返埙篪。正是：

  悲欢离合从天定，祸福安危怎自由！

毕竟怀亮做的甚梦？当看下回自知。

第五十一回

冯益鼓兵救高将　杨业决水淹周师

词曰：

> 堪悲金革，暴露奔波，惊传刁斗梦魂呼。贪名图利谁嗟怨，何处家乡室又孤。　　寄身锋刃，法重威多，怎分水火命来铺。三军应贱粮殊贵，一将功成万骨枯。
>
> 右调《踏莎行》

话说杨怀亮奉了杨业之命，领本部兵至铁笼原与冯益同守谷口。两下各立营寨，彼此照应，期待高怀德困死谷中，以收全功。是日怀亮因累日辛苦，伏几假寐片时。只见营外走进一人，头戴金幞头，身穿白龙袍，扬扬赫赫，立于面前，叫声："怀亮儿！你怎么骨肉不分，助异姓而残手足乎？"怀亮举眼一看，不是别人，原来是父亲高行周，急忙跪下，叫道："父亲因何至此？孩儿自幼失离，抛弃多年；今在杨令公帐下招为义子，不能省视父母，儿之罪也！但孩儿从不曾帮助别人伤残骨肉，父亲此言何故？"行周道："别的莫说，只这铁笼原被困之人，难道你不知么？"怀亮道："那铁笼原内被困的，孩儿虽不知他姓名，总是敌国之人，该当如此，父亲说他则甚？"行周道："只这一人，便是你自戕手足、伤残骨肉了，尚不自悟，还要多言！"说罢，往外就走。怀亮忙叫道："父亲且慢去！孩儿还要问个端的。"叫了数声，行周并不答应，一直往营外去了。怀亮随赶出来，却已不见踪迹，不觉放声而哭，便哭了醒来。见桌上灯烛通明，帐外巡逻已打三鼓。

怀亮定性一回，呆呆想道："此梦做得甚奇！方才明明见吾父亲，说吾伤残骨肉；又道谷中被困之人就是手足，吾想手足乃是弟兄，吾只有一个哥哥名叫怀德，他谅来好好的住在家里，或者在于父亲衙中，怎么谷中的就是吾哥哥起来？实是难猜！"忽又想道："这被困的，既是吾哥哥，怎么梦中又见父亲来说？若是父亲来托梦，难道父亲已弃世了不成？这些缘因，叫吾怎能明白？就是被困之人，前日吾在阵上与他交锋之时，武艺果然高强，只是面貌依稀厮像我哥哥。但天下同貌的甚多，我一时也不好想得。只恨着交锋时，不曾问得姓名，终于难辨是否。"左思右想，忽然说道："有了！我且待明日夜间，修书射入谷中，要他回答；如若果是吾哥哥，我好计议救他。兄弟既得相逢，连父母的存亡也就晓得了。"

主意已定，等至明日黄昏，悄悄修下了书，至二更时分，两下营中都已寂静，怀亮便令心腹军士，以巡逻为名，将书射入谷中，"等了回书前来报我。须要机密，断勿泄漏"。那军士奉命，将书藏好，手执弓箭，先往谷口紧要之处假意巡视了一遍，悄悄趱到山僻高处，取出书来缚在箭上，去了箭镞，搭上弓弦，望着谷中射去；正值军士坐地，听得箭响，取来一看，见箭上有书，忙来献与怀德。怀德接来拆开观看，喜得月色朦胧，可以照看。只见上面写的：

> 郓州高怀亮，奉令拥兵守谷，尽职役也；不意梦有所感，忆念手足漂离，未知所在。今谷中敌将踪迹可疑，如系同胞，可书名号为照。如其不然，别有商量。军中机密，毋得自误，立候回音，以便酌处。

怀德看罢书，失声泪下，说道："吾弟不知存亡，谁想在于此地。若非

皇天相佑,安得有此机会,使吾兄弟重逢,此真大幸也。"随身边取出笔砚,就在字后写着几句道:

>郓州高怀德,督兵伐叛,被困幽原,粮草已无,事在危急。天遣贤弟相救,何幸如之!今以姓名为照,速宜裁度。会面之时,细谈委曲。立望!立望!

写罢封好,仍缚箭头,至原处射出。那军士正在等候,拾了书,归营来送与怀亮。怀亮拆开观看,见了书词,汪然泪下,道:"若非此梦,几使吾兄无葬身之地矣!"遂重赏了军士。

至天明,怀亮持书来告冯益,道:"小将父亲高行周,生我兄弟二人,今兄怀德被困谷中。昨夜梦见父亲来告,方知其实。因此特来禀知总管,望乞设谋垂救,小将感戴不忘。若事不成,愿与吾兄同死。"言罢,泪流满面。冯益听言,奋然说道:"我亦周臣也!因得罪投于山后,原非得已;今既有此事,我当与汝定计,救出尔兄同去归周可也!"怀亮拜谢道:"总管若肯如此,愚弟兄虽死不忘盛德!"于是冯益差人,暗暗诣周营报知其故,约定黄昏,听炮响为号,便当引兵来接应。两下知会定了,都已整备。

至晚,冯益撤去围兵,放起炮来。高怀德听得外面炮响,料着兄弟来救,即引部兵从内杀出。冯益招呼,合兵一处,杀奔关下。哨马报入关中,令公大惊,令:"延昭领兵三千,速去拿来见我。"延昭得令,领兵出关,正遇怀亮。延昭道:"父亲以汝为子,恩义兼隆;汝乃背反而去,是何道理?"怀亮道:"兄弟之情,不得不救。"延昭大怒,挺枪直取。怀亮舞鞭相迎,战不数合,怀亮不敢恋战,正待要走,忽正南上来了一支人马,当头便是郑恩,舞刀来攻,延昭抵敌不住。那冯益与怀德催动后军,掩杀过来,延昭势力不支,回马引兵而走。比及天明,周兵合为一处,来见世宗。世宗见救出怀德,又添二将,又得了许多军马，心怀大悦，即封冯益为御营团练使，高怀亮为副先锋，二人谢恩。怀德同弟怀亮，拜谢匡胤等诸将。匡胤道："前者吾亦被困，蒙众位之力，得脱其难。凡在同朝共事，何必言谢。喜得汝兄弟重逢，诚因祸而得福也！我等众人，当共设一席，聊为庆贺。"众将道："当得如此。"遂乃设席营中，彼此畅饮，尽欢而散。

次日，世宗下令，各营诸将齐分营伍，攻取金锁关。诸将得令，分头攻打，声势甚锐。杨业见冯益、怀亮二人叛去，悔恨无及，召诸将计议道："周兵攻城甚急，尔等诸将有何谋划以破之？"延昭进道："周兵连营六座，攻吾关隘，意在必得；兼之赵匡胤、郑恩、张永德、二高皆虎罴之将，似难与争锋。依儿之见，今且不必与之交战，俟其懈怠，大人设计以破之，易如反掌矣。"杨业听言大喜，道："吾儿此论，暗合吾心。"遂下令诸将按兵不出，坚守城池。

当时又过了数日，杨业带了数骑，上高阜处观看周兵，见旗幡严整，军士雄伟，列营于汾水之原，兵势浩大。又看那龙川水势，白浪滔天，接连汾水。杨业看了大喜，道："已入吾掌中矣！"回马入帐，对王贵等说道："周师十数万，旦夕必受吾累。"诸将问道："主帅何以知之？"杨业道："不识地利，安能活乎！"诸将尽皆未信。时当八月初旬，凉风透体，秋雨连绵。杨业差拨军士，整备船只，检点水具，听令应用。延昭问道："陆地行兵，何用船只？"杨业道："兵家玄妙，岂尔所知也！兵法云：'军入陷地，有犯天时。'逆天行道，必败之道也。方今秋雨连绵，汾水必然暴涨，吾故差人整顿船筏，备齐水具，往各处水口壅住。待等雨甚水发之时，放开闸坝，其水冲下，周兵尽为鱼鳖矣！"延昭拜服道："大人神机妙算，岂儿辈所能测也！"正是：

    安排妙计擒豪杰，预定奇谋捉帝王。

却说周兵因连日秋雨不止，满营皆湿。匡胤来见世宗，奏道："今吾大兵列于汾水原，地势甚低，前望龙川水势泛溢；近日秋雨淋漓，倘杨家效汉关公决水之计，吾兵何以当之？"世宗道："朕正虑此，未得其策。"即传军师王朴计议其事。王朴奏道："臣夜观天象，见杀气聚于本营，于大军甚为不利；主公速宜拔营移寨，庶几可以免祸。"言未毕，只听得帐前一派的声响，如万马奔腾，似千军震鼓，澎澎湃湃汹涌而来。世宗大惊，出帐上马，只见四面八方水势滔天，风雨更甚。各营将帅要备船只，已来不及。顷刻之间，平地水长数尺，军士慌乱，无处躲逃，唯有追波逐浪，淹没漂流而已。

此时赵匡胤保了世宗，于高处奔走，正遇杨业父子各驾快船，摇旗擂鼓而来；见世宗绕岸而走，即便弃船登岸来追。匡胤怒声若雷，挥刀跃马，抵住杨业交战。战上数合，王贵一马又到，匡胤奋力抵敌。却好郑恩、张永德、高怀德一齐杀来，见北军势盛，不敢恋战，保了世宗先走。

匡胤力战杨业，又有王贵帮助，战斗多时，料不能胜，回马拖刀而走，杨业那里肯舍，拍马追来。此时匡胤单骑奔走，才过龙山坝，不期路滑泞泥，纵蹄一失，连人带马陷入川泽之中。杨业一马赶到，提起金刀正劈个着。只听得一声霹雳，匡胤顶上现出真龙，伸足往上抓住，金刀便不能下。杨业大惊，心下想道："真命之主，不可伤也！"忽匡胤坐下赤兔马红光一现，腾的纵出泽中。匡胤急带丝缰，正要望前奔走，只见杨业勒马提刀不来追赶，叫声："且慢！此去绝路难行，君须往南而走，便是大路。当记今日杨业不杀之恩。"言罢，回马而去。后人有诗以表之：

  杀运英雄角逐秋，鏖兵垓下阵云收。
  骅骝已陷翻腾起，帝主威风盖九州。

却说赵匡胤误被马陷泽中，又见杨业追到，举刀便砍，一时眼前昏黑，意乱心迷。一会儿才能清醒，那马已立在岸上。又见杨业勒马停刀，指明去路，又说当记不杀之恩，言毕而去。心下沉吟，不知何故，策马向南而走。只见当头一彪人马到来，却是郑恩。因不见匡胤，领兵来寻，当时见了，一齐从岸向南而走。但见水势汪洋，各营军马尽都淹没；其余会水得命者，不上一二万。后人有诗叹云：

万马争奔势若潮，一时军卒尽流漂。
可怜无数河边骨，犹带冤声涌怒涛。

诸将保了世宗，退至数十里，招集得命军士，扎立营盘。查点将士，不见匡胤、郑恩二人，世宗心慌，正欲差人寻觅，忽报二将已到，世宗方始心安。二人见驾，各各慰安。少顷，文武官员、随征将士渐渐复集。世宗见折了许多人马，愤怒不已，乃谓诸将道："数日前已有神明报知其事，朕尚未明其故。不想今日果应斯言，殊可痛恨。"王朴奏道："气数有定，故不能逃。但胜败兵家常事，陛下不必忧焦，有伤圣体。"世宗怒道："朕誓与杨业决一死战，以报其仇。"匡胤奏道："不可！军士折伤大半，粮饷不继，士卒已无战斗之心。陛下若与之战，恐其不利。不如暂且班师，再图后举，谅刘崇如釜中之鱼，安能逃其生哉？"世宗自知锐气已挫，难以奋兴，只得允从其议，先差人至忻州，暗暗抽回岳元福这支人马，然后下诏班师。

各营将士得旨，无不欢喜，尽皆整顿回师。岳元福奏道："陛下，进兵易，退兵难。今杨家与刘崇声势相依，非可小视。倘杨家探知我军退去，密地出兵来追，甚非所利。为今之计，陛下可命大将断后，以防彼兵追袭。陛下前军缓缓而退，便无患矣。"世宗听奏大喜，即命高怀德、高怀亮、冯益三人为前锋，郑恩、岳元福、马全义拥重兵断后，自与赵匡胤、张永德、符彦卿、王朴、史魁等以下战将，并宿卫军马居中。即日焚其营寨,班师回朝不提。

且说杨业水淹周师,大获全胜。探马报到,周兵拔营退去。当有五郎延德进言道:"周兵丧胆而去,孩儿愿领轻骑追袭,务要赶上,将周主拿来献功。"杨业道:"不可!兵法云:'归师勿掩,穷寇莫追。'吾观周将知识者多,彼军虽退,必有强将断后。汝若追之,反遭其算矣。"延德乃止。正是:

　　运筹帷幄能相慎,决策疆场不受欺。

杨业既胜周兵,差人报捷于刘崇。刘崇得报,愤然叹道:"高平之战,早得此人,焉有大败!"即遣丁贵赍羊酒金帛等物,至营中赏劳。令公拜受,俵分诸军,众各欢喜。

次日,杨业随丁贵入城朝见,刘崇安慰之,说道:"累卿远来,大胜周兵,于孤家振威多多矣!"杨业奏道:"此皆大王之福与诸将之能。臣有何功,敢蒙奖誉!"刘崇大喜,设宴款待。是日君臣畅饮,尽欢而撤。杨业辞驾谢恩,因又奏道:"契丹奸诈莫测,勿宜亲近。如竭府库以与之,彼终无厌,而大王则自空其国矣!"刘崇深然其言,又赐以金珠珍玩之物,杨业拜受辞归。

至次日,下令拔寨回兵,正是鞭敲金镫,人唱凯歌。大军在路无辞,不日将至五台山,杨业对王贵道:"五台山有智聪长老,精于禅理,能知过去未来,久欲会晤,未得其便。今幸有此机会,欲与足下同往一访何如?"王贵道:"吾亦久闻此僧善知相法,公若去见,小将当得奉陪。"杨业遂将兵马屯扎山下,同了王贵,带了七子,后面跟随着十数骑,一行人齐上山来。此时中秋以后,久雨初霁之时,见那山色空蒙,云光映远,层台耸兀,峭壁巍峨。正合着两句古诗道:

　　晴光开断壁,曝色半松亭。

杨业带了众人上山来，至寺前下马。抬头看那山门上，有一匾额，镌着"五台禅寺"四个大字。当时先着人进寺通报，不多时，智聪长老出来迎接。一行人进了山门，走过几间大殿，至方丈，见礼分宾而坐。童子献茶已毕，长老问道："不知将军贵驾降临，有何高论？"杨业答道："小可太原人氏，武职出身，姓杨名业，表字继业。因救河东之厄，得胜回师。久仰禅师明测祸福，精察穷通，故此特来参礼，叩问前程。恳乞指示迷津，幸勿隐吝。"智聪道："久仰将军英名远布，今垂枉顾，贫僧法缘之幸也！"杨业遂令左右献过礼物——乃是黄金十两、纻丝二端。智聪辞不敢受。杨业道："些须薄物，聊表相见之情，切勿固辞。"乃命童子收过。遂而叩问终身，要求指点。长老道："将军乃当代之柱石，举世之英雄，今日运筹帷幄，他年垂名竹帛，又何待贫僧饶舌，妄拟青白哉！"杨业坚请再三，长老道："既将军不弃，贫僧有四句偈言，望将军记取。"杨业道："愿闻。"长老遂将纸笔铺排，写出一首偈言道：

　　立名无佞，建业天波。
　　辛勤劳苦，李陵荣枯。

写毕递与杨业，杨业细看，不解其意，再三恳求，欲为解说。长老道："此天机也，久后自应。将军已能循理而行，其后福岂有量耶！"

杨业遂将偈语收藏，又唤过七子与智聪相之。智聪逐一相过，说道："皆栋梁之器也，贫僧何用多言？"杨业道："理贵直言，小可决无见怪，望禅师明言之。"长老笑道："既将军不嗔，贫僧只得冒渎了。细观七位将军，皆是忠国勤民之相，只可惜刚质太露，他日恐不能得其善终。七郎君目有变睛，须防箭危。唯六郎君形貌光舒，可保其爵禄。然一生有忧无乐，好事多磨，虽得令终，未许安享。贫僧所论如此，亦在诸位小将军之自保耳。望将军勿罪！"杨业听罢，抚掌大笑道："大丈夫得死于沙场，幸也，何用计较哉！"此时日色已暮，智聪令侍者安排素席相待。众人席上各诉平生豪气，谈笑悠然，直饮至兴尽更阑，就于寺中安歇。

当时众人都已寝定，内中只有五郎延德，寝不能寐。他因日中听了智聪之言，心怀忧惧，反侧难安，遂乃披衣而起，要往禅房来见长老，求个趋避之方。只因这遭儿此心一发，有分叫：身处寰宇之中，心超尘俗之外。正是：

功名事业人皆羡，生死机关谁肯参？

毕竟延德去见智聪有甚说话？且听下回分解。

第五十二回

真命主爵受王位　假响马路阻新人

词曰：

寻传銮舆回京阙，眼看旌旗离边塞。貔貅何用唱欢歌，养些余威博后决。回视波涛歇，打点精神，凯旋声接。各人暗里思量，笑彼刀无血。　可曾建甚功，卒蒙诏婿封。宜尔家，乐尔室，一朝挂紫衣。寻盟自合鸳鸯玦，成就从前缺月。怎如红叶沟传，风流初度，春宵一刻，海誓山盟结。

右调《归朝欢》

话说杨延德日间听了智聪长老相断之言，心怀忧惧，寝不能寐；等众人睡着，独自披衣起来，悄悄往方丈之中来见长老。此时长老正坐禅床，凝神定性，忽琉璃光照见有人走进方丈中来，定睛一看，见是日间所相之人，便开言问道："将军因甚尚未安寝？暮夜到来，有何话说？"延德道："小可延德，甫闻禅师法语，心实不能自安；为此笃志而来，恳求禅师慈悲为本，指点小可一条生路，得全首领于九原，死亦感德不朽！"智聪道："此乃各人造化，数定无移，贫僧如何救得？将军误矣。"延德再三拜恳，长老见他心志诚实，便说道："既将军要得生路，别无方略，只有高飞远举，遁迹林泉，置世事于无心，超形迹于尘外，庶可全身远害，自保其身矣！"延德道："禅师之教，善全之策也！但小可思父子至亲，情关忧戚，一旦分离远去，于心亦不能安，如之奈何？"长老道："明哲保身，智者所贵；承欢膝下，人子当然。念汝言出真心，贫僧不得不曲为筹矣！"遂乃取出小皮匣一只与之，道："此乃天机，慎勿泄漏，宜紧藏于身；往常不许开看，如遇大难，方可开看，内中自有救汝之计，断勿忘也。"延德接了皮匣，再拜而谢，欢欢喜喜，归至客房去睡。有诗为证：

前程打动机关透，智者相怜警悟深。
不是当年能受教，将军宁起入禅心。

次日，长老命行童安排早饭，只见杨业率众来辞，长老苦留不住，只得送出山门。一行人下了山，回归营寨。杨业传令拔寨起行，大军离了五台山，取路回应州，按下不提。

那契丹主兵屯忻州，见有周兵阻住，不敢轻进。这日忽报周兵都已撤去，不知何故。契丹主也先差人细细打听，方知刘崇召山后杨家兵水淹了周师，以此得能退去。契丹主听报，正在赞叹杨家之谋，忽有刘崇差官来到，送上金珠宝物，请契丹主回兵。契丹主得了贿赂，统领人马回本国去讫。

却说世宗收兵还朝，进宫请了太后安。从此朝廷政事，皆自亲裁，补偏救弊，赈恤民瘼，朝野尽皆欢悦。因想赵匡胤等诸将，能用命效力，合当封爵以酬其功。于是论功之大小，定爵之次第：遂以都虞侯赵匡胤晋爵封为南宋王，郑恩封为汝南王，高怀德、张光远、罗彦威、张永德皆封列侯。岳元福、马全义、符彦卿皆封节度使，分镇外郡，以其年老，免于上朝。冯益、史魁、高怀亮等封为御林军都督。进王朴为丞相。改元显德，分赐宅第于王侯等，未得衙署者，又令各自挑选家将以实之。众臣各各谢恩而退。时怀亮问兄以父母之事，怀德将父死潼关、母存故土之言说了一遍。怀亮悲声大痛，不胜凄伤，方知父亲托梦有自来也。

一日，世宗设朝，文武朝见已毕，南宋王赵匡胤出班奏道："汝南王郑恩，前定陶家庄三春为室，尚未婚娶，乞圣上恩赐完姻，臣等不胜欣幸。"世宗问道："三御弟此姻几时下聘？何人为媒？在于何处？"匡胤奏道："是臣为媒。因在百铃关随太后銮舆回京，于路驻跸。郑恩惧暑洗浴，往陶园偷瓜被打。臣见陶三春勇力过人，兵机通晓，特任斧柯，与彼联姻。"又将前后事情，备细奏了一遍。世宗听了，几乎笑倒，因说道："姻缘本是前定，匹偶亦属合宜；御弟执柯，正得其所也。"即传旨："宣汝南王见驾！"当有司礼监传宣："万岁爷有旨，宣汝南王上殿！"只听得下面答应一声"领旨"。世宗在龙椅上，举眼看时，只见郑恩从丹墀走上殿来，衣冠气概，与前大不相同。怎见得：

头戴三尖光溜帽，身穿八卦团花袄。
金镶玉带束腰间，粉底乌靴随舞蹈。

郑恩走至驾前，执笏嵩呼，拜了三拜。看官：郑恩本是粗鲁之人，跟了匡胤走闯关西，招灾惹祸，吃酒行凶，乃是专门绝技；亏了匡胤叫他习学文礼，所以革去旧规，知些礼貌。然而匆忙之际，终多失仪，故此今当朝拜，只行了三礼。世宗见了，暗暗的好笑："这鲁夫礼貌不全，怎做朝廷大臣？然较之昔日，也算亏他的了！"遂传旨赐坐。郑恩坐在锦墩之上，眼珠儿瞧着鼻头，动也不动，以为尽礼。世宗问道："三御弟，朕闻你定下一头亲事，也该奏与朕知，早早完聚，因何只不提起？"郑恩道："这多是二哥做的事务，于臣何干！"世宗道："男女居室，人之大伦，汝怎么推诿别人？"郑恩道："臣本不要这女人，多是二哥与臣为媒。"世宗道："朕今差官前去迎接陶三春到京，与汝完姻，以成大礼。"郑恩奏道："方才臣已说过，总不要这女人；如陛下要去迎来，这原是二哥做的媒，任二哥取了去。"世宗微笑道:"汝说来言语,通无道理;聘定婚姻,让与媒人,自古以来,从无此理。朕逆知汝意,不过嫌他力勇,常恐受他教训耳!然汝虽惧他,朕实嘉悦。下次汝或不知礼貌国法,即着王妃尽情责罚。"传旨,着礼部知道,即日差官四员,安备半朝銮驾,前往陶家庄,迎娶陶三春到京,择日与三御弟汝南王郑恩成亲。龙袖一拂,驾退还宫。文武官员一齐退出。

郑恩道:"二哥!我说过的,这驴球入的女娃娃,委实不要他,娶来做甚?就是取了来,我也不肯与他成亲。"匡胤道:"三弟!你说甚话,朝廷旨意,谁敢有违?汝若不遵,便是逆君大罪了!"郑恩道:"我不要就罢了,他把我怎样定罪?"匡胤道:"天子喜怒不常,随事可以问罪。汝今违忤不打紧,轻则革职为民,重则斩首示众,岂肯以汝御弟而宽宥耶!"郑恩道:"据你讲来,必要依他的了;只是我向来没有拘管,好不快活;如今却做了死人,一步也不得做主,呆呆地听人吩咐,好不耐烦!既然如此,我只得依了他罢。"说罢,二人各自回府。

匡胤见了父亲,劝把妹子配与高怀德为室,赵弘殷大喜,即便择日,招怀德为婿。王侯做事不比庶人之家,至期张灯结彩,鼓乐喧天,在朝文武各各送礼贺喜。当日新人参天拜地,请赵弘殷夫妇当厅受拜。然后夫妻交拜,花烛合卺,送入洞房,诸般礼数不必细说。至次日,赵弘殷大开筵席,请在朝文武饮过了喜筵。诸事已毕,三朝之后,赵弘殷备下花银千两,准折妆奁,送高怀德夫妻回归府第。怀德差了家将,备设安车,往山东迎接母亲到来,安享荣华。按下不提。那礼部奉了圣旨,差官备驾,往陶家庄迎娶,也不必细表。

只说陶三春的哥哥陶龙、陶虎,自从赵匡胤为媒,把妹子配与郑恩,留下聘礼,别去之后,他却时时着人打听。闻得赵匡胤保驾,兵下河东,立了战功,受封都虞侯之职,郑恩亦得侯位之封,心中欢喜,进房来与三春说知其事。三春道:"哥哥,小妹前日言犹在耳,他若有了王位，方可成亲；如今只是封侯，哥哥且莫欢喜。"陶龙道："贤妹，你莫要小觑了这侯位，他立功至此，亦非易事，日后再有功绩，这王位便可立致矣！"说罢，相别而出。遂乃着人前往苏杭两处，置办绫罗缎匹、龙蟒妆花；唤了许多裁缝至家，整月的做就内外衣服；又置办那些铜锡器皿、什物家伙，件件俱全。三春知道，便叫："哥哥，他既封侯，难道府中没有应用之物？也要哥哥这等费心！"陶龙道："各人体面，理上该当。况我陶门，又非小户人家，岂可草率，遗人耻笑。就是那从嫁丫鬟，任从贤妹自择，诸事都宜预备，免得临时局促，不及周章。"三春听了大喜，感激兄长用心。于是将自己房中一切该用之物，随时收拾停当。

　　不觉又过了多时，那一日，只见本县县官到来报喜，陶龙弟兄接进大厅，见礼坐下。茶毕，县官开言说道："贵府令妹丈郑恩，今封汝南王，御赐完姻；皇上特差礼部官四员，领带宦官，排列半朝銮驾，迎娶王妃，不日将到。先有探事报来，为此下官先来报喜。"陶龙、陶虎躬身拜谢，设席款待，因说道："治民一介布衣，不知礼数；若明日天使到来，该是如何款待，望老父母指教！"县官道："天使到来，须设正席四桌、外备折席礼四封。銮舆仪从，设备席五十桌，记点每人赏封银二两。其余装车夫役，与之酒饭，均为赏赐。其工食之项，到京时，郑王自有给发。依此整备而行，便无疏失。"弟兄二人，一齐致谢道："愚弟兄村野之夫，几乎失礼，承老父母所教，心目爽然矣！但俟天使到舍之时，望在先二日，差贵役相闻，好办酒席。"县官应允，酒散谢别而去。那陶家二嫂闻知此信，进房道喜。说起县官之言，不日天使就到。三春道："妆奁什物，哥哥既都备下，不必说了；所有该用酒席、赏赐等项，将父母存下千两之银，听用可也。"

　　且说南宋王赵匡胤，一日请高怀德到府商议道："陶三春勇力过人，曾将郑恩力服，自恃高强，目无能人。今出嫁到京，未免视吾等亦如同类，吾意欲于路送信于他，使他知惧。然遍观在京诸将，皆非敌手,唯汝比张、郑力大,可与为敌。汝可带领两府家将,只做打围,先差家将暗暗告知官官,不可慌乱;汝便装做响马,要他买路钱,他自然发怒,亲自出来交锋,便可试他武艺高下了。汝宜见机而作,然后说明相接之意,使彼知我勇猛之人,亦为不少。且使郑恩日后也有光彩。"怀德笑而从之,整备停当,按期出城,打点行事慢提。

且说差官督领车仗扈从人等,非止一日到了县中。县官迎接,送归公馆。馈送礼物已毕,即差人飞报陶家。陶氏弟兄得报,吩咐门外搭起篷厂,屯着车仗人马。大厅上接待差官,侧厅款待家将,车夫役人等在庄房内酒饭。叫下梨园,大排筵席,一应完备,等候到来。至次日清晨,早见一簇人马拥护而来。前面打着"汝南王奉旨迎亲"的捐牌,排列着花簇簇的半朝銮驾,恁的威仪。后面便是差官、宫监,县官在后跟随。一行人将次到庄,陶氏弟兄迎接进厅,开读圣旨。弟兄谢过了恩,然后相见,宾主坐定,县官侧坐相陪。茶过三巡,便请入席,那酒筵丰盛自不必说。当时点戏开场,酬酢劝侑,客主尽欢,席终而散。以下陆续人等,各各酒饭已毕。陶龙择日起行,时有亲戚都来送嫁,陶龙一概辞谢。这日摆列王府职事,簇拥着銮舆,前遮后掩,好不威仪。那宫官骑马,婢女乘车,弟兄两个与那钦差官一齐坐马押舆,县官在后送行。只听三声炮响,銮舆起行。那街道上邻里男妇,挨肩擦背,夹道旁观,个个夸奖,人人称羡,都议论个不了,张望不休。那县官直送至交界地方,然后辞去。正是:

贵贱不由妍媸定,富贫端在命途来。

銮舆一路行程,晓行夜住,逢州过县,地方官馈送程仪,好不威显。行了多日,将近皇都,来至一处所在,离汴京约有三十余里。正行之际,只听得树林中一声炮响,闪出五六十骑人马来。当头一位大王,坐马端枪拦住去路,大声喝道:"来的留下买路钱,便放你过去;

倘若迟延，性命难保！"那些职事人等，见有强人阻路，唬得目定口呆，都不敢上前，缩做一堆儿立着。内有胆壮的，慌忙报与钦差官。那钦差官已是明白，假意吃惊，即转报与陶氏弟兄。陶龙听言道："这皇都地面，那得有响马胡行！待我上前去吩咐于他。"即时策马向前，大声喝道："汝等草贼！怎敢在辇毂之下拦截横行？况我等又非经商大客，又不是任满官员，那有银钱与你买路？你可不曾见么，这是汝南王郑千岁娶的王妃娘娘，谁敢阻路！汝当速速回避，免得伤残。"那大王哈哈大笑道："也罢，你们既无银两，就把那个什么的王妃送他过来，与俺做个压寨夫人，俺便饶了你们不杀；稍若支吾，你们休想回去。"陶龙听言大怒，喝声："毛贼！你欺人惯了，不知王妃娘娘的本事！我便对他说知，请他自己出来，一顿铜锤，打死了你几个毛贼，方知娘娘的厉害。"说罢，带马往后而去。

那三春见车马不行，便问左右道："为何不行？"家将禀道："有响马阻路，故此不能前进。"三春道："那有此事！"正在言语，只见陶龙来到跟前，将响马之言说了一遍。三春大怒，喝叫："取披挂过来！"侍女答应一声，急忙往箱车取将披挂出来。三春登时结束，怎见得打扮威严：

    鱼鳞甲金光耀日，红战袄绣凤朝阳。
    锦襕裙颜色鲜妍，兽皮靴舒长稳步。

陶三春通身结束，骑了一匹白马，手执两柄铜锤，带领家将拥至前面。一马当先，大喝道："何处毛贼，敢来阻路？"只见那大王一马冲出，叫声："女将看箭！"一声响，箭打三春左耳擦过，三春不曾提防，吃了一惊。听得弓弦响处，又是一箭从右耳边射来。三春放下锤，一手接住，喝道："毛贼！有箭尽数射来。"那大王蓦地里又放一箭，从中射来，刚到护心镜，被三春顺手一锤，打落马前。两边观者,尽皆喝彩。

三春提锤拍马冲来,那大王挺枪迎架。这陶三春的锤重有八十二斤,当时见大王一枪刺来时,把一锤架开了枪,那一柄锤早又飞到,那大王暗暗喝彩。两个战在当场,杀在一处,战有三四十合,三春也是暗暗思想:"此人枪法厉害,不像个响马,吾且未可伤他性命。"心下一想,手略一松,那大王见三春手慢,忙把枪往肋下用力一拨,思量要拨他下马;不想被三春用肋夹住,将一柄铜锤放下,趁手捻住了枪头,那大王用力把枪一扯,却拖不动。说时迟,那时快,三春早把这柄铜锤当头盖下。那大王慌了,弃了枪,双手接住了锤柄,再也不放。三春即便跳下马来,只一扯,反把大王扯落马下。三春大喝道:"没本事的毛贼,饶你去罢。"

那大王立起身来,走上前,道:"请王嫂上马。"三春道:"你是何等之人,敢称我为王嫂?"那大王笑道:"实不相瞒,我乃南宋王之妹丈高怀德便是。只因南宋王是大媒,故令某来迎接。"遂叫家将上前叩头。三春大喜道:"原来是高侯驾临,适才冲撞,万勿挂怀!"遂吩咐左右,取出银两,赏赐了家将。三春同怀德相见了二兄,叙新亲之礼。弟兄二人道:"有劳高侯台驾来迎,足为荣耀!"怀德道:"岂敢!只为汝南王乃当今之虎将,闻知被令妹所伏;弟等不信,故作此态,实欲请教武艺耳。"众皆大笑。陶龙道:"如此作耍,以性命为儿戏;倘或失手,岂不可惜!"高怀德道:"适才所射之箭,头上无铁,不致伤人;但是令妹的锤实为厉害,弟若接的不快,此时丧之久矣!自今以往,再不敢轻敌了!"众复大笑。正是:

  略把形容来点染,方知劲敌胜男儿。

当时一行人略略用些酒饭,怀德合为一起,拥舆而行,按下慢表。

只说汝南王郑恩,这日想起:"吉期将到,须要整备才好。只是王府行事的规矩，我却一些也不知，如何是好？倘然差了礼数，却不被陶家作为笑话！我且与二哥商议，看是如何？"遂乘马带了几名家将，来到南宋王府中——他是患难弟兄，不用通报。下马进府，至厅上与匡胤见礼坐下。郑恩开言问道："今日家将来报，说陶家送亲将到。他手下人夫，共有二百多人，兄弟不知行事，故此特来与二哥商议，该是怎样行法，二哥必有安排。"匡胤道："礼本一体，不过行事之有大小耳。今照王侯行礼，诸凡应用，总宜从大，不可存小见之心。贤弟当要预备二百两银子，先着能干家人，唤下厨茶夫役，备办酒席；再要打点三百两银子，赏赐送亲职役人等；再备下一二百两，作为内外一应犒赏之费；以外再备谢媒礼金，或五千，或三千，再少不可。这数项费用，乃是最紧之事，所宜预备。至于在朝文武官员，多来贺喜者，须在三日前送帖请酒，该有几席，做几日请，任凭己意是了。"郑恩道："算量起来，这银子还不勾用哩！二哥，你的媒金且借与兄弟用用，日后加利送来还你。"匡胤道："你媒金尚未出手，怎么说是借用起来？"郑恩道："男家的谢礼尚在后面，你只把那陶家到来谢你的媒金花红，一并借与兄弟用用便是了！"匡胤笑道："你如今要改过大号了，休叫郑子明，可叫赖猫儿焦面大王罢！"郑恩道："休得取笑，还有要紧的心事在此，要请问你教道教道。"匡胤道："赖猫大王，你除了借银一事，还有甚的心事问我？"那郑恩未言先笑，欲说还羞，遮遮掩掩的向匡胤说将出来。有分叫：为一世之莽夫，传百年之话柄。正是：

不学安知伦类理，无文徒识淳庞风。

毕竟郑恩问的什么心事？且听下回分解。

第五十三回

陶三春职兼内外　张藏英策靖边隅

诗曰：

> 自结丝萝未有期，恩荣彩笔把诗题。
> 好述已叶关雎什，和调堪吟琴瑟齐。
> 一命武魁朝野敬，六宫检点媵嫱宜。
> 红颜杰出无多觏，边外干城亦建奇。

话说郑恩天性质直，不学无文，因是吉期已近，不知礼数规模，所以亲到南宋王府中商议行事。匡胤将这婚姻礼数、一切应该事务开示明白。那郑恩记在心头，复又问道："二哥，兄弟想这女娃娃，实是气他不过，到了这日，等待拜堂过了，兄弟便去多呷几壶酒。不去采他，竟自睡觉，你道好么？"匡胤道："若如此，你便又要讨打了。从来结亲吉日，取其夫妇和合之意。其夫妇之所以必期和合者，乃为生男育女，相传宗嗣之故耳。你明日若冷落了他，他又性如烈火，一时怒发，顾甚新人体面，拳锋到处，只怕你无力承当！那时愚兄又不好来救你，便怎处？"郑恩听罢此言，只把头来乱点，说道："二哥说的不差，果然他发起恼来，倒是不妙之事；咱只晓得呷酒打降，是本等的事，这做亲勾当，那里晓得！还望二哥教道我怎样一个法儿，不致他打骂？"匡胤道："古者男子三十而娶，女子二十而嫁，阴阳配合，是为夫妇。男女媾精，生息无穷，此乃天地之正气，人道之大端也。所以人能各正其性命，方为保合太和，善全造化；若或放荡不经，便为非理；非理之人，又在正道之所不取者。今贤弟既问于我，我不说明，安知其理！汝于明日拜堂之后，归房合卺，客散安寝，须要和颜悦色，言语温柔，尽其爱敬之欢心，效于飞之乐，法君子之风；自然彼此欢洽，相敬如宾矣。"郑恩道："是便是了，咱只恐他性儿依旧，动手起来，如何是好？"匡胤哈哈笑道："你既做了一个男子，怎么倒怕起妇人来！凡是礼下于人，人亦必然致敬。彼时你偷他瓜吃，自然打你；今日乃明媒正娶，名正言顺之事，彼纵强暴，安有打骂之理？汝但放心，我看三春亦是知礼之人，绝不鲁莽，汝只依理而行，便是无碍了。只是还有一说，这媒金谢礼，送与不送，且是由你。所有前日定亲玉玦，乃愚兄之物，须要见还。"郑恩笑道："二哥，你忒也小人之见，这玉块儿留在咱处，等待你有了侄子，与他玩耍的，怎肯还你？"匡胤道："尊讳赖猫，果然话不虚传矣！佩服，佩服！"说罢，两个大笑而别。匡胤拨了几名得力家将，往汝南王府中代为备办。

到了吉期，陶氏弟兄同郑府家将已到，把妆奁什物搬到府中。郑恩拨令仆妇使女，铺设内房，好不齐整。外面搬送已毕，众人叩头叫喜，甚是闹热。郑恩坐在堂上，看了这些摆设物件，纷华富丽，目中从不曾见的，不觉心中大喜，说道："咱尚没有破赏，怎的陶家这般丰盛！多亏了二哥的主意，成就咱的好事。"便令行礼官行赏搬运人等。众人受赏，各各叩谢。

到了次日，张灯结彩，鼓乐喧天，郑恩请了南宋王昆仲并高侯弟兄，及在京各官，皆到府中。只见銮舆进了府门，当堂停下，阴阳官看了吉时，赞礼官请新人出轿。夫妇一对儿同拜天地，谢了圣恩，参了祠灶，然后夫妻交拜，送入洞房。只听那歌赋悠扬，笙簧迭奏，人间欢庆无过于此。当时饮过了合卺，郑恩复到外厅与陶氏弟兄并众官见过了礼。匡胤送了陶氏弟兄之席，众官各自依次而坐，大吹大擂，点戏开场。饮至半筵，郑恩出席，子捧金杯，行礼敬酒。先敬了陶氏弟兄，次敬大媒匡胤。以下众侯各官，俱皆辞谢。众人又饮了一会，即便起身；陶氏弟兄亦回公馆，整备三朝礼物。郑恩送客进内，吩咐厨房，给与办事及女眷人等酒食；又赏赐杂役等人并赵府几名家将。

诸事已毕，将身步进房来，见了三春，深深作了一揖，三春回了一福。郑恩欢喜，说道："请宽衣！"三春遂命丫鬟解了束带圆领、珠冠蟒袍，松下软鞋。郑恩亦自脱下了公服，丫鬟接去收拾了，即送香茗过来。二人饮毕，郑恩挥手道："你等一路辛苦，不必在此伺候了。"众妇女答应一声，各自出去，掩上房门。郑恩坐下，笑嘻嘻地说道："姻缘之事，莫非前定！夫人还记得当年瓜园中的事么？"三春道："妾与君天各一方，若不是这样奇奇怪怪，如何成得婚姻！那时鲁莽冲撞，谁知宿世姻缘。如今已往之事，也不必说了。"郑恩道："早知是你丈夫，也须留情，不致下此毒手。"三春道："这也论不得。"郑恩笑了一笑，忙伸手去解三春扣带。三春将手一推，说道："各人自便。"于是二人各褪下衣裳。郑恩虽是愚直，然见色心动，天性皆然。又经那满室喷香，如同仙府，不觉心欢兴发，身在浮云，捧住了陶妃，相偎相倚。二人同上牙床，整备旗鼓。郑恩身在壮年，初近女色，势如枯渴；三春年已及笄，望雨已久，并不推辞。两个在香被之中，如鱼似水，云雨起来。郑恩如蝶乱蜂狂，只向花心去采；三春初经攀折，未免苦乐相匀。真是绸缪尽态，恩爱无穷，事毕之后，搂抱而睡。正是：

　　欣承玉体滋胶味，恨听金鸡报晓声。

二人五更早起，梳洗已毕，各换了公服，上朝拜谢王恩。正值世宗驾临金殿，受过文武朝仪，那夫妻二人在金阶之下，嵩呼朝谢。世宗宣上金銮，俯伏尘埃，举目一看，见了三春形容丑陋，气概雄赳，心下甚是惊骇，暗想："郑恩这等鲁莽，不谙事体，须得要这位勇狠夫人压制于他，庶几心怀顾忌，不至胡行。"遂乃开言问道："闻卿深知兵法，力可兼人，果有之乎？"陶妃奏道："臣妾本系草莽之女，幼失母教，未娴闺范，性成愚鲁；以此只爱骑射，喜习兵书，一十八船武艺，大略粗知。若云力可兼人，不敢自信，今蒙圣上垂问，臣妾谨以实奏。"世宗道："卿既有此才能，朕欲当殿一试，略观射艺可乎？"陶妃道："圣谕所及，臣妾焉敢不遵？愿赐弓矢以试之。"世宗大喜。传旨，命值殿官即给陶妃弓箭，就于丹墀下，约计百步之外，立起红心，看陶妃试箭，以观武艺如何。

陶妃领旨谢恩，起来取了弓箭，将身退至殿外，正立阶前，攀弓架箭，对了垛子便射。只听得嗖嗖的几声响处，正如飞星穿月一般，一连三箭，皆中红心，两旁文武官员，尽皆喝彩。陶妃射毕，上殿复旨。世宗见而大悦，即谓之道："卿以闺门弱质，而能具此勇力，负此高才，诚不世之观也！射法既见尽善，他如武艺之高妙，兵法之精通，不睹而可知其能事矣！朕心嘉悦，当有荣封。今封卿为毅勇正德夫人，钦赐武状元之职；宜与汝南王并驱朝宁，共享荣光。就行朝见皇太后及皇后，游宫三日，然后荣归府第。"陶妃受封，谢恩而起。郑恩见夫人封了状元，好不欢喜，也在下面谢了恩，先自退出。

那武状元陶妃奉旨游宫，自有宫官前来引导。先至养老宫朝见太后娘娘。那太后见陶妃礼度从容，言词刚决，心下十分欢喜，眷爱殊深，因而问道："贤妃青春几何？父母可在？家下还有甚人？可有出仕的么？"陶妃奏道："臣妾虚度二十一岁，自幼父母早亡，有兄陶龙、陶虎抚养成人。祖公曾为后唐显职，奈因兵荒世乱，避祸乡村，农桑为业，耕读传家。今又遭逢圣朝盛世，惠养万民，因此臣妾二兄安居薄业，尚未出仕天朝。"太后见陶妃所奏，言语剀切，诚实有礼，心中大喜，复奖谕之道："观贤妃年虽幼艾，德礼堪嘉，其文武之才能，真智勇之首选。皇上爱才宠异，命职宜然；惜乎身属女流，不能朝堂辅弼，宜任内职，参理宫廷，庶见隆遇之意。今再加封尔为六宫都检点之职。尔可不时进宫，凡遇内庭所有作奸犯科一应大小等事，任尔纠察劾奏，以便施行。即汝兄今系皇朝贵戚，岂可白衣终身？我当与皇帝说知，自有封爵。"陶妃谢恩不尽。太后又传懿旨，命设宴宫中以赐之。宴罢，又赐脂粉银三千两。陶妃复谢了恩，方才退出。

宫官复引陶妃至朝阳宫，朝见皇后娘娘。拜毕，皇后赐座于旁。那皇后见了陶妃这等人物，心下虽然惊异，却也十分爱敬，亦命赐宴。又赐白银千两、彩缎数十端，其金银器皿及珠翠宝玉之类，赏赉甚厚。陶妃受赐谢恩，拜辞而出。当时引导宫官引了陶妃往各宫游遍，那些妃嫔媵嫱，闻知陶妃封了六宫检点，纠察宫闱，各各凛然知儆。也有相请饮宴的，也有馈送玩物的，好似上司下临考察官吏的一般情景，恁样兴头。真是：

九重恩命新颁逮，六院闺情趋附将。

陶妃奉旨游宫，不觉三日已过，当时辞驾出宫，上朝复旨。正值世宗临殿，陶妃朝见已毕。世宗因遵太后之命，即时降旨，封陶龙、陶虎为侯伯之爵，即于本处建立府第，钦此钦遵！状元都检点职兼内外，优礼宜尊。即着承奉官安备宝舆，仍赐半朝銮驾，迎归府第。拨礼部官一员，赍旨护送。其内宫所赐之物，着太监押送汝南王府收领。旨意一下，诸官遵行，陶妃俯伏谢恩，辞驾而出。当时出了午朝门，早见宝舆銮驾齐都备下，陶妃上舆起行。但见前呼后拥，车辚马萧，好不威严，一行人迎至郑王府来。

此时郑恩正与赵正、高侯、陶龙、陶虎亲友等众饮宴，闻知陶妃荣归，又有圣旨下来，急忙往外迎接至厅。钦差官道："旨意是荣封郑王尊舅陶公的。"陶氏弟兄急忙俯伏听宣。钦差官开读了诏旨，陶龙、陶虎望阙谢恩。钦差官辞去，太监等亦各回官。陶妃命郑王朝阙八拜，然后将皇太后及皇后所赐脂粉银两并赏赉之物，一齐收了进去，众人各各称赞其能。

那陶龙、陶虎吩咐家丁，将庙见礼物送入祠堂。郑王又命办事官整备祭礼，祭祀祖先。夫妻二人上香礼拜已毕，众王侯请出陶妃，依次相见。赵王匡胤说道："后日午刻，备席在舍，请贤弟、弟妇到来作贺，望勿推却！"陶妃谢诺，辞了众人，往内去了。郑恩吩咐重新摆宴，与众王侯欢饮，直至酩酊方休。自此各家王侯，轮流设席，作贺新婚。按下不表。

只说世宗自登极以来，年岁丰盈，天下太平，万民乐业，文武辑睦。朝廷政事，无论大小，皆世宗亲裁，百官唯命受成而已。时有河南府推官高锡上书谏云：

  臣闻四海之广，万机之众，虽尧舜不能以独治，必择人而任，以观其成焉。今陛下焦劳宵旰，一以身亲之，天下不谓陛下聪明睿智，足以兼百官之任，皆言陛下褊迫疑忌，不信群臣耳！不若选夫能公正者，以为宰相；能爱养者，以为守令；能理财足食者，使掌钱谷；能原情守义者，使掌刑罚。陛下垂拱明堂，视其功过而赏罚之，天下何忧不治？何必降君尊而代臣职，屈贵位而亲贱事，无乃失为政之本乎！宣授朝散郎、河南节度使推官臣高锡百拜上言。

世宗看了叹道："非我好劳，只虑轻易托人，不能尽心尔！"遂乃留中不发。

下日谓侍臣曰："凡兵在乎精，不在乎多。今以百农夫之加，仅足供王甲士之需，奈何饮我民之膏血，以蓄养无益之兵！且好歹不分，众何以劝？"乃命赵匡胤大简诸军，择其精锐者收用，其羸弱者罢去。仍招募天下壮士，许令诣阙听择，拨付赵匡胤简阅，选其武勇出众者，为殿前诸班禁军，其马步军皆令管辖。那将帅自选阅之后，士卒精强，所攻必取，所战必胜，侍臣皆顿首称谢。

忽中官来奏，太师冯道卒。世宗闻奏，甚加叹息，即敕有司依三公之礼葬之。有司奉行不提。

话分两头，却说北汉主刘崇，自高平一败，忧愤成疾，延至数月而殂。遣使告哀于契丹，契丹主接得告哀文表，即遣使命册立刘崇之子承钧为帝，更名刘钧。刘钧得命，遂即皇帝位。那刘钧天性笃孝，行己谦恭，既嗣大位，勤于为政，爱民礼士，境内稍安。仍上表称契丹为父皇，凡贡献馈送，极其敬事。因此后人见刘钧忍耻事虏，效尤石敬瑭故事，阿谀谄媚，竭力以事之。舍山后杨业干城之将，视为等闲而不用，孰知见讥于当世，贻笑于万年。后人因有一诗以嘲之：

  辽虏当年势最强，中原屡被犯边疆。
  甘心上表称为父，无耻刘钧计不良。

显德二年正月初一日，日食四分，世宗下旨诏求直言。次日，封章沓至，世宗择其嘉言善行有益于民者，见之施行。时有边将张藏英，上陈备边之策，大意谓冀州、青州等处，有胡卢河横亘数百里，可浚掘使深，流水令其满溢；再择地势，筑城池以守之。兵马若来，亦可限其奔突，且百姓得再生之路矣！世宗览表大喜，道："张藏英有此智谋，必能为朕守，胜于长城远矣！"一面降诏褒奖，一面遣韩通、张光远督民夫往彼濬筑。二将得旨，即日带领军马，起发民夫，至李晏口地方筑立城池，留兵马屯扎，以护沿边居民。不在话下。

却说契丹主听得张光远起筑城池，遂与众将商议道："李晏口乃大辽出入之路，若使其城筑就，屯设重兵以守之，只我国计穷矣！今可乘其未完，出精兵以攻之，使彼不得成功，方无后患。"众将皆言此计甚妙。契丹主即差大将屈突惠为先锋，带领精兵一万，前去抄出攻之。屈突惠得旨，遂即起兵来至李晏口，离地数里扎下营寨，下令番兵："明日分四路而出，叫他四面受敌，便自走矣！"

次日，张光远与韩通正在监督筑城，忽哨马报道："北兵长驱而来，其势甚大。"张、韩二人听报大惊，急忙传令列营而待。那民夫听报北兵大至，各各惊心，弃筑慌忙奔溃。辽将屈突惠，部领虏兵四面涌来，将张、韩之众围绕在中，日夜攻击。张光远率领步骑，尽力拒敌，北兵不退。光远对韩通道："虏兵困逼甚急，若求救于朝廷，一时救应不及，恐误大事；不如告急于张藏英，令其鼓兵而来，虏可退矣。"韩通深然其言，即差健卒偷出虏营，径至冀州见张藏英告急。藏英看了文书，对差人道："汝回去报知张主将，只要坚守三日，吾救兵便到矣。"差人奉命回报去了。

张藏英即命部将江宏守城，自领精兵五千，离冀州来至李晏口。张光远闻知救兵已至，整顿步骑以待。北将屈突惠正看番兵攻击城壁，忽山后一声鼓响，冲出一队人马来，但见旌旗开处，张藏英拈枪出马而来。屈突惠舞刀拍马上前迎战。两下喊声大震，金鼓皆鸣。二将战上二十余合，藏英佯输而走，屈突惠不知是计，拍马追来，藏英较其来近，轻舒猿臂，大喝一声，擒屈突惠于马上。北兵见主将被捉，溃围而走。张光远、韩通领兵齐出，与张藏英两下夹攻，北兵大败，死伤者不可胜数。三将催兵追杀至十余里，乃收兵而还。将屈突惠斩于城下号令。张光远道："若非公忠于王事，焉能建此大功！"藏英道："全仗诸公之力，以胜北兵一阵；但此城实乃中原之咽喉，公宜尽心筑城。若有紧急，吾当相助。"张、韩二人称谢不已。藏英别了二将，领本部人马回冀州去讫。从此张光远与韩通分外当心，恐契丹复来扰敌，亲督民夫，日夜坚筑。未及一月，早已筑完，乃遣使上表，奏请调兵镇守。世宗得表大悦，已知藏英建立大功，遂加爵赏。仍就下诏，着张光远、韩通并受节度使之职，领部兵镇守城池。旨下，张、韩受职，分营守备，自此边患休息，渐得生聚。正是：

夜指碧天占胜地，晓磨宝剑望胡尘。

却说世宗一日设朝，与诸大臣议道："朕自践位以来，每思治政之方，未得其要，寝食不忘。又有吴、蜀、幽州、南唐等处，皆阻于声教，未能混一海宇，用是为虑。尔等近臣，可撰'为君难为臣不易'及'开边策'各一篇，与朕览之。"是时昌邑侯王朴献策一篇，世宗览而大喜，道："王先生乃先帝有功之臣，所陈篇章，深惬朕意！此非先生之深虑远谋，何以及此。乃朕之柱石也！"即日授王朴为开封府，领丞相事，王朴受命谢恩。忽近臣奏称："有边报机密事情。"不争有此一报，有分叫：贤臣策百世功勋，良将布千秋事业。正是：

　　　　王政首开除暴令，仁君先务爱民心。

毕竟报的什么事情？且看下回分解。

第五十四回

王景分兵袭马岭　向训建策取凤州

诗曰：

　　天将下三宫，星门召五戎。
　　坐谋资庙略，飞檄仗文雄。
　　赤土流星剑，乌号明月弓。
　　秋阴生蜀道，杀气绕湟中。
　　风雨何年别，琴樽此日同。
　　离亭不可望，沟水自西东。

右录杨炯《从军词》

　　话说世宗正与近臣议论治道之方，忽黄门官奏称，有边报机密事情。世宗询问其由，黄门官奏道："西蜀孟昶，久违声教，奢志虐民，纵情淫乱，穷奢极欲，废败纪纲，至于溺器亦用七宝装成；似此流连荒淫，百姓怨诽日甚，臣闻知其由，以此特来相奏。"世宗听毕，便与王朴商议，王朴奏道："孟昶为祸于西蜀，纵欲害民，国法之所不容缓者；陛下正宜兴除暴之师，救民于水火。一则殄灭伪命，使声教不阻于遐陬；二则又使南唐、北汉闻风而知惧。此一举而两得之策，陛下当急行之。"世宗闻奏大喜，问道："先生既言蜀可伐，但不知谁人可领此职，得以效命而奏捷也！先生可观其能者，与朕决之。"王朴奏道："臣观宣徽使向训，颇有将才；凤翔节度使王景，善能用兵。陛下可命二人伐蜀，必收全功。"世宗允奏。下诏以王景为大将，向训为先锋，各领精兵伐蜀。

向训得旨。引兵二万，径趋凤翔来会王景。王景受了圣旨，点起人马，整备起行。当日对向训道："蜀道山高岭峻，最称险阻，若使一夫当关，万夫莫进。吾今与公分为两路进兵，公可引兵二万，从秦州进取；吾引一支军，从黄牛寨一路而进，俱在马岭关相会。"向训领命，即日领兵径往秦州而行。那王景领兵一万五千，离了凤翔，往黄牛寨进发。时蜀中共立八个寨头，乃是黄牛寨、马岭寨、木门寨、仙鹤寨、白涧寨、紫金寨、铁峡寨、东河寨。唯有黄牛与木门、白涧这三个寨，皆倚山设立，最是险要。那黄牛寨镇守的，乃两员猛将：一名太原人，姓张名处存，生得黑面乌须，横生筋肉，善使一条铁杆枪。一名姓肖名必胜，山后人氏，生得面如傅粉，唇若涂朱，使一柄大砍刀。二人皆有万夫不当之勇。听得周兵要来征蜀，张处存谓肖必胜道："今有周将王景统领人马前来，不日将到；若与之战，彼乘一时之锐，胜负似未可知。莫若严督坚守，待他军中粮尽，然后出兵掩击，一鼓可擒也。"肖必胜依其计，即便严设战具，按兵不出。

这日，王景领兵来到黄牛寨下，只见旌旗峰列，剑戟林排，阻住要冲，大兵不能前进。王景传令安营，计图攻取。当有裨将王仪进策道："小将闻黄牛寨守将，乃是张处存、肖必胜二人守把，俱是智勇兼全之辈。他今据险以守，阻住要害，吾兵如何进得？不若先取其易，而后攻其难。近日访问土民，此处有一条小路，可通马岭寨，彼处守军单弱，攻之甚易。主将当偃旗息鼓，从这小路密密进兵，若得此关，则黄牛寨不难破矣。"王景听了大喜，道："此计甚妙！"即时暗传军令，人马连夜从小路而行。此时喜得残月微光，军士不用火炬，穿谷渡涧，密密前行，将至黎明，已到马岭寨下。守寨将于吉、赵季礼二人把守，虽知周兵伐蜀，心下只仗着前关坚固，不甚提防。这日忽闻寨下金鼓连天，喊声震地，哨报大势周兵已到寨下。于、赵二人惊得手足无措，急忙点将整兵，出关迎敌，正与王仪兵马相遇。王仪道："今天兵已入巢穴，汝等伪命之徒，尚不早降，保全首领；敢自领兵拒敌，直欲砍为肉泥耶！"于吉大怒，更不答话，提枪直取王仪，王仪舞刀来迎。二将在关下相战，约有六七合，未分胜负。忽闻侧首里鸣金擂鼓，呐喊摇旗，当头一员大将杀出，乃是先锋向训自秦州而来，领兵从旁夹入。赵季礼见势不能支，先将辎重及妓妾都上了车子，带了家将，即便遁逃。那于吉抵敌不住，不敢恋战，杀开血路，逃入成都去了。王仪与向训合兵一处，杀入马岭寨，尽降其众。有诗为证：

　　杀气南来战胆寒，征云冉冉蔽空山。
　　英雄预定驱戎策，谈笑须臾过此关。

　　不说王景等已取马岭寨。再说于吉、赵季礼二将逃进成都见驾，报称："周兵势锐，已被袭取马岭寨，望主公恕罪！"蜀主听说大怒，道："汝二人既为守将，平日不能预练甲兵，据险固守；今又不能尽力拒敌，反是望风而走，有何面目来见我耶？"喝令推出斩首号令，然后与众臣商议退周兵之策。枢密使王处古进道："近来周兵势盛，所到无敌，主公若要保安西土，除非结连北汉、南唐，陈说厉害，求其相援；若使二国允从，则周兵首尾受敌，必然退矣。"蜀主从其言，遣使往二国求救。是时二国得了求救文书，尽皆依允赴援。

　　却说王景军马屯扎马岭寨，思欲进取，无奈粮草缺乏，未敢轻动。当与向训商议道："前有坚城，后有劲敌，军中粮食，将以不继，何以支持？"向训道："黄牛寨知吾袭取马岭，彼必不敢出军阻我之后；前面关寨，自谋谨守勿暇，焉有他谋！但军中既缺粮草，只须差人入京，奏知主上，必然接济。吾与公共图进取之计，以匡王室。"王景闻其言而大喜，即日差人入汴京，奏取粮储。差人领命，星夜赴京，入朝启奏。世宗得奏，下诏与群臣商议。众臣皆谓王景伐蜀无功，空费钱粮，疑乎无益，不如罢兵，再图后举。世宗犹豫未决，南宋王赵匡胤奏道："近闻王景屡胜蜀兵，军威大振，特未有奏捷之报耳！今军中所乏粮饷，此亦本然之事，陛下何必怀疑？臣愿亲督军粮，押赴营前，看他光景何如，以定去取。"世宗道："若得御弟一行，朕无忧矣！"匡胤即日辞驾，点押仓粮五百余车离汴京，已到秦州，先差人报知王景。王景对向训说道："主上今差赵王押运军粮，已到秦州，但蜀道险阻，此粮难进；又恐蜀兵一知，甚非吾利。"向训道："公且勿忧，小将早已思算定了。今只引精兵五千，密出陈仓口，候接赵王粮草到此，必无失误。"

商议已定，即便引兵来见匡胤，且道："蜀中有可取之势，只是粮饷难继，为可忧也；若使大军临城，则蜀之君臣不击而降矣！"匡胤道："将军言者是也，但今日此粮何以得进？"向训道："蜀道崎岖，车毂难行，只可令步骑负载，密从间道悄悄至马岭寨，方保无虞。"匡胤听了大喜，道："王军师推公有将才，今果然矣！"乃将粮食尽用布囊盛之，差步卒五百余人，各自担荷负载，随了向训悄悄的投赴马岭寨去了。匡胤率领兵马，自回汴京，见了世宗，奏知运粮交代，并无误失。又说起："西蜀有可取之势，正将士肯用命之秋，陛下当独断于衷，不宜误听左右而失此机会也！"世宗听奏，满心大悦，即下诏：除王景为招讨使，向训为都监军，速行进兵，以张天讨。使臣领旨，往马岭寨军中宣了诏书，王、向二人谢恩毕，款待过了天使，相送回京去讫。然后下令诸将，各整战具，备候进兵。

蜀主闻此消息，召大小众臣商议。有雄武军节度使韩继勋奏说道："周兵此来，必然先攻凤州——盖此地乃全蜀之咽喉，敌人所必争之地也。陛下可命大将严兵据守。再点骁勇之人，领兵据住马岭寨要冲，于小路去处，尽都塞断，以绝周师粮道。则敌兵虽有百万之众，亦无所用矣！"蜀主从其言，即命大将李廷珪、支审征二人为统军使，带领精兵二万，来拒周师。又遣大将赵彦韬领马步军五千，屯住凤州，为坚守之计。再令精细军士往马岭左右小路去处，各各塞断。蜀主分拨已定，李廷珪等诸将各自领命而行。

且说李廷珪军马来到白涧寨屯下营盘，与支审征商议道："离此十五里地名黄花谷，实为西蜀要害，此处须得一人据险以守。吾与公引精兵抄出马岭寨，则周师不足胜矣。"支审征道："此计甚妙！谁肯领兵往黄花谷一行？"言未绝，健将王銮应声道："小将愿往！"廷珪大喜道："汝若肯去，必能成功矣。"即点精兵五千付与王銮，登时往黄花谷把守去了。

廷珪自与审征带领余兵出马岭寨迎战。哨马报入王景军中，王景与向训议道："蜀道路径丛杂，急切难行；近闻乡人传说，此去有一黄花谷最为险要，若使蜀人据守，吾军难以进取矣！谁敢领兵先取黄花谷，使吾易于调用。"有裨将张建雄挺身出道："小将愿往！"王景大喜，即拨兵二千，张建雄领命而去。王景又差骁将康仓引兵一千，往凤州阻蜀兵归路，康仓亦领兵去了。王景分拨定了，自与向训坚守营寨，按兵不出。

却说张建雄领兵到了黄花谷，鸣金擂鼓，呐喊摇旗。那王銮已知周兵来到，急忙披挂上马，领兵出关，大骂道："不知进退之贼！今已深入吾地，尚不知死期耶！"建雄不答，抡刀拍马直取王銮，王銮挺枪迎敌。两马相交，双器并举，二将战上七十余合，王銮力怯败回关去。张建雄奋臂大呼："斩将夺关，在此一举！"驱兵乘胜杀进。蜀兵不能抵敌，弃关而走，王銮大败，逃奔成都。

张建雄袭了黄花谷，驻兵坚守。早有报子飞报廷珪，廷珪听知黄花谷失了，顿足大骂道："匹夫误我大事！"忙与审征回兵，被王景、向训探知消息，领兵开关杀出。周师奋勇争先向前追杀，蜀兵大败，杀得尸横遍野，血流山原。李廷珪见周兵势锐，只得与支审征一同退保青泥岭去了。向训又胜蜀兵，威声大振：来到黄花谷，重赏张建雄，差人报捷于京师。

是时向训又与王景议道："吾兵虽然屡胜，今已深入其地，但黄牛寨守将张处存、肖必胜尚未宾服；倘控扼我后，阻绝归路，是为深患，不可不图；必须命勇将击而破之，方免后祸，且得放心长驱入穴也。"王景道："公言诚当，然吾观张、肖二将，乃智勇之士，不若先使能言者谕以祸福，说之来降；彼见蜀兵连败，谅自允从。如或不从，再议加兵，公以为何如？"向训道："主将说的是也，小将愿请一往。"王景道："公掌帷幄重任，岂可轻身！当令别将前行，庶无他虑。"只见部将韩烈近前说道："小将愿往说他二人来降。"王景大喜，即允其行。

当日韩烈上了马，带了一二从人，径望黄牛寨来。行至关下，高声叫道："守关的头目，快去报与主将知道，说有周将韩烈有事要见。"军士听说，连忙报入中军，张、肖二将令开关放入。那韩烈至帐中相见坐下，张处存问道："将军驾临，有何见谕？"韩烈道："某主将素闻二位乃世之豪杰，每怀渴想，欲见无由；故虽奉诏伐暴，而于二位贵地，不忍以一卒相加。况我师已入蜀境，唯二位据守独寨，旁无救应，深为二位危之。且我中国圣主，恩泽所及，远近皆钦。某故不避斧钺，来见将军，莫如弃暗投明，决然归附，他日青名垂于竹帛，宏勋列于鼎钟，岂不伟哉！愚意以为如此，未知二位尊意若何？"处存听了这一席话，暗思："蜀主荒淫，时势已去，吾等孤立于此，焉可挽回？不如权且归附，再为区处。"遂开言说道："蒙将军以大义相招，足感盛德，某等当于明日，领所部来见将军也。"韩烈辞别出寨，回见王景、向训，说知张、肖明日来降之事。王景大喜，令设厚礼以待之。部下将佐皆言："贼人投降未确，岂宜深信！"向训道："张、肖雄烈丈夫，岂肯效此不义之为！汝等勿得疑忌，有误大事。"众人尚不肯信。

到了次日近午时候，人报张、肖引军马来到。王景闻报，下令军中去其戎装，自己单骑亲迎。张、肖二将见这光景，心甚感激，遂滚鞍下马，拜伏军前。王景下马扶起，邀入帐中，依次相见，命之列坐，然后谕以周主之德与自己爱慕之情。张、肖二人躬身答道："小将二人，蒙将军见爱，愿效犬马之力，以报仁德。"王景大喜，即命大排筵席，庆贺新降将士；又犒赏兵卒，以示仁恩。有诗证云：

　　　　骁勇王公武略奇，征西将卒建旌旗。
　　　　不劳张箭英雄伏，千载功勋布远夷。

　　却说世宗驾坐早朝，有王景捷音报到，百官称贺。世宗谓王朴道："出师之利，皆先生举荐之力也！"王朴顿首道："此乃陛下天威远及，将士用命所致耳！臣何力之有。"世宗遣使赐王景、向训及诸将锦袍各一领，其余部下头目兵卒，犒以财帛。使臣领旨，往王景营中宣了旨意，交点御赐物件。王景拜受已毕，俵分将士，送天使回京去讫，即与诸将商议进兵。向训道："蜀兵屡挫其势，不敢再来交兵；为今之计，且待康仓取凤州胜负如何，然后发兵征进，未为晚矣。"王景依言，遂按兵不动。

　　却说蜀将李廷珪、支审征败回蜀中，素服请罪，蜀主赦之，与群臣商议迎敌之策。枢密副使刘邦义奏道："周师坚锐，所向无敌，近来一连失去数处关隘；大王若再出兵，胜负难保。不若遣人赍书入中原，与世宗讲和，收兵罢战，乃为上计。"蜀主依议，命儒臣修书，遣使入京，奉上议和。时世宗览其书云：

　　　　盖闻兵乃危事，战为逆德。臣守西蜀一隅，未敢有犯；乃中国耀武兴师，侵我边疆，果何所见者耶！今臣愿请岁时修通好之礼，往来如兄弟之国，休兵息民，畜食省费，于陛下非无所利。不然蜀道险阻，粮饷难运，劳师经岁，暴骨草莽，于兵既无所益，且于陛下君临天下，抚迩绥远之意，未有当也。臣实情陈告，惟陛下留意焉！

世宗览毕，怒其言语倨傲，不答回书，但谕使者道："尔归告汝主，贪残虐民，昏乱废政，朕唯奉天命以伐暴耳！汝主若奉表称臣，献纳土地，即便罢甲休兵；不然唯有增兵益将，坐受献俘耳！"使者领命，归告蜀主，道知世宗不允和好之语。蜀主大惧，急与众臣商议。有宰相王昭远奏道："既中国不允和好，吾境沃野千里，府库充足，周师虽来，料亦无妨！且栈道险绝，粮饷难通，彼以急战为利，吾以坚守为功，岁深月久，周兵安能久驻乎？"蜀主信其言。即便下令，聚兵粮于剑门、白帝城两处，为守备之计。按下不提。

且说王景打听康佺消息，忽报凤州城郭坚固，守备甚严，近日康佺与蜀将交战，颇失其利，因此屯兵望救。王景乃召向训商议，向训道："凤州，蜀之咽喉，必有重兵固守。今所以必欲先取者，只我运粮可通，无后顾之患。君宜亲往取之，庶有成绩。"王景称善，便令向训守黄花谷，自领马军一万，与张处存、肖必胜来到凤州，离城十里下寨，整顿器械，以备交锋。消息传入城中，守将赵彦韬与节度使王环，便欲点兵出敌。都监赵彦荣谏道："王景，周之名将；若与之战，恐未得利。不若固守，以老其师。"彦韬道："此言是怯也！正宜与他一战，以挫其势，使彼不敢轻视凤州。"王环道："斯言有理。"遂下令整兵迎敌。

次日平明，前锋赵彦韬当先出马，王景横刀勒马，立于门旗之下，对彦韬说道："天兵入境，各处关隘皆被我师所取；汝有何能，不早归降，而犹拒敌耶！"赵彦韬大怒，道："汝等无故加兵于蜀，敢在阵前饶舌！直欲自寻死路耳。"言罢，舞刀直取王景。王景正待亲战，阵后一将跃出，大声道："待小将斩此匹夫！"王景视之，乃肖必胜也。必胜拍马抡刀，抵住彦韬交战。两下金鼓齐鸣，喊声大举。二将战上六十余合，彦韬力不能支，回马败走，必胜纵马追来，刚到城河边,一刀斩彦韬于马下。王景驱兵掩杀,蜀兵大败。张处存奋勇争先,正遇王环,交马三合,生擒于马上。周兵一拥攻入,刺斜里康仓引兵杀到,蜀兵退走不及,抛戈弃甲而逃。其余投降者,不可胜数。王景按辔入城,安抚百姓。乱兵捉得赵彦荣,绑缚来见。王景令释其缚,与王环一同散拘军中。二人心怀愤恨,不食而死。王景既得凤州,威声大振,远近皆惊。于是成、阶二州,各各献城投降。

蜀主闻知,惊惶无措,急召王昭远商议。昭远奏道:"事势危矣!大王只得再差人到南唐求救,庶可以退周师。"蜀主然之,即差王立中为使,赍书至南唐告急,求请救援。彼时南唐主看书已毕,谓王立中道:"前者正欲出师,因粮草未集,是不果行;今周兵既已深入,吾当命将发兵,阻绝其后,不日可斩周将之首,以雪其愤也!汝先带回书,归告蜀主,宽心勿忧。"立中领命,回至高阳地方,遇向训巡逻兵见了,登时拿住,解往营中。向训令左右搜检,却在怀中搜出回书,向训看了大惊,道:"若非主上洪福,吾等尽受其累矣!"即差左右解送入京,奏知其事。再请朝廷出兵以遏其势。

差人领命,即时押解王立中,不分昼夜望汴京而行。约有多日,已至京中,入朝见驾,陈奏其事。世宗大怒,喝令推出斩之,与群臣商议征伐之策。赵匡胤奏道:"南唐李璟,近来兵精粮足,非北汉所比。今征蜀之兵已入其境,彼心胆寒裂,必不敢再出兵以拒敌矣。陛下且敕王景、向训,于秦、凤二州为驻守之计,候陛下天兵所指,擒了李璟,斩示成都,则孟昶自然拱手而降。"世宗大喜,遂下诏于王景军中,宣示旨意,一面简阅将士,择日出师。不争有此一番举动,有分叫:西境未安枕席,南方先受干戈。正是:

> 事不警心心有戚,机当露敌敌施谋。

毕竟世宗几时出师?且看下回自见。

第五十五回

课武功男女较射　贩马计大闹金陵

词曰：

　　武教先射义，从来观德称高艺。弧矢见志，丈夫凌云吐气。更喜佳人效瞿圃，熟娴弓马持妙技。差强人意，世风堪异。　　况值四郊多垒，眼前又见营疆场。出师未建旌旄，先施较计。优游国域决行藏，搅海翻江惊天地。发扬蹈厉，功名万里。

右调《鱼游春水》

　　话说周世宗兵伐西蜀，蜀主求救于南唐，使者王立中持书归蜀，不料被向训巡兵所获，解京请旨，世宗怒而斩之。因与赵匡胤商议征唐，廷断已定，整备选将阅兵，择日起行。按下慢表。

　　且说陶三春自受封内职之后，将随嫁使女择配与王府家将，每日轮唤夫妇二人当值，另讨小婢四人，房中使用。其所配之使女，于三、六、九日较习弓马枪刀，随其高下，赏赐以激励之。常对众妇女说道："我受太后、皇后厚恩，职封检点，非比寻常，欲思所报，故令汝等各尽心力，习学武艺；倘遇宫闱有不测之虞，庶几可建安靖之策，略尽臣下万分之一耳。"自此陶三春每逢朔望日，必进宫朝见太后及皇后，常有赏赉。又因自幼无母，拜认赵王之母杜老夫人为母，与贺金蝉、杜丽容、韩素梅俱以姑嫂相称，情投意合，常相往来。时杜丽容已与匡胤成过亲了，相安欢洽，愈见贤能。

一日杜丽容接了母亲褚氏来家，设席款待；又差家将持帖去接陶妃，会亲同饮。家将去不多时，陶妃轿到，丽容、素梅一同出接，至内堂相见。陶妃道："今日嫂嫂见招，不知何事？"素梅道："因是姐姐令堂褚老夫人到此，故接姑娘来一会。"陶妃听说，便请相见。丫鬟便把褚氏请出堂来，彼此一见，各吃一惊。陶妃心中想道："这样丑妇，怎么会生这位好女儿出来？莫不从幼抱养的？"那褚氏亦自暗想："郑王这等英雄，今已做到王位，怎肯纳配这丑面大脚之妇？想指腹下定的，亦未可知。"当时两下见礼，各自谦让。陶妃道："褚老夫人系是长辈，定该请上，待奴拜见。"丽容在旁答道："姑娘乃太后内臣，爵位所尊，家母礼当拜见，岂敢以长幼拘礼乎？"那褚氏自恃力大，蓦地里要把陶妃抱上椅去；谁知蜻蜓撼石柱，动也不动，不觉大惊，只睁着眼呆瞧。倒是素梅从旁说道："二位既是这等相让，不如照宾客礼相见，只行了常礼罢。"于是二人各行了四福，一齐坐下。茶罢，摆上酒席，彼此序齿而坐，叙谈欢饮不提。

却说赵匡胤这日正同着郑恩、高怀德、韩令坤、李重进等十余人，巳牌时分齐到府中，匡胤道："圣上明日颁诏，征伐南唐，我等弟兄今日须当尽兴一醉。"匡义说道："今日郑王嫂亦在此，不知郑哥从征去不去？早须禀命一声，倘王嫂不许去时，我等便好出结，代为告病。"郑恩道："兄弟休得取笑，二哥既去，咱焉有不去之理！"高怀亮道："闻得王嫂勇力非常，我等今日正好请教。"匡胤笑道："他也不怯于人，你莫要小视，自取其辱。"说罢，传命婢女，请陶妃出来较射。那陶妃便差家丁回府，传能射勇妇十名，并将自用弓箭亦取了来。少停，陶妃领了众妇上堂，见匡胤一福，便问："王兄有何见谕？"匡胤道："明日圣上下诏，征伐南唐；众议欲荐王妹为前锋，未知可否？"陶妃举目一看，欠背躬身，把手一拱，众皆低头，欠身躬立。陶妃道:"众位年兄,休得取笑!非我胆怯不去,但今初次出兵,就用妇人为前锋,恐南唐之人笑我中国无人;况有职役在身,不敢违背太后之心,望诸位年兄鉴谅!"高怀德道:"状元口才,不夸不让,非我等之所及也!久仰妙技,今愿请教。"陶妃道:"我系初学,岂敢占先;就请众位大才一试,我当步武可也。"于是匡胤等众人,挨次轮射,以观优劣。各以五箭为例,彼时渐次射毕。有中二支者,有中三支者,唯高怀德五支皆中。赵匡胤、郑恩、高怀亮各中四支。那陶妃预请褚氏坐下观看,见众人射完,陶妃令人离原地百步之远,另立一垛,先请褚氏量力取弓较射。褚氏欣然立起,拣了一张伏手之弓,对定靶子,连发五矢,中了三箭。然后三春取弓搭箭,连连射去,四中红心,一矢旁插。又令众妇女两旁轮射,亦无交白卷者。

男女较射已毕,各奉巨觥,尽皆欢畅。众妇亦皆赏饮。当有高怀德开言说道:"明日旨下行兵,郑王兄去不去,须要状元主意;如不去,我等公同出结,代他告假。"陶妃道:"养军于日,用在一朝,今有事推故,岂为臣之理!汝教人不善,煽惑军心,吾明日进宫奏知太后,当正军法。"众官代为请罪,言:"高兄酒后失言,不足介意,望年台勿罪!"匡胤亦劝道:"贤妹息怒,且看愚兄之面,万望海涵!"陶妃听了,说道:"以后非礼之言,少要饶舌。"说罢,同了褚氏,带了众妇,往内去了。众侯悚然知惧,称赞才能。

那褚氏进内,笑容说道:"陶娘娘真乃女中豪杰,方才若无你这般才力,便要被这些男子视我等如草芥了!"陶妃道:"就是舅母这等力量,也未必有人敢欺。"褚氏欲把前情相诉,丽容恐怕出丑,急以目视止之。当时重整盛宴,坐席欢饮。

外厅排设筵席,众侯乐饮。席间,匡胤说道:"明日兵下江南,未知地利;吾意欲同四五位兄弟,于未发兵之前,差家丁押带好马百十余匹,我等齐作贩客,于金陵城内以卖马为名,探视城郭破绽,好待攻取。汝等众议以为何如?"众皆大喜,极口称赞。计议定了,各各畅饮，尽欢而散。

次日，匡胤奏知世宗。世宗道："非朕好武，奈何前伐刘崇，因彼侵我疆界；今又欲袭我征蜀之师，是不得不乘势往讨矣！卿等既有定议，俟回京之日，兴师可也。"匡胤领旨回家，即备白银千两，选了勇健家将十数人，至边郡张光远、韩通处买马百十匹，克期到京，勿致违误。家将即日起身，往边郡去讫。约有半月之期，马已赶到。匡胤便与郑恩、高怀德、韩令坤、李重进共是五位，各扮大辽官贩马客，制造辽国批文，填名护身。当日一齐起身，出了汴京，望江南进发。

在路非止一日，早到了金陵城，将马匹赶进城去，众人投到帅府中军挂号。中军进禀元帅刘仁赡，仁赡大喜，道："我国正欲用兵，专待马匹；今辽客之马，先令自卖五日，其余照数时值估价，于帅府发银可也。"自挂号之后，其马就在城内插标买卖。金陵城中，富家各拣毛片，武官多拣骨力。日中匡胤等在城内以卖马为名，暗里偷觑城郭，遍看攻打应接之处，记在心头。晚上将马赶出城外，野地放青，只五日之内卖去大半。其余马匹，都是刘仁赡令中军照时估价，一并收用。其马价约共八百余两，候兑足之日，给发起身。这正是：

错看龙虎为羊犬，致使都城鼎沸扬。

众王侯虽然帅府挂号，其饮食过宿自在下处安顿。当时马匹已完，一行人归至客店之中，将零卖马价之银尽数收拾。留下二十两银子先付酒保，叫他端整酒肴，须要丰盛；其余该找若干，候帅府发银之日，一并算清。那店家领了银两，欢喜出来，整备上下四桌盛席，至晚，把众王侯请到前面楼上饮酒。那满楼点上红灯，辉煌光彩。又往窗外一望，见街道广阔，两边店铺都挂红灯，正在那里做晚市——这是金陵城闹热去处，所以如此。众王侯有此大观，不觉酒兴情浓，如龙吞虎咽，饮至更深，然后归房。此时郑恩已醉，先自睡了。匡胤暗与众人议道："我们专为探视地利而来，在此多日，尚未备细。趁明日再往街市一游，好待回京候旨。但须设法瞒了郑恩方好，免了他同去大惊小怪，弄出事来。"众人点头称妙，各自安寝。

次日，众王侯早起，郑恩尚未醒睡。匡胤命家将对店家说知，早膳要用烧酒一壶，白滚水四壶，一齐送上，不得有误。店家领命，先送进面水四盆，众王侯各洗了面，先取点心来吃。却好郑恩醒来，起了身，频把双眼擦磨，口里只说："好酒！好酒！今早还有醉意哩。"带说带走，出房往外出恭去了。一会进来，见众人正吃点心，便说道："你们倒好吃，竟不等咱一等！"众人道："我们叫你不应，竟出去打你偏手，倒说我们不等！你看桶里热汤尚在，候你好一回了。"郑恩听说，把热汤洗了脸，坐在桌边说道："你们谅多不吃了，待咱来做个净盘将军罢！"众人大笑道："什么净盘将军，竟是个贪嘴大王！"须臾，店小二送进早膳肴馔、热烧酒一壶、四壶白滚水。那壶上多有暗记，众人各自取了水壶，将这酒壶送与郑恩面前。郑恩喜的是酒，怎辨真假？当时你茶我酒，自斟自饮，郑恩这一壶酒，已有三四分酒意。怎当那店小二又添上两壶，被众人你敬三杯，我劝五盏，早把郑恩送入醉乡，不知所以了。当有家将扶到床上睡好。众人只把饭食饱餐一顿，吩咐众家将道："若郑爷醒来问时，只说到帅府去兑马价去了！"家将领命。

各王侯换了新鲜袍服，备下坐骑，齐出店来。抓鬃上马，竟往三山街，望紫金山一路下来。但见家家闹热，户户开张，浪子高挑的便是茶坊酒肆。满眼繁华胜景，人物柔和，无穷美丽，胜似汴梁。众人出了城门，举眼四望，正是：

歌管楼台声细细，秋千院落夜沉沉。

真个青山绿水，翠柏苍松，绿绒铺满地，红锦染枝头。水连天色晴光美，山接云霞万丈齐，诚壮观也！众人穿东过西，假作游玩，暗观地道。见城垣高大，十分坚固，并无攻打之处。恐被行人看破，故意说道："好一个美地方，国富民殷，与我们大辽边塞大不相同，真好所在也！"口内闲谈，眼儿只是瞧看。又走到凤凰台门，只见四处空虚，旁有一条小径直向外边。又有一条水路，倒可容留大兵。又看某处可以扎营，此地可以攻战。

正在张看打量，只见远远地人丛挤挤，十分闹热，众王侯拍马上前，举眼看时，原来是座擂台。见上面张灯挂彩，又安放着许多彩缎金银。台下立着一面大言牌，上写："南唐王驾下敕封威镇金陵教师李豹示：遵旨摆设擂台，招致天下英雄，请比武艺。如有能上台打一拳者，输银五十两、元宝一个、彩缎十端。有能踢一脚者，输银一百两、元宝两个、彩缎二十端。再有武艺高超，能全胜者，愿让教师之位，不致争执。怕死者休得上台，不怕死者上来纳命。"众王侯看了，说道："如此大胆，我们倒要会这厮一会，谅他有多大本领，擅敢口出大言，藐视天下！"少停只见台上来了一条好汉，原也英雄。只看他打扮得恁般威武：

> 头戴绣花红战巾，绿绫短袄配身轻。
> 腰束大红绸暖肚，杏黄绣裤甚鲜新。
> 乌绫缠腿分左右，多耳麻鞋足上登。
> 独立台中频虎视，扬威耀武显精神。

台下立着多少花拳绣腿公子王孙，并无一人敢上台比武。那李豹大声叫道："汝等台下，不论三教九流，高人杰士，有能打我一拳，踢我一脚的，现照着牌上数目收去，还让他威镇金陵。如怕死者，休来纳命；不怕死者，上台见教。"那匡胤听了，说声："好大口气！目中无人，大言不惭。众伙计！谁敢上台与他比比高下？"高怀德应声道："小弟不才,愿上台去会他的手段何如?"匡胤大喜道:"贤弟须要小心,不可有失。"怀德应声:"晓得。"即时下马,解下鸾带,脱去了锦箭衣,里面穿一件黄绫短袄,将鸾带拴好,又把头上包巾整一整。众人看了,都说:"好一条汉子也,不知台上的胜,台下的赢?"俱各睁眼观看。这里高怀德上台会打,按下慢提。

且说郑恩在饭店之中,被众人灌醉得睡了,直到日中才醒。睁开双眼,向外一看,不见众人,便问家将道:"众位爷往那里去了?"众家将答道:"到帅府里取马价去了。"郑恩听罢,说声:"好呀!怎不等咱同去?"急忙跳起身来,也不备马,奔出店门。家将怎敢拦阻,只好由他。当时郑恩来到帅府门前,便立住了脚,不敢进去,只是东张西望,觅迹寻踪。看见里面走出一个当值的来,他便迎将上去,把手一拱,叫声:"大哥!动问一声,今日可有马客前来领价么?"那当值的看郑恩相貌异奇,疑是大辽来的,不敢怠慢,说道:"马客今日不曾来。"郑恩心中暗想:"又是奇了!既不来领马价,这半日儿往那里去了?他毕竟怪咱多口,所以瞒了咱自去。也罢!咱又闲在这里,也去走走;倘若抓得着他,也不可知。"即便回步抽身,一直出了城门,望前行走不表。

只说高怀德当时跳上台去,也不通姓道名,两下各自扎衣立势,都把门户摆开,要试高下。一个摆金鸡独立,一个摆手抱婴儿;这一个使猛虎离山,那一个使蛟龙出海;这一个顺手迎风抄下,那一个双拳扑面惊人。两个来来往往,都无一点下手之处。高怀德暗里思想:"此人武艺果是高强,若不暗算,怎能取胜?"定了主意,忽的虚闪一拳,使个回龙败势,缓步抽身;李豹不知是计,就势逼入双手来拿。怀德望下一躲,在他胁下钻过,闪在李豹身后。正是忙者不会,会者不忙,怀德只一把,早将李豹暖肚一手擒捞;李豹正待回身,又被怀德手快,却把左腿拿住。急忙放下了暖肚,早又拿住了右腿。李豹挣持不得,被怀德挺在手中,颠颠倒倒望台下丢了下来。

正值郑恩一口气奔到，赶得汗流如雨，望着擂台而来，分开众人，挤将进去。抬起头来，只见怀德在台上丢下人来。郑恩厉声大叫："咦！高兄弟，乐子来了！"只一声叫，如平空打个霹雳，众人都惊。他便不问情由，抢上前兜胸几脚，正踢个死。众人见李豹死了，呐一声喊道："不好了！青天白日，活活将人打死，不要放走了他！"赵匡胤等正看得高兴，听得郑恩声音，又见将李豹踢死，都说："不好了！又被这黑厮来惹祸了！"忙忙上前将郑恩拉住。郑恩道："二哥，你们瞒了咱，都来玩耍，原来在着这里！"匡胤也不回言，招呼怀德下台。上了马，却待转身，怎当得李豹的家人徒弟，先见怀德把李豹丢下台来，俱各无颜，正要去救，又被黑汉踢死。一面如飞地赶进城中，到帅府通报；一面各执了器械，把众王侯团团围住。众人高声说道："列位且住！清平世界，打死了人，怎样理说？"众王侯道："此非无故争打，现有擂台并大言牌为据。我们只将这大言牌带去，自有分辩，你等何必着慌！"说罢，各人策马，假意进城。众人看这班人不是好惹的，不敢拦阻，只好远远围绕。

　　且说进城报事的家将到了帅府，至大堂前，正值元帅刘仁赡坐堂议论军情，众人跪下禀道："启上大老爷，祸事到了！家爷奉旨设立大言牌，打擂天下英雄，已过三个月，并无敌手。今日不知那里来的雄躯大汉，约有四五人，生的丑恶怕人。有一汉上台与家爷比手，三回五转，将家爷丢下台来；人丛里又走出一个黑脸大汉，将家爷几脚踢死了。小人等拿他不住，特来报知元帅大老爷，望乞做主！"刘仁赡尚未回言，只见李豹之兄李虎在旁，听知兄弟被人打死，心中大痛，眼内流珠，上前跪下，禀道："求元帅发兵，与小将前去擒捉这班凶徒，与兄弟报仇！"仁赡依允，即发精兵三千、副将四员，同了李虎一齐奔出城来。正在凤凰台遇见了众王侯，兵士发声喊，四下围裹前来，只叫："不要放走了强贼！"众王侯在马上，望见兵马围来，自思手无寸铁，俱各心慌。郑恩情急计生，见道旁数株柳树，急忙走至跟前，如在九曲十八湾救驾拔枣树一般，把中匀的柳树拔了一株，拿在手中，望前乱扫。匡胤解下鸾带迎风一晃，变了神煞棍棒，望前乱打。正遇李虎一马冲到，大骂："该死狂徒，还我弟命来！"抡刀便砍。匡胤举棍相迎，不十合，早被匡胤一棍打落马下。郑恩见了，火速上前，举起柳树狠力的几下，把李虎打得稀烂。就便抢了李虎的刀，卷地乱砍。李虎的坐骑跑向前去，被李重进看见，纵马上前一手拉住。当时众王侯虽是英雄，怎当那三千兵马、四员副将！又添了李豹的这班徒弟，人人发狠，个个争强，众王侯焉能抵敌？见那势头不好，叫一声："老黑去罢！"郑恩听唤，转身要走。李重进叫道："快来上马！"郑恩见了大喜，飞身上马。

众王侯且战且走，被官兵赶了三十余里。天色将晚，各人饥饿，正在危急，只见路旁有所庙宇，上面写着"显真道院"。众人都进山门，各下了马。耳边忽听马嘶之声，众皆疑惑。正待走进丹墀，猛可的见廊下奔出十数个大汉来，唬得众人心惊胆怯。斜眼一看，原来却是改扮贩马的辽客，同在饭店中跟随的家将，才把心神定了，开言问道："汝等因何在此？"家将禀道："小人们奉命在店，至日中时郑爷方才醒来，问起众位王爷，小人们回答讨马价去了。郑爷便飞赶出店，小人们不敢拦阻，又不好随行。料着郑爷此去决然有事，就便算还店账，收拾行李，却值帅府差人颁给了马价，因此出店起身。一面打听就里，方知擂台打死了李豹，帅府发兵追围。小人等预先赶出了城，在此经过，蒙本观道长留住，说众位王爷于申酉两时决然到此，叫我们不必他去，速备饮食等候。小人们见他言语有因，知是异人，故此依他；不想众位王爷果然到来！"

那众王侯听了这席言语，心怀大喜，称赞其能，说道："汝等既已备饭，可快取来，我们吃了走路。少停追兵到了，怎得脱身？"家将道："饭已备在殿上，请众位王爷快用！"众人一齐上殿，把饭饱餐了一顿。正待回身，只见殿后走出一位道长来，生得神清骨秀，丰采翩跹。见了众王侯，上前道："众位王爷，贫道稽首了！"众各慌忙答礼。那道长道："众位大驾降临，此处非讲话之所，请到净室可以闲谈。"众王侯道："蒙仙长相留，甚妙！但为的惹下祸端，不敢耽搁；况后面追兵将至，迟则恐不能脱身也！"正言之间，只听得外面锣鸣鼓响，喊杀连天。众王侯慌得神消气沮，手足无措。那道长哈哈大笑道："众位王爷，何必这等惊恐！谅这些须小卒，值得甚事！不是贫道夸口，凭他千军万马，势压泰山，只待贫道出去，看有谁人近得身畔，进得观门？管教他结队而来，败残而去。"说罢，进房取了一口宝剑，慢慢地走出殿来。有分叫：道院仙居，启血海尸山之兆；争城夺地，遭狼烟锋镝之伤。正是：

    卧榻不容人酣睡，覆巢端在我摧残。

毕竟那道人出去怎生退兵？且看下回分解。

第五十六回

杨仙人土遁救主　文长老金铙伤人

诗曰：

> 云纪轩皇代，星高太白年。
> 庙堂咨上策，幕府制中权。
> 军势持三略，兵戎自九天。
> 朝瞻授钺去，时听偃戈旋。

右摘高适《幕府诗》

话说赵匡胤等众人，因擂台打死了教师李豹，被南唐元帅刘仁赡发兵追捉。当时放马而逃，于路有一显真观，众人进去躲歇片时，却遇见了家将先在庙中。因又相见了观中道长，正在言谈，不料外面追兵已至，众王侯因寡不敌众，未免心慌。那道人说道："众位莫要惊慌，这些许兵卒，看贫道立退便了！"说罢，取了一口宝剑，缓步踱将出来，见山门外许多兵将正在那里指手划脚，指点进来拿人。那道人开言问道："汝等众兵将我院门围住，有何事故？"那四员副将上前答道："道人，你却不知，今日有一伙贩马凶徒，在擂台上与教师李豹比武，一时将教师打死，还可解释；不意又打死了奉差将军李虎，这罪岂可脱逃！我等故奉元帅将令，特来追捉，方才走进院中。你可让我们拿去献功，便与你观中无涉。"那道人说道："原来如此。我这观中，并不曾见有贩马客人，你莫要错了主意，可往别处去寻。"副将听说，喝声："贼道人！既没有凶徒进门，这许多马匹是那里来的？你这等支吾，莫非与他通同一路么？"道人笑道："我便与他通同一路，你待怎样？"副将大怒，道："好泼道！敢将凶徒藏过，擅自出头，我今拿你前去一并问罪！"说罢，各举兵器，劈面冲来，那道人手执宝剑，向外迎战。两下厮杀起来，未至数合，道人回步便走，四将在后追来。那道人口中念念有词，将手中剑丢去，霎时间变了一条蟒龙，张牙舞爪，口吐烈火，望着官兵喷来。那兵士见了，四散逃生。走得快的，还有造化；走得慢的，烧得烂额焦头。那众王侯伏在殿内，见官兵败走，发声喊，一齐抢出山门，拾了丢下的枪刀，往前砍杀。杀得官兵死伤殆尽，四员副将都做阴官。

然后一行人回进山门，至静室坐下。众王侯极口称谢道："蒙师父法力相救，感恩不尽，还要请教法号尊姓？"道人答道："贫道姓杨名天真，从幼出家，在这观中三十余年。上无师父，下无徒弟，只贫道一人，专要多管闲事，心抱不平，代人出力。为此与人寡合，见嫉于世。"众王侯道："师父有此道德，何借于人！唯其寡合，乃见高妙。但某等既蒙相救，恐败兵去而复来，那时某等便自脱身远去，却不遗累师父，如之奈何？"杨天真道："不妨！彼若再有兵来，贫道可以自全；至于众位返驾，必须要渡江而回，贫道还当相送。"众人听了"渡江"两字，各自暗暗吃惊："我们尚未道姓通名，怎么知道我们去路？"当有郑恩开言说道："我们都是大辽官贩，师父怎说渡江起来？"杨天真哈哈笑道："王爷休得隐瞒！贫道若不知众位来历，怎好相留家将在此，叫他备饭等候？众位不信，贫道请试言之。"遂将众王侯姓氏一一说出。众人各各惊讶，甚相敬服。

当时众王侯命家将整齐马匹，捎带行李，杨天真进房收拾什物包裹，打点一齐渡江。说时迟，那时快，这里在此整备走路，不想那些败兵逃进城去,往帅府报与刘仁赡道:"启元帅!李将军并四员副将,都被汴京来的马贩同伙所杀;显真院道士助他,用法杀将烧兵,十分厉害,望元帅爷定夺!"刘仁赡听报大怒,急忙点了大将王能、赵叔,领兵三千,即刻往显真院擒拿汴京奸细马贩子,不许违误。

王、赵二将领了将令,登时领兵飞奔至显真院,将道院围住。此时众王侯与杨天真收拾停当,正要出门,忽听前面喊声大震,知有兵围,便一齐商议,冲突而走。杨天真道:"不可!夜晚冲围,恐非所利,贫道自有脱身之法。"遂向包里取出十数张符印,与众王侯及家将等都贴在额上,杨天真念动真言,喝声:"疾走!"众人赤手空身,飘飘而起,借了土遁往前去了。正是:

若非天命兴王客,怎得高人解祸灾!

众兵在外喊了多时,并不见有人出来。心中疑惑,一齐抢将进去,把火把照耀,四处搜寻,并无人影,只有马匹包裹遗弃在内。王、赵二将无可奈何,只得叫军士牵了马匹,带了包裹,到帅府缴令。刘仁赡见弃马而逃,难以追捉,只得差人暗中打听,加意提防。此话不表。

且说众王侯得了杨天真道法,闭目而遁,耳边但闻风雨之声,不片时之间,忽的脚登实地,杨天真喝声"开眼",去了符印。众人看时,尽皆吃惊,原来此处已是汴梁地面,暗暗称奇。杨天真道:"贫道已送众位到京,就此告别。"众王侯道:"师父何出此言?某等感蒙相救,无可以报,意谓明日奏知主上,使我等轮流供奉,少酬大德,何故言别!"杨天真道:"贫道非图名利而来,只因众位王爷有厄,故此特施小术,以脱离虎穴耳,何足言报?今幸安然无事,于贫道之心毕矣!理当告辞。"众人苦苦相留,杨天真坚执不从,只说一声:"后会有期!"化阵清风而去。众人望空拜谢,各回府第。

次日上朝,山呼拜舞。世宗宣赵匡胤上殿赐坐,问道:"二御弟,探视金陵，事势如何？"匡胤将贩马到金陵，以至杨天真土遁救回，前后事情一一陈奏。世宗听罢，又惊又喜。惊的众王侯几遭不测，朝廷险失了栋梁之材；喜的众人逢凶化吉，得遇仙人相救，安稳回来。当时世宗问道："据御弟之意，几时可以兴兵？"匡胤道："臣意南唐地广民殷，城邑无备，有可取之势。今值秋高马壮，正好兴师，望陛下决之。"世宗听奏，悦而从之，即下诏书道：

> 蠢尔淮甸，敢拒大邦；盗据一方，僭称帝号。晋汉之代，寰海未宁；而乃招纳叛亡，朋助凶逆。昔日金全之据安陆，守贞之叛河中，大起师徒，来为应援。迫夺闽、越，生灵涂炭。至于应接慕容，凭凌徐部；沭阳之役，曲直可知。勾引契丹，入为边患；结连西蜀，实属世仇。罪恶难名，人神共愤。

诏下，御驾亲征。仍谕王景、向训徐图取蜀之计。即日拜匡胤为元帅，高怀亮为先锋，李谷为左右救应使，韩令坤督运粮草，李重进等十二人随军征进。点阅大兵二十万，择日起行。匡胤传下军令，命大将李谷、李重进领兵先取滁州、扬州、泰州等处，以分其势；自领大兵由南界牌关而进。分拨已定，诸将整顿先行。然后世宗命范质、王朴同理国政，留高怀德监军守城。克日车驾离汴京，继前兵进发。但见征云黯黯，杀气蒙蒙，戈戟如林，旌旗似雾。有诗为证：

> 征旗南指北军来，战鼓频敲震地雷。
> 此去鹰扬成伟绩，管教兵胜凯歌回。

大军一路无词，不日已至南界关。关主总兵官董清预备行宫，前来接驾，君臣进关住下。

早有哨马报入南唐，唐主大惊，急召众臣商议退敌之策。文武俱各无言，唯有元帅刘仁赡辞气从容，近前奏道："主上且勿惊慌，自古水来土掩，兵来将挡。往时大王要救西蜀，而霸一方；不虞事机不密，先被周师入境。今若张皇无策，岂不被蜀人耻笑！为今之计，正宜大兴六师，与周将拒敌。至于成败，未可知也！"唐主听其言，即以刘彦真为统军节度使，刘仁赡为清淮节度使，领兵五万，至淮、扬二州与周师拒敌。又命国师文修和尚督兵五万，到清流关救应。那刘彦真领兵至凤阳淮西，备列战船数百号于淮河，以攻周之浮梁。旌旗相接，兵势大振。

周将前军李榖，因攻寿州不下，又闻唐兵已至淮西，大布战舰，遂与众将议道："我军素来不习水战，若他断我浮梁，背腹受敌，无可生之路。不如退守浮梁，待圣驾到来，再行进取，尔等以为何如？"诸将议论不一，或欲乘势邀击，或欲退守浮梁。李榖犹豫未决，差人具奏世宗，一面移兵退守浮梁。世宗得奏，急差官止住李榖不要退兵。又差大将李重进领兵直趋淮上，与唐兵接战。重进因粮草未集，不能前进。李榖闻知，急差人奏于世宗道："南唐战船连日进淮，水势日涨，万一粮草未集，所为大虑！愿陛下驻跸陈州，待李重进兵马到来，臣与他渡淮，探彼战船，可御浮梁，立具奏闻，万勿轻进。不然，厉兵秣马，秋去冬来，使彼疲于奔走，然后一鼓而可擒也！"世宗得奏，对匡胤道："李榖之计，亦可然之。"匡胤道："太缓。今两敌相遇之际，势成骑虎，岂宜有待！陛下且优诏答之，使其与重进合势迎战，必收全功。"世宗允诺，即下诏示之。

却说唐将刘彦真闻知李榖退守浮梁，心中甚喜，欲引兵直抵正阳。刘仁赡与池州刺史张全约力止，道："我军未到，彼兵先退，是畏公之威也，何必与战！万一有失，追悔无及。"刘彦真不听，自引所部兵马而行。仁赡与张全约道："刘公不听我言，此行必败。我与公只宜登城而备，庶无所失。"全约从其言，即领兵将靠淮而守。此时李重进得诏，引兵渡淮，与唐将交战。刘彦真兵马屯于安庆，连营十数里，李重进登高望见，对众将道："如此兵马，破之甚易！"乃令部将曹英引兵三千，从上流而进，出其不意击之，必获全胜。曹英得令，引兵去了。

次日，李重进结阵以待，刘彦真提枪拍马而出，手指重进骂道："无知竖子！好好退兵，免受杀戮；不然，叫你顷刻亡身！"重进大怒，抡刀直取彦真。彦真正待接战，背后跃出一员大将，名叫张万，大叫道："主将且休动手，待小将立擒此贼！"说罢，吼声如雷，手提大斧，杀奔前来。两下呐喊，战鼓频敲，二将刀斧并举，约斗五十余合不分胜负。重进佯败而走，张万随后赶来，重进见张万来得较近，按住了刀，弯弓搭箭，背放一矢。张万未曾提防，躲闪不及，应弦而倒。可怜一员勇将，死于非命。有诗赞李重进道：

> 射柳穿杨艺术奇，当时敌将竟难支！
> 临兵入阵山川暗，斩将归营日色低。

刘彦真见折了张万，心中大怒，挺枪来战，重进回马相迎。二将正是棋逢敌手，将遇良材，战有百十余合，胜败未分。忽听一声炮响，曹英引三千生力军从上流杀来，彦真料不能胜，勒马便走。曹英乘势追来，唐兵大败。彦真走不数里，又见山坡后旗幡招展，金鼓喧天，一彪军冲出，当头一将乃是李穀步将王成，因领兵来与重进会合，见唐兵败来，即便阻住去路。彦真进退不得，只得与王成死战。未及三合，彦真坐马力乏，前蹄一失，把彦真颠翻在地，被周兵赶上，乱刀砍死。有诗叹之：

> 堪怜惯战杰英俦，兵刃齐攻血逆流。
> 早识贪功偏丧命，何如保守万全谋。

李重进听知刘彦真被杀，引兵急进大杀，唐兵死伤殆尽，掠其辎重盔甲，不计其数。刘仁赡见势不谐，收拾彦真部下残兵，同张全约及所部之兵退守寿州，星夜差人告急于唐主。唐主闻刘彦真全军尽没,惊得魂不附体,急召众臣商议。枢密使陈景文奏道:"周师奋勇而来,彦真新丧,若与之战,吾军必败。主公可命大将屯守清流,以拒周兵。"唐主依奏,即差大将皇甫晖、姚凤二将,领兵一万,往清流关同国师屯扎,以拒周兵。二将领旨,带兵而去。

却说李重进夺了凤阳城,差人于世宗处报捷。世宗大喜,即加授重进为都招讨,敕令进兵取寿州。重进得旨,引兵来取寿州,离城五里下寨。次日重进领兵至城下,分拨攻城。那城上灰瓶炮石如雨点打下来,把重进之兵打伤无数。当时一连攻了二十余日,城不能下,重进闷坐帐中,无计可施。忽报元帅赵匡胤引兵来助。重进接见,诉知城郭坚固,刘仁赡善守,急切难下。匡胤便往城下看了一遍,对重进道:"如此坚固,更兼善守,徒老吾师,当用奇兵以破之。汝可引部兵离城十五里屯扎,诈言军中缺粮,故为退兵之状。可选精壮军士埋伏要路,待他追来,伏兵杀出。我再以精兵邀击,前后夹攻,城可下矣!"重进依计而行。

次日,探马报入城中,言周师一夜退去,不知何故。刘仁赡差人出城,于四处打听,回报道:"他军绝粮,故此回军。恐我军追赶,在十五里之外扎营,为缓兵之计。"当有都监何廷锡挺身而出,道:"周师粮尽而去,乃实情也!元帅当出兵追之,使彼不敢再来。"仁赡道:"周将诡计极多,莫非有诈?量此决是诱敌之计,不可追也!"何廷锡道:"元帅疑之太过,何日可胜周师?"遂不听其言,领兵五千,私下出关,杀奔周营。李重进见了,故作慌张,拔寨而起,三军故意叫苦,尽弃枪刀而逃。何廷锡见此情形,心中大喜,道:"今日天赐我成功也!"即便驱兵掩杀。将及五里,忽听得一声炮响,林子里伏兵齐起,长枪巨斧,冲杀出来。当头一将,乃是曹英,大喝道:"贼将往那里去?"挥刀劈面砍来,何廷锡大惊不迭,急举手中刀来迎,未及五合,曹英手起一刀,斩廷锡于马下。周师势盛,唐兵大败。匡胤领兵抄出袭杀,乘势攻打寿州。刘仁赡力不能支,只得领带残兵,退守泰州去了。

匡胤遂取了寿州。李重进、曹英同兵会合城中，迎驾到寿州驻扎。匡胤率众将等朝见，道："赖陛下洪福，已取寿州。"世宗大悦，道："二御弟建功不小，朕心嘉悦。"匡胤复奏道："李重进兵马据守淮河，不宜轻动。李毅安住正阳，亦是要紧。臣愿督兵竟取清流关，以得胜之兵，回取滁州，则南唐指日可破矣。"世宗道："御弟之策甚善。"匡胤辞驾，提兵至南界牌关，总兵官董清接进参见。匡胤问道："南唐可有人马来犯关么？"董清道："清流关守将姚凤、皇甫晖不曾犯界，只有同守的一僧，名文修和尚，骁勇非常，又有金铙，十分厉害。几遍前来攻打，众将恐有疏失，不敢出敌，只唯紧守而已。若元帅不早亲来，此关终于难守！'"匡胤道："彼既有人来犯，尔可依旧严防，俟我明日出兵破他。"

次日，匡胤升帐，众将上前参见。早有探子报进城来，外有一和尚讨战。匡胤遂问两行众将："谁去会他？"只见旁边闪出一员上将，应声道："末将不才，愿见一阵。"匡胤视之，乃是御前都尉将军王壬武，系铁篙王彦章之孙，善使一条浑铁枪，有万夫不当之勇。生得身长一丈，黑面黄须，立于帐下，要去出战。匡胤大喜，道："将军出去，须要小心！"王壬武应声"得令"，出了中军，结束停当，提枪上马，领兵三千，放炮出关。摆开阵势，看那对阵一个和尚，但见：

> 头戴一顶金线毗卢帽，身穿一领盘龙黄袈裟。腰悬一口吹毛戒刀，手执一根浑铁禅杖。足穿麻履，身坐红驹。面目狰狞，不谙蒲团跌坐；行为凶勇，只知行伍冲锋。

那文修和尚一马当先，大声喝问："来将何人？"王壬武道："贼秃听着：吾乃大周天子驾前大元帅南宋王帐下，都尉大将军王壬武便是。贼秃！你也留下名来，俺好记功。"文修道："不须问得，洒家乃南唐王驾下护国禅师，法号文修。汝今枉来送死，洒家当与你解脱。"王壬武大恼，拍马上前，一枪照文修刺来，文修举禅杖急忙招架。二人大战有三十回合，文修抵敌不住，拦开王壬武枪，回马落荒而走，王壬武拍马追来，文修听后面鸾铃响近，就伸手往袋中取出一扇金铙，叫声："佛祖爷爷，弟子今日要借法宝了！"说罢，将金铙抛在空中，红光如电，射人眼目，照着王壬武头上劈来，势如飞燕。王壬武一见，慌忙无措，躲闪不及，早被一劈，翻身落马，死于非命。可怜！正是：

　　瓦罐不离井上破，将军难免阵前亡。

　　败兵报入关中，匡胤闻之大怒，便问："谁敢出去与王壬武报仇？"众将皆瞑金铙厉害，都不应声。匡胤怒气填胸，叫声："备马！"即时全身披挂，上马提刀，带领众将出关。来到阵前，文修正在讨战，只见关内拥出一将，威风飘凛，相貌高奇，心中暗自称异，上前问道："来者莫非南宋王么？"匡胤道："既知我名，尚敢逞强助恶，伤吾爱将，情实可恨。吾今誓必斩汝，莫要后悔。"文修大怒，催开战马，举杖就打，匡胤抢刀赴面交还。二人战至二十余合，那文修虚晃一杖，回马诈败而走。匡胤大喝道："贼秃！往那里走？"随后赶来。赶有三里之外，文修照前祭起金铙，照匡胤顶上劈来。匡胤看见，把头一低，叫声："不好！吾命休矣！"心中一急，泥丸宫早现原神，只见这赤须火龙伸爪把金铙抓住，不得下来。文修见了大惊，道："原来南宋王乃是真命！我几乎逆天害了大事。"遂把金铙收了回来，下马立于道旁。看官：那匡胤顶现真龙，难道没有兵将看见？兵将既见，诉知世宗，那得不疑！不知匡胤追赶文修已有数里之远，这些军士落下后面，未曾上来；又不存心，自然不曾看见。这正是：

　　圣主有百灵呵护，贤臣致诸福维持。

当下匡胤转眼醒来，见文修立在旁边叫声："真主休罪！山僧不识天理，几乎妄行，从此不敢再犯矣！"匡胤见此光景，不知所以，只得答道："长老既已出家，何不归山梵修？在此红尘，图甚功名富贵？"文修道："真主有所未知：山僧原是陕西风雪山演教寺住持，只因殿宇坍塌，佛像淋漓，山僧立愿修建，特地下山募化南唐王；蒙唐主许下周兵退去，差官建造，为此前来助他，不想今日遇了真主，险些山僧获罪于天，无可解脱。"匡胤道："长老既然募化而来，休管两边闲事，且请回山；期在事平之后，不才当来装金建寺，独力成全，决不虚谬。"文修大喜称谢，即便弃下马匹，飘然去了。匡胤勒马回程，将次半路，见前面兵将蜂拥而来。那众将接着匡胤，便问追赶和尚消息。匡胤道："被我良言解劝，已弃此归山矣。"众将各各欢喜，簇拥回关，设席称贺。

次日，匡胤领兵直抵清流关外，放炮安营。探马报入关中，皇甫晖与姚凤商议道："寿州已被周师所得，文修长老一去无音；今周兵又来攻城，恐非其敌。不如撤兵退保滁州，拆桥自守，方可万全。"姚凤道："不可！此关乃必争之地，若不守此而退保滁州，周师攻取，如何抵敌？"皇甫晖不听其言，竟撤兵向滁州去了。消息传入周营，匡胤不胜之喜，对马全义道："此天助吾也！此贼以此关为不足惜，退守滁州，断桥自保，真不知兵者也。盖滁州非冲藩之地，吾既得清流，千军万马，岂惧滁州一桥乎！公可引五千兵，即时取木作筏，乘彼未定，吾军掩至，破之如拾草芥耳。"马全义领令去了。于是匡胤亲率大兵，相继而进，来取滁州。有分叫：攻一城拔一城，势如破竹；战一阵胜一阵，形似吹灰。正是：

天意既经厌伪命，人心自是向兴朝。

毕竟赵匡胤怎的取城？且看下回分解。

第五十七回

郑子明斩将夺关　高怀亮贪功殒命

诗曰：

广场破阵乐初休，彩纛高于百尺楼。
大将气雄争起舞，管弦回作大缠头。

去处长将决胜筹，回回身在阵前头。
贼城破后先锋入，看着红妆不敢收。

右录王建诗二首

话说赵匡胤见皇甫晖退保滁州，断桥自守。遂令马全义率领所部之兵，乘彼未定，取木作筏，渡河掩击。自率大军继进，直抵滁州城下，扬旗呐喊，擂鼓讨战。皇甫晖登城说道："人各为其主，愿容我成列，然后与战，休逼太甚！"匡胤笑道："既汝自己讨饶，姑宽汝须臾之死。"即令人马暂退一箭之地。皇甫晖披挂完全，整顿军马而出。两阵对圆，周阵上匡胤亲出，左有马全义，右有张琼。唐阵上皇甫晖出马。匡胤指道："汝若识时务，早献滁州，富贵可保；不然，身首异处，何益之有？"皇甫晖大怒，举枪直取匡胤。马全义接住厮杀，战不数合，皇甫晖力怯，回马败走；马全义赶到门旗之下，手起一刀，砍落马下。周兵见马全义得胜，乘势杀来，唐兵大乱。姚凤仓皇欲走，被张琼赶上生擒而回。大杀一阵，得了滁州，差人报捷。

世宗知滁州已得，即差学士窦仪至滁州查点府库钱粮。窦仪领旨，入得城来，将府库钱粮一一造册明白，候驾到来陈奏。此时赵匡胤差人来取金帛彩缎，赏赐军士，窦仪不肯，对差人道："初破城池，即倾取府库，是非所利。况吾奉旨载册，已系官物，若非诏书所命，不得取也。"差人告知匡胤。匡胤叹道："窦公忠义，吾岂敢动其一二乎！"于是悉归世宗。世宗下旨，以破滁州实出南宋王之功，尽将库中之物，赏赐匡胤。窦仪奏道："赵元帅忠勤王室，岂肯独受其赐！陛下宜均颁恩命，使将士尽得以沾泽也。"世宗依奏，即着窦仪将库内财帛等物，赐南宋王及将士三军。军士均受恩泽，各各欢声如雷。

匡胤又荐赵普，世宗即命赵普为滁州知州。匡胤与赵普日相讲论，甚是投机。尝问以治天下之道，赵普对答如流，言言中綮。匡胤甚喜，凡事质问，赵普尽心开陈，剖决皆得其宜。时阵上所擒南唐将士，匡胤尽欲杀之，赵普劝道："国家多事之秋，英才难得；元帅何不释之，以为己用。诚能推赤心以待之，彼宁肯忘其德乎！"匡胤点头称善，于是先放姚凤及勇猛数十人，然后尽放其余。后人有诗赞之云：

> 一语相投利断金，君臣从此两同心。
> 降俘释放诚堪用，独羡当年德泽深。

世宗驾入滁州，匡胤与众将朝见，世宗慰之道："克城之功，二御弟居首，他日名垂竹帛，诚不朽也。幸今威名日盛，可进兵扫平南唐，以慰朕望。"赵匡胤领旨，整备进兵。不一日，唐主差牙将奉书到滁州请和，其书云：

> 唐皇帝奉书：思自交兵始战以来，彼此俱损，均非其利。自今以后，愿各息兵和好，以兄事大周，岁输财帛，以助军资。

世宗见书词不逊，召匡胤商议，匡胤奏道："今陛下圣驾已入唐境，李穀等诸将屯据险要。唯扬州一带地方兵力脆弱，遣轻骑袭之，一鼓而下。那时陛下耀武扬威，金陵必卑逊迎降矣。"世宗听奏大喜，即下旨元帅施行。

匡胤下令，差韩令坤领兵五千，袭取扬州。令坤接了令箭，临行，匡胤谓之道："将军此去取扬州，勿得残害百姓；凡李氏之陵在扬州者，令人守之，不可容人发掘。"令坤领命而行，兵至扬州，扬州士民，各各心惊胆裂，守城兵卒，先自奔逃。守将马延曾仓皇无策，走入后堂，削去须发，披上僧衣，从南城逃脱去了。城中士民无主，开城纳款。令坤引兵入城，传令兵士，不许扰害民间，如违令者斩。于是扬州百姓，安堵如故，不犯秋毫。令坤差人奏知世宗，世宗得奏大悦，诏令匡胤取泰州。

匡胤领旨进兵，往寿塘关而来，离关数里，放炮安营。寿塘关守将王豹，这日正坐中堂，只见探子进来报道："周主差宋王赵匡胤，领兵前来犯界，元帅速为定夺！"王豹听报，即令兵将守护城池。过了一宿。次日，两边各自开兵，王豹乃是步将，用的一条镔铁棍，有万夫不当之勇；腰下挂着两个铜铃，练就的一只马驴般的大犬，上阵伤人，十分厉害，军中称为"铁棍神犬将军"。当日领兵出关，与周营相对。两边各摆阵势，王豹纵步当先讨战。周营中有右营总兵吴轮上前道："末将愿见一阵！"匡胤许之。吴轮出阵，与王豹各通姓名，交手就杀，二人战有三十余合，王豹抵敌不住，回步便走，吴轮拍马赶来。王豹便向腰间取出铜铃，连摇几摇，只见阵后一只大犬，跳将出来，将吴轮咬住，只一扯，跌下马来，被王豹一棍打死。取了首级，藏过了犬，复来讨战。探子报入营中，匡胤大惊，道："怎的就被他伤了？"探子道："对阵步将，使铁棍与吴总兵交战，他败了，吴总兵追去，他便放出恶犬，把吴总兵咬下马来，被他打死。"

匡胤大怒，问："谁人敢去擒他？"郑恩应声道："小弟不才，愿见一阵，亲斩王豹，与吴轮报仇！"匡胤道："三弟出去，须要小心。"郑恩道："前在孟家庄上，鹿精尚被咱打死；今日有兵有将，何惧一狗耶！"遂出营，吩咐家将道："汝等见了狗怪，须要一齐上前乱刀砍死。"家将依允。郑恩来至阵前，大骂："贼将！怎敢把我大将打死？你快快出来服罪抵死，咱便饶你！"王豹大怒，抡动铁棍劈面打来，郑恩举刀迎住便杀。二人战有二十余合，王豹气力不济，转身就走。郑恩不知好歹，随后追来。王豹又取铜铃摇了两摇，只见那只大犬，仍从阵后纵跳出来，向着郑恩便咬。郑恩说声："不好！"急急挥刀去砍，早被那犬蹿上一口咬住了右臂。郑恩大叫："家将们快来！"谁知郑恩追赶已远，家将们一时飞走不及。那王豹见犬已咬住，急忙举起铁棍，望郑恩顶门打将下来。郑恩招架不及，只把头一低，心中慌急，只听一声响亮，泥丸宫一道黑光冒起，见有一只黑虎，张牙舞爪，抓住了铁棍。王豹一见，唬得心惊胆怯，望后便走。那大犬见了黑虎，尿屁直流，滚倒在地；正值家将赶到，一阵枪刀，砍做肉泥。郑恩归元醒转，见犬已死。又见王豹退在门旗之下，呆呆地看。郑恩心中大怒，不顾臂上疼痛，纵马赶杀过来。王豹只得接住抵敌，战不数合，大败而走。郑恩是坐马的，追得甚快，将及关前，王豹步行不迭，早被郑恩用力一刀，分为两截。正是：

  空有安邦定国志，眼前人兽一齐亡。

郑恩既斩王豹，领兵取关。守关副将见主将已亡，俱各开关归顺。兵马进寿塘关驻扎。匡胤听知郑恩取了寿塘，心中大喜，一面报于天子，一面统兵进关。计点降兵一万，盔甲兵器无数。当日出榜安民，查盘府库，又上了汝南王功。吩咐军士收葬吴总兵尸首，养马五日，然后整兵征进。

至第六日，匡胤留将守关，自率大兵来取凤翔关。却说守关将叫做"花枪将"刘猛，这日正在公堂理事，有巡城将校报道："城外有数百败兵逃来求救。"刘猛道："何处来的？"将校答道："他说寿塘关逃来的。"刘猛道："既如此，可放他进来，编入队伍。"吩咐守备查验编管了当，又拨兵士严禁守城。且说匡胤兵至凤翔，离关十里安营，诸将参见已毕。匡胤问道："谁敢领兵去取此关？"有正印先锋高怀亮上前道："小将自到南唐，寸功未立，今愿领所部人马，去取此关。"匡胤乱道："若得将军一行，此关必然下也。"怀亮辞别出营，上马领兵，直至关前讨战。报马报进城去，刘猛点兵而出。两边各立阵势，不通姓名，交马便战，约有三十余合，怀亮暗取夹枪，照着刘猛喝一声"中"！只一夹枪，正中刘猛肩窝，翻身落马。怀亮再复一枪，结果了性命，挥动人马，冲杀过去，南唐兵大败，四散而走。周兵乘势抢了凤翔关。怀亮进关，出榜安民，赏军查库，差人报捷于元帅。匡胤得报，具奏世宗，然后领大兵进了凤翔。怀亮参见，匡胤大喜，道："将军克取此关，其功不小！"遂上了功劳簿。

当时停兵在关，候备征进。适有军政司上前禀道："军中兵多粮少，如何给发？"匡胤心甚担忧，具表奏知世宗。世宗急与群臣商议，一时无策。有一臣姓杨，名子禄，上前奏道："臣闻此处有一铜佛寺，内有丈六金身三尊大佛；不如借此法身开局铸钱，散与军士行用；待平了南唐，铸还佛像，此亦救急一时之策也。"世宗依奏。又有一臣奏道："不可！陛下若依此言，坏佛像以铸钱，恐获罪愆，于国家不便。"世宗道："不然，朕闻佛祖当日现身说法，尚割肉喂鹰，舍身喂虎；何况铜像特观瞻之具乎！"即传旨召取工匠，开局铸钱，与银搭发行用。

不道这钱有周朝年号，南唐不得通行；况周兵又是将银藏下，只用新钱，南唐百姓恐周兵去后，此钱何处使用？一时民间受累，各有不平。时有一人，名叫王德盛，开张布店为业，这日因周兵买布，强将新钱行使，竟取布匹而去。王德盛气愤不过，藏了利刃，来到局中，闪在旁边，思欲行刺。匡胤端坐中间，两边站立文武，正在发钱。那王德盛往旁边偷走上去，却被匡胤看见，喝声："家将们，这人来得古怪，与吾拿下！"两边一声答应，走出几个家将来，将王德盛拿住。身边搜出利刃，把他绑了推上来，禀道："此人系是奸细，身边现有利刃，候千岁发落！"匡胤看他面有杀气，况又立而不跪，遂喝问道："汝是何人所使？暗藏利刃，欲刺何人？"王德盛大喊道："昏君昏臣，上明不知下暗。尔等只图天下，不顾百姓死活，古人云'民乃国之本'尔无钱粮，与百姓何干！将铜佛铸钱行使，倘日后尔等去后，此钱何处去用？尔等纵兵强买货物，只把此钱推抵，将我们血本耽搁，何以为生？故此特地前来杀你，不料被你拿住，这是我命该如此，听凭你狗王将吾怎样处治！"匡胤听了大怒，道："你这该死刁民！这是万岁旨意，那钱上现有天子国号，怎么不用？若平了南唐，自有收钱之法。你这厮反来行刺，理法通无；若不将你斩首，此钱如何用得通行？"叫左右将他拿出局门，斩首号令，以安百姓。一面奏知世宗，收炉停铸；一面拨将镇守凤翔关，然后发兵攻取徐州。

　　那徐州守将，姓丹名托，称为丹令公，有二子丹銮、丹凤及手下一班战将，都是骁勇无敌之士。管辖兵马三万，镇守此关。这日正与二子商议周兵来伐之事，有探子报入道："前关王豹、刘猛俱皆战死，关梁已失。听得又有兵来，要取徐州。"丹托听报，谓二子道："吾闻赵匡胤为帅，高怀亮为先锋，与及手下将士，都称劲敌。此来锋势正盛，吾兵料不能敌，汝等众将，有何策以待之？"参军陶荣进道："小将有一计在此。可叫兵士预先将吊桥做活，水中钉了铁桩，城上伏着弓弩手，倘与周将交战，诱他过桥。若是步行，可过此桥；如若马将，跑急势重，便要连人带马跌下水去，那时铁桩戮体，箭镞钻身，凭他盖世英雄，不怕不死！"丹托听了大喜，连称妙计。正言间，忽报周兵已至。丹托便差军士上关严守，多备灰瓶炮石，提防攻城。

却说赵匡胤兵至徐州，安营升帐，众将参见已毕，匡胤便问："谁去取关？"先锋高怀亮出道："小将愿往！"匡胤许之。怀亮上马端枪，领兵而往，正在中途，遇着丹托兵马。两下排开阵势，只见唐阵上丹鋬出马，怀亮看了，喝声："贼将留下名来！"丹鋬道："俺乃大唐皇帝驾下丹令公之子丹鋬便是。你是何人，敢来犯界？"怀亮道："我乃周天子驾前横胆将军，赵元帅麾下正印先锋高怀亮是也。尔是无名小子，休要出来送死，快叫丹托自来领死。"丹鋬大怒，举手中刀劈面砍来，怀亮挺枪迎住。二将各施本领，都逞英雄，战有二十余合，丹鋬暗思："怀亮名不虚传！"招架不住，回马便走。高怀亮大喝一声："贼子！往那里走？"一枪正中丹鋬左胁，翻身落马。唐阵丹凤见了大怒，拍马向前，大骂道："好贼将，敢伤我兄长，誓不甘休！"捻挝就打？怀亮把枪往上只一枭，丹凤在马上乱晃，几乎跌下马来。复又举挝来战，未及十合，怀亮取鞭在手，把枪架开了挝，照定丹凤一鞭，正中肩窝，把丹凤打落马下。可怜丹托二子，一时间都丧于高怀亮之手。正是：

> 将军横胆诚无敌，名震寰宇战士寒。

怀亮取了首级，掌鼓回营，见了匡胤，报功不表。

且说南唐败兵，报知丹托。丹托大哭道："正待除灭敌人，不料二子先被高怀亮所害，此恨怎消？"吩咐军士收葬尸骸，一面差人往金陵求救，一面依了计策，连夜安排。次日，丹托领兵出城，坐名要高怀亮出来会战。探子报入营中，怀亮来见匡胤，道："既丹托如此无礼，小将誓必诛之，以取此关。"匡胤道："将军不可亲出，恐有计策，尚宜防备。"怀亮不听，领兵出营。两下各立阵势，怀亮一马当先，大喝："丹托老贼，快快出来受死！"丹托见了仇人，怒气填胸，大骂道："你这贼就是高行周之子？怎敢害我二子？我今日亲来杀汝，以报吾子之仇。"说罢，拍马提刀来战。怀亮挺枪相迎，战不数合，丹托虚晃一刀，勒马便走。怀亮心中暗想："他二子已亡，关上无人，趁此不去抢关，等待何时？"遂发开了马，紧紧追来。丹家败兵往左右沿河而走，丹托自往旁边小木桥过去，守桥兵登时扯起。那高怀亮追到吊桥边，心下暗喜，不分好歹，抢上桥来——谁知人强马壮，枪甲沉重，那桥又是枯木朽株，预先装活，高怀亮刚到桥心，只听得一声响处，连人带马，跌入河中。下有铁桩，上放乱箭——可怜盖世英雄，竟死于徐州河下。那后面家将兵丁随后赶到，看见主将中计，又不能上前相救。放声大哭，只得回营报知匡胤。匡胤大惊，不觉泪下。众将闻之，亦各伤悲。一齐来禀匡胤道："某等愿同去攻城，拿住丹托，与怀亮报仇！"匡胤依允。

次日，郑恩等一千众将，领兵至关下，辱骂攻围。丹托在关上看见周将厉害，不敢出敌，只得紧守提防。匡胤发怒，亲督兵士奋力攻打，一连攻了数日，尚不能下。那丹托与诸众将商议道："周将如此骁勇，兼之攻打甚急，量此关将寡兵微，终于难守；不如弃去此关，再图后举，何如？"众将道："令公高见极是，我等作速起行。"于是众将各自收拾，连夜开城，杀出而去。周兵追之不及，各自回还。城中百姓无主，各设香花，开关迎接。匡胤带领众将进关，出榜安民。令人收检高怀亮尸首，用棺木盛殓，候班师带回。当又查盘府库，歇马停兵，差人往南唐探听消息。

却说唐主听报扬、滁等地俱失，惊惶无策，急召众臣商议。有御史陈景奏道："前者差人议和，周主不允，以致疆界日促；今事已危急，徒战不利，主公可再遣人至周主营中，卑词求和，庶兵端可息。"唐主听奏，急遣翰林学士钟谟、大理寺李德明二臣赍表，带着金宝、茶叶、器皿等物，来到滁州，报知世宗。世宗知钟、李二人乃舌辩之士,必有说辞,令将甲兵陈列,两旁侍立猛将,然后召二臣入见。那钟、李二人进帐,拜伏于地。世宗道:"汝主自恃唐室苗裔,宜知礼义,当与别国不同;岂知不能尽以小事大之理,反欲泛海结连契丹,抗违天朝,汝二人口舌,焉能摇惑!朕正欲往观金陵,借府库以赏军士,此时尔之君臣能无悔乎!"二人一言不能答,惶恐而退。世宗乃亲领大军征进。此时正值深秋天气,但见:

落叶飘飘征雁过,行旌闪闪阵云高。

车驾至泗桥,世宗取一石,在马上持之;从军各取一石,积不可胜。大兵来至寿春城下,旨令攻城。城上矢石如雨,部将张琼看见,叫道:"主上且避,城上强弩厉害!"正说间,不防一箭射下,正中张琼背上。有分叫:敌国推轮,重见疆场效命;王师返旆,再图将士宣猷。正是:

非惧风尘马变色,只缘士卒力多疲。

毕竟张琼性命如何?且看下回分解。

第五十八回

韩令坤擒剐孟俊　李重进结好永德

诗曰：

> 将军胆气豪，竭力守城濠。
> 戎服领忠告，励卒尽勤劳。
> 岂知势日促，无奈国已摇。
> 君虽重推毂，天实厌南郊。
> 留此凛烈体，休戚孰堪挠。

话说周世宗不允和议，率督大军来取寿春。当时兵至城下，旨令攻城，城上矢石如雨点打来。部将张琼见了，慌请世宗退避，不防城上一箭射来，正中张琼背上，死而复苏。众兵救回营中看时，镞深透骨，不能拔出。琼令取酒，饮了一大卮，方令手下人砍骨取镞，血流数升，至死不变神色。后人有诗赞之：

> 万骑南来杀气高，临危于此显英豪。
> 镞深莫出心雄烈，为愿君王岂惮劳！

却说钟、李二人回见唐主，奏知："世宗不允和议，推其意，只为主公不肯称臣之故耳。为今之计,主公还须奉表称臣,以安民庶。"唐主从其言,差司空孙晟、礼部尚书王崇质奉表称臣于世宗,愿岁岁朝周,年年进贡。二臣领旨出朝,至周营见了世宗,俱说唐主愿奉圣朝之命。世宗道:"此举朕本要准,只为刘仁赡据守泰州,屡抗天命,彼今若肯来降,方允尔议。"随差中使同孙晟等,到泰州城下,诏示仁赡归款。仁赡上城,见了孙、王二臣,即戎服拜于城上。孙晟谓仁赡道:"公受国恩,不可投降!"仁赡谢其教,因严兵以守之。中使报知世宗,世宗大怒,召孙晟欲斩之。晟道:"臣为唐宰相,岂可令节度使外降耶!"世宗嘉其忠,遂赦其罪,遣晟复唐主之命。临行,世宗谓之道:"归告汝主,早定所议,勿自取侮辱!"

晟归告唐主,且言世宗本意,只欲除去帝号,再割六州之地,输金帛百万,庶可罢兵而息战也。唐主急欲议和,一一从之。复遣孙晟、李德明二臣至周营见世宗,献上六州之地以求和。世宗道:"若使称臣于朕,须尽江北之地而后可。"乃遣孙晟等归。世宗赐唐主书曰:

诸郡来献,大兵立罢;但去帝号,何爽岁寒。倘坚事大之心,终无遏人于险。言尽于此,更不烦示。苟日未然,请从兹绝。

唐主得诏,复上表称臣谢罪。李德明称世宗威德及甲兵精强,力劝唐主割江北之地,献与世宗,以图和好,唐主犹豫未决。有枢密使陈觉、副使李微二人,素与孙晟、李德明有隙,因谮于唐主道:"李德明劝主割地,孙晟卖国求荣;二人此行,必受周主之爵,故不忠于朝耳!"唐主大怒道:"二竖子何敢欺诳孤耶!"喝令将孙晟、李德明推出斩之。孙晟临刑叹道:"臣死不足惜,惟受先帝之恩,不忍金陵一旦为周兵所屠!"言罢行刑。有诗叹之:

奉命宣行志亦勤,谤言预入竟难分!

请看守土归中国，唯有东门三尺坟。

唐主既斩孙、李二臣，即拜弟齐王李景达为兵马大元帅，陈觉为监军使，领兵五万以拒周师。先着大将陆孟俊领兵一万，救泰州。旨下，陆孟俊来至泰州，与刘仁赡合兵固守，声势甚大，周兵遁去。孟俊欲进兵复取扬州，扬州守将韩令坤闻之，无心固守，将欲弃去。世宗闻此消息，大惊道："若唐兵复得扬州，大势去矣！"急令元帅赵匡胤领兵二万屯六合，以援扬州。匡胤领旨，兵至六合屯扎，下令道："扬州兵过六合一步者，斩其足！"韩令坤闻令，不敢弃城，遂严加防守。世宗复自督兵来攻泰州，刘仁赡守具甚严，周兵连攻数日不下。因遇秋雨连旬，营中水深数尺，又是粮草不济，军心惶惶。世宗与近臣商议，欲暂班师，以图后举。马全义奏道："不可！泰州乃唐之重镇，刘仁赡智勇之将；陛下若班师北还，正堕其计。不如且幸濠州，以待诸将进取，自有成绩。倘今未集事而归，彼得蹑我后矣，岂得无损耶？"世宗从其议，即驾幸濠州。

那泰州城中，闻报周师撤围而去，诸将皆欲追赶。仁赡道："汝等不见何廷锡之失寿州乎？周师虽退，非战败而还，特因粮草之不继耳，吾兵一动，必中其计也。"众将叹服而止。时陆孟俊进言道："公今坚守此城，吾自领所部兵去取扬州。"仁赡道："不可！扬州韩令坤，骁勇之将，非他人所比；兼之赵匡胤屯兵六合以为援，声势相依，胜负莫卜，不如共守此城，候齐王兵到，然后计议而行，方为上策。"陆孟俊大怒，道："若如此迁延时日，畏惧不进，何日克服故土也？"遂不听仁赡之言，自领部兵望扬州而来，离城五里安营。韩令坤听报唐兵来到，急忙整兵出迎。两下摆开阵势，陆孟俊横刀出马，指令坤道："汝周兵不早退走，独守孤城，直欲吾取汝首级以献唐主耶！"令坤大喝道："我中国有百万之师，平南唐于指日，汝尚不自量力，强来战斗，我誓必杀汝，以伸士民之怨！"孟俊大怒，抡刀直取令坤。令

坤举刀相还,两马相交,双兵相举,好一场大战。有诗为证:

> 番兵遥见汉兵营,满谷连山遍哭声。
> 兵刃相迎一夜杀,平明流血浸空城。

当下二将战到三十余合,孟俊招架不住,回马望本阵而走,令坤催动后军催杀。孟俊正走之间,忽听得山后一声炮响,冲出一员大将,乃是元帅赵匡胤,知得扬州交兵,故引大军从六合杀来,正遇陆孟俊兵败。那孟俊见是匡胤,惊得心胆皆裂,那里敢战!回马又走,恰好令坤一马追到,孟俊措手不及,被令坤生擒于马上,唐兵大败,四散而逃。匡胤见擒了陆孟俊,收兵回六合去讫。令坤亦收兵入城,左右绑进陆孟俊,令坤令置在陷车,解赴世宗处发落。正欲推出,忽被令坤侧室杨氏看见,放声大哭,来见令坤道:"此贼昔日杀我全家百口,今日幸得相逢,望将军勿解御营,当把此贼碎为万段,与妾报仇!"言罢又哭。原来陆孟俊当时在马希烈部下,抄灭杨昭耀家,以其女生得美丽,献与马希烈为妾;及韩令坤攻破扬州,希烈又献与令坤为偏房。今日杨氏闻知捉了陆孟俊,欲报前仇,故此哭上帐来。韩令坤听言,即令押回军前,责之道:"汝今日怎不取我之头,献与唐主,博个节度使耶?既被吾擒,当取汝心肝荐一杯酒,汝有何言?"孟俊道:"死则死矣,何有言耶!"令坤喝令左右,绑在木床上剐之。左右得令,一时间将孟俊首身剐割殆尽。后人有诗证之:

> 恃勇无谋可叹吁,一时俘获倒残戈。
> 军前说话先招衅,立使临刑受苦多。

令坤既剐孟俊,军威大振。消息传入齐王李景达军中,大惊不止,乃与部下商议进兵。教练吴用进言道:"韩令坤雄踞扬州,赵匡胤兵屯六合,势相依援。今大王之兵,当从要路而进,先攻六合,则扬州指日下矣。"齐王从其言,下令兵马渡长江,竟趋六合。匡胤闻此消息,即领兵马离六合二十里,设立重栅坚守,按兵不动。过了数日,齐王兵已到,于平川之地,摆开阵势。匡胤亦领军来,与齐王对阵。牙将高琼拍马向前道:"汝唐兵屡败于我,何不早降,以救生灵之苦!"齐王道:"汝等周兵,不知进退,妄恃强敌,侵我封疆;今日好好退去,可保无伤,不然,叫汝等死无葬身之地!"高琼大怒,纵马摇枪杀奔南阵。齐王背后冲出一将,乃是大将岑楼景,使一把大刀,有万夫之勇,拍马舞刀与高琼接战。两下金鼓震地,喊杀连天,二人战到三十余合,不分胜负。南阵吴用见岑楼景战高琼不下,提斧出马助战;郑恩见了大怒,冲开坐马,提刀杀入阵中,把南兵冲作两段。吴用见郑恩威猛,不战而走,早被郑恩赶上,一刀结果了性命,纵马夹攻。岑楼景不能抵敌,拖刀大败而走。高琼怒声如雷,杀声大吼,冲入阵来。后面匡胤催军掩杀,唐兵大败,死伤极多。齐王不敢恋战,与岑楼景冲开血路,逃奔野州去了。

匡胤大胜,收军回营,诸将各各献功。匡胤差人至世宗处报捷。世宗大喜,下令旨,驾幸扬州。窦仪奏道:"今兵疲粮少,南唐屡败于吾,彼之用兵,已无成矣。陛下宜回驾大梁,命大将屯兵于紧要,以为进取之计,不出数日,彼之君臣,必来纳款也!"世宗准奏,即日下旨,车驾回京。敕李重进攻围泰州,张永德屯兵滁州,韩令坤坐镇扬州,高琼屯守六合。其余文武官员,随驾班师。诏旨既下,诸将各领部兵分遣。

次日,车驾离唐境,一声炮响,大小三军竟往汴梁进发。有诗为证:

  得胜班师已献俘,将军预有建功谟。
  兵回无阻相迎处,箪食壶浆遍满途。

大兵分作三队，由祥阅而回。不想世宗是夜身体发热，遍身疼痛，急宣太医官看脉，送药调治。过了两日，只见周身发出棋子般的天泡疮来，痛苦难挨，呻吟呼唤。匡胤等众将寸步不离，左右服侍。世宗道："朕心意闷烦，蒸热发渴，有甚清洁凉水，取来与朕解渴。"匡胤遂吩咐众人，四下去寻清洁凉水。众臣领命，各各提壶执罐，分头去寻。匡胤自己也带了银壶，上马取路而寻，当时约跑了五六里路，到一山脚边，渐闻水声潺潺，急下马往前看时，乃是一带山溪，见底清泉，十分洁净，心中大喜。正欲去取，忽见上流头有三个胖大和尚，遍身破烂，坐在水中洗浴。匡胤道："呀！我幸而看见，若不见时，取了这水进与圣上，岂非反受其毒！"就对和尚说道："汝等出家人，尊奉佛教，方便为心，怎的把这坏烂身躯，在水内洗净；但知自己爽利，却不道遗害于众民，饮之皆受其毒。汝等慈悲之心，岂如是乎？"那三个和尚哈哈笑道："贵人有所不知，我等三人原非洗浴，只为被柴王拿去烧得痛苦，故此在这凉水中浸着，觉得有些好处。"匡胤听毕，猛然惊悟，暗想："这等说来，这三个和尚莫非就是三尊铜佛？如此显灵，真令人不可思议。"遂合掌说道："阿弥陀佛！我周天子只为五代干戈扰乱，欲救生民，故此起兵剿除伪命。又因军士缺少钱粮，无处取给，万不得已，暂借菩萨金身，权为救济，不想造下罪孽，无量无边。但佛祖当时曾有割肉喂鹰、舍身喂虎之事，伏愿推此慈悲，矜蒙赦宥。念周主原系为民救急，非关昏德荒淫，俟归朝之日，虔心忏悔，重塑金身，望菩萨容纳！"那和尚道："这些小事，僧人原也不计。但蒙贵人应许，还我等法像，当得与他医治了罢！况他还有二年君位，此时未致有伤，只因火热太猛，聊为示罚而已。贵人只将此水取去，搽上患处，自然愈好，速请回驾罢！"

匡胤顶礼拜谢，抬头起来，不见了三个和尚，心甚惊讶。慌忙将银壶舀取溪水，上马飞行，回至营中，问众臣道："汝等取水，圣上可曾饮么？"众臣道："饮虽饮了，只是疼痛不止；此时觉得昏迷，更见沉重。"匡胤忙进御营，取过金盆，将水倾出，用孔雀毛搅水搽匀疮上。世宗正在昏沉，觉得一时畅快，心地清凉，开眼一看，正见匡胤手执羽毛，搅水搽疮。只见那疮，自经这水一搽，即便愈好，真是甘露沁心，手到病除。不一时，遍体疮痍归于无有。世宗问道："二御弟，何处得此仙方与朕疗治？"匡胤即将山中寻水，遇见佛祖之事细细奏明。世宗亦甚惊异，道："佛祖显灵，原来如是。待朕回京，当即铸造。二御弟为朕治疾，功莫大焉！"匡胤道："此乃陛下之福，臣何功焉！"世宗大喜，即命发驾回京。

大军在路，自是无词。驾至汴京，早有在朝文武，迎接进朝。世宗分发众臣，驾返宫中，朝见了太后。时正宫见驾已毕，闻知世宗在路患疮，今见龙体遍满大疤，不觉笑道："陛下遍身鳞甲，切勿飞去！"世宗道："前日满身疼痛，数次昏迷，恨不能插翅飞来相见！"因将铜佛铸钱，及取水遇佛等事，说了一遍。太后道："我儿既有此事，当择日开工，铸还法像。我等内宫所有金银，亦当帮助，俟完功了愿，忏悔往愆便了。"世宗拜谢，与皇后辞回寝宫。当晚无话。

再说各家功臣，尽都回家欢乐，唯有高怀德悲苦万分，迎弟棺木，搭厂开丧。在朝文武官员，俱皆祭奠。丧事已毕，归葬坟茔。此言不表。

且说世宗一日升殿，受百官朝贺毕，宣南宋王赵匡胤上殿，慰之道："朕自亲征南唐，虽未得平服，然屡战得捷，皆赖御弟之力，其功莫大，朕当酬之。"匡胤奏道："此皆陛下钧天之福，与诸将效命所致耳！臣区区之力，何敢任功。"世宗道："御弟勿谦，南宋王乃闲职，不可久居，今加授为定国节度使，兼殿前都指挥使。"其余从征诸将，各有封赏。高怀亮没于王事，封赠忠勇侯。其下军士，尽行给赏。当时匡胤谢恩已毕，因荐赵普有大用之材，宜当重任。世宗即封普为节度副使。是日君臣朝散。

数日后，有张永德表奏李重进停留怠缓，不肯进兵，实有反叛之心。奏上，世宗对众臣道："知臣莫若君，李重进忠勤其职，焉有反心？此特永德之捕风捉影耳。朕若下诏慰谕，反启其疑，莫若故为不知，徐观进取何如耳？"众臣道："主上之论甚善。"世宗即匿其事不问。

却说李重进军中已知永德表奏之事，重进乃单骑至永德营中。军士报知永德，永德问道："他带多少人来？"左右道："只单骑耳，别无随从。"永德遂乃出迎。重进下马，与永德挽手进营。二人相见，宾主而坐。永德吩咐部下，摆酒款待，从容宴饮。酒至半酣，重进谓永德道："吾与公以肺腑之交，为国家大将，同心共济，何用相疑？昔战国时，蔺相如与廉颇，后私仇而先国难，人皆慕其义；今吾与公，幸得相与笑谈，敢不效蔺、廉之风，而多所猜忌耶！"永德拱手道："小弟之过，今知罪矣！"由是，二人之疑永释，两军亦各相安。有诗为证：

  单马趋营智识高，一时论说怨频消。
  心交义合相欢洽，应是周王重俊豪。

此时南唐主探听张、李二将交怨，与群臣商议，用反间之计，密地将蜡书送与重进。重进拆开视之，其书云：

  将之有权无权，只在时势。今闻足下受周主之命，屯兵本州，以绝南唐饷运；城孤势殆，果幸计也。然吾守将刘仁赡有匹夫不夺之志，且城中府库充足，婴城以守，虽来百万之师，未易窥也。近闻张永德心怀私怨，致书于朝，言足下停兵不进，似有阴谋。朝廷闻之，宁不疑乎？一朝兵权削去，放居散地，诚匹夫之不若矣！何如拥兵自守，为子孙之计之美也。不然，其肯倾心投款，孤当以重镇封足下，决不相负。

重进看罢书，勃然大怒，道："竖子此谋，欲反间吾君臣耶！"即令囚下来使，以书呈报世宗。世宗得书大喜，谓群臣道："重进不负于朕，斯言信矣！"群臣皆称贺。范质奏道："帅臣忠勤若此，何患南唐不灭乎！陛下但俟捷音而已。"世宗乃加授李重进为青州节度使。下诏在外将士，各宜用命。使臣颁旨，赴各军宣示，不提。

只说世宗一日召华山处士陈抟进朝，欲拜为谏议大夫。抟奏道："臣野心麋性，无志于功名久矣。"力辞不受。世宗问抟以飞升之术。陈抟奏道："陛下贵为天子，当以治天下为务，安用此哉？"世宗道："朕欲用卿共治何如？"抟道："尧、舜在上，巢、由各得其志。"世宗知其终不可屈，诏许还山。陈抟临行，遗诗一首云：

　　十年踪迹事，富贵梦中看。
　　紫阙谁人管，陈桥帝子安。

是日所遗之诗，近臣抄录，奏知世宗。世宗看其诗句，幽深玄远，不能参解，遍示群臣，莫晓其意。世宗命藏之金柜，俟后参验。下旨设宴崇元殿，君臣欢饮，宣畅一堂，尽情而散。

时赵匡胤父子回府，不料赵弘殷于路中风，抬至府中，叫唤不应。匡胤急请太医看视，太医道："此乃中风不语急症，下药恐不应验，奈何？"匡胤道："与其坐视，宁可服而勿效；汝但对症下药，决不罪汝。"太医依命，遂用牛黄、郁金等药，煎剂灌下，终于不省人事。病势转迫，一面令人觅取妙方，守到五更，赵弘殷命限告终，渐渐气绝。匡胤等合家大小，痛哭不已。入殓诸事，不必细表。次日，报奏丁忧于世宗。又讣音于在朝文武，开丧设祭，礼忏诵经，照俗行事。世宗命右相王朴代为主祭，众王侯陪丧，至五七出殡安葬。诸事已毕，匡胤在家守制。按下不提。

却说郑恩自从班师回来，与陶妃久别，彼此羡慕鱼水之欢，恩情倍笃，胜似新亲滋味。受享那杯中之趣，裙下之欢，溺爱沉湎，夜以继日。不觉三月有余，郑恩身体发烧，嗽声不止，饮食减少，坐卧不宁，忙请太医调治。那太医诊按脉理，早知其详，躬身指陈，说出这病源来。有分叫：为贪被底风流，免却行间争斗。正是：

  人生贪甚名和利，乐事何如色与醪！

毕竟太医说出什么病症来？且看下回分解。

第五十九回

刘仁赡全节完名　南唐主臣服纳贡

诗曰：

南伐旋师太华东，天书夜到册元功。
将军旧压三司贵，相国新兼五等崇。
鹓鹭欲归仙仗里，熊罴还入禁营中。
长惭典午非材职，得就闲官即至公。

右录韩愈《回军诗》

话说郑恩自班师以来，因其久旷，未免与陶妃重叙欢洽，倍笃恩情。不料酒色过度，渐生疾病，忙请太医官看视。太医官道："此是七情过伤，虚水旺火之症，当用滋肾平肝、清金益水之剂，可保无伤。大要只以保养为主，但能清心寡欲，静养葆元，再加以祛灾汤药，则可愈矣。"郑恩大喜，吩咐左右，送出太医官。自此静住府中，安心保养，凡服药调治，进食添衣，皆是陶妃亲身服侍，寸步不离。

不说郑恩在府养病。且说李重进督兵攻打泰州，城中自被周师围困，已及二年；此时粮草缺乏，军民饥苦，刘仁赡差人告急于齐王。齐王差大将许文穊、朱元领兵运馈，至紫金山下寨。朱元进策道："周兵势锐，兼之李重进智勇兼备，用兵如神，今知我救兵来到，彼乃预先退离以待之，此必胸有成策，不可不防。为今之计，可筑甬道数里，以遏其冲，则吾运粮便捷，而可免敌人之算，此乃兵家之要法也。"文穑依其计，即发兵筑起甬道，连绵数十里。军士往来，运粮直抵泰州城，果然利逸。

早有哨马报入重进军中，重进对曹英道："唐军长驱而来，又筑甬道以运军粮，公等何策以御之？"曹英道："寡不敌众，弱不敌强，吾兵虽少，当出奇兵以破之。"重进道："公言正合吾意。"遂唤牙将刘俊，吩咐道："汝引步兵五千，出泰州之南，待后兵一出，两下夹攻，冲破其营，敌人必乱矣。"刘俊领计去了。又令曹英领兵埋伏于紫金山北首。重进分拨已定，次日领兵向紫金山而来。两军相撞，门旗开处，闪出许文穑，横刀勒马，立于阵前，道："汝等周将，攻击泰州两年不下，费力久矣！何不退兵，免遭擒戮？"重进大怒；抡刀直取文穑，文穑挥刀相迎。两下金鼓喧天，摇旗呐喊，二将战有一百余合，未分胜负。南阵冲出一将，名叫边高，拍马挺枪前来助战。重进力敌二将，全无惧怕。忽周阵中一声炮响，震动山岳，正东一彪军齐起，刘俊横刀跃马，从唐阵后杀来，唐兵大败。朱元忙上前来迎敌，刺斜里曹英一骑又到，从南冲入阵来。文穑见势不好，回马便走，曹英阻住去路。边高奋力来迎，不一合，曹英手起刀落，劈边高于马下。文穑见失了边高，冲围杀奔北门。刘仁赡城上看见，领兵杀出，救入城中去了。重进夺了营寨，分兵据守。

文穑大败进城，计点军士，折了大半，羞惭无地。刘仁赡道："君且与朱将军守城，明日吾当亲出，与李重进决一死战。"许文穑道："且慢！公若强战，必难保守。待等主帅到来，再作商议。"刘仁赡从其言，悉力拒守。然因国事艰难，愤恨忧郁，遂染成疾。其子刘宗，来见父亲道："两军相遇，战胜者为奇，父亲力守孤城，未尝有挫；今日添兵助将，反有倒戈之辱。儿愿今夜出城去劫周营，以雪此恨。"刘仁赡大惊，道："汝劫营未惯，安知兵法？我为主将，尚不敢侥幸成功；汝系年幼无知，怎敢妄行险事，徒丧其命。"此计不用，遂喝退刘宗。不想是夜刘宗竟领部兵二千，开东门泛舟渡淮，去劫周营。谁知兵未至营，却被李重进游兵所击，杀得大败而回。次日，刘仁赡闻知其事，命左右推出斩首。监军周廷构上前力救，道："小将军虽失一阵，然为国家出力，欲建功耳！并非自为，望明公赦之！"仁赡不听。部下诸将俱皆跪劝，只是不依。廷构无法奈何，只得使人求救于刘夫人，夫人谢道："妾非不爱吾子，奈军法不可私，名节不可移；君今日宽宥其罪，便是刘氏不忠，妾与刘公，何以见众将士乎！"急令斩之。众将尽皆感泣。有诗为证：

阃外元戎号令明，忠勤宁肯遂私情！
竟将爱子殉军法，愤志于斯一念贞。

却说齐王李景达，听知许文稹大败，欲起倾国之师来救泰州。李重进闻此消息，与众将议道："唐之援兵甚多，泰州未便即下。况且我军粮草不继，难与争战，不如奏知主上，以图计取，我等且驻兵于此，以示久远。"于是具表，差人奏上世宗。世宗得奏，犹豫未决。是时李穀有疾在家，世宗遣范质、王朴就其第宅问之。李穀道："泰州围困，破在旦夕；若圣驾亲临，将士用命，则泰州指日下矣。"范、王二人将李穀之言奏知世宗，于是世宗意决，下诏兴师，攻取泰州。仍命赵匡胤为元帅，以统诸军。是时赵匡胤守制在家，迫于王命，只得应旨。又为郑恩告病，言郑恩前次出兵，随征辛苦，班师以来，得病在家，至今尚未痊愈，不能从征。世宗准其告病，恩免出征。

当时匡胤分调出师，命造大船数百只，使唐之降卒教习军士水战。数日之后，出没波涛，纵横滟浪，胜似唐军。三月，世宗车驾出大梁。命王环领水军五万，自汴河沿颍入淮，军声大振，远近皆惊。

消息传入南唐，齐王闻之大惧，差人至金陵求救。唐主集群臣商议退敌之策，太史令吕锦文奏道："南唐与周势不两立，大王当起倾国之师，与之迎敌。彼已深入吾地，岂能久驻乎？"唐主依奏，命杨守忠领兵五万前去迎敌。守忠得旨，即日领兵离金陵，来到紫金山下寨。齐王李景达闻知救兵已到，自率大军至淮河口结营，与守忠声势相依。城中许文稹、朱元亦列营于城西，彼此为犄角之势，约日出兵。

时世宗大兵，离泰州城十里安营。听报南唐起倾国之兵而来，便下令各营将士，齐心努力，严整兵戈，次日列阵于泰州城下。世宗亲自戎装，同匡胤等一千众将，来到阵前。南唐杨守忠亦列成阵势，跃马舞刀而出，大呼道："吾南唐与汝，两不相涉，何故连年相争，以苦苍生？"世宗道："今天下一家，汝主庸愚，敢自霸一方，苦害万民；朕今天兵到来，汝等知事，当举兵来降，不失封爵，若再不悟，祸不免矣！"守忠大怒道："谁敢先见头阵，以挫其锋？"言未毕，一将应声而出，乃牙将张兆仁，手执大刀，飞马搦战。周阵曹英拍马舞刀抵住。两下交锋，战有三十余合，曹英卖个破绽，勒马诱张兆仁来赶，看看将近，挥起大刀，把张兆仁斩为两段。

杨守忠见折了张兆仁，心中大怒，自挺枪来战。赵匡胤看见，纵赤兔马，提八环刀，飞出接战。二将双器齐举，两马相交，大战五十余合不分胜负。忽城西许文稹领兵冲入阵来，将世宗军冲作两段。李重进恐上有失，拍马上前，挡住文稹交战。将至一百余合，重进轻舒猿臂，将文稹捉过马来。匡胤见重进捉了许文稹，勒马绕南阵而走。杨守忠随后追来，匡胤架起连珠箭，射中守忠坐马，把守忠跌下马来。周兵向前捉住，唐兵大败，杀死极多。

朱元见势已危，弃了西营，领众沿流而走。王环水军顺流而下，鼓噪直前。齐王听得唐兵大败，守忠被擒，不敢迎敌，与陈觉弃船奔归金陵去了。世宗自将马军，与诸将夹岸追击，唐兵溺水死者二万余人。周兵大胜，所得船粮盔甲器具不计其数。世宗收军还营。

次日,分拨诸将,提兵到泰州攻城。刘仁赡闻救兵大败,病体更重。监军使周延构见周兵攻城甚急,与左骑都指挥章全议道:"今主帅病重,不能理事,城中被困已久,粮草已无;若不迎降,致生民变起,反为不美,公意若何?"章全叹道:"我等尽心守城,为生民之计也!今势已如此,自当开城投降,以免生灵涂炭耳!"二人议论相合,乃诈作刘仁赡降表。次日,众将挟了仁赡开城以降。世宗亲至帐中,慰劳良久。仁赡垂头不语,世宗嘉其忠义,赐赉甚厚。复命左右扶入城中养病。仁赡义不苟取,扶归府中。世宗下旨大赦州县囚徒,百姓有受唐主之书保聚山林者,悉令复业。其民隐之尚有未便者,着有司官一一条陈奏闻。又下诏封授仁赡为天下节度使兼中书令。仁赡不受,是夕卒于城中,晋爵为彭城郡王。时唐主闻仁赡死,甚加痛惜,遥赠太师。世宗复以清淮为忠正军,以旌仁赡之节。有诗赞云:

> 固守孤城忠不回,兵穷粮尽病相催。
> 唯公一死真无愧,千古声名显似雷。

时泰州因被困二年,民人绝食,世宗下诏,开寿州仓库赈济饥民。百姓得食,欢声载道。

四月,世宗合诸将进攻濠州。濠州守将黄天祥,听得周师来到,急领兵三千,出城迎敌。两军对圆,北阵上刘俊,横刀大叫:"唐将早早献关,免受屠戮!"说罢,纵马而来。南阵黄天祥大怒道:"贪心无厌之徒,敢又来犯我城池耶!"举起手中枪,拍马直取刘俊。刘俊抡刀来迎,两下交锋,这场好杀。有诗为证:

> 暮雨旌旗湿未干,残烟衰草日光寒。
> 沙场达旦连宵战,只见番兵空马鞍。

二人战不数合,正东上一声炮响,匡胤一骑杀来,把天祥预备的水寨，登时打破，焚其战船。一时烟气蒸天，红光遍野。黄天祥见失了水寨，无心恋战，急勒马退走回城。李重进、刘俊等追赶，会合匡胤，水陆夹攻。黄天祥御敌不住，引败残兵退守羊马城去了。

匡胤得了濠州，迎驾入城，因又进言道："唐军败北，势如破竹，数节之后，迎刃而解。陛下不必亲行，以冒矢石。且扎御营于此城，待臣与诸将直捣金陵，擒取唐主，以靖南方。"世宗大悦，道："全赖二御弟等尽心辅朕。"于是匡胤与李重进合兵，先攻羊马城。

城中闻此消息，尽皆惊惶。时水军元帅江显明，列战船数百，陈营于涣水之东。知濠州有失，正欲救应，却遇黄天祥杀败来见，说周师势锐，不可抵挡。江显明道："吾与公列水阵于涣水南岸，以御周兵，一面申奏主上，提兵来救，庶不至彼之猖獗也。"天祥大喜，即与显明列二营于南岸，摆齐战船，横浮涣水，坚不可入，牢不可破。

匡胤兵马已到涣水，隔岸列成阵势，乃与步军使高琼商议道："南军阻水列营，意我不能便渡此河。汝可引兵一千，绕岸登进，候至明日黄昏，放起一把火来，岸军一失，水军自慌。吾引军对岸杀来，必获大胜。"高琼领令而行。次日午后，匡胤领兵斩寨而出。吩咐诸将，传弓弩手乱箭射住水军。那些水军遮箭不及，怎敢出战？因此周师渡过涣水，竟趋南岸。黄天祥见周师登岸，大惊不迭，领所部兵来迎，正遇匡胤。两马相交，兵器并举，战不数合，天祥败走。

此时正近黄昏，忽听南阵一声炮响，摇旗擂鼓，火把通红，正遇狂风大作，显明营寨尽被延烧，唐兵大乱，自相践踏。显明见势不好，即弃营逃走，恰遇高琼杀来，阻住去路。显明心慌，放马欲逃，不期马失前蹄，一交翻下，被高琼趁手一刀，斩为两截，部下尽数投降。高琼遂与匡胤合兵攻杀天祥，天祥料不能胜，抽出宝剑自刎而死。正是：

    可怜节义英雄士，只见空鞭匹马回。

水军见主将已亡，降的降，走的走，一时干净。

匡胤得胜，威声大振，远近皆惊。于是会合李重进军马，直犯泗州，分门攻击。守城官范载，知势难支，开门纳款。匡胤入城，禁约部兵，不许抢掳，扰害民间，如违斩首。兵士闻令，整肃而入，百姓尽皆欢悦。正是：

> 王师遍处施仁义，黎庶归芸如故常。

十一月，匡胤兵取通州。守将郭延与部将孙信等议道："周兵势盛，难与争锋，不如归降方为上策。"诸将皆称其善。郭延道："谁可作降表？"孙信道："参军李廷邹可作降表。"郭延命廷邹为之。廷邹道："二公乃唐之宿将，屡受国恩，且通州城郭坚固，粮草充足，正可以挡住周师。或战或守，以尽臣职，岂可不为备敌，先为不义之行耶！"郭延道："吾岂不知！但时势如此，徒劳无益。公今且顺天心，以救生灵之涂炭也！"廷邹坚执不肯。孙信以刀胁之道："公不识时务，执意不从，吾先斩汝首，然后迎接周师。"廷邹大叹道："大丈夫以忠义自誓，岂惧一死！吾安肯以堂堂之身，从汝狗彘，偷生于世间而作降表乎！"孙信大怒，一刀将廷邹杀死于地。次日，举城降周。有诗证之：

> 男子要为天下奇，忠心不屈贯清微。
> 未经草表先丧命，徒向阶前血染衣。

匡胤既得通州，长驱直进，兵至楚州。有防御使张彦卿坚城固守，周兵攻围四十余日，再不能下。世宗闻之，自领大兵前来监督。匡胤见驾，奏道："楚州守将张彦卿，深得民心，为之死守，是以臣等不能即克。近闻城中粮草不继，臣与诸将合兵击之，早晚可破也。"

世宗道:"御弟可吩咐诸将,各皆用心,朕当照功升赏,决不负也!"匡胤受命。次日即与李重进等分门攻打,将士齐心,军兵奋力。自早至午,只见城西北角早坍了一阙,曹英身先士卒,手执蛮牌,提剑鼓勇登城,把守城军乱砍。下面军士蜂拥上城,唐兵遮拦不住,各自下城逃命。曹英开了西门,众兵齐进,城中鼎沸起来。张彦卿见周兵已至,即与都监郑招业领兵拒敌。郑招业杀奔南门,正遇李重进奋勇而来,不待交战,一刀劈个正着,招业翻于马下。李重进大杀唐兵,往东门而来。张彦卿见势已急,无可挽回,仰天叹道:"今日得报我主矣!"遂掣出宝剑,自刎而死。手下部兵一千余人,尽皆自杀。有诗为证:

  固守坚城势不回,推恩部下气相随。
  天心已去身全节,义过田横不泯坠。

匡胤既得楚州,随与李重进收兵屯扎,迎驾入城,出榜安民,开仓赈济。

于时周兵势盛,所到莫敌。消息传入金陵,唐主大惧,饮食俱废,如坐针毡。又耻降号称臣,乃传位于太子弘翼。遣使奉表,臣事中国。计南唐所管地界,只有庐州、舒州、蕲州、黄州四郡未下,差使表奏世宗,献其地土,乞求罢兵。世宗取表视之,见其言词哀切,情意恻怛,遂言道:"朕本意只取江北而已,今唐主既能奉国纳降,复何言哉!"乃赐答唐主书云:

  大周皇帝书达唐主:朕兴师非为贪求土地,残害人民;实以天下一家,各守封域,以抚治人民,永享安静和平之福,将子子孙孙,实加赖之。通好方新,书旨更不多及。

差使领书,回金陵见唐主。唐主看书,心始感激,遂仍差使奉表来谢。其表云：

> 唐国主臣李璟，谨顿首拜表上皇帝陛下：臣遣臣陈觉，奉表天朝，钦奉诏书，休兵息战，允许和好，容小国仰天涵地育之德，臣不胜衔感！谨献江北四州，每岁纳贡银一百万，以供上国岁时之用。昧死谨言，伏候赦书！

世宗得表，群臣称贺。江北悉平，共得十四州六十县。复赐唐主书，谕："自今以后，朕已罢战，不须传位。"赐钱弘俶、高保融等犒军钱帛数十万。唐主仍差平章冯廷献银、钱、茶、谷，共二百万，赴御营前犒军，世宗待之甚厚。冯廷复命，称世宗之德。于是唐主倾心臣伏于周。有诗为证：

> 大将南征拥战旗，归降纳土建功奇。
> 欲知边境生民恨，烽火年来望眼迷。

世宗喜南方平定，下令班师还京。各营得令，无不欢欣。明日拔寨起行，正是：

> 天子预开麟阁待，只今谁数贰师功！

驾返汴京，世宗论功封爵，给赏三军，大开龙宴，庆贺功臣。自是君臣勤政，百姓安乐，置兵戈而不用，渐见太平之象矣。

一日，世宗于文书中，得一木简，长三尺，上写着"检点作天子"五字。世宗骇异，察其所置之人，竟不可得。时张永德为殿前都检点，世宗心疑，遂命赵匡胤代之。

显德六年，调回征蜀将帅王景、向训等。时有近臣奏道："昨夜枢密使昌邑侯王朴卒。"世宗闻奏，亲临其丧，恸哭数日，悲不能止。仰天叹道："天不欲朕致治耶？何夺朕之速也！"命具衣冠，以王侯之礼葬之。文武百官俱皆送葬。汴京百姓感念王朴平日待民如子，皆悲哀祭献，罢市三日，如丧考妣。有诗为证：

> 深明术数佐皇家，辅治新君谋远夸。
> 正值升平身已故，黎民千古尽吁嗟。

却说南唐主顺中国之后，与群臣议贡献之礼。宋齐邱奏道："昔日后汉主登极之时，主公曾献女乐数十名，以免数年之扰；今议贡礼，亦可献美貌聪明者，献与中国，胜似金玉玩好之物，且吾江南得有泰山之安矣。"唐主道："吾观世宗，乃英明之主，非比寻常；倘其不纳，是无功而反获罪矣！"齐邱道："美色人人所爱，汉帝未尝不英明，不闻弃逐而临我不测也。望主公速即行之，必无他虑。"唐主依议，即令中官选取美女。中官领命，选得美女二人：一名秦若兰，一名杜文姬，送入唐主。唐主见二女果然风姿出众，美貌动人，即差礼部尚书王崇质为使，送二美女前往中国贡献。

崇质领命，安备车马，即日离金陵，前至汴京。近臣奏知世宗，世宗召入殿前。崇质当阶朝拜，奏道："小臣奉主命，进献美女二名，与陛下供优闲之用，现在官门外以候圣旨。"世宗下旨，宣二美人入朝，伏于阶下。世宗举目观看，果有国色，遂问其名，崇质奏道："一名秦若兰，一名杜文姬。"世宗大悦，道："名色两美，足副朕怀。"旨令收入御乐院。赵匡胤出班奏道："陛下英明圣德，端理天下，不可受外国之色。若受玉帛，可以供给，粮米可以赏军；今受女色，是使外邦闻之，皆以陛下为爱色之君，必致美女日进，而政事怠荒，圣德损坏矣！此万万不可，望陛下三思。"世宗道："朕自有方略处之，无烦御弟所虑。"遂不听其谏，乃设宴款待崇质。因而问道："汝主近日仍备武事、治甲兵乎？"崇质奏道："自归天朝以来，举国悉得其主矣！尚何事于治甲修武乎？"世宗道："卿之所见甚明，但朕兴师征伐，则为仇敌；今为一家，汝主与朕大义已定，更无他说。然而人心难料，至于后世，则事不可知。归告汝主，兵甲城郭当宜修葺，为子孙之计。"崇质顿首受命而辞。取路回金陵，见唐主奏及世宗所谕之事，唐主感激，遂令守城官吏，凡城池之不完者，修葺之；戍兵之单弱者，增益之。更有整理军伍。按下不提。

且说世宗自纳美人之后，每召入宫侍宴，日则吹弹歌舞，夜则淫乐欢娱，迷恋情浓，累日不出视朝。凡一切朝政，皆决于范质、王溥二人。二人心不自安，约齐群臣，到赵匡胤府中商议军国大事。不争有此一番议论，有分叫：忧国勤民，剔尽怠荒归淳化；应天顺庶，扫开蒙翳见重华。正是：

　　披坚执锐于焉释，端冕垂裳自是新。

毕竟众臣议论何事？当看末回自知。

第六十回

绝声色忠谏灭宠　应天人承归正统

词曰：

　　诗章进谏冀君听，意殷勤爱敬。闭邪陈善，焦燎园囿，莫非忠荩。
　　鸿运将开，人归天应。见彩楼佳信。圣人御极，日月争辉，华夷欢庆。
　　　　　　　　　　　　　　　　　　　　　　　　　　右调《贺圣朝》

　　话说世宗自受女乐之后，迷于酒色，日渐怠荒，一切政事皆决于范质、王溥。二人心怀忧惧，约齐群臣，到赵匡胤府中商议，道："今主上春秋鼎盛，未建东宫；又受南唐之贡，沉湎酒色，累日不朝，此非经国经民之为也。公乃国家大臣，未知有何良策，以正君心？"匡胤道："吾正为此事，欲与诸公商议；不意诸公先降，足见忠勤。明日我与诸公入宫合奏，看主上圣意若何？"众皆欣喜而出。

　　次日，匡胤同群臣入朝，至内殿见世宗，奏道："陛下春秋鼎盛，皇储未立，终日佚乐，关系非小。臣等冒死进言，乞早立皇嗣，以副中外之望；远色励治，以昭圣德之休。则天下幸甚！臣等幸甚！"世宗道："功臣之子皆未加恩，独先朕子，岂能安乎！"匡胤奏道："臣等受陛下厚恩，已是过宠，安敢以子孙受爵为望！乞陛下从群臣之谏，以定国计。"世宗见群臣意切，乃降旨封皇子为梁王，册立东宫。时梁王年方七岁，生得聪颖过人。当时群臣谢恩已毕，正欲陈词谏正，适世宗心生厌倦，命各暂退；众臣只得辞驾，怏怏而出。无奈世宗日事荒淫，怠废朝政，又于内苑起造一楼，名曰"赏花楼"，命教练使冯益监造。不消一月，把赏花楼盖造得十分齐整，华美非凡。怎见得好处？有《西江月》一词为证：

  画栋飞云渲染，雕梁映目新鲜。檐牙高啄接青天，锦绣羡他名款。
  异品奇珍列满，吹弹丝竹俱全。君王从此乐绵绵，美色香醪赏玩。

工事已完，冯益复旨奏成。世宗大喜，重赏冯益。驾至赏花楼，设宴与二姬赏玩。又下旨：命文武官员各献奇花异卉，栽种内苑。这旨一下，那些忠臣良宰，心皆不悦，愤愤不平。只有那等希图进用之臣，不吝千金购求异卉，纷纷进献。有诗叹云：

  异草奇花不足求，贪淫失政乃为忧。
  嗣君小弱何堪立？兵变陈桥自有由。

  且说郑恩病愈起来，闻知此事，即来见匡胤，道："二哥！今主上不理朝政，日夕与美人淫乐。倘外国闻知，干戈蜂起，民不聊生，此事如何？我与二哥竭力苦谏，不可坐视。"匡胤道："非吾不欲苦谏，奈主上不听，其如之何？"郑恩道："近闻圣上命百官献花，吾与二哥何不以献花为名，内藏讽谏之意，或者少有补益，亦未可知。"匡胤道："此法最妙！"
  次日百官各自进花，匡胤与郑恩亦至内苑，直趋花楼来见世宗。世宗正与二美人酣饮，见匡胤到来，便问道："二御弟亦来进花么？"匡胤奏道："比闻旨下，臣等安敢有违！"世宗道："卿进何花？"匡胤执梅花近前奏道:"此乃江南第一枝。"世宗命中官取来,供在瓶中,因问道:"此花因甚便称第一?"匡胤奏道:"此花乃临寒独放,幽香洁白,不与凡流并比芳妍,故为第一。臣有一诗,以咏其美,愿为陛下诵之:

　　一夜东风着意吹,初无心事占春魁。
　　年年为报南枝信,不许群芳作伴规。"

世宗听罢大喜,亦命杜文姬吟诗一首以赞之。文姬承旨,便吟道:

　　"梅花枝上雪初融,一夜高风激占东。
　　芳卉池塘冰未泮,柳条如线着春工。"

世宗听文姬之诗,称羡不已。忽郑恩大踏步上楼,奏道:"臣亦有花来献!"世宗命左右取来视之,乃是一枝枯桑。世宗笑道:"这是枯桑,三御弟献他何用?"郑恩道:"臣献此花,与众不同;汴京城中若无此树,则士民冻饥。臣有俗诗一首,敢吟与陛下助兴。"遂而吟道:

　　"竹篱疏处见梅花,尽是寻常卖酒家。
　　争是汴梁十万顷,春风无不遍桑丫。"

世宗勉强喜悦,赐赵、郑二人酒食。二人饮了几杯,立于栏杆之外,见献花者纷纷而进。

　　追至日暮,世宗谓二人道:"卿等此时未归,有何事议?"匡胤奏道:"臣等见陛下累日不朝,有荒政事;为此冒死上言,愿陛下勿事流连,亲临国政,则社稷有磐石之安矣!"世宗道:"朕向因干戈扰攘,并无少安;今日稍得闲暇,与二姬赏玩,聊叙一时之兴耳!岂得遽云荒政？且人生在世，如弱草栖尘，峥嵘有几！况今幸值中平之世，卿等亦得与亲知故旧，暂图欢乐，以尽余年，不亦可乎？而乃日事言词，徒多琐屑耶！"郑恩奏道："陛下不听臣等之谏，恐有不测，悔之晚矣！"世宗不答，拂衣而入。

郑、赵二人出了宫门，私相议道："主上荒淫如此，若不设计，势不可为。"匡胤道："与你同见范枢密商议可也。"二人来见范质，说知其故。范质道："昨日司天监奏有火星下降，旨发该部知道。为今之计，可乘禳灾之举，焚其赏花楼，庶可以挽回圣上之心。"郑恩道："此计大妙，不可泄漏！"

次日，密令守宫军校，准备救火之具。将近二更，郑恩躲于赏花楼下，听得鼓声聒耳，郑恩于近宫边放起火来。其夜正值东风大起，一时之间，风助火势，火逞风威，照耀得满天通红，遍苑雪亮。宫官报知世宗道："行宫火起！"世宗大惊，亲自看火。只见火已延及楼阁。郑恩近前，大喊道："陛下速避，火势近矣！"世宗惊慌无措，郑恩负了便跑。二姬且哭且行，高声叫救。忽见匡胤转出叫道："速来！速来！"二姬只道真心救他，急奔前来；被匡胤左挟若兰，右提文姬，向火焰里只一抛，可怜！正是：

> 粉面顿然成粉骨，红颜顷刻变红灰。

此时军士望见匡胤将二姬烧死，各把水器齐来救灭了火。早见新造宫楼，变为白地。

次日，匡胤同文武朝见称贺。世宗问道："二美人何在？"匡胤奏道："火热甚大，莫能相救，想已烧死矣！"世宗闻之，痛悼不已，拂袖还宫。群臣各退。有诗为证：

> 忠臣至此亦堪怜，何事谋姬向火燃！

若使陈桥袍不着，千年忠义属谁看？

世宗自被火惊，日日思想二姬，渐成疾病，不能视朝。适镇军节度使韩通因奏边务事情，闻知世宗有疾，入宫侍问。世宗说知得病之由，韩通奏道："臣闻此举皆赵、郑二人所为！幸陛下善保龙体，不必以二姬为念。"世宗道："朕已知之。然赵、郑实朕之亲臣，不忍加罪。"

韩通谢恩而退。回至府中，心下暗想道："主上倘有不测，朝中唯此二人专权；彼若以旧怨致衅于我，我何能堪！"乃召心腹李智商议其事。李智道："君侯公子尚未婚配，近闻符太师有次女，乃主上亲姨，亦未择配。君侯何不乘此入宫，奏知主上，与之联姻。日后符娘娘当国，君侯可保无虑矣。"韩通大喜，道："此计甚妙！"次日进宫，朝见世宗，奏知此事。世宗道："朕当与子成之。"即日召符太师入宫，将韩通姻事说知。符太师奏道："既蒙陛下圣谕，臣安敢有违；奈幼女嬉习未除，尚容再议！"世宗允奏，韩、符二人，辞驾出宫回府。韩通以为世宗主婚，必然能成，遂乃打点行聘不提。

却说匡胤之弟匡义，因见冬雪初晴，在家无事，带骑数人，出猎于东郭门外。只见有一喜鹊，立在靠墙梅枝之上，对了匡义连叫数声。匡义弯起弹弓，指定打去，正中那鹊左翼。那鹊又叫了一声，展起双翅，竟往符太师的花园里飞去了。匡义认得符太师家花园，便令从人停骑园外，自己越墙而进，来寻喜鹊。才行几步，只见那边有七八个丫鬟，簇拥着一位小姐，正从假山石背后而来。匡义进退不及，慌慌张张，闪在躲避去处，偷眼看那小姐：年未及笄，生得窈窕娉婷，美貌无比。这小姐不是别人，正是符太师的次女二小姐。那小姐也为观玩而来。

当时符小姐带领丫鬟，来至园中，一眼睃去，早见了匡义，便令丫鬟唤至跟前，开言问道："君是何处人氏？白昼逾墙，有犯非礼，三尺难容！"匡义答道："小可乃赵司空之次子，当朝赵检点之弟，名匡义。因见冬雪初晴，放骑游猎。偶放一弹，正中喜鹊，飞入小姐家园，小可一时误进，望乞海涵！"符小姐见匡义人物魁梧，殊非凡品，心中已自欢喜。及听言词逊顺，声气清和，不觉目凝神逝，暗自想道："若得此人为婚，一生之愿足矣！"又问："君年几何？"匡义道："小可年交十九。"小姐道："曾娶亲否？"匡义赧然摇手，以为未婚。小姐道："君可速去，恐太师知觉，不当稳便。"匡义躬身应诺。小姐令侍女开了后门，放他出去。小姐恋恋不舍，以目送之。有诗为证：

> 喜鹊连枝堕符园，佳期预报赖他转。
> 一言竟识非凡品，伫见成姻了宿缘。

匡义出得园来，同从骑竟回府中，见了匡胤备述其事。匡胤道："此天意也！使汝入园而得睹其容。"遂差人请范枢密到府，分宾而坐。茶罢，匡胤将匡义误入符太师园中，遇见皇姨之事，说了一遍。故欲相烦作伐。范质道："此事容易，符太师夫人与下官寒荆是通家之姻，明日当与令弟求婚，事必谐也。"匡胤大喜，道："若得事成，必当重报。"范质告别回家。

次日，命夫人郝氏到符府说亲，与太师夫妇细述赵公子求亲一事。太师道："此段姻缘，极是相宜！怎奈主上先曾有旨，命许韩通之子为婚；今日我若许了赵公子，恐违了圣上之旨。事在两难，如之奈何？"郝夫人道："赵公子闻他有大贵之相，况兼德行皆全，英才日盛，较诸韩公子不啻天渊之隔。古人云：'择婿以德。'若许此人，谅圣上决不为怪。"太师道："此言也是！但韩家先来议亲，故难开口。老夫当效古法，于城中高结彩楼，待小女自抛彩球，看是谁人姻缘，以为定准，便可使两家各无怨心。"郝夫人道："太师所言甚当。"遂别了回府，诉知范质，令人报知赵府。

过了数日，符太师差人在天街结起一座彩楼，相约韩、赵二家姻事。匡胤知道，乃令匡义准备。匡义应诺，带了四五个从人，来到天街；见韩通之子韩松，领了数十名家将，先在等候。又有那些官家子弟，聚齐在楼下观看。当时等了一回，只听得楼上鼓乐齐奏，先有一管家人，向着楼外吟诗一首道：

> 彩楼高结一时新，天上人间富贵春。
> 凭语蓝桥消息好，尽教仙子意殷勤。

那管家吟诗已毕，立在一旁。须臾只见许多彩女，正正齐齐拥着皇姨于彩楼正中间坐下。举眼望楼下看时，见楼下看的众人，都是翘首而望。只见彩楼左首立着一人，人物轩昂，仪表非俗，又是打扮得齐楚。但见：

> 戴一顶官样黑纱巾，穿一领纻丝青色袄。外罩蜀锦披风，腰系金线绿带。足蹬乌靴，摇曳多姿。

原来此人就是心上之人，今日看见，分外英俊。又见那彩楼右首，立着韩松，生得卑陋，面如乌漆，背似弯弓。看他打扮，倒也齐整。但见：

> 戴一顶官样青丝笠，穿一领黄褐纻丝袍。系一条绿绒金线绦，着一双黑皂麂皮靴。

当下符小姐细观二人，已判优劣。立起身来，在侍女手中接过彩球，对天祝拜已毕，执定彩球，看定了匡义抛将下来。正被匡义接着，跨上了马，喜气洋洋，与从人向南街去了。韩松立在楼下，不瞅不睬，看者无不耻笑。跟随人俱各没趣，拥了韩松上马而去。

回至府中，报与韩通。韩通大怒道："圣上之命，反不及范枢密耶？"即令心腹将士，带领数百勇壮家丁，埋伏于南街要路，等候抢亲。不想事机不密，早有人报知匡胤。匡胤便与郑恩商议，郑恩道："不须忧虑！我等舆从乐人，从小路抬回；待小弟扮做小姐，耍他一耍。"匡胤笑道："言之有理。"遂令从人轿马抬了皇姨，悄悄地从僻静小路娶到府中，与匡义结亲不表。

　　只说郑恩扮做新人，前面乐人引导，金鼓喧杂，灯烛辉煌，一行人闹闹热热，由南街大路而来。只见韩家的埋伏军士，看见赵府迎娶已到，即时一声号炮，一齐上前，把音乐随从人等打散，抢得一乘大轿，自为得计，抬进韩府。韩通大喜，亲自揭开轿帘。只见轿里蹿出一个郑恩来，高叫一声："韩兄！小弟到此，快备酒来，与你对饮。"韩通情知中计，无可奈何，只得赔笑道："老弟若肯开怀，便当款待。"郑恩见韩通反赔笑脸，礼顺谦辞，便正色相劝道："韩兄，公子日后自有姻缘，何必争执，以伤和气！"言罢，辞别而去。韩通只气得毛发直竖，愤恨于心。次日入朝，奏知世宗。世宗道："匡胤之弟，亦朕之爱弟，此事不必深念。倘朝中有相宜者，朕当为卿议娶可也。"因加授韩通为充侍卫亲军副指挥使，韩通谢恩而出。

　　谁知世宗自得病以来，不能痊愈，延之日久，饮食不进，大势日危。召范质等入宫，嘱以后事，道："嗣君幼弱，卿等尽心辅之！昔有翰林学士王著，乃朕之藩邸故人，朕若不起，当以为相。"质等受命而出，私相议道："王著日在醉乡，是个酒鬼，岂可为相！当勿泄漏此言。"是夕，世宗卧于寝宫驾崩。远近闻之，无不嗟悼。后人有诗以美之：

　　　　五代都来十二君，世宗英武更神明。
　　　　出师命将谁能敌，立法均田岂为名！
　　　　木刻衣夫崇本业，铜销佛像便苍生。

皇天倘假数年寿，坐使中原见太平。

　　世宗既崩，群臣立梁王训，于柩前即位，是为恭帝。文武山呼已毕，尊符后为太后，垂帘听政。遣兵部侍郎窦仪至南唐告哀。窦仪领命，至南唐来。正值天寒地冰，雨雪霏霏，不日到了南唐，见了唐主。唐主欲于廊下受诏，窦仪道："使者奉诏而来，岂可失其旧礼！若谓雨雪，俟他日开读可也。"唐主闻言，拜诏于庭，不胜哀感，款待窦仪而别。

　　数日，有镇定报："河东刘钧，结连契丹，大举入寇，声势甚盛，锋不可当。"近臣奏知太后，太后大惊。急聚文武商议，范质奏道："刘钧结连契丹，其势甚大，唯都检点赵匡胤可以御之。"太后依奏，即宣赵匡胤入朝，命为元帅，领兵敌契丹。匡胤奏道："主上新立，在朝文武，宜戮力同心，共守京城；臣当另调澶州等处将帅，一同征讨，是乃万全之策。"太后大喜。即下敕旨，前去调发张光远等，会兵出征。

　　时苗光义自从在王府决数救护匡胤之后，一向隐在山中；今见世宗弃世，来到京中。见日下又有一日，黑光相荡，指谓匡胤亲吏道："此天命也，时将至矣！"言毕，飘然而去。

　　此时各镇帅臣：张光远、罗彦威、石守信、杨廷翰、李汉升、赵廷玉、周霸、史魁、高怀德等，俱在麾下听用。当时择日发兵，摇旗呐喊，擂鼓鸣金，一声炮响，行动三军。看看来到陈桥驿，军士屯聚于驿门之外，忽高怀德对众人道："今主上新立，更兼年幼；我等出力，谁人知之？不如立检点为天子，然后北征，诸公以为何如？"都卫李处道："此事不宜预备，可与匡义议之。"匡义道："吾兄素以忠义为心，恐其不从，如之奈何？"正言间，忽赵普来至，众人以欲立主之事告之。赵普道："吾正来与诸公议此大事！方今主少国疑，检点令名素著，中外归心，一入汴梁，天下定矣！乘今夜整备，次早行事。"

众皆欢喜。各自整顿军伍,四鼓聚集于陈桥驿门,等候匡胤起身,便举大事。

此时匡胤身卧帐中,不知诸将所议。天色渐明,部下众将直入帐中,高叫道:"诸将有言,愿立检点为天子!"匡胤大惊,披衣而起。未及诘问,众人拥至跟前,石守信竟将黄袍披在匡胤身上,抱住在椅中,众将山呼下拜,声彻内外。匡胤道:"汝等自图富贵,使我受不义之名!此何等事,而仓促中为之?"石守信道:"主少国疑,明公若有推阻,而彼岂肯信乎?再要成事,恐亦晚矣!"匡胤嘿然不答。匡义讲道:"此虽人谋,亦天意也!兄长不须疑贰。且济天下者,当使百姓感激如父母;京师天下之根本,愿下令诸将,入城不许侵夺百姓,乃为天下定计也。且苗光义先生前日对人说道,日下复有一日,该哥哥登位无疑。"匡胤听了苗训之言,如梦初觉。想起前日相面之词,真是先见,懊悔屡屡失礼于他。遂下令道:"太后与主上,是我北面而事的,不得冒犯;群臣皆我比肩,不得欺凌;朝中府库,不得侵掠。用命有重赏,不用命则诛。"军士皆应道:"谨受命!"匡胤号令已定,遂整队而回。军士至汴梁,自仁和门入城,秋毫无犯,百姓欢悦。有诗为证:

> 七岁君王寡妇儿,黄袍着处是相欺。
> 兵权有急归帏幄,那见辽兵犯帝畿。

匡胤既入城,下令军士归营,自退于公署。时早朝未散,太后闻陈桥兵变,大惊不迭,退入宫中。范质对王溥道:"举奏遣将而致反乱,吾辈之罪也!"侍卫亲军副都指挥使韩通自禁而出,急来与范质议道:"彼军初入,民心未定,吾当统领亲兵禁军以敌之;二公快请太后懿旨,布告天下,必有忠义勤王者相起,则叛逆之徒,一鼓可擒矣。"范质依言,入宫见太后请旨。

韩通归至府中，召集守御禁军、亲随将校以备对敌。忽禁军教头王彦升大怒道："天命有归，汝何为自戕其身？"即引所部禁兵来捉韩通。韩通未及相迎，竟被彦升一刀枭了首级。部下军兵，将其妻妾并次子，亦皆杀死。唯长子韩松逃脱，奔入辽邦而去。有诗为证：

> 忠于王事见韩通，世宗亲征有几同。
> 欲御逆谋志未遂，阶前冤血至今红。

匡胤在公署，闻得城中鼎沸，急忙下令禁止。有将捉得范质、王溥等来见。质即挺身责道："公乃世宗之亲臣，言听计从；今欲乘丧乱而欺孤寡，生心谋反，异日何以见先帝于地下？思之岂不愧乎！"匡胤掩泪答道："吾受世宗厚恩，今为六师所逼，一旦至此，惭负天地，奈如之何？"言未已，帐前罗彦威拔剑在手，厉声说道："三军无主，众将议立检点为天子，再有异言者斩！"王溥等面如土色，拜于阶下。范质不得已，亦下拜。匡胤亲自扶起，以优礼待之。后人有诗以讥范质等云：

> 国祚既移宋鼎新，首阳不食是何人？
> 片言不合忙投拜，可惜韩通致杀身！

范质等奉匡胤入朝，召集文武百官，两班分立。翰林院官捧出禅位诏书，令侍郎窦仪宣读，诏曰：

> 天生烝民，树之司牧。二帝推公而禅位，三王乘时以革命，其极一也。予末小子，遭家不造，人心已去，国命有归。咨尔归德节度使、殿前都检点赵匡胤，禀上圣之姿，有神武之略；佐我高祖，格于皇天；逮事世宗，功存纳麓；东征西怨，厥绩懋焉。天地鬼神，享于有德；讴谣狱讼，归于至仁。应天顺民，法尧禅舜，如释重负，予其作宾。呜呼钦哉！祗畏天命！

窦仪读罢诏书，匡胤就北面听命讫。宰相扶了登崇元殿，加上天子冕衮，受群臣朝贺，是为太祖皇帝。奉周主为郑王，子孙世袭其职。符太后迁居西宫。大赦天下，国号曰宋。改元建隆元年，而周运亡矣！古虞顾充有《历朝捷录》纪之云：

> 世宗以柴氏子，嗣太祖而立。撰通礼，正乐书，定大乐，设科目，而文教彬彬；败汉兵，阅诸军，平江北，伐契丹，而武功烈烈。王环以不降而受赏，仁赡以抗节而蒙褒，张美以供奉而见疏，冯道以贩图而被弃。威武之声，真足以砥砺人心，激发一世。近者畏，远者怀，有由然也。刻农桑之木，务本也；禁僧尼之度，抑末也；亲囚徒之录，恤刑也；贷淮南之饥，振贫也；立二税之限，便民也。注意黎元，留心治道，良法美意，未易枚举，信为五代十二君中之令主矣！顾其亡国，亦若是之速，又何也？岂帝王自有真，天将生圣人为生民主，而日月既出，爝火不容不息乎！

追尊父弘殷为宣祖昭武皇帝，尊母杜氏为皇太后。

　　当时太祖拜于殿下，群臣相贺，杜太后愀然不乐。左右进道："臣闻母以子贵，今子为天子，而反生不乐，何也？"太后道："吾闻为君难，天子置身兆庶之上，治得其道，则此位尊；苟或失驭，求为匹夫不可得，此吾所以忧耳！"太祖拜道："谨受教！"遂立贺氏为皇后，韩氏为偏宫，杜氏为西宫。

　　越数日，太祖下诏：加范质、王溥等为中书门下平章事。以弟匡义为殿前都虞侯，赵普为枢密直阁学士。论扶立功，以彦溥、庆寿为龙捷右厢都指挥使，并领节度使之职。以石守信、张光远为侍卫亲军副都指挥使。郑恩、高怀德以列侯并领节度使之职。其余董龙、董虎、李通、周霸俱为参将。诏下，诸臣各各谢恩。

　　时华山隐士陈抟骑驴过汴京，闻太祖登位，拍手大笑道："天下自此定矣。"吟诗一首云：

> 夹马营中紫气高，属猪人定着黄袍。
> 世间从此多无事，我向山中睡得牢。

吟罢，竟自回山不提。

却说太祖欲以优礼待朝臣，深念韩通之死，赠为中书令，以旌其忠。反加王彦升擅杀主将之罪，虽有幸宽宥之，但革其官，终身不用。后人有诗叹之云：

> 擅杀之罪不可逃，当初何用进黄袍？
> 功臣既死无由及，后代儿孙竟失褒。

从此天下大定，仁明之主，永享太平。《飞龙传》如斯而已终。但世事更变，难以逆料，要知天下此后谁继？当看《北宋金枪》，便见源委也。后人有诗以咏之：

> 五代干戈未息肩，乱臣贼子混中原。
> 黎民困苦天心怨，胡虏驱驰世道颠。
> 检点数归真命主，陈桥兵变太平年。
> 黄袍丹诏须臾至，三百鸿图岂偶然！